# 蒋心焕自选集

Jiangxinhuan Zixuanji

蒋心焕／著

山东人民出版社
国家一级出版社 全国百佳图书出版单位

# 代 序*

蒋心焕教授生长在文化发达、经济繁荣、物丰人寿的鱼米之乡的南通市。可是他大学的教育却是跑到黄河岸边的山东师范大学的前身山东师范学院来完成的。在抗战以前，齐鲁大地受尽了封建军阀的剥削与压迫，在抗日战争与解放战争中，齐鲁的儿女为了民族的解放，奉献上全部所有以至生命。因而，山东所受战争的损害最重大，形成了一片片断垣残壁，一片片满目荒凉。蒋心焕教授作为高考新生，是50年代到的济南，虽然那时比起刚胜利后已经好些了，但各种条件，如居住、饮食、学习，比起江浙等省仍相距甚远。只就饮食说，每人的伙食仍有部分杂粮以至红薯。饮食的改变，不仅是个思想问题，主要的还是生理适应，得有一个过程。记得20年代末我从山东转学到上海，由于改食米饭，肠胃经过半年多才适应了。学校是新建的一所学校，各方面当然难以同老校相比。但他克服了种种困难完成学业，并以成绩优异，留在原系任教，他一直在中国现代文学教研室，经过漫长的岁月，从助教逐步提升为正教授，这是30多年、近40年的他的历程。在这近40年中，他的青春年华完全奉献给了中国现代文学的学习、研究和教学中。这40年不是平静的40年，在前17年中，可说一个运动接着一个运动，特别是史无前例的“文革”10年中，出现了许许多多身上生鳞、头上长角的“革命英雄”，在每次运动中，就好像出英雄的乱世似的，也总是跳出几条英雄好汉。可惜这些英雄一般都英名不长，是昙花一现的人物。批武训传，批胡风反革命集团、批丁陈反党反社会主义……不仅在历次出现的，昙花一现的英雄中，从来不论是学习时期的学生还是毕业后成为教师的蒋心焕，都难以看到他的影子，

---

* 本代序为田仲济先生为著者撰写的《中国现代小说的历史沉思》（1993年南海出版公司出版）一书所作的序。现把20多年前田仲济先生所写序作为本书的代序，一是纪念田仲济先生；二是表明学术的代际传承。

也没看到他的文章。

在平日备课的讨论中，无论对于老教师，或比他年轻的教师，他都是诚恳地提出自己的观点，心平气和地与人商讨。在教课中他关心学生的学习，关心学生的进步，也关心学生的生活。这40来年，他一直潜心地学习，潜心地工作，居于一个平凡的位子上，从不想借机取得个人的利益，更不会以人为梯企图爬向高处，或只顾自己冒尖，置他人于不顾。他对中国现代文学并不是没有精心钻研，并不是没有什么心得与见解。他是在默默地勤奋地力争最好地完成自己的科研与教学任务。“文革”后，各校编撰教材，在全国中国现代文学史是编得最多的一种，有的几个学校联合编写，有的几省联合编撰。我们山东四院校联合编写的一本，由山东人民出版社出版，是出版较早的一本，也是引起港台及日本学者关注的一本。接着《中国现代文学史》后又编撰了《中国现代小说史》，在这两本书中，蒋心焕教授都分编了重要的篇章，并保质保量地完成。其后又编辑了中国文联出版公司出版的“中国新文艺大系第三个十年”的《散文杂文卷》，这是他和另外二人合编的，早已交出版社，即将出版。另外蒋心焕教授两本即将出版的书稿，一本是关于美学的，另一本是《中国现代小说的历史沉思》，这本书可说是中国现代小说史的长篇，就中国现代小说中某些问题，进行了研究、探讨。作者选择的问题，可以说有的是我们现代文学史上尚未引起人们或尚不够注意的某些问题，如《试论左翼文学的工人题材小说及其得失》。30年代的左联即提出了写工农的问题，1942年在《讲话》中明确地提出了工农兵的方向。写工农兵是我们新民主主义革命的文学的方向，作者当然是在作为现代文学的一个重要问题而提出进行考察的。又如作者论述了梁启超、郁达夫的小说观，也阐述了近代文学转换为现代文学的问题。这都是一般现代文学史上很少论及的问题，这些问题弄明白了，对于研讨文学史自然是极有意义的。

除了这一部分外，第二部分是分为3个10年，论列了自己所见的各个特点。第三部分则论述了丁玲、赵树理、蒋光慈等五个作家。这五个作家在现有中国现代文学史上除前面二人外，一般占的篇幅不多，虽然他们每人都有自己的特点。这里表达的是作者自己的理解，并不是人云亦云的重复。

前一部分是史观史论，后两部分则是史实的分析，无论前者或是后者，都反映了作者的具有个性的见解。我觉作者整个说来是以朴素的语言表达了自己严谨的治学态度和作风。历史是应该准确地反映历史的真实面貌的。史的可贵处并不是追求文字华丽，更不是写得热闹，而是忠于史实，不夸大，不缩小，不粉饰，不歪曲。作者的风格从来就是守真守朴。这就是本书的可贵处。所谓信史，就是这个意思。

**田仲济**

写于1993年4月

# 目 录

## 中编 中国现代作家作品研究



## 下编 散文赏析及其他

上

编

# 中国现代文学史研究

# 中国现代文学的传承和发展的历史轨迹*

以“五四”为标志的中国现代文学是具有现代特征的一种新质的文学，但它的新质不是突然冒出来的。这当中有着时代的催生，也含有文学自身的演变规律。在其演变的过程中，有一个突出的现象，即中国近代文学成了它的先导。中国现代文学是中国知识分子中的先驱者经过对中国近代政治、文化的沉痛反思后转换而来的。

## 一、中国近代文学向现代文学转换

作为意识形态的文学，它的发展变化始终是同社会文化意识结构的变动同步的。中国近代文学向以“五四”为标志的现代文学转换是与中国人民的意识觉醒紧密联系在一起的。

### （一）从政治意识的觉醒到伦理意识的觉醒

中国近代知识分子的优秀代表陈独秀曾把近代中国的意识觉醒概括为三个逻辑阶段，即科技的觉醒、政治的觉醒和伦理的觉醒。当欧洲上空出现资本主义曙光的时候，中国仍然处在封建主义的昏睡状态之中。封建统治者妄自尊大，闭关锁国，造成了对世界的极端无知。1840 年鸦片战争爆发以前，出现了林则徐、龚自珍、魏源等改革派人士，他们面对满目疮痍、内外交困的黑暗现实，发出了更法改革的呼声，但他们所提出的兴利除弊主张仍囿于古老的圣经贤传内。随着鸦片战争的失败，太平天国农民战争的被镇压，近代中国愈发落在世界后面，濒临亡国灭种的危机。在这种情况下，一些开明之士，从现实的教训中认识到西方“战舰之精”、“机器之利”，主张“师其所长而用之”，积极从外国引进新式的军事装备、机器和科学技术，于是洋务

* 本文系著者为朱德发、蒋心焕、陈振国主编的《新编中国现代文学史》（明天出版社 1989 年）一书所撰写的绪论部分。

运动兴起，此所谓科技的觉醒。与洋务运动发起者的主观愿望相反，他们兴办的军用工业和民用工业，在客观上至少是为发展资本主义准备了某些必要的条件。中法战争的失败，特别是甲午中日战争的失败，宣告了洋务运动的破产。甲午战争后，帝国主义妄图瓜分中国的民族危机刺激了中国的有识之士寻求新的救国方案，变法维新运动便顺乎自然地迅速发展起来。变法维新和救亡图存就这样紧密地联结在一起，它的客观意义是召唤着资产阶级革命的到来。1911 年孙中山领导的辛亥革命，使近代中国人民的反对帝国主义反对封建主义的斗争进入了一个新的阶段，即有觉悟的民主革命阶段，它标志着“中国的旧式骚动”终于“转变为自觉的民主运动”①。

从洋务运动、维新运动到资产阶级革命，救亡这个历史主题始终贯穿其中；近代中国人民，特别是先进的知识分子群，始终把政治斗争作为关注的焦点，整个社会的政治意识的觉醒也逐渐高扬。政治意识觉醒的主要标志是有了一支新式的知识分子队伍。通过古老的封建传统和西方的先进思潮的强烈对比，又经过戊戌变法失败的分化，知识分子队伍发生了巨大的变化。其中大多是年轻的一代，是中国以前的历史上所不曾有过的完全新的社会阶层，也就是梁启超在《戊戌政变记》中所说的：“湖南民智骤开，士气大昌……人人皆能言政治之公理，以爱国相砥砺，以救亡为己任，其英俊沈毅之才，遍地皆是。其人皆在二三十岁之间，无科策，无官阶，声名未显著者，而其树不可算计”。与地主阶级知识分子不同，这批知识分子反映了半殖民地半封建国家中逐渐觉醒起来的思想特征。他们发挥自己的所长，大量的革命报刊书刊开始由他们编印和传播，其中心论题，大多都是爱国、救国和革命。这一代知识分子，尽管还不能从本质上深刻认识帝国主义和封建主义的特征，但他们主动地承担了“外拒白种，内复满洲”的历史任务。19 岁的邹容在所著的《革命军》一书中着重宣传了为民主自由而革命的思想。陈天华在《猛回头》《警世钟》《狮子吼》中着重宣传了为爱国、救国而革命的思想。他们的著作中洋溢着鲜明的反对帝国主义反对封建主义的精神。在文学创作活动中，一些进步的文艺工作者自觉地表现出与资产阶级政治斗争融为一体的文学态度，反映了强烈的政治民主意识。即使表现生与死这样的永恒题材时，也渗

---

① 列宁：《世界政治中的引火物》，《列宁全集》第 15 卷，北京：人民出版社，1959 年，第 159 页。

透了高度的政治意识。高旭在他的《戊申杂诗》中写道："阅尽沧桑未足哀，即生即灭去还来。最无用是皮囊臭，付与豺狼碎作灰。"爱情文学这个本是最属于抒写个人复杂情感的精神世界，也涂染着异常明亮的政治色彩。"娶妻当娶苏菲亚，嫁夫当嫁马志尼。"① 这批先进的知识分子，不仅把他们的革命理想、政治使命感通过种种舆论武器进行明确表述，而且直接投入一系列急进的爱国革命活动。

总之，以民族革命为主要特点的政治意识日益觉醒。并贯穿于近代中国的历史进程，有力地促进了中国资产阶级革命的发展。

"辛亥革命的失败，使一九一九年的五四运动成为不可避免。"② 面临辛亥革命失败的惨痛教训，中国先进的知识分子再一次进行了深刻的反思，中国的希望在哪里？中国知识分子的优秀代表们差不多都把视点移向西方，在五四前后以"科学"和"民主"为旗帜所掀起的思想文化运动中，西方学术文化思想源源不断涌向中国，强烈地摇撼了中国古老腐朽落后的封建文化传统及其意识形态。在这种形势下，被进步舆论界誉为"思想界的明星"的陈独秀进行了更深层的探索。他明确地指出："政治界虽经三次革命，而黑暗未尝稍减。……其大部分，则为盘踞吾人精神界根深底固之伦理道德文学艺术诸端，莫不黑幕层张，垢污深积……此单独政治革命所以于吾之社会不生若何变化不收若何效果也。"③ 他总结了历史的教训，从对比中提出使中国摆脱贫困、挨打，走向独立、富强的方案："吾国年来政象，惟有党派运动，而无国民运动也。……不出于多数国民之运动，其事每不易成就，即成就矣，而亦无与于国民根本之进步。"④ "今之所谓共和、所谓立宪者，乃少数政党之主张，多数国民不见有若何切身利害之感而有所取舍也。……立宪政治而不出于多数国民之自觉、多数国民之自动，惟日仰望善良政府、贤人政治，其卑屈陋劣，与奴隶之希冀主恩、小民之希圣君贤相施行仁政，无以异

---

① 高旭：《报载某志士送其未婚妻北行赠之以诗阙焉为补六章·之三》，转引自刘纳：《论"五四"新文学》，浙江：浙江文艺出版社，1987 年，第 244 页。

② 吴玉章：《辛亥革命》，《辛亥革命史论文选》上，北京：生活·读书·新知三联书店，1981 年，第 27 页。

③ 陈独秀：《文学革命论》，《新青年》1917 年第 2 卷第 6 号。

④ 陈独秀：《一九一六年》，《青年杂志》1916 年第 1 卷第 5 号。

也……”[①]陈独秀在这里尖锐地批判了“贤人政治”、“立宪政治”之弊端，并指出造成这弊端的根子，乃是没有发动一个“多数国民之运动”。国家富强之道，重要的乃在启发“多数国民之自觉，多数国民之自动”，建立起一种新的民主政治来唤起国民真正的觉悟。陈独秀采用中西文化相对比的方式，提出了使国民走向“觉悟”之路：“儒者三纲之说为吾伦理政治之大原……近世西洋之道德政治，乃以自由、平等、独立之说为大原……此东西文化之一大分水岭也……此而不能觉悟，则前之所谓觉悟者，非彻底之觉悟，盖犹在徜徉迷离之境。吾敢断言曰，伦理之觉悟为最后觉悟之觉悟。”[②] 陈独秀从当时思想界的实际出发，选择了改变中国面貌，解决中国问题的突破口——接受西方的自由、平等、独立之说，掀起一场新文化运动，进行一次深刻而彻底的思想革命。新文化运动的倡导者们，何以把伦理革命提到一个十分重要的地位呢？从本质上说，中国的文化是一种伦理政治化了的文化；家族制度是中国封建统治的核心。就家庭来说，父子、夫妻和长幼之间的关系是一种不平等的依附关系；就国家来说，则是家庭关系的扩大化，是一种不平等的上下关系。忠、孝、贞操三者是封建礼教的核心内涵。封建统治者就是以这三者作为他们愚弄人民，维护其统治地位的工具。所以五四时期，伦理革命的呼声最高。打倒孔家店；反对旧道德，提倡新道德，启迪群众伦理意识的觉醒，成为新文化革命的主要内容。“忠、孝、贞操三样，却是中国固有的旧道德，中国礼教（祭祀教孝、男女防闲是礼教的大精神）、纲常、风俗、政治、法律，都是从这三样道德演绎出来的；中国人的虚伪（丧礼最甚）、利己、缺乏公共心、平等观，就是这三样旧道德助长成功的；中国人分裂的生活（男女最甚），偏枯的现象（君对于臣的绝对权、政府官吏对于人民的绝对权、父母对于子女的绝对权、夫对于妻男对于女的绝对权、主人对于奴婢的绝对权），一方无理压制一方盲目服从的社会，也都是这三样道德教训出来的；中国历史上现社会上种种悲惨不安的状态，也都是这三样道德在那里作怪。”[③] 高举民主和科学的旗帜，铲孔教灭伦常，并以此为核心推动整个文化的改革，成为《新青年》《新潮》等报刊所肩负的历史使命和时代要求。陈独秀等人以

---

① 陈独秀：《吾人最后之觉悟》，《青年杂志》1916 年第 1 卷第 6 号。
② 陈独秀：《吾人最后之觉悟》，《青年杂志》1916 年第 1 卷第 6 号。
③ 陈独秀：《调和论与旧道德》，《独秀文存》第 2 卷，上海：亚东图书馆，1922 年，第 71 页。

比梁启超、谭嗣同更加勇猛决绝的精神，公开声明“本质诋孔，以为宗法社会之道德，不适于现代生活”，并以西方文明为参照，从各个方面论证了儒学同现代社会、家庭和学术之格格不入。

中国伦理文化是以立家为立国之本。与此针锋相对，伟大的启蒙家鲁迅早在晚清民族意识很浓的时候，就提出了“立人”的主张，要求“掊物质而张灵明，任个人而排众数”[①]，意在强调个人的发展，个性的解放。到了五四时期，他大声疾呼：“东方发白，人类向各民族所要的是‘人’。”[②] 著名的诗人郭沫若也发出了类似的宣言：“我过去的生活，只是在黑暗地狱里做鬼；我今后的生活，要在光明世界里做人。”[③] 郁达夫说得更好：“五四运动的最大成功，第一要算‘个人’的发现。从前的人，是为君而存在，为道而存在，为父母而存在的，现在的人才晓得为自我而存在了。”[④] 这些呼喊和论断很有代表性，标志着一代新知识分子伦理意识的觉醒。“五四”的一个重要历史功绩，是把人放到了文化的中心位置，把人的意识的觉醒提到了一个很高的层次。没有人的觉醒，就没有民族的觉醒，“没有民主思想的觉醒，不可能有民族意识的高涨，也不可能接受马克思主义的思想，把社会主义当作彻底改造中国的道路”。[⑤]

“任务本身，只有在解决它的物质条件已经存在或至少是在形成过程中的时候，才会发生的。”[⑥] 这是从历史事实中总结出来的正确认识。近代中国，特别是从维新变法到辛亥革命，先进的知识分子竭力宣传西方国家学说、民族学说，从而形成了我国民族意识、国家意识的觉醒。他们所关注的是政治运动，甚至把自己的一切（包括自己的生命）放在政治斗争方面。尽管梁启超、邹容等人提出了可贵的思想启蒙主张，但由于整个社会所关注的热点是政治，因而很快的为高涨的时代洪流所冲击。辛亥革命失败的沉痛教训，特

---

① 鲁迅：《坟·文化偏至论》，《鲁迅全集》第1卷，北京：人民文学出版社，1981年，第18页。

② 鲁迅：《热风·随感录四十》，《鲁迅全集》第1卷，北京：人民文学出版社，1981年，第325页。

③ 郭沫若：《郭沫若致宗白华函》，《三叶集》，合肥：安徽教育出版社，2006年，第35页。

④ 蔡元培：《中国新文学大系导论集》，长沙：岳麓书社，2011年，第175页。

⑤ 周扬：《三次伟大的思想解放运动》，《周扬序跋集》，长沙：湖南人民出版社，1985年，第116页。

⑥ 马克思：《政治经济学批判序言、导言》，北京：人民出版社，1971年，第3页。

别是民初外患内乱的黑暗现实，使五四新文化运动的许多先驱者，在欧风美雨的沐浴下，突破了根深蒂固的封建传统，实现了古老文明的新生。他们兴奋的热点，不再主要集中于社会斗争，而是思想启蒙和思想革命了；不再是政治革命，而是文化革命了，他们把社会进步的基础，放在启迪国民的自觉上，放在争取人性的彻底解放上。

每个时代都有它自己中心的一环，都有这种为时代所规定的特色所在。从政治意识觉醒到伦理意识觉醒的转换正体现了这种时代特色，并揭示了中国社会的进步，思想意识顺乎潮流的变化和发展。

**（二）从晚清文学改良到五四文学革命**

随着中国人民从政治意识到伦理意识的觉醒，中国文学也发生了相应的变化，这就是从晚清文学改良到五四文学革命。

鸦片战争以后，在外来思潮的刺激下，近代中国知识者，虽然萌发了一些新的思想、观念，并在文学主张和创作上有所表现，但这种表现是十分微弱的。1894 年甲午战争惨败所激起的爱国激情，特别是伴随着资产阶级政治改良运动的勃兴，中国传统的知识层开始向近代思想、理论转化。正是在这种形势下，掀起了一场相当广泛的资产阶级文学改良运动，使中国传统文学从观念到创作发生了深刻的变化，不论所表现出的价值观念、审美意识或思维方式、艺术手段，都带有近代文化特征，文学所显示的国家意识和政治功利色彩尤为强烈。

戊戌变法前后，资产阶级改良派为适应“维新”和造就一代“新民”的需要，发动了“诗界革命”、“文体革命”和“小说界革命”。

关于“诗界革命”，梁启超在《夏威夷游记》中指出：“欲为诗界之哥仑布、玛赛郎，不可不备三长：第一要新意境，第二要新语句，而又须以古人之风格入之，然后成其为诗。”又说：“革命者，当革其精神，非革其形式。……能以旧风格含新意境，斯可以举革命之实矣。”[①] 他所说的“新意境”，是以“欧洲之精神思想”为“诗料”的。他称赞黄遵宪的《军歌》，认为其精神雄壮活泼，沉浑深远，其文藻为二千年所未有，誉为“诗界革命之能事至斯而极”。诗界革命反对传统的儒家泥古不化的诗教诗风，要求新诗反

---

① 梁启超：《夏威夷游记》，《新编中国历代文论选》（晚清卷），上海：上海教育出版社，2008 年，第 178 页。

映新的时代和新的思想，“意境”这一概念的提出，也是符合诗歌艺术特点的。这些与传统相对立的新特质，无疑对五四新诗运动，在观念和方法上，都给予了很大的影响。

与“诗界革命”同时，梁启超又提出“文界革命”。梁启超强调文界革命的目的在“播文明思想于国民”，也就是以资产阶级新思想、新观念、新理论、新方法，开启民智。他在报章上发表的大量散文实践了自己提出的主张，被称为报章体或新文体。后来，梁启超对新文体的特点作了概括：“务为平易畅达，时杂以俚语、韵语及外国语法，纵笔所至不检束……其文条理明晰，笔锋常带感情，对于读者，别有一种魔力焉。”[①] 新文体的实施，不只同占统治地位的文言文相对立，而且它找到了向白话文过渡的途径，其意义不仅限于形式、文体。

1902 年 11 月，梁启超在日本创办中国第一种文学报刊《新小说》，并在《论小说与群治之关系》中提出“小说界革命”的口号。梁氏小说界革命的核心，乃是视小说为政治工具，小说具有万能的社会之力。1897 年，他论及日本变法时曾指出：“日本之变法，赖俚歌与小说之力。”[②] 1902 年，他更为明确地说：“欲新一国之民，不可不先新一国之小说。故欲新道德，必新小说；欲新宗教，必新小说；欲新政治，必新小说；欲新风俗，必新小说；欲新学艺，必新小说，乃至欲新人心，欲新人格，必新小说，何以故？小说有不可思议之力支配人道故。”[③] 梁启超一反轻视小说的传统观念，把小说提到很高很重要的地位，“小说为文学之最上乘也。”[④] “小说界革命”及其理论一出现，就在思想界产生了巨大的反响。吴趼人在《月月小说·序》中说：“吾感夫饮冰子《小说与群治之关系》之说出，提倡改良小说，不数年而吾国之新著新译之小说几于汗万牛充万栋，犹复日出不已而未有穷期也。”

上述种种“革命”的理论和创作实践，标志着中国传统文学开始发生裂

① 梁启超：《清代学术概论》，《梁启超自述》，北京：人民日报出版社，2011 年，第 84 页。

② 梁启超：《〈蒙学报〉、〈演义报〉合序》，《梁启超全集》第 1 卷，北京：北京出版社，1999 年，第 131 页。

③ 梁启超：《论小说与群治之关系》，《梁启超文选》（下集），北京：中国广播电视出版社，1992 年，第 3 页。

④ 梁启超：《论小说与群治之关系》，《梁启超文选》（下集），北京：中国广播电视出版社，1992 年，第 4 页。

变；更为重要的是含有新质的近代文学，从观念、内容到表现形式均发生深刻的变化。这在小说领域表现得尤为突出。中国自古以来小说不入史。“小说是向来不算文学的”[①]，“向来是看作邪宗的”[②]，这种成见，从汉一直延续到清代，基本上没有什么变化。“仁义道德，羽翼经史，言之大者也；诗赋歌词，艺术稗官，言之小者也；言而至于小说，其小之尤小者乎！士君子上不能立德，次不能立功立言，以共垂不朽，而戋戋焉小说之是讲，不亦鄙且陋哉！”[③] 在种种文学体裁中，把小说视作“鄙且陋”的偏见，竟是如此根深蒂固！梁启超等人敢于向这种传统的观念挑战，把小说提到文学中最“上乘”的地位，这无疑是思想观念上的革命。在当时出现的名目繁多的小说创作中，尤以政治小说、谴责小说成就和影响最大。政治小说是较早出现的一种近代小说形式。这种小说源于日本明治年代，重要的作品有《经国美谈》和《佳人奇遇》，后者为梁启超所译，登在《清议报》上。梁启超在《译印政治小说序》中说：“在昔欧洲各国变革之始，其魁儒硕学，仁人志士，往往以其身之经历，及胸中所怀政治之议论，一寄之于小说。……往往每一书出而全国之议论为之一变。彼美、英、德、法、奥、意、日本各国政界之日进，则政治小说为功最高焉。”梁启超把政治小说提到小说中的最上乘。他在《新小说》上连载的《新中国未来记》就是一部规模庞大，而缺乏“小说中之神采之趣味”[④] 的政治小说。这部没有写完的小说，实是一篇“发表政见，商榷国计”[⑤] 的政治宣言。这种缺乏小说家思维的小说，尽管底力不足，但却在民族复兴和社会变革中发挥了政治宣传作用。

比起政治小说来，文学色彩较浓的是谴责小说。这也是近代小说中出现的一个新品种。如果说前者重于“宣传”，那么后者则重于“暴露”。代表作有《官场现形记》《二十年目睹之怪现状》《老残游记》《孽海花》等。鲁迅曾言简意明地指出这种小说产生的背景及特点。“戊戌变政既不成，越

① 鲁迅：《且介亭杂文·〈草鞋脚〉小引》，《鲁迅全集》第6卷，北京：人民文学出版社，1981年，第19页。

② 鲁迅：《且介亭杂文二集·徐懋庸作〈打杂集〉序》，《鲁迅全集》第6卷，北京：人民文学出版社，1981年，第297页。

③ 王希廉：《红楼梦批序》，《中国历代小说论著选》上，南昌：江西人民出版社，2000年，第564页。

④ 赖光临：《梁启超与近代报业》，台湾：台湾商务印书馆，1968年，第51页。

⑤ 梁启超：《〈新中国未来记〉绪言》，桂林：广西师范大学出版社，2008年，第4页。

二年即庚子岁而有义和团之变，群乃知政府不足于图治，顿有掊击之意矣。其在小说，则揭发伏藏，显其弊恶，而于时政，严加纠弹，或更扩充，并及风俗。”① 晚清的一些优秀的谴责小说，几乎都是抨击官僚社会的，当时社会腐朽、黑暗的方方面面，从内政到外交，从文化到道德，都在“谴责”之列。可以说，中国传统文学还没有对现存的社会作这样全面而深刻的暴露！

资产阶级辛亥革命前后的文学运动，从文学观念到创作，其政治功利色彩更加显明。革命派要求文艺直接宣传政治，希冀产生立竿见影的效果。南社代表诗人柳亚子、高旭、陈去病，既是爱国志士，又是热情澎湃的诗人，他们以文艺为武器，提倡“气节”，呼喊“国魂”，把诗歌作为“唤醒国民之精神之绝妙机器”。他们特别重视戏曲为政治服务的神奇力量，认为它“奏效之捷，必有过于劳心焦思、孜孜矻矻以作《革命军》《驳康书》《黄帝魂》《落花梦》《自由血》者殆千万倍”，他们指望在演出当时就收到“同化之力入之易而出之神”② 的效果。革命派作家在各种体裁的作品中，表达出强烈的国家意识和政治意识。这种专注于政治的单一化文学，在当时发挥了很大的作用，但距离文学的特点却远了。

近代文学从观念到内容等的变化，也使文学形式进行了一些新的调整。晚清诗坛出现的“新体诗”，它的内容注进了近代新思潮。其形式在某种程度上突破了旧体诗的限制，语言也发生了新的变化，呈现出迥异于“同光体”的新特色。由于模仿、借鉴西方文学的技法，近代小说在叙述视角、结构方式、表现体式和描写手法方面作了多种有意义的探索，使小说的近代色彩更加浓厚。

如此看来，从鸦片战争到五四前夕的文学构成了具有独立特质的近代文学。但从历史联系上看，资产阶级文学改良运动适应了时代的潮流，对泛滥于文学领域的复古主义、形式主义的理论观念和文学创作是一个猛烈的冲击，特别是梁启超所发动的一连串的文体革命，标志着同中国古代文学断裂的开

---

① 鲁迅：《中国小说史略》，《鲁迅全集》第 9 卷，北京：人民文学出版社，1981 年，第 288 页。

② 佩忍（陈去病）：《论戏剧之有益》，《辛亥革命前十年间时论选集》第 1 卷下册，北京：生活·读书·新知三联书店，1960 年，第 964 页。

始，它成了五四文学革命的先声。但同时也要看到，资产阶级文学改良运动，不仅在形式、风格上还没有完全摆脱旧传统的束缚，而且一些理论观念常常带有“不中不西，即中即西”新旧交替的烙印。辛亥革命时期所出现的文学思潮，在高扬着反清救国的主潮中前进，留下了不少可歌可泣的诗文，但它不重视思想启蒙，个体意识被群体利益所压抑，而且有些作品受了“尊王攘夷”和狭隘民族主义思想的影响，不少作品仍沿用文言体、格律体，艺术上有一种保守复古的倾向。

从总体上说，不论是改良派还是革命派对文学进行革新的经验教训，都为五四文学革命的崛起，提供了内在的历史根据；而转换的直接原因则是五四的社会历史条件和文化氛围；以西方文学为楷模，对其大规模的自觉的翻译介绍，催生着中国文学发生根本的转换。

历史前进到五四时期，其文化中心已经发生转换，即由近代的政治和国家转换到现代的文学和个性。从此，中国文化现代化的历史揭开了序幕。与此同时，中国文学从观念到创作也发生了整体性的变革，具有现代特征的中国新文学诞生了。

“人”的发现是五四新文化运动的重要成果。五四文学的“新精神新内容”就是“人的自觉的思想，在文学上就是‘人的文学’，这是民主革命精神在文学中的爆发”①。可以说，以人道主义为思想基础的新的文学观念的形成是五四文学的根本性特征。辛亥时期，以群体意识为基础，个人欲求为群体利益所取代；五四时期人的发现的核心则是个性解放、人格独立的个体价值的发现。正如30年代鲁迅所说的“文学革命者的要求是人性的解放”②，后来茅盾也说过类似的话：“人的发现，即发展个性，即个人主义，成为‘五四’时期新文学运动的主要目标。”③当时的翻译、理论和创作，都是有意识地或无意识地向着这个目标。新文学先驱对西方文学的译介，几乎都把眼光放到“人”上，并且是自觉地有目的地进行这项工作。沈雁冰在担任《小说月报》主编期间，致力于翻译介绍外国文学。他说：“我觉得翻译文学作品和

① 周扬：《新文学运动史讲义提纲》，《文学评论》1986年第6卷。

② 鲁迅：《且介亭杂文·〈草鞋脚〉小引》，《鲁迅全集》第6卷，北京：人民文学出版社，1981年，第19页。

③ 茅盾（朱璟）：《关于“创作”》，《北斗》创刊号1931年9月。

创作一般的重要，而在尚未有成熟的'人的文学'之邦象现在的我国，翻译尤为重要；否则，将以何者疗救灵魂的贫乏，修补人性的缺陷呢?"[①] 当时甚至还有一种过激的意见，即"只要是'人的文学'就好了，斤斤于什么主义，什么派别，未免无谓"[②]。表面看来，当时西方出现的各种文艺思潮流派都介绍到中国来了，翻译介绍者也比较复杂，他们从不同的文艺观出发，各有侧重，但有一点是共同的，他们都从中寻找"人的文学"。甚至像究竟通过什么途径去反对旧文学、建设新文学这样的问题，新文学提倡者也多半想到借鉴西方"人化"的文学[③]。

关于五四新文学的理论建设，胡适在后来进行总结时曾说："我们的中心理论只有两个：一个是我们要建立一种'活的文学'，一个是我们要建立一种'人的文学'……后一种是文学内容的更新。中国新文学运动的一切理论都可以包括在两个中心思想里面。"[④] 用"人的文学"来概括初期的理论是符合实际情况的。最早出现的比较系统、集中的以"人的文学"为中心进行理论探讨的是周作人。1918 年 12 月他发表著名论文《人的文学》，倡导以人道主义为本的新文学。接着，他陆续发表了《平民文学》《新文学的要求》等文，进一步充实了他的"人的文学"的理论观。周作人的文章发表后不少新文学的倡导者视此文是改革文学内容的重要宣言，而且纷纷著文响应，从不同的角度补充、丰富、深化了"人的文学"的主张，形成了五四时期关于"人的文学"比较完整的理论形态和特征：一是强调表现个性，表现自我。以个人为本位的人道主义作为文学的基本精神，就是充分肯定个性的价值，肯定个性发展的合理性。二是表现平民的生活，即普通人的生活，这是"人的文学"主张的深入和具体化；平民文学"是研究平民生活——人的生活——的文学"[⑤]，"使文学成为社会化，扫除贵族文学的面目，放出平民文学的精神"[⑥]。三是表现人生的种种问题。"人的文学""平民文学"都离不开中国

---

① 沈雁冰：《一年来的感恩——与明年的计划》，《小说月报》第 12 卷第 12 号，1921 年 12 月。

② 沈雁冰：《一年来的感恩——与明年的计划》，《小说月报》第 12 卷第 12 号，1921 年 12 月。

③ 傅斯年：《怎样做白话文》，《中国新文学大系·建设理论集》，上海良友图书印刷公司，1935 年，第 225 页。

④ 胡适：《新文学的建设理论》，《中国新文学大系导论集》，长沙：岳麓书社，2011 年，第 28 页。

⑤ 周作人：《平民文学》，《每周评论》1919 年 1 月第 5 号。

⑥ 茅盾：《现在文学家的责任是什么?》，《东方杂志》，第 17 卷第 1 号，1920 年 1 月。

现实社会的人生。可以这样说，五四时期探讨理论建设的文字，几乎都是围绕着“人的文学，才是真的文学”这个命题，从不同的角度进行印证发挥的。

在文学创作上，首先体现“人的文学”实绩的是鲁迅著名小说《狂人日记》。它以人道主义为灵魂，深刻地洞察中国民族的历史是“吃人”的历史，全面、彻底地否定了封建制度，呼吁“真的人”的诞生，体现了争取人的解放的五四时代精神。“发挥个性，表现自己”① 成为五四时期很多作家的创作主旨。鲁迅、文学研究会、创造社的一些作家作品中都喊出了“醒过来的人的真声音”②；或反映了个性受到压抑，无路可走的悲哀和激愤；或表现了“人类之爱”的共同母题；或剖析了劳动者的精神弱点、灵魂创伤及其深受封建思想毒害而不觉悟的严重性，具有一种深刻的启蒙主义特色。在中国特定的历史条件下，人道主义和民主主义是相通的，这成为作家创作的一种基本倾向。由此看来，以人道主义为灵魂的文学，构成了五四文学的思想特征，是五四文学的基本创作倾向。五四文学创作形成的多元特点，和“人的文学”理论基本是吻合的；所不同的是，在创作上则显示了更为丰富多彩的面貌。

五四时期“人的文学”的倡导和实践，不仅在中国文学史上是一次根本性的变革，开启了中国新文学走向现代化的新时代，成为世界进步文学中的一个重要组成部分，而且由此引发了文艺内部一系列的变革；它以新的理论观念和审美意识，彻底改造了旧文学，奠定了中国现代文学的基础；它使文学从以“教化”为中心的思想观念向以真、善、美为中心的审美观念迅速转化；它使文学（小说表现得最明显）从主要以写故事为主转化为主要以刻画人物的性格、心态为主；它实现了白话文取代文言文的真正变革，完成了对旧格律诗、章回小说、笔记小说等体式的蜕变。这种变革和创新，形成了五四文学在思想内容和语言体式上琳琅满目的姿态，促进了中国现代文学的繁荣。总之，它实现了文学向现代化、民族化的真正转换。

---

① 冰心：《文艺丛谈》（二），《小说月报》第12卷第4号，1921年4月。

② 鲁迅：《热风·随感录四十》，《鲁迅全集》第1卷，北京：人民文学出版社，1981年，第324页。

## 二、中国现代文学发展的历史轨迹

中国现代文学以五四文学革命为标志而走上现代化的道路。它不仅用现代语言和思维表现现代民主和科学思想意识，而且在艺术形式和表现方法上对传统文学进行了整体性的革新，建立了现代新小说、话剧、新诗、杂文、散文诗、报告文学等新的体裁，在反映和服务于中国人民争取全面解放的伟大斗争，丰富和提高中国人民的精神生活和审美情趣方面作出了自己的特殊贡献。历时三十年的中国现代文学，经历了不平凡的战斗历程，从一开始就汇入了世界进步文学潮流，成为真正现代意义上的文学。

早在1915年9月陈独秀在上海创刊《新青年》（第一卷原名《青年杂志》），吹响了新文化运动的号角，一场反对文言文提倡白话文、反对旧文学提倡新文学的文学革命已萌发。陈独秀在《现代欧洲文艺史谭》中介绍了西方近代文艺思潮的演变过程，并在答张永言的信中指出我国文艺今后当趋向写实主义，惟此挽今日浮华颓败之文风。胡适1916年10月在寄陈独秀的信中，赞成其写实主义文学主张，并针对旧文学的腐败和堕落提出“今日欲言文学革命，须从八事入手”：即不用典，不用陈套语，不讲对仗，不避俗字俗语，须讲求文法之结构，不作无病之呻吟，不摹仿古人，语法须有个我在，须言之有物。陈独秀认为胡适提出的文学革命的八条纲，是“中国文界之雷音”。1917年1月《新青年》发表了胡适的《文学改良刍议》，它对1916年提出的文学革命“八事”作了系统的阐述，体现了破旧文学立新文学的革命精神，是新文学运动正式兴起的重要标志。陈独秀宣称：“文学革命之气运，酝酿已非一日，其首举义旗之急先锋，则为吾友胡适。”胡适提出用白话文代替文言文作为“中国文学之正宗”，确实是顺应了历史发展的潮流。与胡适文章呼应又弥补了其不足的是陈独秀在《新青年》第2卷第6号上发表的《文学革命论》。该文可以说是文学革命的正式宣言。它“高涨‘文学革命军’大旗”，“旗上大书特书吾革命军三大主义”，作为反对旧文学创立新文学的战斗口号：“曰推倒雕琢的阿谀的贵族文学，建设平易的抒情的国民文学。曰推倒陈旧的铺张的古典文学，建设新鲜的立诚的写实文学。曰推倒迂晦的艰涩的山林文学，建设明了的通俗的社会文学。”陈独秀彻底否定了旧文学，认为旧文学作品不但语言上陈陈相因，有形无神，而且内容上充满了“萎琐陈腐”的封建旧思想。“文学革命”主张提出后，得到了钱玄同、刘半农等人的响应。钱玄同在给胡适、陈独秀的公开信和其他文章中，指斥旧文学为“桐城谬种”和“选学妖孽”，态度极为偏激；刘半农则在《我之文学改良观》等文中，对散文、韵文等文体的改革提出具体意见，主张采用新式标点。但这些文学革命的主张并没有引起社会反响，封建文人则采取一种“不屑与辩”的态度。为了引起论争，扩大文学革命的影响，1918 年 3 月，《新青年》第 4 卷第 3 号在《文学革命之反响》这个总标题下，发表了两篇针锋相对的文章：一篇是钱玄同托名王敬轩写的《王敬轩君来信》，集中了社会上咒骂新文学的论调；另一篇是刘半农执笔写的《复王敬轩书》，逐条驳斥了守旧派的谬论。这就是鲁迅所说的“双簧信”，它在社会上引起了相当的反响，展示了新文学阵营的力量。自此以后，在思想解放浪潮的激荡下，文学革命有了迅猛发展。文学革命主张的探讨较之前更为广泛而深入，百家争鸣，各抒己见，思想极为活跃，形成了较系统的新文学理论纲领。胡适于 1918 年 4 月发表了《建设的文学革命论》，把《文学改良刍议》所主张破坏的八事概括为“八不主义”，并从新文学方面提出了“国语的文学，文学的国语”十个大字的“宗旨”。如果说胡适着重致力于文学语言形式改革的探索和实践，而对文学内容的革新重视不够的话，那么此时鲁迅发表的《渡河与引路》和周作人相继发表的《人的文学》《思想革命》《平民文学》等，在不少问题上对胡适的白话文学主张和陈独秀的文学革命论作了进一步的发挥和补充。鲁迅指出白话文学不能只强调文学形式的革新，“灌输正当的学术文艺；改良思想，是第一事”，把文学的思想革命提到重要的地位。周作人提出了“人的文学”主张，试图回答新文学运动应革除那些旧文学，建立以什么文艺思想为指导的新文学等问题。随着文学革命的发展，1920 年前后李大钊和沈雁冰等对新文学理论主张作了进一步探讨，李大钊在《什么是新文学》一文中，批评了文学革命中出现的重形式轻内容的倾向，提出了创造“为社会写实的文学”等重要见解，并强调新文学应把思想内容放在首位，必须以“宏深的思想、学理，坚信的主义，优美的文艺，博爱的精神”作为“土壤，根基”，反对那种“含着科举的、商贾的旧毒新毒”的“广告文学”和为个人造名的文学，这对于推动新文学的健康发展具有积极意义。沈雁冰于 1920 年初发表了《现在文学家的责任是什么》，提出了为人生、表现人生的新文学主张。经过文学革命的倡导和深化，由白话取代文言，新文学取代旧文学已成必然趋势。尤其可贵的是文学园地里出现了一批初步显示文学革命实绩的作品。白话诗创作涌现出一些开风气的新诗；白话小说创作出现了喜人的势头，特别鲁迅的小说和郭沫若的新诗为新文学奠定了基础。在五四爱国运动的推动下，白话运动的影响远远超出了文学领域，它波及到政治、教育、出版、文学等许多方面。1918 年始，《新青年》《每周评论》《新潮》《晨报》第七版、《民国日报·觉悟》等报刊相继白话化，初步实现了以白话文取代文言文正宗地位的历史性变革。

文学革命的发动，特别是白话文学的成功，使新旧文学营垒的斗争日趋尖锐化，1919 年初，刘师培、黄侃等创办了以“昌明中国固有之学术为宗旨”的《国故》月刊，宣扬旧伦理道德，攻击白话文运动。1919 年 3 月，林琴南出面呼应，写信（即《致蔡鹤卿书》）给北京大学校长蔡元培，指责提倡文学革命有两个罪状，一是所谓“覆孔孟，铲伦常”，一是提倡白话文反对文言文。新文学阵营群起反击。李大钊在《新旧思想之激战》中，揭露了林纾等企图借军阀势力镇压新文学运动的阴谋，陈独秀在《旧党的罪恶》和《关于北京大学的谣言》两文中抨击林纾用“依靠权势”和“暗地造谣”两种武器来对付新文学阵营的卑劣伎俩。鲁迅一针见血地指出，林纾等守旧派“明明是现代人，吸着现在的空气，却偏要勒派朽腐的名教，僵死的语言，侮蔑尽现在，这都是‘现在的屠杀者’。”蔡元培在《答林君琴南信》中，本着“思想自由，兼容并包”的原则，以事实驳斥了林纾的谎言。在“新旧思潮之激战”中，还应该提及的，有对“黑幕派”、“鸳鸯蝴蝶派”以及旧戏曲中的封建道德和大团圆主义模式所展开的批判，这是更新文学观念、发展新文学所需要的。

五四文学革命是中国文学发展史上第一次真正伟大的革命，虽然历史上曾出现多次所谓“文学革命”，对文学发展都起了一定的作用，但是它们从内容到形式都没有推倒封建文学的大厦；五四文学革命不仅彻底摧毁了贵族文学，也开始创造“人的文学”、“平民文学”，文学内容的革新或语言的改良或文体的解放，都取得了前所未有的成就，为现代文学奠定了坚实基础，揭开了中国文学史的新篇章。周扬说得好：“没有这个文学革命，也就没有我们今天的人民文学艺术运动。”①

中国共产党成立后，马克思主义日益同中国革命实践相结合，共产主义文化思想对新文化运动的指导得到进一步的强化，五四时期兴起的文学革命得到了深入发展；逐步向“革命文学”迈进。

有些早期共产党人开始将马克思主义文艺理论与中国文艺运动实际相结合，探讨文艺问题；一些前进的作家为推动新文学的发展，不断译介或研究国际无产阶级文艺理论，为酝酿和倡导革命文学寻找先进的文艺思想。1923年前后，早期共产党人邓中夏、恽代英、沈泽民等人，在他们的文艺论文中明确提出了“革命文学”的口号，要求作家“做脚踏实地的革命家”②，强调只有“从事革命的实际活动”的诗人，方可“做出革命的诗歌”③，只有深入“工人罢工的运动”，“了解无产阶级的每一种潜在的情绪”，才配“创造革命的文学”④。早在1923年郭沫若就提出“我们的运动要在文学之中爆发出无产阶级的精神”⑤。“五卅”前后，郭沫若发表了《孤鸿——致成仿吾的一封信》《文艺家的觉悟》《革命与文学》等文，从各方面阐明了“革命文学”的内涵，并指出：“现在所需要的文艺是站在第四阶级说话的文艺，这种文艺在形式上是现实主义的，在内容上是社会主义的”⑥。1925年前后沈雁冰写下了《论无产阶级艺术》《告有志研究文学者》《文学者的新使命》等重要文艺论文，对无产阶级文学的一些基本问题作了比较系统全面的论述，以“为无产阶级的艺术”观充实和修正了他早期的“为人生的艺术”观。虽然这些观点或主张留有“左”的或机械论的苗头，但从总体上和发展上看它们却为1928年无产阶级文学运动的兴起做好了文学思想准备。

从1921年到1925年，文学社团与流派蜂起，文学刊物如雨后春笋般在全国涌现。五四文学革命时期没有纯文艺性质的社团，后来以“新青年”为核心的新文化阵线发生了分化，以鲁迅、郭沫若、茅盾为代表的文学新军，

---

① 周扬：《发扬“五四”文学革命的战斗传统》，《人民日报》1954年5月4日。

② 恽代英：《文学与革命》，《中国青年》1924年5月第31期。

③ 邓中夏：《贡献于新诗人之前》，《中国青年》1923年12月22日第10期。

④ 沈泽民：《文学与革命的文学》，《民国日报》副刊《觉悟》1924年第11卷第6期。

⑤ 郭沫若：《我们的文学新运动》，《沫若文集》第10卷，北京：人民文学出版社，1959年，第285页。

⑥ 郭沫若：《文艺家的觉悟》，《沫若文集》第10卷，北京：人民文学出版社，1959年，第311页。

继承了五四文学革命的战斗传统，在新的思想指导下，探讨文学革命发展的新方向。特别许多经受新思潮冲击已初步觉醒的知识分子，为了倾吐因在五四低潮期看不到希望而产生的苦闷和悲哀，探求光明的道路，也选取文艺这种形式加以表述。这样大批的文学团体和刊物便涌现出来。据统计，这期间“先后成立的文学社团及刊物，不下一百余”①。其中影响最大，最有代表性的是文学研究会和创造社。

文学研究会于1921年1月在北京成立。发起人有周作人、朱希祖、蒋百里、郑振铎、瞿世英、郭绍虞、孙伏园、沈雁冰、叶绍钧、许地山、王统照等12人，后来发展会员近百人。主要刊物有改革后的《小说月报》和上海的《文学旬刊》等。同时还出版文学研究丛书。它一成立就对传统的“文以载道”的文学旧观念和视文学为游戏和消遣工具的鸳鸯蝴蝶派展开批判。该会“鼓吹着为人生的艺术，标志着写实主义文学……他们比新青年派更进一步地揭起了写实主义的文学革命的旗帜的。”② 它通过刊物和丛书，翻译介绍了大量的外国进步文学，为中国新文学培养了很多作家，创作了不少驰名中外的文学作品。虽然文学研究会主导文学倾向是现实主义的，但也要看到它的复杂性。有的把现实主义同抽象的“爱”与“美”搅在一起，有的把自然主义和象征主义混在一块；而且对游戏文学的批判缺乏具体分析，对“为人生”的文学侧重于它的社会功利而在一定程度上忽视其美感作用。

创作社继文学研究会之后“异军突起”，由郭沫若、成仿吾、郁达夫、郑伯奇等人发起，于1921年7月在日本成立，以1927年为界分前后两个时期。前期创办了《创造季刊》《创造周报》《洪水》等；后期主要有《文化批判》等。前期创造社发扬了五四文学革命的破坏、创造精神，成为新文坛上一支劲旅，发表了不少充溢着浪漫主义激情的诗歌、小说，在文艺思想上，强调文学乃艺术家内心智慧之表现，创作本来只是出自“内心要求”，并没有预定的目的，必须除去一切功利的打算，专求文学的全与美③。这种重艺术的“表现自我”的主张，表现了对艺术美感规律的尊重，反映了个性解放对文学的

① 茅盾：《现代小说导论（一）》，蔡元培等著：《中国新文学大系导论集》，上海：良友图书印刷公司，1945年，第88页。

② 郑振铎：《五四以来文学上的论争》，蔡元培等著：《中国新文学大系导论集》，上海：良友图书印刷公司，1945年，第53页。

③ 成仿吾：《新文学之使命》，《创造周报》1923年5月第2号。

要求。这是创造社文艺主张的一个方面，另一方面他们也强调文学“要有生活的源泉”，文学“要生一种救国救民的自觉”[①] 的社会使命，说明他们并不一味地排斥文艺的功利目的。这种文艺观的矛盾性，正是创造社成员世界观中强烈的个性解放要求同反帝反封建的爱国主义思想又统一又矛盾的反映。20 年代后期，他们的主要成员否定了前者，发扬了后者，走上了革命文学的道路。

除上述两个社团流派以外，还有一些对新文学作出贡献并形成流派特点的社团。如成立于 1924 年的语丝社，刊行《语丝》周刊，主要成员有鲁迅、周作人、林语堂、孙伏园等。它虽无独立的文学主张，却提倡“任意而谈，无所顾忌，要催促新的产生，对于有害于新的旧物，则竭力加以排斥”[②]。主要以杂文、散文为武器，从事社会批评和文化批评，形成一种具有泼辣幽默风格的“语丝文体”。与语丝社同时开展活动的还有莽原社、未名社，办有《莽原》《未名》等刊物，主要作者有高长虹、台静农、李霁野、韦素园等，在描写“乡土小说”和译介俄国文学和十月革命后的苏联文学方面作出重要的贡献。新月社成立于1923 年，1926 年才以徐志摩主编的《晨报·副刊》为阵地，致力于新格律诗的理论探讨和创作实践，提倡“国剧”运动。主要成员有闻一多、徐志摩、陈源、梁实秋等。他们深受西方唯美主义思潮的影响，又重视中国古代文艺的研究和继承，努力追求艺术形式的美。浅草社成立于 1922 年，发起人林如稷，成员有陈翔鹤、冯至等。该社成员注重创作，“他们的季刊，每一期都显示着努力：向外，在摄取异域的营养，向内，在挖掘自己的灵魂，要发见心里的眼睛和喉舌，来凝视这世界，将真和美歌唱给寂寞的人们”[③]。1925 年 2 月浅草社解散。是年秋，原成员陈翔鹤、陈炜谟、冯至等又汇集北京，另组文艺社团，取名“沉钟”，刊行《沉钟》周刊（后改为《沉钟》半月刊），另还出版《沉钟丛书》。该社注重翻译和创作，曾广泛译介文艺复兴以来，特别是“世纪末”的欧洲文艺思潮和一些代表作家作品。在创作上，强调表现“自我”，抒写在“五四”以后已经觉醒但尚未突破个

---

① 成仿吾：《新文学之使命》，《创造周报》1923 年 5 月第 2 号。

② 鲁迅：《三闲集·我和〈语丝〉的始终》，《鲁迅全集》第 4 卷，北京：人民文学出版社，1981 年，第 166 ~ 167 页。

③ 鲁迅：《且介亭杂文二集，〈中国新文学大系〉小说二集序》，《鲁迅全集》第 6 卷，北京：人民文学出版社，1981 年，第 247 页。

人圈子的知识青年热烈而悲凉的心声。鲁迅说："在事实上，沉钟社却确是中国的最坚韧，最诚实，挣扎得最久的团体。"[①] 由应修人、潘漠华、冯雪峰、汪静之创办的湖畔诗社，他们以写清新活泼的爱情诗而闻名于文坛。

以上社团、流派，或大或小，但由于思想倾向和审美追求各异，因而形成了迥然不同的风格流派。从整体上看，有人生写实派，抒情浪漫派，乡土作家群，唯美派等等；从不同的文学体裁看，风格流派可以划分得更多更细，特别是生动地体现在各自的代表作中，显示着新文学多元化的特征。新文学作者们在运用多种创作方法时，因时代的发展，有一种明显的归趋，即向鲁迅开创的现实主义道路归趋。但因五四是一个"收纳新潮，脱离旧套"[②] 的开放时代，向现实主义归趋，又不是简单划一的，而是在其主导倾向中有自信地汲取了浪漫主义，现代主义、象征主义、唯美主义等合理内核和表现手法，使现实主义具备着一种开放型的特点。

初期新文学主要通过同封建复古派的斗争取得了自身的辩证发展。"五四"前后，林纾打出复古旗号，一是单枪匹马反对，二是没有什么像样的理论，新文学阵营易于识别。但 1922 年以后出现的"学衡派"和"甲寅派"，其复古花样则比较复杂。"学衡派"是南京东南大学的几个教授因出版《学衡》杂志而得名的。该刊创办于 1922 年 1 月，主编吴宓，撰稿人有梅光迪、胡先骕等，他们都是学生，是穿洋装说洋话的复古派。他们以"昌明国粹，融化新知"相标榜，在文学上反对以白话取代文言，鼓吹文言胜于白话。"甲寅派"因章士钊办《甲寅》杂志而得名。其"精神虽然是自己广告性的半官报，形式却成了公报尺牍合璧了"[③]。"甲寅派"比穿洋装的复古派倒退得还远，不仅反对白话，力倡文言，而且提出了尊孔读经的复古口号。新文学阵营对其复古谬论进行有力批驳，特别是新文化运动主将鲁迅在斗争中写的许多文章，有理有据，给予他们有力的批判。新文学阵营通过对复古派多次斗争，捍卫并发展了五四新文化运动和文学革命的胜利成果，促进了文学革命

---

① 鲁迅：《且介亭杂文二集，〈中国新文学大系〉小说二集序》，《鲁迅全集》第 6 卷，北京：人民文学出版社，1981 年，第 249 页。

② 鲁迅：《坟 · 未有天才之前》，《鲁迅全集》第 1 卷，北京：人民文学出版社，1981 年，第 173 页。

③ 鲁迅：《华盖集 · 答 KS 君》，《鲁迅全集》第 3 卷，北京：人民文学出版社，1981 年，第 115 页。

向革命文学的转变。

以五四文学革命为开端的中国新文学，到1928年也发生了转折，其转折点就是1928年开始的关于无产阶级革命文学的倡导和论争。它是“五四”以来新文学深入发展的历史必然。首先，大革命失败以后，中国革命进入了由无产阶级单独领导革命的新时期，出现了“农村革命深入和文化革命深入”的新局面。为了适应这种形式的变化，无产阶级要求建立符合本阶级利益的文学。其次，在革命暂时处在低潮的政治气压下，一些原本参加实际革命工作的知识分子纷纷来到上海，多半从事文艺活动；加上他们在革命工作中，程度不同地接受了马克思主义的影响。于是倡导无产阶级文学的时机成熟了。另外，20年代中期随着国际工人运动的发展，在欧洲、美洲和亚洲的许多国家，兴起了马克思主义文艺思潮和无产阶级文学运动，在横向上对中国发生影响乃是自然的事情。

发起倡导无产阶级文学的主要社团，是后期创造社和太阳社。1928年，创造社除老成员郭沫若、成仿吾等人外，又增加了刚从日本回国的李初梨、冯乃超、彭康、朱镜我等文学青年，继续出版《创造月刊》，又新创刊《文化批判》。太阳社是1927年底成立的革命文学团体，主要成员有蒋光慈、钱杏邨、孟超等人，出版的刊物有《太阳月刊》《海风周报》等。他们以这些刊物为主要阵地，发表了很多文章，倡导无产阶级文学运动。他们的着眼点并不仅仅在文学方面，而力图在整个思想文化战线上开展马克思主义的启蒙运动。他们力图把马克思主义运用于中国革命文艺事业，阐明文艺运动中很多理论问题。他们的不少文章，从文艺的阶级性和时代性这两个方面论述了在中国建立无产阶级文学的必要性①，肯定了在中国建立无产阶级文学的可能性②。

创造社、太阳社举起无产阶级革命文学的旗帜在历史上是有功的。鲁迅在致曹靖华的信中肯定了这一点。鲁迅同创造社、太阳社之间，在要不要倡导革命文学，要不要运用马克思主义来指导中国革命文艺运动这个原则问题上并没有分歧。但在如何运用马克思主义方面，围绕什么是无产阶级文学，

① 参阅李初梨：《怎样地建设革命文学》（《文化批判》1928年2月15日第2号），蒋光慈：《关于革命文学》（《太阳月刊》1928年2月第2期）等文。

② 参阅李初梨：《自然生长性与目的意识性》，《思想月刊》1928年第2期。

如何建设无产阶级文学这两个根本问题上，鲁迅和创造社、太阳社的理解是不同的，分歧是明显的。

在什么是无产阶级文学这个问题上，创造社、太阳社的理论文章，对无产阶级文学的任务和服务对象等问题，都作了脱离中国革命实际和阶级关系的说明①。另外，他们在强调无产阶级文学为政治服务的同时，夸大了文艺的社会功能，忽视了文艺自身的特点。在如何建设无产阶级文学方面，他们的文章不承认文学的继承关系，特别不承认中国的无产阶级文学同“五四”以来的新文学一脉相承的关系②；他们在强调世界观对创作的决定作用的同时，忽视了作家世界观转变的长期性、艰巨性，宣扬一种“突变”论；他们还主张以集体主义的群众为作品的主人公，否定个体为作品的主人公③。

鲁迅在论争中写的文章，有些地方虽不免偏颇，但整体看来是正确的。他针对创造社、太阳社在文章中所表现出来的脱离中国社会实际的“左”倾空谈，深刻地指出：“他们对于中国社会，未曾加以细密的分析，便将在苏维埃政权之下才能运用的方法，来机械地运用了。”④ 鲁迅结合自己的切身体会，通过中外文学史上许多实例批评了思想转变的“突变”论，指出世界观的改造是长期的艰巨的任务⑤。鲁迅坚持了现实主义创作原则，批评了“超越时代”和轻视文艺技巧的文艺观⑥。

从上述的介绍和分析，我们看出鲁迅和创造社、太阳社之间的论争，是新文学阵营内部的一次有原则、有意义的论争。创造社、太阳社的某些理论明显地表现出“左”倾幼稚病的特征。这种思潮的出现并非偶然。1928 年论争开展前后，正是国内外“左”倾思潮泛滥的时候，在苏联，否定文化传统，否定“同路人”，进而强调辩证唯物论创作方法的“拉普派”的思想一度控制了文坛；在日本，福本和夫强调的“净化意识”以及文艺理论上的机械论风靡一时；在中国，瞿秋白“左”倾路线一时占了统治地位。但通过党组织

① 参阅麦克昂：《桌子的跳舞》，《创造月刊》，1928 年 5 月 1 日第 1 卷第 17 期。

② 参阅华西里：《论新旧作家与革命文学》，《太阳月刊》1928 年 4 月第 4 期。

③ 参阅蒋光慈：《关于革命文学》（《太阳月刊》1928 年第 2 月第 2 期），钱杏邨：《关于“评短裤党”》（《太阳月刊》1928 年 2 月第 2 期）等文。

④ 鲁迅：《二心集 · 上海文艺之一瞥》，《鲁迅全集》第 4 卷，北京：人民文学出版社，1981 年，第 296 页。

⑤ 臧恩玉：《中国现代文学简史》，沈阳：辽宁人民出版社，1983 年，第 147 页。

⑥ 参阅鲁迅《三闲集 · 文艺与革命》，《〈壁下译从〉小引》等文。

的引导，论争于1929上半年就结束了。这次论争促进了“真正革命文艺学说的介绍”，并且在这个基础上出现了“革命普洛文学的新的生命的产生。”①在思想和组织上为中国左翼作家联盟的成立准备了条件。

中国左翼作家联盟于1930年月2日在上海正式成立。大会选出了沈端先、冯乃超、钱杏邨、鲁迅、田汉、郑伯奇、洪灵菲为常务委员，通过了左联理论纲领，宣告以“站在无产阶级的解放斗争的战线上”，“援助而且从事无产阶级艺术的产生”作为自己的任务。鲁迅作了《对于左翼作家联盟的意见》的重要讲话，科学地总结了革命文艺运动经验教训，针对当时文艺界存在的脱离实际、脱离群众、“左”倾空谈等问题，发人深省地提出作家如不与革命斗争实际接触，不了解中国革命性质，关在玻璃窗内做文章，“‘左翼’作家是很容易成为‘右翼’作家的。”鲁迅还针对文艺论争中出现的宗派主义，小团体主义的弱点，号召建立“目的都在工农大众”的文艺界联合战线，造出大群的新的战士。这个讲话对左翼文艺运动沿着正确方向发展，具有现实指导意义。

“左联”成立后，在险恶的环境中，先后出版了《拓荒者》《萌芽》《巴尔底山》《世界文化》《十字街头》《北斗》《文学月报》《前哨》（后改名文《文学导报》）等刊物，在文学这一阵地开展了出色的斗争。

“左联”成立大会上，决定设立马克思主义文艺理论研究会。加强对马克思主义文艺理论的翻译和介绍工作。“左联”先后翻译出版了理论机关杂志《文艺讲座》《文化斗争》等；此外，在《萌芽》《拓荒者》等综合或文艺刊物上发表了不少介绍与阐明马克思主义文艺理论的论著及文章。如冯雪峰在1930年2月根据日本人冈泽秀虎的译本转译了列宁的重要文献《党的组织和党的文学》的主要段落，以《论新兴文学》为题，发表在《拓荒者》上。《萌芽》仅出六期上，每期都有他关于介绍科学文艺理论的译文。冯雪峰还替上海水沫书店编辑过《科学的艺术论丛书》，出版了鲁迅翻译的《文艺与批评》《文艺政策》等七种重要著作。瞿秋白在1932年编译了《现实主义——马克思主义文艺论文集》，其中包括马克思、恩格斯、列宁、拉法格、普列汉诺夫有关论著的译介，以及自己关于马克思主义文艺观的撰述。1933年，瞿

① 瞿秋白：《〈鲁迅杂感选集〉序言》，王永生主编：《中国现代文论选》第3册，贵阳：贵州人民出版社，1984年，第76页。

秋白又编译列宁论托尔斯泰的一组文章。同时，苏联和西方进步文学作品，如高尔基的《母亲》、法捷耶夫的《毁灭》、绥拉菲摩微支的《铁流》、肖洛霍夫的《被开垦的处女地》、辛克莱的《屠场》和《石炭王》、巴比塞的《火线上》等也先后译介到中国，这些译著在中国文艺界产生了广泛影响，为中国革命文学的创建提供了参照系。

运用马克思主义文艺科学原理，总结中国新文艺运动的得失，评价作家作品的优劣也提到重要日程。这是一项基本的理论建树。其中优秀的理论成果有：瞿秋白的《鲁迅杂感选集·序言》，鲁迅的《“硬译”与“文学的阶级性”》《中国新文学大系·小说二集·导言》等，茅盾的《徐志摩论》，胡风的《林语堂论》，周扬、冯雪峰关于革命现实主义理论探讨等，及时地指导了中国左翼文艺运动，提高了马克思文艺科学的战斗力。此外，30 年代关于文艺大众化的几次讨论，不仅对革命文艺理论的建树提供了新思维新见解，而且对大众文学的发展起到直接推动作用。

左翼文艺运动的发展及在进步群众中日益增长的影响，引起了国民党政府的畏惧与“围剿”，他们对左翼文艺运动，除了颁布种种恶出版法之外，就是秘密杀害。国民党所谓“党治文化”的建设，即“民族主义文艺运动”，虽紧锣密鼓地发动，但其基本阵营是由特务文人拼凑起来的“杂碎”，所以既没有什么像样的“理论”（《民族主义文艺运动宣言》系由国民党文化机关出重赏雇人起草的），更拿不出什么文艺作品。由他们同伙吹捧为“诗剧”式的代表作《黄人之血》，只不过是宣扬法西斯意识的宣传品。鲁迅说民族主义文艺是“流尸文学”，“他们将只尽些送丧的任务，永含着恋主的哀愁，须到无产阶级革命的风涛怒吼起来，刷洗山河的时候，这才能脱出这沉滞猥劣和腐烂的运命”①。正是出于这种理解，所以鲁迅又说，中国的无产文艺运动其实是唯一的文艺运动。

当然，情况不止这样单纯。在第二个十年中，与无产阶级文学同时存在的，还有民主主义文学和自由主义文学。它们之间，互相依存，互相渗透，又有些相互拒斥，形成了丰富而复杂的面貌。有些民主主义作家，他们虽然没有参加“左联”，但却继承和发展了五四文学的优秀传统，积极从事文学活

① 鲁迅：《二心集·“民族主义文学”的任务和运命》，《鲁迅全集》第 4 卷，北京：人民文学出版社，1981 年，第 319 页。

动，如老舍、巴金、曹禺、郑振铎、王统照、叶绍钧等。他们不仅创作一批在新文学史上有重要影响有传世价值的优秀作品，而且分别主持了有影响的文学期刊，如《文学》（后来由傅东华、王统照等主编）、《文学季刊》（郑振铎、章靳以主编）、《文丛月刊》（章靳以主编）。还有一些自由主义作家，尽管他们的文艺观点同左翼作家相左，而且发生争议，比如周作人、林语堂、沈从文、施蛰存、戴望舒等，但他们同样也对中国新文学作出了不可或缺的贡献。他们办了一些有特色的刊物，如《骆驼草》（周作人、俞平伯、废名等编译）、《现代》（杜衡、施蛰存主编）、《新月》（徐志摩、闻一多、饶梦侃、罗隆基等编辑）、《论语》《人世间》（林语堂主编）等，在这些刊物上，发表了左翼作家和进步作家的佳作，产生了一些有独特审美价值的作品；特别是围绕着他们主办的刊物所形成的新感觉派、新月诗派、论语派，对30年代小说、诗歌和散文在内容和手法上的创新，发生过相当大的影响。这些刊物的主持者，就整个思想倾向和艺术倾向同"左联"所提倡的文学理论和创作有较明显的差异，但他们重视发挥艺术的特殊功能，重视艺术的多样化，尤其他们所留下的不同风格不同流派不同艺术个性的文学作品，同无产阶级作家、民主主义作家的优秀作品一起，丰富了第二个十年的文学。

总的看来，在20年代末30年代初掀起的无产阶级文学运动，具有鲜明的阶级意识和强烈地功利色彩，这无疑是一个进步；但由于过度强调，以致排斥其他，则不仅不利于革命，也不利于文学，那结果自然是走向"左"倾，走向极端。

左翼文学运动在确立以马克思主义为其指导的过程中，开展了激烈的文艺思想论争，其中影响较大并推动创作发展的有同"新月派"中的梁实秋的论争。梁实秋于1928年到1930年，在《新月》上发表了《文学的纪律》《文学与革命》《文学是有阶级性的吗?》等一系列文章，着重从人的自然属性出发，鼓吹人性论，否定文学的阶级属性。左翼文学阵营中很多人著文论争，鲁迅写的文章辩证而有力。他指出："文学不借人，也无以表示'性'，一用人，而且还在阶级社会里，即断不能免掉所属的阶级性"①。同时，鲁迅还指出，阶级社会里的文学，"都带"阶级性，"而非'只有'"。七十年代梁实秋

① 鲁迅：《二心集·"硬译"与"文学的阶级性"》，《鲁迅全集》第4卷，北京：人民文学出版社，1981年，第202页。

会议这场斗争时，也不得不承认鲁迅写的文章有说服性。还有同“自由人”、“第三种人”的论争。1932 年自称“自由人”的胡秋原连续发表文章，既批判“民族主义文学”，又指责无产阶级文学。瞿秋白、冯雪峰等人对他进行了初步批判，却引出了自称“第三种人”苏汶，著文声援胡秋原，由此展开了一场规模不小的论战。胡秋原、苏汶的文艺观点自有正确之处；但在白色恐怖下，他们向被监禁的“左联”要自由，与无产阶级文学对立，只能起着转移群众视线的作用。瞿秋白指出，胡秋原、苏汶的目的是“要文学脱离无产阶级而自由，脱离广大的群众而自由”①。鲁迅发表的《论“第三种人”》等文，批驳了超阶级、超现实的“文艺自由论”。鲁迅与瞿秋白的文章所不同的是，既有阶级观点，又有统一战线的思想。他明确指出：“左联”“不但要那同走几步的‘同路人’，还要招致那站在路旁看看的看客也一同前进”②。在论争走向高潮的时候，歌特（张闻天）在党中央机关报《斗争》第 3 期上发表了重要文章《文艺战线上的关门主义》，批评了论争中暴露出来的“左”的理论倾向（如否认第三种文学的存在等），指出“这实际上就是抛弃文艺界上革命的统一战线”，提醒左翼文坛注意克服“左”的倾向及理论上的机械论，“使中国目前的左翼文艺运动变为广大的群众运动”③。通过论争，文艺工作者认识到克服“左”的倾向，建立统一战线的重要。

综观第二个十年的文学创作，比“五四”以来有了大的发展，增添了新的特质。描写的题材扩大到各个阶层，主题趋向多元和深化，既描绘了较丰满的工农革命者的形象；又塑造了特定时期各种资本家形象；既展示了多样的市民社会，又刻画了独特的湘西世界。各种风格的历史题材的作品有了长足的发展，长篇小说和多幕话剧走向成熟，出现了一批思想内涵和审美价值兼备的艺术精品，标志着这个时期的文学创作已经成熟。

1936 年 10 月，在“左联”解散、“国防文学”和“民族革命战争的大众文学”两个口号激烈论争结束以后，文艺界各方代表人物 21 人联名发表《文艺界同人为团结御侮与言论自由宣言》，表明文艺界抗日统一战线已初步形

① 瞿秋白：《文艺的自由和文学家的不自由》，《现代》第 1 卷第 6 期，1932 年 10 月。

② 鲁迅：《南腔北调集 · 论“第三种人”》，《鲁迅全集》第 4 卷，北京：人民文学出版社，1981 年，第 436 页。

③ 哥特：《文艺战线上的关门主义》，《新文学史料》1982 年第 4 期。

成。抗战全面爆发后，1938 年 3 月，中华全国文艺界抗敌协会（简称“文协”）在武汉成立，标志着全国范围内文艺界抗日民族统一战线的正式形成。“文协”决定出版《抗战文艺》，在成立大会上提出了“文章下乡，文章入伍”的口号，组织和领导文艺工作者到前线去，到农村去，开展抗战文艺运动和文学创作。“反帝的主题集中于反日的主题”①，文艺必须为普通老百姓所乐于接受，这是抗战文艺表现于内容和形式上的重要特征。因此短小、轻便，甚至粗疏的朗诵诗、街头诗、活报剧、街头剧、报告文学等迅速在全国各地崛起。几乎所有的作家都程度不同地高扬民族意识，处于乐观亢奋的情绪之中，为抗战为民族的新生而歌唱。作家们因为要急切表现，自然顾不上艺术，艺术消融在文学的时代性、战斗性之中，消融于盲目乐观情绪之中。整个说来，全民族的文学归向单一化和通俗化。

1938 年 10 月武汉失守，特别是 1941 年 1 月皖南事变之后，国内政治形势逆转。失去行动和心灵自由的作家，在沉痛的反思中清醒过来，文学由呐喊走向思考，忧郁取代了乐观。不少作家转向历史剧、多幕话剧、长篇小说、长篇叙事诗等的创作。《屈原》《腐蚀》《淘金记》《北京人》《法西斯细菌》《火把》等作品的出现，显示着文学的丰富性、深刻性、多层次性，表明经过深沉的反思，文学又走向成熟了。

抗战胜利后，特别在解放战争时期，文艺运动进一步汇入了民主运动的大潮。暴露和讽刺成为这个时期文学的主调，政治讽刺诗、讽刺小说、直接暴露国民党反动派统治和要求人民民主的话剧创作，如《马凡陀的山歌》《围城》《升官图》等，是其中最重要的收获。《在延安文艺座谈会上的讲话》传入国统区后，文学力求向民族化、大众化方向发展，《虾球传》等代表着这种努力的收获。

介绍和翻译外国文学，引起了不少作家的重视。《约翰·克利斯朵夫》《高老头》《红与黑》《战争与和平》《被侮辱与被损害的》等俄国和西方名著以及西方现代诗人里尔克、艾略特、奥登等的作品都是从抗战以来陆续介绍给中国文坛的。作家们以开放的眼光，从西方文学中汲取有益的营养，人们从“七月派”小说家路翎和“九叶集”诗人的作品中看到了这种借鉴给现代

---

① 周扬：《从民族解放运动中来看新文学的发展》，《文学运动史料选》第 4 册，上海：上海教育出版社，1979 年，第 105 页。

文学带来的生机和活力。团结在胡风周围，以《七月》和《希望》为中心形成的七月派是本时期出现的一个有独特风格的文学流派。路翎是这个流派最有代表性的小说家。他对小说富有成果的新探索，使他的小说独树一帜，被誉为“国统区”最有成就的小说家之一。“九叶集”派是40年代后半期出现于国统区的一个诗歌流派。杭约赫等九位风格接近的诗人，在内容上既反映现实，又表现人生哲理，在艺术上汲取了西方象征派和现代派艺术的某些营养，善于捕捉意象，想象新颖、奇特，动作形象具体而含蕴深刻。

国统区的文学在其曲折发展中充满了复杂、尖锐的斗争。由于这些论争和现实政治连结在一起，既有理论的建树，又有可资总结的经验教训。

对“战国策”派的批判。1940年4月，昆明西南联大的陈铨，雷海宗和云南大学的林同济等教授学者在昆明创办了综合性文化刊物《战国策》半月刊。该刊停刊后，又在重庆《大公报》上主编了《战国》周刊。1943年7月，他们还编辑出版了《民族文学》月刊。他们利用这些刊物推行所谓“民族文学运动”。宣传“恐怖、狂欢、虔恪”三母题。抗战文艺界对“战国策”派进行了严肃的批判，明确指出其不论在政治观上还是在文艺观上所表现的法西斯本质。

关于“民族形式”问题的论争和理论探索，这是“左联”时期文艺大众化运动在新形势下的延续和发展。抗战开始，不少作家出于抗日的文化动员的需要，有意识地创作了一些通俗文艺作品。与此同时，文艺界对“利用旧形式”问题进行了初步讨论，力图推动当时的创作。1940年，国统区文艺界在毛泽东有关“民族形式”论述的影响下，又一次展开“民族形式”问题的讨论。讨论中围绕民族形式的“中心源泉”出现了针锋相对的两种意见：或主张“在民间形式中发现民族形式的中心源泉”①，或主张原封不动地站在“五四”以来新文学“已获得的劳绩上”，来完成民族形式的创造②。两种意见各执一端，其实都犯了形而上学的毛病。这场讨论延续了一年多，当时出版的《抗战文艺》《文艺阵地》《新华日报》等报刊发表了大量讨论文章，还

① 向林冰：《论“民族形成”的中心源泉》，《文学运动史料选》第4册，上海：上海教育出版社，1979年，第425页。

② 葛一虹：《民族形式的中心源泉是在所谓“民间形式”吗?》，《文学运动史料选》第4册，上海：上海教育出版社，1979年，第429页。

为此召开过文艺座谈会，论争不再只限于“中心源泉”上，而是向前发展了，已涉及到内容与形式的关系以及如何对待中外文学遗产等实质性问题上。这次论争促进了抗战文艺大众化的进程，并对后来的创作产生了重要的影响。

另外，在40年代开展了几次论争，现在看来，有的已为历史证明是错误的或过头的，如文艺界对萧军的批判，对夏衍的剧本《芳草天涯》的批评；有的是对某些片面的或错误的文艺观点硬是上纲到“反动文艺”加以批判，如对“与抗战无关”的批判，对自由主义知识分子的批判；有的是把复杂的理论问题单一化，对不同的意见缺乏宽容态度或不允许其存在，如关于现实主义和“主观”问题的论争。造成这些偏颇，除了历史因素和感情因素以外，重要的是30年代出现的文艺批评中的“左”的教条主义和宗派主义，在新的条件下又有了新的发展。这是值得引以为训的。

在40年代文艺运动中，根据地和解放区的文艺是一个完全新的世界。1942年，延安和各解放区先后开展了文艺整风运动。《在延安文艺座谈会上的讲话》是延安和各解放区文艺整风的指导思想。《讲话》提纲挈领地抓住“一个为群众的问题和一个如何为群众的问题”，阐明了党的文艺方针、政策以及一系列理论问题。《讲话》指出：“我们的文艺都是为人民大众的。首先是为工农兵的”。《讲话》特别重视文艺和生活的关系，指出文艺是人类社会生活在作家头脑中反映的产物，生活是文学艺术的唯一源泉。因此号召作家“必须到群众中去，必须长期地无条件地全心全意地到工农群众中去”。《讲话》总结了“五四”新文学产生以来的经验教训，在新的历史条件下为革命文艺的发展指明了方向和道路。它不仅推动了解放区文艺运动和文学创作的发展，而且影响了国统区革命文艺运动的发展。

《讲话》发表以后，解放区的作家自觉地在深入到人民群众生活中汲取民间文学的营养，有的则有意借鉴章回体形式，创作了一批刚健、清新、具有鲜明的民族化、大众化特色的文学作品，表现了解放区人民新的生活和战斗风貌。其中代表性作品有《太阳照在桑干河上》《小二黑结婚》《李有才板话》《暴风骤雨》《吕梁英雄传》《王贵与李香香》《白毛女》等。这些作品以新的内容和新的形式丰富了中国现代文学的宝库，并在国统区产生了广泛的影响。但由于解放区文学产生于战争环境，并强化它服务于工农兵，服务于政治的战斗功能，因此在横向联系上解放区文学除了学习和容纳苏联社会主义现实主义文学外，对西方各国的文学基本上是采取封闭的态度；同五四时期不同，在纵向上则对中国传统文学和民间文学采取有意的继承和汲取，形成了大众化和民族化的风格特点。但更多的一些作家对传统文学的继承仅停留在语言和形式的借鉴上，缺乏一种历史的超越眼光，这样就带来一种必然走向，即强调文学走向现实，走向政治，甚至走向传统，这就忽视了文学走向自身，走向现代化，引导文学向多元、开放方面发展，它影响深远，建国后十七年的文学基本上就是按这样的路子走的。

最后，需要提及的，本时期除了以重庆为中心国统区文学和以延安为中心的解放区文学之外，还有上海"孤岛"文学和东北、南方等地的沦陷区文学。这种文学中心的散落，是因战争环境的分割所形成的。所谓"孤岛"，是指 1937 年 11 月淞沪会战结束后，上海周围及上海市内的华人居住区均被日军占领，由于英法等国当时尚未卷入战争，上海公共租界和法租界得以"中立"，成为处于日军四面包围之中的"孤岛"。1941 年 12 月，太平洋战争爆发后"孤岛"沦陷，这个时期共达四年零一个月。全国成为沦陷区的主要有东北、华北、上海、华东诸省。坚持在上海"孤岛"和各沦陷区的进步作家们，除了同汉奸文学、色情文学进行斗争外，坚持抗日和爱国的方向，在特殊环境里，运用各种巧妙的战术开展抗战文艺运动和进行文艺创作，与同时期的国统区和解放区文学一样，作出了自己应有的贡献。

# 论现代齐鲁文学与吴越文学的总体差异*

如果从总体上把现代齐鲁作家作品与吴越作家作品作一比较，我们不难发现，两地作家的审美趣味及作品的美学风格存在着种种差异。齐鲁作家如杨振声、王统照、李广田、王思玷、臧克家、刘一梦、孟超、耶林、吴伯箫等，更多地充满了苦难、抗争、积极参与的意识，其作品苍劲雄浑。吴越作家如鲁迅、茅盾、周作人、郁达夫、徐志摩、俞平伯、戴望舒、朱自清、丰子恺、艾青等，尽管各人心态存在种种差异，但大致上都更多地展示了自由开放、超然独立的精神，其作品或崇高中有隽永，或空灵中有柔韧，显得较为丰富而复杂。显然，两地作家接受各自的不同的地域文化氛围的影响，是导致这种不同的地域文学现象的原因之一。为了更好地探讨地域文化与地域文学的关系，我们想考察如下这个课题：即齐鲁文化与吴越文化究竟存在哪些差异？这些差异在各自的现代文学创作中是如何呈现出来的？作家应如何对待地域文化？

地域文学氛围的形成最主要的是由两个因素决定的：一是自然环境，一是地域人文传统。面对司空习惯的自然风貌，我们常常会熟视无睹。其实，这里面却浸润着每个古老区域的深刻的文化内涵。齐鲁之乡，黄土地连绵不绝，旷远辽阔。其间，无荆棘杂丛，少蜿蜒崎岖，少河流纵横。即或偶有大川，也是径流直下，一泻千里。而且，气候凛冽，春风习习之日不多，细雨绵绵之日不长，有的是呼呼吼叫的北风，纷纷扬扬的大雪。身处这片雄浑之地的齐鲁人，胸襟阔然、坦荡厚重，而少纤细柔弱的气质和曲里拐弯的城府。所谓“邹人东近沂泗，多质实；南近滕鱼，多豪侠……”①，一语道破了齐鲁文化中的一个独异的侧面。

吴越之地则是别一番景象。白居易说：“江南好，风景旧曾谙。日出江花

---

* 本文系著者和研究生吴秀亮合作撰写，刊发于《山东社会科学》1993年第6期。

① 于德普、梁自洁：《山东运河文化文集（续集）》，济南：齐鲁书社，2003年，第136页。

红胜火，春来江水绿如蓝。能不忆江南?”是的，提起江南，眼前仿佛就会呈现出一幅秀丽温馨的图画。江南是个百草园，碧绿的菜畦，金黄的谷穗，五彩的花朵；江南是个水乡，溪水潺潺，泉水叮咚，湖水荡漾；比起齐鲁，江南温馨得多，那里草长莺飞，烟雨迷蒙，微风阵阵。栖居于这柔和水土上的吴越人，“人性柔慧”，其性格有水的淡泊清幽和鲜活，有烟雨微风的温柔浪漫和诗意，有与大自然亲近的超然自由和洒脱。

齐鲁与吴越，又是两片古老悠久的土地。几千年沧桑岁月的历史，造就了各自独特的人文传统，并把这种独特的文化作为一种基因遗传给各自的后代。

中华文明的形成是多源的。黄河并非是中华民族唯一的母亲河，浙江的河姆渡文化就早于黄河流域的仰韶文化、半坡文化，且与它们面貌各异。依照目前考古学界的发现，如果说齐鲁文化的渊源可追溯到黄河口地带的东夷文化，那么吴越文化的渊源则可追溯到长江口地带的北阴阳文化、河姆文化。

齐鲁人崇拜泰山。即使在20世纪前半叶的齐鲁之乡，也经常可以看到民间刻有“泰山石敢当”以求神庇佑的石碣，这种崇拜，除求雨等原因之外，更重要的是，因为齐鲁人认为泰山是大地的主宰，专收人死土葬后的灵魂。《三国志魏书·乌桓传》曰：“中国人以生死之神归泰山也。”这种观点世代相传，深入人心，于是造成了“木高千丈，叶落归根”的观念，由此，又形成了齐鲁人挥之不去的恋乡情结，牢固的“家”的观念，更使齐鲁人自觉地接受着礼教的熏陶。吴越人崇拜龙蛇。断发文身习俗就与此相关。吴越多水，常遭水灾，吴越人因之视水为神——水龙王。身上刻着龙蛇之形，以示自己是龙王子孙，可免受灾难。可见水之于吴越人的关系真是“剪不断，理还乱”。与水的搏斗，使他们冷静、机智、且培养了冒险的性格；常受水灾的侵扰，又使他们不得不常常流浪，无法定居一处，因而产生了开放的观念与根深蒂固的漂泊感。对于乡土，他们渴望能长久安居，但多少次的流浪又使他们对离乡出走感到了习以为常，这使得吴越人“家”的观念比齐鲁人显得淡泊，也是吴越人较为轻视礼教观念的原因之一。

地域文化氛围潜移默化地影响着两地作家的审美思维方式，并使两地文学发展方向存在明显的差异。齐鲁文化中更多的入世意识，参与意识，群体意识，功利意识及民本思想和务实精神作为文化基因积淀于历代齐鲁作家身上，使他们在处理人与社会、人与现实的审美关系时，更多地将目光投向社会现实的这一面。以孔子为开端，孟子续绪，经历代美学家的发挥、修正和补充，这种急功近利、面向社会的美学观又形成了一个庞大的系统和悠久的历史，制约着现代齐鲁文学的发展，使之大致以写实的风尚为主潮，以功利色彩颇强的群体意识为其创作特征。与此不同，吴越文化中轻视礼教，崇尚浪漫，追求享乐和洒脱及冲淡、自由、开放的精神个性，使现代吴越文学呈现出更多天然放任，真诚不伪，率性而发的个性色彩。吴越作家比齐鲁作家更多地面向自身，注重自我的情趣和逍遥而较少急功近利的成分和集体归属感。他们的眼界似乎更广，既面对人自身又面对社会，还面对宇宙自然，且感性色彩和个体生命意识更为浓郁。不同的地域文化决定着作家不同的审美个性，经过时代审美主潮的选择，两地文学的发展更显出各自的特色。在"五四"时期，中国社会的历史主题主要是反对旧道德旧思想和一切旧的封建文化。适应时代的需要，在文学领域，个性主义追求成为不可抗拒的主潮。齐鲁与吴越作家的不同的审美思维在这种文学审美主潮面前显示了不同的活力。齐鲁作家因其审美思维很难突破根深蒂固的群体意识和实用理性精神，因而缺乏感性和个体生命意识，所以在个性主义文学主潮面前显得活力不够，创作潜能未能得到充分解放，文学实绩相对于同时期的吴越文学来说要逊色得多。而吴越作家本来就较多充满个性、自由和开放的审美意识，又大多留学国外，受西方个性主义思想的熏陶，所以在"五四"时期他们各自的美学理想与时代审美主潮一拍即合，创作潜能释放得淋漓尽致，在文学的各个领域都颇有建树，取得了其它地域文学无可比拟的巨大成就。

"五四"退潮，特别是大革命失败以后，民族解放、阶级解放的主题成为压倒一切的历史主题。这时候，一切国民作为群体团结起来以共同完成历史使命的集体意识势必又得到加强，个性主义只有纳入这个时代主潮之中方能走上顺应历史的道路。于是，这时期齐鲁作家中的那种入世功利、理性秩序和群体意识等审美思想与时代美学主潮显得更为接近。作家们可以较为得心应手地为时代奉献他们的文学作品，而不必经过更多痛苦的审美思维、文化心态的方向转换。这时期的齐鲁文学相对来说显得比"五四"时更有起色，更有历史功能价值，出现了许多战士型作家，显得更符合历史发展的大趋向。而这时期的吴越作家，他们崇尚感性和个体生命意识的美学理想遇到了时代强有力的挑战。一部分作家在对历史现实的实践思考中，经过心灵的痛苦反思和搏斗，终于重新审视和选择地域文化传统及其他文化，将个性主义纳入民族解放的历史主潮之中，使他们的文学又一次焕发出了新的光辉，如鲁迅、茅盾等。而另一部分作家，始终未能重新审视地域文化及其他文化赋予他们的个性色彩，未能随历史主潮的变革而重新选择。于是，他们的文化学逐渐远离社会历史现实而走向纯美、闲适的路子，如周作人、徐志摩等。应该说，这时期现代吴越文学呈现了更为明显的不同风貌，这与作家们吸取不同的吴越文化成分是不无关系的。

自汉朝以来，由于历代统治者对儒学的不断利用和强制推行，使儒学思想成了一种人人接受、自觉奉行的行为准则。因此，作为儒学的发源地和中心的齐鲁文化比吴越文化更具有稳定性，并形成了封闭系统。而吴越文化从一开始就不断吸收外来文化，拥有较大的开放性和可塑性，且往往离封建王朝的统治中心较远，经济较为发达，文化受到的禁锢相对来说较少，因而它更具有丰富多样的色彩。如果说，齐鲁文化从总体上看，是一种以伦理为核心的具有较强排他性，色彩较为单一的文化样式；那么，吴越文化则更多地吸取了周围楚文化、中原文化甚至外来文化，佛道思想更浓，西洋味更足。这也造成了吴越文化众多内在的复杂的矛盾。如春秋时的尚武传统与晋之后的崇文风尚相统一的刚毅与柔弱的矛盾；遭水灾而迁徙的漂泊、运动与田园农家生活的安定、静谧的矛盾；受齐鲁文化、楚文化、印度文化等其他地域文化影响而形成的入世与出世，理性与感性，直觉与判断，知足与超越的矛盾等等。齐鲁文化氛围的单一造成了审美思维方式的单一，也造成了现代齐鲁文学思想风貌的单调，比较起来，确实不如现代吴越文学多样化。现代齐鲁文学史，就其总体来说基本上是一部描写民众苦难与民众抗争的历史。现代齐鲁作家们面对国家、民族、人民的危难，往往挺身而出，脚踏实地，以自己的笔记录下惨痛的民生疾苦，号召人们起来抗争。这里有“极要描写人间疾苦”[①] 的杨振声；有因精心抒写农民苦难的诗作《老马》而闻名诗坛的臧克家；有因“写农村破产”的小说《山雨》而著称于世的王统照等。不但如此，现代齐鲁文学一方面显得总是那么顺应历史发展的进程；另一方面又

① 鲁迅：《〈中国新文学大系〉小说二集序》，《鲁迅全集》第6卷，北京：人民文学出版社，1981年，第224页。

总是那么符合道德的规范。这里没有郁达夫式的关于性苦闷的赤裸裸暴露，也没有茅盾关于“新女性”放荡、浪漫和颓废的描叙，更没有徐志摩式的对永不能企及的浪漫的“爱”的抒写。一切都是那么合乎礼义。即使写到“爱”，也是一种规范的“爱”，要么是夫唱妇和的忠贞之“爱”，要么是革命加恋爱。

从创作方法角度看，现代齐鲁文学基本上是现实主义一统天下。王统照早年曾以“爱”和“美”作为美化人生的药方，但不久他就将笔端转向对不合理现实的描写。李广田曾受欧美现代派、象征派艺术的影响，但后来很快转向了对社会历史风云的写实，写出了《引力》《欢喜团》等小说。早年曾写过一些富有深刻自我生命体验的诗的臧克家，后来一直表现为对“大我”的紧密关注和刻写，写出了长诗《走向火线》《李大钊》等。他们的创作最终都走向了“农民式”凝重厚实的现实主义。这正是深受齐鲁文化氛围熏陶的结果。可以看出，现代齐鲁作家很少能突破强大的地域文化氛围的限制，未能更好地吸取其他地域文化，从而使自己的文学显得面目单纯。

吴越文化氛围矛盾复杂而丰富多彩的特色导致了吴越文学斑斓多姿而又对立矛盾的格局。“五四”时期，吴越作家们充分地发挥了吴越文化注重主体意识的审美思维方式，既顺应历史主潮又独树一帜。吴越文学曾出现了群星灿烂的辉煌局面。但是，吴越文化的矛盾复杂也导致了吴越作家内心的矛盾和复杂，执着与超脱、个人与群体、责任与闲适等矛盾往往集于吴越作家身上。这些矛盾在“五四”退潮后，特别是大革命失败后变得更为尖锐。时代历史的发展迫使每一位吴越作家对地域文化中的矛盾双方作出抉择。其中一部分作家如鲁迅、茅盾等顺应历史主潮更多地吸取了刚毅、深刻、执着的一面，当然也受另一面的影响；而另一部分作家如周作人、徐志摩等更多地吸取了吴越文化柔美、飘逸、超然的一面。前一部分作家追求个性生命价值与社会群体的统一，呈现出“有为”社会的价值取向，但又与齐鲁作家不同。如果说，现代齐鲁作家以更为切近社会生活的方式暴露黑暗和呼唤先明，往往有较多急功近利的色彩，那么这批吴越作家的视点更高，他们往往从哲学、文化、经济、思想等角度对旧社会作究根刨底的剖析，而非仅止于现实生活层面。相对来说比齐鲁作家多些历史的深沉思索，带有吴越文化中飘逸却又深刻的特点。事实上，在文学的思想价值取向方面，比现代齐鲁作家走得更远的是吴越的另一批作家如周作人、徐志摩等。“五四”退潮，尤为大革命失败后，他们的作品与历史主潮保持了一定的距离。他们不但没有现代齐鲁作家强烈的入世、参与意识，而且还将吴越文化中逍遥、超脱、享乐、闲适的文化个性推向极致。一个有趣的现象是，中国现代文学中，以闲适性质为主要品格特征的散文大家许多都是吴越人，如周作人、俞平伯、丰子恺等。他们无意于政治，追求艺术人生，主张文学超时代、超功利，强调个体生命的愉悦和自由。这与现代齐鲁作家注重群体、主张文学的致用功能，甚至一边从事革命一边进行业余创作或干脆弃笔从戎的心态是截然不同的。

从总体上看，吴越之地的冲淡、秀丽、富庶和柔和造就了吴越文学艺术隽永、空灵、浪漫和恬美的风格。江南民歌即是一例。它全无孔府乐舞的庄重、正统和严肃，而是想象丰富、语调鲜活，调动比兴、隐喻、双关等艺术手法细腻地抒发自然真情，轻松活泼之中携有几丝浪漫的风骚。受此种文化艺术精神浸染的现代吴越作家，与齐鲁作家风格的不同是容易看出的。同是写实型作家作品，茅盾的《子夜》比起王统照同年的《山雨》显得更为灵动、开放，而少些凝重的泥土味；同是“汉园”诗人，吴越卞之琳的诗比起齐鲁李广田朴实亲切的诗风来，显得更为曲折诡谲，幽玄旖旎；其他诗人，徐志摩、戴望舒与艾青的诗，比起臧克家来更为飘逸、浪漫和空灵，更为柔慧、灵秀与机智，更富有一份茫然的忧郁色彩，而乏沉重和锋棱，少一份悲怆的苦难感；至于郁达夫不避污秽、放浪形骸的率性而歌，周作人的闲适、冲淡和超然，更是齐鲁作家所缺乏的。

然而，吴越人还有易被人忽视的另一面。这只要游历过越王殿，体悟过其中苍凉、刚毅的氛围即可察觉。那里有剑、戈、矛、戟、镞等锐利的武器，有西施忍辱负重无私奉献的故事，更有“十年生聚，十年教训”的箴言……这一切无不显示出吴越人责任、血性和崇高的另一侧面。陆游、顾炎武、蔡元培、秋瑾等，无不一一从这里吸取过先贤遗留下的营养。且不说鲁迅、茅盾，就说朱自清、郁达夫和戴望舒，他们一度消沉后终于又放射出吴越人金刚怒目的这一面。文风也由柔弱渐变为刚毅，由忧郁渐而变为奋激。即使周作人、徐志摩等作家也常常会流溢地出吴越人的这一侧面。可憾的是，在“风沙扑面，虎狼成群”的峥嵘时代，他们未能完全顺应时代的审美主潮，突破吴越地域文化阴柔一面的深刻影响，以至造成某种不足。

比较而言，鲁迅对吴越文化氛围的吸收显得更为可取。他没有像齐鲁作家那样，因受强大地域文化氛围的制约而无力突破它的束缚，从而导致了文学思想艺术风貌的单一；也没有像周作人等吴越作家那样，只注重吸收吴越文化阴柔、秀美、飘逸、闲适的一面，且未能随时代主潮的变迁而对这种文化加以重新审视和选择。鲁迅对吴越文化阳刚与阴柔、雄强与秀丽、深刻与飘逸、讽刺与闲适等矛盾两面都有清醒的认识。当他写到封建正统文化时，他就显出讽刺、深刻、刚毅的一面，对之竭力加以排击；当他写到吴越大地优美的自然风情时，他往往又会自觉不自觉地显示阴柔、飘逸的一面，对之充满欣赏神往之情。随着时代空气的变化和严峻，他还对吴越文化氛围不断重新审视和选择，更加弘扬了阳刚、崇高、慷慨的精神，突出了“会稽乃报仇雪耻之乡”的这一面。他说,“我不爱江南，秀气是秀气的，但小气”，“满洲人住江南二百年，便连马也不会骑了，整天坐茶馆”①。从这调侃的言谈中，我们不难感到，鲁迅对吴越文化秀美的一面是深有体会的，但同时又希望吴越文化中有更多阳刚的精神。这种全面吸取地域文化精华，又能不断突破其局限性吸取外域文化的高远目光，是鲁迅作品思想艺术风貌走向丰富和刚健的原因之一。

地域文化的影响对某一地域文学来说是无可回避的。但是，在不同时代历史背景中，地域文化对该地域文学的作用并不相同。当它与时代历史的审美主潮合拍时，往往会较快地推动文学的发展进程；反之，它要接受历史的选择，才能较好地促使文学的发展。作家们既要适应时代的要求吸取地域文化中的积极成分，又要根据时代历史的变迁融合其他地域文化甚至外来文化来弥补其中的不足。如果作家一味沉溺于地域文化氛围不思变革或无力突破它的时代局限，那么往往会造成文学思想艺术风貌的单调，或者造成创作的模式化倾向，导致触犯艺术教条主义的错误。克服这种毛病的关键是，作家对地域文化既要入乎其内，又要出乎其外，顺应时代历史而对它加以清醒、审慎的择取和补充。如此，地域文化对地域文学的作用才会更为符合艺术发展的辩证法。

---

① 鲁迅：《书信·致萧军》，《鲁迅全集》第13卷，北京：人民文学出版社，1981年，第205～206页。

# 现代“黄河文学”论*

五四新文化运动中所涌现的新思潮新学说，特别是马克思主义学说，经黄河流域各个五四社团及其刊物的传播，如一道道新的曙光闪现于20世纪黄河流域上空。自此，以儒学为核心的黄河传统文化虽几经沉浮，但终于接受历史的选择而走上了新生之路。在文学领域，历史阵痛期的黄河人的苦难情绪于“五四”及20、30年代作品中得到了充分的展现。延安文艺座谈会前后的40年代，黄河文学注入了历史的新鲜血液，歌颂抗争，歌颂胜利，一派欢乐而雄壮的气氛洋溢其间，与以往迥然有别。这种文学趋向和审美风格在建国后的“十七年”文学中又被推向了极致。直到新时期，黄河文学从思想主题到创作观念和表现手法，才又有了较为全面的突破和创新。

## 一、现代“黄河文学”的文化意蕴

自1919年至1949年，历史进入新民主主义革命时期。黄河，以它亘古未有的姿态谱写了一曲曲惊天地、泣鬼神的英雄乐章。处于水深火热之中啼饥号寒的黄河儿女在历史风云中御外侮，抗强权，终于以觉醒者的英姿走上了历史的舞台。这是一个反对帝国主义、反对清王朝、北洋军阀、蒋介石新军阀所代表的封建主义、官僚资本主义统治，求得民主、自由与解放的光辉时代，也是一段开辟黄河文化新纪元的艰难历程。

考察现代黄河文化的嬗变，首先必须注意这样一个基本的事实，即促使现代黄河文化新生的一个极其重要的工具——白话文在黄河流域得以传播并取得彻底胜利。中国晚清兴起的白话文运动虽然缩短了中国古语变为俗语，白话文取代文言文的历史进程，但毕竟很不彻底，当时大多报纸杂志仍然沿

---

* 本文系著者和研究生吴秀亮合作撰写。原刊于《中国现代小说的历史沉思》，南海出版公司1993年10月出版。

用文言文写作，学校作文也写文言文，而且摹仿古文，常常是文章写得越古雅、越艰涩、越难懂就越好。到了“五四”时期，一大批文化先驱以自觉的理论意识倡导白话文，反对文言文。“鲁迅强调文言文语法不精密，说明中国人思维不严密；周作人指出古汉语的晦涩，养成国民笼统的心理；胡适提出研究中国文学套语体现出来的民族心理；钱玄同、刘半农则从汉语的非拼音化倾向探讨中国文化的特质……”① 在“五四”先驱们的鼓动下，白话文势如破竹，在不长的时间内迅速取代文言文，并流传全国各地，也流传黄河流域。曹靖华回忆当年青年学会时曾这样说：“‘五四’运动爆发了，他们（指青年学会的同仁——引者注）受到新思潮的影响，首先相率用白话文写文章。不但宣言、传单、通告、标语等等都用白话文写，而且课堂作文也改用白话文写，同时也用了新式标点符号。”② 其实，何止青年学会，整个黄河流域的广大学生和青年都是如此，而且不久，上至黄河流域的教育管理部门，下至普通知识阶层纷纷使用白话文，这只要翻阅当年流行该地区的报纸杂志便明显可见。语言文字的变革是文化蜕变的先声，其意义远远超过了文字变革的本身。当年意大利的但丁极力主张用意大利话代替拉丁文，莎士比亚及同时代英国作家率先用英语创造新文字，使本国的“文言文”式语言迅速向“白话”式国语过渡，有力地促进了文艺复兴运动，迎来了一个大写的“人”的崭新时代。黄河流域语言文字变革意义也正是如此，它强有力地冲击着传统的文化——心理结构，有利于黄河人民精神的发展。首先，书面语言的白话化推进了国语运动，带动了教育的普及化和平民化，大大有利于新文化、新思想的传播和普及，并有可能使教育民众，唤醒民众的新文化的社会功能发挥到最大限度。事实证明，“五四”运动之所以产生如此巨大的影响，传播如此深远，是与白话语言的普及密不可分的。从读者接受角度来说，白话语言更有利于读者的理解、阅读、感受、吸收，并更拥有较多的读者群，不只是知识分子阶层，还可以扩大到广大民众。其次，书面语言的白话化有助于人们更新思维方式，促进人们思维的发达，这对人们批判旧文化，建立新文化起到了极大的推动作用。文言文是古代人思维模式、时代氛围、情绪意志的

① 陈平原、钱理群、黄子平：《艺术思维》，《读书》1986 年第 2 期。

② 曹靖华：《回忆青年学会》，《曹靖华译著文集》第 9 卷，北京：北京大学出版社，1992 年，第 170 页。

反映，其深层结构之中蕴含着旧文化的封闭、单一和保守的性质。白话语言的应用从其本身意义上来说就是对旧文化思维方式的突破和超越。胡适说："若要使中国有新文学，若要使中国文学能达今日的意思，能表今人的感情，能代表这个时代的文明程度和社会状况，非用白话不可"① 这是很有见地的。现代思想和文化愈来愈精微细密，现代人的情感和意识愈来愈为复杂多样，要用艰涩古奥、呆板僵滞的文言文来表达，显然越来越不能胜任。而语言的白话化不但能适应和表达现代人的生活，而且可以增强人们的思维活力，克服中国传统思维方式重直觉短思辨的弊病，这直接有助于人们评介、传播和接受、掌握思辨品格较强的马克思主义及其他西方文化学说，从而能站在一个新的视角和高度审视择取民族传统文化。正是在这个意义上，我们说语言文字的白话化正是黄河人意识的觉醒、黄河文化由旧向新嬗变的前提，而白话的传播和普及本身也是黄河文化新生的一个重要内容。

那么，黄河文化到底如何由传统逐步走向现代的呢？这是一个涉及思想意识、伦理道德、文化批判、人的改造的巨大而复杂的历时性系统工程。从这一历时性文化嬗变轨迹来看，马克思主义对以儒学为核心的黄河传统文化心理结构的转换，有意识地改变黄河传统文化积淀是其主要方面。但也须承认，作为这一历史阶段的统治阶级国民党及后来的蒋介石集团的文化政策对黄河文化也有一定影响。而其他一批运用西方文化学说重新解释和发挥儒家学说的一部分知识分子对黄河文化的作用亦不可忽视。基于此，要考察现代黄河文化的嬗变，就必须对作为黄河文化核心的儒学在中国的命运作一历史性透视，因为，儒学的兴衰存亡直接关系到黄河文化的蜕变与新生。

就国民党对儒学的解释和利用来说，可分为两个阶段。在前一个阶段主要以孙中山为代表。作为伟大的资产阶级革命家，中华民国的创始人，其文化思想对包括黄河流域在内的整个中华民族产生了深远的影响。孙中山的思想体系的主体部分是西方的资产阶级民主主义，但又接受了中国的传统文化。他曾说："组织联邦共和政体尤为一定不易之理。彼将取欧美之民主以为模范，同时仍取数千年前旧有文化而融贯之。"② 以西方文化为主体融会贯通中

① 胡适：《答黄觉僧君〈折衷的文学革新论〉》，《胡适文集》第3卷，北京：人民文学出版社，1998年，第86页。

② 孙中山：《在欧洲的演说》，《孙中山全集》第1卷，北京：中华书局，2011年，第56页。

国的传统文化正是孙中山的文化思想。他所吸收的中国传统文化，主要是儒学。他提出的“驱逐鞑虏，恢复中华”的纲领明显含有“严华夷之辨”、“尊王攘夷”的儒学正统思想；他的三民主义也有儒家“民主”、“大同”等思想因子。他以资产阶级人道主义等思想重新解释择取传统儒家道德观念：“古时所讲的忠，是忠于皇帝。君主可以不要，忠字是不能不要的；不忠于君，要忠于国，要忠于民，要为四万万人去效忠；要忠于事业，做一件事，要始终不渝，做到成功。孝字，中国尤为特长，更是不能不要，仁爱是中国的好道德”①。不难看出，与袁世凯、张勋把儒学作为复辟帝制的工具截然不同，孙中山以资产阶级民主主义和爱国主义精神重新注释和改造儒学，使传统儒家学说和道德在新的历史时期得到了发展。但也须看到，对儒家学说中的三纲之说，“严华夷之辩”等正统思想的消极方面，孙中山是缺乏清醒的认识和批判的。

在后一阶段，以蒋介石为代表。自从蒋介石为首的国民党在南京成立国民政府后，国民党集团代替了北洋军阀的统治，至此，孙中山的三民主义已为蒋介石集团所篡改，并影响全国，当然也影响黄河流域。蒋介石一面引进法西斯主义理论，一面复活中国的封建文化思想，二者糅为一体，为他的统治服务。同时，还给这种统治思想披上了一件三民主义的外衣，蒋介石通过三民主义儒学化，把儒学的伦理、道德、修身的方法说成是中国的国魂、民族的精神及立国的基础，曾多次反复宣扬孙中山的思想、三民主义学说的来源完全是中国的传统文化。“中山先生的思想，完全是中国的正统思想，就是继承尧舜以至孔孟而中绝的仁义道德思想”②“中国固有的民族性是什么？从来立国精神是什么？现在需要的又是什么？总理已经写得明白，就是‘三民主义’。三民主义是什么呢？在伦理和政治方面讲：就是‘忠、孝、仁、爱、信、义、和、平’来做基础；在方法实行上讲，就是‘知难行易’的革命哲学。现在我们要恢复民族精神，要中国的国家民族复兴，就先要恢复中国固有的忠、孝、仁、爱、信、义、和、平的民族道德。”③ 蒋介石偷梁换柱式地

① 孙中山：《民族主义》，《孙中山全集》第9卷，北京：中华书局，2011年，第244页。

② 蒋介石：《蒋主席讲：中国教育的思想问题》，《中华民国重要史料初编——对日抗战时期》，台北：中国国民党中央委员会党史委员会1981年，第413页。

③ 蒋介石：《革命哲学的重要》，《三民主义历史文献选编》，北京：中共中央党校办公室，1987年，第304页。

把儒学升华为官方学说，使其实际上成为他的统治思想之一。因而，他既反对英美式的个人自由主义思想，又攻击共产主义之政治理论与中国固有道德相悖。然而他的理论与实践又不一致，他利用儒学为其统治服务，在一些具体政策和措施上又不符合广大劳动人民的实际愿望。儒学在他那里只是一件工具。因此，可以这样说，蒋介石利用儒学作为统治思想之一，与其说是对儒学的恢复，不如说使儒学的声誉再一次受到损害，同时，也进一步暴露了儒学的某些缺陷。

在中国现代思想文化史上，还有一部分人，他们同旧式的封建文人不同，大都曾放洋留学，对西方“新”思想比较熟悉，但在处理传统儒家哲学同外来思想时，却主张“儒化”“新”思想，以图复兴儒家哲学。这就是被学术界称之为现代新儒家的一群，其代表人物是梁漱溟、冯友兰、熊十力、贺麟。贺麟当年曾认为：“广义的新儒家思想的发展或儒家思想的新开展，就是中国现代思潮的主潮”[①]。他把“新儒家”哲学代表“五四”以来哲学的主潮。虽然，这个结论背离了“五四”新文化运动所代表的正确方向，但是，“新儒家”思想对整个现代中国思想文化发展具有广泛影响，这一点却是确定无疑的。就黄河文化的嬗变来说，“新儒家”思想曾起到直接或间接的作用。首先提及的自然是梁漱溟。1921 年暑期，他应山东教育厅之邀赴济南讲演“东西文化及其哲学”。1929 年又到河南筹办“村治学院”。1931 年到山东菏泽、邹平搞“乡村建设”实验，亲自担任山东乡村建设研究院研究室主任，还兼任山东省高级政治顾问。梁漱溟思想的核心就是“新孔学”。所谓“新孔学”，就是他运用柏格森的某些观点阐述补充和改造儒家的传统思想，实在是传统儒家哲学与柏格森生命哲学合流的产物。在他看来，“西洋生活是直觉运用理智的，中国生活是理智运用直觉的，印度生活是理智运用现量的”。三种文化本无好坏之别，西洋文化的胜利，只在其适应人类目前的问题而已，接下去又将是中国文化的时代。于是，他又对中国文化的主要内核孔子学说作了阐释，认为孔子的人生哲学“为中国文明最重要之一部”，“就是以生活为对，为好的态度”及“一切不认定”，不计较利，凭直觉生活，按人类的自然本能和情状对待生活”[②]。梁漱溟的“新孔学”影响较大，后来的冯友兰、熊十

① 贺麟：《文化与人生》，上海：上海人民出版社，2011 年，第 11 页。

② 梁漱溟：《东西文化及其哲学》，北京：商务印书馆，2005 年，第 2 页。

力、贺麟不同程度地吸收了新孔学的某些观点，但又有所发展。冯友兰的新理学是“新程朱”型客观唯心主义哲学思想体系。他以程朱为正宗，运用新实在主义的“逻辑分析”方法创立自以为“全新的形而上学”。他认为“理”世界先于实际的世界，是世界的本原，人们可以通过神秘的“觉解”途径，使理世界明白起来，按照人们“觉解”程度的深浅之别，人生中的境界可以分为“自然、功利、道德、天地”等四种类型，其中天地境界表现为一种“事天”的态度，“尽伦尽职”，恪守道德规范，也是人生所要追求的最高境界。熊十力的“新唯识论”、贺麟的“新心学”都是“新陆王”型的主观唯心主义哲学体系。前者认为，“本心”是宇宙的本体，物质宇宙是“本心”的表现或功用。“本心”是人之道德之本，而“习心”者则以为世界是物质的，人们常常以“习心”蒙弊“本心”，遂使道德价值源头未能贯彻，善与恶由此而生。他主张以“性智”（直觉）认知取代“量智”（理智），揣摩“本心”，祛除“习心”，树立“内圣”之道德观。它通过“外王”而呈现，于是“内圣外王”便成了人应追求的理想人格。后者认为，“心与物是不可分的整体”，但心为本质，物是心的表现。在认识论方面，他强调“自然的知行合一观”，但知是行的主宰和本质，基于此，他主张“对名分、理念尽忠”，社会当以“重忠孝仁义信爱和平的道德”为指导思想。

可以看出，“新儒家”学者绝非旧式文人般的抱残守缺和亦步亦趋，而是以西方“新”学对儒学加以发挥和改造，但其目的还是致力于弘扬传统儒学的基本精神。有人认为，“‘新儒家’哲学遵守宋明理学三教合流之绪，进而援‘洋’入儒，把封建主义的意识形态改造成了现代地主资产阶级的意识形态。如果把孔孟儒学算作儒家哲学发展的第一阶段、汉代经学算作第二阶段、宋明理学算作第三阶段的话，那么，‘五四’以来的‘新儒家’哲学可以说是第四个发展阶段”①。这是精辟之论。新儒家学者带有较强的思辨性，一定程度上克服了传统儒学的原始性和素朴性，使之呈现出现代的色彩，并从中寻找半殖民地半封建社会需要的理想人格。但是，他们把寻找的视线转向传统儒学的纲常伦理观念，尽管对传统儒学略有改造，但他们的学说毕竟还带有某些唯心主义的倾向和落后的封建意识，有时还存在引导人们脱离现实，

① 宋志明：《略论“五四”以来的“新儒学”哲学》，《中国近现代哲学史论集》，北京：中国人民大学出版社，1989 年，第 252 页。

空谈心性；脱离社会，空谈人生的不良效果。如果说前三个阶段的儒学在当时社会占文化主流的位置，那么第四阶段的儒学即“新儒学”至多只能代表现代地主资产阶级思想体系的主要部分，并不能代表整个现代中国文化思想发展的方向。对于黄河文化来说，“新儒家”思想的影响亦是如此。

就马克思主义对黄河传统文化的影响和改造来说，自从“五四”以后从未间断。到了延安时期，以毛泽东为代表的一批共产党人则更为自觉和成熟地运用马克思主义对包括黄河文化在内的中国传统文化进行了较为全面的分析和批判。在现代黄河文化史上，中国共产党在延安时期的一系列的文化运动和文化政策占据十分重要的地位。空前激烈的民族解放战争，向文化提出了崭新的任务，改造黄河文化的时代要求显得十分强烈。许多纲领和文件，许多文化工作者和文化团体都自觉不自觉地把文化与救亡直接联系起来，要一切的文化工作服务于抗战，服从于抗战。这使得黄河传统文化的改造走上了顺应历史发展的道路，当然也带有过于匆忙的痕迹。

1940 年毛泽东在延安发表了《新民主主义论》，提出建立新民主主义新文化的任务，发出了学习中国历史文化遗产的号召，阐述了对待文化遗产“批判继承”的总方针。毛泽东曾在《中国共产党在民族战争中的地位》中指出：“今天的中国是历史的中国的一个发展，我们是马克思主义的历史主义者，我们不应当割断历史。从孔夫子到孙中山，我们应当给以总结，承继这一份珍贵的遗产”。在《新民主主义论》中，他从建立新民主主义新文化的角度对传统文化问题进一步作了具体阐述：“中国的长期封建社会中，创造了灿烂的古代文化。清理古代文化的发展过程，剔除其封建性的糟粕，吸收其民主性的精华，是发展民族新文化提高民族自信心的必要条件。但是，决不能无批判地兼收并蓄。必须将古代封建统治阶级的一切腐朽的东西和古代优秀的人民文化即多少带有民主性和革命性的东西区别开来。”正是在这一思想的指导下，中国传统文化包括黄河文化开始得到了较为全面科学的清理。

**（一）优秀遗产的弘扬**

中华民族有数千年连绵不断的文明发展史，是世界上少数几个从未中断其发展线索的古老文明民族之一。在这一源远流长的历史长河中，黄河传统文化为民族的生存发展作出了巨大的贡献，其中自然有不少优秀遗产值得发扬光大，为中国的马克思主义者所继承，如务实精神、经世致用思想、入世有为的人生观、关心民生邦国的态度、实事求是的客观精神和研究态度等等。中国的马克思主义者强调马克思主义理论必须和中国实际相结合，反对脱离实际，清谈马列，要求以马列主义普遍真理解决中国革命的实际问题，并把它应用到历史、文学、艺术等学术研究领域，这是经世致用思想的发扬。作为毛泽东思想精髓的“实事求是”思想其实也是对中国古代“实事求是”命题和思想的批判继承。早在汉代中国古籍中就提出了“实事求是”的命题，班固在《汉书·河间献王传》中称赞河间献王刘德“修学好古，实事求是”。这一要求人们占有材料，尊重事实的古代朴素思想，由中国的马克思主义者加以改造，赋予新意，即毛泽东所说的“‘实事’就是客观存在着的一切事物，‘是’就是客观事物的内部联系即规律性，‘求’就是我们去研究”①，并一直成为人们认识世界、改造世界的根本方法，也是中国共产党思想路线的最科学最概括的表述。

**（二）对封建性糟粕的剔除**

继承传统文化的优秀遗产，批判其中的封建性的糟粕，这是马克思主义者对待传统文化的不可分割的两个方面。以儒学为主的传统文化无疑存在许多落后的封建糟粕，阻碍了历史前进的步伐，否则就无法解释过去我们民族长期得不到发展的原因。因而，这些糟粕在中国的马克思主义者那里开始得到了真正郑重地批判和剔除。如在认识论问题上，特别是知和行的关系问题，陆王讲“心即理”、“知行合一”，片面夸大了主观能动性，也是经验论；程朱理学讲“理在气先”，“知先于行”，宣扬先验论。之后，尽管还有不少人探讨知和行的关系，但常有偏颇。毛泽东在《实践论》中，对此作了阐述，他发挥了马克思主义认识论的基本原理，批判了教条主义和经验主义的错误，阐明了“辩证唯物论”的认识论：“通过实践而发现真理，又通过实践而证实真理和发展真理。从感性认识而能动地发展到理性认识，又从理性认识而能动地指导革命实践，改造主观世界和客观世界。实践、认识、再实践、再认识，这种形式，循环往复以至无穷，而实践和认识之每一循环的内容，都比较地进到了高一级的程度。这就是辩证唯物论的全部认识论，这就是辩证唯

① 毛泽东：《改造我们的学习》，北京：人民出版社，1975年，第9页。

物论的知行统一观。”[1] 知行关系问题至此得以正确科学的认识和解决。又如，以儒学为主的黄河传统文化十分重视伦理道德。认为只有通过个体道德修善和道德践履才能达到道德的自我完善，才能把握世界；强调理性行事，意志力的培养，以进行刻苦的自我修炼；强调尊卑有序，长幼有别。这些思想固然有其特定历史条件下的积极意义和合理因素，但无疑存在诸多致命缺陷，否则不会经常被封建统治阶级包括新旧军阀所利用。对此，自“五四”起，一批马克思主义者如李大钊、陈独秀、毛泽东、刘少奇等等一直非常重视对传统中以儒家为主的伦理道德的分析和批判，力图剔除其封建糟粕。其中，毛泽东在这方面的努力是颇有影响也是很有代表性的。他说：“关于孔子的道德论，应给以唯物论的观察，加以更多的批判，以便与国民党的道德观（国民党在这方面最喜欢引孔子）有原则的区别。例如‘知仁勇’，孔子的知（理论）既是不根于客观事实的，是独断的，观念论的，则其见之仁勇（实践），也是仁于统治者一阶级而不仁于大众；勇于压迫人民，勇于守卫封建制度，而不勇于为人民服务。……我觉得孔子的这类道德范畴，应给以历史的唯物论的批判，将其放在恰当的位置。”[2] 由此可见，儒家的伦理道德观也正愈益深刻地接受着马克思主义的洗涤和清理。

纵观现代黄河文化的发展历程，可以看出，尽管中外古今思想在黄河流域交相更替，仿佛千头万绪，驳杂多样，但是，真正能贯串中国现代历史全过程，反映现代中国的时代特征，解决现代中国面临的历史课题的文化思想却是马克思主义。无论就其对其他各种思想派别的广泛影响还是就其掌握群众的深刻程度来说，它是任何现代中国文化思潮都无法比拟的。尽管黄河流域某些地区某些时候为新旧军阀所统治，但马克思主义思想始终对这些地区发生深刻影响。特别是长征胜利，延安成为革命根据地后，马克思主义在黄河流域的影响更为深远。以传统儒学为主的黄河文化正是在接受马克思主义的批判和改造中，逐步脱离其他思想文化的冲击，沿着无产阶级领导的，民族的、科学的、大众的新文化方向迅速前进，终于走向了顺应历史发展潮流的新生之路。

---

① 毛泽东：《实践论》，《毛泽东选集》第1卷，北京：人民出版社，1991年，第296～297页。

② 毛泽东：《致张闻天》，《毛泽东书信选集》北京：中央文献出版社，2003年，第132～133页。

## 二、现代“黄河文学”的苦难情绪

特定时代，特定地域及其人们的物质环境和精神环境无疑对该地域艺术产品有着深刻影响。在现代黄河流域这片土地上，文学，在40年代前后，特别是在毛泽东《在延安文艺座谈会上的讲话》之后，呈现出与以往迥然不同的风貌。40年代前后的黄河流域文学（主要是解放区文学），其主旋律是歌颂抗争，歌颂胜利，欢乐而雄壮的气氛洋溢其间，仿佛如咆哮的黄河。与此不同，在“五四”时期及二三十年代，黄河流域文学（下称黄河文学）却常常唱着一曲曲苦难的黄河人之歌，凄婉、悲凉而愤怒，恰似滔滔的黄河水在无间歇地向人们诉说。

在此，我们先对黄河流域文学的“苦难之歌”略加考察。

唱着这“苦难之歌”的大都是“五四”以来二三十年代次第登上文坛的作家。他们诞生于新旧时代嬗变的阵痛期——“五四”时代。这是一个民族和个人痛楚万分的时代。一方面，自鸦片战争后，一系列军事、外交的惨败，使民族衰败凋零、民不聊生。在黄河流域，德国帝国主义强“租”胶州湾，强筑胶州铁路。甲午战争失败后，日本又将侵略的魔爪伸向山东。而在第一次世界大战胜利后召开的巴黎和会上，日本竟还想要取代德国，行使在山东的种种特权。当时，国内新旧军阀统治者又连年混战，并加紧对民众的敲诈勒索，根本无视民众的生存维艰。这种内忧外患促使这一群作家自觉不自觉地将笔触指向黄河流域的苦难民众。另一方面，作为深受个性主义和人道主义熏陶的一群知识分子，他们首先觉悟到封建伦理道德等愚昧思想对人性的压抑和扼杀，因而他们常以一种无畏的勇气与之抗争，追求个性的自由与解放。但在反抗这强大的无形之力的同时，却又时时感到幻灭的悲哀，于是希望转为失望，愤激转为自虐，苦难意识就从这群先觉者心中油然而生。

值得注意的是抒写个人的种种苦闷，张扬美好个性的实现这类作品在现代黄河流域文学中并不多见。在现代黄河流域文学中，没有徐志摩那样的诗人，以空灵飘逸的诗句表达自己浪漫的追求及个人追求幻灭后那种寂寞的惆怅；没有郁达夫那样的小说家，赤裸裸地坦露自己个人的苦闷和灵魂的躁动；也没有林语堂那样的散文家，以鲜明的个人笔调，抒写自我的闲适和个人的性灵。王统照早年曾以“爱”和“美”作为弥合缺陷，美化人生的药方，但不久他就将笔端转向不合理的现实。李广田早期虽然受到欧美现代派、象征派的艺术手法的影响，抒写自我心灵深处的感伤、孤寂与失望，吟咏出“静夜的秋灯是温暖的，/在孤寂中，/我却是有一点寒冷。/咫尺的灯，/觉得是遥遥了”这样凄清的诗句，但他从未放弃对社会现实的审美把握，在他后来的小说如《引力》《欢喜团》《金坛子》及散文集《圈外》《回声》《日边随笔》等作品中，他越来越将艺术的视线移向残酷的社会现实。早年曾写出“人生永远追随着幻光，/可谁把幻光看作幻光，/谁便沉入了无底的苦海”这样富有深刻自我生命体验的诗句的臧克家，一直表现出对“大我”的密切关注，以致最后，写出了纪行体长诗《走向火线》、人物史诗《李大钊》这样的“重头戏”。显然，这是现代黄河流域文学的特殊现象。究其原因，恐怕与该地区的文化特色密切相联。

以儒家思想为主的黄河文化虽然在“五四”时期深受西方各种学术思想的冲击，也受到马克思主义及其它西方文化的批判，但它毕竟在人们心理积淀至深，特别是其精华部分并未全被抛弃。在新的历史条件下，这种关心邦国与民生的信念，奋斗不息的务实精神，坚定不移的入世思想等黄河文化中的精华潜移默化地影响着黄河流域的知识分子。所谓逍遥、出世、超然物外、清静无为、超乎现实、闲适人生在他们那里往往很少存在，尤其是在“虎狼成群，风沙扑面”的多事之秋，这些隐逸思想在他们身上往往销声匿迹。面对国家、民族、人民的危难，他们往往挺身而出，脚踏实地，以自己的笔描画动荡的历史风云，以及惨痛的民生疾苦，而顾不得抒写自己的个人情趣和身边琐事，也不愿钻进“象牙之塔”，谈草木虫鱼、讲性灵幽默，观人生百态，其作品与充满超时代、超政治的出世精神无缘。因此，现代黄河流域的文学很少存在“闲适”文学，为艺术而艺术的作家几乎没有，也没有专靠写言情小说、黑幕小说或武侠小说为职业的作家，甚至也较少纯以创作为主的职业作家。他们往往一边从事革命工作或其他文化事业，一边进行业余创作，出现了一批战士作家。如王思玷早年曾发表为人生小说《偏枯》，抨击旧制度的黑暗，为贫苦农民呼唤光明。不久即以枪代笔，为革命事业而光荣献身。刘一梦曾在积极参加工农运动的同时，进行着无产阶级文学的最早实践，同样把生命献给了自己的理想。曾担任过左联党团书记的耶林，他创作小说和散文曾受胡风和周扬的较高评价，不幸的是死于王明“左”倾机会主义的“肃整”运动中。如果说：“五四”时期黄河流域作家曾受当时个性自由解放等思潮的激荡，曾创作出张扬自我、抒发个性的部分作品，那么随着历史的发展，时代的前进，潜蕴于他们心理结构之中的强烈的入世精神和责任感使他们迅速脱离了个人主义的梦幻，把笔转向了社会现实的描写。

从文艺传统来看，写实作为一种文学主张与创作风尚一直在黄河流域占主流地位。从孔子肇端，孟子续绪，经历代美学家的发挥修正和补充，儒家美学形成了一个庞大的系统和悠久的历史，制约着现代黄河流域文学的发展。“诗，可以兴，可以观，可以群，可以怨”①，孔子这种把文学看作是社会状态晴雨表的致用美学观随着时代的发展被不断强化，以致有人把文学看作专事“经夫妇，成孝敬，厚人伦，美教化，移风尚”的工具。在这种美学观的牵引下，历代黄河文学大致以现实主义文学为主潮。从建安文学到唐宋古文，及新乐府运动；从《诗经·国风》到传记文学《史记》，再到杜甫诗作，施耐庵的《水浒》等，写实的传统文艺精神及思维方式潜移默化地制约着现代黄河流域的文学家。因此，他们的作品大多以写实的笔法记录社会历史的现实，以朴实的文风抒写民族和大众的苦难。“苦难”两个耀眼的大字往往沉甸甸地实实在在地浸润于作品之中。可以说，这是现代黄河流域文学的一个极其明显的现象。

“五四”新文学运动中涌现出来的较早的一批小说家之一的杨振声，其全部创作基本上以“极要描写民间疾苦”②，暴露黑暗社会罪恶为主题。《一个兵的家》反映了军阀战争给一个阵亡兵士的家庭所造成的灾难。《贞女》一篇描写一个姑娘因嫁给一个木头牌位而自杀的悲剧。而他的处女作《渔家》则更突出地代表了他创作的这种倾向。在飘摇欲倾的茅屋中，生活着长年累月挣扎在大海的惊涛骇浪之中的一家渔民。多日的风雨使他们无法出海，全家人在忍着饥饿盼望着父亲能借米归来。大自然的磨难使这家受到了濒临死亡的威胁。恰好此时，又来了一个水上警察，限令这家赶快交纳“渔旗子税”。结果，父亲被强行拉走，大雨冲垮后墙使幼子丧生，妻子晕死过去，只有那

---

① 孔子：《论语·阳货》，北京：中央编译出版社，2006年，第202页。

② 鲁迅：《〈中国新文学大系〉小说二集序》，《鲁迅全集》第6卷，北京：人民文学出版社，1981年，第244页。

犹似小女儿哭声的凄凉风声在无休止地呼叫着。这种贫苦人民的受难图真叫人触目惊心！作为现代黄河文学的前驱者之一，杨振声的创作可以说是显示现代黄河文学“苦难情绪”的先兆。那时候，黄河流域这片土地上，拥有太多太多苦难的人，太多太多苦难的事，太多太多苦难的景。这些苦难的物事情景时时刻刻在触动着该地区作家的心弦，使他们不由得不唱出这忧郁凝重的苦难之歌。这“苦难”正是他们创作出具有震撼力作品的丰厚源泉。

“总得叫大车装个够，/它横竖不说一句话，/背上的压力往肉里扣，/它把头沉重地垂下！//这刻不知道下刻的命，/它有泪只往心里咽，/眼里飘来一道鞭影，/它抬起头望望前面。”这里描写的是一匹老马，轭下的生活却象征地涵括了农民苦难的重荷。臧克家往往以这样锤炼的诗句，抒写旧中国农民的苦难与不幸。在《生命的叫喊》一诗中，作者又这样写道：“高上去又跌下来，/这叫卖的呼声——/一支音标，沉浮着。/在测量这无底的五更。//深闺无眠的心，将把这/做成诗意的幽韵？/不，这是生命的叫喊，/一声一口血，喊碎了这夜心”。诗人抓住富有特殊意蕴的“叫卖”声，刻画了一位过着凄惨生活的农民形象。“高上去又跌下来”清晰地凸现了市民希望与失望相交织的情绪律动；“无底的五更”分明是指市民所生存社会的黑暗；“一声一口血”，使人想起啼血的杜鹃，渲染了人民的痛苦。臧克家的诗就是他对苦难民族的苦难大众的生活写真。他以严肃认真的诗心去体悟生活的苦难，以浓缩的形象，凝炼的诗句，批判黑暗的社会，苦吟人民之不幸，真是能沦肌浃髓。

在二三十年代黄河文学中，散文也占不小的比重。从本体角度考察，散文是最没有形式，最没有规范的文体，作家可以自由地抒情、自由地描绘、自由地议论，以最朴素的形式掌握世界，切近生活的原初氛围和潜在秩序。李广田的散文就是散发着浓郁黄土气息的文本建构。他没有像杨振声的小说、臧克家的诗那样，一开始就比较直接地描叙现实的种种苦难。在他的早期散文中，醇厚的风土人情、黄土地的种种传说、童年的乐观与梦幻是作品的主要思想意蕴。《画廊》《野店》《地平线》等篇，写农民年关过节的赶集景象，乡野小店的风情、夜行乡间小路的感触，宛如一幅幅带着极浓重北方泥土风味的风俗画。事实上，这是作者身处现代光怪陆离的都市时对故乡故土故人的美好的回忆。因此，他总以怀恋的心绪亲切地抒发眷恋故国的忧思。尽管如此，李广田的散文还是无法抑制对苦难民众的表现：《老渡船》中的铁匠任随命运摆布，默默地担起莫大的重压；《枣》中的傻子为追求甜美的生活纵身于湍急的黄河；《柳叶桃》《投荒者》则生动地表现了善良人民在苦难岁月中的飘零与挣扎……读了这些不无苍凉与凄清的散文，谁能不感受到潜蕴于其中的苦涩味？如果说李广田早期散文在泥土的馨香中透露出淡淡的苦难愁绪，那么随着时代风云的变幻，作家生活视野的开阔，严酷现实的教育，他则以燃烧的生命激情将笔锋直接深入民族和人民的苦难现实之中，从而使他的创作发生了由写乡土到写国土的转变。在散文集《圈外》《回声》《日边随笔》中，他自觉地将笔指向“政治的、社会的文化的一般不合理现象”，或记国民党统治的社会腐败现象，或写流亡民众的凄苦伤痕，或对被逼为匪的数万饥民的同情，笔锋犀利深沉，感情郁愤而严峻。

最集中反映苦难现实的自然是小说，特别是长篇小说。姚雪垠的长篇小说《长夜》集中地反映了河南农村的历史现实。其背景是直奉战争中吴佩孚败北，率残部退至信阳，于是那一带的茫茫原野上兵匪猖獗，民不聊生。作品通过对一个富有冒险精神和浪漫热情的少年在匪群中出生入死冒险经历的描写，折射出20年代的北方农村社会的苦难面影。那里，军阀横行霸道，鱼肉百姓，处处充满“杀”机，时时有血泪印痕。在鸡犬不宁的乱世人间，农家子弟无法忍受这漫漫长夜只能去“吃粮”（当兵）或去做土匪。作者把笔墨重点放在土匪生活的描写上，这些土匪本质上不是坏人，他们同官兵周旋，重豪爽讲义气，但其善良人性已被埋藏被扭曲，因而常杀人放火，奸淫掳掠。从作品中这些土匪经历和行为的描写中，我们不难窥见黄河流域农民无法生存不得不铤而走险的苦难生活现实。

“五四”时期及二三十年代的黄河文学最具代表性的作家当然是王统照。无论就其在文学革命初期的贡献还是就其作品的影响来说，在当时黄河流域文学中的地位是其他人所无法替代的。他凭自己丰硕的文学实绩在新文学史上占据了一席之地，影响所及，远远超出了黄河流域地区。

王统照先后主办《中国大学学报》《曙光》《晨光》《批评》《晨报副刊·文学旬刊》，与茅盾、郑振铎、叶绍钧等共同发起成立文学研究会，主张“为人生”而艺术，并在“五四”前后以小说、诗歌、散文、剧本等多种样式的文学作品著称于世。

王统照早年的作品从正面写了“爱”与“美”之伟力。他自幼耳闻目睹了农民生活的困苦，在新思潮的鼓荡下，开始注意思考和探索人生问题。那时，他无法找到社会混浊的根源，也无力改造社会，只好凭借虚幻的“美”和“爱”去解决理想和现实之间的矛盾。如《微笑》中的小偷阿根，因狱中女犯的一次“微笑”而受了感化，出狱后“居然成了个有了些知识的工人”。作品着意渲染了“美”与“爱”的“魔力”。这样的思想当然经不住当时中国黑海洋里风浪的颠簸。稍后，由于作者“对人生苦痛的尖刺愈来愈觉得锋利，对解放社会困难的希求也愈来愈加迫切”[1]，在他的作品中就展现了中国苦难生活的现实主义广阔画面：有失去自由的囚徒（《一栏之隔》），半夜里不得不回家的可怜的孩子（《湖畔儿语》），经不起生活的折磨而投河自杀的童养媳（《纪梦》）。在此，作者既对下层劳动者的悲惨遭遇和命运作了真实的刻划，又倾注了真挚的同情。

在时代精神的感召下，王统照于30年代初对以农民为主体的中国社会的严重危机有了更深的认识，把身经自尝的感伤事件，扩大成为整个北方农村的社会悲剧了。因而他的作品更趋成熟，其标志就是长篇小说《山雨》的出版。茅盾当年曾热情向人们推荐《山雨》：“到现在为止，我们还没有看见过第二部这样坚实的农村小说”[2] 因为《山雨》与《子夜》同在1933年出版，后来又有人把1933年称为“子夜山雨年”，认为“一写中国农村的破产，一写城市民族资产阶级的败落”[3]；这部小说，“意在写北方农村崩溃的几种原因与现象，及农民的自觉”[4]。它向我们展示的是灾难频频降临，山雨欲来风满楼的农村历史现实：有天灾兵祸，有苛捐杂税之害，有军阀帝国主义的抢劫掠夺。在这重重灾难的逼迫之下，种种类类的乡间小人物纷纷离家而去，或铤而走险，或要饭逃荒，或含泪死去，或奋起反抗。作品还刻划了主人翁奚大有的形象。他早年也想走父亲一代的老路，“安然而勤劳”，“只知赤背流汗干庄稼活”。但是，等待着他的却是比父辈更惨的命运：备受豪绅的盘剥，水灾、旱灾、虫灾又接踵而来，兵匪的暴虐、失地丧父，尚须抱病服徭役。在一次一次的打击下，他的保守思想终于动摇了，朦胧的觉醒意识渐渐滋长。

---

① 王统照：《王统照短篇小说选集·序言》，北京：人民文学出版社，1957年，第2页。

② 茅盾：《王统照的〈山雨〉》，《茅盾全集》第19卷，北京：人民文学出版社，1991年，第568页。

③ 吴伯箫：《剑三，永远活着》，《前哨》1958年第1期。

④ 王统照：《山雨·跋》，《王统照研究资料》，银川：宁夏人民出版社，1983年，第134页。

于是，终于远离乡井，去城市寻找生路。在正掀起的工人运动的教育下，他们的思想逐渐向崭新的境界发展。作者以饱满的感情倾诉了农民胸中的滔滔苦水，对旧制度发出了强烈的愤愤控诉的同时，也表达了渴望兴旺的急切心情。《山雨》这幅“北方乡村的突出的图画”正是黄河流域文学“苦难之歌”的典型之作。

通过对上述几位较为典型的作家作品的检阅，不难看出，“五四”及二三十年代的黄河流域作家有挥之不去的“苦难情绪”的缠绕。他们不但看到了生活的苦难，而且也清醒地意识到了生活的苦难，也就是说，他们能以清醒的苦难意识抒写生活的不幸。这类作品常常喷射出苦难而义愤的激情，常常千方百计地去寻找制造苦难的势力和阶层，希冀着一种真理、一种力量去拯救广大的劳苦大众，拯救整个的苦难的民族。尽管这种苦难意识还不是十分深刻和自觉，还没有十分清晰地指出制造苦难的那个对象，找到彻底治愈苦难的药方，但他们始终以苦难意识为凝聚点和辐射点，的确使他们的文学起到了针砭时弊、争取幸福的客观效果。因此，从历史的角度来评判，黄河流域的这种文学确实顺应了时代的潮流，推动着历史的变革和发展。

## 三、现代“黄河文学”的抗争主题

“风在吼，马在叫/黄河在咆哮，黄河在咆哮/河西山岗万丈高/河东河北高粱熟了/万山丛中抗日英雄真不少/青纱帐里游击健儿逞英豪/端起了土枪洋枪/挥动着大刀长矛/保卫家乡，保卫黄河/保卫华北，保卫全中国！//”

唱起这首歌，至今依然会使人热血沸腾。我们仿佛看到了当咆哮如黄河的中国人民，后浪推前浪，万众一心，保卫家乡，奋起抗争的壮丽情景。它，也道出了四十年代前后包括陕甘宁解放区在内整个黄河流域文学的一个醒目的主题：抗争。

只要稍稍回顾，我们就可以在那时的黄河文学中列出一大批这样的作家作品；在戏剧方面，有延安鲁迅艺术学院的《白毛女》、战斗剧社的《刘胡兰》等歌剧；有绍萱、燕铭的新京剧《逼上梁山》、马健翎的新秦腔《血泪仇》，以及胡丹沸执笔的《把眼光放远点》、胡可的《战斗里成长》等话剧；在诗歌方面，斗志昂然的群众诗歌作品纷纷涌出，有枪杆诗、战沟诗、诗传单，快板运动等，诗人作品最著名的有李季的《王贵与李香香》，阮章竞的《漳河水》等；在散文、报告文学方面，有孙犁的《采蒲台的苇》、周而复的《诺尔曼·白求恩断片》；在小说方面有赵树理的《小二黑结婚》《李有才板话》《李家庄的变迁》、欧阳山的《高干大》、柳青的《种谷记》、柯蓝的《洋铁桶的故事》、马烽、西戎的《吕梁英雄传》等。这些作品或歌颂根据地内外的民族斗争、阶级斗争，或描述人民为创造新生活同旧思想、旧传统所作的抗争，体现了作为群体的中国人民倔强执著的反抗勇气和一往无前的献身精神。

这种耀眼夺目的"抗争"主题是以往作品中所不多见的。从创作客体方面来看，作品中的新人物显示出了不同于以往的崭新的精神风貌，他们以前所未有的历史主动精神和生命活力去掌握自己的命运，去追求新的天地、新的生活。

在这里，人民群众以作品的主角和作品中所写历史与现实生活的主人公身份出现了，他们不再是受奴役、受压迫的委曲求全者，而是以抗争者的姿态屹立于历史的舞台上，摆脱了懦弱的性格，走向新生。在这之前，我们的传统文化固然有以人民群众为主要描写对象的作品，但多数仍以帝王将相、达官贵人为主人公。"五四"及二三十年代的现代黄河文学，曾有《山雨》等开拓性作品，塑造了自发反抗的农民形象，但这毕竟是少数，况且作品中的群众往往以历史的被动者姿态出现，即便有的人物略有反抗的因素，想追求一条不同于前辈生活的道路，但其性格面目常常是模糊不清的，那条新生之路当然也不可能清晰地得到展示。四十年代前后的黄河文学在这方面明显获得了进一步的开拓和发展。绝大多数作品中所描写的人民群众形象以创造历史的主力军姿态清晰地站立在读者的面前，这些形象包括一批人民子弟兵、革命农民、革命妇女、革命母亲、革命少年儿童等。他们在一定程度上体现了由自在状态到自为状态的觉醒，以及登上历史舞台之后投身革命与争取幸福生活的自觉。长诗《王贵与李香香》展现的就是"三边"地区农民群众在党领导下开展的激烈斗争的故事，作品真切地反映了贫苦农民由自发到自觉状态的抗争和奋斗。王贵深受地主崔二爷的残酷压迫，既有杀父之仇，又过着牛马不如的雇工生活，他与李香香的爱情又遭恶霸地主崔二爷的阻挠和破坏，这一切是王贵自然萌发仇恨和反抗地主阶级意识的出发点。当崭新的革命烈火在三边地区点燃起来之后，王贵首先参加了赤卫军。在革命队伍教育下，他朴素的反抗意识逐步成了自觉的革命思想了。因而，革命劲头比谁都高："白天到滩里去放羊，黑夜里开会闹革命"，"身子劳碌精神好，闹革命的心劲高又高"。当崔二爷发现他参加革命，对他残酷毒打，严刑威逼时，王贵毅然地痛斥了崔二爷的利诱："老狗你不要耍威风，大风要吹灭你这盏破油灯！""我一个死了不要紧，千万个穷汉后面跟。"显然，这时的王贵已是一个以阶级利益为重，不怕个人牺牲的具有自觉革命思想的战士了。正因为有这样的觉悟和认识，所以当老羊湾获得解放，他和李香香得以结婚时，他又决然走出了个人家庭小天地，投身了革命洪流之中："一杆红旗要大家扛，红旗倒了大家都遭殃""太阳出来一股劲地红，我打算长远闹革命"。作品通过王贵形象的塑造，清晰明确地表达了为民族、为阶级、也为自身而抗争的主题，这是以往诗中难以所见的。

自然，那时黄河文学的"抗争"主题并非全然表现为阶级斗争和民族斗争，有时也表现为一代新人对爱情和幸福生活的自主选择，对封建旧式传统文化的自觉抵制和抗争。

赵树理小说的深刻之处或许正在于此，他让人们清醒地看到，在封建的政治制度和经济制度被推倒，新的政权建立之后，封建残余势力并未销声匿迹，陈旧的封建文化还无形地覆盖着人们的日常生活，农民们要走向彻底的新生，毫无疑问还必须进行反对封建旧意识旧思想的斗争，而且还必须同自身因受封建旧意识毒害而形成的种种精神弱点作不懈的斗争。在《小二黑结婚》这部小说中，小二黑和小芹的幸福结合正是这种"抗争"胜利的结果。作品中的二诸葛和三仙姑是旧中国农村那类愚昧、落后、迷信人物的典型。二诸葛动不动操起阴阳八卦，论起黄道黑道；三仙姑则常常装扮天神，为人烧香求财问病。他们以特定的乡间传统陋习和陈规支配着乡村社会舆论，左右着儿女的终身大事。但是，这种传统的结婚方式，在新的民主政府领导下的社会中已发生了动摇。已是民兵特等射手的小二黑，对父亲收养的童养媳再也不会认账了，经受新思想洗礼的小芹当然也不会相信"前世姻缘由天定"的无稽之谈，为了自己的婚姻大事，她已经敢于同母亲闹。这种为了自己的幸福敢于同封建传统观念和旧势力抗争的自觉精神正是作品所热情肯定和歌颂的。

“抗争”主题在一大批描写妇女形象、关注妇女生存权利、探索妇女解放的作品中表现得尤为明显，这些作品热烈赞颂和肯定女性为摆脱种种非人待遇、争取基本的生存权利，与男人一样生活所作的种种斗争。如丁玲的《我在霞村的时候》、赵树理的《孟祥英翻身》；贺敬之等执笔的《白毛女》、阮章竞的《漳河水》、孔厥的《一个女人翻身的故事》、李冰的《赵巧儿》、于黑丁的《母子》等。这一大批著名作家如此关切妇女问题正是四十年代前后黄河文学（主要是延安等解放区文学）的一大特色。由于当时的黄河流域特别是陕甘宁边区等革命根据地是一场广大劳动阶级求生存求解放的人民革命斗争，它需要最广大的群众力量的支持，作为半边天的女性，其觉醒与抗争自然就成为一个十分重要的革命问题，因而也自然为当时的文学所关注。就文化角度而言，黄河流域地处内陆，几千年以儒家为主的封建传统思想在这里不可能像沿海地区那样受到较早的冲击，它的影响还相当深远，并覆盖着生活的各个方面。在乡村妇女身上，深深地烙上了这种种旧风俗、旧习惯、旧文化的印痕，其浓重的封建性与女子解放的时代需要和革命需要显得极不相称。因而，不少作家怀着一种迫切的心情和深深的历史责任感讴歌女子的觉醒，鼓舞他们为自己、为民族的美好明天而振作而斗争。诚如列宁所说：从一切解放运动的经验来看，革命的成败取决于妇女参加解放运动的程度。就此，40 年代前后以抗争为主题的黄河文学对妇女问题的关注便不难理解了。由于时代的发展及其对文学发展的规范作用，这些作品所反映的妇女抗争的方式途径和结果自然不同于以往文学。“五四”时期，也有许多要求新生的女性们接受易卜生主义影响，开始背叛家庭，走向社会闯荡人生。但是，由于时代和社会种种条件的制约，她们的抗争从根本上说来并未成功。子君曾脱离封建家庭而出走，她为与涓生结合而进行种种奋斗，而面对社会习惯势力的压迫，她曾宣布：“我是我自己的！他们谁也没有干涉我的权力”，并以觉醒者姿态断然地“自由选择，自己负责”。但是，富于勇敢精神的子君在家庭建立后却渐渐失去了往日的激情与生气，拘守于安宁的小家庭之中。当社会的黑暗势力反扑过来，涓生失业时，子君终于又回到了封建家庭而死去。这或许也是鲁迅对“娜拉走后怎样”问题的形象回答：不是堕落，就是回来。还有一条就是饿死了。鲁迅已清楚地看到，妇女的出走决不是妇女解放的根本出路。与此不同，四十年代前后黄河流域的社会性质和历史条件客观上决定了妇女抗争问题的基本思路，她们拥有新社会政权的支持，因而常常有胜利的结局。从反映这个问题的诸多文学作品来看，虽然也承续了五四时期文字的那种叛逆家庭而出走的模式，但出走后的结果却是五四时女性们想得到而又没有得到的。

在《漳河水》中，荷荷、苓苓、紫金英三个农村女性都曾想过幸福美满的生活，希望嫁个“如意郎”。但是，在旧社会，“断线风筝女儿命，事事都由爹娘定”，荷荷配了一个封建富农，苓苓许了一个粗暴蛮横的“狠心郎”，紫金英嫁了一个“痨病汉”。从此，她们陷入了十分痛苦的生活境地。是漳河地区的解放，激起了他们追求新生，追求幸福，把握自己命运的强烈愿望和勇气，客观上，新的社会现实也为她们这一愿望的实现提供了可能。大胆泼赖、敢于斗争的荷荷终于带领起来抗争，离了婚，选择了自己心爱的对象。她一方面积极支持“男人前方运军粮”，一方面领导妇女组织起来闹革命，帮助姐妹们翻身解放。苓苓在集体的帮助下，也终于找到了自己的理想生活。紫金英性格善良、忧郁、软弱。她比荷荷、苓苓有着更为沉重的精神负担，虽有美好的理想，但却缺乏斗争的胆量和勇气。在妇女觉醒、抗争的热潮中，在荷荷和苓苓的影响帮助下，经过复杂的思想斗争，她也终于走出家庭，投入了生产劳动，踏上了崭新的生活道路。这种抗争的方式及结果是与以往文学迥然不同的。当然，妇女的觉醒与抗争是一个双向运动的过程，仅有新社会所提供的集体主义和阶级斗争思想并不能促使她们人人走向觉醒。积淀于她们头脑的封建意识包括集体无意识和个体无意识常会使一部分女性依旧处于一种受奴役的附庸地位而不自觉。许多作品都涉及到了这一点，描述了妇女解放历程的艰难与漫长，其用意正是说明除了政治的支持、经济的保障之外，妇女们还需要具有一种个人的自醒，不懈的抗争，永远地追求的坚韧精神，如此方能使自己真正获得彻底的解放与新生。

应该说，严峻的军事、政治斗争形势使得民族斗争、阶级斗争一直是40年代前后黄河文学压倒一切的主题，反封建问题、妇女的抗争与觉醒问题的描写，从最终意义上来说都是与此相呼应相配合，并为之服务的。正是这一特定的时代要求及主题取向，使得该时期黄河文学具备了特定的风貌。

首先，这是一种充满群体意识和英雄主义的、富于历史理性精神的文学，带上了浓厚的浪漫理想色彩和喜剧氛围。为了凝聚群体，战胜凶恶的敌人，解放区文学的群体意识明显增强。工农兵形象在作品中占绝对主要的地位，他们那种不畏劳苦、不屈抗争的思想感情取代了知识分子的纤弱之情，以及无病呻吟的矫情，以阳刚之气抒发出了时代的最强音。在共产党领导下，昔日胆怯散漫的乡民组织成了各式各样的游击队，扬眉吐气地活跃在敌后广大地区，农民群众在土地改革中焕发出了浩浩荡荡的崭新气势和情绪，成为土地的主人；人民军队以不可阻挡的威力，解放了一片片被敌人占领的土地。在血与火面前，歌唱个人、或者表现自我，抒写个体心灵、吟风弄月、儿女情长，往往会被看作羞耻的事。多数作品在展现工农兵对敌斗争的雄风英姿时，塑造了一个个英雄形象，如刘胡兰、李有才、高生亮、李勇、阎成福、王加扶、雷石柱等等。可以说，讴歌英雄，赞颂英雄主义成了该时期文学描写的一个令人注目的现象。这些英雄人物几乎家喻户晓，常常激励着一代人奋起抗争，在现实生活中发挥了巨大的战斗作用。因而，个人的情绪性和个体生命的体验在这些作品中常常让位于社会历史斗争的描写，纵使作品富有较强烈的人的情感，它也往往带有浓重的社会理性色彩，个人利益严格服从集体民族的利益，甚至为了民族阶级的胜利而毫不顾惜自己的生命，人物的一切言行都要在历史发展的巨镜面前衡定。作品的主题表达和形象塑造都要顺应历史发展的潮流。像于黑丁《母子》中的李大妈，尽管两个儿子相继英勇牺牲，但她仍然抑制住悲痛，毅然地把另一个儿子送上战场。小说让这位母亲以革命的理性克服了自我感情，升华了自我，从而完成了一个深明大义的革命母亲的形象塑造。这种充满理性精神的作品在当时黄河文学中的确比比皆是。

如果说，“五四”时期的黄河文学从总体上体现了一种苦难情绪和悲剧意识，且常常表现出觉醒了的个体感情和欲望的被压抑和毁灭，描写了个体的人生与爱情的悲剧，以及个体追求独立、自由，但强大的黑暗势力使之不可能实现的悲剧，那么，40 年代前后的黄河文学则从总体上呈现出一种浪漫、理想的色彩和明朗的喜剧氛围。在这里，有抗争者的胜利，有翻身后的喜悦，有时代变革后崭新而美好的壮丽前景，有对落后、愚昧事物的轻快的告别，人们看到的是新的光明、新的风貌。因而即使讴歌英雄，也常常是那么充满热情和欢愉，以致常常忽略了他的缺点，把他理想化，而不愿让英雄染上污点，甚至也不愿让他在战争或现实中牺牲或失败，冲锋陷阵的勇士自然战无不胜，英雄母亲经种种磨难最终见到了美好的新曙光。一种高昂的理想主义，浪漫主义弥漫其间，且充满乐观、明朗和喜剧的色彩。

其次，这种文学在审美形式方面明显地呈现出民族化、通俗化、大众化的特点。

文学要发挥其战斗作用，势必首先要被读者所接受，因而不能不继承传统，加上当时黄河流域总体文化水平的低下，使得虔诚地为工农兵而创作的作家们普遍地自觉地向传统文学和民间文艺学习，因为那是凝聚着中国人独特的审美理想、习惯的叙事模式和表现手段。凡在当时存在一定影响取得较高成就的作家作品莫不如此。赵树理宁愿上“文摊”，也不愿上离农民读者甚远的“文坛”；写过一些“五四”体小说的孔厥，也写起章回体小说来；长于写乡间爱情和家庭心理的康濯，在《黑石坡煤窑演义》中也施展起讲故事的笔腕。作家们纷纷从秧歌、戏曲、民歌、小调、快板及古典通俗小说中吸取营养。新歌剧《白毛女》就是在群众秧歌运动基础上发展起来的民族形式的歌剧，它取材于民间传说，采用北方农民朴素生动的口语和富有民歌风味的唱词，吸收民族戏曲和民歌曲调，具有明显的民族化、通俗化特点。李季的《王贵与李香香》则采用陕北信天游的形式，在“不断头”的韵律发展回旋中来讲述王贵与李香香的爱情故事；在小说方面，有的作品如《洋铁桶的故事》等，采用了人民熟悉的章回体形式，语言通俗生动。即使不采用章回体，大多数作品仍带有浓郁的传统特色。如赵树理小说，不仅在语言方面，采用了经过提炼、纯化了的北方农民口语，创造出一种既通俗质朴又生动活泼幽默有趣的语言，而且有的采用了中国传统的评书形式，讲求故事的情节曲折，有头有尾，人物面目清晰，性格鲜明，矛盾集中，他的作品就是当时黄河文学民族化、大众化、通俗化特点的集中反映。

在对40年代前后黄河文学的主题、性质、审美风格及形式作匆匆检阅后，如果我们进一步再来考察它的成因，就会发现它的发生发展是有深刻的内部原因和外在条件的。

首先，它是特定历史时期的特定产物。40年代前后，中国人民与帝国主义、封建主义的矛盾白热化了，抗日及后来的反蒋成为时代的中心任务，在决定民族命运前途的关键时刻，历史要求广大人民团结拒敌，也要求文学为此而作出新的选择，抒写新的篇章。在此，我们不可不提那个具有划时代意义的纲领性文件对此时黄河流域文学的影响，这就是《在延安文艺座谈会上的讲话》。《讲话》一开始便提出了文艺座谈会的目的："我们今天开会，就是要使文艺很好地成为整个革命机器的一个组成部分，作为团结人民、教育人民、打击敌人、消灭敌人的有力的武器，帮助人民同心同德地和敌人作斗争"。还要求文艺"首先是为工农兵"服务的，"文艺是从属于政治的，但又反转来给予伟大的影响于政治"。所有这些，事实上就是时代历史对文学的客观要求的理论表述，并制约着文学选择的方向：它必须是抗争的，群体意识的和英雄主义的。

这种时代历史现实还决定着此时黄河文学必然和中国的传统保持血肉的联系。当时黄河流域（大部分作为根据地和解放区）与外界隔绝，客观上难以吸取外来文化。而拒外侮、争独立的客观现实也要求文学必须从本民族的历史文化中汲取重振民族精神、高扬民族斗志的力的源泉。于是这种文学便明显呈现出返归历史传统的倾向。强调文学的"文以载道"、重政务的社会功能，要求文学为政治服务。"文章，经国之大业，不朽之盛事"的说法又一次得以证明。在艺术上，民族形式问题得以高度重视，传统文学样式和民间文学普遍得以继承甚至模仿。

如果说，时代历史的客观要求仅是文学作出此种选择的外在条件，那么作家的自身与民族自身的自觉创作意识则是实现这种选择的内在因素。黄河流域自古以来即多慷慨悲歌之遗风，田横率五百义士自刎殉国，辛弃疾举义旗抗击金兵，戚家军奋力抗倭寇，义和团揭竿而起逐洋人，黄巢率众起义，梁山好汉造反……这种反抗阶级压迫，争取生存自由的传统精神积淀于此时的黄河流域作家的身上，使他们在历史的非常时期发乎内心地、自觉地以自己的笔抒写抗争的故事，为革命而宣传，为抗争而呐喊。人们或许可以轻易地指出这种文学审美艺术方面的缺陷，却不能不承认其以抗争为主题的文学选择的确为当时的革命发挥了巨大的作用；不能不承认这是在特殊的非常历史时期的条件下，由主客体对文学双重选择后的必然结果。

## 四、现代"黄河文学"的新面貌

黄河，终于以它不可阻挡的气势穿过20世纪中国的前半叶，奔向一个崭新的时代，一个历史的新纪元——社会主义时代。从此，历史赋予文学的使命也发生了质的变化，文学的面貌也由此而焕然一新。毛泽东曾在《新民主主义论》中论及我国革命的进程，革命“必须分为两步，其第一步是民主主义革命，其第二步是社会主义革命，这些性质不同的两个革命过程”。如果说，我国现代文学所表现的主要是人民民主革命的要求，基本上属于反帝反封建民主主义性质，那么，当代文学所表现的主要是社会主义时代人民积极推进社会主义革命和社会主义建设的要求，其主流是社会主义性质的文学。当然，文学除了受时代的制约、反映时代的要求之外，它又是对以前文学的继续和发展，有其自身特定的历史继承性。五四以来的现代文学，特别是1942年延安文艺座谈会以来的新文学，是当代文学发展的一个最直接的营养源。

同样，当代黄河流域文学的发展亦受时代的和文学自身传统两大因素的制约。一方面，40年代前后黄河文学从主题、题材、形式、表现手法等各方面直接为当代黄河文学提供可资参照的艺术营养，潜移默化地左右着它的发生与发展；另一方面，全国统一后的整个时代空气和文艺思潮又规范着当代黄河文学之路，使它不可能独辟蹊径，只能汇入全国文学发展的大潮之中，走着大致共同的、同一方向的路。就此而言，我们考察当代黄河文学发展的历程，事实上很难与全国整个文学发展的历程截然分开，影响全国文坛的几次重要的文艺思潮同样影响着当代黄河文学。从文学客体方面来说，黄河流域的社会生活在当代新中国与其它地区的差异正越来越缩小，其趋同性却与日俱增，从文学主体方面来说，黄河流域的文学家在全国解放后与外界的交流变得更频繁多样，获取的各种文学和非文学信息也逐渐打破了地域的界限而走向全国，作为社会生活在作家头脑中反映与化合的黄河流域文学作品自然也加速了与全国文坛同步发展的进程。它的崭新面貌更大程度上烙上了全国性的时代印记。

我们同样可以把当代黄河文学分为两个高峰期即“十七年”时期文学与新时期文学。“十七年”时期的黄河文学由于更多地受40年代前后黄河文学（主要是延安等解放区文学）的影响，它的发展面貌与现代文学有着某些必然的联系，如果要说其创新之处的话，即在于它将40年代前后的黄河文学推向成熟，将那时的文学来不及表现的新生活面貌、革命斗争画面更广泛地加以描绘，将那时渐具雏形的文学风格与审美风貌推向极致。这些作品同样嵌上了《讲话》时期文学观念的印记，或沿着这种观念有所发展。

“十七年”时期黄河文学的主力军是这样一批作家，或来自延安各解放区的，如赵树理、柳青、马烽、贺敬之等；或来自革命队伍的，如吴强、杜鹏程、王愿坚、峻青、刘知侠等，这些作家在文学观念上更多地与《讲话》保持一致，在解放区的农村生活或革命斗争历史的把握上驾轻就熟。他们不必像来自国统区的作家如茅盾、巴金、沈从文、老舍、路翎、骆宾基等一样，在生活、观念及技巧上需要一个熟悉和适应的过程，而是能直接保持并发展自己原有的创作路数，因而取得了较为辉煌的文学成就，比起当时其他地区的文学，似乎都稍胜一筹。诗歌、散文、小说各种文体样式，都出现了足以代表当时全国文学最高水准的作家，如贺敬之，杨朔、赵树理、杜鹏程、柳青等。

在诗歌方面，贺敬之的许多诗作颇为引人注目。他与郭小川一样，以豪放的政治抒情诗誉满诗坛。他的诗作热情澎湃，生动的艺术形象贯注着强烈的时代精神，在艺术形式上熔古今中外于一炉而独具风貌，从而把政治抒情诗推向了一个新的高度，对当时新中国诗坛及全社会产生了广泛的影响。

《回延安》是贺敬之在建国后最早问世的一首诗。在诗中，他回忆了自己在延安战斗成长的过程，抒发了自己到达延安时的激动、炽热和真挚的感情，描写了在延安同亲人们欢聚畅谈的场面，并表达了自己将永远发扬延安精神，在革命征途上勇往直前的决心。《雷锋之歌》则是诗人讴歌新时代英雄最有代表性的壮丽诗篇。他没有一般化地对雷锋的英雄事迹进行铺陈和说教，而是在抒发主体对客体的感受之中，着意刻划当代杰出英雄——雷锋的形象，突出其助人为乐、无私奉献的崇高性格。除此以外，他的《三门峡歌》《放声歌唱》《中国的十月》《“八一”之歌》也取得了较大的成功。这些诗作，常常以对抒情主人公的塑造见长，并善于将抽象的道理通过鲜明的形象表达出来，闪耀着哲理的光辉，同时继承古典诗词的音乐美传统，结合民歌体，有时还吸收马雅可夫斯基楼梯式的特殊排列法，对自由体新诗作了创造性的发展。

在散文方面，杨朔散文曾获普遍赞誉。尽管今天看来，五六十年代风靡一时的对杨朔散文模式的推崇烙印着时代的印记，然而杨朔散文具有较高的艺术造诣和独特的艺术风格，这是无可否认的。

杨朔散文的最大特色就是对诗意的追求。他是一位富有诗人气质的散文家，善于以诗心感受生活，发掘其中动人的诗意，捕捉美的倩影，创造出诗的意境。如《雪浪花》这篇名作，作者先起笔于环境描写和气氛渲染，写大海、浪花、礁石，以景传情。之后，就把笔墨落在几位姑娘和老泰山对礁石的议论上，从而使背景映衬着人物，人物阐释着背景，并在人、景物中渗透着作者的内在情思，使整个作品浑然一体，形成了一种艺术的深层境界，老泰山坚毅乐观的性格由此得到了诗化的刻划，并富有了哲理的色彩。结构上，杨朔散文十分重视“结撰”艺术，再三剪裁，安排布局，并推敲字句，往往篇幅简短，但能曲径通幽；文笔不平直，不外露。有时将景物描写和人物描写两条线索交叉平行，相互辉映，更使文章显得峰回路转，扑朔迷离。加上其文辞质朴洗炼、清新优美，富于感情色彩，因此，他的不少散文在当时曾独具一格，为人们所称颂，如《茶花赋》《雪浪花》《荔枝蜜》《海市》《香山红叶》等。

自然，杨朔散文以今天的眼光来看，的确存在一些不足，如某些散文感情失真、结构单调、艺术上有雕琢、矫饰及模式化的倾向，应当说，这更多的是受当时时代环境和政治气氛的影响而造成的。

最足以代表“十七年”黄河文学成就的无疑是小说。其中，军事小说充当了黄河文学发展的先锋。新中国诞生的礼炮轰鸣前后，马加的《开不败的花朵》、徐光耀的《平原烈火》先后登上文坛，而柳青以保卫延安的沙家店战役为题材的《铜墙铁壁》，由于其真实感人的艺术描写，脉络清晰、结构完整的情节设计，以及石得富这个英雄形象的成功塑造，在当时颇有影响。接着，在距此不久的1954年，具有里程碑意义的英雄史诗《保卫延安》也诞生了。《保卫延安》全面地大规模地再现了当年保卫延安的宏伟场面，头绪纷繁，内容宏大而丰富。作者以饱满的激情，挺拔的笔力描写了这场战争的残酷与复杂，塑造了周大勇等一系列人民英雄的艺术形象，特别是第一次在我国当代文学作品中成功地描写了我军高级将领彭德怀的感人形象；在结构上，兼融了古典小说与欧洲小说结构之长，富有鲜明的独创性。

在《保卫延安》面世不久，我国第一部表现农村合作化的长篇小说《三里湾》刊行。这部小说深刻地反映了农村的人民内部矛盾，揭示了农业合作化的复杂性、艰巨性，并通过农民的家庭生活、爱情生活、道德观念变化的描写，反映了合作化运动所带来的一系列变化，具有较高的思想性和艺术性。

正是以上小说艺术经验的积累，才导致了五十年代末小说的空前繁盛。其中，反映黄河流域革命战争及现实生活的小说就有《红日》《创业史》《黎明的河边》《普通劳动者》《延安人》《锻炼锻炼》等等。

《创业史》以现实主义手法，提炼与表现了农业合作化运动中政治的、经济的、思想的、社会的、伦理的、心理的矛盾冲突，以极细腻的笔触描写了某些人物的内心世界，从而推进了我国现实主义的文学创作。而短篇小说《锻炼锻炼》则由于其严峻的现实主义力量及艺术形象的典型性和概括力，穿透了农村的种种表面现象，敏锐地发现了生产资料公有制之后农村所存在的种种尖锐矛盾，促人深思，发人深省，标志着现实主义进一步深化。

十分遗憾的是，五六十年代黄河流域文学正如当时整个文坛一样，曾一度繁盛之后走向了衰落甚至尾声。由于“左”倾思潮对文艺的频频干涉，只许反映现实生活，反映重大题材，排斥历史题材及其它题材，只许写英雄人物，反对写中间人物等，这势必导致创作方法的板滞与封闭，创作题材的狭窄与单一，及至“文化大革命”，黄河文学与整个文坛一样，终于步入了空白地带，长达十年之久。

十年“文革”像一场噩梦压抑着中国人民，压抑的持久潜存着苏醒后的巨大的势能。当“四五”天安门诗歌的呐喊之声于沉寂的国土上爆发，一个觉醒的时代即已悄悄降临了。而十一届三中全会的召开及其制定的思想路线，则再一次真正为人民提供了一个自由思索的宽松环境。于是，文学，又一次在人们精神的解放中获得了新生。

新时期文学的发展是以现实主义传统的恢复为开端的。由于“十七年”间极左思潮的干扰，文学的现实主义创作方法曾被机械地、片面地理解，发展到“文革”时期，终于走上了反现实主义的轨道。“假、大、空”、“瞒和骗”的文学充斥文坛。为此，新时期文学一开始便提出了“现实主义复归”的口号，强调应该拨开历史的迷雾，恢复现实主义本来面目。由此，一大批直面人生、正视现实的作品便应运而生，这就是“伤痕文学”。随着思想解放运动的深入，文学实践的发展，人们深深感到，要把握历史和生活的本质，仅仅按照生活的本来面目反映生活的现实主义显得有些捉襟见肘，于是文学界又提出了“现实主义深化”的口号，与之相应的文学实践，即是具有深广影响的“反思文学”浪潮的兴起。当时代历史现实正迫切地呼唤着整个民族的改革，要求人们作出相应的思想和行为的反应时，“改革文学”也由此诞生了。之后的发展是，人们将反思、改革的意识渐渐地移向了文学的自身。一方面是对传统现实主义的丰富和深化，一方面是对外国现实主义思潮的借鉴和综合。文坛上出现了所谓朦胧诗，新生代诗、寻根文学、现代派文学、纪实文学、新写实小说等种种思潮。至此，现实主义一统天下的局面被打破了，多种文艺思潮、多种创作方法，多种文体样式竞存共荣的新局面初步形成。

新时期黄河文学也正是沿着以上历程而发展的。它从“十七年”文化沙漠中走出来，受十七年文学的浸润，又在摆脱十七年“左”的文艺思潮的束缚中渐渐走向开阔，各种文艺报刊纷纷创办，文学新人时有爆出；诗歌、散文、短篇小说之多令人难以计数，中长篇小说也获得了丰收；一些文学样式如纪实文学、报告文学曾一枝独秀，颇获青睐；文学交流也频繁多样。在这具有深广群众基础的文学创作中，一批颇有影响的作家作品在黄河流域脱颖而出，如张炜的《古船》《九月寓言》，李存葆的《高山下的花环》，张贤亮的《绿化树》，贾平凹的《腊月、正月》《浮躁》，张一弓《犯人李铜钟的故事》，王润滋《鲁班的子孙》，莫言的《红高粱》系列，李延国的《中国农民的大趋势》，李准的《黄河东流去》，路遥的《人生》等等。比较而言，新时期黄河流域的诗歌，散文尽管也取得了不小的成绩，出现了不少的诗人和散文家，但其影响似稍逊于小说，这与整个文坛相类似。

综观这些作品，尽管还缺乏可以与中外经典名著比肩并立的不朽艺术典型、艺术史诗，但其百花竞放，姹紫千红的繁荣景象却是空前的，它几乎触及到了生活的每个角落，从总体上看，许多方面已对十七年黄河文学有所突破和创新。

首先，从作品题材及主题思想方面来看，逐渐由单一走向多样。“十七年”时期的黄河文学主题表现为对革命历史战争的描绘和对社会主义革命与建设生活的礼赞。两种题材的文学又几乎都围绕着阶级斗争这一基本主题旋转，特别是对社会主义与资本主义的两条道路、两条路线、两种方针、两种思想的斗争描写尤为突出。

不用说，那时的许多作品尤其是军事文学，由于作者对所描写生活的亲身经历，亲眼目睹，使其思想艺术成就达到了相当的高度，但由于阶级斗争的扩大化及极左思潮的泛滥，不能不使作家的艺术描写在某种程度上背离生活的真实形态，因而，有的作品的主题思想在如今看来显得有些肤浅和苍白。及至新时期，黄河流域的作家们经过十年浩劫的洗礼，擦亮了眼睛，并带着一种沉思与探索的目光审视周围的一切，因而题材有所拓宽，主题思想显得更为深广。《犯人李铜钟的故事》明显反映了对大跃进所带来的严重灾难的反思；《高山下的花环》已不是纯粹的英雄赞歌，它已触及到了社会的不良习气及军队内部先进与落后意识的冲突；《古船》《浮躁》更带有文化反思的色彩。可以看出，这些作品，已逐步冲破了"左"倾思潮的束缚，冲破了各种题材的"禁区"，除反映社会生活之外，还触及到道德、伦理、心理、文化、人性等各种生活领域。在思想方面，也正走向深层，并达到了一定的历史文化、哲理的高度。

其次，作品的创作方法与艺术表现手法正日益更新，并富于变化。

"十七年"黄河文学，在当时特定的相对封闭的时代氛围的笼罩下，其创作方法及艺术表现手法显得拘谨、单调。小说领域，清一色的现实主义一统天下，诗歌园地，从总体来看，艺术手法也过于单一，以致诗风明朗有余、含蓄不足，激情高昂，稍欠深刻。散文园地也存在着模式化的倾向，如"借景抒情"、"托物言志"的叙述模式，"物（景）—人（情）—理（意）"的三段式结构模式等。新时期文学在创作方法上经历了拨乱反正、深化发展的过程之后，日益呈现出开放与多变的态势。散文，在艰难地挣脱旧有模式的基础上，出现了自由地抒情、自由地叙述、自由地议论的"意绪性"散文及"四不像"文体，诗歌也受朦胧诗潮、新生代诗的冲击，其审美艺术手法变得多样而繁杂。而小说家族的艺术探求尤为显眼。张炜的《古船》显然借鉴了西方现代主义尤其是魔幻现实主义的创作方法，并富有象征意味。莫言的《红高粱》系列更是标新立异，我行我素。他一反传统现实主义作品的温柔敦厚与尊卑道德等观念，放笔抒写自己眼中、感觉中的战争世界；一反传统革命斗争历史题材小说由自发走向自觉的常规图式，以及为适合时代需要而常拔高美化英雄人物的缺陷，大写余占鳌这个匪气十足的司令的独特斗争道路，并把他还原到本色状态。显然，这是对以往传统现实主义的更新和创造，或许它存在某些不足，但却显示了新时期黄河文学在创作方法和艺术表现手法方面勇于探索的一个侧面。

新时期黄河文学从总体上与整个文坛的发展显得比较合拍，其变化发展明显地受整个时代气氛和文艺思潮变化的制约，他也存在着特定的地域风貌。

栖居于黄土地上的作家们无不时时深受灿烂的黄河文化的浸润。即便是开放的八十年代，也不例外。黄河文化，特别是生于这里的先贤们的社会理想、政治抱负和文化哲学思想，比起其他文化，更多地呈现出一种密切关注现实历史与人生的鲜明倾向，富于强烈的社会责任感、入世精神和忧患意识。因而，参与社会，参与改革、参与历史的创造，便成了这里作家的一个自觉或不自觉的重要的艺术动机。他们的作品，大多以富有教益性或功利性的现实主义描写揭示民生疾苦，特别是对农民怀有深切的同情，因而常常成为他们的代言人。作品主题明显地富有积极进取的人生意识和蓬勃向上的艺术感召力，并常带有忧国忧民的忧患意识和强烈的道德感。与此相应，其审美艺术风格呈现出凝重厚实的特色，且富有悲壮之美和阳刚之气。这使得李存葆、张炜、张一弓、路遥们的创作有别于其他地区的作家作品，较少淡雅、飘逸、纤美的成分，却有黄土地的粗犷与豪放，哀而不伤，既悲且壮，给人以雄浑有力的感觉。

当然，这些艺术特色从近的方面来说，也与“十七年”时期的黄河文学有相通之处的。但是，它没有停留和满足于那时的保守、封闭、拘束的“古典”式风格，而是在开拓、变化与创新中赋予这种古老文化影响下的审美特色以新鲜的活力，让它放出新的光彩。这也从一个侧面显示了在新的历史时期中黄河文学的崭新面貌。

# 茅盾文学思想结构探*

茅盾文学思想曾对中国现代现实主义文学产生巨大影响，对它深层结构的探讨无疑有助于深入把握现代现实主义文学的特质。一段时间来，这方面的研究似较为沉寂，但从世界文学史中对二三十年代左翼文学的研究趋向看，这种沉寂终将会打破。一种冷静客观的历史研究格局将使目前对茅盾等人文学活动的探讨推进一层。本文本着这样的学术思维尝试对复杂多变的茅盾文学思想进行考察。

## 一

茅盾文学思想的复杂性在于前后不同时期表现出并不一致的观点，但在变化中又显示了一贯的追求。正是这种一贯的追求，构成了茅盾文学思想的深层结构，也是理解茅盾的一个基本点。或许最能反映这种一贯性的莫过于《从牯岭到东京》中茅盾的那段自白："但我真诚地坦白：我对于文学并不是那样的忠心不贰。那时候，我的职业使我接近文学，而我的内心的趣味和别的许多朋友——祝福这些朋友的灵魂——则引我接近社会运动。"在这里，茅盾向我们首先坦露了他对社会的关注的一面，也反映了他文学职业与内心趣味之间的矛盾。这在很大程度上制约着他日后文学思想发展的方向：通过文学参与社会，对文学的社会性、时代性尤为注重。如果将他与鲁迅相比，可以看到，对文化历史及文学的批判性建设等学术研究本身，茅盾并不甚感兴趣，但他对社会现实的运动发展的直接介入要比鲁迅更为急切。惟其如此，他一开始才主要从事批评活动，这除了当时作为新旧文学阵营论战的需要及作为编辑有必要进行新文学理论宣传建设之外，还因为文学批评与社会的对

---

* 本文原刊于《山东师大学报》1996 年第 4 期，后被"人大复印资料"《中国现代、当代文学研究》1996 年第 1 期全文转载。

话比文学创作与理论研究更为直接。于是，文学的社会价值一开始就得到他的推重。他认为文学应该“成为社会化”，“文学家所欲表现的人生……乃是一社会一民族的人生”[①]。不过，此时的茅盾文学思想中的价值观是相当丰富宽泛的，并没有狭隘功利观的局限，却有为“人类”的意识和“人道主义的精神”[②]。也就是说，他依然十分重视文学作为“人学”的本体特征。这不难理解。在五四这个普遍追求人的觉醒、艺术独立的时代空气熏染下，作为先进知识者一员的茅盾，其眼光胸襟自然是与周氏兄弟一般，带有放眼世界、与众不同的特质。还有一个更直接的原因是他对西方文学的直接接触。茅盾对文艺复兴以来西方文学的大量译介使他亲身体悟到文学的真谛。而从俄罗斯文学的观察中，更让他懂得文学的艺术魅力与社会倾向性相融合的重要性。这正是茅盾文学思想的独特所在。他对文学的本体艺术追求及文学的社会功用含有双重兴趣，表现了双重的重视。“为人生”的文学主张无疑含有明显的功利性，但并不排斥艺术性的一面。在茅盾那里，“为人生”艺术既是为个人又是为人类的艺术。这就摆脱了狭隘功利观的束缚，把文学上升到具有普遍意义的永恒艺术。他确实对社会、时代表现出浓厚的兴趣，但也对文学表现了特有的爱好与追求。他完全可以投笔从戎或从政，但他毕生还是以从事文学为主要工作，这如果没有文学兴趣的支撑是几乎不可能的事。问题是，社会时代现实在现代中国是一个复杂而多变的文学客体，而文学自身的发展则更为错综复杂，这多少使茅盾的文学思想追求深深地烙上“艰难的选择”意味，他须不断地随社会文学的实际状况而调整文学的价值轴心，以最大限度或尽可能地发挥文学的社会时代价值，而又不致使文学丧失其艺术特质。所以，他的文学思想前后屡次变化，在变化中方显露出那种一贯性。可以说，茅盾文学思想正是变与不变的统一。

当他早年看到社会处于“人心迷乱的时代，是青年彷徨于歧途的时代”[③]，而文坛又尽是“使人心灰，使人失望”的灰色文学，所以他要提倡“新浪漫主义”，旨在张扬文学的理想性，补救文学“丰肉弱灵”之弊，并鼓舞青年振作奋争。五四落潮之时，人们又出现了沉浸虚幻浪漫的世界及游戏

---

① 茅盾：《茅盾文艺杂论集》上，上海：上海文艺出版社，1981年，第3页。
② 茅盾：《茅盾文艺杂论集》上，上海：上海文艺出版社，1981年，第12页。
③ 茅盾：《茅盾文艺杂论集》上，上海：上海文艺出版社，1981年，第4页。

消遣人生的情绪，文学上，某些作品存在脱离人生的向壁虚构倾向及拜金主义趣味，而一些“新派”文学作者因大多是学界中人或入世不深的青年，生活经验不够丰富，作品存在图解概念迹象，为“药救”这种状况，所以他又倡导自然主义，强调实地观察与科学描写。新浪漫主义与自然主义是颇不相同的文学创作原则，在茅盾这里竟得到了统一，显然，这是茅盾始终关注中国社会现实与文坛实际需要的结果。

五卅前后，茅盾顺应民族独立、民主革命潮流进一步高涨的社会现实，提出了“无产阶级”文学观念，对“为人生”的文学观加以“补充和发展”。在文学的社会价值观上他作了更切近社会运动实际的处理，从当时茅盾的整个立论来看，这种处理明显受到苏联文艺与文坛的影响，确实夹有将文学功用与表现手法狭窄化的偏失，但即使如此，他还是及时指出了当时无产阶级文学存在内容浅狭及注重“宣传性”的偏颇，表现了对文学本体规律的重视。大革命失败后，社会现实与人生追求的双重挫折使他对生活和文学进行了冷静真诚深刻的探求，有可能避免被热情掩盖下的某些偏颇。而且，通过自身创作实践的体会，对文学规律的认识更为成熟。所以，他反对盲目追随世界文艺新潮而忽略于文艺的本质，把文艺也视为宣传工具的“革命文学”派理念化文学观，肯定了文艺功能的“多方面”性质，强调生活实感、情绪体验与真实描写对文学创作的作用①。这就更进一步地对五卅前后“无产阶级”文学观某些外来的理念色彩进行了清算。

进入30年代以后，国内外急剧动荡的社会时代思潮向文学提出了更为严峻的挑战。随社会时代变化而变化的茅盾文学思想至此已经无法不受“红色30年代”文艺思潮的浸染。其明显标志为对“五四”的重新思考和“检讨”。无产阶级革命文学论争时期他曾发出“没有‘五四’，未必会有‘五卅’罢”的质疑，现在他则作了修正，认为“‘五四’的一切思想及其口号都成了时代落伍”②。这种变化显然与国际无产阶级文学运动的“风向”相关，而且也有迹可循：1929年茅盾《读〈倪焕之〉》一文关于“时代性”的阐述已经开始对“新写实主义”概念的接受；1931年，从《中国苏维埃革命与普罗文学之

① 茅盾：《从牯岭到东京》，《小说月报》1928年第19卷第10号。

② 茅盾：《“五四”运动的检讨——马克思主义文艺理论研究会报告》，《文学导报》1931年第1卷第2期。

建设》一文可以看出受“唯物辩证法创作方法”的影响；等等。这是一个十分复杂的时代，对茅盾来说，也是一个较为混乱与矛盾的时期。外界的巨大干扰与影响，自身在“左联”的身份与角色都使他必然地与时代思潮相联系，他无法超越时代。这种明显受外来干扰的理念化文学思想直到中国文坛对“拉普”理论的清算，左翼文学界开始“联络同路人”，“左”的空气开始消退时才得以澄清。可贵的是，即使在这个复杂的时期，茅盾还是强调“最最主要的还是充实的生活”与“亲身体验”，并使文学有“感情的地去影响读者”①，表现了对文学本体的重视。自此后，茅盾文学思想更进一步的显露出其一贯的特色，即对文学的艺术追求与社会功用的双重重视，并力图完美结合。《子夜》及之后一系列小说创作的社会分析特色，正是他在稳定期的这种一贯文学思想结构特征的呈现。

## 二

通过以上考察，我们发现，茅盾文学思想始终围绕着两个轴心而变化发展。一是社会自觉意识，一是文学自觉意识。茅盾一向关注社会运行的动向，并以此为参照，适时地使自己的文学主张接受“社会的选择”。况且，20世纪上半叶的中国历史，是一部多灾多难、血泪交织的历史。这注定了中国新文学与社会之间存在“剪不断，理还乱”的关系。茅盾文学思想的流变，正是顺应了民族、社会、历史对文学的呼喊。与此同时，茅盾又一向很重视文学的自身规律。人们常常习惯于从理性分析和整体概括两方面看茅盾思维的特点，这自然没错，但是往往由此忽略了另一方面的特点：审美直觉性、细腻独特性和善于形象化。他的许多作家论，如《鲁迅论》《王鲁彦论》《徐志摩论》等，渗透着一种灵动的颖悟，而且能品味出作品微妙的独特神韵和情绪波动，对作品中形象内涵的感知也明显高人一筹。正是社会自觉意识与文学自觉意识的双重强调，使茅盾文学思想表现出两个重要特征：

### （一）两极性追求

所谓两极性追求，就是对文学社会价值和文学本体规律的双重强调。这

① 见茅盾：《关于“创作”》（《茅盾文艺杂论集》上，上海：上海文艺出版社，1981年第301页）、《（地泉）读后感》（《茅盾论中国现代作家作品》，北京：北京大学出版社，1980年，第168页）

在茅盾现实主义文学思想中表现为既始终十分强调文学的理性化、倾向性和时代表现，又始终十分推重文学的生活实感、客观写实和艺术魅力。

他一开始就喜爱富有“哲学的性格”的俄国文学，认为“有了这种哲学思想作根据，然后他的文学能成名，不但有了艺术手段就行”[①]。到后来，更主张运用社会科学的指导分析现实生活，强调对生活作深层透视必须借助于“理性化”。他也注重文学的倾向性，主张文学应对生活对人生予以积极的影响。所以，他看重“新浪漫主义”的是罗曼·罗兰式的理想性和尼采式的反抗性；他倡导“自然主义”，意在直面人生。在30年代，这种倾向性则发展到自觉地为被压迫阶级而呐喊的程度。由此，他必然还注重文学的时代表现。如果说，在五四时期他还只是笼统地主张文学是“时代的反映”[②]——包括“时代的思潮，社会情形等”[③]，那么，到30年代关于文学的“时代性”观念则更为明确：既要把总的“时代情形表现出来”，又要把“相应于各时期”的时代面貌表现出来，并且反映每一历史阶段的重大事件和斗争等。

在茅盾看来，“社会科学给你的只是一个基础”，“只有从生活中把握到的正确观念方是真正的‘正确’”[④]。生活实感在他文学观中是至为重要的，他主张文学创作应从那些“活生生的人”身上去发现独到的东西[⑤]。在此基础上，他还要求对生活进行客观描写。就在他欣赏俄国文学的积极倾向时，他已觉察了客观写实的魅力。所以，当他发现新文学发展中倾向性的展示缺乏写实的基础时，他竭力主张学习自然主义的客观描写手法。这个观念对他来说也是根深蒂固的。即使在长篇小说《蚀》创作期间，尽管他抑制不住情绪的喷涌，但他还是极力“注意一点”，即“不把个人的主观混进去，并且要使《幻灭》，和《动摇》中的人物对于革命的感应是合于当时的客观情形”[⑥]。之后，这种客观写实即发展为对社会全般整体发展趋向及其在个别现象中反映的写实。生活实感、客观写实是茅盾现实主义文学观的基础，而艺术魅力则

① 茅盾：《俄国近代文学杂谭》，《茅盾全集》第32卷，北京：人民文学出版社，2001年，第127页。

② 茅盾：《茅盾文艺杂论集》上，上海：上海文艺出版社，1981年，第52页。

③ 茅盾：《茅盾文艺杂论集》上，上海：上海文艺出版社，1981年，第112页。

④ 茅盾：《茅盾文艺杂论集》上，上海：上海文艺出版社，1981年，第310~311页。

⑤ 茅盾：《创作的准备》，《作家谈创作》上，广州：花城出版社，1981年，第20页。

⑥ 茅盾：《从牯岭到东京》，《小说月报》1928年第19卷第10号。

是在此基础上的更高追求，也是艺术真实性的最终完成，因而他也十分重视。首先，他注重作品的“神韵”和“情绪”，把它作为好作品的基本条件。他多次指出文学的功用在于“感人”，而“感人”的力量要寓于“神韵”①，并且须有“深刺人心”、“在灵魂中起波澜的”情绪②，其次，他还十分重视人物形象的塑造，主张人物要有“个性”，必须是“活的，立体的”，“有灵魂的”。随着创作经验和理论修养的提高，他还自觉地强调典型，人物的塑造，把它作为优秀文学作品的重要标准。

总之，文学社会价值与本体规律在茅盾文学思想中都得到了强调。茅盾文学观的这种“两极性”特征是他理论个性的最突出的表征。这使他有别于创造社作家，也不同于文学研究会其他成员。创造社作家在前期存在“为艺术而艺术”的倾向，并重于主观情绪的抒发对文学的理性化和社会倾向性追求显得较为淡漠；“方向转换”之后，他们则又更侧重于文学社会价值的追求，却又常常忽视生活实感的真实表现。在文学社会价值与本体规律的追求上，他们时而向前倾，时而向后倾。文学研究会其他作家虽然基本上倾向于“为人生”的文学，但他们要么专以描写灰色人生、暴露社会黑暗为己任，一味注重客观写实而忽视理想倾向性的展示；要么以“爱”和“美”的幻想作为拯救痛苦人生的药方，一味注重文学的理想性表现而淡化文学的客观写实。因而从总体上看，他们与茅盾对文学社会价值与本体规律的“两极性”追求显然有别。

**（二）动态平衡性追求**

茅盾对文学社会价值与本体规律的“两极性”追求并不是单向进行的，更不是断裂的。他所致力追求的是：文学社会价值与本体规律共处于一个平衡统一的结构之中，并且使这个平衡结构随社会文学现实的变化而变化。这种平衡结构是由茅盾的社会自觉意识与文学自觉意识交互作用而形成的。一方面，积极参与的社会意识使他对社会的运行变化十分敏感，他能及时发现历史发展的动向及其价值需求；另一方面，他对文学自身的本体需求和发展趋向有独到的认识，他凭着敏锐的艺术感知能力和高远的审美眼光，能及时辨别文学发展中的积极与消极因素。社会自觉意识和文学自觉意识的双向交

---

① 茅盾：《茅盾文艺杂论集》上，上海：上海文艺出版社，1981年，第41页。

② 茅盾：《茅盾全集》第18卷，北京：人民文学出版社，1989年，第142页。

互运动，使他常常把社会的价值需要纳入文学的艺术本体构成之中；同时，又常常把文学自身发展的趋向规范在社会价值的需求之中。于是，在不断的调节均衡和互相选择中，力图建立文学社会价值与本体规律的平衡结构，使两者得到统一。这在文学思想中主要集中表现在理性化与生活实感、倾向性与客观写实、时代表现与艺术魅力的平衡与统一。

在茅盾看来，理性分析应建立在生活实感的基础上，要在生活中不断地得到检验，而不能代替生活；但也并不是说不要理性，理性可以帮助作家分析生活，深化对生活的认识。他说："文学作家却是从那些活生生的人身上，——从他们相互的关系上，看明了某种现象，用艺术手段来'说明'它，如果作家有的是正确的眼光，深入的眼光，则他虽不作结论而结论自在其中了。"① 这段话清楚地说明了茅盾文学观中理性分析与生活实感交互作用而又有机统一的关系。同样，在他看来，只有从生活的客观描写中揭示其本质与真理，让人们看到了历史发展的动向，那么建立在此基础上的作品倾向性才符合历史的理性精神；才易于为人们所接受。反之，倾向性一旦游离了生活的真实描写，那么它势必与生活的真理呈分离状态，甚至可能会与历史的理性精神相悖，文学作品将因此而削弱或丧失其生命力。在文学的时代表现方面，茅盾认为，更离不开作品的艺术魅力。他主张把时代表现与人物的描写结合起来，特别是要塑造典型环境中的典型人物。从典型人物的塑造中提高作品的艺术魅力，从典型环境的描写中加强作品的时代表现。

然而，在茅盾文学思想中，他所追求的理性化与生活实感，倾向性与客观写实，时代表现与艺术魅力的平衡结构并不是静态的，而是要呈现出随社会文学现实变化而变化的动态性。比如，在五四时期，他追求的倾向性与客观写实的平衡结构与30年代就有所区别。五四时期，茅盾主张运用自然科学上发现的原理和社会科学方面的种种理论学说——如进化论、心理学、遗传学、人类学等对"人"的一般状况作真实细致描写，反映社会生活的一般性问题。与此同时，又反对纯粹对现实无动于衷的实录，而主张文学在客观写实的同时，"声诉现代人的烦闷，帮助人们摆脱几千年历史遗传的人类共有的偏心与弱点"②。可见出，此时追求的倾向性与客观写实的平衡结构主要认同

① 茅盾：《创作的准备》，《作家谈创作》上，广州：花城出版社，1981年，第19页。

② 茅盾：《茅盾文艺杂论集》上，上海：上海文艺出版社，1981年，第55页。

对位于批判现实主义文学模式。到了30年代，茅盾所强调的客观写实则主要表现为社会分析的特色：力图对社会生活进行总体全景式鸟瞰，以揭示其本质趋向，比以前更重视从经济和阶级角度进行描写；与之相应，茅盾此时的文学倾向性更为明确：展示社会历史的走向，为进步阶级“实现了历史的必然”而呐喊。茅盾所追求的这个新的平衡结构显然认同对位于革命现实主义文学模式。从五四到30年代，中国社会重心已由争取“人”的解放向争取“阶级”的解放的转变。为适应这个社会需要，茅盾文学思想中所追求的文学社会价值与本体规律的平衡结构，也由批判现实主义文学模式向革命现实主义文学模式转变，呈现出动态性的特征。

至此，我们可以发现，茅盾文学思想的深层追求：力图同时推重文学的社会价值与本体规律，并力图使两者处于平衡统一关系之中，且随社会文学现实的变化而变化，即追求文学社会价值与本体规律的两极性、平衡性和动态性，一句话，两极平衡的动态性追求是茅盾文学思想的深层结构。

但是，应该指出，这种深层结构的追求并不是容易实现的。诚如韦勒克所说：“在现实主义中，存在着一种描绘和规范、真实与训谕之间的张力。这种矛盾无法从逻辑上加以解决，但它却构成了我们正在谈论这种文学的特征。”① 文学社会价值与本体规律两者的平衡统一是现实主义最大的艺术难关。一旦两者平衡关系倾斜或破裂，那么作品就有流于观念化图解或机械式实录的危险。而要使文学社会价值与本体规律两者得到同时强调，发挥现实主义的最大优势，两者平衡统一的艺术难关就更不容易克服。就此而言，不能不说茅盾文学思想对“两极平衡”的动态追求，是既充满魅力而又充满艰辛的。所以，一点也不奇怪，茅盾文学思想的这种追求并没有完全实现。在追求的过程中，茅盾还受到社会现实和自身气质的双重制约。就社会角度而言，民族独立与阶级解放的社会现实常常迫切需要文学社会价值的张扬；就茅盾自身角度而言，参与社会的急切心情常常无意识地得以流露发扬，致使他有可能相对重视文学的社会价值。因此，也就有平衡结构向社会价值一端倾斜的可能。特别是，当社会时代现实以一种不正常的形式，极力要求张扬文学的社会价值，并对文学家形成了一种强大压力时，这种倾斜的可能就会变为现

① ［美］R·韦勒克：《批评的诸种概念》，成都：四川文艺出版社，1988年，第232页。

实。其后果，则是文学社会价值与本体规律相分离，文学生命受到损害。茅盾30年代初创作的《三人行》等作品的失败就是这个原因。

但是，茅盾毕竟是茅盾。一旦外界要求张扬文学社会价值的非正常压力消退（其实他本来就一直在抵制），那么，潜存于他心中的文学社会价值与本体规律的“两极平衡”意识则会重萌以致最后文学社会价值与本体规律的平衡统一结构重新得以恢复。30年代初，茅盾受时代氛围的濡染，确实过于急切发挥和推重文学的社会价值，致使他所追求的平衡结构倾斜。但是，随着1932年以后“左联”对“拉普”理论的清算，及茅盾对自身理论与创作的总结，他文学思想中的文学社会价值与本体规律倾向的平衡结构又得到了重建。就此而言，对“两极平衡的动态性”的不懈追求，也是茅盾文学思想的生命所在。茅盾现实主义文学思想之所以贯穿于新文学60年行程始终，而不至于中断生命，成为中国新文学史上独特的这一个，其原因不能不说与此相关。

# 第一个十年（1918—1927）的小说创作*

向来被斥为“闲书”，不登崇高的文学殿堂的小说创作，五四以来，因文学革命时的倡导和实践，因翻译小说的借鉴和影响，成为一种被人们所公认的主要文学体裁。

鲁迅是中国现代小说的开山祖。他于1918年5月在《新青年》杂志上发表的第一篇白话小说《狂人日记》，立即引起了巨大的轰动。它“在新青年上出现的时候，也还没有第二个同样惹人注意的作家，更其找不出同样成功的第二篇创作小说”①。继《狂人日记》之后，鲁迅“一发而不可收”地发表了《孔乙己》《药》《故乡》等小说，显示了文学革命的实绩。接着《新潮》、改革后的《小说月报》《创造季刊》《创造周报》《晨报》副刊等，相继发表了愈来愈多的小说创作，在主题题材、人物形象和表现的格式等方面，呈现出与中国的旧小说截然不同的新特点和新面貌。

第一，在众多的题材中，反封建的题材占据着重要的地位。这是五四新文化运动的性质所决定的。五四时期许多作家高举民主和科学两大旗帜，以与民主主义相联系的人道主义为思想武器，参加了反对帝国主义、反对封建主义的新民主主义革命运动。鲁迅继《狂人日记》以后写的大部分小说都是沿着“暴露家族制度和礼教的弊害”② 这条线索深入开掘的，有力地揭示了封建制度、封建礼教、封建迷信吃人的本质。新潮社、文学研究会、创造社等许多小说家，在民主主义和人道主义思想指导下，或客观地描写现实人生，或大胆直抒胸臆，或以不同的创作方法揭露和控诉不合理的封建制度，表现了同封建统治阶级相对立的思想情感，或反映一部分知识青年五四高潮后陷

---

* 本文原刊于《中国现代小说史》，山东文艺出版社，1984年4月版。

① 茅盾：《〈中国新文学大系·小说一集〉导言》，上海：上海文艺出版社，2003年，第1页。

② 鲁迅：《〈中国新文学大系·小说二集〉序》，《鲁迅全集》第6卷，北京：人民文学出版社，1980年，第244页。

入苦闷、彷徨的情景，抒写了他们的个性解放呼喊总是伴随着个性受到压抑和摧残的悲歌。起初，他们大都曾幻想过“爱”与“美”的理想天国的出现，但冷峻的现实很快使他们的幻想破灭，他们的创作因而也渐趋冷静，更加正视现实，他们的笔触深入到社会生活的众多方面，尖锐地提出了当时社会中实际存在而且迫切需要解决的许多重大问题，促使关心社会改革的人们去正视、去思考，发挥了文学为人生的巨大作用。“五卅”运动以后，在革命怒潮的冲击下，在无产阶级思想的影响下，一些作家的视野扩大了——从身边琐事和日常生活，扩展到广大的社会变革动荡的领域；反对帝国主义的题材增多了，并同彻底地反对封建势力的斗争紧紧结合起来。他们以小说为利器，直面惨淡的人生，正视淋漓的鲜血，揭露了封建军阀的血腥罪恶，歌颂了革命人民的反抗斗争精神，显示了反对帝国主义、反对封建主义斗争的广泛性、深刻性、彻底性。

第二，涌现了一批体现五四时代精神的生活在社会底层的劳动者形象。

“古之小说，主角是勇将策士，侠盗赃官，妖怪神仙，佳人才子，后来则有妓女嫖客，无赖奴才之流”[①]；而小说多半是封王挂印或大团圆的美满结局。五四以来的中国新小说家笔下的人物形象则有了根本性质的变化。反映下层人民的不幸，同情被侮辱与被损害者，这在中国旧文学作品中尤其在诗歌中是可以找到线索的；但是劳动人民开始在文学作品中特别在小说中真正成了主人公是在五四以后。在十月革命和五四运动的影响下，“劳工神圣”成为响亮的口号，在进步的知识界广为传播，并在初期的创作中有所表现。初期小说中的劳工形象，主要是生活在城市最底层的劳动者，像学徒、人力车夫等。鲁迅的《一件小事》中出现的人力车夫，是新文学史上第一个被正面描写并体现劳动人民优秀品质的形象。当时一些文人有一种鄙视劳动者，特别是人力车夫的偏见，认为车夫的形象及其生活是不能进入艺术之宫的。鲁迅全然不顾这些所谓戒令，以新的人物形象革新了文艺，并在思想上和艺术上对以后的创作在产生了积极而深远的影响，这在郁达夫的《薄奠》和刘一梦的《沉醉的一夜》中是有明显的表现的。鲁迅的小说成功地塑造了闰土、七斤等普通农民的艺术形象，达到了本时期描写农民形象的最高成就。鲁迅不满足

---

① 鲁迅：《总退却》序，《南腔北调》集，《鲁迅全集》第4卷，北京：人民文学出版社，1980年，第618页。

于单是表现农民在旧社会啼饥号寒的痛苦生活和悲惨命运，而着重揭露封建思想、封建礼教和封建迷信对农民思想的严重戕害，歌颂农民在封建势力的残酷压榨下不肯屈服的求生的韧性品质和潜在的反抗精神。这是鲁迅在描写农民生活和形象的小说中所表现出的真知灼见。1923 年“二七”京汉铁路工人大罢工，特别是“五卅”运动后，随着工农斗争的深入，党领导下的革命斗争在作品中有所反映，一些作家写的小说中出现了革命者的形象，特别是工农劳动者出身的革命者的形象。这些形象具有鲜明的时代色彩，为五四以来新文学的人物画廊增添了新的内容，但总的说来，这时期写得最多、又写得较好的主要是以争取个性解放、婚姻自由为目的的各种知识分子形象，描写工农劳动者形象的作品则显得单薄，这是由于“知识界人不但没有自身经历劳动者的生活，连见闻也有限，接触也很少”，所以在为数不多的描写劳动者生活的作品中，也不免“观念化的厉害”①。

第三，小说创作的体裁和表现格式呈现出多样化的面貌。

中国的古代小说多是章回体，到了近代章回体式已经程式化、僵死化，每回的字数必须大略相等，回回要用一个对子，每回结尾必用“要知后事如何，且听下回分解”，并附两句诗等。这种呆板的章回体格式严重地束缚着作者的独创性的发挥，阻碍着小说艺术的发展。五四以来的现代新小说，完全打破了旧章回体的程式，根据新内容的表达需要，努力吸收外国小说的营养，不但取法外国小说的体裁、结构布局、人物塑造、心理刻画、环境描写等的新技术，并且连文辞、句法、语法也带了“欧化”的倾向。鲁迅的小说，既大胆吸收外国小说的积极影响，又植根在自己的民族土壤中，形成了具有自己创作个性的独特风格，他精益求精，在艺术上不断摆脱外来影响而追求创新，正像茅盾所说：“在中国新文坛上，鲁迅君常常是创造‘新形式’的先锋；《呐喊》里的十多篇小说几乎一篇有一篇新形式，而这些新形式又莫不给青年作者以极大的影响，欣然有多数人跟上去试验。”② 这个时期小说的样式，真是丰富多样，有日记体、自传体、抒情体等等；旨在反抗、抒发理想的浪漫主义和冷静客观地描写人生社会的现实主义同时出现在五四文坛上；中篇和长篇小说也相继问世，虽然思想和艺术成就都不算高，但它们毕竟为以后

---

① 郎损：《评四五六月的创作》，《小说月报》1921 年第 12 卷第 8 期。

② 茅盾：《读〈呐喊〉》，《时事周报·文学旬刊》1923 年 10 月第 91 期。

长篇佳作的出现开了先河。

下面我们择要介绍这个时期有影响、有成就的小说创作。

鲁迅（1881—1936）写的《狂人日记》《阿Q正传》等20多篇作品，收在《呐喊》《彷徨》两个集子中。鲁迅小说是五四时期小说创作的最高成就，影响深广，成为中国新文学史上的经典。

在文学研究会的许多作家中，创作成就较高的是叶绍钧。他是在五四文学革命以后最早开始创作白话小说的作者之一。1919年初，叶绍钧就在《新潮》上发表白话小说，此后，他主要致力于短篇小说的创作，短篇小说集有《隔膜》,《火灾》《线下》《城中》等。叶绍钧的短篇小说有一部分是直接描写下层社会劳动人民的不幸遭遇的，但写得更多并且取得更为显著成就的是反映小市民和市民知识分子灰色的生活的作品。这些作品通过各种平凡、灰色的生活现象的描写，从各个不同的侧面，比较深刻地揭示了半封建半殖民地制度下小市民的庸俗、苟且、空虚、虚伪、对旧势力屈服妥协、与对新潮流格格不入的精神特征。叶绍钧的短篇无论是写民间疾苦，还是写市民知识分子的灰色人生，往往都与学校生活相关，因而叶绍钧被誉为“现代中国文坛上的教育小说作家”[①]。他的短篇小说，语言简练生动，结构完整、严谨，善于细致入微地描写人物的心理和性格，并把自己的主观感情寓于客观冷静的描写中。他是继鲁迅后，用小说创作为新文学的奠基作出重要贡献的小说家。

冰心，文学研究会的女作家。她在五四新思潮的激荡下开始了社会“问题小说”的创作。她在小说中所提出的是那个时代资产阶级和小资产阶级知识分子所面临的种种问题，从家庭问题到爱国运动中发生的问题、从妇女问题到人才问题等等。这些小说表现了作者对现实的关切，以及对封建势力的不满。这些问题小说中的主要人物，虽然蒙受着一定的压迫和不幸，但由于大多是相当软弱的人物，他们没有进行正面的反抗，很快向旧势力屈服。“在旧的理解完全被否定，新的认识又还未能确立的过渡期中，青年对于许多问题是彷徨无定的，是烦闷着的。冰心所表现的正是这种情形，她抓住了读者的心。”[②] 五四运动退潮后，冰心的小说创作有了明显的变化。这时她的小说

① 刘增人、冯光廉编：《叶圣陶研究资料》，北京：十月文艺出版社，1988年，第380页。

② 阿英：《现代十六家小品·谢冰心小品序》，1934年底编定，上海光明书局，1935年。

如同她的诗歌、散文一样，中心思想是宣传“爱的哲学”，如她自己所说，是“退缩逃避到狭仄的家庭圈子里，去描写歌颂那些在阶级社会里不可能实行的‘人类之爱’。”① 这方面的代表作有《超人》《悟》等。这些作品固然表现了作者在问题重重的黑暗社会中的苦闷烦恼，但显然她感到自己在解决现实问题方面的无力，只好从问题面前逃走了。冰心的小说往往向读者奉献自己稚弱的心，回荡着温柔亲切的情感，语言清新婉丽，恰似一池春水自然流荡，风过处，漾起锦似的涟漪。当时曾给予青年读者以重大影响，并在青年中引起了模仿。

王统照（1879—1957）这时期的短篇小说编在《春雨之夜》《霜痕》《号声》集中。王统照抱着对“人生”有所解释的信念开始小说创作，但更注重对理想人生的追求，憧憬着“美”和“爱”的世界。他认为这种“爱”和“美”可以使“烦闷混扰”的人生能够“得正当之归宿”②。《醉后》《微笑》等篇反映了这种人生观，但这不是王统照全部创作的要义，不代表王统照创作的主要倾向。王统照是执着于现实的小说家，丑恶不堪的现实社会使作家走上了坚实的现实主义创作道路。随着现实的深入发展，作家视野的不断扩大，表现人生社会的各种悲剧成为王统照小说的重要主题。《湖畔儿语》《沉船》等小说具有强烈的反帝反封的政治倾向，显示着作家创作思想的发展。这时期他还写了两个长篇小说《一叶》和《黄昏》，叙述有作为的青年在恶劣的环境和虚伪的礼教的压迫下走向悲惨的境地，但结构松散，比起后来写的代表作《山雨》来，只是长篇试作。王统照的小说具有凝炼、朴实的风格，以具体地描绘现实人生和细致刻画人物心理见长，但时有较浓厚的浪漫主义因素和抒情气息出现在作品中。

王鲁彦（1901—1944）当时被称为乡土作家。他的创作深受鲁迅的影响。五四以后开始创作。1926 年他的第一个短篇集《柚子》问世。《柚子》以长沙军阀混战及战后的现实为背景，揭露军阀屠杀人民的罪行；作者对那些在刑场上围观杀人的麻木而缺乏同情心的看客则深表痛惜之情。在本时期的创作中，作家成就最大的是描写乡村小资产者和农民的作品。短篇《黄金》的现实主义成分有了较明显的增长。作品通过农村小资产者如史伯伯的不幸遭

---

① 冰心：《冰心小说散文选集·自序》，北京：人民文学出版社，1954 年，第 1 页。

② 茅盾：《〈中国新文学大系·小说一集〉导言》，上海：上海良友图书印刷公司 1935 年。

遇，反映了在帝国主义经济入侵和封建势力的压榨下农村小有产者破产的悲剧，同时对存在于人们中间的金钱势力和种种势力作了深入地剖析和无情地批判。王鲁彦作品的风格是自然朴素，字里行间时有抑郁的气氛，感伤中蕴藏着愤慨，悲悯中深含着讥讽，形成他小说创作的特色。

庐隐（1898—1931），是继冰心之后为人所熟悉的作家，她的生活经历同冰心不同。饱经忧患的境遇，使她对现实人生有了较为深刻的认识。如果说，冰心的作品歌颂的是人类爱的话，那么，庐隐的作品则是揭破人类欢乐的假面，引导读者去恨世。她的第一个短篇集《海滨故人》是显示她风格特色的代表作。茅盾说："读庐隐的全部著作，就仿佛再呼吸着'五四'时期的空气"①。作家采用书信体、日记体的形式，有利于揭开人物的内心世界。她的文笔优美，感情热烈，写得极其流利自然，但在结构上则稍显松散。

许地山（1893—1941），五四前后开始创作。他的短篇集《缀网劳蛛》所收的小说如《命命鸟》《商人妇》等，倾注了对弱小平民百姓的同情，特别是描写受封建势力迫害的妇女时，作家爱憎分明，对封建社会的黑暗与腐朽是憎恶和愤怒的，对平等、自由的爱情是赞美和向往的。但许地山受宗教唯心主义思想影响较深，在他的小说中，当揭露社会黑暗，反映人民悲惨命运时，他的愤慨的情感是鲜明的，但当他企图解释主人公的不幸、为人们指出一条出路时，或流于空想，或悲观失望，往往笼罩着一种宿命论的色彩。许地山早期的小说取材新奇，摄取异国风光，表现异域情调，情节曲折，想象奇特，并且富有哲理色彩，创作个性异常鲜明，给读者以耳目一新之感。

创造社诸作家中，写小说的有郭沫若、郁达夫、张资平等人，其中以郁达夫取得的成就最大。他的小说的主要价值是刻画了一系列在半殖民地半封建中国社会变革时期找不到出路的不幸的小资产阶级知识分子的形象。这些形象用郁达夫自己的说法叫"零余者"。他们总的特征是，身受压迫，地位卑微，备受歧视，处境孤独、寂寞；开始觉醒，怀着个人主义的理想，有所追求，有所探索，但理想破灭，找不到出路。郁达夫着力表现的是这类知识分子探索、追求失败后的苦闷、彷徨、忧伤、压抑以至变态、病态的心理、行为。郁达夫的作品交织着这类知识分子的呻吟与控诉。《沉沦》是他早期的代

---

① 茅盾著，刘济献等编：《庐隐论》，《茅盾现代作家论》，郑州：郑州大学中文系，1979 年，第 148 页。

表作，主人公感伤颓废的情绪正是五四以后一部分找不到出路的青年的变态心理的反映，加以作者那种大胆的近于赤裸裸的心理刻画，所以在当时一部分青年读者中产生了较大影响。1922 年郁达夫从日本回国后写了《春风沉醉的晚上》和《薄奠》这两篇反映城市下层劳动人民生活的小说。这两篇小说在描写底层人民的不幸与悲苦的同时，还着力刻画他们的善良、美好的品德，并表现他们与命运相同的下层知识分子之间的“同是天涯沦落人”的带有浓厚感伤色彩的相互同情。郁达夫的小说多采用自叙传的形式，心理刻画大胆，富有浓郁的抒情味，语言清新流畅，有很高的艺术价值。这个特点，在他取材于清代诗人黄仲则的经历而写的著名历史小说《采石矶》中也有着明显的反映。

张资平是创造社中多产的小说家，且是新文学作家中写作长篇小说较早的一个作家。1922 年他的长篇《冲积期化石》出版后，读者产生了很大的兴趣。初期的小说大多写留日学生的生活，表现了一定的思念故国之情。回国以后，取材于自身所受的经济压迫，写了有一定意义的“身边小说”。但作者最擅长写恋爱小说，有的写有夫之妇的恋爱，有的写师生间的恋爱，有的写叔侄的恋爱。作者用通俗易懂的文字把错综的恋情、奇特的巧遇、性的挑逗自然地融合在作品中，但因为专写三角四角甚至多角的恋爱，他的小说不仅沦为末流，而且在题材和表现方法上大多千篇一律。

蒋光慈（1901—1991）是本时期拥有众多读者的著名作家。他的小说以澎湃的革命热情，鲜明的阶级意识，迅速地反映了革命斗争，歌颂了革命的狂风暴雨。中篇《少年漂泊者》和《短裤党》，短篇集《鸭绿江上》，都是本时期有影响的小说，“尤为留心这个‘大时代’转变的青年男女所爱读”，作品中所写的事件是“社会上最重大，最主要，最关多数人的利害，而又最使人感激的事件。”[①]《少年漂泊者》等作品，给彷徨苦闷中寻找革命道路的青年以很大启示。但他的作品叙述多于描写，结构松散，人物形象单薄，流于概念化。

冯沅君（1900—1974）以淦女士为笔名在《创造周报》上发表了《旅行》《慈母》《隔绝以后》等小说，引起了文坛的注目。被鲁迅誉为“精粹的

---

① 刘运峰编：《1917—1927 中国新文学大系导言集》，天津：天津人民出版社，2009 年，第 304 页。

名文”[1] 的《旅行》，描写了一个女子与一个冲破包办婚姻藩篱的男子旅行，晚间同处在一间旅馆，虽有异常热烈的爱情举动，但未发生最后的关系，这种大胆的写法，即使在男作家中也不多见。她这时期写的小说收在《卷葹》集中。她爱用随笔书信式的体裁，勇敢地袒露女性的恋爱心理，获得了读者的好评。

凌叔华，是1925年在《现代评论》上发表了《酒后》而引起读者注意的女作家。她本时期写的小说收在《花之寺》集里。她小说中的人物，大多是资产阶级的太太、小姐、官僚、女学生。“她恰和冯沅君的大胆，敢言不同，大抵很谨慎的，适可而止的描写了旧家庭中的婉顺的女性”[2]。她的小说的风格和她的绘画一样，雅洁、明快。她文笔精美、技巧圆熟，在描写资产阶级太太小姐们的生活方面，特别在细腻的刻画她们的心理发展过程方面，取得了独有的成就。

---

① 鲁迅：《〈中国新文学大系·小说二集〉序》，《鲁迅全集》第6卷，北京：人民文学出版社，1980年，第249页。

② 鲁迅：《〈中国新文学大系·小说二集〉序》，《鲁迅全集》第6卷，北京：人民文学出版社，1980年，第255页。

# 第二个十年（1927—1937）的小说创作

本时期的小说，是所有文学样式中最活跃的一种。比起前一个十年，小说家倍增，小说创作空前繁荣，呈现着许多新的特质。

第一，取材范围扩大，主题思想深化，文学创作反映现实的广阔性和战斗性超越了前一个时期。反对帝国主义的题材居于重要地位。以反帝为内容的作品中，1931 年“九一八”事变后所出现的反映民族抗日救亡的作品，占有突出的地位。许多革命作家和进步作家亲身参加了反对日本帝国主义入侵中国的民族革命运动，并且在作品中得到了较好的表现。国民党反动政府置民族利益于不顾而卖国投降、鱼肉人民、进行内战的种种罪行，在很多小说创作中有了鲜明的表现。在前一个时期已经引起作家们重视的农村题材，本时期进一步成为广大作家描写的对象。作家们不只描写了农村的破产，农民的困苦、挣扎及其崛起，而且描绘了 1927 年大革命前后农村中汹涌澎湃的革命斗争，比起五四时期那些反映农村的“乡土文学”的作品来，是一个明显的进展。工人阶级和城镇下层劳动人民的生活和斗争，也开始引起人们的注意。小资产阶级知识分子与市民生活在这一时期的小说创作中仍然占着相当重要的地位。有的作家把自己在大革命失败前后所经历的人生作了逼真地反映，特别着力塑造了几种类型的“时代女性”的形象，有的作家开始探求小资产阶级的革命出路问题；有的作品更进一步接触到小资产阶级知识分子参加工农革命斗争后所经历的自我改造过程。对知识分子的这些描绘是前一时期同类题材的作品中所不曾见到的。本时期的小说创作中还出现了新的题材，即以广阔的社会现实为背景，描写 30 年代初期中国民旅资产阶级的生活和命运的杰出作品；革命根据地人民及红军的斗争生活，在一些左翼青年作家的笔下也有所表现，虽然这种表现还不够深刻，但现代文学创作中出现了这样的题材，却是可喜的。

第二，革命者和劳动人民的形象，特别是农民形象的塑造受到小说家们的重视。前一个时期有些作家已着力反映劳动人民的痛苦和抗争，特别是鲁迅的小说，塑造了一系列中国现代文学史上著名的农民典型形象，如闰土、七斤等，表现了作家对农民命运的无比关切，批判了资产阶级领导的辛亥革命抛弃农民的严重错误，指出中国新民主主义革命中解决农民问题的重要性，显示了鲁迅作为思想家的深刻洞察力。但多数作家笔下的农民形象，或者是被侮辱者和被损害者，或者是暂时还没有觉醒的落后农民。到了本时期，情况则有了不同。革命者和劳动人民的形象，不仅作为正面的人物出现在作品中，而且他们意识到自己的历史使命。人物形象的塑造，较前有了新的思想高度，有些作品中的人物性格也较为鲜明。比如蒋光慈的《田野的风》中所描写的农民群像。草明是本时期以描写工人形象而闻名于文坛的女作家，中篇《绝处逢生》（又名《绝地》）以罢工斗争为背景，塑造了一个饱经风霜，具有沉着、乐观性格的工人家属真嫂的形象。作者善于细致入微地描绘主人公的心理活动，把人物在特定环境下的感受同景物描写交融在一起，使景物描写带上了人格化的感情色彩。因而使真嫂的形象比较鲜明，蕴含着较强的思想力量。叶紫的短篇《向导》，激情满怀地描绘了老农妇刘婶妈冷静坚强的性格、随机应变的智慧、舍生取义的献身精神。从她身上，我们看到了农民群众的高度思想觉悟，反映了土地革命的深入状况。胡也频的《光明在我们的前面》中的共产党员刘希坚也是30年代人物画廊中出现的一个较好的形象。作者站在党性立场上，从矛盾冲突中揭示主人公高尚的精神境界。

革命者和劳动人民形象的塑造受到作家的重视，主要是党领导的革命运动的斗争风云要求在文艺作品中迅速反映出来，为当时的革命斗争服务。而一些有生活实感的作家，在革命理论的指导下，就义不容辞地承担了这个任务。自然，由于有些作家未生活在斗争漩涡中，对工农的生活和感情不够熟悉，使革命者和劳动人民形象的塑造比较单薄，血肉欠丰满，存在着概念化的缺点。

第三，体裁样式、风格特点丰富多样，小说创作取得了前所未有的新进展。就长篇小说来说，前一个时期只能算试作，本时期出现了《子夜》《家》《骆驼祥子》《倪焕之》和《山雨》等艺术上趋向成熟的作品。中篇小说和短篇小说更是接踵问世。在本时期的小说领域中，历史小说有了新的发展。前一时期只有寥寥可数的几篇，这个时期激增到约有五十篇左右。在国民党推行文化封锁，压制进步思想的特定环境下，作家们采用历史小说这一武器进行斗争是很自然的事。本时期历史小说的体式、风格是多样的，有以正确的历史观普及历史知识的故事体，如宋云彬的通俗历史故事集《玄武门之变》；有截取历史人物一生中一个典型的片断加以浓笔刻画的人物速写体，如郭沫若的《孔夫子吃饭》《司马迁发愤》《贾长沙痛哭》等，巴金的《马拉的死》等，茅盾的《豹子头林冲》等；有着眼于史实敷陈的所谓“言必有据”的小说，如郑振铎的《桂公塘》等；有古今交融体，如鲁迅的《理水》《非攻》等；有弗洛伊德式的心理解剖小说，如施蛰存的历史小说集《将军底头》。就讽刺小说来说，风格也是摇曳多变的。鲁迅是中国现代讽刺小说的奠基者，形成了精当、犀利、冷峻的风格。在鲁迅的影响下，本时期不少作家从事讽刺小说的创作，并逐步形成了自己的风格。张天翼以夸张、冷峭见长，沙汀以沉郁、深厚取胜，老舍以幽默讽刺闻名于文坛。总之，30 年代讽刺流派中风格各异的小说家的出现，标志着小说创作的繁荣，走向成熟。

第四，革命现实主义成为本时期小说创作的主导倾向，比上一个时期有了进一步的发展。“左联”成立以后，随着马克思主义文艺理论、高尔基文艺思想以及苏联的社会主义现实主义创作方法和作品不断地介绍到中国来，以左联为代表的革命的作家认识到只有站在无产阶级立场上，才能正确地反映生活的本质，揭示革命发展的方向。同时，黑暗的社会，非人的生活，悲剧性的事件，促使作家面对现实，走现实主义深化之路。茅盾的《子夜》力图以马克思主义观点，历史地真实地反映 30 年代城市和乡村的广阔现实生活，并暗示了中国革命的未来。《子夜》的出版，把革命现实主义推上了一个新阶段。叶紫的短篇小说，真实地描绘了大革命前后农村中波涛壮阔的阶级斗争图画，讲述了在党的领导下各种类型的农民终于觉醒起来，进行斗争的故事。作品中没有回避阶级斗争的残酷性，但以坚定的信念，肯定革命事业必定胜利。巴金、老舍等作家，着重在暴露旧社会的黑暗，所不同的是在揭露的深刻性、彻底性上远远超越了批判现实主义，在反帝反封建斗争中发挥了战斗作用。

现在我们择要介绍这一时期的小说创作。

茅盾、巴金、老舍、叶圣陶等创作的小说，就思想高度和艺术成就看，代表着本时期小说创作的新水平。

丁玲，是本时期出现的一个“新的小说家”[①]。1928 年开始创作。她的短篇集有《在黑暗中》《自杀日记》等。她登上文坛的前两年，以写五四退潮以后具有叛逆思想的时代女性的精神苦闷见长，以细腻、大胆的心理描写取胜。“因着她的《莎菲女士日记》的发表，而‘震惊了一代的文艺界’[②]”。“左联”成立后，丁玲的创作有了较大的进展，其中以短篇《水》为代表。《水》发表后，左翼评论家便肯定它“不仅是反映了洪水的灾难的主要作品，也是左翼文艺运动 1931 年的最优秀的成果”[③]。

柔石（1901—1931）是以身殉道的革命作家。他的小说有中篇《三姐妹》《旧时代之死》《二月》和短篇集《希望》等。《二月》是显示作家风格特色的代表作。小说写人与人之间的矛盾，不追求事件纠葛的戏剧性，而是着力写人物情感的冲突，以清新细腻的笔触刻画人物的心理，描写江南水乡的如画风光，形成了晶莹圆浑、带有浓郁的抒情气息的艺术风格。1930 年 1 月写的《为奴隶的母亲》，一改过去的抒情格调，用现实主义的白描手法，不事渲染，准确、凝炼、严谨、深沉，没有早期“革命文学”中常见的公式化、概念化的毛病，表明作者在思想上和艺术上达到了新的高度。

胡也频（1905—1931），是和柔石同时遇难的革命作家。他的短篇集有《诗稿》《三个不统一的人物》《四星期》《圣徒》《活珠子》《往何处去》；长篇有《到莫斯科去》《光明在我们的前面》。他的小说多描写中国社会底层人民的生活、辛酸挣扎，这同当时多数作家描写知识分子和个性解放的题材是不同的。写成于 1929 年五月的长篇《到莫斯科去》，可以明显地看出作者摆脱了感伤情绪和“为艺术而艺术”的倾向。写于 1930 年的长篇《光明在我们的前面》是胡也频的代表作。作品所写不仅是重大题材，而且是崭新题材。在人物形象的塑造上，既能描写强烈的矛盾冲突，又能描写细致的心理活动，显示了作者艺术上的可贵进展。这部小说发表后曾发生较大的影响，获得进步文艺界的好评。

张天翼，是“左联”培养起来的“新人”之一。1928 年开始创作，短篇集有《从空虚到充实》《小彼得》《蜜蜂》《团圆》《移行》《万仞约》《春风》

① 冯雪峰：《关于新的小说的诞生》，《北斗》1932 年第 2 卷第 1 期。
② 钱谦吾：《丁玲》，选自张白云编：《丁玲评估》，上海：上海春光书店，1934 年，第 39 页。
③ 钱杏邨：《一九三一年文坛之回顾》，《北斗》1932 年第 2 卷第 1 期。

《反攻》等，中篇有《清明时节》，长篇有《鬼土日记》《齿轮》《一年》《在城市里》。

在相当一部分新文学创作停滞在标语口号、“革命加恋爱”的状态而找不到克服的方法时，张天翼凭借新颖、幽默、别具一格的作品出现在左翼文坛上。他以极其敏锐的眼光，观察到社会生活的细微末处，即使是隐蔽的不为人觉察的角落，也被他洞察无遗。他作品中所描写的人物，有官僚、农民、工人、兵士、流氓等，但他描写最为成功的是那些“比上不足，比下有余”的“中流社会”的形形色色的灰色人物。“因为张天翼先生自己属于‘中流社会’的一员，并且长期在‘中流社会’中谋生，对于‘中流社会’的人与事最为熟悉，所以表现‘中流社会’成了他创作的重要主题，也形成了他创作上的特点，几乎‘中流社会’形形色色的人物都被他纳入他的作品之中，也就是说，在他的作品中呈现出一幅幅光怪陆离的‘中流社会’的鲜明的生活图画。”① 他的语言清新冷峭，结构紧凑活泼，描写对象主要是四川农村和小乡镇中的地主豪绅、基层政权的实力派、下层知识分子和贫苦农民，由于作者熟悉他们的生活和经历，了解他们的心理和语言，所以他刻画的人物不但逼真传神，而且具有较大的思想容量。他极善于组织故事，情节集中，矛盾冲突尖锐，富有戏剧性，故事和人物性格总是浑然一体，表现了作者艺术创作上的匠心，形成了他特有的朴素凝练、含蓄深沉的艺术风格。他的作品具有鲜明的民族特色和浓郁的乡土气息，但有时运用方言土语过多，环境过于狭窄，往往影响了读者对作品的理解。

沙汀和艾芜是在鲁迅的鼓励和指导下成长起来的青年作家，当时有“左联双璧”的称呼。沙汀本时期写的作品编在《航线》《土饼》《苦难》等短篇集里。他以革命现实主义的创作方法，真实地描写了第二次国内革命战争时期川西北的农村社会，作品中所塑造的人物大部分是四川农村和小乡镇中的地主豪绅、基层政权中的实力派、下层知识分子和贫苦农民。由于作者熟悉他们的生活和经历，了解他们的心理和语言，所以他刻画的人物不但逼真传神，而且具有较大的思想容量。他极善于组织故事，情节集中，矛盾冲突尖锐，富有戏剧性，故事和人物性格总是浑然一体，表现了作者艺术创作上的

① 尚今：《〈中国新文学大系续编（四）·小说三集〉导言》，香港：香港文学研究社，1964年，第3页。

匠心，形成了他特有的朴素凝炼、含蓄深沉的艺术风格。他的作品具有鲜明的民族特色和浓郁的乡土气息，但有时运用方言土语过多，环境过于狭窄，往往影响了读者对作品的理解。

艾芜因为青年时代曾在西南边境和缅甸、新加坡等地有过一段备受侮辱、饱尝人间疾苦、充满血泪生活的经历，所以从 1931 年开始文学创作时，就首先写自己熟悉的生活和题材。先后写了短篇集《南行记》《南国之夜》《夜景》和中篇《春天》。他的作品除了反映南中国下层劳动人民悲惨生活、苦难遭遇外，还写了殖民地人民横遭蹂躏的经历，以及自发的反帝斗争。艾芜的小说，题材新颖，风格明朗，善于以抒情的笔调鲜明生动地刻画人物的性格，给人们以真实、新鲜之感。语言清丽、洒脱，大多数作品洋溢着浓烈的西南边陲的风光和异国情调。

萧军，是东北作家群的主要作家，1932 年开始创作。他的短篇集有《跋涉》（同萧红合作的第一个集子）、《羊》《江上》和中篇《涓涓》。1934 年完稿，1935 年出版的《八月的乡村》，歌颂了中国共产党领导下的东北人民反抗日本帝国主义侵略的坚强意志和斗争精神，塑造了为民族解放和人民革命事业而进行“血的战斗”的“铁的人物”，批判了国民党反动派的不抵抗政策。“作者的心血和失去的天空，土地，受难的人民，以至失去的茂草，高粱，蝈蝈，蚊子，搅成一团，鲜红的在读者眼前展开，显示着中国的一份和全部，现在和未来，死路与活路。凡有人心的读者，是看得完的，而且有所得的”①。小说适应了抗日救亡运动的需要，因而受到了左翼文坛的重视，同时遭到反动派的“围剿”。这一事实，说明了作品的重要价值。

萧红（1911—1942），也是东北作家群的重要作家，1932 年起开始写作。她的短篇集有《跋涉》（同萧军合出）、《牛车上》等。她的成名作中篇小说《生死场》以强烈的感情，鲜明的图画，表现了东北农村残酷的阶级斗争现实以及日本帝国主义入侵东北后广大农民在民族“生死场”上新的挣扎。鲁迅怀着欣赏的态度赞誉这部作品是“北方人民的对于生的坚强，对于死的挣扎”的一幅“力透纸背”的图画，“女性作者的细致的观察和越轨的笔致，又增加

① 鲁迅：《田军作〈八月的乡村〉序》，《鲁迅全集》第 6 卷，北京：人民文学出版社，1980 年，第 293 页。

了不少明丽和新鲜”[①]。《生死场》在描写人物形象上虽欠细致、深广，“而手法的生动，《生死场》似乎比《八月的乡村》更觉得成熟些”[②]。

吴组缃，“是一位非常忠实的用严肃眼光去看人生的作家；他没有真实体验到的人生，他不轻易落笔”[③]。他的短篇集《西柳集》出版后，就得到茅盾的好评。《一千八百担》《天下太平》《樊家铺》是吴组缃的名篇。这些小说，以生动的情节，错综的矛盾纠葛，鲜明的典型塑造，圆熟的艺术技巧，展现了农村的破产景象和农民活不下去奋起抗争的场面，同时以辛辣的嘲笑，无情地揭露了剥削阶级的贪婪、自私的种种丑态。总之，他的作品把30年代初南中国的农村社会逼真地、形象地呈现在读者的眼前。作者创作态度严谨，善于精密地结构故事，语言优美流畅，具有较高的现实主义成就。

沈从文，是一位有明显抒情风格的多产作家。1924年开始创作。他的短篇集计有《鸭子》《蜜柑》《十四夜间》《入伍后》《石子船》《月下小景》《八骏图》《虎雏》等。中、长篇有《篁君日记》《一个天才的通信》《山鬼》《旧梦》等。

沈从文说：“我所写的故事，却多数是水边的故事。故事中我所最满意的文章，常用船上水上作为背景。我故事中人物的性格，全为我在水边船上所见到的人物性格。……我文字风格，假若还有些值得注意处，那只因为我记得水上人的言语太多了。”[④] 这段话说出了他的作品题材方面的特点，这是他对中国现代小说的一个突出贡献。但他作品所涉及的题材又是极其广阔的。他以冲淡的笔触，小品散文的手法，写青年的苦闷，军队中的生活，湘西少数民族的传说和风光以及下层社会人民的不幸和痛苦。作者从同情下层人民的立场出发，刻画了下层人民的道德形态及蕴含着的人性美；从批判和讽刺的立场出发，撕下了上层社会绅士阶级及其知识分子的面纱，露出其形形色色的丑态。沈从文的小说的结构新颖多变，不落他人窠臼，为中国现代小说

---

① 鲁迅：《萧红作〈生死场〉序》，《鲁迅全集》第6卷，北京：人民文学出版社，1980年，第414页。

② 许广平：《追忆萧红》，选自王观泉编：《怀念萧红》，北京：东方出版社，2011年，第53页。

③ 茅盾：《西柳集》，选自钟敬文等主编：《古书一叶》，北京：中国广播电视出版社，1997年，第273页。

④ 沈从文：《我的写作与水的关系》，选自郑振铎，傅东华编：《我与文学》，上海：上海生活书店，1934年，第284页。

的结构形式的发展作了有意义的探索。他小说的语言新鲜活泼，有诗意美，有浓郁的地方色彩。因为他多产，未到生活的深处，有些作品使人觉得浅露；有些对黑暗现实正视不够；有些则剪裁不够，也未在艺术概括上下工夫。

沉樱是“活跃在1930年左右，具有独特风格的女小说家”①。赵景深于主编《现代文学》时曾在编后记中说：“沉樱女士是在《小说月报》上以《妻》（署名小铃）得名，在《大江月刊》上以《回家》（署名陈因）得茅盾称许的女作家。”的确，她是继冰心、丁玲之后而为人所注意的以文字的秀丽与富有诗意的风格为特点的女作家。

沉樱的作品有短篇集《喜筵之后》《夜阑》《一个女作家》，中篇《某少女》等。她有时把革命失败后前线战士和后方同志的退缩作为小说的题材；有时把青年男女的爱情故事作为她描写的对象。她总是把故事构造得很纤密而自然，描写得很精细有趣，文字又极其婉妙绚丽，常常含有哀艳的热情，很像是优美的散文诗。

施蛰存，是中国现代小说史上以心理小说流派的著名代表而为文坛所称道的小说家。

施蛰存于1929年前后开始创作，他先后出版的短篇小说集有《上元灯》（1929年）、《梅雨之夜》（1933年3月）、《善女人行品》（1933年11月）、《小珍集》（1936年9月）等，另于1932年出版了一本历史小说集《将军底头》。

《上元灯》是作者早期的代表作和成名作，小说以元宵节前三则日记的形式，通过作品中的“我”和“她”的几次交往，写活了少男少女之间初恋的纤细、微妙的感情状态。形式短小而精致，语言流畅而含蓄。小说发表后立即引起当时读者的注目。作者从《梅丽之夜》始，开始了中国弗洛伊德心理小说的写作，着力刻画城镇市民阶层的生活及心绪、心态和心情诸种精神活动。特别擅长挖掘小资产阶级女性性心理的苦闷，得失互见，后期的小说题材逐步开阔，主人公心理变迁同社会变迁交融在一起，增加了讥讽现实的内容。短篇《春阳》是这方面的代表作。作品逼真地塑造了一个旧式城镇的市民中苦闷的女性婵阿姨的形象，主人公性心理的发动和失败的历程都同现代

① 蓝海：《同情的罪·跋》，济南：山东人民出版社，1982年，第496页。

城市的资本主义化联结在一起，这就使人物的性格具有一定的社会意义。《将军底头》收了四篇历史小说①，在中国历史小说创作中自成一格，作品描写了几个“两重性格”的历史和传说中的人物形象，把弗洛伊德式的研究渗入到历史小说中。当时郁达夫十分推崇这部小说，认为施蛰存把自己的感情巧妙地注入到历史人物的头脑中，是施蛰存的最大特点。“尤其是《将军底头》的神话似的结束，和《石秀》的变态地感到性欲满足的两处地方，使我感到了意外的喜悦。”②

① 施蛰存的《将军底头》收《鸠摩罗什》《将军底头》《石秀》《阿襤公主》四篇历史小说。
② 郁达夫:《在热波里喘息》,《现代》1932 年 8 月第 1 卷第 5 期。

# 第三个十年（1937—1949）* 的小说创作

这一个时期的小说创作，因战争的环境，主要分属于两个地区，即国民党统治区及抗日根据地和解放区。一个是国民党统治的黑暗时代，一个是共产党领导的人民当家做主的时代。这两区革命的、进步的小说家，继承了五四和30年代小说创作的优良传统，在伟大的抗日战争、解放战争中发挥了战斗的作用。这是两区小说创作的共向点，但由于作家所生活的地区不同，两区的小说创作也呈现不同的特点。

第一，国统区的小说以暴露和讽刺为主要内容，根据地和解放区的小说以歌颂为主要内容。

抗日战争爆发以后，出现一些表现抗战主题的小说，如茅盾的《第一阶段的故事》，姚雪垠的《差半车麦秸》等。战争进入相持阶段后，“国民党政府开始了它的政策上的变化，将其重点由抗日逐渐转移到反共反人民”①。从这以后，揭露国统区黑暗的小说愈来愈多，并出现了一批较有成就和影响的作品。1938年张天翼写的《华威先生》是最早出现的讽刺暴露作品。随着国民党消极抗日、积极反共反人民的面目的逐渐暴露，这一主题得到了广泛深入的表现。茅盾的长篇小说《腐蚀》通过赵惠明被“腐蚀”和挣扎的过程，有力地揭露了国民党特务组织残害青年的罪行，更加深刻地暴露了国民党反动派勾结日伪汉奸，疯狂镇压革命和进步力量的勾当，揭开了国民党特务世界的丑恶内幕。小说发表后发挥了很大的战斗作用。沙汀的短篇小说，则通过兵役问题，揭露了国民党政权的腐朽及其反动本质。《在其香居茶馆里》就是其中有代表性的一篇。毛泽东同志的《在延安文艺座谈会上的讲话》传到国统区以后，作家们对现实的认识加深加广了，对国民党的反人民的本质看得更清了，他们运用长篇小说更深刻地描写了国民党黑暗专制统治的不得人

---

* 实指十二年，为了同前两个十年叫法一致，简称第三个十年。

① 毛泽东：《论联合政府》，1945年4月24日。

心及其必然崩溃的前景。巴金的《第四病室》《寒夜》，黄谷柳的《虾球传》等就是这方面的代表作。在国民党反动派加强独裁专制统治的背景下，历史小说因环境的需要应运而生。钟离北的《玛丽·司徒亚特之死》，陆冲岚的《放逐》，王统照的《狗矢浴》等，借中外历史事件和人物，讽刺和揭露了统治集团的罪恶和垂死前的疯狂挣扎，表达了人民推翻反动统治的强烈愿望。

抗日战争发生后，根据地的作家用笔投入了战斗，写下了一些鼓舞军民齐心抗日的短篇小说，如丘东平的短篇集《茅山下》，刘白羽的短篇集《龙烟村纪事》等。《讲话》发表后，根据地和解放区的作家，在深入工农、深入生活的过程中，创作了一大批文学史上未曾有的以歌颂为主调的作品。这些作品以民族斗争、阶级斗争和生产劳动为题材，歌颂了新的时代，新的生活，新的政权，歌颂了党领导下工农兵所创造的英雄事迹，歌颂了中国农村翻天覆地的巨大变革，以及农民在这一变革中迅速觉醒和成长，描写了同旧社会性质根本不同的生产劳动，以及在劳动中人与人之间的新型关系、崇高的道德情操和追求美好生活的理想，这些题材和主题都是以往的文学作品所未见到的。

同过去描写农民形象的作品有了很大的不同，这些小说中塑造的是翻身以后的各种新型的农民形象。

五四以来的新文学作品中，写党的领导者的形象，不仅极少，而且单薄、概念化。赵树理笔下的老杨（《李有才板话》），周立波笔下的萧祥（《暴风骤雨》）等，写得可敬可亲可信，血肉丰满，在中国现代文学史上具有开拓性的意义。

总之，五四以来的新文艺，在毛泽东文艺思想的哺育下，在解放区的肥沃土壤中，发展成为真正同工农兵相结合的文艺，成为以歌颂为主旋律的新的人民的文艺。

第二，在实现文艺的群众化、民族化方面，根据地和解放区的小说，比国统区的小说更鲜明，更自觉，更有成效。

五四以来的新文艺就是沿着民族化、群众化的方向发展的，鲁迅等作家做了有益的探索，并取得了很好的成绩。但真正形成为群众喜闻乐见的大众化风格还是《讲话》以后。解放区小说一般都注意适合工农群众欣赏习惯和美学趣味，在结构上继承中国古典小说和说唱文艺的优良传统，使情节非常集中和紧张，富有戏剧性、故事性和连贯性。在人物的塑造上，也借鉴了古典小说表现人物的方法，善于在故事中，通过人物的语言和行动揭示人物的性格特征，通过典型的事件和生活细节来刻画人物。解放区的小说多半采用经过艺术加工的口头语言，同时吸收了说唱语言的精华，其中的优秀篇章，不仅人物对话是口语化的，就是叙述语言也是口语化的。上述几方面的主要特点，就形成了解放区小说民族化、群众化的风格，赵树理的小说，孔厥、袁静的《新儿女英雄传》，马烽、西戎的《吕梁英雄传》等就是明显的例子。

国统区的小说，在民族化、群众化方面也取得了可喜的收获，黄谷柳的《虾球传》就较多地接受了古典小说和民间文学的影响，作品的故事曲折动人，情节引人入胜，语言朴素简练。正像茅盾所说，它“打破了五四传统形式的限制而力求向民族形式与大众化的方向发展”①。《虾球传》只是“力求向民族形式与大众化方面发展”，而在这方面国统区的其他小说还未达到《虾球传》的成就。因此，同解放区的小说相比，就显出差异来了。

第三，在创作方法上有所不同。解放区的小说家生活在新的环境中，以先进的世界观观察和描写生活，在运用革命现实主义创作方法上达到一个新的水平。总的看来，这个时期小说反映的生活和斗争，从某些方面看比前两个十年要深刻、真实得多。有的作品在一定的程度上反映了阶级斗争的规律，有的作品反映了幼小的但是充满前途的新人新事和新思想。有的作家敏锐地发现和正确地反映了事关革命成败的重大问题（比如基层政权严重不纯问题），有的作家在描写人物、叙述事件的时候，都是以农民直接的感觉、印象和判断为基础的。他们塑造了一批新的典型人物形象载入史册，即使描写落后人物形象，也同前两个时期作品中的同类人物形象有明显的不同，他们不再是带着无法摆脱的精神负担走向幻灭，沦为悲剧，他们沐浴着新时代的阳光，革命的巨大变化使其不得不发生不同程度的转变。总之，解放区小说的格调是明朗、乐观、昂扬的，给人以巨大的鼓舞和力量。

国统区的小说，特别是长篇小说，在对现实的概括、规模的宏大、风格的突出、艺术表现的圆熟等方面，达到了相当高的水平。如老舍写于 1944 年至 1947 年的《四世同堂》（包括《惶惑》《偷生》《饥荒》三部），以祁家祖

① 茅盾：《在反动派压迫下斗争和发展的革命文艺》，《中华全国文学艺术工作者代表大会纪念文集》，北京：新华书店，1950 年，第 51 页。

孙四代人为中心，联系同一条小胡同里的各类人物，展现了错综复杂的生活画面和故事情节。全书规模宏大，结构匀称，人物个性鲜明，是本时期出现的宏篇佳作。钱钟书的著名长篇讽刺小说《围城》，描写了30年代中后期中国半殖民地半封建社会的独有的新儒林。在题材上，特别在讽刺艺术上具有较高的成就，还有巴金的长篇《寒夜》，黄谷柳的《虾球传》等，这些作品从自己独特的角度，反映了特定历史时期中国社会某些本质方面的特点。这些作品以严峻的现实主义为特征，在批判的尖锐、揭露的深刻、对出路的暗示等方面远远地超过了批判现实主义，但在正面形象的典型塑造、展现革命的理想等方面，还没有达到同时代的革命现实主义作品的思想高度。

下面择要简介这一个时期有影响的小说创作。

赵树理的《小二黑结婚》《李有才板话》等小说，周立波的《暴风骤雨》，丁玲的《太阳照在桑乾河上》是本时期小说的优秀代表，显示了革命现实主义的新成就。

柳青（1916—1978）是一位反映抗战时期解放区农村生活有成绩的作家。1947年写成的长篇小说《种谷记》，是我国现代文学史上反映老解放区农村变工互助活动的第一部长篇小说。作品艺术表现上的特点是把生产斗争和整个社会斗争联系起来，写出了斗争的曲折性、复杂性，因而具有较深刻的社会意义。作者坚持现实主义创作原则，描写细致，场面生动，生活气息浓厚，语言通俗、精炼，重视描写人物，特别擅长人物的心理刻画。而结构缺乏起伏，故事过于平直是这部作品的不足。

欧阳山的长篇小说《高干大》，从内容到形式（语言）与作者30年代前后写的作品有了显著的不同（作者以前的作品，主要写城市生活和恋爱题材，语言上有较明显的欧化倾向）。《高干大》完成于1946年，作品通过任家沟合作社从衰落赔钱到兴旺发展过程的描绘，真实地反映了抗日战争时期整个边区农村的生活面貌，热情地歌颂党所倡导的农村合作社经济的无比优越。这是解放区文艺中第一次出现的新主题。作品在一定的复杂的关系中，突出地塑造了农民出身的干部高生亮的形象，热烈地赞扬了抗战时期边区农村的新的人物，新的生活。结构比较紧凑，语言生动、朴实、流畅，但有些情节的穿插过于繁琐，无助于正面人物形象的刻画。

康濯，参加延安文艺整风运动后，开始创作。短篇集《我的两家房东》

收三篇小说。写于1946年5月的《我的两家房东》是他的代表作。小说以农村干部拴柱和农村姑娘金凤的恋爱婚姻为线索，热情地赞扬了农村新的一代青年男女敢于冲破封建婚姻习俗，大胆追求美满自由婚姻的革命精神。作者善于刻画人物，揭示人物的内心活动，寓深意和思想于生活细节、场面和普通事件当中，语言生动、明快，笔触细腻，体现了作者特有的清新、朴素的风格特点。

孙犁，是一位树立了独特的艺术风格，以写短篇小说闻名的作家，被称为“荷花淀”派。短篇集有《采蒲台》《嘱咐》《芦花荡》等，另有中篇小说《村歌》。他的作品大多以他家乡冀中平原的农村为背景，生动地再现了不同革命历史时期丰富多彩的战斗情景，描写了根据地人民艰难困苦的生活和英勇机智杀敌的故事，塑造了动人的艺术形象。写于1945年的《荷花淀》是孙犁的代表作。作品以革命浪漫主义的笔调，描绘了白洋淀的人民英勇杀敌的故事，细致地刻画了一群平凡、朴素的妇女性格与品质上的可贵的特质，字里行间洋溢着劳动人民至真至切的人情美。“《荷花淀》这篇作品，不仅是一首令人心神陶醉的抒情乐曲，同时也是一支振奋人心、鼓舞斗志的战歌。”①他的作品具有明丽的地方色彩和浓郁的生活气息，充满诗情画意。作者极善剪裁，疏密得当，融叙述、抒情、写景、人物描写于一体，化成一件完美的艺术品，文笔清新，语言优美、精炼，富有情趣，构成独特的风格，是“白洋淀”派的创立者。

刘白羽，以写军事题材闻名于文坛。短篇集有《草原上》《幸福》《龙烟村纪事》，《战火纷飞》和中篇小说《火光在前》。《无敌三勇士》是他短篇中的佳作。作品描写了三个战士从不团结到团结的动人故事，通过团结问题的解决，揭示了党的领导和无产阶级思想教育对建设人民军队的重要作用，生动表现了我军战无不胜，攻无不克的阶级本质。小说发表后，在部队中产生了广泛的影响和深刻的教育作用。《火光在前》是作者在1949年9月写成的中篇小说。“是长久以来在战争生活中，不断感受，不断酝酿着的诗”②。它的出现标志着作者创作上的新进展。小说出色地描绘了人民解放军南下胜利

① 黄秋耘：《介绍〈荷花淀〉》，《孙犁作品评论集》，天津：百花文艺出版社，1982年，第9页。

② 刘白羽：《政治委员·前记》，北京：人民文学出版社，1956年，第1页。

进军的真实图景，生动地展现了人民解放军渡江作战的宏伟雄壮的历史画面，真实地反映了人民解放军在党和毛主席的领导下，在人民群众无私无畏的支援下，胜利进军的英雄乐章。特别值得注意的是作品较成功地塑造了人民解放军高级指挥员的形象——师长陈兴才和师政委梁宾，这是现代文学史上第一次出现的血肉丰满、有思想深度的高级指挥员的形象。总观刘白羽的作品，有鲜明的时代感，洋溢着高亢奔腾的激情，富有部队生活气息和浓厚的浪漫主义色彩，缺点是有些篇章描写不够集中，结构不够谨严。

沙汀和艾芜，这个时期仍以国统区的农村社会为题材。抗战时期，沙汀决心把自己“所看见的新的和旧的痼疾，一切阻碍抗战，阻碍改革的不良现象指明出来……来一个清洁运动”①。作者的激情仍然凝聚在冷峻地对那些消极抗战的国民党爪牙们的嘲讽、对国民党基层政权的无情揭露上，从而构成了他创作的主要倾向。这个时期，他还写了三部长篇小说——《淘金记》写的是地主恶霸为发“国难财”而进行的一场内讧；《困兽记》写的是一个小城镇的知识分子因为宣传抗战有罪而苦闷重重，发展成为个人的悲剧；《还乡记》是1944年在重庆学习毛泽东同志《在延安文艺座谈会上的讲话》之后写的，重点写了贫苦农民对恶霸地主的反抗斗争，在艺术上可能比《淘金记》差一点，但在内容上却比前两部强一些。总之，三个长篇组成了一幅国统区农村阶级矛盾和阶级斗争的图画。

艾芜这个时期小说题材比之前广泛，除继续写农村生活外，他还着重反映抗日民族解放战争的现实。主要作品有长篇《山野》《故乡》，中篇《一个女人的悲剧》和短篇《石青嫂子》。其中《山野》的成就最高。《山野》写成于1947年，是国统区反映抗日战争的小说中比较有代表性的一部。作品通过一个山村24小时的战斗生活的描写，较大规模地反映了国统区人民的抗日斗争，揭示了工农群众是抗日的主要力量。作品把众多的人物，复杂的情节，巧妙的压缩在一天之中，显示了作者高度的艺术概括能力。

姚雪垠，抗战前开始创作。1938年5月他的短篇小说《差半车麦秸》在《文艺阵地》第1卷第3期发表后，在文艺界引起了广泛的注意。茅盾在同年

① 沙汀：《这三年来我的创作活动》，《抗战文艺》1941年1月第7卷第1期。

8月著文指出："《差半车麦秸》正是'肩负着这个时代阿脱拉斯型的人民的雄姿'"[①] 的新的典型。小说成功地描写了一个绰号叫"差半车麦秸"（意思是"不够数儿"，不够聪明）的农民游击队员在抗日队伍中成长的过程。这是一个憨厚、纯朴却又带着农民的某些落后的意识的农民，通过抗日游击队这个熔炉的锻炼，成为一个勇敢的富有自我牺牲精神的战士。作品通过农民在战争中的迅速觉醒和立即行动，显示了中国农民蕴藏着的巨大力量和冲天仇恨。"《差半车麦秸》写得真好……可说是抗战以来的最优秀的一篇文艺作品。……此篇一发表，在前方的朋友当会给鼓起写作的兴味，产生些新的，深刻的有力的作品。"[②]

这个时期，姚雪垠还写了中篇《牛全德与红萝卜》，长篇《春暖花开的时候》《戎马恋》等，虽各有其得失，但均不及《差半车麦秸》这个短篇影响大，引人注目。

钱锺书的长篇小说《围城》是本时期出现的一部有独特成就的作品。《围城》最初连载于《文艺复兴》第1卷第2期到第2卷第6期。"一开始，钱钟书便以光芒四射、才情横溢的笔墨，震惊了读者，震惊了像他一样正在从事小说创作的同行。"[③] 小说以抗战初期为背景，通过对主人公方鸿渐和生活在他周围的各种知识分子的生活和命运的描绘，特别是他们在"情场"和"名利场"上的交锋，真实地表现了那个腐败不堪的社会所造就的腐朽、空疏、虚伪的知识分子灵魂，揭发了附着在那个社会肌体上的毒菌、丑习。可以说，《围城》是一部对行将崩溃的旧制度、旧社会的真实的艺术的写照。《围城》不仅使人们认识那个行将灭亡的社会，而且引起人们思索，启迪人们，那病态的社会，灰色的人生再也不能存在下去；那些游离于抗日救亡运动和工农群众之外的知识分子，只有冲破被围的城堡，才能走向自由和光明之路。

《围城》不仅为中国现代小说提供了独特的题材，而且对中国现代讽刺小说艺术的发展增添了前所未有的东西。《围城》突出的成功是它的心理描写。心理讽刺艺术贯穿于全书之中，是刻画人物性格，形成作品独特风格的主要

---

① 茅盾：《八月的感想》，《文艺阵地》1938年8月第1卷第9期。

② 《张天翼来信》（《文阵》广播），《文艺阵地》第1卷第7号。

③ 唐弢：《四十年代中期的上海文学》，《文学评论》1982年第3期。

标志。作者深入到人物灵魂的深处，神态毕肖地描绘了形形色色的男女在特定的场合下的所思所想，特别是传达出人物瞬息间所萌生的心思和微妙的情绪，令人拍案叫绝。中国讽刺小说的风格，犀利者有之，幽默者有之，夸张者有之，而机智风格的形成则是始于钱钟书的《围城》。老舍说过，机智是用极聪明的、极尖锐的语言来道出像格言似的东西，使人读了心跳。《围城》通篇充满了这样的语言。它的辛辣、锋利是在机智中获得了生动地体现。这种风格的形成，是同钱锺书作为文学家的想象力和作为学者的渊博学识二者的结合分不开的。

张恨水（1895—1967）是中国现代文学史上一位十分多产的作家，以“章回小说大家”而为人称道。他一生写过一百多部小说，早期创作深受民国初年鸳鸯蝴蝶派的影响，属于“鸳鸯蝴蝶派”言情小说的范畴，但从1924年正式发表小说起，却表现出较为明显的进步倾向。《春明外史》是以《二十年目睹之怪现状》为蓝本的谴责小说，虽然残存一定的封建伦理观念，但主要是以婉而多讽的艺术手段谴责了当时政治上、社会上千奇百怪的内幕，揭露了旧社会的丑恶面貌；《金粉世家》以白描手法写了一家豪门的盛衰，暴露了北洋军阀卵翼下的官僚们的骄奢淫逸、糜烂堕落，布局完整严谨，情节错综有致，人物栩栩如生；《啼笑姻缘》是一部引起社会“狂热”的小说，文坛曾一度有“《啼笑姻缘》迷”的口号。它既富有浓郁的人情味，又有强烈的传奇色彩，在一定程度上揭露了军阀的残酷暴行，虽想歌颂自由恋爱反对门当户对，但由于过分追求情节的曲折复杂，结果还是门当户对胜利，不免有损于主题的表现。在艺术表现上，逐步克服了鸳鸯蝴蝶派那种“记账式”的传统写法，注意加强了环境气氛的烘托和人物性格的刻画，结构布局较为完整，尤其是语言明显趋向平淡朴实，华丽的脂粉气越来越少。抗战爆发以后，他小说的思想倾向有了明显变化，歌颂抗战、暴露黑暗是他这个时期的小说如《冲锋》《游击队》《魍魉世界》《八十一梦》《五子登科》等的共同思想特色，其中《八十一梦》是这个时期的代表作。这部小说，名为长篇，实是短篇的合集，由于是运用“说梦”的形式，有些说的是远古时代的神话传说和历史人物的故事，所以作者写来不拘谨，不做作，放笔直书，痛快淋漓地揭露了国民党大后方的丑闻秘幕，斥责那些不抗战或假抗战的群丑，“集结在重庆，隐身‘抗战’的旗帜下，进行五颜六色的卑鄙、恶毒的勾当”[①]，讽刺影射，嬉笑怒骂，颇感痛快。《八十一梦》是作者小说创作中的一个新阶段。周恩来同志当时曾说：“同反动派作斗争，可以从正面斗，也可以从侧面斗。我觉得用小说体裁揭露黑暗势力，就是一个好办法，也不会弄到‘开天窗’。恨水先生写的《八十一梦》，不是就起了一定作用吗？”[②]

① 张恨水：《八十一梦·前记》，转引自张占国、魏守忠编：《张恨水研究资料》，天津：天津人民出版社，1986年，第254页。

② 1944年5月16日重庆《新华日报》。

# “五四”新小说理论和近代小说理论关系琐议*

这是一个有待深入研究的课题。解放以前出版的学术著作，诸如胡适的《五十年来中国之文学》、陈炳堃的《近三十年中国文学史》、周作人的《中国新文学的源流》、朱自清的《中国新文学研究纲要》（《文艺论丛》第14辑）等，都注意到五四文学和近代文学的关系及时代思潮同文学变革的关系。但这些史著，由于所论的角度或侧重点不同，大都只提出了问题，未能展开论证；有的论著，或立论失之偏颇，或资料明显荒缺。虽然有好多问题留下空白，但先驱者的起步却是可贵的。解放以后，特别是近几年来，研究工作者以新的观点和较为丰富、翔实的资料，对这个专题进行了系统的研究，如严家炎的《中国现代文学发展中的几个基本问题》、沙似鹏的《五四小说理论与近代小说理论的关系》等专论为进一步研讨这个专题，提供了很好的基础。本文拟就从与此专题有关的两个问题，即如何评价梁启超等人的小说理论和现代小说理论对近代小说理论的革新，谈点零星的想法。

评论界对梁启超为代表的“小说界革命”的理论，进行探讨和研究的文章为数不少，但我觉得从理论的整体上进行评价的文章并不多，且往往有偏高的倾向，如为说明梁启超等人的小说理论在中国文学史上的地位，差不多都说，梁启超等人的小说理论，为五四新小说的繁荣奠定了基础。这样的看法缺乏必要的分析，也不符合小说演变的实际，值得我们认真思考、探讨。

梁启超等倡导的“小说界革命”的理论，若归类作平行分析，确实是触及到好些方面的问题，比如小说的真实性、小说的功利观、小说的艺术特点等。但它的核心是什么？它的本质是什么？我认为更值得评论者去探求。简单说来，它的核心，或它的本质，乃是视小说为政治工具，小说具有万能的社会之力。梁启超多次强调了这个意思，1897年，他论及日本变法时，指出：

---

* 本文原刊于《山东师大学报》1986年第1期，后被《高等学校文科学报》1986年第3期摘登。

"日本之变法，赖俚歌与小说之力。"[①] 1902 年，更为明确、系统地说"欲新一国之民，不可不先新一国之小说。故欲新道德，必新小说；欲新宗教，必新小说；欲新政治，必新小说，欲新风俗，必新小说，欲新学艺，必新小说，乃至欲新人心，欲新人格，必新小说。何以故？小说有不可思议之力支配人道故。"[②] 在梁启超的极力鼓吹和影响下，继起的一些论文，如陶佑曾的《论小说之势力及其影响》、天僇生的《论小说与改良社会之关系》《〈新世界小说社报〉发刊词》等，更是把小说的作用夸大到极限，说什么："小说势力之伟大，几几乎能造成世界矣。"[③] "吾以为吾侪今日，不欲救国也则已，今日诚欲救国，不可不自小说始，不可不自改良小说始。"[④] "小说！小说！诚文学界中之占最上乘者也。"[⑤] 诚然，梁启超的小说理论，涉及到文艺的真实性，文艺的美感作用，文艺的功利观，也可以说，他的小说理论是自成体系的，但问题在他未能科学地论述真实、美感和功利这三者之间的相互关系，忽略了文学的第一要义是真实，把文艺的功利性抬高到很不恰当的地位；他从读者乐意接受小说艺术的角度分析小说的特征具有四种力量："一曰熏。……二曰浸。……三曰刺。……四曰提。……前三者之力，自外而灌之使人，提之力，自内而脱之使出，实佛法之最上乘也。"[⑥] 但梁启超在论述小说美感性时，一是没有强调美感性对真实性的依赖关系，二是忽略美感作用相对的独立性，把美感仅仅看作是从属功利观的附属。他正是从这样的角度理解、论及"四种力量"的。所以，他不无偏激地指出："文学家能得其一，则为文豪，能兼其四，则为文圣。……而此四力所最易寄者，惟小说。"[⑦]

从上述的总体分析中，我们可以引申出这样两个基本认识：

就社会目的看，梁启超等人所提倡的"小说界革命"及其理论，仅仅是为了"新民"的政治需要，是资产阶级改良主义政治运动的一个重要组成部

---

① 梁启超：《蒙学报演义报告合叙》，《梁启超自传》，南京：江苏文艺出版社，2012 年，第 171 页。

② 梁启超：《论小说与群治之关系》，《饮冰室合集·文集之十》第 2 册，北京：中华书局，1989 年，第 6 页。

③ 《〈新世界小说社报〉发刊词》。

④ 天僇生：《论小说与改良社会之关系》，《明月小说》1907 年第 1 卷，第 9 期。

⑤ 陶佑曾：《论小说之势力及其影响》，《游戏世界》1907 年第 10 期。

⑥ 梁启超：《论小说与群治之关系》，《新小说》1902 年第 1 卷，第 1 期。

⑦ 梁启超：《论小说与群治之关系》，《新小说》1902 年第 1 卷，第 1 期。

分。同样，他翻译的著名小说《经国美谈》和《佳人奇遇》以及他创作的《新中国未来记》也是出于这样的目的。梁启超等人，在寻求其“新民”途径之中，发现小说乃是一“简易之法”，可以令“天下之农工商贾妇女幼稚皆能通文字之用”①，从而达到宣传维新派的政治主张和理想的目的。

就思想基础说，是属于唯心主义范畴。梁启超等人颠倒了社会存在和思想意识的关系，把小说作用夸大到可以扭转乾坤的地步，这就走上了历史唯心主义道路。当时就有人清醒地指出：“所谓风俗改良，国民进化，咸惟小说是赖，又不免誉之失当。余为平心论之，则小说固不足生社会，而惟有社会始成小说者也。”② 1928 年无产阶级革命文学论争中，创造社，太阳社中个别人对文艺作用的看法，基本上也是这样的唯心主义估量。鲁迅尖锐地指出：“各种文学，都是应环境而产生的，推崇文艺的人，虽喜欢说文艺足以煽起风波来，但在事实上，却是政治先行，文艺后变。倘以为文艺可以改变环境，那是‘唯心’之谈。”③

以上所议，是否对梁启超等人提倡的“小说界革命”及其理论有肯定不足，怀疑有余之嫌呢？没有。上面仅是从小说理论的总体上进行了分析，若从中国小说发展的历史过程，从中国自来小说不入史，“小说是向来不算文学的”④，“向来是看作邪宗的”⑤ 这个角度看，梁启超等人的小说理论的出现在当时具有振聋发聩的作用，无疑是晴天的一声霹雳。众所周知，“小说”一词，最早见于《庄子·外物篇》，初指琐屑的言谈、小的道理，同我们今天理解的小说不是一回事。班固的《汉书·艺文志》中虽出现了“小说家十五家，千三百八十篇”的记载，但班固仍认为小说是“出于稗官，街谈巷语，道听途说者之所造”，“其语浅薄”，“迂诞依托”，并断言这是一种“君子弗为”的“小道”。他虽然在《诸子略》中著录了小说家，但将其列入“诸子十家”之尾，并且说：“诸子十家，其可观者九家而已。”班固鄙薄小说，不言而明。

---

① 黄遵宪：《日本国志》，《〈新世界小说社报〉发刊词》。

② 觉我：《余之小说观》，选自陈春生等选编：《20 世纪中国文学史文论精华：小说卷》，石家庄：河北教育出版社，2000 年，第 48 页。

③ 鲁迅：《现今的新文学的概观》，《鲁迅全集》第 4 卷，北京：人民文学出版社，1981 年，第 134 页。

④ 鲁迅：《草鞋脚·小引》，《鲁迅全集》第 6 卷，北京：人民文学出版社，1981 年，第 19 页。

⑤ 鲁迅：《徐懋庸作〈打杂集〉序》，《鲁迅全集》第 6 卷，北京：人民文学出版社，1981 年，第 297 页。

这里须指出，班固所规范、指定的“小说”，同以后统治阶级及其文人从文学体裁上规定的小说，这两者所包含的内容是不同的，但他们对小说所取的鄙视态度则是相同的。鲁迅说：“史家成见，自汉迄今盖略同。”[①] 这种“成见”一直延续到清代，基本上无甚变化。“仁义道德，羽翼经史，言之大者也。诗赋歌词，艺术稗官，言之小者也。言而至于小说，其小之尤小者乎！士君子上不能立德，次不能立功、立言以共垂不朽，而戋戋焉小说之是讲，不亦鄙且陋哉！”[②] 在全部意识形态中，把小说视作“鄙且陋”的偏见，竟是如此根深蒂固！

面临着如此根深蒂固的传统观念，梁启超等人登高一呼，呼吁“小说界革命”，把小说提到文学之中最“上乘”的地位，认为小说可以新国、新民、新一切，由一个极端走向了另一个极端，这种物极必反的现象在历史变革中是屡见不鲜的。

梁启超的“小说界革命”及其理论一出现，在当时就产生了很大的反响。吴趼人在《月月小说·序》中说：“吾感夫饮冰子《小说与群治之关系》之说出，提倡改良小说，不数年而吾国之新著新译之小说，几于汗万牛充万栋，犹复日出不已而未有穷期也。”

这影响也延伸到五四前后。钱玄同在《寄陈独秀》信中说：“梁任公先生实为近来创造新文学之一人。……即其文章，亦未能尽脱帖括蹊径，然输入日本文之句法，以新名词及俗语入文，视戏曲小说与论记之文平等（梁先生之作《新民说》《新罗马传奇》《新中国未来记》，皆用全力为之，未尝分轻重于其间也。）此皆其识力过人处。鄙意论现代文学之革新，必数及梁先生。”[③] 钱玄同的这个看法，是符合中国文学演变的实际的，五四新小说正是以梁启超等人的小说理论作为起步而向前发展的。

马克思主义的经典言论告诉我们，每一个时代的文学都是在前一个时代文学发展的基础上产生的，每一个时代的文学的发生、变革都有其承前启后

---

① 鲁迅：《中国小说史略》，《鲁迅全集》第9卷，北京：人民文学出版社，1981年，第10页。

② 王希廉：《护花主人批序》，选自石建初著：《中国古代序跋史论》，长沙：湖南人民出版社，2008年，第691页。

③ 胡适：《胡适思想录（4）：我的歧路》，北京：中国城市出版社，2013年，第157、158页。

的作用。恩格斯曾多次说过，意识形态领域内发生的种种新变革、新学说，“虽然它的根源深藏在经济的事实中”，却又往往以“先驱者传给它而它便由以出发的特定的思想资料作为前提”。[①] 五四新文学，固然主要是摄取了异域文学的各种养料而勃兴起来，但它并没有脱离中国古代文学、近代文学的优良传统，这种具有强大生命力的内在力量，是任何外来力量都隔不断的。这正如马克思所说的：“人们自己创造自己的历史，但是他们……并不是在他们自己选定的条件下创造，而是在直接碰到的、既定的、从过去承继下来的条件下创造。一切已死的先辈们的传统，像梦魇一样纠缠着活人的头脑。”[②] 以矛头主要指向封建文学为号召的五四新文学，同样未能摆脱先辈们传下来的反封建文学的优良传统。

五四新小说和近代小说的关系也是如此。一方面，五四新小说理论是以近代小说理论作为自己的思想资料和由以出发的前提，另一方面，由于五四新小说和近代小说是不同历史阶段的产物，它们所处的社会环境，它们所服务的时代要求不同，特别是五四以后由于无产阶级思想的宣传和马克思主义的介绍，带来了指导思想的不同，这样，它们二者之间，既有继承性，又有区别。学术界已有的成果主要侧重于前者进行了论述，这里我想着重于后者谈谈几点认识。

第一，小说和群众的关系。

五四新小说理论和近代小说理论都强调开发民智，深深地打上启蒙主义的烙印。梁启超提倡的“小说界革命”及其理论，就是以“新民”说为其理论基础的。他说：“国也者，积民而成。国之有民，犹身之有四肢五脏筋脉血轮也……其欲其身之长生久视，则摄生之术不可不明。欲其国之安富尊荣，则新民之道不可不讲。”[③] 梁启超的“新民之道”包括好多方面的途径，“小说界革命”无疑是重要途径之一。我们不能否认梁启超的小说理论在“新民”和“群治”中的重要作用，但同时也要指出他的“新民”论的局限性。梁启超等人当时代表着中国的“开明的地主富商要求转化为资本家”[④] 的阶级利

① 《马克思恩格斯选集》第3卷，第56页，第4卷第485页。

② 转引自《文艺报》1985年第5期。

③ 梁启超：《新民说·叙论》，《饮冰室合集六·专集之四》，北京：中华书局，1989年，第1页。

④ 范文澜：《中国近代史上册》，北京：人民出版社，1947年，第313页。

益。在政治思想上是“主以中学（君主）辅以西学（立宪）。”[①] 就是说，一方面，梁启超努力吸取了西方进步的民主主义思想，另一方面他与代表中国封建统治阶级利益的儒家思想并没有彻底决裂，或者说，民主主义只是他的一层外壳，而内里为主的还是封建主义。这就决定了“新民”说的不彻底性，从某种意义上说乃是“教化民众”。而“五四”新小说理论和创作，则是建立在彻底地不妥协地反帝反封建的民主主义思想基础上的，其目的在于真正的唤醒民众，使之在思想上摆脱长期的封建思想统治，成为新民主主义革命的主导力量。茅盾这个时期的小说理论，高出同时代人者，正在于此。他热情呼吁“声诉现代人的烦闷，帮助人们摆脱几千年历史遗传的人类共有的偏心与弱点”，同时，“又隐隐指出未来的希望，把新理想新信仰灌到人心中”[②] 这样一种文学出现。无疑这是一种不同于过去的具有彻底地反帝反封建性质的新型的文学。鲁迅小说创作的启蒙主义的深刻性，不仅表现在揭露上层社会的堕落，表现下层人民的不幸，从而“利用他（指小说）的力量，来改良社会”[③]。而且他深入被压迫者被剥削者的思想深处，剔发人们的精神弱点和灵魂创伤，从而“将旧社会的病根暴露出来，催人留心，设法加以疗治的希望”[④]。这就使鲁迅的小说高出同时代小说家的作品。当时为数不少的小说，以民主主义、人道主义为思想武器，描写了劳动者啼饥号寒的苦难生活和悲惨命运。而鲁迅不止于此，他集中剖析了劳动人民在肉体上与精神上所深受的封建思想的毒害；他对劳动者所表现的“哀其不幸，怒其不争”的忧愤深广的感情也就超越了一般的人道主义同情心，因而他的小说创作在“五四”反封建的思想革命和思想启蒙中发挥了极有力的战斗作用。

第二，科学化、现代化的新小说观念的初步建立。

五四新小说理论和近代小说理论，都注重从异邦求新声，从传统吸营养，但其态度和方法有高下之分，其发展趋向是小说的科学化、现代化特征愈益显明。

---

① 范文澜：《中国近代史·上册》，北京：人民出版社，1947 年，第 296 页。

② 茅盾：《创作的前途》，原载《小说月报》1921 年 7 月第 12 卷第 7 期。

③ 鲁迅：《我怎么做起小说来》，《鲁迅全集》第 4 卷，北京：人民文学出版社，1981 年，第 507 页。

④ 鲁迅：《〈自选集〉自序》，《鲁迅全集》第 4 卷，北京：人民文学出版社，1981 年，第 452 页。

一是为短篇小说正名。梁启超等人的小说理论中，把小说和史籍，小说和图画等加以区别，这样的文字并不少见，但什么是小说？小说的完整形态如何表述？当时的理论文章就比较少，且显得简单、空泛。比如，有的说："小说者，社会之X光线也。"[①] 有的说："小说者'今社会'之见本也。"[②] 有的说："所谓小说者，殆合理想美学、感情美学而居其最上乘者乎？"[③] 有的说："小说者，文学之倾于美的方面之一种也。"[④] 这些说法各执一词，虽不无可取之处，但都未道出小说的应有要义。五四前后出现的文章，则有明显的进展，1918年胡适发表的《论短篇小说》是一篇重要的专论。胡适认为，"短篇小说是用最经济的文学手段，描写事实中最精彩的一段，或一方面，而能使人充分满意的文章。"这个定义基本上揭示了短篇小说的特点，同时也接触到文学的典型化问题。胡适还针对当时新、旧小说家不重视结构、布局的缺点，强调指出"'短篇小说'是有结构局势的，是用全副气力贯注到一段最精彩的事实上的。"他在《再寄陈独秀答钱玄同》中说得更明白："适以为论文学者固当注重内容，然亦不当忽略其文学的结构。结构不能离内容而存在。然内容得美好的结构乃益可贵。"在这里，他强调了结构对表达内容的重要作用，揭示了结构和内容之间相辅相成的辩证关系。稍后，茅盾以更科学、准确的语言，论述了小说的本质特征："短篇小说的宗旨在截取一段人生来描写，而人生的全体因之以见。叙述一段人事，可以无头无尾；出场一个人物，可以不细叙家世；书中人物可以只有一人，书中情节可以简至仅是一段回忆。"[⑤] 与小说正名有关联的，五四小说理论比之近代小说理论，还有两个重要变化：一是小说概念净化了，以往总是把小说和戏曲等民间形式相混，五四时期则明确把小说和戏曲分开，统统归入文学之林；二是小说表现的范围扩展了，梁启超等人强调小说描写时事，抒发理想，而五四时期的小说，则进一步扩展到人生、社会的各个方面。

二是小说从以"教化"为中心思想观念向以真善美为中心审美观念的逐

---

① 楚卿：《论文学上小说之位置》，原刊1903年《新小说》第7号。

② 敏泽：《中国美学思想史·第三卷》，济南：齐鲁书社，1989年，第514页。

③ 东海觉我：《小说林·缘起》，初刊于《小说林》1907年第1期。

④ 黄摩西：《小说林·发刊词》，初刊于《小说林》1907年第1期。

⑤ 茅盾：《自然主义与中国现代小说》，选自陈思和主编：《中国现代文论选》，上海：上海教育出版社，2010年，第74页。

步过渡和转化。如前所述近代小说理论，偏重于功利这个主要层次，而五四新小说理论则在真、善、美几个层次上都有自己的要求。它十分强调小说和社会人生的密切联系，要求小说为人生，为社会，并改良这人生和社会，要求小说适应时代潮流不断变革和创新，追求真善美的统一。五四前后，各种流派的小说作家，几乎都在不同程度上触及到这个问题。茅盾在《小说新潮栏宣言》中说："最新的不就是最美的，最好的……'美''好'是真实。"在《对于系统的经济的介绍西洋文学底意见》中，茅盾就表述得格外清楚："我以为创作文艺，有三种功夫似乎是必不可少的：（一）是观察，（二）是艺术，（三）是哲理。三者之中，（二）最难；这是和'天才'有关的。"周作人在《平民的文学》一文中，直截了当地说："只须以真为主，美即在其中"。对真善美关系的认识，茅盾和周作人从不尽相同的角度，运用不同的语言，得出了相近的看法。傅斯年的《白话与文学心理的改革》，虽是从整个白话文学的改革立论的，但也触及到这个问题。他说："所谓真白话文学，必须包含三种质素：第一，用白话做材料；第二，有精工的技术；第三，有公正的主义；三者缺一不可。……俄国在近代文学界中放了个大异彩，一半由于他的艺术，一半由于他的主义。……艺术而外无可取，就是我们应当排斥的文学。"傅斯年更加强调了艺术，即美方面的要求。另外，刘半农在《诗与小说精神上之革新》，叶绍钧在《创作的要素》等文中，对真、善、美也各有侧重地作了论述。

我们引证了上面许多人的看法，意在说明五四小说理论对审美的要求是自觉的，而且不限在一个层次上。同时，也应指出，在真、善、美结合上，理论论述是较为完整的，而在创作实践上则体现不够。初期白话小说，除鲁迅一开始创作就趋向成熟外，其他的小说佳作不是没有，但大多数仍处在探索和逐步走向成熟之中。就拿《新潮》杂志初期发表的小说来说，幼稚之作仍不少。正像鲁迅对其中某些小说批评的那样："自然，技术是幼稚的，往往留存着旧小说上的写法和语调；而且平铺直叙，一泻无余；或者过于巧合，在一刹时中，在一个人上，会聚集了一切难堪的不幸。"[①] 这种情况出现的原因是可以理解的。五四新小说理论可以从西方得到借鉴，而植根在现实生活

① 鲁迅：《〈中国新文学大系·小说二集〉序》，《鲁迅全集》第6卷，北京：人民文学出版社，1981年，第244页。

土壤中的新小说创作可借鉴的东西不多。再有，作家对小说艺术的驾轻就熟，需要有一个探索再探索的过程。而很多新文学家的功底不深厚也是一个原因。

三是小说从主要以写故事为主向主要以刻画人物的性格、心态为主的逐步演变。

中国古典小说，从唐传奇（鲁迅说："及到唐时，则为有意识的作小说，这在小说史上可算是一大进步。"①）到宋话本，再到明清讲史，在长期的演变过程中，都有一个基本的倾向，即它们多以编织故事情节为主，其情节往往具有传奇性、曲折性、戏剧性、连贯性等特点。当然，我们无意于否定其中一些佳作名篇也刻画了一些个性鲜明的人物形象，有的人物塑造已达到性格典型化的程度，如《莺莺传》中的莺莺，《李娃传》中的李娃等。这些人物形象之所以达到个性化、典型化的程度，除了作家的艺术本领外，也与这些作品情节的真实、生动是密不可分的。到《水浒传》《红楼梦》《儒林外史》问世，作家们才把注意力移向人物性格的刻画。近代小说，数量虽以千万计，但真正可观者只有若干部，基本上未突破以写事为主的传统框架。五四前夕，《新青年》几个主要撰稿者，以书信的形式，对几部古典优秀小说和几部近代谴责小说，在《新青年》上展开热烈的争鸣和探讨。其中有一点，就是通过优劣之比较，肯定了这几部小说在人物形象塑造上的成功。五四以后，小说评论出现了新的趋向，即对以叙事为主的作品有所淡化，而对以写人的心态、性格为主的作品则作了极力强调。胡适说："《儒林外史》所以能有文学价值者，全靠一副写人物的画工本领。"② 鲁迅在《中国小说史略》中提到《红楼梦》的艺术价值时说："其重点在敢于如实描写，并无讳饰，和从前的小说叙好人完全是好，坏人完全是坏的，大不相同，所以其中所叙的人物，都是真的人物。"这个时期，探讨小说理论的文字，几乎都是围绕着"人的文学，才是真的文学"这个命题，从不同的角度进行印证发挥。胡适认为，小说"描写的方法"中第一条就是"写人"，而且，"写人要举动，口气，身分，才性……都要有个性的区别……写情要真，要精，要细腻婉转，要淋漓

① 鲁迅：《中国小说的历史变迁》，《鲁迅全集》第9卷，北京：人民文学出版社，1981年，第318页。

② 胡适：《建设的文学革命论》，选自杨犁编：《胡适文萃》，北京：作家出版社，1991年，第37页。

尽致。——有时须用境写人，用情写人，用事写人”[1]。茅盾强调，必须通过典型化方法，写人的动作和心理，以揭示社会人生的要义。他说：“须知真艺术家的本领即在能够从许多动作中拣出一个紧要的来描写一下，以表现那人的内心活动，这样写在纸上的一段人生，才有艺术的价值，才算是艺术品！”[2]叶绍钧在《创作的要素》中也说过类似的话。郁达夫在《小说论》中更是把塑造人物形象提到至关重要的位置：“这‘典型的’的 pypiel 三字，在小说的人物创造上，最要留意……是小说家创造人物最难之点，也是成功失败的最大关头。”小说描写对象的变化，同五四时代反帝国主义、反封建主义的磅礴突进的思潮密切相关，同五四文化巨子善于吸取西方文化的精华密切相关。人道主义、个性解放等思潮，归根结底一句话，是焕发了长期被封建思想窒息了的人的尊严、个性和价值！肯定人的本质，张扬人的个性，形成文学压倒一切的主旋律，汇成文学的洋洋大观。尼采哲学和西方美学思潮的引进，更助成了这股潮流！近代小说，由于主、客观条件的不成熟，最终未能冲破固有传统的框架，这是带有历史必然性的！

四是小说作者由重视认识、感受生活到初步认识到确立正确人生观的重大演变。

近代小说理论中，不少人从文学反映社会生活立论，强调小说家要有丰富的生活阅历和宇宙万有知识，并使这两者“同收笔端，以供撰著之资料。”[3] 在五四新文学进行革新的探讨中，新文学家们认识到新、旧小说的基本区别，除表现于作品的形式和内容外，一个重要方面就是小说作者有没有确定一定的人生观。周作人正是从这一点上把《官场现形记》划到旧小说的范畴。他说：“从《官场现形记》起，……形式结构上，多是冗长散漫，思想上又没有一定的人生观，只是‘随意言之’。……所以我还把他放在旧小说项下。”[4] 茅盾在批评“鸳鸯蝴蝶派”文学游戏、消遣观念和金钱观念的同时，

① 胡适：《建设的文学革命论》，选自杨犁编：《胡适文萃》，北京：作家出版社，1991 年，第 39 页。

② 茅盾：《自然主义与中国现代小说》，选自陈思和主编：《中国现代文论选》，上海：上海教育出版社，2010 年，第 73 页。

③ 黄摩西：《小说小话》，选自朱一玄、刘敏忱编：《水浒传资料汇编》，天津：百花文艺出版社，第 351 页。

④ 周作人：《日本近三年小说之发达》，选自陈独秀、李大钊、瞿秋白主编：《新青年第 5 卷》，北京：中国书店，2011 年，第 29 页。

进一步阐明了确立人生观问题的重要性，明确要求作者“确立人生观”。只有“确立人生观”，作家才具有“观察人生的一副深炯眼光和头脑”，具有“对于艺术的忠诚”[①]。并说：“中国现在正是新思潮勃发的时候，中国文学家应当有传播新思潮的志愿，有表现正确的人生观在著作中的手段。”[②] 作家确立一定的人生观，在五四初期虽没有在文坛引起什么反响，但这却是新小说家必具的基本素质。随着文学革命运动的深入发展，这个问题愈来愈被重视，并被提到重要的日程上来。正如茅盾所说的，作者解决人生观问题，在作品中讨论人生观问题，已逐渐形成为一种大家追求的风尚（参阅茅盾的《中国新文学大系·小说一集》导言）。

五是小说体式上的一个重大演变。

小说内容的革新固然重要，但形式的革新同样重要。旧的不自由的形式，是装不下新思想的。中国的章回体小说，据夏曾佑的《小说原理》云，始见于《宣和遗事》。在章回体小说发展的漫长历史进程中，出现了一些佳作，特别是《红楼梦》的问世，对章回体的一些固定模式曾作过较大的革新，比如革除游离于作品主题和人物之外的程式化的诗歌词赋等。令人可惜的是，《红楼梦》出世后，章回体小说不仅没有沿着革新之路走下去，反而因“鸳鸯蝴蝶派”小说的泛滥，使之弱点全部暴露，并为广大读者所唾弃。林纾以翻译外国文学作品闻名于世，他自己所创作的小说，如《京华碧云录》《金陵秋》《官场新现形记》等几种“时事小说”，当时并没有产生多大影响，但林纾这些小说的问世，打破了章回小说的传统格式，让人有耳目一新之感。五四新小说，为适应表现新时代、新内容、新思想、新感情的需要，必须否定束缚思想，阻碍新小说发展的僵死形式——章回体。鲁迅对章回小说的笔法是不满的：“……即使眼熟，也不必尽是采用”[③]。他的《狂人日记》就是真正的创新之作，被茅盾誉为创造新形式的先锋。茅盾对章回体的批评，尤其切中要害。他指出：“章回的格式，本来颇嫌束缚呆板，使作者不能自由纵横发

---

① 茅盾：《自然主义与中国现代小说》，选自陈思和主编：《中国现代文论选》，上海：上海教育出版社，2010 年，第 74 页。

② 茅盾：《现在文学家的责任是什么?》，选自陈建华编：《茅盾思想小品》，上海：上海社会科学院出版社，1997 年，第 88 页。

③ 鲁迅：《关于翻译的通信》，《鲁迅全集》第 4 卷，北京：人民文学出版社，1980 年，第 383 页。

展，《石头记》《水浒》的作者靠着一副天才，总算克服了难关，此外天才以下的人受死板的章回体的束缚，把好材料好思想白白糟蹋了的，从古以来不知有多少！现代的小说勉强沿用这章回体的，因为作者本非天才，更不像样了。”[①] 五四新小说在形式上的创新，主要是针对章回体的僵死化、程式化的弊端的。这种创新，形成了五四新小说在体式上琳琅满目的姿态，促进了中国现代小说的繁荣。

① 茅盾：《自然主义与中国现代小说》，选自陈思和主编：《中国现代文学选》，上海：上海教育出版社，2010年，第72页。

# 在政治层面上诞生的小说观

## ——论梁启超的小说观*

## 一

中国近代社会经历了一个由封闭到开放的过程。随着中国社会危机的日益严重，中国知识界探寻强国富民的救亡良方也经历了一个深化发展的过程。大体经历了三个层次，即物质层次、政治层次和人的层次。与这三个层次相一致，中国人对于小说的认识也经历了三个层次，在物质层次中小说居于盲区，在政治层次上小说被发现，在人的层次上小说本体被发现。而梁启超的小说观则是其思想探索居于政治层次时对于小说的发现。

晚清前50年，洋务派、维新派尽管大力倡导办学堂、兴留学、译西书之风，但他们所接受的西方主要的文化知识，是天文、地舆、格致、制造等应用科学知识。他们认为中国在鸦片战争中之所以失败，是因为中国在物质层次上不如西方，但中国的文化却仍然是优越于西方的。据此，在中国19世纪六七十年代兴起了洋务运动，旨在改变中国的经济国力落后局面。在这样的思想认识的支配下，小说等文学的作用是无法被认识到的。因为小说是无法承担起传播科学技术知识的使命的。此期的小说处在盲区中。那些热衷于物质技术的思想家们是不可能发现小说的。于是，小说观在那时仍表现为传统的小说观念，其仍然被看作“君子弗为”的“末技小道”。没有人认识到小说在社会的演进中还会担当起一个非常重要的角色。当时的小说创作和传统小说没有一条泾渭分明的界线。甲午中日海战的惨败，使中国人对洋务运动中所倡导的依靠物质技术富国强兵的思想，发生了怀疑。中日交战双方，在

---

* 本文系著者和研究生李宗刚合作撰写，刊发于《安徽教育学院学报》1991年第4期。

军事上并没有太大的悬殊，但仍被“东方的小国打败了，而且失败的那样惨，条约又订得那样苛”[①]，这极大地震动了知识先驱者，从而使他们认识到仅有物质技术的改革还不行，还需要政治上的改革，于是戊戌变法兴起了。但由于其变法强调上层，企图通过唤醒皇帝来完成这样一项宏大的改革计划，这一变法最终遭受到顽固派的镇压。轰轰烈烈的百日维新失败，梁启超等维新派不得不亡命异域。这一系列的失败迫使维新派认识到仅仅依靠上层，而对民众置若罔闻是不行的。必须把政治改良的思想灌输到民众中去。从这一思想要求出发，在寻找完成这一使命的方法途径中，梁启超等政治思想家发现了小说，即小说能够完成改良思想和民众的联结。于是，与政治改良的层次相对应的提倡政治小说的小说观寻找到了存在的基础。梁启超的小说观就是在这样的一种历史必然中而以偶然的形式产生的。

梁启超提倡政治小说直接受日本的政治小说《佳人奇遇》的启发。政治小说是日本明治维新和民权运动的产物。日本一些政治家、政论家借小说的形式来表现人生来就是自由平等的这种天赋人权论为基础的政治思想。《佳人奇遇》就是其中一部较有影响的小说。作者根据他遍游欧美的经历，以同世界各国志士会面时慷慨激昂的谈话为素材，表现他争取祖国独立解放、强烈反对专制政治的情绪。于是，日本的政治小说这一外在的诱导因素终于开启了执著于探索社会改良的途径的梁启超。历史的必然过程以如此偶然的方式体现了出来，梁启超以此寻找到了通向政治改良的最佳途径——小说。

梁启超对于小说的政治功能的发现虽然经历了一个过程，但从政治的要求出发来认识小说却是始终如一的。梁启超在1898年所作的《译印政治小说序》，表明他已经认识到政治小说在社会改革中所担当的重要历史角色，虽然梁启超在此对于小说的政治作用有唯心主义的无限夸大的历史局限。在此，梁启超还仅仅停留于对于域外的政治小说的译介的提倡上，没有形成明确的理论主张加以倡导。及至1902年发表的《论小说与群治之关系》一文，才表明梁启超从政治的层次上形成了自己的独立而明确的小说理论。在此论文的开始，他以其饱蘸激情的笔墨，宣泄着一种势不可移的小说理论主张：“欲新一国之民，不可不先新一国之小说。故欲新道德，必新小说；欲新宗教，必

① 吴玉章：《吴玉章文集》下卷，重庆：重庆出版社，1987年，第955页。

新小说；欲新政治，必新小说；欲新风俗，必新小说；欲新学艺，必新小说；乃至欲新人心，欲新人格，必新小说。”[①] 这种层层递进、句句蓄势的排比，把小说的功能扩大到了极致。由此形成了梁启超独异的小说理论，而小说也便应中国政治改良的需要，堂而皇之地被推上了文学的第一把交椅上。从此，小说终于摆脱了在文学中的奴婢地位，一跃而成为担当政治改革的重要历史使命的急先锋。

梁启超从政治层次来审视小说，注定了他是难以企及到文学本体中去的。他只能代表着中国那一时代的政治思想家对于中国社会的认识水准，即小说成为他们对于中国问题的思考的一个向度，它标志着中国人的认识层次还仅仅停留于政治层次上，即便是企图用小说来唤醒民众，其层次仍然停留于政治的层次上，而没有突破这一政治层次而深入到人的层次上。

第三个层次则是随着辛亥革命的流产和袁世凯的复辟专制，使中国的思想界认识到仅仅有政治层次的改革还不足以拯救中国于危亡，随之触及到了对于人的思考。曾经留学日本学医的鲁迅，在“幻灯事件”中，认识到“第一要著，是在改变他们的精神，而善于改变精神的是，我那时以为当然要推文艺，于是想提倡文艺运动了”[②]。同时倡导文艺，鲁迅的立足点和梁启超的立足点相比，显然已经转换到了一个新的层面上，即不再仅仅停留在政治层次上向民众灌输新的政治理想，而是从整个精神方面（这在鲁迅那里表现为对于国民性的思考）唤醒人们的意识。当然，梁启超在其《新民说》的著述中认为，中国要富强，不应该责诸清政府，而应该先“责诸个人”，从“新民”着手，提倡新民的新道德，然后推己及人，以至于全国。这虽然触及到对于人的改造的庞大课题，但是，其政治的本位观念并没有改变，其提倡新民是在政治本位的层次中的立论，而不是以新民作为自己的价值的核心。这样，梁启超就与可能完成的对于人的发现失之交臂了。没有人的发现，真正的文艺就不可能发现。因为只有人的精神才和文学的精神是相一致的。高尔基曾经有个明确的理论性命题，“文学是人学”。由此而言，只有对于人的发现才可能完成对于文学的发现。这也就是为什么“五四”小说才标志着现代

① 梁启超：《论小说与群治之关系》，《饮冰室合集·文集之十》第2册，北京：中华书局，1989年，第6页。

② 鲁迅《呐喊·自序》，《鲁迅全集》第1卷，北京：人民文学出版社，1981年，第418页。

意义上的小说诞生，而政治小说则无法成为现代意义上的小说，它只能成为传统小说在向现代小说转换时的一种过渡的形式。它既含有传统小说观的因子，又同时含有现代小说观的某些因子。它毕竟不是现代小说，但它又确实地为新小说的诞生开辟了道路。从这样的意义上说，以梁启超为代表的在政治层次上对于小说的发现开启了“五四”一代文学先驱对于人的文学的发现的可能性，它作为历史的发展中必不可少的一个阶段具有不可埋没的价值。

## 二

如果我们理解到梁启超的小说观是建立在政治这一层次之上的，那么对于梁启超在小说方面的许多主张就不难理解了。在梁启超的小说理论中，主要的理论主张是非常强调小说的地位和作用，提倡俗语小说，并在寻求小说担当起政治的使命的方式中对于小说的某些与此相关联的特性进行了探讨。

有一点是非常明确的，梁启超的人生追求的价值核心并不在于文学方面，他所孜孜以求的是理想政治的实现，政治改良的目标成为梁启超的价值体系中居于支配地位的价值核心。他并不是一个虔诚地献身于文学事业的人，这和他同时代的那些小说作家具有价值观念上的明显差异。但对于小说的价值发现，为何不是小说家，而是一个非小说家完成的呢？（这种情况在五四前后对于小说的价值的发现上，也表现为这种历史情况，鲁迅对于文艺价值的发现，就是在文艺之外发现的。）在这里，牵涉到一个非常有意味的问题，即小说自身的价值是在另一价值体系的烛照下而获得的，即与其说是小说价值的被发现，毋宁说是小说对于政治价值的一种反光中被发现的。小说是依赖着其被赋予另一价值体系中的功能质而获得了一种既是小说的、又是非小说的价值。小说家所赋予给小说的往往是一种历史延续下规定的小说价值，他难以突破其自身的局限。此正所谓“不知庐山真面目，只缘身在此山中”。而作为政治家和社会活动家的梁启超，则完全地做到了跳出三界外，不在五行中，从而有可能从自身的政治理想所需要的条件入手，冷静地搜寻一切为其政治所用的工具。于是，梁启超赋予了小说以极高的价值，以实现其政治需求的终极价值目标。由此我们可以这样说，梁启超是在政治系统和小说系统的交集处发现了小说政治上的价值和功能，而这样的发现显然是不可能发生在非政治家的小说家身上的。

梁启超在其小说理论中另一个重要内容是提倡俗语小说，同样并不仅是出于文学的需要，而且是由于政治的需要。他需要把自己的政治理想通过小说的形式传达给民众，从而使民众在政治上觉醒并支持之，所以梁启超才会针对“天下通人少而愚人多，深于文学之人少而粗识之无之人多”① 的情况，提倡使用能为他们所接受的语言，达到“思想普及”的政治目的。但如果从文学的角度考虑，梁启超还是坚守自己原有的文学原则，认为“六经”是美的，这从他的一些言论中略见一斑：“六经虽美，不通其义，不识其字，则如明珠夜投，按剑而怒矣。”② 这表明梁启超认为六经所用的语言较之俗语要美得多。虽然及至1902年，其观念有所改变，但其提倡俗语是出于政治层次的需要则是不言而喻的。而历史也往往以扭曲的方式呈现着一种进步的态势。梁启超想不到自己被迫从政治的角度所阐述的俗语方向，竟然会成为中国新文学语言的发展方向。

受其政治体系核心位置的制约，梁启超在探讨小说的特性时，就不可能从文学的意义上完成对于小说的探寻，而只可能在政治视角所能见的区域中完成对于小说的特性的认识，梁启超之所以着力探寻小说支配人道的四种力，而对于小说的特性的主要方面缺乏研究，就是梁启超受其政治目的所制约。其“熏、浸、刺、提”四种力，皆是着眼于小说作为一种实现政治功利的工具时其所具有的功能。而至于小说艺术中其它重要的理论命题，诸如人物形象的性格，人的主体性，人物刻画的方式等问题中，梁启超则未能切入。这些方面之所以未能深入到其思考领域中，不得不说是因其距离实现政治的目的较远导致，并且这里的某些方面，也在一定程度上妨碍梁启超对于政治激情的宣泄和对于政治理想的宣传，梁启超对此置之度外是再自然不过的。

梁启超在其小说理论中，如此地抬高小说的地位，确实有“小说至上”之嫌。但这种感觉是一种错觉。梁启超的确是极力地鼓吹小说的巨大作用。但梁启超对于小说的鼓吹，是建立在实现政治功利的目的之上的。这样，小

① 梁启超：《译印政治小说序》，选自张正吾、陈铭选注：《中国控文学作品系列文论卷》，福州：海峡文艺出版社，1992年，第285页。

② 梁启超：《译印政治小说序》，选自张正吾、陈铭选注：《中国控文学作品系列文论卷》，福州：海峡文艺出版社，1992年，第285页。

说作为艺术在他那里就不是终极目的，它只能作为中介层面，其指向在于政治目标这一终极目的。故而，我们与其称梁启超是一个“小说至上”者，毋宁称其为政治至上者。他一生的实践活动清楚地表明，梁启超的活动中心始终没有离开政治，他所从事的文学在他一生中所占的比重是较小的。在梁启超为文的生涯中，其所包含的强烈的政治激情和政治功利性恐怕是同时代任何一个虔诚的为艺术的作家所不能匹敌的。在梁启超的小说创作中，他完全可以为了政治的目的，置艺术自身的规律于不顾，从而做到一切皆为我的政治理想所用。

梁启超尽管在提高小说的社会地位方面有其不可撼移的贡献，但由于梁启超所发现的小说并不是从对于人的发现上完成的，这便注定了梁启超对于他所寄寓了厚望的小说不可能真正地理解。虽然我们探寻中国小说的社会地位时不得不经常地提及到梁启超，但小说并不是一个可以任意被打扮的小女孩，它有自己的本性和内在的规律。然而梁启超并没有意识到这一点，单纯地从寻求实现政治目标的工具出发，寻求理解小说的途径，这便历史地决定了其探寻的迷失。这也是为什么当时曾经风骚一时的小说理论和显得一度繁荣的小说创作不能流传于后世的重要原因。

如果我们单从梁启超的小说理论方面来分析还嫌朦胧的话，那么反观其创作的小说《新中国未来记》，就可能有一感性的认识了。我们完全可以把梁启超的这种创作实践看作是对他自己的理论主张的一个最精当的诠释。

在这篇小说中，梁启超尽情地描绘未来中国的前景，无情地鞭挞了现实“蛇鼠”、“魑魅”遍地的旧中国。作者为了达到对自己的理想政治的宣传，精心地安排两场革命与非革命的辩论：一场是黄克强与老同学李去病的辩论，结果主张非革命的前者胜利了，从而成为其政治主张的一种演绎；另一场是黄克强和从“守旧鬼”变成革命迷的郑伯才的辩论，结果是后者动摇了。并且，它还对上海革命人士组织的拒俄集会和倾向革命的青年冷嘲热讽。可以说小说中没有人物的主体性，它仅仅变异为作家的传声筒，为了自己的政治理想，人物都变成了可以供作家任意驱使的对象了。

在这篇小说中，作者那种在政论文中所具有的充沛的激情同样溢于言表。黄克强和李去病在长城眺望，他们站在长城高处，环望祖国，联想到铁骑纵横，山河变色，不胜欷嘘，感情激动的李去病忍不住说：

“哥哥，你看现在中国还算得一个中国人的中国吗？十八省的地方，那一处不是别国势力范围吗？——但系那一国的势力范围所在，他便把那地方看成他囊中物一样。”

梁启超自身所具有的在议论中饱含感情的特点，几乎全部地投射到了自己的创作对象中，使自己笔下的人物成了自己的声音的传达者，或者说，当梁启超需要表达自己时，就会按捺不住地从幕后走向台前，直接地宣泄着自己的情感和思想。因此，这样的创作与其说是进行着小说的创作，不如说是假借着小说的形式，进行长篇大论的政治性言说，这样的话，其《新中国未来记》也便可以看作长篇政论文了。

通过以上对梁启超小说创作的分析，可以看出梁启超的小说观完全是建立在政治层次之上的。小说成了梁启超自觉地传播政治理想的有力工具，尤其是他的那种人物形象的小说创作和饱含激情的政论文结合，使他的小说在忽略了小说的规律的同时仍能起到一种煽动性的作用。这恐怕是其他同类的小说家所难以做到的。所以说，梁启超的小说创作实践正是他的理论的翻版，小说在梁启超那里成了完成政治使命的强有力的工具。难怪梁启超自己也说：“此编今初成两三回，一复读之，似说部非说部，似稗史非稗史，似论著非论著，不知成何种文体，自顾良自失笑。虽然，既欲发表政见，商榷国计，则其体自不能不与寻常说部稍殊。”① 可见，梁启超对于自己的小说创作，并不缺乏一个基本的把握，只不过是“欲发表政见，商榷国计”而置其它于不顾了。

## 三

梁启超的小说理论建构的基石是政治层面，这就决定了与建立在人的层次上的人的小说观具有本质的差异。在文学的精神上，政治层次的小说精神与此是比较遥远的，即梁启超的小说理论实质上走上了一条与小说精神相悖的道路，是属于非小说范畴的。虽然，梁启超的小说理论在提高小说的社会地位，强调小说的社会作用（主要表现为政治作用）以及探讨小说的某些特

① 梁启超：《新中国未来记·自序》，《新小说》第一号起连载至七号共五回，标为政治小说。

征等方面做出了不可抹杀的实绩。甚至他所提倡的小说所体载的那种政治观念对于封闭而愚昧的一些人而言都具有一种启蒙的作用，但从小说这一文学范畴来审视，我们不能不把其反小说的特征指出来。

文学的发展有其自身的规律，文学的发展也会受到多方面因素的影响。如果文学的发展方向和自我的本体世界愈来愈远，甚至当这种情况达到了一定的极限时，文学便会以对立的方式来寻找着自己的发展道路。梁启超的“小说界革命”以后的小说发展的历史，就是以这种方式而完成的。

梁启超在政治层次上对小说的发现无疑是一个巨大发现，它标志着中国知识分子对于改造中国社会认识的第二个层次的成熟。同时，它与第三个层次（人的层次）还有一段十分遥远的距离。在他的小说理论中，所张扬和发现的是一种新理性，在其具体的小说创作中，居于支配地位的是理性的宣扬。人物都成了理性的载体，这样，人自身的性格，人自身的矛盾和人的感性与理性的冲突等所构成人的内在世界部分就被忽略了，它不得不服从于一个更核心的需要：对于政治理想的宣扬。如果说这种状况在梁启超的《新中国未来记》中还能被作者那种高昂而激扬的情感所补救时，而在其他的一些创作者那里则几乎是为理性的说教所替代。

与梁启超的小说理论相颉颃的是一种主情小说的兴起，这便是后期的鸳鸯蝴蝶派的崛起。一个小说流派的兴起，固然是有多方面的原因，但是就文学的原因而言，我们不能不承认这种小说流派是对于梁启超的那种理性小说的一种反动。这里是否也包含着历史发展的一种辩证法：当一物离自身愈远的时候，它的那种反拨力也就愈强烈，也就会愈以另一相对端点而对抗着，以实现对于自我本性的坚守。梁启超的小说理论和在这种理论指导下的小说创作所表现出来的对于小说本性的背离，自然地为另一种反向的背离提供了存在的条件。

鸳鸯蝴蝶派主张小说的娱乐性、消遣性、趣味性，是属于“写情小说”之列的。徐枕亚的《玉梨魂》这部用骈俪文言写成的哀情小说，南社著名诗僧苏曼殊的描写爱情悲剧，情绪凄婉低沉的小说《断鸿零雁记》，皆从另一方面代表了这类小说的发展方向。唯因其对于情的特别重视，所以才形成了对于理性向往的一种反拨。同时也是对政治层次的小说轻情的一种补充。

当然，梁启超所倡导的小说理论，也有一个变化过程。如果说小说在梁启超那里侧重于“宣传”的话，在其他作家那里则表现为对于“暴露”的侧重。这便是后人概括称谓的“谴责小说”。这股小说潮流同样地表现为一种政治层次意义上的小说。它和梁启超的政治小说一样，都没有把小说建立在人的基础上，鲁迅曾对“谴责小说”有过这样的论述：“中国之谴责小说有通病，即作者虽亦时人之一，而本身决不在谴责之中。倘置身局内，则大抵为善士，犹他书中之英雄；若在书外，则当然为旁观者，更与所叙弊恶不相涉，于是，嘻笑怒骂之情多，而共同忏悔之心少，夕意不真挚，感人之力遂微矣。”[①] 在此，鲁迅一针见血地指出了“谴责小说”的局限在于没有从人的层次上发现文学，与这种没有发现人相对应的是，创作主体也没有完成对于自我的发现。由此说来，梁启超所倡导的小说也随着时代等众因素的变异，经历了一个由政治小说到“谴责小说”的过程。

在近代文学向现代文学转换期，一般人认为现代文学对于鸳鸯蝴蝶派小说进行了清算和否定，而对于梁启超的小说理论则继承多于否定。实际上，现代文学是建立在另一文化基础上的新文学，它与近代文学所建立的基础具有质的区别。现代文学是建立在对于人的发现的基础上的文学，也正因为如此，现代小说在崛起伊始，不得不完成另一重要使命：对于建立在政治层次上的近代文学和与此颉颃的“滥情”文学的否定性超越。从而使现代小说寻找到了其最坚实的基础。

总之，梁启超的小说理论是时代发展的无限环节中的其中一环。其在小说本体上虽有许多迷失，但是，作为开辟历史发展的无穷的可能性探索，却为时代走向新生立下了不朽的功绩。如果说历史是由一代又一代人组成的人梯，那么，梁启超未来的那一代之所以能够完成小说向现代性的转移，不能不说是站在梁启超那坚实有力的肩膀上的缘故。

---

① 鲁迅：《小说史大略·清末之谴责小说》，《中国现代文艺资料丛刊》第4辑。

# 试论郁达夫的小说观*

郁达夫是中国现代文学史上颇具影响的作家之一。他除创作了一批惊世骇俗的作品外还撰写了小说理论专著《小说论》和大量有关小说的理论文章。它们以其强烈的个性色彩，真诚的情感、对美的热烈追求形成了独具特色的浪漫主义抒情小说观。

小说观归根结底是一种意识形态现象，而要理解它就必须将它与具体的社会存在和历史发展联系起来。郁达夫的小说观也是历史赋予他的选择。它和五四时期的政治、经济、社会、文学潮流存有千丝万缕的联系。当时，延续了数千年的封建社会秩序和思想秩序均已发生了巨大的断裂，一代知识分子被抛出了传统的轨道。在封建传统刚刚崩裂，资本主义秩序尚不完备，社会主义思潮刚刚萌芽的历史夹缝中，他们感受着深重的精神痛苦，遭受着剧烈的人生困扰。“五四”时期处在国外的郁达夫同样能感受到这种痛苦和困扰。况且，他在国外住的时间较长，对于外国资本主义的阴影和中国半殖民地社会的病垢都看得更为清楚，更能“感受到两重失望、两重痛苦”①。此时，他们最需要的是一种强有力的自我肯定，以平衡那倾斜的心灵，担负起历史的使命。郁达夫很快寻求到了一剂肯定自我的良药——施蒂纳的唯我论哲学。他认为施氏哲学“实是近代彻底地‘唯我主义’的渊泉，更是尼采的超人主义的师傅”。他说：“‘自我就是一切，一切都是自我’，个性强烈的我们现代的青年，哪一个没有这种自我扩张的信念?”② 一时间，这位青年黑格尔派在他的心目中成为最富有同情心的一颗救星。这种“自我肯定”的学说

---

* 本文系著者和研究生杨学民合作撰写，刊发于《山东师大学报》1990 年第 6 期，后被《高等学校文科学报》1983 年第 3 期摘登。

① 郑伯奇：《〈中国新文学大系·小说三集〉导言》，上海：上海良友图书印刷公司，1935 年，第 12 页。

② 郁达夫：《自我狂者须的儿纳》，《郁达夫文论集》，杭州：浙江文艺出版社，1985 年，第 47 页。

便成了郁达夫小说观的哲学根底。

基于“自我肯定”的哲学思想，将小说视为作家的自我表现，是郁达夫小说观的核心。

郁达夫在《文学概说》中写道：“生的动向，是使人类一步步从不完善的路上走向完善的路上去。虽则有几个例外，然而从大体看来，我们简直可以这样的说的。”此处“生的动向”实际也就是柏格森的哲学核心——“生命力”，即某种“内在的要求”。“生命力”是人类自我表现的动力和源泉。因此，我们每个人才能时时刻刻努力地表现，努力地创造新的自我。小自日常琐事，大至建功立业，“无一处不是我们的自己表现”①。小说乃至整个艺术世界就是“人生内部深藏着的艺术冲动，即创造欲的产物”②。它实乃作家创造的世界的第二对象。在创造这一新的对象时，作家凭直觉将潜伏在第一对象（自然或社会）里面的价值、意味、结构等逗引出来，然后，根据其自我表现的需要，在和第一对象里的价值、意味、结构等取向一致的前提下，重新铸造情感的结构和运动形式，便得到了新的第二对象。因此，作家的个性是无论如何总会在“作品里头保留着的”③。作家的美学趣味、气质、修养、习惯等等便融化到了作品之中，小说则成了作者心灵、人格的表现物，喜怒哀乐之情的发散器。这种从主观出发的“自我表现”说奠定了其浪漫主义小说观的基础。

郁达夫“自我表现”中的“自我”，是要求人性解放，要求尊重人的尊严和权利的“自我”。在其理论初创期，郁达夫认为，作家应特别重视一己的经验。因为它来自各人的实践，涵盖着作家对生活的独特认识和审美评价。他甚至认为，“一个人的经验，除了自己的以外，实在另外也没有比此更真切的事情”④。显然，此时他无意之中便将“自我”囚进了象牙之塔。然而在创作实践中，他发现了“自我”的局限性。因此，在30年代初，郁达夫对早期的“自我表现”说做出了修正。他认为，时代精神可以通过“作家的自我而淋漓尽致地渗入在作品之中”。这时的“自我”，已冲出了个人的小天地而

---

① 郁达夫：《文学概论》，《郁达夫文论集》第5卷，广州：花城出版社，1982年，第66页。

② 郁达夫：《文学概论》，《郁达夫文论集》第5卷，广州：花城出版社，1982年，第69页。

③ 郁达夫：《五六年来创作生活的回顾》，选自王自立、陈子善主编：《郁达夫研究资料》上册，天津：天津人民出版社，1982年，第203页。

④ 郁达夫：《文学概论》，《郁达夫文论集》第5卷，广州：花城出版社，1982年，第117页。

“换成了一个足以代表全世界的多数民众的大我”[①]。“自我”扩张成为个体与整体、自然与社会、历史与现实的统一体。可见，“自我表现”虽源于施蒂纳的学说，但在郁达夫的小说理论中却已冲破了个人主义的藩篱而扩充了内涵。

“自我”的内蕴虽有一个由小到大，由浅入深的变化过程，但“自我表现”说的本质却始终没有游移。其中的“自我”自始至终都是一个主动者，是宇宙的中心和出发点，是一切创造的本源。时代、历史的内容只是“自我”的折光镜。这种思想与西方表现主义文艺思想和日本“私小说”观是一脉相承的。特别是表现主义对其产生的影响不能忽视。表现主义者认为，在文艺创作中，作者“采取的是主动的态度，它的力量把对实在的摹仿仅作为材料来使用”[②]。郁达夫同样认为，艺术所表现的，也只不过是“由作者的灵敏的眼光从芜杂的材料中采出来的一种人生的精彩而已”[③]。郁达夫从自我肯定的哲学出发，无限夸大了“自我”的重要性，将“自我表现”扩散到了一切领域。正是在这种意义上说，郁达夫的“自我表现”说是自我肯定哲学在小说领域中的自然延伸。

“文学作品，都是作家的自叙传。”[④] 小说都应具有自叙传的色彩。这是郁达夫的又一理论命题，也是“自我表现”说的顺向展开。小说采用自叙传形式将为自我表现的成功增加巨大的可能性。如此创作，作者就可以凭借作品中的抒情主人公更加自由畅快地抒发自己的思想情感，通过主人公的所作所为来展露自己的个性。自叙传小说实际上又为自我表现选择了一种更为便利的方式。另外，郁达夫认为，“小说的生命，是在小说中事实的逼真”[⑤]。自叙传形式无疑会增加作品的真实程度，增强作品的生命力。这一观点时时影响着他的创作实践。据统计，从《银灰色的死》到《出奔》，郁达夫约创作了50篇小说，其中约40篇是属于自叙传小说。通过这些作品我们也可以更为具体深入地理解自叙传的意义。

就题材方面来说，郁达夫小说的取材极少超出自己的生活领域，他笔下

---

① 郁达夫：《关于小说的话》，《郁达夫文论集》，广州：花城出版社，1983年，第86页。

② 赫尔·巴尔著，徐菲译：《表现主义》，北京：三联书店，1989年，第69页。

③ 郁达夫：《小说论》，《郁达夫文论集》第5卷，广州：花城出版社，1982年，第18页。

④ 郁达夫：《五六年来创作生活的回顾》，选自王自立、陈子善主编：《郁达夫研究资料》上册，天津：天津人民出版社，1982年，第203页。

⑤ 郁达夫：《小说论》，《郁达夫文论集》第5卷，广州：花城出版社，1982年，第16页。

的文学画面似乎都盖有郁氏印章。他少年时代畅游的富春江，青年时代游览的岛国山水以及故国北方的凉秋，无一不体现在其作品中。还有那作品中涌动着的情绪之流，也往往是他时常念叨的思乡之情，伶子之意。就主人公而言，郁达夫的绝大部分小说都在塑造一个独特的典型人物。“他”就是郁达夫的文学形象。生活在现代文化环境中的于质夫、文朴等都是作者的影子，即或生活在古代的历史人物黄仲则实际也是作者的化身。黄仲则多愁善感，嫉恶如仇，才华横溢，这位清癯的面颊上罩着两点玫瑰红的诗人不像郁达夫又能像谁呢？自叙传小说固然应当以作者自己为模特儿，取材于作者的经历，但关键却在于，作者应当在作品中表现出自己的个性，作品的内容和形式都应染上个人色彩。作品的人物、事件、情调是个人的，即使是作品的语言、结构等也应是个人的。

还须说明的是，小说是作家的自叙传不等于小说是作家的自传。若将作品的主人公和作者本人完全等同，这是对郁达夫“自叙传”理论的误解。他本人也早就对类似的理解作过辩解。在《〈茫茫夜〉发表后》一文中，他申明其作品中的事实也有虚构成分在内。小说都应具有自叙传色彩“是在说作家要重经验”。因为只有经过实地实践而获取的体验才能真切地展示出自我。由此看来，郁达夫小说中的主人公只是作者所着力塑造的具有浓郁自我色彩的典型人物。这一典型人物虽常常取象于作家本人，但已渗入了作者的艺术创造因素。也正因其不舍弃虚构成分，这种典型比作者本人更为形象，更具概括力。但也因其浓重的自叙传色彩，它在反映生活的深度、广度上似有捉襟见肘之嫌。

如果说郁达夫从施蒂纳的唯我论哲学导引出了“自我表现”的小说观，从而又提出了小说应具有自叙传色彩这一命题，那么卢梭、歌德等文艺大师的美学思想，则又使郁达夫的这种“自我表现”的小说观日趋完善。

卢梭美学观的核心是“自然论”。他主张“返归自然”。因为在自然中，和睦统治着一切，“自然的画面又和谐又匀称”①。这种“天然”、“和谐”正是美的所在。爱美之心人皆有之。郁达夫在《艺术与国家》一文中也倡导，“大凡艺术品都是自然的再现，把捉自然，将自然再现出来，是艺术家的本

① ［苏联］阿尔泰莫夫等：《十八世纪外国文学史》，转引自《郁达夫研究资料》王自立、陈子善良主编《郁达夫研究资料》上册，天津：天津人民出版社，1982 年，第 276 页。

分”。这样，郁达夫又为其“自我表现”的小说观寻到了美学上的立足点——自然。“自然”是自我表现的极致，是其美学的归宿。那么“自然”的标准以及达到“自然”之境的途径是什么呢？这也正是郁达夫所探求的问题。他认为小说的价值“完全在一个真字上”①。作为内在冲动表现的小说作品，当然将“内部的要求表现得最完全最真切的时候价值为最高”②。此处的“真”，则不但成了小说的审美标准之一，而且也化为到达美的境界的必由之路。所谓“真”也就是将自然赤裸裸地暴露在人们的面前，也就是自我表现的真切，直率而已。

社会剖析派小说的代表茅盾也强调小说的“真”，但其观点与郁达夫的却大相径庭。茅盾是力求接近客观现实社会，其观察表现的对象是客观世界，而郁达夫观察表现的对象是作家的心灵。前者的目的是揭示出社会的本质规律；后者的目的则是更真切地透视出自己的内心世界。茅盾好似一位解剖社会病体的医生，而郁达夫则像是一位精神病专家，他时刻关注着自己的内心。因此，他认为自己的经验、习惯、优点、缺点、激情、颓伤等等没有一件是见不得人的，没有一件是不可坦率地和盘托出的。他在作品中的自我暴露确实达到了病态的程度。

小说必须“返归自然”，自我表现必须达到赤裸裸的程度，美的天使才能和作品联姻。作为小说家，其最“自然”真实的东西也就是感情，因为它是人对现实的一种直接肯定或否定的心理反应。所以，郁达夫认为小说最大的要素除了“美”外就是“感情”③。感情在创作的主体与客体、内容与形式、作品与读者的关系中占有重要的地位。他认为，小说创作的主体应当是感情的主体。感情是创作的动力和源泉，正像郁达夫自己说的：“小说是要热情来做血肉的，人消灭了热情就决没有再写小说的资格。”④ 在《小说论》中，他在剖析了小说与哲学的共同性以后认为，小说与哲学最大的差异在于“小说的表现重在感情”。而作为客体的现实生活只是感情的表现材料、诱发因素。就内容与形式而言，情感是鲜活的内容，属于“质”的范畴。而语言、修辞

---

① 郁达夫：《艺术与国家》，选自王自立、陈子善良主编：《郁达夫研究资料》上册，天津：天津人民出版社，1982 年，第 247 页。

② 郁达夫：《文学概说》，《郁达夫文论集》第 5 卷，广州：花城出版社，1982 年，第 69 页。

③ 郁达夫：《小说论》，《郁达夫文论集》第 5 卷，广州：花城出版社，1982 年，第 19 页。

④ 郁达夫：《小说论》，《郁达夫文论集》，杭州：浙江文艺出版社 1985 年，第 224 页。

等形式因素只是情感表现的手段，属于“文”的范畴。虽说“质”与“文”应相统一，但“质”是矛盾的主要方面。就作品与读者而言，郁达夫十分赞同托尔斯泰的这一艺术主张：“感情的渲染传流，却是艺术作品的主要功用之一。”① 他认为读者评价作品的标准“是‘情调’两字。只教一篇作品，能够酿出一种‘情调’来，使读者受了这‘情调’的感染”②，那么，不管它的文字美不美，甚至前后意思连续不连续，它就是一部好作品。郁达夫的小说都是缘情而发，都是自己情感的波痕浪迹的描绘。作品中抒情主人公所耳闻目睹的天籁、自然，皆为作者情感的符号。若没有情感，他的小说就只是一堆散乱的生活碎片，难成完美的篇章，其全部作品都会变得苍白无力。

18 世纪 50 年代，在英国出现了感伤主义，它因英国作家斯特恩的小说《感伤的旅行》而得名。在文学上，感伤主义如同浪漫主义一样是对古典主义的反动。它虽也崇拜感情，强调个性，但其情感的基调是忧伤的。在“五四”时期，这一文学思潮也浸润到了郁达夫的小说观中，再加上时代的伤感氛围，其理论的塔脊上不免又加上一层淡淡的伤感主义雾霭。他倡导这样一种美学观念：“悲哀之词易工。”③ 他甚至将仓田百三的《出家及其弟子》推为“一种纯粹的艺术品，是 Sentimentalism 的结晶体”④。由此看出，郁达夫认为，小说的自我表现重在情感，而情感之中，又重在感伤之情，这样他的作品具有阴柔美也就不足为奇了。在他的作品中，就自然风景而言，鲜见狂风怒吼、巍巍的高山和无垠的沙漠，而满目多是清风、秋月、落叶、残荷。就作品的人物而言，他们不是“零余者”就是“弱者”的形象。他们或者走上自杀的道路，或者苟延残喘。当然，他们也不乏反抗，但其反抗并非是投向那急风骤雨之中去抗争、去拼搏，而只是自残、自怜，以自我戕伤来昭示旧社会的罪过。抗争的失败会给人以悲壮的警醒，而自残的失败只能洒下无尽的哀伤。但郁达夫所倡导的个人反抗仍具有一定的历史意义，感伤主义小说在当时的

---

① 郁达夫：《艺术与国家》，选自王自立、陈子善良主编：《郁达夫研究资料》上册，天津：天津人民出版社，1982 年，第 221 页。

② 郁达夫：《我承认是“失败了”》，选自王自立、陈子善主编：《郁达夫研究资料》上册，天津：天津人民出版社，1982 年，第 234 页。

③ 郁达夫：《炉边独语》，《郁达夫文集》第 8 卷，广州：花城出版社，1983 年，第 81 页。

④ 郁达夫：《序孙译〈出家及其弟子〉》，《郁达夫文集》第 5 卷，广州：花城出版社，1982 年，第 295 页。

出现也不无进步的光亮，特别是在封建主义的余毒并没完全荡尽的“五四”时期。他的理论和创作涂有伤感主义的色彩，产生了一定的消极影响，但却不能武断地为其扣上“颓废派”的称号。

小说的重要元素之一是情感，1924 年前后郁达夫对此观点又做了进一步阐释。他认为，小说的要素为“意识焦点（即认识的要素）F”和“情感的要素 f”。作品若只有 F 而没有 f，那就不能叫文学。单纯抒情的作品虽能永恒，但难称佳作。只有兼有认识要素和情绪要素的作品才是好作品。因为，“完美的文学公式是 F + f”[①]。他的这一论断又为小说的情感注入了生机，注入了较为深广的社会历史内容。作品中的情感由单纯而复杂，由纯真地抒发变为有目的地塑造。这和“自我表现”说中的“自我”由小到大的变化过程是一致的。此时作品的情感已趋于感性与理性的统一。这也是其小说理论趋于完善的一个标志。

郁达夫称赞歌德的小说名著《威廉·麦斯特》是德国“近代小说的先导者”[②]。歌德在这部小说中表达了他的艺术追求。他认为，诗人必须有追求美的崇高理想，艺术必须善于“表达美感和人的优秀形象”。郁达夫也相应地强调，“美的追求是艺术的核心”[③]。这也是他强调情感真切，自我表现真诚的目的所在。也只有选择“美”作为小说艺术的核心，其“自我表现”的小说观方能够建成完整统一的理论体系，小说才能实现自身的追求。从创造心理过程来看，作者的情感抒发，自我表现的过程同时也是内容向形式积淀的过程，是美的塑造过程。如前所述，情感是创作的动力和源泉，而且同时它也是创作心理过程的中介。它激发、调动着感知、理解、想象等审美心理因素共同活动。这样，作者由现实而重组的事物的整体结构、认识到的社会内容、对种种事物的想象便由情感的火焰浇铸在一起。就是说，情感和理解到的东西作为内容就和作为形式的被感知的结构及想象中的形象融为一体。内容寻到了适当的表现形式，形式也具有了丰富的内容，从而在作者的头脑中形成

① 郁达夫：《介绍一个文学的公式》，《郁达夫文集》第 5 卷，广州：花城出版社，1982 年，第 227 页。

② 郁达夫：《歌德以后的德国文学举目》，《郁达夫文集》第 6 卷，广州：花城出版社，1983 年，第 90 页。

③ 郁达夫：《艺术与国家》，选自王自立、陈子善主编：《郁达夫研究资料》上册，天津：天津人民出版社，1982 年，第 249 页。

一和谐统一的美的意境。小说作为一种静态的物质形式，实际乃心目中的意境的物态化。它也涵盖着无限丰富的内容，正因其内容的丰富，形式才具有了“意味”。照著名美学家贝尔的说法，这种“有意味的形式”也就是美。小说的美也就是情感的形式。所以，郁达夫主张，小说的最大要素是美和感情，它们“互相表里，缺一不可”①。

从接受美学的角度来看，美是小说发挥其社会功能的中介，是读者所追求的最高理想，郁达夫将美视为小说的核心也是理所当然的。如前所述，郁达夫所追求的美学极境是“自然”。“自然”是和谐、静谧，是各种运动形式相交合而达到的“一”。就小说来讲，美的境界也就是主观的“情”和“理”与客观的“形”和“神”的完美统一。当读者直觉到它时，他就会“得到美的陶醉，可以一时救自己出世间苦，而入于涅槃之境”②。在美的享受中，读者便能领悟到自然和社会的本来，其结果“也必会影响到善上去”③。

情感的渲染是小说的主要功用之一。但得到情感的浸染却并非读者的最高理想。因为情感的渲染所唤起的是一种基于生理本能的社会性愉悦。它主要培养人的感性能力。而读者并不满足于此，除此之外，还要培养自己的审美观念，陶冶自己的性情；还要透过纤尘看穿大千世界，在道德的基础上达到某种“天人合一”的境界。而能满足读者这些精神欲求的非美莫属。

郁达夫重视小说美的创造，但不是唯美主义者。我们也不能简单地将其纳入“为艺术而艺术”者之列。在《小说论》中郁达夫就主张，小说不应专门追求表现形式的美，而应使小说的形式服务于内容，使二者相统一。比如小说“背景的效用，是在使小说的根本观念能够表现得真切，是在使主体增加力量”，而并非是专为卖弄才能，徒使小说增添一点美观而止。他既追求内容美又追求形式美，但主要是前者而非后者。所以，郁达夫认为：“自然的美，人体的美、人格的美、情感的美，或是抽象的悲壮的美，雄大的美及其

---

① 郁达夫：《艺术与国家》，选自王自立、陈子善主编：《郁达夫研究资料》上册，天津：天津人民出版社，1982年，第249页。

② 郁达夫：《艺术与国家》，选自王自立、陈子善主编：《郁达夫研究资料》上册，天津：天津人民出版社，1982年，第249页。

③ 郁达夫：《小说论》，《郁达夫文论集》第5卷，广州：花城出版社，1982年，第18页。

他一切美的情愫，便是艺术的主要成分。"[①] 综观他的小说，他确乎不止追求语言形式的美，更注重于思想情感的美以及由此而产生的内在的韵律美和节奏美。

另外，无论是内容还是形式，郁达夫都追求一种自然的美学风格。小说中的自我是赤裸裸的自我，情感是恣意的情感。也许自然风景更能体现自然美的本质，"对于大自然的迷恋"也似乎成了他"从小的一种天性"[②]。在其作品中，人们到处可以欣赏他那五彩的妙笔描绘的自然美景。而其小说的结构也大都是随情所至，少于精心营造，特别是他那"既细且清，而又真切灵活"[③] 的文笔更得自然地神韵。

郁达夫将美推为小说艺术的核心，但并非视小说为"纯粹"的艺术。虽然他认为"国家主义与艺术理想"是"两极端的地位"，并且坚决地反对"文以载道"的文学观，但他决不是完全排斥小说的社会功利性，只是认为，小说"这一种东西本身，并不是飞机，机关枪"。它的"效力功用是间接的"。小说必须写得动人，写得美，"才能达到宣传的目的"[④]。他对小说的社会功利作如是观，确实是极有见地的。

总之，郁达夫的小说观视自我表现为核心，强调情感的作用，要求小说达到真的深度、美的高度及善的力度。这鲜明地显示了其浪漫主义小说观的特征。它开创了中国现代抒情小说的先河，并一直影响着现代小说的理论和创作。

---

① 郁达夫：《艺术与国家》，选自王自立、陈子善主编《郁达夫研究资料》上册，天津：天津人民出版社，1982 年，第 249 页。

② 郁达夫：《忏余独白》，选自王自立、陈子善主编《郁达夫研究资料》上册，天津：天津人民出版社，1982 年，第 216 页。

③ 郁达夫：《清新的小品文字》，选自王自立、陈子善主编《郁达夫研究资料》上册，天津：天津人民出版社，1982 年，第 276 页。

④ 郁达夫：《文学漫谈》，选自王自立、陈子善主编《郁达夫研究资料》上册，天津：天津人民出版社，1982 年，第 265 页。

# 中国现代历史小说的开拓者、成功者*

## ——谈《故事新编》

中国现代历史小说的创作是伴随着“五四”文学革命产生的。

鲁迅在《故事新编·序言》中说：“第一篇《补天》——原先题作《不周山》——还是1922年的冬天写成的。那时的意见，是想从古代和现代都采取题材，来做短篇小说”。这取材于现代的，都编在《呐喊》和《彷徨》集中，取材于古代的，结集为《故事新编》。如果说，“意在暴露家族制度和礼教的弊害”的《狂人日记》是中国现代文学史上第一篇白话小说的话，那么，歌颂创造精神的《补天》则是现代文学史上第一篇历史小说。《补天》同《狂人日记》《孔乙己》《药》等一样，显示了‘五四’文学革命的实绩。茅盾正是从这个意义上说鲁迅的《故事新编》是中国现代历史小说“伟大的开拓者”①。鲁迅的《补天》之后，在历史小说的园地中，陆续出现了郁达夫的以清代诗人黄仲则为主人公的《采石矶》（《创造季刊》一卷四期，1923年2月出版），郭沫若的取材于庄子的《漆园吏游梁》（原名《鹓雏》，《创造周报》第九号，1923年7月7日出版）和取材于老子的《柱下史入关》（原名《函谷关》，《创造周报》第15号，1923年8月19日出版）等名贵一时的佳作。但整个看来，这种取材于历史，以历史上著名的事件和人物为骨架，而配以历史的背景的一类小说的创作，还是寥寥可数的。因此，郁达夫在1926年3月写了一篇《历史小说论》，向当时的文坛发出呼吁，希望青年作家们来创作历史题材的小说。他说：“目下的中国，作历史小说的人，竟会这样的少，实在是一种不可解的现象。我很希望今后的青年作家，能向这一方面去

---

* 原刊于《山东师大学报》1981年第1期。

① 茅盾：《玄武门之变·序》，吴福辉编：《二十世纪中国小说理论资料》第3卷，北京：北京大学出版社，1997年，第472页。

努力，向现在这沉闷的中国创作界里，输入一点新鲜的空气来。”[①] 郁达夫的这个估计是符合实际情况的。就第一个十年（1917—1927）来说，历史小说创作无疑是处在一个幼稚阶段。但到了第二个十年（1927—1937），历史小说创作应环境而产生，无论在数量和质量上，都远远超越了前十年。鲁迅继《奔月》《铸剑》，又创作了《理水》《非攻》《采薇》《出关》和《起死》；茅盾写了《石碣》《豹子头林冲》《大泽乡》；郭沫若写了《孔夫子吃饭》《孟夫子出妻》《秦始皇将死》《楚霸王自杀》《司马迁发愤》《贾长沙痛哭》《齐勇士比武》；巴金以王文慧的笔名发表了《马拉的死》《丹东的悲哀》《罗伯斯庇尔的秘密》，郑振铎以郭源新的笔名发表了《桂公塘》《黄公俊之最后》《毁灭》；严敦易发表了《马嵬》《东郭》；施蛰存写了《鸠摩罗什》《将军底头》《石秀》《阿褴公主》。另外，宋云彬还写了16篇历史故事，结集为《玄武门之变》。在这些同是用历史事实做题材的文学作品中，鲁迅的《故事新编》明显具有鲜明的创作目的和不可重复的独特性。我们从鲁迅和同时期其他作家的历史小说的比较中，可以清楚地看到《故事新编》在历史题材小说创作中的重要历史地位和辉煌建树。我认为，茅盾正是在这样的意义上，进一步认为《故事新编》不仅是中国现代历史小说的“伟大的开拓者”，而且是伟大的“成功者”[②]。

## 向历史投射新的思想光照

中国古代白话小说中很重要的一支，便是讲史小说。这种讲史小说，有长篇演义，也有短篇评话，但这些小说的作者对历史的观点，基本上是千篇一律的，都是恪守儒家的正统思想——三纲五常、忠孝节义。在元、明以来的一些短篇评话小说中，由于作者和欣赏对象都居社会下层，因而受佛教思想浸淫，他们观察历史，解释历史的标准，除了儒家思想外，又糅合了释教的善恶有报、因果轮回的思想。总之，众多的讲史小说，都没有能摆脱掉儒家和释家思想的规范。

---

① 郁达夫：《历史小说论》，《创造月刊》1926年4月16日第1卷第2期。

② 茅盾：《玄武门之变·序》，吴福辉编：《二十世纪中国小说理论资料》第3卷，北京：北京大学出版社，1997年，第472页。

然而，鲁迅的历史小说，与上述的讲史小说绝不相同，作者是完全用崭新的思想来认识古代神话、传说和史实的。

值得我们注意的是，鲁迅开手创作《故事新编》中第一篇小说《补天》以前，即1921年五、六月间，曾连续翻译了一些日本著名现代小说家，如芥川龙之介和菊驰宽等人的历史小说，比如在《晨报副刊》上发表的芥川龙之介的《鼻子》和《罗生门》，以及在《新青年》月刊上发表的菊驰宽的《三浦右卫门的最后》等。鲁迅充分注意到这些小说的作者“想从含在这些材料里的古人的生活当中，寻出与自己的心情能够贴切的触著的或物，因此那些古代的故事经他改作之后，都注进新的生命去，便与现代人生出干系来了”①。这里，鲁迅明白地道出了他的历史小说创作观，不光是为了复述古人古事，更重要的是“寻出”、“改作”、“注进新的生命”。由此见出，鲁迅是赞同并肯定这种用今人的思想来观察和认识历史的做法的。

但应该指出的是，所谓今人的思想，因作家的世界观和历史观的不同而呈现着纷纭驳杂的状态。我们说，中国文化革命的主将鲁迅是努力运用反映时代精神的先进思想来观察、认识历史，并运用于他的历史小说创作实践中的。

写于“五四”时期的《补天》就是一篇对创造精神充满激情歌颂的小说。作者依据《太平御览》引《风俗通》和《列子・汤问篇》所载的女娲“抟黄土作人”和“炼五石以补其阙”的故事，加以点染、改造，写成《补天》这篇小说。作者以浪漫主义的激情和想象，浓墨重彩地描绘了神话传说中女娲这一艺术形象，她在瑰丽如画的景色中，以未曾有的勇往和愉快进行着创造人的劳动，突出她的英姿、伟美，在天崩地塌的动乱中，与打着各种旗号的丑类，进行孜孜不倦地斗争，突出她重整残破山河的坚强意志和英勇献身精神。总之，女娲是一个被作者诗化了的形象，是一个淳朴、崇高，充满神异创造精神的形象，迎着各种困难，冲破一切传统阻力，进行着忘我的、勇往直前的创造——这就是女娲这一形象所体现出来的时代精神。

鲁迅发表《补天》后约半年多，郭沫若写了《漆园吏游梁》。郭沫若为什么写这篇小说呢？对郭很熟悉的郁达夫回忆说；“当时我和他穷极无聊，寄

① 鲁迅：《〈现代日本小说集〉关于作者的说明》，《鲁迅全集》第10卷，北京：人民文学出版社，2005年，第243页。

住在上海滩上，度比乞儿还不如的生活。忽然有一个人，因为疑沫若要去夺他的编辑饭碗，就嗾使了许多人出来，在他的机关月报和一个官僚新闻上，大放攻击之辞。沫若把这时的感情，不好全部发泄出来，所以只好到历史上去找了一个庄子和惠施来代他说话。”① 这就是说，作者因受了现实的刺激，不便直接说出自己的思想和感受来，因而就借古人古事来替自己说话了。这是历史小说中常有的事。这样的历史小说也不是毫无社会意义的。但它究属是从个人的身世遭遇来向社会鸣不平的。对比之下，鲁迅的《补天》则不属这种类型的小说。《补天》的出现，顺乎时代的主潮，反映了时代精神。

鲁迅自己说，《补天》是“取了弗罗特说，来解释创造——人和文学的——的缘起”②。所谓弗洛伊德说，通译弗洛伊德学说，就是把一切精神现象，包括文学创作解释成由于人们受压抑而潜伏在“下意识”里的本能冲动，特别是性欲的潜力所产生的。我们说，《补天》的故事，确实受了这种学说的影响。但这不是作品的主导倾向。占主导倾向的，分明是女娲那种以劳动，甚至以生命渴求创造的进取精神。我们认为，如同鲁迅前期以进化论等作为反封建的思想武器一样，鲁迅接受弗罗特说，更多的则是利用它反对封建文化给中国思想界所造成的“萎靡锢蔽”精神状态。为了表述清楚这个问题，这里，不妨同施蛰存在30年代写的一篇历史小说《石秀》作一点比较。《石秀》取材于《水浒传》第44回至46回中有关石秀的故事情节，但作者却做了根本性质的改造。作者完全依据弗洛伊德的学说，把石秀写成一个具有性苦闷和性冲动的狂热者，写成一个醋火怒升，不能直接占有潘巧云就亲手杀死潘巧云的变态性欲的满足者和报复者。作品尽情宣泄了主人公在友谊和性欲之间的矛盾冲突和内心苦闷。《石秀》真正称得上是弗洛伊德式的性欲心理的解剖小说。同《石秀》的格调绝然相反，鲁迅笔下的女娲分明是一种积极向上的精神状态，其性格核心，分明体现了勇往直前的创造精神。

在轰轰烈烈的大革命时代，鲁迅写了《奔月》和《铸剑》两篇历史小说。《奔月》取材于《淮南子·览冥训》和《孟子·离娄》中关于羿的传说；《铸剑》取材于相传为魏曹丕所著的《列异传》和晋朝干宝著的《搜神记》。

---

① 鲁迅：《故事新编·序言》，《鲁迅全集》第2卷，北京：人民文学出版社，2005年，第353页。

② 郁达夫：《历史小说论》，《创造月刊》1926年4月16日第1卷第2期。

这两个古老的神话、传说，经鲁迅“改作”以后，在故事本身原有的积极思想的基础上，“注进新的生命”，体现了大革命时代先进的时代精神。后羿拉弓射月的战斗雄姿，眉间尺和黑色人不克顽敌，战则不止的彻底革命性，同当时的革命要求和时代精神是息息相通的。这里，我们考察一下1926年前后的文坛情况，对理解鲁迅这两篇小说是很有意义的。当时，“我们的文坛似乎异常的冷落，几个努力的作家，他们好像都已搁起笔来，在策划些更重要的作品，新崛起的作家呢，却也未见有什么特创的作品表现出来，我们很希望今年能打破这个寂寞的空气，多产生些能激动大家的大作品出来……要勇敢于发现新的领土，勇敢于铸造新的风格，新的词句，勇敢于打破一切新旧的束缚，自己创造一种独特的意境，如此才能写作有生命的东西”①。鲁迅的这两篇小说，正是《小说月报》编辑所期待出现的“有生命的东西”，“激动大家的大作品”。

1927年“四一二”事件后，鲁迅的世界观实现了从革命民主主义到共产主义的转变。30年代初，鲁迅成为一个马克思主义者。他自觉地熟练地运用历史唯物主义观点认识、分析历史事件和人物，真实的历史感同鲜明的时代感的有机结合，是30年代鲁迅写的历史小说的一个显著的特点。鲁迅创作《理水》时，摒弃了儒家正统史书中关于禹的记载，而以人民世代传说中的禹为依据，赋予崭新的内容和丰富的想象，热情歌颂了大禹率领人民群众与洪水作斗争的坚韧、忘我、勤劳的崇高品质，在同那些敌视人民群众的考察官员和学者文人对比的描写中，塑造了“查了山泽的情形”，“征了百姓的意见”，身体力行地与洪水作斗争的人民英雄，揭示了人民群众是创造历史的动力。

总之，鲁迅以历史唯物主义观照历史，在对古人古事真实地历史地艺术描写中，揭示了时代发展的方向和历史的本质特征。这像一根红线贯穿在鲁迅后期写的历史小说中，并不同程度地超越了同时代历史题材的小说作者。

## 铸造改革社会人生的利剑

别林斯基在《论普希金》一书中说：“一个诗人的全部作品，尽管在内容

① 《最后一页》，载《小说月报》1926年第17卷第1号。

和形式上每篇各不相同，却仍有一种共同的面貌，印刻下只有他才有的那种特殊性格，因为这些作品都是从一个人格，一个完整不可分割的‘我’生发出来的。”鲁迅就是这样一个在文坛中有独特个性的伟大文学家。他写作直接抨击现实的杂文，写作回忆性的散文《朝花夕拾》和散文诗《野草》，写作取材于现实生活的《呐喊》《彷徨》，以至写作取材于古人古事的《故事新编》，尽管内容涉及古今，样式新颖多变，但都是从作为一个战斗者的特殊性格生发出来的，都是“从喷泉里出来的都是水，从血管里出来的都是血”的艺术结晶。如果说他的杂文“是感应的神经，攻守的手足”，他的《呐喊》《彷徨》是“改良社会”的武器，那么，他的《故事新编》就是改革社会人生的利剑。

何以这样说呢？《故事新编》不是“博考文献，言必有据”那样的“教授小说”[①]，作者不是为了复述历史人物和事件，而是被一定的创作意图所驱使，并把这种意图熔铸到古人古事中，使其与现在的人生社会发生联系。德国文艺理论家莱辛说：“剧作家并不是历史家；他的任务不是叙述人们从前相信曾经发生的事情，而是要使这些事情在我们眼前再现；让它再现，并不是为了纯粹历史的真实，而是出于一种完全不同的更高的意图；历史真实不是他的目的，只是他达到目的的手段；他要迷惑我们，从而感动我们。”[②] 鲁迅创造《故事新编》就是基于这样的目的，他利用历史的一枝一节，一个片断，一个场面，“只取一点因由，随意点染，铺成一篇”[③]，以揭示作品的主题，达到战斗的目的。

鲁迅的《故事新编》同他的《呐喊》《彷徨》相比，有一个较为显著的不同点，就是作品中往往出现作者正面歌颂的形象，这些形象更直接更便于作者“注进新的生命”，更明确更有力地显示作者的追求和赞美。《补天》中的女娲淳朴、勤劳、崇高的形象，活生生地展现了伟大的创造精神。《奔月》中善射英雄后羿，在“不闻战叫”的环境中，在众叛亲离（妻子嫦娥独身升天奔月去了，弟子逢蒙叛变，干着谋害他的“剪径”勾当）的境遇里，仍然

① 鲁迅：《故事新编·序言》，《鲁迅全集》第2卷，北京：人民文学出版社，2005年，第354页。

② ［德］莱辛：《汉堡剧评》，载《文艺理论丛刊》1958年第4期。

③ 鲁迅：《故事新编序言》，《鲁迅全集》第2卷，北京：人民文学出版社，2005年，第354页。

不减英雄的本色，渴求投入新的战斗。后羿的形象，寄托着作者的思想情怀，表现了作者执着于现实的战斗精神。《铸剑》中的黑色人更是作者着力塑造的一个理想化的复仇英雄形象。他无私无畏，有勇有谋，不仅勇于报仇，而且善于报仇。当眉间尺行刺国王失利时，他挺身而出，慨然允诺了眉间尺的重托，他巧妙地打入王宫，把暴君的头劈入鼎中。他眼见眉间尺在鼎中死战而处于不利形势时，就当机立断，割下了自己的头，与眉间尺一起“死劲咬住”国王的头不放。国王被咬得不出气了，黑色人仍不放心，“离开王头，沿鼎游了一匝，看他可是装死还是真死”，待到知道了国王头确已断气，才含笑合上眼睛沉入水底。黑色人具有很高的精神境界，深知复仇的意义。他既不是为了私人的交情去报仇，也不是单纯为了“义气”去报仇，他报的是公仇。这是一个集被压迫者的仇恨于一身，心悦诚服的向残忍暴君讨还血债的勇猛战士。可以说，这个具有感染力的形象，就是彻底革命精神的象征。《铸剑》写于大革命高潮时期，发表在蒋介石发动反革命政变之后，黑色人所表现的最后不消灭敌人决不罢休的革命精神，无疑对于斗争中的人民群众是一个巨大的鼓舞。

30年代，鲁迅在《理水》《非攻》中，塑造了一些中国历史上“脊梁”式的人物形象。在这些英雄形象身上，展现了作者世界观和历史观的新的飞跃。《非攻》中墨子是一个以民为本位的思想家。坚持“于民有利”是塑造墨子形象的贯穿线。他一得知楚国的公输般造成了新式武器云梯，准备攻打宋国的消息，就清醒地认识到，这是一场置宋国人民于灾祸和死亡的侵略战争。因此，他急人民之急，不辞劳苦，步行十天十夜急速赶到楚国去禁止这场非正义的战争。他刚踏上宋国的土地，就看到处处是水灾和兵灾痕迹，不禁心里想：“这模样了，还要来攻它！”充分表现他关心人民疾苦的思想感情。他为人民操劳奔波，赴汤蹈火，而自己的吃穿却艰苦朴素至极，俨然像一个“老牌的乞丐”。尤其可贵的是，作品深刻地表现了墨子克敌制胜的思想基础，他看问题的出发点和落脚点，均取“贱民”的立场。他不把止楚攻宋的希望完全寄托在口舌之争上，他一面单身入虎穴，同公输般进行面对面的论战，表现了他的聪明果敢、主动进攻的性格，不可侵犯的浩然正气，一面又布置他的学生作了守城的准备，表现了他的远见卓识。作品通过描写墨子止楚攻宋的胜利，歌颂了中国人民不畏强权，反抗暴政的光荣传统，揭示了得道多助、失道寡助的历史真理，大大鼓舞了正在浴血奋战的中国人民击败日本帝国主义的信心。

总之，《故事新编》通过上述的正面人物形象的塑造，热烈地歌颂了中华民族的优良传统、中国人民的革命精神和美好的思想品质。正如鲁迅在《中国人失掉自信力了吗?》一文中所说："我们从古以来，就有埋头苦干的人，有拼命硬干的人，有为民请命的人，有舍身求法的人……虽是等于为帝王将相作家谱的所谓'正史'，也往往掩不住他们的光耀，这就是中国的脊梁。"如果说《呐喊》《彷徨》旨在"揭出病苦，引起疗救的注意"，那么，《故事新编》中那些正面人物形象的塑造则表现了鲁迅新的开拓，新的追求，他在批判国民性的同时，憧憬着中华民族的革命传统和中国人民的美好精神品质，期待着中国脊梁式的人物，并以此来激发现实生活中的人们的爱。

《故事新编》在讽刺性人物形象的塑造方面，也与《呐喊》《彷徨》不同。作者在古人身上更鲜明地"注进新的生命"，使其同现代人生发生直接关系，因而具有鲜明的针对性和尖锐的批判精神。《补天》中女娲两腿之间出现的古衣冠的小丈夫，尖锐地讽刺了现实中新旧复古主义者及其精神文明。《奔月》中的逢蒙的现实讽喻性更强。鲁迅的《奔月》通过描绘逢蒙形象，故意同高长虹之流"开了一些小玩笑"。高长虹"原是莽原社"成员，在北京时和鲁迅有过较多的接触，受益于鲁迅。鲁迅去厦门时，高长虹等与"莽原社"分裂，另组成"狂飚社"。一方面大肆攻击鲁迅，一方面又利用鲁迅的声誉招摇撞骗。鲁迅曾用杂文对高长虹作过无情地揭露。在《奔月》中，又通过逢蒙暗算后羿的情节，对这场斗争作了艺术地概括。因此，鲁迅笔下的逢蒙形象不仅有现实的战斗意义，而且具有普遍的社会意义。

30 年代中期，日本帝国主义的魔爪伸向华北，民族矛盾和阶级矛盾日益尖锐。蒋介石反动政府对日本帝国主义屈膝投降，对人民群众加紧了枪弹镇压和思想统制。于是在这样的形势下，形形色色的反动思想相继出笼：或者利用"礼让"制造亡国投敌的舆论，或者标榜"清高"、"超然"，宣扬"有国时是高人，没国时还不失为逸士"[①] 的所谓"儒者遗风"，或者鼓吹庄子哲学，兜售"唯无是非观"的邪说；或者一事不作，徒作大言。面对这种种掩

① 鲁迅：《杂谈小品文》，《鲁迅全集》第 5 卷，北京：人民文学出版社，2005 年，第 432 页。

盖民族危机和阶级矛盾，麻醉人民思想，腐蚀人民斗志的僵死教条，鲁迅决心做一番深挖坏种祖坟的工作。1935年初，他说："近几时我想看看古书，再来做点什么书，把那些坏种的祖坟刨一下。"① 同年鲁迅写的《采薇》《出关》《起死》就是这种别开生面的战斗在《故事新编》中自觉的出色的运用。鲁迅深知：一旦刨掉了"祖坟"，那些赖以自欺欺人的"坏种"们就无可逃遁的显现了原形。这样，鲁迅笔下所揭露的伯夷和叔齐、老子、庄子，就有了现实的针对性和尖锐的批判意义。鲁迅正是通过这些讽刺性形象的塑造，来激发现实生活中的人们的憎，把那些"坏种"连同他们的"祖坟"一同毁掉。

## 开创崭新的表现手法和艺术风格

"没有冲破一切传统思想和手法的闯将，中国是不会有真的新文艺的。"② 鲁迅不仅是冲破传统思想和手法的革新家，而且是真的新文艺的身体力行者。他的《故事新编》也不例外。《故事新编》在历史题材小说发展史上开创了崭新的表现手法。

我们知道，鲁迅的《狂人日记》等作品，开创了以现代生活为题材的中国短篇小说的崭新形式，而且，他的历史题材的小说，在中国文学史上也是有开拓意义的。鲁迅从《补天》开始的历史题材的小说，同我国宋朝以来讲史小说那种平铺直叙、有头有尾演义历史的写作方法很不相同。这些小说同《呐喊》《彷徨》各篇一样，也是截取人生的片断来表现人生和社会的全貌。这种写法基本上是向外国短篇小说借鉴、学习的。

但鲁迅对中国古典小说有很深的研究。讲史小说与讽刺小说、神话小说是中国明清之际古典小说的几个重要部分。一般说来，它们虽然相互之间也有影响，但基本界限是分明的，而且是互相独立的。然而，鲁迅在《故事新编》中，吸收了我国古典小说中的优秀传统，并创造性地将讲史、讽刺与神话小说杂糅在一起，熔为一炉。像《铸剑》，过去被人看作是《故事新编》

① 鲁迅：《致萧军、萧红》，《鲁迅全集》第13卷，北京：人民文学出版社，2005年，第330页。

② 鲁迅：《论睁了眼看》，《鲁迅全集》第1卷，北京：人民文学出版社，2005年，第255页。

中唯一的一篇历史小说。鲁迅自己也说过：“《故事新编》中的《铸剑》确是写得较为认真。”[①] 即使这篇具有严格意义的历史小说，在故事情节和人物形象等主体方面是史实的演义，但同时也揉进了讽刺小说的某些表现方法。比如眉间尺准备行刺国王时，被人捏住了一只脚而跌了一跤，压在一个干瘪脸的少年身上，这个干瘪脸蛮不讲理，“扭住了眉间尺的衣领不肯放手，说被他压坏了贵重的心田，必须保险，倘若不到八十岁便死掉了，就得抵命”。再如黑色人对眉间尺说：“仗义，同情，那些东西，先前曾经干净过，现在却成了放鬼债的资本。”等等，就是针砭现实的绝妙讽刺笔法的运用。因此，《铸剑》也不例外。作者把讲史小说和讽刺小说水乳交融在一起。因为《故事新编》用了这种讽刺、幽默的艺术手法，曾有人否定它是历史小说，而称它为讽刺小说。这是仅从名称和形式上着眼来分析问题的。其实，历史题材的小说，可以用庄重严肃的笔调来写，也可以用讽刺幽默的笔调来写，也可以用亦庄亦谐的笔调来写。鲁迅把古典小说中的神话、讽刺和讲史小说杂糅在一起，化为一个完美的艺术品的写法，一则使《故事新编》迥然不同于外国的一些历史题材的小说，具有了鲜明的民族特色，二则使《故事新编》也不同于中国的一些历史题材的小说。如前所说，30 年代有不少作家从事历史小说的写作，历史小说的体式是多样的，有以正确的历史观普及历史知识的故事体，如宋云彬的《玄武门之变》；有截取历史人物一生中一个闪光的片断加以浓笔刻画的，如郭沫若写的一组以人物为中心的小说；有着眼于史实敷陈的所谓“言必有据”的小说，像郑振铎写的若干篇小说；有弗洛伊德式的心理解剖小说，如施蛰存的《将军底头》。但在 30 年代各有千秋的众多的历史小说中，就政治性、思想性和艺术性的完美结合来说，就艺术表现方法的完整和独特来说，鲁迅的《故事新编》确实是历史小说的成功者。

《故事新编》在古人古事中，融进了现代生活的某些细节，这是鲁迅创作目的的需要，是《故事新编》战斗精神的重要体现，同时也构成了《故事新编》一个特殊的战斗风格，围绕着这特殊的战斗风格，评论界自《故事新编》问世后就存在着不同意见的争论。争论的焦点，是如何看待鲁迅多次自述的

---

① 鲁迅：《致增田涉》，《鲁迅全集》第 14 卷，北京：人民文学出版社，2005 年，第 386 页。

"油滑之处"。有的同志认为，这"油滑之处"有得有失，甚至有的同志认为失大于得。那么，究竟如何看待这个问题呢？

我认为：第一，这是作者可贵的战斗激情在历史题材的小说中的"止不住"的生动体现。鲁迅谈到他创作《补天》的中途曾停笔看日报。不幸正看到胡梦华对汪静之的爱情诗集《蕙的风》的批评，"他（指胡梦华——笔者）说要含泪哀求，请青年不要再写这样的文字。这可怜的阴险使我感到滑稽，当再写小说时，就无论如何，止不住有一个古衣冠的小丈夫，在女娲的两腿之间出现了。"这"止不住"是生在战斗的时代的作家一种无可推托的责任感，是执着于现实的作家一种抑制不住的战斗激情。写成《补天》以后，鲁迅决心要克服"油滑之处"，但事实是，作者"止不住"的战斗激情，不仅克服不了"油滑之处"，相反，却更为自觉地运用了这一手法，由此看来，"油滑"乃是作者在历史题材小说中进行战斗的一种特殊的艺术手段。第二，从审美效果上来讲，使人感到睿智和滑稽，令人产生会心的微笑。《故事新编》在描绘古人古事和塑造古人形象时，或概括了现实中某一种类型（比如《采薇》中帮闲文人小丙君形象，《理水》中文化山上聚居的一群学者文人形象等），或熔铸了现实生活中某种典型化的言行、细节（比如高长虹攻击鲁迅的某些言行，《出关》中关于优待老作家、提拔新作家的议论等），通过古今交融和强烈对比，有力地衬托了正面人物形象，愤怒嘲笑了滑稽可笑的丑类。这是鲁迅成功地将他的杂文的战斗风格和表现手法揉进历史小说创作中所取得的成果。因而，这种"油滑之处"，常常使人感到睿智和滑稽，在忍俊不禁中，产生了积极的效果。正像莱辛所说的，"在整个道德中再也没有比滑稽可笑的事物更强有力、更有效果的了"[①]。

实践是检验真理的唯一的标准。文学作品的实际效果如何，也只有通过实践的检验才能看出。《故事新编》中的"油滑之处"，使"有些文人学士，却又不免头痛，此真所谓'有一利必有一弊'，而'又有一弊必有一利'也"。（《致黎烈文》《鲁迅书信集》下卷941页）这里，鲁迅主要从实际生活中已发生的积极影响肯定了"油滑之处"。

因此，我们认为，这"油滑之处"不仅是鲁迅《故事新编》的战斗生

---

① ［德］莱辛：《汉堡剧评》，载《文艺理论丛刊》1958年第4期。

命，而且是鲁迅《故事新编》所开创的独特艺术风格的主要标志。当然，鲁迅在肯定“油滑之处”的同时，也指出了他的不足之处。并且，在今天的历史题材的创作中，我们也不必去模仿他。但《故事新编》所开创的独特风格和战斗功能是应当充分重视和肯定的。这一点，茅盾早在30年代写的《玄武门之变·序》中就作了高度的评价，这是很值得我们认真体会的。

# 中国现代文学第一个十年的历史小说创作*

鲁迅于1922年12月1日发表在北京《晨报四周纪念增刊》上的《不周山》（后改为《补天》）是中国现代文学史上出现的第一篇历史题材的小说。它同《狂人日记》一样，显示了五四文学革命的实绩，表明中国历史小说艺术业已发生根本变革。因此可以毫无夸饰地说，中国文化革命的主将鲁迅是中国现代历史小说的伟大的开创者和革新者。

《补天》虽然取材于女娲的神话故事，但却是一篇洋溢着五四时代精神的小说。因当时鲁迅写小说的指导思想是“十多年前的‘启蒙主义’，以为必须是‘为人生’，而且要改良这人生”①。因此他从古代取材决不会离开现实斗争而发思古之幽情，总是立足现实进行创作构思。（关于《补天》的具体分析见《中国现代历史小说的开拓者、成功者》一文。）

同《补天》的写作时间几乎是同时，但发表却晚于《补天》的是郁达夫的著名历史小说《采石矶》②。郁达夫在中学读书时就喜欢清代诗人黄仲则，十余年后他在安庆教书时（约1922年前后）细读了黄仲则的《两当轩全集》，“把那全集细读了两遍之后，觉得感动得我最深的，于许多啼饥号寒的诗句之外，还是他的那种落落寡合的态度，和他那一生潦倒后的短命的死”，“所以在那时候，曾以黄仲则为主人公，而写过一篇《采石矶》的小说”③。《采石矶》不仅寄托着作者强烈的主观感受，而且是创造社和胡适派文人论战的产物。郭沫若说：“以‘开路先锋’自命的胡适竟然出以最不公平的态度而向我们侧击。……但经他这一激刺，倒也值得感谢，使达夫产生了一篇名贵一时的历史小说，即以黄仲则为题材的《采石矶》。这篇东西的出现，使得那位轻

---

* 原刊发于《文艺评论通讯》1984年第2期。

① 鲁迅：《南腔北调集·我怎么做起小说来》，《鲁迅全集》第4卷，北京：人民文学出版社，1980年，第508页。

② 刊于《创造季刊》第1卷第4期，1923年2月版。

③ 郁达夫：《关于黄仲则》，《郁达夫文集》第6册，广州：花城出版社，1983年，第113页。

敌的‘开路先锋’也确切地感觉到自己的冒昧了。”①

《采石矶》集中笔力刻画了清代诗人黄仲则因社会的腐败、文人的排斥、自己的抱负和才能得不到施展的痛苦身世和孤傲、敏慧的性格特征。作品主要是通过黄仲则同戴东原（为胡适所崇拜的清代学者，20年代因胡适的鼓吹，官办的报纸副刊与杂志上几乎成为戴学的天下，胡适的《戴东原的哲学》便是这时候的作品）的矛盾冲突，揭示了黄仲则蔑视权贵、敢于叛逆的思想品格。为丰富诗人黄仲则的性格，作品追忆了诗人悲苦的爱情生活，抒发了凭吊李太白墓的情怀，并以悲凉的秋色和典型化的细节衬托了主人公特有的心境，特别是穿插的许多律诗，同作品的情节和主人公的性格浑然一体，把诗人黄仲则的个性和气质描写得有声有色，栩栩如生。

郁达夫在论述历史小说的创作时，说过一段有见地的话："历史小说，既然取材于历史，小说家当创作的时候，自然是不能完全脱离历史的束缚的。然而历史是历史，小说是小说，小说家也没有太拘守史实的必要。……小说家当写历史小说的时候，在不至使读者感到幻灭的范围以内，就是在不十分违反历史常识的范围以内，他的空想，是完全可以自由的。"②《采石矶》就是这种历史小说创作观的实践。作者没有客观地叙述历史，也没有受历史事实的限制，而是掌握了历史发展的精神和脉络，把自己愤世嫉俗的思想感情通过诗人黄仲则作了十分率真的表现。这篇小说发表后获得了人们的赞赏，其原因就在于此。锦明在《达夫的三时期》一文中说："没有达夫的心性，我相信此篇在无论何人手中都不能写出来的，此篇特点是从那精炼的文字中表示一种单纯的情感。"③ 这评价是说到点子上的。

稍晚于鲁迅、郁达夫，郭沫若于1923年起写作历史小说。他的第一篇是《鹓雏》（后改名《漆园吏游梁》）。郭沫若为什么写这篇小说呢？对郭很熟悉的郁达夫回忆说："当时我和他穷极无聊，寄住在上海滩上，度比乞儿还不如的生活。忽然有一个人，因为疑沫若去夺他的编辑饭碗，就嗾使了许多人出来，在他的机关月报和一个官僚新闻上，大放攻击之辞。沫若把这时的感情，

① 郭沫若：《论郁达夫》，选自王自立、陈子善编：《郁达夫研究资料》（上），天津人民出版社，1982年第94页。

② 郁达夫：《历史小说论》，选自陈春生等选编：《20世纪中国文学史文论精华：小说卷》，石家庄：河北教育出版社，2000年，第131、132页。

③ 王自立、陈子善编：《郁达夫研究资料》，北京：知识产权出版社，2010年，第291页。

不好全部发泄出来，所以只好到历史上去找了一个庄子和惠施来代他说话。"①这就是说，作者因受了现实的刺激，不便直接说出自己的思想和感情来，因而就借古人古事来替自己说话，这是历史小说创作中常有的事。但这样的古人古事一经作者重新创造之后，就有了新的社会意义。《漆园吏游梁》就是这样一种类型的历史小说。作品通过两个典型事例，着力刻画了庄子的形象。庄子信奉着"独与天地精神往来"的避世哲学，幻想超然于物质世界之外，但他所言所行无时无刻不受现实世界左右。庄子形象就在这矛盾中得到了生动的表现。为饥饿所迫的庄子提了几双草鞋去找管河堤的旧友贳两升小米充饥，他碰了壁。只好以草鞋的麻屑充饥了。但庄子心里却不平静了，他向往着"有血有肉的鲜味"，进而想起他死去的夫人，"饥渴着人的鲜味！"尤其含有讽刺意味的是庄子的游梁。庄子一心奔向梁国找他"唯一的知己"——梁国的宰相惠施。但早听到风声的惠施反以为庄子是来夺其宰相位置的。当"饥渴着友情，饥渴着人的滋味"的庄子还未走到大梁时，惠施就搜捕他三天三夜了，惠施见到庄子后又当面侮辱了他。小说就是这样让庄子一再在现实生活中碰壁，批判了庄子"天地与我同生，万物与我同长"的妄自尊大的主观唯心主义，宣传了面向现实的唯物主义精神，并借以讽刺现实社会中的这一类型。

郭沫若写于同一年的另一篇作品是《函谷关》（后改名《柱下史入关》）。老子西出函谷关的故事见之于史书的记载，老子从函谷关折回虽不见于史书的记载，但却符合老子思想发展的规律，是完全可能发生的。作者据此演化成这篇小说。老子西出函谷关，是为了表示他是"普天下的唯一的真人……想到沙漠里去自标特异"，是为了厌世避世，但他出关后，非但没有收到"莫大的利得"，反而"倒折了一条牛，还几乎断送了……老命"。因此，他颓然返回函谷关，对着请他写《道德经》并至诚笃信的关令尹作了一番长篇的检讨。关令尹正被其《道德经》所迷，向往"那玄之又玄的玄牝之门"。此刻对老子的突然转变，还念念不忘"人的生活"，大为恼火，因此，狠狠痛骂了他一顿。作品通过老子入关的自我忏悔，批判了遁世、利己的人生观——"我的根本谬误是在一方面高谈自然，一方面万事都从利己设想。"正面宣传了崇尚实际、面对人生的进取人生观——"人间终是离不得的，离去了人间

---

① 郁达夫：《历史小说论》，选自陈春生等选编：《20世纪中国文学史文论精华：小说卷》，石家庄：河北教育出版社，2000年，第131页。

便会没有生命。”

小说在塑造老子形象时，有两个鲜明的特点。其一，比较逼真地描绘了人物的内心活动。作品在批判老子的所谓“五色令人目盲，五声令人耳聋，五味令人口伤”的高论时，运用眼前的色彩，蝉声，素饼的美味，加以对照，进行活生生的批判。在这个基础上，作者深入老子的内心世界：“我是为爱惜身体才怕盲目、聋耳、伤口。……我要想目不视色，耳不听声，口不味味，我只好朝坟墓里去!”这样，既挖得深，又富有形象感和说服力。其二，为了加强对老子形象的批判意义，作品中以关令尹读《道德经》的至诚笃信和听到老子自我忏悔后脸色的逐步变化作对照，渲染了环境气氛，关令尹在长期无言后，发出一句大吼：“你这老家伙！有史以来的大滑头!”对老子做了彻底的否定!

同鲁迅一样，郭沫若的这两篇历史小说，不是像某些人所评论的，只是发思古之幽情，而是自有它们存在的社会价值。五四运动后，马克思主义思想在同形形色色的机会主义、唯心主义的斗争中，广为传播，而且在思想领域中占着愈来愈重要的地位。特别在五四前后，“一班好讲鬼话的人，最恨科学”，“拿了儒，道士，和尚，耶教的糟粕，乱作一团，又密密的插入鬼话”，到处造谣惑众，迷惑人心；那些“儒道诸公，却径把历史上一味捣鬼不治人事的恶果，都移到科学身上，也不问什么叫道德，怎样是科学，只是信口开河，造谣生事；使国人格外惑乱，社会上罩满了妖气”，这不仅使濒临“国亡种灭”的中国陷入“黑暗可怕”① 的境地，而且直接与五四时期的以科学与民主为核心的新思潮争夺舆论阵地。因此扑灭这股唯心主义的迷信妖风是当务之急。只有放在这样的历史背景下考察郭沫若的历史小说，我们才能较深刻地体会出作者通过庄子和老子这两个艺术形象所表现的思想意义和审美价值。

1923 年后，革命运动继续高涨，特别是经过五卅运动和北伐战争，革命斗争如破竹之势向前发展，第一次国内革命战争走向高潮，这个时期进步的作家们多半投身于现实的斗争，无暇致力于新文学创作；一些正在酝酿或初步倡导“革命文学”的作家，主要精力都集中在理论主张的探索之中，并没有写出像样的作品。因此，这个时期的文学作品相对地说处在一个低落的阶

① 鲁迅：《热风 · 三十三》，《鲁迅全集》第 1 卷，北京：人民文学出版社，1980 年，第 304 页。

段。1926年1月出版的《小说月报》第17卷第1号的《最后一页》说："我们的文坛似乎异常的冷落，几个努力的作家，他们好像都已搁起笔来，在策划些更重要的作品，新崛起的作家呢，却也未见有什么特别的作品表现出来，我们很希望今年能打破这个寂寞的空气，多产生些能激动大家的大作品出来……要勇敢于发现新的领土，勇敢于铸造新的风格，新的词句，勇敢于打破一切新旧的束缚，自己创造一种独特的意境，如此才能写作有生命的东西。"历史小说的创作也不例外。郁达夫在1926年说："目下的中国，作历史小说的人，竟会这样的少，实在是一种不可解的现象。我很希望今后的青年作家，能向这一方面去努力，向现在这沉闷的中国创作界里，输入一点新鲜的空气来。"① 在当时的文坛"异常的冷落"，而历史小说"竟会这样的少"的情况下，鲁迅的《奔月》和《铸剑》问世，可以说是历史小说园地里仅有的两篇佳作，也正是《小说月报》编辑所期待出现的"有生命的东西"，"激动大家的大作品"。

鲁迅经历了新文化统一战线的分化，目睹了"同道中人"的起伏变化，虽有"布不成阵"的孤独之感，但仍然在文化阵地进行"上下求索"的战斗。鲁迅在"女师大事件"和"三一八惨案"中，面对惨淡的人生和淋漓的鲜血，控诉了北洋军阀及其御用文人用屠刀和流言对爱国青年实行卑鄙诱杀的罪行，同时告诫青年人不要"将对手看得太好了"，从此要停止向反动派"请愿"，改用"别种方法的战斗"② 来对付他们。鲁迅清醒地认识到"改革最快的还是火与剑"③，并且提出了"血债必须用同物偿还"④ 的主张。鲁迅这些感受、认识和爱憎感情，在历史小说《奔月》和《铸剑》中得到了形象的表现。

《奔月》写于1926年12月。作品是以《淮南子·览冥训》和《孟子·离娄》中关于羿的传说加以生发、改造成篇的。作品通过羿和逢蒙以及嫦娥之间的矛盾冲突，描绘了羿这个善射英雄的性格和心情。羿是一个射下九个太

---

① 郁达夫：《历史小说论》，选自陈春生等选编：《20世纪中国文学史文论精华：小说卷》，石家庄：河北教育出版社，2000年，第133页。

② 鲁迅：《华盖集续编·空谈》，《鲁迅全集》第3卷，北京：人民文学出版社，1980年，第286、288页。

③ 鲁迅：《两地书·第一集》，《鲁迅全集》第11卷，北京：人民文学出版社，1980年，第37页。

④ 鲁迅：《华盖集续编·无花的蔷薇之二》，《鲁迅全集》第3卷，北京：人民文学出版社，1980年，第270页。

阳，射光了大地上的封豕长蛇，终于只能同乌鸦麻雀打交道的善射英雄。英雄无用武之地，固然使他感到悲哀，但尤使他悲哀的，是他患难的妻子嫦娥，经受不住“一年到头只吃乌鸦炸酱面”艰难生活的考验，变得自私、冷淡、消极、终于偷吃了“仙药”，飞升月宫；曾经受教于他得益于他的弟子逢蒙，完全背叛了他的精神，竟反过来加害于他，干起“剪径”的卑劣勾当。亲人离开了，弟子背叛了，孤独和寂寞向他灵魂深处袭来，但他没有消极、退缩，仍然是一个执着于现实的战斗者。作品具体展现了他拈弓射月的雄姿：“身子是岩石一般挺立着，眼光直射，闪闪如岩下电，须发开张飘动，像黑色火，这一瞬息，使人仿佛想见他当年射日的雄姿。”经作者充满深情的描绘，一个善射英雄的形象便呼之欲出了。

羿的形象，寄托着作者的思想情怀，表现了作者执着于现实的战斗精神，抒发了他对现实的愤慨。固然，把小说中的人物看成是作者“非斥人则自况”是不符合艺术创作实际的，但也不能否认鲁迅的某些经历和想法是渗透在小说的人物形象里的。特别是从羿这一形象的创造中，不难看出鲁迅某些现实斗争经历的投影。当时鲁迅生活在“几乎与社会隔绝”的厦门，产生羿这样终日与乌鸦麻雀打交道的悲愤孤寂之感是很自然的；但是鲁迅的战斗精神是不会泯灭的，羿射月的雄姿正映射出鲁迅荷戟寻战的身影。可见，历史形象的羿，恰是历史与现实融合的典范。

《铸剑》于1927年4月3日写毕，最初发表时题名为《眉间尺》。《铸剑》的故事，主要取材于相传为魏曹丕所著的《列异传》和晋朝干宝著的《搜神记》。史书只是叙述了故事的轮廓，强调了以血偿血、以暴抗暴的思想内容。鲁迅的小说在史书所提供的积极内容的基础上，以浪漫主义的想象，进行了深刻的艺术构思和铺排，赋予作品以崭新的思想内容。

作品通过眉间尺和黑色人两个英雄形象，歌颂了被压迫人民与残暴统治者的誓不两立的顽强意志和血战到底的复仇精神。

眉间尺是一个逐步走向成熟的英雄人物。起初，他还是一个幼稚的孩子，性情优柔寡断。作品中写他对落水老鼠时而想杀它，时而又想救它的细节，充分显示了他性格特色。他长到16岁，从母亲那里得知其父为国王铸剑而遭杀害，死前把复仇的希望寄托在他身上这个重托后，他由柔弱逐渐变得坚强，毅然背着父亲遗留下的青剑，到城里找国王去报仇。当报仇之事败露后，他为了达到复仇的目的，毫不犹豫地抽出青剑，割下自己的头交给黑色人，把复仇的重任交给了黑色人，表现了他无比的勇敢和坚定的信念。

黑色人更是作者着力塑造的一个理想化的复仇英雄形象。他无私无畏，有勇有谋。当眉间尺行刺国王失利时，他挺身而出，慨然允诺了眉间尺的重托；他巧妙地打入王宫，把暴君的头劈入鼎中；他眼见眉间尺的头和国王的头在鼎中死战而处于不利形势时，就当机立断，割下了自己的头，与肩间尺一起"死劲咬住"国王的头不放，国王被咬得不出气了，黑色人仍不放心，"离开国王头，沿鼎游了一匝，看他可是装死还是真死"，待到知道了国王头确已断气，才含笑合上眼睛沉入水底。黑色人具有很高的精神境界，深知复仇的意义。他既不是为了私人的交情而去报仇，也不是单纯为了"义气"而去报仇，他报的是公仇。这是一个集被压迫者仇恨于一身、义无反顾地向残忍暴君讨还血债的勇猛战士。可以说，这个具有感染力的形象，就是彻底革命精神的象征。《铸剑》写于大革命高潮时期，发表在蒋介石发动反革命政变之后，黑色人所表现的以暴抗暴，不最后消灭敌人决不罢休的革命精神，无疑对于斗争中的人民群众是一个巨大的鼓舞。特别应该看到，"《故事新编》真是'塞责'的东西；除《铸剑》外，都不免油滑"[①]，唯有《铸剑》，"确是写得较为认真"[②]。可见《铸剑》在鲁迅历史小说中具有特殊地位，在中国现代历史小说发展中也有重要意义。因为它源于典籍，"只给铺排，没有改动的"[③]。当然这并不是抹煞这篇作品的现实战斗意义，而只能理解为它更完美地体现了"古"事"新"编的创作意图，即"借古事的躯壳来激发现代人之所应憎与应爱"的"更深一层的用心"[④]。

从上面的分析中可以看出：新文学发展的第一个十年中，历史小说创作处在一个开垦阶段，在思想和艺术上，在人物形象的塑造上值得称道的作品寥若晨星。因此，在1926年第一个十年将近结束时，郁达夫曾说过："中国

---

① 鲁迅：《致黎烈文》（1936年2月1日），《鲁迅全集》第13卷，北京：人民文学出版社，1980年，第306页。

② 鲁迅：《致增田涉》（1936年3月28日），《鲁迅自传》，南京：江苏文艺出版社，2012年，第339页。

③ 鲁迅：《致徐懋庸》（1936年2月17日夜），《鲁迅全集》第13卷，北京：人民文学出版社，1980年，第319页。

④ 茅盾：《玄武门之变·序》，《茅盾全集》第21卷，北京：人民文学出版社，1991年，第283页。

自新文学运动起来之后，七八年间创作已经产生了不少了。而这许多创作中间，尤以小说为最多……而历史小说，在新小说里，在我的浅陋的认识范围以内，却是寥寥无几。”① 然而，“作小说难，作历史小说尤难，作历史小说而欲不失历史之真相尤难。作历史小说不失真相，而欲其有趣味，尤难之又难”②。从这个角度看，这个时期的历史小说在中国新小说发展史上如同反映现实题材的新小说一样，不仅具有不可抹煞的地位，而且富有深刻的革新的意义。

中国的历史小说并非始于五四文学革命以后，早在明清特别是晚清时期就比较发达了，并且涌现出一些颇有影响的广为流传的长篇历史小说，如《三国演义》《水浒传》《说岳传》《东周列国志》《东汉演义》《西汉演义》《隋唐演义》等。五四文学革命兴起的新的历史小说虽然同古代历史小说有一定的联系，但从本质上看却具有了崭新的特点，不论是思想内容或艺术形式都发生了根本变革。

历史小说过去的命运如同现实题材的小说一样，大都成为有闲阶级的消遣品，“整日价辛苦做活的人，就没有工夫看小说”，当然这并不是说劳动人民不喜欢小说艺术，他们也同样“爱小说”，只因为“他们不识字，就到茶馆里去听‘说书’”③。五四文学革命以后出现的新的历史小说具有明确的目的要求，不仅成为人民群众借鉴历史、改革人生的重要工具，而且紧密配合并服务于中国新民主主义革命的总任务，体现了鲜明的政治倾向性。

古代或近代的历史小说虽然也表现了具有进步意义的主题，反映了封建社会某些本质，提出一些时代课题，但由于大多数作者站在改良主义的或儒家思想的立场上来提炼历史题材，进行艺术构思，因此不可能摆脱封建正统思想的局限，即使《水浒传》这种取材农民起义的历史小说所达到的思想高度也是“只反贪官，不反皇帝”或“替天行道”；取材于三国故事的历史名著《三国演义》明显的是站在维护刘家天下的封建正统立场上，宣扬的是“孝悌忠信”的儒家思想。五四以后产生的现代历史小说，作者大都能自觉地站在革命民主主义立场上，对历史事件和人物进行提炼、概括，以挖掘历史

---

① 郁达夫：《历史小说论》，选自陈春生等选编：《20世纪中国文学史文论精华：小说卷》，石家庄：河北教育出版社，2000年，第128、129页。

② 吴趼人：《〈两晋演义〉第一回评语》，转引自魏绍昌编：《吴趼人研究资料》，上海：古籍出版社，1980年，第145页。

③ 鲁迅：《〈总退却〉序》，《鲁迅全集》第4卷，北京：人民文学出版社，1980年，第618页。

精神，从而表现出具有强烈的彻底反帝反封建时代精神的战斗主题，充分发挥了历史小说的借古喻今、借古讽今、以古鉴今的现实功能。

古代或近代的历史小说的主要人物多是帝王将相、侠客策士、盗贼赃官、妖怪神仙、才子佳人等，《水浒传》虽然写了些普通劳动者的形象，但他们总脱不出封建宗法思想的束缚；五四以后出现的新历史小说，一些在历史上被侮辱被奴役的普通劳动者、对封建统治者不满而怀才不遇的知识分子或者为国为民立下汗马功劳的文武官员，成了作品被歌颂的主角，而且赋予了他们新的精神品格，注入了人民的优秀品质。

古代或近代历史小说的故事情节，大都是从历史事件中提炼的带有偶然性的，所构成曲折离奇甚至荒诞不经的情节；五四以后的新历史小说力求从历史事件中截取一些符合历史发展逻辑的片断，围绕历史人物性格的刻画，合情合理地安排情节。

古代历史小说多是章回体，到了近代的章回体历史小说，已经程式化，而且多是长篇小说，或者连本长篇巨制；五四以后出现的历史小说在体式上进行了根本改革，主要借鉴了外国短篇小说的多样化体式，正如鲁迅所说的："'欧风美雨'，冲进中国来，所以'文学革命'以后，所产生的小说，几乎以短篇为限。"① 现实题材的小说固然如此，历史题材的小说几乎在第一个十年中没有产生一部长篇佳作。此外，在表现手法、语言运用上也发生了根本变革。

现代新的历史小说的艺术经验主要是：（1）源于历史而不拘泥于史实，重在挖掘并发展历史精神；（2）立足现实斗争的需要，融今于古，借古喻今；（3）叙史同作者的现实的独特感受有机结合起来；（4）注重历史小说的现实社会功能的充分发挥，但这个功能又必须通过栩栩如生的艺术形象的塑造实现等。所有这些经验，对于繁荣社会主义时期的历史小说创作具有重要的借鉴意义。

---

① 鲁迅：《〈总退却〉序》，《鲁迅全集》第4卷，北京：人民文学出版社，1980年，第618页。

# 试论1927—1937年的历史小说创作*

所谓历史小说，简单说来，“是指由我们一般所承认的历史中取出题材来，以历史上著名的事件和人物为骨子，而配以历史的背景的一类小说而言”①。这类作品在新文学发展的第一个十年（1917—1927）中只有寥寥可数的几篇，可到了第二个十年（1927—1937），无论在数量和质量上，都远远超过了第一个十年。据初步统计，约有50篇左右。其中有鲁迅的《理水》《非攻》《出关》《采薇》《起死》，有郭沫若的《孔夫子吃饭》《孟夫子出妻》《秦始皇将死》《楚霸王自杀》《齐勇士比武》《贾长沙痛哭》《司马迁发愤》，有茅盾的《石碣》《豹子头林冲》《大泽乡》，有巴金的《马拉的死》《罗伯斯比尔的秘密》《丹东的悲哀》，有郑振铎的《桂公塘》《黄公俊之最后》《毁灭》，有郁达夫的《碧浪潮之夜》，有严敦易的《马嵬》《东廓》，有施蛰存的《鸠摩罗什》《将军底头》《石秀》《阿褴公主》。另外，宋云彬还写了16篇历史故事，结集为《玄武门之变》。结集出版的还有郑振铎的《取火者的逮捕》，历史小说选集《历史小品集》（收19篇）。长篇历史小说的开拓者是李劼人。1935年到1937年，以多卷本再现清末甲午战争至辛亥这段历史的《死水微澜》《暴风雨前》《大波》出版，郭沫若称李劼人的系列小说为“中国小说的近代史”。

历史小说在这个时期取得大的发展是有深刻的时代原因的。

1927年蒋介石集团叛变革命后，用镇压和屠杀建立了法西斯专制统治。“从此以后，内战代替了团结，独裁代替了民主，黑暗的中国代替了光明的中国。”② 1931年“九一八”事变后，日本帝国主义悍然入侵中国。国民党政府实行的“不抵抗主义”的国策，使中国大片土地沦丧，中国人民陷入水深火

---

* 原刊于《文苑纵横谈》（7），济南：山东人民出版社，1983年，第105~122页。

① 郁达夫：《历史小说论》，《创造月刊》1926年第1卷第2期。

② 毛泽东：《论联合政府》，《毛泽东选集》第3卷，北京：人民出版社，1991年，第1042页。

热之中。国民党反动派对革命根据地进行军事“围剿”的同时，对进步的文化运动进行文化“围剿”，他们“一面禁止书报，封闭书店，颁布恶出版法，通缉著作家，一面用最末的手段将左翼作家逮捕，拘禁，秘密处以死刑。”[①] 然而，在中国共产党领导下，不论是国民党的武装镇压，还是文化“围剿”，都一败涂地。革命的文艺运动不仅没有被消灭，相反，在艰难曲折中有了发展。革命的进步的文艺家面对着国民党“禁锢得比罐头还要严密”的高压政策，发明了种种钻网术，进行了别开生面的战斗。历史小说的创作就是在这种特定的条件下应环境而生的。在那“文禁如毛，缇骑遍地”[②] 的年代里，作家们不能直接歌颂现实中的英雄人物，鞭挞社会上的牛鬼蛇神，揭露蒋介石法西斯统治的罪行，而蕴藏心中的思想感情又不得不吐，于是就借助于中国古代和外国的历史人物或历史事件来表达自己的爱憎，来向现实说话了。正是这种特定的时代环境使历史小说创作数量倍增，并赋予历史小说以战斗的风貌。郁达夫是深知其底细的，他指出，当这一个时候，他若想做一部鼓吹革命的小说，最好莫如借了法国或俄国革命前的史实，来寄托你的感情思想的全部。

另外，域外历史小说理论的评介对本时期历史小说的发展也有一定的影响。比如1936年洪秋雨译介了日本文艺理论家菊池宽的《历史小说论》，张香山在《作家》（第1卷第4期）和《申报·自由谈》（1934年12月13日）分别发表的《目前的日本历史小说》《论以历史题材为题材的文学作品》，对历史小说的发生，历史小说家和历史的关系，历史小说家与人生的关系，历史真实与艺术虚构的关系等历史小说的基本属性都作了较明确的论述和探讨。这些理论的译介促成了这个时期历史小说的繁荣。

众所周知，人物形象的塑造在小说中占有十分重要的地位。德国文艺理论家莱辛说：“对那一切与人物性格无关的事实，他愿意离开多远就离开多远。只有性格对他说来是神圣不可侵犯的；他的职责就是加强这些性格，以最明确地表现这些性格。”[③] 莱辛在这里强调了描写人物性格的无比重要性。

---

① 鲁迅：《中国无产阶级革命文学和前驱的血》，《鲁迅全集》第4卷，北京：人民文学出版社，2005年，第386页。

② 鲁迅：《致台静农》，《鲁迅全集》第12卷，北京：人民文学出版社，2005年，第322页。

③ 莱辛：《汉堡剧评》，《文艺理论丛刊》1958年第4期。

历史题材的作品也不例外。历史小说通过人物形象的刻划，人与人关系的描写以及人物命运的结局，要能帮助人们具体地深刻地认识历史的本质，清晰地看到某一段历史生活的缩影。历史小说家要做到这一点，确实是不易的。因为史书上对历史事件和人物的活动、心理等，往往只有简单的记载，作家如若只是字模句拟地敷陈，是绝不会成为真正的艺术的。“不能把历史小说写成大事记的样子，写成一部历史著作。这是根本无人需要的东西。”① 因此，艺术的虚构和典型化在这里不仅是允许的，而且是必要的。但这种虚构和典型化必须符合历史的真实。正如郭沫若说的那样：“关于人物的性格、心理、习惯，时代风俗、制度、精神，总要尽可能的收集材料，务求其无瑕可击。”②“以史事来讽谕今事，其根据在人的气质与人的典型于今古之间无大差异。只要把古人写得逼真便可以反映出与此同一气质、同一典型的今人面目。”③ 这就是说，作者通过人物性格的刻划和命运的描绘，具体地把真实的古代精神翻译到现代来。作者写的古人，但战斗的锋芒是指向现在的，读者看到的是古人形象，但自然联想到现实。这种古今相通，实际上就是历史小说的以古鉴今，古为今用。

历史小说的这种古今相通的特殊功能，从作品的思想和艺术方面体现出来，使这个时期的历史小说具有下列几个特点。

第一，作家们全力描绘和歌颂了一批中外历史上为人民所景仰的英雄形象，开拓了历史小说的新境界。

一类是“中国的脊梁”式的人物形象。《理水》《桂公塘》《马拉的死》中的英雄形象就是这类人物的代表。

《理水》取材于大禹征服洪水，为民除害兴利的传说。鲁迅以历史唯物主义观点赋予这个古老的传说以崭新的思想，塑造了一个古代英雄形象。全文共四段，前两段是侧面写大禹，后两段是正面写大禹。第一段描写聚居在“文化山”上的一群学者文人关于禹的“宏论高议”，特别写他们同乡下人辩论禹的是否存在问题，说明禹在人民心目中的位置；第二段重点写国民党的

---

① ［俄］阿·托尔斯泰：《向工人作家谈谈我的创作经验》，《论文学》，北京：人民文学出版社，1980 年，第 246 页。

② 郭沫若：《历史、史剧、现实》，《沫若文集》第 13 卷，北京：人民文学出版社，1961 年，第 18 页。

③ 郭沫若：《从典型说起》，《沫若文集》第 11 册，北京：人民文学出版社，1959 年，第 127 页。

考察大员，名为考察灾情，实是鱼肉人民，以此同禹为民除害作对比。这两段主要是揭露学者文人和国民党官员敌视人民的反动嘴脸，同时为禹的出场埋下伏线，做了铺垫。第三、四段从正面塑造大禹的形象。鲁迅不愧为高等画家，他没有写禹如何治服洪水的斗争，而是通过禹同考察大员之间在治水方法上是“湮”还是“导”的辩论，表现了大禹敢于蔑视种种旧的传统势力，勇于创新的进取精神。禹面对着昏愦顽固的“大员”的种种攻讦，开头是“一声也不响”，继而坚定地回答：“我查了山泽的情形，征了百姓的意见，已经看透实情，打定主意，无论如何，非‘导’不可！”禹所以如此坚定不移，是因为他深入实际，深入群众；是由于他的“同事”们做了他的后盾，“只见一排黑瘦的乞丐似的东西，不动，不言，不笑，像铁铸的一样”。这就是禹战胜自然的洪水和人为的洪水的力量源泉。作品还从大禹的穿戴、外貌以及同群众血肉相连关系的描绘中，突出地歌颂了大禹普通劳动者的思想品质，同那些敌视劳动者的学者文人和“大员”形成了显明的对照！作者的美学理想通过大禹治水活动和他那活脱脱的性格作了鲜明生动地表现。这篇小说的发表，对左翼文坛和人民群众产生了鼓舞人心的作用，并对以后的历史小说创作发生了直接的影响，徐盈在抗战时期发表的《禹》，无论在艺术构思或创作方法上，都明显地受着《理水》的影响。

《桂公塘》是一篇依据文天祥写的《指南录》中的史实进行铺演的历史小说。作品描写文天祥率领着忠于他的 12 个将士，虽身处虎穴，面临着时时被元朝统治者杀害的危险，但他们完全置个人生死于度外，一心想着复国的大业。文中救亡图存、以死报国的精神光彩照人。郑振铎在篇末附注中说：“因为这一段事过于凄惨，自己作完再读一遍，却又落了一会泪。”这说明，《桂公塘》是一篇饱蘸着作者感情，为时而作的小说。小说发表后，被文艺界评为“佳作”。作者集中笔力塑造了爱国民族英雄文天祥的光辉形象。作品一开始就交代了他处境的险恶：“境界危恶，层见错出，非人世所堪。”① 他置身在敌营的中心，面对着元朝的伯颜和贵族的威逼利诱，无所畏惧。他这种以死报国的立场和大义凛然的精神，使敌人不禁震惊，暗称他为心快口直的大丈夫。文天祥视死如归，赤诚报国，同那些大官僚的卖国求荣，自私偷生，

---

① 参阅文天祥的《指南录后序》。

形成了鲜明的对比。作者正是从忠和奸，美和丑的对比中，歌颂了文天祥的高风亮节的品格。作品接着写他在漫长的流亡生涯中，虽屡遇厄境，九死一生，但他时时想着报国济民，以表现他抗元救国的坚定信念和百折不挠的斗争意志。尤其可贵的是，作者用历史唯物主义的观点，写了人民抗敌的力量，这既是作品的背景，也是文天祥战斗不息精神的源泉。作者在人物活动的紧要处，用简洁抒情的文字描绘了景物，渲染了人物所生活的环境气氛，结合故事情节和人物心理，配以文天祥抒写的诗歌，这些都增强了作品的悲壮性和人物的悲剧色彩。

《马拉的死》是一篇同《桂公塘》性质相近的历史小说。巴金以充满感情的笔墨，生动地描绘了法国大革命中一个可歌可泣的故事——“人民最忠实的友人”让·保罗·马拉的死。马拉长期住在歌德烈街阴暗房屋的最阴暗的一层里面，无休止地革命工作摧毁了他的身体。为了揭发和消除共和国面临的危险，为了解决人民的面包，他置医生多次警告于脑后，还是不顾自己的身体，全力以赴地忘我地工作着。但这样的人竟被诬陷为“喝血的疯子”。他终于被刺杀了。当那凶手从马拉平和微笑的脸上，特别是从他关心地描写着巴黎的饥饿，提出救济办法的那封未完的信中，她发觉到马拉真正是一个“人民的朋友”的时候，因而她忏悔起来，“一阵悲痛抓住了马拉，她充满了悔恨地捧着死人的头哭叫”。

作品从多方面刻画了“人民之友”马拉博爱仁慈的性格和胸怀，生动地说明“他的确是人民的最忠实的友人”①。一是通过典型的事例，进行具体地描绘。群众抓住德拉孟男爵家的听差狄孟，愤怒地憎恨他，以致要吊死他。马拉心想狄孟不是贵族，共和国并不需要这种人的血，但在具体处理时，并没有向激怒了的群众泼冷水，而是和群众一起憎恶这个卑怯的人。他轻侮地向狄孟脸上吐一口痰，踢了他一脚，骂道：“滚开，这一脚会把你医治好的！”怒不可遏的群众很快地冷静下来，并以自己的行动拥护马拉的果断处理。不是有人诬马拉为“喝人血的疯子”吗？罪名就在这典型情节的叙述中被洗刷掉。二是通过马拉丰富的内心活动，充分揭示了他的憎、愁、爱的思想感情无不同人民息息相通。作品通过人物直抒胸臆的独白，显得格外动人。作品

① 巴金：《沉默集·序二》，《序跋集》，广州：花城出版社，1982年，第88页。

描写他同他的女仆兼助手的嘉太林的对白，既展现了他的理想，又开拓了他的精神境界。马拉内心活动揭示得愈充分，愈能说明他不是“喝人血的疯子”，而是一个心灵充满着美丽、仁爱、温和和高尚的“人民之友”。三是通过暗杀马拉的凶手悔恨交加的心理活动，进一步洗刷了加给他的罪名，又反衬了他人格的伟大。

上述诸篇，通过历史上英雄形象的塑造，热烈歌颂了世界进步民族富有反抗的优良传统和中国人民的革命精神。乍看写的是过去时代的英雄和历史故事，但我们只要结合当时的时代，就自然地联想到，这些英雄形象无不饱含着现实的血肉，点染着时代的风云，寄托着作者的爱憎和理想。

一类是历史上著名的志士仁人的形象。以《司马迁发愤》中的司马迁，《贾长沙痛哭》中的贾谊为代表。

《司马迁发愤》取材于司马迁的《报任少卿书》，集中描写了司马迁受宫刑后，忍辱含恨，发愤著述的动人事迹。郭沫若把他小说中的主人公安排在撰写《史记》最后一章《太史公自序》还未成篇，他的朋友任少卿来访的时刻，是颇具匠心的。这有助于勾起主人公的回忆；集中抒发对权势者抑制不住的愤慨之情。作品通过司马迁与任少卿的思想冲突和鲜明对照，歌颂了司马迁不畏权势，刚正不阿，正气逼人的高贵品质和情操，鞭挞了任少卿趋炎附势，阿谀奉承的卑劣灵魂。

《贾长沙痛哭》这篇小说是依据《汉书·贾谊传》中所载贾谊被贬为长沙王太傅后，屡次向汉文帝上谏，忠而见疑的悲剧故事写成的。主人公贾谊是一位忧国忧民的志士仁人的形象；他不管自己仕途的升沉，不管周围恶势力的造谣中伤，时时刻刻想到消除国家的内忧外患，他那为国为民而长太息的精神感人肺腑。这同郭沫若把自己的哀痛、敬仰的感情全身心地倾注于人物形象有关；同时也与作者精巧的构思有关。作者把主人公置于被恶势力包围的典型环境中，着力刻划了他敢于直言，忠而见疑的悲剧性格。特别是作者以浪漫主义的想象，通过梦幻中的贾谊和屈原对话，强化了贾谊至死不渝的爱国主义情操，阐明了他的政治抱负和崇高理想定会为愈来愈多的人所理解和接受。郭沫若在《豕蹄·序》一文中说：“他（指贾谊）的悲剧最和我们现今的情形相近。”这说法是有道理的。贾谊生活的时代背景和30年代中期有些相同，团结御侮的任务有点近似。作品极力歌颂贾谊一心为国消除内忧外患的爱国主义精神，对广大进步的爱国的知识分子无疑是一个莫大的教育和激励。

第二，全力刻画和鞭挞了一些中外历史上为人民所切齿痛恨的反面人物形象。作者们通过这些形象的塑造，引起人们的联想，以激发现实生活中人们的憎。

一类是中外历史上的暴君、霸王、卖国贼形象。以《毁灭》《楚霸王自杀》等小说为代表。

郑振铎的《毁灭》取材于顺治二年（1645 年）南京福王的阉党余孽马士英、阮大铖把持朝政，相互勾结，排斥异己，投降外寇的史实，集中笔力塑造了卖国贼、阴谋家阮大铖的形象。作品通过一系列典型情节表现他在大敌当前，万分危急的形势下，置国事于脑后，为了守住自己优游华贵的生活和权力地位，用尽心计，巧施阴谋，诸如栽赃陷害，挑起内战，谋害忠良，投降外敌等等。通过这些卑劣手段，有力地揭露了他卖国、卖身、卖灵魂的丑恶嘴脸。但是，机关算尽，结果还是走上了毁灭的道路。应当着重指出，作品在剖析阮大铖的灵魂方面较有深度。这同作者从多方面刻划他复杂的心理活动和伪善的内心世界是分不开的。一是逼真地细腻地写出阮大铖心理变化的过程，以揭示他的思想空虚；二是在紧要之处，详写阮大铖的潜意识的活动，以鞭挞他发霉的灵魂；三是以具体环境的生动描绘，补托他的内心挣扎和绝望，这样多方面的落笔，不光使人物形象丰满，而且激起读者感情上的波涛，以痛恨古今的卖国贼、阴谋家。

《楚霸王自杀》取材于《史记・项羽本纪》。作品通过项羽垓下突围，乌江自杀，描绘了一个为一己私利而扬名，至死不悟的失败者的形象。项羽被汉军围困自度不得脱，谓其骑曰："吾起兵至今八岁矣！身七十余战；所当者破，所击者服，未尝败北，遂霸有天下。然今卒困于此，此天之亡我，非战之罪也！"郭沫若通过这个悲壮的故事，特别是亭长对钟离味的一席耐人寻味的话，形象地指出项羽失败的根源，否定了"天之亡我"的唯心论，宣传了民心向背的唯物论。项羽在推翻秦暴政后，为了称王称霸，其所作所为比秦暴政还厉害。他明明是背离了民心，因而遭到了惨败，但他却归于天意。"我们起初起兵的时候，随处都有人来参加，随处都有人来欢迎，我们是没有愁过兵和粮食的缺乏的。现在不同了。我们每到一处，人都逃得精光。没有逃的，连乡里种田的老百姓都要欺骗我。这正是天老爷在作弄我。”作者通过他的内心感受和自言自语，还通过亭长观战场面的生动描绘，多方面地刻画了他至死不悟的可悲性格。项羽死后，亭长对钟离昧说：“他（指项羽）偏以为是天王爷要亡他，那晓得是他自己做错了，怎么怪天呢？……但是老百姓都要说话，只顾自己的权威，不管老百姓死活的人，是走着自杀的路。”这番生发开来的议论是以项羽悲壮的故事为基础的，是紧紧结合着情节的，因此，它不但对项羽做了有力地批判，而且生动地总结了历史教训。

作品还写了忠于项羽的部下钟离昧的觉醒，他走上一条做人的新路，即利国利民的路，这同项羽至死不悟的道路形成了鲜明对比。

不难看出，上述两篇历史小说对古代逆历史潮流而动的暴君、霸王等进行了狠狠地揭露和批判，同时总结了历史的教训，表达了人民要求自由、民主和“打倒暴君”的强烈愿望，具有震撼人心的艺术力量。

一类是历史上的所谓“圣人”，“隐士”等形象。以《孟夫子出妻》《起死》为代表。

《孟夫子出妻》，据郭沫若说：“这篇东西是从《荀子·解惑篇》的‘孟子恶败而出妻’的一句话敷衍出来的。……被孟子所出了的‘妻’……我觉得不亚于孟子的母亲，且不亚于孟子自己。”①

作品以辛辣的笔调，尽情渲染了孟夫子立志当圣贤和“出妻”之间的矛盾，从而揭露了这个亚圣人想做“圣贤”而欲离开妻子但又摆脱不掉女色诱惑的滑稽可笑的嘴脸。作品入木三分地鞭挞了孟夫子伪装正经的丑恶灵魂，收到了很好的讽刺效果。

一是用强烈的对照手法，进行揭发。孟夫子立志要当圣人之徒，他的入手大方针是要求“不动心”，“存夜气”，甚至在送饭和吃饭的日常生活细节上，都要让他妻子注重礼节；然而，一旦到了“和夏天的清晨一样，丰满而新鲜”的自己妻子身旁，特别是夜间，他的心再也不能不动了。再如，孟夫人为了成全他当圣人而主动离开他时，他则“恐慌”了，赶紧走到厨房间向她跪下求饶。作品不但在主要情节运用对照方法，就是在一些关键词语的选

---

① 郭沫若：《孟夫子出妻》，《郭沫若全集·文学编》第10卷，北京：人民文学出版社，1985年，第175页。

用上也是如此。从而给读者留下很深刻的印象。

二是用美反衬丑的方法，进行讽刺。作者以同情的态度，描写了孟夫人这个无名无姓做了牺牲的女性形象，她处处按礼节服侍孟子，甚至心甘情愿地做他的弟子或仆人；当她深知孟子在“女色”和“圣贤”两者不可得兼时，主动提出回到娘家以成全孟子志向。离开前夕，还找来万章照顾他生活。她的所言所行是如此至诚。美和丑是相比较而存在的。孟夫人的至诚衬托了孟子的虚伪；孟夫人的真情真义，衬托了孟子的假情假义。

三是通过孟夫子自我独白，深入其内心进行剖析。作品写他向孔子像叩头说:“孔夫子哟，孔夫子哟，你提挈我，提挈我！……我是孔门的嫡传。……你请保祐我，给我以力量……使我得以成为圣人之徒。”孟子还自语一般地说道:“鱼我所欲也，熊掌亦我所欲也……”这些自白式地语言无比凌厉地揭到他的灵魂深处！

历代的统治者为了治国治民的需要，总是把孔孟抬到吓人的高度。郭沫若的《孔夫子吃饭》《孟夫子出妻》揭开了孔、孟的真面目。这对现实中的封建复古主义者无疑是当头一击。

鲁迅的《起死》是一篇戏剧体的历史小说，它主要取材于《庄子·至乐》中的一则寓言。作者为使矛盾集中，便对这个寓言作了必要的改造，把庄子和髑髅在梦中的对话改为同复活了的髑髅（由庄子请司命大神把髑髅起死恢复知觉）的对话，增加了汉子向庄子索还衣服以及巡士镇压汉子的情节。

鲁迅在不少文章中批判了庄子的相对主义的“无是非观”。《起死》以庄子和复活了的髑髅的矛盾冲突为主线，展开故事情节，复活了的髑髅，原来是一个五百年前在探亲途中被人打死并被抢走衣物的乡下人。这汉子起死过来后，就向庄子索取衣服，而庄子却对汉子大讲他的相对主义：“衣服是可有可无的，也许是有衣服对，也许是没有衣服对。鸟有羽，兽有毛，然而黄瓜茄子赤条条。此所谓‘彼亦一是非，此亦一是非’，你固然不能说没有衣服对，然而你又怎么能说有衣服对呢？……”但汉子不听这一套说教，只是揪住不放，要剥他的道袍。当争执不下之际，庄子念念有词送他“还原”。这一招不灵后，逼着庄子狂吹警笛，叫来了巡士解决了矛盾。这一场关于“赤条条”的争论，像烈火一样烧掉了庄子虚伪的外衣，形象地告诉人们，就是庄子自己也是有所是非的，所谓无是非观，乃是统治阶级处于“危急之际的护身符”[①]。

30 年代中期，思想文化战线上的斗争异常激烈。在民族危机愈益加剧中，一些文人标榜“清高”、“超然”，宣扬什么“儒者遗风”；有的文人在鼓吹孔孟的同时，又推崇庄子哲学，鼓吹“唯无是非观”的说教。无疑，这是一种掩盖民族危机和阶级矛盾，麻醉人民斗志，为统治者张目的错误思潮。上述历史小说，通过孟子、庄子等的形象和言行，批判了形形色色的错误思想，“把那些坏种的祖坟刨一下”[②]，是一件十分有意义的工作。

第三，历史小说的体式和人物形象的塑造具有新颖多变的风格和特色。

一类是故事体。这类历史小说，着眼于把历史上古人古事的真实面目，用通俗的，平易的故事再现在读者面前。中国几千年的历史因历代史官任意删改的缘故，有些走了样子，有的甚至颠倒了是非，混淆了黑白。另外统治阶级为了治人的需要，常编演了一些迷信的、唯心的、近于荒诞可笑的把戏，来麻痹和毒害人民的思想意识，来稳固他们的统治基础。戳穿这些鬼把戏和假面具，不仅是历史学家的职责，而且是文艺家的任务。宋云彬的历史故事集《玄武门之变》和茅盾的《石碣》就是这种类型的作品。

《玄武门之变》收故事 16 则。“故事的形式和内容都务求平易；然而却并不空洞”[③]。故事集在还一些重要的古人古事以接近历史本来的面目方面，是有它站得稳的立场的。比如《刘太公》，写刘邦当上皇帝后，其父刘太公不仅不自由，还受到种种人格上的污辱。故事从侧面落笔，写得波涛起伏，淋漓尽致地揭发了刘邦泼皮、无赖的性格特征。后代的儒生赞扬“高帝以孝治天下”的美谈，在这铁的事实上被撞得粉碎。再如《颗涉为王》，描写陈涉依靠他的伙伴起事称王后，由代表农奴利益走到叛变农奴利益。读者从这一故事的叙述中，受到了很大的启示。

对此，郑振铎做了很好的评价：“云彬的这部历史故事集《玄武门之变》，却在多方面的剥落他们（指统治阶级——笔者）的假面具，而显示出他们的

① 鲁迅：《文人相轻》，《鲁迅全集》第 6 卷，北京：人民文学出版社，2005 年，第 309 页。

② 鲁迅：《致萧军萧红》，《鲁迅全集》第 13 卷，北京：人民文学出版社，2005 年，第 330 页。

③ 茅盾：《玄武门之变 · 序》，吴福辉编：《二十世纪中国小说理论资料》第 3 卷，北京：北京大学出版社，1997 年，第 473 页。

真面目来。这对于初读历史的人会大有帮助的。初学者也许不至再受文学侍从之臣们的骗了。叙写的活泼生动，尤足令读者喜欢赞叹。”①

茅盾的《石碣》，取材于《水浒传》第71回“忠义堂石碣受天文”的故事，但作者以历史唯物主义的观点，对这个为人所忽略甚至为人笃信不移的故事，作了新解释；或者说，作者把蒙在这个故事上的假面给撕去了。小说通过玉臂匠金大坚一边在石碣上刻字，一边同圣手书生萧让的对话，以及他们各自的心理活动的描写，揭开了梁山泊的秘密。《水浒传》认为，梁山泊一百零八将排座次是“天意”授命的。而《石碣》则一扫天意授命的骗局，通过萧让的口，赤裸裸地揭开了吴军师的“神算妙计”：“单是替天行道杏黄旗上的一个‘天’字，还不够；总得再找出些‘天意’来。这便是吴军师的神算妙计!”“天意”是找出来的，这话是说到家了。因为水泊里的一百零八将的“心思也不一样”，“主座”属谁？若依某一个人的意志来排，如何肯心服呢？“付之公议”，也不可能做到。于是就发明了这“天意”，使水泊里的英雄们深信不疑。

一类是人物的速写体。这类历史小说，同前者不同，它并不对历史事件和人物进行比较完整的叙述，而是截取历史人物一生中富有意义的一段生活，或一个片断，挥动想象的彩笔，进行艺术的创造。郭沫若的历史小说就是这种类型的作品。郭沫若在1936年6月为自己写的历史小说作序说：“这儿所收的几篇说不上典型的创造，只是被火迫出来的‘速写’，目的注重在史料的解释和对于现世的讽喻。……我是利用我的一点科学的智识对于历史的故事作了新的解释或翻案，我应该说是写实主义者。我所描画的一些古人的面貌，在事前是尽了相当的检查和推理的能事以力求其真容……”② 在对历史人物的刻画方面，郭沫若主张将人物性格的某一方面加以突出、强调和发展，即“于平常的部分加以控制，于特征的部分加以夸张”③，“古人的心理，史书多

---

① 茅盾：《玄武门之变·序》，吴福辉编：《二十世纪中国小说理论资料》第3卷，北京：北京大学出版社，1997年，第472页。

② 郭沫若：《从典型说起》，《沫若文集》第11册，北京：人民文学出版社，1959年，第124页。

③ 郭沫若：《历史·史剧·现实》，《沫若文集》第13卷，北京：人民文学出版社，1961年，第17页。

缺而不传，在这史学家搁笔的地方，便须史剧家来发展”[①]。郭沫若历史小说中的人物就是按这种理论进行创作的，较好地体现了历史真实和艺术真实的统一。比如《孔夫子吃饭》中的孔夫子，史书的记载是很不同的。儒家把孔子说成是“道贯古今”的大圣人。而“墨子的《非儒篇》本来揭发有好些孔子的阴私，《庄子》里面也有些处调皮孔子的地方，有些如《盗石篇》之类更明明是寓言”。作者以现实主义的求真精神，对史籍有关孔子的记载作了新的解释和比较，认为前者对孔子过于庄严化，“有点违背真实”；后者“为门户之见所有的揭发的调皮，事实上也有点令人难于相信”。因此，作者选择了《吕氏春秋审分览·任数》中吃饭的故事，“这段故事既不类有心的揭发，也不类任意的调皮，这把孔子的面貌我觉得是传得最为正确的”。作品通过孔夫子“穷乎陈蔡之间”心里所想的和口头正经表白的矛盾，剥下了“道贯古今”的大圣人的外衣，让人们看清了虚伪、滑头、“领袖意识相当旺盛的圣人”活生生的真面目。作品刻画孔夫子的面目时，突出、强调了他的“雄猜”，他的旺盛的领袖欲望，用来对照“现存的一些领袖意识旺盛的人物”(引文均见郭沫若：《豕蹄·序》)，收到了讽喻的效果。

一类是古今交融体。这类历史小说，取古人古事之一端加以生发，在故事情节展开中，自然地熔铸一些现实生活中今人今事。“古代和现代错综交融，成为一而二，二而一。”[②] 这是鲁迅在历史小说中所开创的一种独特的新文体；他的《故事新编》在中国小说史上独树一帜，以其深博的思想内容和崭新的艺术风格闪耀着战斗的光辉。鲁迅认为，历史小说有两种写法，一种是“博考文献，言必有据”，另一种是“只取一点因由，随意点染，铺成一篇”[③]。鲁迅从当时的战斗需要出发，取了后一种写法。他还说，他的小说“叙事有时也有一点旧书上的根据，有时却不过信口开河。而且因为自己的对于古人，不及对于今人的诚敬，所以仍不免时有油滑之处。……不过并没有将古人写得更死，却也许暂时还有存在的余地的罢。”[④] 这里鲁迅明白地讲了

① 郭沫若：《历史·史剧·现实》，《沫若文集》第13卷，北京：人民文学出版社，1961年，第17页。

② 茅盾：《玄武门之变·序》，吴福辉编：《二十世纪中国小说理论资料》第3卷，北京：北京大学出版社，1997年，第472页。

③ 鲁迅：《故事新编·序言》，《鲁迅全集》第6卷，北京：人民文学出版社，2005年，第354页。

④ 鲁迅：《故事新编·序言》，《鲁迅全集》第6卷，北京：人民文学出版社，2005年，第354页。

他创作历史小说的原则。他是从现实的立场出发而去借鉴古人古事的。他写的是古人，但“没有将古人写得更死”，而是借古人来激发现实生活中的人的所应爱和应憎的思想感情；他写的是古事，但没有完全受古事的束缚，而是借古事来回答现实生活中的问题。正如马克思所指出的：“使死人复生是为了赞美新的斗争，而不是为了勉强模仿旧的斗争；是为了提高想象中的某一任务的意义，而不是为了回避在现实中解决这个任务。”[①]

可以说，古今交融体是鲁迅所开创的历史小说的独特艺术风格的主要标志。茅盾当时就指出，鲁迅的这种手法，“我们虽能理会，能吟味，却未能学而几及”[②]。这里主要是说，人们要像鲁迅那样，得心应手地用得巧，用得当，是很不易的，同时也含蓄地指出这一手法的不足之处。

一类是史实的敷陈。这类历史小说主要是从史实的“言必有据”出发，但它又不完全同历史故事一样，它有较复杂的情节，也有人物的活动和性格，还有一些艺术的想象，但这一切都是在不违背史实的前提下进行敷陈的。它的好处，是把一个历史事件，或一个历史人物的经历，形象地告诉读者。象《桂公塘》就是一篇依据文天祥的《指南录》敷陈的历史小说，无疑它比《指南录》丰富而形象得多。严敦易的《东廓》和《马嵬》也是两篇依据史实敷陈的历史小说。前者取材于《孟子·离娄（下）》所述“齐人有一妻一妾”的故事，后者取材于《唐书》。小说以安禄山叛变为背景，描写了唐帝李隆基撤离长安，向蜀地进发途中，兵至马嵬驿，陈玄礼率部叛变，李隆基被逼杀害杨玉环的故事。严敦易这两篇历史小说，在忠于史实的基础上，作了较多的“敷陈”。故事情节紧凑曲折，环境气氛渲染得浓烈，人物的心理活动、思想变化写得细腻，并且作品中关于时代风俗、典章制度、人物的心理、习惯等，都是符合史书的记载的。

当然，这类小说若艺术处理得不好，就易于出现板滞和松散的毛病。像《桂公塘》这样当时有影响的作品，鲁迅读后曾指出它“太为《指南录》所拘束，未能活泼耳”[③]。

---

① 马克思：《路易·波拿巴的雾日十八日》，《马克思恩格斯全集》第8卷，北京：人民出版社，1961年，第123页。

② 茅盾：《玄武门之变·序》，吴福辉编：《二十世纪中国小说理论资料》第3卷，北京：北京大学出版社，1961年，第472页。

③ 鲁迅《致郑振铎》，《鲁迅全集》第13卷，北京：人民文学出版社，2005年，第104页。

一类是弗洛伊德式的解剖。这个时期还出现了同上述几种类型迥然有异的历史小说。有人称之为“新感觉主义”[①]。这类历史小说，主要是对历史中的人物和传奇中的人物潜意识的性苦闷和性冲动进行弗洛伊德式解剖。施蛰存的历史小说集《将军底头》就是这种类型的作品。其中《石秀》一篇，一般认为是作者有代表性的作品。它取材于《水浒传》第44回到46回中有关石秀的故事情节，作者却做了根本性质的改造。《水浒传》中的石秀是个见义勇为，拔刀相助的义士。他同杨雄结拜为兄弟之后，被邀住在杨雄家里，协助其岳丈开肉店营生。在杨家，他发现了杨雄妻潘巧云同和尚裴如海私通的奸事，就告以杨雄，并设计拿到奸证，在翠屏山由杨雄亲自宰杀了潘巧云。历史小说《石秀》保留了原来人物的姓名，但对石秀的性格却做了新的设计。作者把石秀写成一个具有性苦闷和性冲动的狂热者；写成一醋火怒升，不能直接占有潘巧云就亲手杀死潘巧云的变态性欲的满足者和报复者。在故事情节的开展中，作者将笔放开，极力铺陈了主人公辗转于友谊和性欲之间的矛盾冲突和内心苦闷，《石秀》真正称得上是弗洛伊德式的性欲心理的解剖小说。其余几篇，均属同一性质的作品，《鸠摩罗什》写的是宗教和性欲的矛盾冲突，《将军底头》写的是信义和性欲的矛盾冲突，《阿褴公主》写的是种族和性欲的矛盾冲突。

1931年10月，作者在《将军底头·自序》中说：“自从《鸠摩罗什》在《新文艺》月刊上发表以来，朋友们都鼓励我多写些这一类的小说，而我自己也努力着想在这一方面开辟一条创作的新蹊径。”如何看待作者努力开辟的这条“新蹊径”呢？作品在艺术的探索上确实是有特点的，它将现代派中的象征主义，精神分析学和神秘主义等重人物内心感受的特点融入到历史小说创作中。如像郁达夫当时评价的：“历史小说的优点，就在可以以自己的思想，移植到古代人的脑里去。施君的四篇东西，都是很巧妙地运用着这一个特点的。”[②] 当然应该指出的，这些作品的内容同“九一八”以后高涨起来的人民抗日反蒋的时代主流是不甚合拍的。正是从这一点出发，当时一些左翼作家曾敏锐地指出施蛰存这些作品中的消极倾向，这是左翼文学作为主潮的任务

---

① 钱杏邨：《一九三一年中国文坛的回顾》，见《现代中国文学论》，北京：合众书店，1933年，第55页。

② 郁达夫：《在热波里喘息》，《现代》第1卷，第5期。

所决定的。

总之，30 年代的历史小说创作，虽然同现实题材小说创作相比，显得逊色一些，但是它在中国现代小说发展史上却具有特殊地位，不仅为中国小说的多样化开拓了领域，为中国现代文学的人物画廊增添了独放异彩的艺术形象，而且为中国现代小说的发展积累了宝贵的经验，对于推动我国小说艺术的发展起了不可低估的作用。

# 略谈抗日战争和解放战争时期的历史小说*

抗日战争时期（1937—1945 年）的历史小说创作，是在极端恶劣的政治环境和法西斯高压政策下产生的。1938 年 10 月，武汉失陷后，“国民党政府开始了它的政策上的变化，将其重点由抗日逐渐转移到反共反人民。”① 特别是皖南事变后，国民党统治集团更加疯狂地推行消极抗日，积极反共的反动政策；同时，对国统区的抗日民主舆论，革命政治主张，进步的文艺活动，采取种种限制的措施。1942 年 2 月国民党政府公布了《国家总动员法》，其中规定，政府“得对报馆及通信社之设立，报纸通讯稿及其他印刷物之记载，加以限制、停止或令其为一定之记载”。政府“得对人民之言论、出版、著作、通讯、集会、结社加以限制”。在毫无政治自由的环境里，人民大众反对侵略，反对投降，反对专制，主张爱国，主张团结，主张民主的正义要求和愤怒呼声，难以直抒胸臆地表达出来，因此，一些为人民立言的作家们就致力于历史题材作品的创作了。郭沫若说：“自民国 30 年以后，在戏剧中间历史剧占据很重要的地位……考其所以有此倾向的原因：在上海是因为那时候正在敌伪统治下，最好反映黑暗的现实的是历史剧。大后方呢？也为了要避免检查等等的原因，所以多历史剧。”② 这段话也是同样适用于历史小说的创作的。

这时期的历史小说，计有：迈斯（即聂绀弩）的《韩康的药店》（《野草》第 2 卷第 1、2 期合刊，1941 年 4 月 1 日出版）、徐盈的《禹》（《抗战文艺》第 8 卷第 1、2 期，1942 年 11 月 15 日出版）、孟超的《苏武与李陵》（《文学创作》等 1 卷第 5 期，1943 年 2 月 15 日出版）、S · Y 的《望娘滩》（《文学创作》第 2 卷第 1 期，1943 年 5 月 1 日出版）、苏雪林的《迴光》

---

* 本文刊于《聊城师范学院学报》1982 年第 3 期。

① 毛泽东：《论联合政府》，《毛泽东选集》第 3 卷，北京：人民出版社，1991 年，第 1042 页。

② 郭沫若：《谈历史剧》，《文汇报》1946 年 6 月 26 日。

（《文学创作》第2卷第2期，1943年6月1日出版）、怀湘的《咸阳游》（刊于1943年11月3、4、5日的《新华日报·副刊》）等。各个阶层的作家都来致力于历史小说的创作。

这个时期的历史小说，大体上采用了两种类型的写法。一类是历史小说的作者，由于现实斗争的需要，较多地根据历史人物和事件进行铺排，从而写成历史小说。莱辛说："悲剧诗人采取某种事情作题材的时候，并不是因为它是实在发生的事，而是因为它发生的先后经过，远比他所虚构的更切合于他创作的意图。"《汉堡戏剧论》这类小说正是这样产生的。另一类是在史实的基础上，通过作者的艺术虚构，挖掘符合历史真理的精髓，从而给人们以启迪和教育。

这两种写法，虽各有特点，但都达到了古为今用，为革命现实斗争服务的目的。

前一类写得较好的，有《苏武与李陵》。它取材于《汉书五十四·李广苏建传》。作者以"单于使陵至海上"诱降苏武，妄图使其绝情于汉而遭到苏武针锋相对地批驳为骨架，艺术地描绘了两种思想、两种品格和两种情操互为对立的人物形象；一个是威武不屈，富贵不淫的顶天立地的英雄——苏武，另一个是媚敌卖国断了脊梁骨的癞皮狗——李陵。作品中的苏武是个血肉丰满的人物形象。作品一开始，我们看到他置身于荒凉的北国沙漠，不论是严寒还是酷日，"赶着羊群，持着使节，在罕无人踪的绝域牧羊"，时间虽流逝了十一个春秋，但他的意志却磨炼得更坚强。因此，当李陵突然出现在他面前时，他浮想联翩，做好了思想准备："来吧，任你威迫也好，利诱也好，我苏武是不会动心的。"接着，作品运用真善美和假丑恶的艺术辩证法，在强烈的对比中，真实地描绘了苏武把节操看得高于自己生命的高尚思想境界。作品展现的生动画面告诉我们：李陵用尽种种诡计，软硬兼施，诱降苏武，均遭到苏武的严词痛斥。开初，李陵以醇酒和舞女向苏武进行挑动，苏武心想："威迫利诱之后，又来了这么一套，更显得他们的无耻；卑鄙；下流；自己在大冰雪里冻饿都不怕，在滚热的太阳中，套上几层毛毡曝晒着，都不动摇，这种荒唐的挑动，还不是枉费心机……"因而被苏武严词批回；继而，李陵以苏武家室遭难的谎言来作试探，苏武毫不犹豫地说："我真也没有什么挂念了！"再则，李陵拿出名利地位相诱，乞求苏武投降，苏武决断地说："……

但生死要对得起国家，要使自己内心无愧！”末后，李陵以汉武帝之死企图断其返回汉朝的念头。而苏武则回答说：“武帝虽死，汉朝自在，苏武，生是汉人，死是汉鬼的！”苏武以死明志，感人肺腑！

《苏武和李陵》所揭示的主题思想和当时的现实是多么相似。当我们的国家和民族遭到日本帝国主义入侵的困难时代，当日本帝国主义在武力侵略的同时，施以政治诱降的年代里，对一个中国人说来，坚持节操，在任何情况下，把民族的利益，人民的利益看得高于一切，重于一切，是何等的重要！因此，我们说《苏武和李陵》可以说是一篇“以史事来讽喻今事”① 的作品。

后一种写法的历史小说，则可举出《韩康的药店》和《禹》两篇。

《韩康的药店》中的主人公是一个老实本分的人，他在十字街头开了一家小药店，他出售的药是真药，定价便宜，为人和气，允许拖欠。因此，他的店门口，常是“穿进涌出，人山人海”的。同韩康的小药店相比，恶霸官僚西门庆开的大药店，却生意清淡，奄奄待息。于是，西门庆视韩康为眼中钉，依仗权势，用名买实夺、栽赃陷害、暴力袭击等手段，将韩康先后开的几个小药店都夺到手了。“韩康呢，实在是个不肯讨人欢喜的家伙，自己的药店顶给别人了，总不肯从此收业。东街的药店顶出去了，在南街里开，南街的药店顶出去了，在西街里开，现在西街的药店又顶出去了，却早在北街开了一家。”最后，西门庆使了一个最毒辣的计，不光逼韩康封了门，而且拿他坐了牢。现在城里的五家大药店都属于西门庆了，“可是生意仍旧不佳，好像这城里的人，城外的人，离城不远的人们，都忽然一起不生病了，或者生病就宁可死掉，也不买药吃了”。若干年后，韩康从牢房释放出来，西门庆已经死去，他的五家药店也倒闭了，韩康又开了新的药店。“韩康的药店一开，人们又重新生起病，吃起药来，韩康的药店的门口，仍旧穿进涌出，人山人海”。表面上看，这是一个贬恶褒善的历史故事，但它的意义不止于此。它有力揭示了一个真理，有权有势，欺压人民的庞然大物，只能逞霸作恶于一时；但民心不可欺，民心的向背是长久起决定作用的因素。

小说安排得繁简得当，文笔幽默风趣。作品以对比的手法，描写人物形象，在冷静的客观的叙述中，表达了作者的爱憎，在行文的关键处，穿插了

① 郭沫若：《从典型说起》，《沫若文集》第 11 册，北京：人民文学出版社，1959 年，第 127 页。

富有哲理的议论，自然而然地揭示了作品的题旨。可以说，这是一篇具有杂文风格的历史小说。

《禹》取材于大禹征服洪水，为父报仇的传说故事，是在抗日战争最艰苦的年代里写作和发表的，由于阶级敌人和民族敌人的肆虐，人民生活在水深火热之中，由于敌人的反动宣传，悲观的思想、心理在少数人们中有所滋长。面对这现实，有良心，有作为的文艺家，从古代英雄那里汲取了题材，对现实作折中地反映。

作品笔墨酣畅地塑造了大禹的英雄形象。作者没有渲染大禹孤胆治水的事迹，而是着力描写大禹集中人民的智慧，依靠人民群众改造自然，征服泛滥的洪水，为人民造福的英雄主义精神。大禹是人民传说中的英雄，但作者写得真实可信，既写出人民由衷地尊敬他，信仰他，也写出他面临困难时内心斗争的心理活动；对禹形象的刻划，既有浓笔的浪漫主义想象，又有具体的现实主义描绘。禹是一个扎根在现实土壤中的英雄形象。《禹》的艺术构思和写作方法，显然是受着鲁迅著名的历史小说《理水》的影响的。

解放战争时期（1945—1949 年）的历史小说，可举出的有：魏金枝的《苏秦之死》（《文坛日报》第 1 卷第 1 期，1946 年 1 月 20 日），靳以的《禁军教头王进》（《文艺春秋》第 3 卷第 3 期，1946 年 9 月 15 日出版），钟离北的《玛丽·司徒亚待之死》（《文艺春秋》第 4 卷第 3 期，1947 年 3 月 15 日出版），陆冲岚的《放逐》（《文艺春秋》第 4 卷第 3 期，1947 年 3 月 15 日出版），著微（即王统照）的《狗矢浴》（初刊于 1948 年 9 月 6 日青岛《民言报》，后转载于《文艺春秋》第 8 卷第 1 期，1949 年 1 月 10 日出版）等。

这个时期的历史小说的一个显著特点，作品中的历史真实感和时代鲜明感取得了很好的统一。作品中的人物，更为明显地寄托着作者对现实的爱憎、希望和理想。茅盾说：“如果能够反映历史矛盾的本质，那末，真实地还历史以本来面目，也就最好地成了古为今用。”①

《禁军教头王进》就是一篇比较出色的历史小说。靳以在该文发表后写的附记中说：“这是《水浒传》第一回的故事，不知道是原作者的疏忽，或是事实上出了事：诸如误投了黑店，被高俅的爪牙给抓了回去……此后关于这可

① 茅盾：《关于历史和历史剧》，《茅盾评论文集·下》，北京：人民文学出版社，1978 年，第 190 页。

怜的母子俩就再也没有消息。尽管二三百年前那个才子金圣叹，从笔法上评为神龙无尾，写得绝妙；可是就事论事，也认为是三恨事中之一恨。而这恨一直留到今天，使读者亘在心头，总好像有点什么说不出的不自在处。我们只盼望他们能脱开权臣的毒手，早到了那天边外的乐土，母子俩做安分的老百姓，享受一点人民所该有的快乐。”这篇附记，值得重视。它不仅说明作者要把《水浒传》作者所遗漏的场面作巧妙的介绍，解除“亘在读者心头”的疑问，而且说明作者是自觉地站在人民大众的立场上面写作历史小说的。这对我们了解和分析小说中的主要人物是有帮助的。

《禁军教头王进》取材于《水浒传》第一、二回。八十万禁军教头王进遭到仇人高俅的陷害，被迫同其母一块私走延安府，途中巧遇史进父子的一段故事。作者在忠于原著的基础上，以王进为主要人物，做了合理的想象，较多的虚构，构思了一个独立、完整的故事。

小说在人物形象的塑造及其意义上，对原著既是一个丰富，又是一个升华。首先，作品合情合理地加强了人物的心理活动的描写，突出了人物的性格，丰富了人物的思想感情。比如王进，原书说，他“回到家中，闷闷不已。对娘说知此事（指高俅发迹后，寻机陷害王进——笔者注），母子二人，抱头而哭。”作者据此，作了合乎情理的想象，集中笔力增写了一段母子两人的对话，既充实了情节的内容，又丰富了人物的精神世界。原书写王进母子出走时，王进“锁上前后门，挑了担儿，跟在马后”。小说则想象为：

“王进挑了担子……从怀里掏出一把锁来把后门锁上。

‘既然不再回来了，后门还锁什么呢？’

‘这也不过是掩掩别人的耳目，免得他们一下就看出来，会追上来的。’”

王进那老练、沉着，富有斗争智慧和经验的性格特征在这里有了充分地体现。

对反面人物高俅，也有出色地补充和丰富。原书说，高俅令部下打王进，下面求情后，高俅道：“你这贼配军，且看众将之面，饶恕你今日，明日却和你理会。”小说则补叙为：

“那太尉兀自像一条疯狗似的吠着。

‘小的怎敢～’左右听得慌了，赶忙申说着。……

‘呵，打不动，可不是我饶了你。我今天不打你，明天再和你算账，你好好记住，明天算不清还有后天，你在一天，总有你一天的罪。'”这里进一步突出了高俅凶狠、毒辣的思想性格。

其次，作者借故事情节和人物的对话并附记，暗喻了对国民党反动统治的不满和愤恨，倾注了对人民群众的热爱，对解放区的向往。

请读王进母子这样的一段对话：

“娘，你老人家不知，当今的世道就是这样。尤其是我们的皇帝，正事不办，专好那些下流勾当，亲近小人。”

“这是什么年、月哟！连这种小人也当起政来！人民怎么受得了呵！”

……

“天理王法全在他们那一边，我们还有什么可说的!”

“唉，世道大变了，豺狼当道，容不得好人走路。”

……

这是历史的真实，同时也包含着对国民党独裁专政的巧妙揭露!

当王进母子逃离虎口之后，作品这样写着：

“这正是晚春天气，冷热宜人，草树发散着生长的香气，路上是静悄悄地，夜的黑暗渐渐退去了，新的早晨在迈着大步走来。

‘早还早咧。’

‘不，就要亮了，你看，东边不是已经闪着阳光的影子么?’

……

‘也许是，人总是依恋自己生长的土地，人老了，更想将来叶落归根，从哪里来的，再回到哪里去。’

‘娘，土地大得很，任凭天涯海角，还不都是一样？如今我们要去的也是好地方，只是远了点。’

‘娘倒不怕远，迟早总归走得到。'”

……

在这些具体、朴实的描写中，细心的读者定能唤起自己的联想，体味到作者良苦用心的。

另外，《放逐》和《玛丽·司徒亚特之死》也是两篇跳动着时代脉搏的历史小说。

《放逐》写的历史故事引人深思。周厉王当政时期，西戎侵扰，战争不断，劳役、捐税压得人民喘不过气来。但刚愎、固执的周厉王拒绝了召虎的逆耳之言（要博采民情，不要专事压制等），反而听信谗言，派出化装的武卫，监视人民的言论，以至发展到抓人、杀人，企图依仗独裁统治和专制暴力，镇压人民的反抗，维护自己的暴政。然而历史规律不可抗拒，人民意志不可欺，人民愤怒不可辱！人民群众在忍无可忍的情况下，团结起来，冲进宫廷，逼迫“害民的暴虐不仁的暴君和他的走狗们都逃了”！

《玛丽·司徒亚特之死》的作者在该文篇末附记中说：“玛丽·司徒亚特为16世纪苏格兰女王，英王亨利第七的外曾孙女，长于法国王廷，嫁法兰西斯第二。18岁时返苏格兰为王，和亨利达来结婚，后又和杀达来的波士威尔伯爵私姘。1567年被迫让位其子詹姆士第六，次年投往依利莎白女王，被囚，1587年被杀。因为她是英国王室的近亲，依利莎白外唯一的继承人，一切阴谋都集中到她身上，实则她本人并未参与。主张‘王权神授’的英王詹姆士第一，就是她的儿子苏格兰王詹姆士第六。”作品取材于主人公玛丽·司徒亚特被囚的一段生活，歌颂了她的叛逆性格和至死不忘的渴求自由的思想意志；同时着力鞭挞了“自命为高贵的谋杀者”，极端恐惧叛逆者影响其王位统治的阴鸷、残忍心理状态以及扑灭、杀害无辜者的罪恶行径。

作者以流畅的抒情语言，以主人公的独特心理表白和回忆，描写了一个娓娓动听的故事，刻划了一个反抗暴政，具有叛逆性格的人物形象。

上述两篇小说同载于《文艺春秋》第4卷第6期。编者介绍说：“《玛丽·司徒亚特之死》和《放逐》是两篇历史小说，然而人物的形象那么真切，而且配合着内容的需要，衬托了适度的气氛。”[①] 这简短的评价，抓住了作品的特点。

这个时期，值得提到的还有王统照于1948年发表的《狗矢浴》。这篇小说描写战国时期燕国子之相爷为挽救摇摇欲坠的统治而向大商贾李季求教如何治国治民的故事。作品中着力塑造了名为商贾，实是欺世盗名，指鹿为马，巧于舌辩，善施权术，祸国殃民的政治骗子——李季的形象。在家庭中，他施邪术，不惜在狗屎汤中沐浴来考察他的妻妾，活现了他丑恶的灵魂。在官场中，当昏庸无能的子之相爷，向他提出“国法虽在，大家背开我，谁曾把

① 范泉：《时代的脉搏》。

法放在眼里。我耳目难周，怎么会使大小官儿一齐起来遵法令？”的问题时，李季则明言告诫道：“相爷，你这像是自找苦吃。……不靠权术，专靠法，已经不行……”又说：“治国理人的大道……我想，一个字，你要用‘术’。这就是弄点玄虚，有时将自装糊涂，有时又自作聪明。”“你不要叫人把你一下看透，完全明了，还得令出无违。…使大家的心思、眼睛、耳朵，全成了你的心思、眼睛、耳朵，才能号令不移，人莫敢违呀。”作品通过典型化的情节和富有个性特征的言行，把一个“其术长于权变”[①] 的形象活脱脱地呈现在读者面前。昏庸的燕国相爷将李季欺世盗名的骗术奉为至宝，终于悟出了“治道通于市道”，充分揭示了燕王朝统治的腐朽和必然灭亡。古今现实往往有惊人的相似或相通之处。这个故事所揭露的摇摇欲坠的燕王朝的腐败和大商贾形象，无疑是包含着作者对现实讽喻的用心的。适夷在《一九四八年小说创作鸟瞰》一文中谈到该年小说创作中不少现实的重要部门没有或很少被表现出来时说：“反人民阵营中疯狂罪恶和垂死挣扎，官僚、买办、地主阶层的动荡、混乱，也找不到比较显明的姿影。”[②]《狗矢浴》虽说没有直接反映这个现实的重要部门，但至少可以说它是间接作了反映的。

总的说来，抗战时期和解放战争时期的历史小说创作，继承了左翼十年的历史小说“借古讽今”“借古鉴今”和“古为今用”的优良传统，大大鼓舞了人民群众反对国民党反共投降政策和坚持全面抗日的斗争意志；有力地抨击了蒋介石集团法西斯独裁暴政和在这种暴政下人民群众所受的灾难和痛苦，并进一步暗示广大人民群众走向斗争的道路，从而配合了，服务了正在进行的伟大抗日战争和解放战争。茅盾在《在反动派压迫下斗争和发展的革命文艺》中说：“进步的革命的文艺工作者始终善于灵活作战，迂回曲折，此仆彼起，乘虚伺隙，互相呼应，终于能够冲破了反动派的压迫，击垮了一切反动派的文艺活动，而打了胜仗。”这里面，自然也包含着历史小说的一份功绩的。

① 司马迁：《史记·苏秦列传》，北京：线装书局，2006 年，第 310 页。
② 适夷：《一九四八年小说创作鸟瞰》，《小说》1949 年 2 月第 2 卷第 2 期。

# 中国现代散文流派巡礼

## ——中国现代散文发展的一个轮廓

### 一

中国现代散文同现代小说一样，也是思想革命和文学革命的产物。在这之前，我国古代散文的根本特征，用一句话可以概括为“文以载道”。五四以后，这种载儒家之道的“道统”散文才真正受到了冲击，变为“人”的散文。只要我们打开那一本本尘封已久的《新青年》、《每周评论》等“五四”杂志，就会发现几乎所有的知识分子，尽管以后在他们中间有了这样或那样的分化，在当时却组织了一条统一战线，齐心协力地展开了一个轰轰烈烈的反对旧道德，提倡新道德，反对文言文，提倡白话文；反对旧文学，提倡新文学的新文化运动。与此同时，西方文化以其新鲜的魅力也冲击了中华民族这块封闭的国土，卢梭的民约论，弥尔的自由论，尼采的超人哲学，叔本华的唯意志论，柏格森的创造进化论等一律被冠以“科学”、“民主”的旗号，兼收并蓄。加之十月革命的影响，共同促进了中国革命知识分子的觉醒。五四运动的最大成功，用郁达夫的话来说，“第一要算‘个人’的发见”[①]，用鲁迅的话来说，就是“人性的解放”[②]。人们极力弘扬个体价值，充分肯定人的自由精神与个体生命意识。“从前的人，是为君而存在，为道而存在，为父母而存在的”[③]，五四时期的人们却是为了自己而存在。这种现象，我们把它

① 郁达夫：《中国新文学大系·散文二集·导言》，《郁达夫文集》第6卷，广州：花城出版社，香港：生活·读书·新知三联书店香港分店，1983年，第261页。

② 鲁迅：《且介亭杂文·〈草鞋脚〉小引》，《鲁迅全集》第6卷，北京：人民文学出版社，1980年，第19页。

③ 郁达夫：《中国新文学大系·散文二集·导言》，《郁达夫文集》第6卷，广州：花城出版社，香港：生活·读书·新知三联书店香港分店，1983年，第261页。

称为个人本位主义。现代散文的核心就是这种个人本位主义的产物。在散文具体创作中，这种个人本位主义的基本观念就演化为“意在表现自己”①的美学原则。因此，一大批表现个人思想、个人性格、个人精神、个人感情，抒写健康的人性和健康的灵魂的“美文”、“杂感”产生了，这就是现代散文。

现代散文作为一种文体形式，有它自身特殊的发展规律。从散文史的角度来看，现代散文的产生又是在国外散文的引进和直接影响下，对传统散文的继承和发展。

先说现代散文与传统散文的关系，现代散文的直接源头是对“新文体”的改造。所谓“新文体”，即是晚清文学改良运动中出现的一种散文文体。梁启超是“新文体”最重要的提倡者和实践者。这种“新文体”，一方面反对桐城派古文中孔孟程朱的“道统”和韩柳欧苏的“文统”；另一方面，又具有革新精神，且文笔犀利、畅达，条理严密，通俗浅显，形式多样。但是，这种“新文体”还没有能力颠覆传统的思想观念和手法，在他们所唱的时代更新的歌声中往往掺和着杂乱的老调，他们想拉车向前，而脚上仍带着沉重的镣铐。梁启超的《少年中国说》一文，鲜明地体现了这种特点。该文的第一段是这样写的：“日本人之称我中国也，一则曰老大帝国，再则曰老大帝国。是语也，盖袭译欧西人之言也。呜呼！我中国其果老大点也？梁启超曰：恶！是何言，是何言！吾心目中有一少年中国在。”可以看出，这种“新文体”的确具有新旧杂陈的性质，是古体散文演进到现代白话文的一种过渡形式。现代散文正是在这一基础上，以崭新的文学思想，以白话文的形式，改造了“新文体”陈旧的一面而创造出一个新的“宁馨儿”。

现代散文与传统散文的关系是微妙和复杂的。笼统地说，二者之间有两层联系。其一，艺术表现的相似。在文学演进过程中，艺术表现及形式的蜕变，似乎要落后于文学思想与观念的变革。现代散文也是如此。作家们由于有深刻的古典文学的艺术修养，往往潜移默化地从中吸取一些有益的艺术技巧和审美方式。比如朱自清，他在《荷塘月色》等篇目中，直接利用“起承转合”的旧散文结构模式，触情入景，情景交融，并且选用“田田”、“亭

① 朱自清：《背影·序》，《朱自清序跋书评集》，北京：生活·读书·新知三联书店，1983年，第7页。

亭"等古代诗词的语汇，以创造诗的境界和情韵。这种境界的营造及情韵的架构，是现代散文对传统散文艺术表现的继承之一。其二，相似的语言文化思维方式（语言文化思维的潜在认同）。曾有人认为，五四文学若更多地运用文言的优势，其文学实绩会更大一些。这当然是一种片面的深刻。在散文中，确实存在这种现象：现代散文大家往往充分地吸取了文言的精华。从鲁迅、周作人、朱自清、冰心、林语堂到丰子恺、钱锺书和梁实秋，其散文语言对传统文言的继承明显可见。这种继承就语言文学角度来说，具有简洁、缜密、漂亮与雅美的优势；就文化思维角度来说，常常有与传统散文中忧患意识、进取意识、达观态度和天人合一等思维方式的内在认同，从而使现代散文吸取传统散文的精华而走向深刻。这说明现代散文与传统散文的联系是无法割断的。

行文至此，我们自然会发现一个现代散文中隐含的问题。这就是现代散文中西化色彩颇浓的"个人本位主义"思想观念及"意在表现自己"的美学追求，与现代散文所继承的传统散文中典雅、柔和等艺术表现形式之间的不协调性。因为传统形式毕竟是传统思想的载体，新的文学思想观念需要新的表现形式。于是，中国现代散文对外国散文思想艺术的全面借鉴、吸收便成了必然。因为只有在外来散文的冲击下，才可以较快地改变传统散文的形式载体。事实上，外国散文译作的数量在现代中国是很可观的，可以开出一串长长的书目。这些书目中，有波特莱尔的散文诗，有基希的报告文学，但数量最多的无疑是英国的随笔。因此，我们的目光要聚焦在英国随笔对中国现代散文的影响这个方面。

总的看来，现代散文与英国随笔之间的联系有三个方面。其一，个性色彩。郁达夫认为，"现代的散文之最大特征，是每一个作家的每一篇散文里所表现的个性，比从前的任何散文都来得强"[①]。我们随便取一本"五四"散文大家的散文集都可以发现，作品明显烙印着作者独特的个人印记，独特的自我表现精神。如鲁迅的《野草》，其间强烈的个人感情与生命的冲动是只有他才有的。这些散文一反封建传统散文"宗经"、"征圣"等"道统"、"文统"，一反"代圣贤立言"的散文模式，而是深入地抓住自己内心意识深处的独特

① 郁达夫：《中国新文学大系·散文二集·导言》，《郁达夫文集》第6卷，广州：花城出版社，香港：生活·读书·新知三联书店香港分店，第261页。

思绪，并化为自己独特的声音。《野草》的声音语调，是其他任何人都无法代替的。同样，从周作人、郁达夫乃至徐志摩、林语堂的散文集中，我们都可找到他们的独特色彩和个人笔调：周作人的冲淡闲适，郁达夫的坦诚抑郁，徐志摩的华丽随意，林语堂的畅快放达。用一句话来说，个性色彩是中国现代散文与外国散文的最大相似之处。其二，谈话风。这是中国现代散文接受、借鉴英国随笔艺术风格的明显标记。关于英国随笔（Essay）的文体特性，日本文艺理论家厨川白村曾作过形象而精确地阐述："如果是冬天，便坐在暖炉旁边的安乐椅子上，倘在夏天，便披浴衣，啜苦茗，随随便便，和好友任心闲话，将这些话照样地移在纸上的东西，就是'Essay'。"[①] 这种与读者对话、交流的亲切自然、轻松活泼和率性真诚的文体特征，直接为中国现代散文所吸收。我们阅读周作人、林语堂、冰心等的散文，就有这种感觉。有人称周作人为现代散文谈话风一派的宗师是不无道理的，胡适早就说他"用平淡的谈话，包藏着深刻的意味；有时很像笨拙，其实却是滑稽"[②]。周作人在《自己的园地·自序》中表白："这只是我们写在纸上的谈话。"其三，幽默感。鲁迅在肯定"五四"以来散文小品的成功"几乎在小说戏曲和诗歌之上"的同时，认为它"因为常常取法于英国的随笔（Essay），所以也带一点幽默和雍容"[③]。郁达夫把幽默味的加强看作是现代散文的特征之一，并具体阐述了中国现代散文中幽默兴盛的近因和远因：政治上的高压和言论上的不自由迫使作家借幽默纾解郁闷情怀，国民生活的枯燥无味需要幽默的调剂以及英国随笔里那种"极普通的幽默味"的滋润。幽默味较强的现代散文家有鲁迅、周作人、林语堂、梁实秋、老舍、丰子恺、钱锺书等。他们的幽默并不相同，鲁迅的幽默，"辛辣、干脆、全近讽刺"；周作人的幽默，雍容、青涩、自然而和谐；林语堂的幽默，浑厚、超脱，略带油滑；梁实秋的幽默，古雅、委婉……移植西方幽默并使之中国化，确实是他们对中国现代散文的一个独特贡献。

---

① ［日本］厨川白村：《出了象牙之塔》，《中国现代散文理论》，南宁：广西人民出版社，1984年，第4页。

② 胡适：《五十年来之中国文学》，《中国现代散文理论》，南宁：广西人民出版社，1984年，第410页。

③ 鲁迅：《南腔北调集·小品文的危机》，《鲁迅全集》第4卷，北京：人民文学出版社，1980年，第572页。

通过上述对中国现代散文与中国传统散文和外国散文关系的考察，可以理解现代散文产生的复杂缘由，它事实上是在特定的社会历史条件下，中外散文相互融合的产物。

## 二

当我们对现代散文的产生作过一番粗略的探讨后，接下去就要沿着现代散文发展的长河淘沙拣金、探幽览胜了。当你沉浸其间，就会慨叹长河本身的蔚为大观和气宇神貌，你会惊讶于其间众多的珍珠瑰宝。在这条长河源头，出现了大量的随感录、美文，报告文学也开始萌芽。这是真正脱离古典形态具有现代意识的白话散文，无论内容和形式都具有全新的姿态。顺河而行，可知从五四文学母体中分化出来的现代散文璀璨夺目，依时间顺序大体是杂感、散文小品和报告文学。其中的大趋势是，从政论性向叙事抒情性的转化。

先看看议论性散文的风貌。现代散文的初兴是政论性的散文与杂感。为什么散文建设的初期，理性与思辨的散文捷足先登，而感性的散文创作殿其后呢？探寻其原因，大体上有以下几个方面：其一，革命是破旧立新的活动，往往是先树理论大旗，用思想武器在前开路。其二，适逢五四思想解放运动，政治热情高涨，散文正好发挥启蒙作用。其三，外国思潮大量流入，忙于引进、批评和辩论。其四，相对地来说，破坏易建设难，艺术创作不是一朝一夕的事情，需要有一个酝酿期和充分的生活积累。因之，现代散文的早期形态是议论性散文①。

在现代散文的初发期，钱玄同是当时提倡白话散文最勇猛的一个作家，他坚决主张用白话代替文言，反对封建等级制度，曾说："欲除三纲五伦之奴隶道德，当然的废孔学为唯一之办法"，而"欲废孔学，不可不先废汉字"②。钱玄同贸然地提出要废汉字，这种想法当然值得商榷，然而他对儒学弊端的

---

① 议论性散文在学术界的划分标准不一。与有些人一样，本文即把杂文视为议论性散文。在现代散文的初发期，《新青年》作家群的杂文便是这方面的代表。这些作家包括李大钊、陈独秀、鲁迅、钱玄同和刘半农。成就最高者当推鲁迅。鲁迅是中国现代杂文的开创者、成功者，是杂文史上一座难以逾越的高峰。

② 钱玄同：《中国今后之文字问题》，《新青年》1918年第4卷4号。

批判是切中要害的。钱玄同杂文具有锐利和激进的气势，畅达和直率的文风，即鲁迅所说的“似汪洋，而少含蓄，使读者览之了然，无所疑惑”[①]。

与钱玄同不同的是刘半农。刘半农的散文写得气势昂扬而又谈言微中。中国现代文学史上著名的“双簧信”之一，即刘半农的《奉告王敬轩先生》一文就是典型例证。这篇文章在驳斥论敌的观点时，高屋建瓴，条分缕析，把封建国粹派批得体无完肤。文章写得流利畅达，举重若轻，嬉笑怒骂，寓庄于谐。

20年代初期，《新青年》团体解散，五四新文化运动统一战线开始出现分化。这之后的杂文，当以《语丝》派作家最为著名。

《语丝》（周刊）创刊于1924年11月，由孙伏园等人编辑，鲁迅、周作人、林语堂是其三大支柱。《语丝》的最大特点，就是“用自己的钱，说自己的话”[②]，也就是要冲破停滞的空气，反抗专制与卑劣，提倡思想自由，主张美的生活，主张言论自由，进行广泛的社会批评和文明批评。鲁迅指出，其特色是“任意而谈，无所顾忌，要催促新的产生，对于有害于新的旧物，则竭力加以排击”[③]。

这个流派为现代散文尤其是杂文随笔开创了“文明批评”、“社会批评”的战斗传统，而且形成了一种嬉笑怒骂、冷嘲热讽、亦庄亦谐、风趣而辛辣的文风，即所谓的“语丝文体”，对当时和后来的杂文、随笔创作影响极大。语丝社作家是现代杂文、随笔的主要奠基者。

《语丝》时期，林语堂思想较为进步，在鲁迅带动下，他们基本保持了并肩战斗。语丝社解体后，在30年代，林语堂自立门户，创办了《论语》、《宇宙风》、《人间世》等杂志，专心于小品文的创作，风靡一时，并引起了一场影响深远的小品文之争。当时正是阶级斗争、民族斗争十分激烈的时候，这种走向纯美的艺术势必要脱离时代和人民，因而林语堂的小品文主张遭到左翼作家严肃的批判。左翼作家认为，当时最为需要的是鲁迅式的战斗杂文，小品文应发挥“匕首”和“投枪”的作用。这场论争后，周作人、林语堂等

---

① 鲁迅、景宋：《两地书》，长沙：湖南人民出版社，1984年，第38页。

② 周作人：《语丝的成立》，《知堂回想录》，香港：三育图书出版公司，1980年，第449页。

③ 鲁迅：《我和〈语丝〉的始终》，《鲁迅全集》第4卷，北京：人民文学出版社，1981年，第166、167页。

更专注于审美品格较强，融叙事、抒情、议论为一体的闲适小品的创作，而战斗性强，议论性较强的杂文，则由左翼作家所承传。因而《语丝》之后中国现代杂文的发展，基本上沿着鲁迅杂文的方向前进。大体上，可以分为“左联”杂文流派、“鲁迅风”杂文流派、“野草”杂文流派三个群体。

“左联”杂文流派。“左联”时期，在反对国民党文化“围剿”中，以鲁迅为旗帜的杂文创作得到了迅速的发展。“左联”刊物和一些进步刊物都发表了杂文，还出现了以刊登杂文为主的刊物，如《涛声》、《新语林》、《芒种》、《杂文》、《太白》等。除鲁迅外，这时期杂文创作成就最高的当推瞿秋白。瞿秋白的一生是两重性的，既是书生式的政治家，又是政治家式的书生。当他作为一个书生即作家时，他的杂文自然有政治家的爱憎分明，立场坚定。但是，与他作为政治家曾犯过“左”倾错误一样，他的杂文如今看来也是有“过头”的地方。比如他把“第三种人”称为“红萝卜”，是“红皮”、“肉白”的更危险的敌人；把新月派诗人称为“捉老鼠是很凶的猫，见着主人很驯服的猫”，文章虽生动，但用我们今天的观点来看，无论是“第三种人”，还是“新月派”诗人，都不能以“左”倾宗派主义对他们“关门”和否定。尽管如此，瞿秋白杂文的成就还是比较高的。有些杂文达到了政论和诗情的高度统一，他的文学家之才是无可否认的。“左联”时期的杂文家还有徐懋庸、唐弢、柯灵、聂绀弩等。他们大都自觉地师承鲁迅，在阶级、民族矛盾非常突出的30年代，他们的杂文的确起到“匕首”和“投枪”的作用。

1937年抗战开始到1949年解放战争时期，杂文发展泾渭分明。在根据地、解放区，由于王实味、丁玲、萧军等人发表暴露性杂文，同延安的整体环境显得很不和谐，因而受到了严肃批评。由于他们当时受到政治冲击，成就不多。相对来说，大后方和国统区这两地杂文创作的成就比较突出，并形成两个流派。

第一个，即上海“孤岛”时期的“鲁迅风”杂文流派。上海孤岛时期，始于1937年11月12日中国军队从淞沪撤退，截至1941年12月8日珍珠港事件爆发，历时四年又一个月。中国军队撤沪之后，日军进入上海。当时日军占领上海华人区，上海租界暂时还是英美法的势力范围。由于种种原因没有撤离上海的进步作家和文化人，就在这“孤岛”之上，这四年零一个月，史称“孤岛”文学。在整个“孤岛”文学中，战斗的杂文是其重要的一翼，是整个“孤岛”文学的“前哨”和后卫，特别昌盛繁荣。身陷孤岛心想战斗的作家，“不但喉管常被捏住，眼睛也常被挡着的。说的是说不痛快，看的是看不仔细”①。杂文就成了他们宣泄压抑的情感的载体和符号。其中，被称为“鲁迅风”杂文流派成就最高，影响最大。这个流派包括王任叔、唐弢、柯灵、周木斋、孔令境等人。“鲁迅风”杂文是名副其实的师承鲁迅的。不但如此，他们还对鲁迅杂文的思想成就作了独到的研究和挖掘，在一定程度上捍卫了鲁迅杂文的地位。“鲁迅风”杂文流派最重要的代表是王任叔。在理论上他撰写了现代文学史上唯一的一部系统研究鲁迅杂文的学术专著《论鲁迅的杂文》，至今对鲁迅杂文研究仍有启迪作用。在创作上，他的杂文题材广泛，感情丰富，笔调泼辣，体式多样，他以其理论和创作实绩赢得了很高的声望。

抗战时期和解放战争时期，除“鲁迅风”杂文流派外，还有活跃于桂林和香港的“野草”杂文流派。

“野草”杂文流派，因创刊于1940年8月12日的《野草》（月刊）而得名。

1940年秋天，秦似在桂林向夏衍建议，创办一个短小精悍、生动活泼的，以刊登杂文为主的综合性文学刊物，夏衍约请聂绀弩、孟超、宋云彬，秦似等人组成了一个编委会，以秦似为责任编辑，于是这个32开本的《野草》就创刊了。《野草》虽为同人刊物，但它广泛地团结大后方和香港的一些作家，郭沫若、茅盾、柳亚子、田汉、冯雪峰、胡风、邵荃麟等知名作家都踊跃地给《野草》供稿。毛泽东当时在延安非常重视《野草》，曾“嘱人每期寄给他两份”。《野草》在国外也有了影响。1942年莫斯科出版的《国际文学》有专文介绍《野草》。取名《野草》正说明“野草”派杂文对鲁迅杂文战斗传统的继承。该派杂文由于创刊于文禁森严的国统区，客观形势决定了《野草》派作家不能直言，必须进行“讽喻”，只能“戴着镣铐跳舞”，以曲折迂回、绵里藏针的方式进行战斗。当时，除写直接评论现实的杂文以外，夏衍写了一些自然科学小品式的杂文，宋云彬写了一批谈史、论学的杂文，孟超写了众多的评论古典小说人物的杂文，聂绀弩创作了一批“故事新编式”的杂文，其中不少精彩篇什融知识性、趣味性和思想性于一炉，这都是对鲁迅杂文艺

① 王任叔著、谷斯范编：《巴人杂文选》，北京：人民文学出版社，1985年，第101页。

术的新发展。

不难看出，杂文成功的关键在于战斗，在于对假丑恶的打击，对真善美的讴歌，因而它往往盛行于新旧思想、新旧势力激烈交锋的时候。

杂文诞生不久，现代散文母体中又分化出一种引人注目的文体，这就是通常所说的散文。学界一般把散文分为议论性、抒情性和叙事性三种，这是习惯的分类法。这种分类不易说明现代散文的发展脉络。事实上，现代散文的最初阶段应称为小品文，在五四前后，这种小品文的确应思想革命、文学革命的需要呈现出较多议论性的因子。到了后来，新文化运动退潮，作家更多地开始反思自身和文学，于是小品文又从议论中加进了抒情、叙事的因子，战斗气息有所削弱，审美色彩有所加强。这时的这类小品文事实上就是人们常称的“美文”。初期“美文”其议论性还是较强的，每篇文章的议论性并不比抒情性、叙事性弱。到后来议论性因素还是占有相当的比重，特别是在一批学者型散文家中。真正的纯粹叙事或抒情的散文在现代散文史上并不多见。其实，依我之见，现代小品散文最为成熟的，代表最高成就的首先是鲁迅的杂文，其次是集议论、抒情与叙事于一体的一批学者型的散文，再次是比较纯粹的抒情散文和叙事散文，最后才是报告文学。

鲁迅杂文前面已有专题论述。这里着重介绍那些专写融议论、抒情、叙事于一体的学者型散文家。他们往往是学贯中西的学院式人物，追求的是自由民主的理想，专心于学术，与政治保持一定的距离，常常本着内心的冲动将人生思考记录下来，化为一种超然挺拔的智性小品，我把它称为闲适派小品散文。写这类闲适性散文作家有周作人、林语堂、梁实秋、俞平伯、废名、丰子恺、梁遇春、钱锺书等。周作人、林语堂曾是语丝社成员，写过战斗性很强的杂感。他们确实曾经充满“叛徒”气息（旧思想叛逆者），他们的作品的确不甚闲适，但到后来，特别是大革命失败后，他们的小品散文的战斗议论性削弱了，逐渐朝闲适一路发展。其实，不唯他们两人，许多作家都经历过这种变化。郭沫若、郁达夫、许地山、茅盾、朱自清，都有过新文化运动落潮后的苦闷徘徊期，写过一些战斗性并不强却注重人生思索的闲适小品散文。这里我们把周作人、林语堂、梁实秋、俞平伯，废名，丰子恺、梁遇春、钱锺书等狭义上的闲适散文家单独论述。这批散文作家几乎个个都是大手笔。有的虽然偶尔为之，如钱锺书，但他为数不多的作品，人们一看就知道是艺术精品，令人望尘莫及。他的散文集《写在人生边上》只有十几篇小品，但几乎篇篇都是精美绝伦的，其中妙语如珠、神思迭现，实在令人惊叹。还有梁实秋的《雅舍小品》，朱光潜当年就说，这本并不厚的小品集，其成就超过了梁实秋对莎翁全集的翻译。这批小品文成功的要诀，在于他们对人生的透彻感悟和深刻理解。他们的笔着力于解剖人生，即使在"风沙扑面，虎狼成群"的时候，他们仍一头扎进"象牙之塔"，讲草木虫鱼，讲性灵幽默，观人生百态，以超然出世的精神做着入世的事。然而，如果以为他们是很单纯的，那就错了。他们的人生是一个个矛盾的复合体，他们内心充满睿智的种种思考。作为深受中西文化浸润的知识分子，他们内心存在种种矛盾：有为与无为，个人与民族，情与理，传统与现代，叛徒与隐士，中国文化与西方文化等。唯其存在种种矛盾冲突，他们对人生的思考才较深刻，因而他们抒发人生的散文小品才耐人咀嚼。

那么，什么是"真正的小品散文"？简单地说，就是"美文"。它最初的两篇文章就是冰心的《笑》和周作人的《苍蝇》。按此理解，我们前面提的闲适散文属于真正的小品文之列。有人把周作人当作叙事性散文的代表，把文学研究会、创造性的作家列入"真正的小品文"的代表，并说他们的成就最为突出。这一观点是可以商榷的。我认为真正的小品文即美文的代表应是周作人，他的成就应该在文学研究会、创造社散文家之上。鲁迅当年在与斯诺的谈话中就指出，中国现代最优秀的散文家分别是周作人、林语堂、鲁迅。这里，鲁迅当然有自谦的成分。但从这里也可以说明周作人、林语堂的散文成就实在不低于文学研究会、创造社等散文家。梁实秋曾经列举了五位他私人特别欣赏的现代散文家：胡适、周作人、徐志摩、鲁迅、陈西滢。

但是，如果从纯粹的情感表达方面来说，文学研究会、创造社及新月派的一些作家，其散文成就的确是很高的，这里仅就代表性的作家作品略作讨论。这些作家包括冰心、许地山、朱自清、茅盾、郭沫若、郁达夫、徐志摩等。这些散文的主要特点在于，开创了纯粹型散文的先河。他们以自己敏锐的艺术神经，纤细缜密地抒写生活的独到情绪和体验，把散文引向诗化的道路。我们评价这类散文，往往可以用古典文论中的"境界"、"韵味"、"兴趣"等美学观念作为一种尺度来衡量其艺术成就。其次，这些作家的散文往往最适于作中学课本的范文。因为这些散文的感情往往显得温柔敦厚，怨而不怒；语言又纯用白话，文章内容生动明白浅显；文笔流畅清新，易为一般读者所接受，能够实现雅俗共赏。

冰心散文曾风行一时，当年著名评论家阿英曾经说过："青年的读者，有不受鲁迅影响的，可是，不受冰心文字影响的，那是很少，虽然从创作的伟大性及其成功方面看，鲁迅远远超过冰心。"[①] 冰心的魅力在于文章境界的光明而澄静，文章风格的清新而隽雅，很能吸引一般的青少年。

朱自清的散文具有独特的真挚与清幽的神韵。用叶绍钧的话来说，朱自清又具有"永远的旅人的颜色"。的确，朱自清在他的散文中以巧妙的比喻和联想，丰富的内心感受和情景交融的艺术手法，抒发了一种淡淡的哀愁，酝酿了一种浓郁的诗境，也是很能引人入胜的。

文学研究会散文家中还有几位作家成就较高，但又风格迥异。这就是许地山、茅盾、叶绍钧。

许地山是现代文学史上的奇人，他的创作是奇人的奇作。说他"奇"，并非神奇不可测，而是因为他的独特。关于这一点，沈从文说得最为明白，他说："在中国，以异教特殊民族生活作为创作基本，以佛经中智明辨笔墨，显示散文的美与光，色香中不缺少诗，落花生为最本质的使散文发展到一个和谐的境界的作者之一。这和谐，所指的是把基督教的爱欲，佛教的明慧，近代文明与古旧情绪糅合在一处，毫不牵强的融成一片。作者的风格是由此显示特异而存在的。"[②]

茅盾散文也有独特之处，他前期散文往往是以很深的象征意蕴，很细的心理描写，来显露其内心的苦闷、彷徨与追求的心理流程。在苦闷彷徨中流露出焦急的变革期待，跳动着一种不可压抑的生命力。如《叩门》、《雾》、《卖豆腐的哨子》等。后期散文却具有独特的社会分析手法。往往能高屋建瓴地看待一事一物，一情一景，描写人物常常夹杂着深刻的社会历史内涵。文笔带有他小说的风味，郁达夫说："他的观察的周到，分析的清楚，是现代散文中最有实用的一种写法……中国若要社会进步，若要使文章和实生活发生

---

① 阿英：《〈谢冰心小品〉序》，《现代十六家小品》，光明书局，1935年。

② 沈从文：《论落花生》，《沈从文文集》第11卷，广州：花城出版社，香港：三联书店（香港）分店，1984年，第103页。

关系，则像茅盾那样的散文作家，多一个好一个。"[①]

叶绍钧的散文写得纯朴、老到、含蓄、深沉。他的作品不多，但质量较好。他的散文感情丰富，但他用一种极其微妙的方法表现它，如事物上蒙上一层轻纱，是那么淡淡的，又是那么深深地袭人。他的文字是轻灵的，而又是那么细腻、缜密。郁达夫说："一般的高中学生，要取作散文的模范，当以叶绍钧氏的作品最为适当。"[②] 阿英说："他写的小品，在数量上不能说多，可是每一篇差不多都经过了很久的胚胎时期，而后用一种细腻老炼的艺术手法写了出来。"[③]

比较而言，创造社的郭沫若、郁达夫的散文注重情绪的表达。郭沫若散文除了罩上一层牧歌的情趣外，有时还加上一颗诗人的热烈昂扬的心，是青年的美的诗的情趣。他的代表作《月蚀》描写极为细腻，情景交融。郭沫若最擅长写男女纯情的画面，为他人所不能。而郁达夫散文情感更为敏锐纤弱，他的小品多是解剖自己，记录苦闷的心理感受，以及对现实的不满，充分表现出一个富有才情的知识分子在动乱社会的苦闷心怀。他的散文虽是动乱社会的控诉状，但又是最富有才情文华的"诗"。他往往一气呵成，文无定止，充满了新文学自由奔放而婉转细致的美感，极具个性。当时一般少年读者好"冰心体"，正直富有进取心的青年好鲁迅杂文，性情冲淡的人慕周作人的书卷气，而牢骚满腹感情脆弱的青年则直追郁达夫。

新月派徐志摩的散文，却与众不同，别具一格。周作人当年曾这样评价徐志摩散文："志摩可以与冰心女士归在一派，仿佛是鸭儿梨的样子，流丽清脆，在白话的基础上加入古文方言欧化种种成分，使引车卖浆之徒的话进而为一种富有表现力的文章。"[④] 徐志摩的散文是他独特才情的产物，别人是无法学的。他充满丰富想象，他散文中的想象之流真如一双银翅处处闪烁而出。想得那么美，那么自由，那么遥远。他用一颗宁静的心，抓住一个问题的中

① 郁达夫：《中国新文学大系·散文二集·导言》，《郁达夫文集》第6卷，广州：花城出版社，香港：生活·读书·新知三联书店香港分店，香港：三联书店（香港）分店，1983年，第278页。

② 郁达夫：《中国新文学大系·散文二集·导言》，《郁达夫文集》第6卷，广州：花城出版社，香港：生活·读书·新知三联书店香港分店，香港：三联书店（香港）分店，1983年，第277页。

③ 阿英：《〈叶绍钧小品序〉·现代十六家小品序》，《中国现代文论选》第1册，贵阳：贵州人民出版社，1982年，第518页。

④ 肖云主编：《周作人文集·名家名著经典文集》，南宁：广西民族出版社，2000年，第518页。

心，慢慢地生发开去，把问题的每个细胞也同样加以发展再发展。他对抽象的爱、美、自由，有着永远不停追求的兴趣，以致我们读他的散文，常常感到只有那么一点微波的轻烟似的感伤情绪。正如茅盾所说，他的一些散文的确是将圆熟的外形与淡到几乎没有的内容相融和了。全部剩下的，就只有一件纯粹的美丽的情绪性的艺术品。

沿着这条抒情的路，三四十年代有一个散文作家群体也不可忽视，这就是陆蠡、何其芳、丽尼、缪崇群等人的散文。这个青年散文家群体长期局限于学校或亭子间的小圈子生活之内，与社会生活和政治斗争相对处于隔离状态，只从个人经验中感到社会的黑暗，在孤独寂寞的斗室生活中倾向返观内心，捉摸自己的幻想、感觉和情态，力图以自己的艺术世界对抗外在世界的干扰而获得心理上的平衡。因而，他们的内心探索带有更加浓郁的自我表现色彩，更具有个人主观的情感特征。这个群体的散文出了许多名篇，如陆蠡的《竹刀》、丽尼的《黄昏之献》、李广田的《画廊》、缪崇群的《晞露集》等，但成就最高的当推何其芳的散文。他的《画梦录》在中国现代文学史上占有不可替代的位置。整个《画梦录》可以说是孤独者灵魂的独语，内心的梦想，心灵的慰藉。它们以情感的真切、细腻，幻想的空灵、美丽赢得了许多青年的共鸣。何其芳的《画梦录》字斟句酌，精雕细刻，体现了“精致美”的散文风格，提高和丰富了现代美文艺术。

在中国现代散文史上，还有一些作家作品值得一提，这就是郁达夫、朱自清的游记；巴金、孙犁、沈从文的抒情小品。

游记散文在中国向来比较发达，这种文体大致可以分为两类：一类是采风访俗，了解社会的旅行记，如朱自清《欧游散记》、《伦敦杂记》，这些作品的价值最重要的在于描摹景物的精彩、细致；另一类是写景抒怀，摹写自然的山水游记，如郁达夫的某些作品。郁达夫浪迹山水，在写景的同时，往往能折射出漂泊生活的感伤情绪。美丽的青山，快乐的游人常常是作为他抑郁心境的反射，真是青山妩媚，心境悲愁，相反相成，动人心魄！

巴金、沈从文、孙犁也都是散文高手。但三人的文风却有明显不同：巴金文笔酣畅淋漓，感情灼热，一生酷爱美丽的自然，蓬勃的青春和旺盛的生命。他的散文常常能将自然景致、社会批判与生命意识彼此交融，互为渗透创造出一种浑然一体的艺术境界。沈从文的散文与徐志摩有几分相像，思想内容清淡，艺术形式却炉火纯青，但又与徐志摩不同。徐志摩的散文欧化味较浓，而沈从文则几乎不着欧化的痕迹，相反地，他往往能向乡土民风汲取营养，透射出浓郁的地方文化气息，从而赞美纯朴的人情和强悍的生命力。孙犁的散文则清新明朗，往往表现真善美的极致，把艰苦的战争生活写得富有诗情画意，但又不虚套。

报告文学是从散文母体中诞生的。只是到了后来，报告文学成长为一枝独秀。

关于报告文学的萌芽和起源问题，曾有两位专家有过不同的意见：一是叶以群在《抗战以来的报告文学》、《关于抗战文艺运动》等文中主张的，他认为 1931 年的“九一八”事变产生的报告文学作品是它的萌芽，速写，报告，通讯之类“成了战时文艺的主流!”“这种形式……‘九一八’、‘一·二八’以来，就已经开始萌芽”。二是田仲济认为，“至少中国现代文学的发生期的前后已有了萌芽期的报告或类似报告的作品”①。其实，这两种观点都是可取的。

报告文学的奠基作是瞿秋白的《饿乡纪程》和《赤都心史》。这两部作品，以广阔真实的描写和深沉的思考，较好地回答了“以俄为师”这一重大而迫切的现实问题，忠实地记录了一个出身于封建士大夫家庭的青年知识分子在寻求救国救民真理过程中的心路历程。路程、心史，二者相得益彰。

报告文学的主要特征在于它采用文学手法，迅速报导人们所关心的社会和政治生活，将许多的真情实况告诉给广大读者。也就是说，报告文学创作既要具备文学性，又要具备新闻性，二者缺一不可，只有这样，才能充满浓厚的时代气息，具有强烈的群众性和吸引力。

报告文学兴起于左联时期。“左联”成立后，提倡“创造我们的报告文学”。

处于成长期的现代报告文学大体有三种类型：

一是短小、通俗的工农兵大众的文艺通讯。如 1932 年出版的《上海事变与〈报告文学〉》（阿英选编）、《上海的烽火》（《文艺新闻》杂志社）。

---

① 田仲济：《特写报告发展的一个轮廓》，《文学评论集》，济南：山东人民出版社，1980 年，第 64 页。

二是作家的报告文学创作。1936年是报告文学创作丰收年。其间有名的作家作品有：夏衍的《包身工》是一篇形象性和政治性都很强的报告文学作品，哲理性强，为报告文的发展树立了光辉的范本；宋之的的《一九三六年春在太原》，系用“集纳新闻”的手法，融暴露、讽刺和幽默为一体，被茅盾誉为“报告文学的翘楚”。

三是新闻记者的旅行通讯和游记报告。邹韬奋的《萍踪寄语》初集、二集、三集，《萍踪忆语》及范长江的《中国的西北角》（1936）是首屈一指的优秀作品。

旅行通讯和游记报告，是随着新闻采访的盛行而发展起来的。它注重实地考察调查，反映社会风俗民情和斗争风貌，在启发读者对现实斗争的认识方面发挥了作用，它还具有史料性的价值。

报告文学盛行、繁荣于抗战时期和解放战争时期。其尽管可以分成两支，但发展方向是一致的。国统区的作家，追踪战争过程，留下了一批被称为“悲壮凄绝”的战斗和暴露黑暗的作品；而根据地和解放区的作家，则以另一种战斗方式，表现了中华民族争取翻身解放的过程和胜利的欢乐。

综观解放区的报告文学，在总体上有这几个特征：其一，写战争的报告文学展示了历史的风貌；其二，描写新的人物；其三，通俗朴实的风格。

在艺术表现上，抗战时期的报告文学的文体发展大致走向是：由开始的摆脱浓厚新闻通讯色彩，发展到后来的注重写人，直到有意识地移植、借鉴其他文体的表现手法，达到多样化的艺术融合的境地。总之，完成了从报告到文学的转化，奠定了报告文学的文学品格，标志了报告文学这一品种的成熟。

当我们把中国现代散文的发展轨迹做了描述以后，在具备史的感性认识的基础上，再来探讨两个问题，乃是题中应有之旨。其一，什么是散文？它的根本特征是什么？即本体论。其二，散文包括哪些亚类？即范畴论。依我之见，散文的本质特征既不是有人说的是一种与韵文相对的散行文字，也不是在于形散而神不散。散文的特征恐怕就在于自然而然地无限广泛地对生活及其潜在形态的最切近的表现和描绘。它应该没有任何艺术的框框和规范，是一种没有任何既定形式的最高形式。散文实在是最本色的文学艺术。而对散文的范畴应该怎样认识呢？在这一问题上，我赞同林非的观点，即散文应有狭义和广义之分。狭义，专指纯粹抒情性的艺术散文；广义，除小说、戏剧、诗歌之外的其他一切文体。广义散文是基石，狭义散文是建立在这块基石上美丽的缪斯之塔。只有广义散文发展了，为广大群众所掌握，所喜爱，那么狭义散文才会有提高的可能。相反，狭义散文水平提高了，又带动广义散文的提高。两者相辅相成，缺一不可。

# 漫谈周作人的文化人格及其散文的文学史意义*

周作人在新文学运动初期对文学理论和批评多方面的建树，于外国文学广泛的译介以及组织新文学诸多著名的社团、期刊等方面发挥了他人无可取代的作用；但他对中国新文学最可贵的贡献则在散文方面。鲁迅曾把他列为“中国新文学运动以来最优秀的散文家”之首。

## 一

周作人于1885年1月16日生于一个从小康人家坠入困顿的家庭里。他从小就接受了开明的家庭教育，不仅可以自由地阅读文学典籍、野史杂记，而且一向被封建正统教育所排斥的《西游记》等一类的“闲书”也可以随意涉猎。童年和少年时代，他在三味书屋接受了正规的古典文化熏陶。9岁那年，他历经了家庭变故之后的炎凉世态，这心灵的创伤始终萦回其脑际和笔端，使之染上了苦寂、清冷的色调。

周作人的青年时代正处于中西文化碰撞、交融的时代。南京求学、日本留学，既为他打下了牢固的国学和西学基础，又印上了对他影响最深的学说之烙印：他部分地接受了日本文化中清疏有致、略带悲哀的闲适滑稽和宿命等思想，又特别喜爱英国性心理学家和文化评论家蔼理斯的自然主义新性道德观，即微妙地混合取与舍、禁欲与纵欲、自由与节制二重原则等思想，这就使其作品充满了艺术的辩证法：既放又收、既隐又显、既腆又涩。

周作人步入中年以后，声名日益扩大，他寓居学府深院，几乎过着养尊处优的生活。这样的生活经历，为其进行散文创作提供了良好的条件，使他

* 本文原刊于《胜利油田师范专科学校学报》1999年第3期。

获得了悠闲而有闲的心境，并造成他作品的“闲”、“杂”、“淡”等别具风韵的特色。

由周作人的心路历程，我们大体可以看出他的内蕴的文化人格：这是一个诞生于“五四”时期，具有典型的自由主义思想的知识分子，一个在散文创作上建立独特的价值标准的散文大家。五四时期，他是一个复杂的存在：一方面他为《新青年》等刊物撰稿，积极参加文学研究会的发起，弘扬启蒙主义思潮，另一方面他主持新潮社，主编《新潮》杂志，表现其带有极其浓厚自由主义色彩的立场；一方面他力主“思想革命”，另一方面他力倡“人的文学”。其“人的文学”被胡适视为“最平实伟大的宣言”，并认为新文学的一切理论都可以包括在“人的文学”和“活的文学”这两个中心思想里[①]。尽管“五四”文学先驱们获得了一个共识：只有人的文学，才是真的文学。但“人的文学”，可以为社会，为人生，也可以为个人；“人的文学”可阐释为启蒙主义、人道主义文学，也可以引申为个人主义的文学。而周作人对人学则有独特的概括，他认为，“人的文学”乃是建立在个人主义的人间本位主义的基础上的。他强调“从个人做起”，“要讲人道、爱人类，便须先使自己有人的资格，占得人的位置”，“个人爱人类，就只为人类中有了我，与我相关的缘故”[②]。与当时宣扬人学思潮的同行相比，“只有周作人，从文学本体意义上证明了人为文学之中心的现代新文学品格”[③]。

如果说，周作人在人学思潮中已露出自由主义文学端倪，那么1922年他所经营的“自己的园地”无疑则是自由主义文学的一次自觉性的实践。他在逐渐排除个人主义的人间本位主义中利他的一面和文学功利性的同时，强调利己性和个人主义的文学，坚持自由主义文学的批评标准。他特地声明：“我不是研究系，不是教育改进社”，“我不是无政府党或所谓共产党，也不是国民党”，“我的意见是根据我个人的特质加上外来的影响而合成”[④]。这是一种自觉的自由主义者人格立场的表白。五四时期，个性主义成为历史主潮，周

① 胡适：《〈中国新文学大系·建设理论集〉导言》，上海：上海良友图书公司，1935年，第1页。

② 周作人：《人的文学》，见陈寿立编：《中国现代文学运动史料摘编》上册，北京：北京出版社1985年，第29页。

③ 刘川鄂：《周作人与中国自由主义文学》，《湖北大学学报》1998年第3期。

④ 周作人：《答张岱年先生书》，《京报副刊》1925年8月21日。

作人的个人主义、自由主义话语体系表达了历史发展的要求，确立了新文学对人，特别是对个性的人的关怀，并且成功地与小品文创作结合起来，维护了个性解放的时代潮流，是一种历史的进步；但大革命失败之后，周作人仍然坚守个人主义、自由主义的人格立场，这不仅是历史的退步，并且还隐含着他走向悲剧的因子。由此，我们可以揭示周作人的人格类型：这是一个不乏激进，不乏入世，但其本质上则是一个激烈得快也平和得快的自由主义者，是一个同现实保持距离，具有隐逸底色的现代名士、绅士。

## 二

作为散文大家的周作人，对中国现代散文的独特性贡献，从文学史的发展来看，主要表现在：

其一，周作人是现代“美文”理论的倡导者，同时也是“美文”创作的实践者和成功者。1921 年 6 月 8 日，周作人在《晨报副刊》上发表了《美文》。作者指出：“外国文学里有一种所谓论文，其中大约可以分作两类。一批评的，是学术性的。二记述的，是艺术性的，又称作美文……但在现代的国语文学里，还不曾见有这类文章，治新文学的人为什么不去试试呢?”按我们的了解，周作人所说的“美文”，即是指艺术性较强的小品文，这中间叙事、抒情的因素比较明显，而不是如文学批评等专门议论、论证的文章。这种“美文”要有思想，但这种思想要用艺术性的笔调表现出来。在周作人的影响下，现代文学史上出现了一个专事美文创作的队伍，一大批各具艺术个性的美文精品，成为中国散文园地中一道亮丽的风景线。周作人的倡导加上一批散文家的创作实践，其意义十分重要。它不仅意味着中国现代散文由议论向抒情、叙事转变的开始，而且也意味着中国现代散文由单纯的思想内容的借鉴西方转变为从内容到形式的全面借鉴西方小品文优秀艺术营养的开始；更重要的是，它确实为中国现代艺术性小品文的极度发达起了引导的作用。这样说并不过分。只要翻阅周作人等这批散文家所写的小品文章，就可以发现，这些小品文熔铸了中西散文家宝贵的经验，寄寓了作家深层的文化、心理和人格投影。如果要研究这些作家心灵的秘密，解剖他们的“美文”是绝不可少的。左翼批评家阿英曾指出：“周作人的小品文，在史的发展上，我们是不能不予以重大估价的。”①

其二，周作人是中国现代闲适派（或称言志派）散文流派的开拓者。如果说鲁迅的散文小品是“匕首”，是“投枪”，“能和读者一同杀出一条生存的血路的东西”②，是讽刺派散文的宗匠，那么周作人则开创了闲适、冲淡的小品文体，成为闲适派散文的大家。闲适派散文流派滥觞于20年代，在周作人的带动下，经林语堂、梁实秋等人的大力提倡，是贯穿于整个现代文学进程的一种散文小品样式。周作人对闲适派散文的建树主要表现在下列两个方面。众所周知，闲适和幽默是现代小品文的重要特征，更是闲适派散文的灵魂。由周作人的创作心态和文艺美学观所决定，周作人闲适散文的最大特征就是含有一种忧患的苦寂、清冷的涩味。身处乱世年头，避居于苦茶庵，周作人貌似平淡洒脱，其实内心苦不堪言。他说：“中国是我的本国，是我歌于斯哭于斯的地方，可是眼见得那么不成样子……在这种情形里平淡的文情哪里会出来，手底下永远是没有，只在心目中尚存在耳。”③ 他并未完全消泯伤时忧国之心，只是带着几分对民族、历史和自我的宿命的失望与感伤，却又苦中作乐，携着“寂寞的不寂寞之感”④ 于冥冥苦思中闲然度日罢了。其幽默与此相关联。他说对人生现实“只以婉而趣的态度对付之，此所谓闲适亦既是大幽默也”⑤，这种幽默染上了几丝雍容、清涩、通达、高远的色彩，显得自然而和谐。

另外，在语言风貌和文体笔调方面也显现出周作人独有的创造。文体笔调与语言风貌是密不可分的，作家只有通过特定的语言组合和表达方式，才能把自己的全部才情与思想转化为一种特定的文体笔调。然而，两者又都与作者的艺术哲学思想和创作方法等紧密相关，是作家赖以与世界对话的特定的艺术形式。周作人认为散文“必须有涩味和简单味这才耐读”，同时要“有

① 钱杏邨：《现代十六家小品序》，《中国现代文论选》（一），贵阳：贵州人民出版社1982年，第506页。

② 鲁迅：《小品文的危机》，《鲁迅全集》第4卷，北京：人民文学出版社，1996年，第577页。

③ 周作人：《自己的文章》，刘应争选编：《知堂小品》，西安：陕西人民出版社，1991年，第379、381页。

④ 周作人：《文载道文抄序》，《知堂书话》（下），海口：海南出版社，1997年，第984页。

⑤ 周作人：《自己的文章》，刘应争选编：《知堂小品》，西安：陕西人民出版社，1991年，第379、381页。

知识与趣味的两重统制"[①]，并从蔼理斯那里领悟了"自由"与"节制"统一的辩证规律，表现在文体笔调方面：既舒缓雍容，又纯净简洁，既自由畅达，又节制有度，既淡雅清冷，又奇警丰腴，既质朴端庄，又隽永豪华，既"说自己的话"[②]，又不忘是对读者说话……创造了隽永明净的闲谈文体笔调。在语言方面，他主张"采纳方言"、"采纳古语"、"采纳新名词"[③]，总之，他"以口语为基本"[④]，杂糅调和古今中外一切书面和口头语言因素，形成了简洁明快、朴素自然又不失雅致诙谐、闲适平和的语言风格；这使其情感气质及审美理想准确真实地得到了表现。

## 三

有人统计，周作人一生创作，除30多首新诗和200来首旧体诗外，其余全是散文。他的散文创作长达47年。无论从数量还是质量来看，周作人无疑是名实相符的散文大家。

评析周作人散文特别需要联系其思想状况来考察。周作人思想的最大特点是集各种矛盾思想于一身。这是因为，他既不是左翼作家也不是右翼文人，处于革命与反革命之间，因此，常常受到两面夹击。这种复杂的政治思想决定了其内心势必存在各种矛盾冲突，如他自己所说的："叛徒"与"隐士"，流氓鬼与绅士鬼，利他与利己，入世与出世，兼济天下与独善其身，十字街头与象牙之塔，纵欲与禁欲，风吹月照与呵佛骂祖，中庸与圣像破坏，文学有用与文学无用，深刻与飘逸，豪华与清涩等等。按理说，集如此多的矛盾于一身，思想上该经受着多大的分裂和斗争，心灵深处该经受着多大的撕扯和冲撞的绞痛！然而，周作人却保持着出奇的平静、沉静。尽管他反复地解剖着自己，但从未有过鲁迅自我解剖时所具有的那种精神的痛苦和颤栗，这

① 周作人：《〈燕知堂〉跋》，刘应争选编：《知堂小品》，西安：陕西人民出版社，1991年，第219页。

② 周作人：《再谈俳文》，钟叔河选编：《周作人文选》（1937—1944），广州：广州人民出版社1995年，第155页。

③ 周作人：《国语改造的意见》，《国语月刊》，1922年第10期。

④ 周作人：《〈燕知堂〉跋》，刘应争选编：《知堂小品》，西安：陕西人民出版，1991年，第219页。

不能不归“客串”于诸种矛盾之间的调节器——以自我为中心的中庸思想。中庸制约着这些矛盾因素，把它扭结在“个人”的底座上。他在于自己有利无险时，则兼济天下，于自己不利有险时，就钻进象牙之塔。这种思想的宗旨就是周作人的个人主义的人间本位主义。把握住这一点，再来研读周作人的散文就看得比较清楚了。周作人这代知识分子，曾亲自经历了中日甲午战争失败，同时也强烈地感受着几千年封建专制所造成的精神痛苦，所以他们渴望从西方寻找个性解放的道路，极力反对封建专制制度。这在五四时期，确实是中国思想文化界的主潮，即以个性主义反对蒙昧的封建主义。这一主潮在周作人那里表现为，以个人主义的人间本位主义，反对封建专制思想、文化，这在他前期的散文中特别是杂感文中得到了充分的表现。他的《祖先崇拜》《感慨》《天足》《随感录·三十四》《资本主义禁娼》等文，抨击封建伦理道德，提倡“儿童本位”观，主张妇女解放、人格独立。《读〈孟子〉》《古书可读否的问题》等，抨击了种种复古谬说。《碰伤》《前门遇马队记》等文，巧妙地揭露军警的屠杀政策，矛头指向反动军阀。《排日平议》《日本人的好意》等文，揭露日本帝国主义者包藏的祸心。其风格也确实是“浮躁凌厉”的！这是周作人前期散文思想艺术的特点。

但是，大革命失败之后，政治风云变幻，阶级斗争加剧，民族“救亡”主题被提到十分突出的地位。此时此刻的周作人仍然沉浸于利己主义的个人本位观，而不是像鲁迅那样，把个性解放与民族解放结合起来，这样他势必会从社会历史运动的主潮中游离出来，造成民族意识淡化，群体意识淡化，从而形成“苟全性命于乱世是第一要紧”[①] 的极端个人主义哲学。难怪，当抗日烽火燃及自身，个人生命受到威胁时，为了“得体地活着”，周作人竟不惜以巨大而让人心痛的沉重代价作出了背叛性的选择——他变节了。这时期的散文，即他后期的散文，从内容上看，主要是闲适性散文，大体上有这样几个特点：一是回避政治，二是注重自我生活情趣，三是闲谈草木虫鱼，提倡闲适幽默。周作人明白地宣示：“我们于日用必需的东西以外，必须还有一点无用的游戏与享乐，生活才觉得有意思。我们看夕阳，看秋河，看花，听雨，闻香，喝不求解渴的酒，吃不求饱的点心，都是生活上必要的——虽然

① 周作人：《闭户读书论》，《知堂文集》，上海：上海书店，1981 年，第 29、34 页。

是无用的装点，而且是愈精炼愈好。”① 他后期散文的风格总体倾向是平和冲淡的。

当我们简略地勾画了周作人散文思想内容和艺术风格前后期变化的轨迹后，必须指出，正如阿英所说：“周作人的小品文，在给予读者影响方面，前期的是远不如后期的广大。”② 大体说来，周作人的散文可分两类，一类是正经文章，一类是闲适文章。前期以正经文章为主，后期以闲适文章为主。前期的散文，其思想意义与社会作用显然更加积极；然而，后期散文却真正地显示了周作人创作个性，并成为他对中国现代散文艺术的独特贡献。因此，我们在探讨周作人散文审美艺术成就时，当以闲适散文为主。

## 四

周作人散文小品在艺术风貌方面为中国现代散文史提供了哪些独特的新质呢？这是一个有待深入挖掘的问题。

周作人散文的第一个特点是平和冲淡，而平和冲淡中寓有不平的一面。

其实，周作人前、后期散文还是存在着统一的一面的。他前期浮躁凌厉的小品及文风同鲁迅“匕首”、“投枪”式的杂文风格完全是不同的，尽管两人的文章都是反对旧文化的。周作人散文更多地呈现出平和冲淡的风格。这平和冲淡首先又是情感表现上的平和冲淡。

周作人自称是一个极缺少狂热的人。他散文中表现情感往往不是以大波大涛、大憎大爱的激烈形式，而是以节制、平和的方式表现出来。现代散文史上相似的作家可以举出不少，但很难找得出第二个作家能够写得如此清淡平和的小品文章。其原因是，周作人自幼熟读四书五经，并深受它的熏陶，同时笃信佛、道自然主义思想。儒家思想的影响，佛、道精神的感染，养成他不爱热闹，喜欢清静。另外，儒教和自然主义美学追求，又养成他中庸平和的性格特征。他自己说过：“人的脸上固然不可没有表情，但我想只要淡淡

---

① 周作人：《北京的茶食》，刘应争选编：《知堂小品》，西安：陕西人民出版社，1991 年，第 56 页。

② 钱杏邨：《现代十六家小品序》，《中国现代文论选》，贵阳：贵州人民出版社，1982 年，第 506 页。

地表示就好。"[1] 又说："我的学问根底是儒家的，后来又加上些佛教的影响，平常的理想是中庸。"[2] 因此，他总是用高度的理智克制心中涌现的炽热感情，化汹涌为平和，变冲动为宁静，使作品具有怨而不怒、哀而不伤的美学风格。这从《初恋》一文可以明白看出。关于初恋的回忆，通常总是浓浓的，描写初恋的姑娘总是美美的。但周作人在《初恋》中却是淡淡地加以表现，"自己的情绪大约只是淡淡的一种恋慕"，那女孩的容貌并非美艳绝伦，"仿佛是一个尖面庞，乌眼睛，瘦小身材，而且有尖小的脚的少女，并没有什么殊胜的地方"，结尾说到意外地听到那个姑娘死于霍乱的噩耗时，作者这样写：

我那时也很觉得不快，想象她的悲惨的死相，但同时却又似乎很是安静，仿佛心里有一块大石头已经放下了。

这是智者对于平凡的人间的淡而深的情感，表面上是淡淡的，其间却能让人回味无穷。这就是周作人散文平和冲淡的一面，但周作人的现代小品里也往往寄托了不平的一面，正如他所说的："戈尔尔特堡（IsaaoGold - berg）批评蔼理斯（Hare - LoekEllis）说，在他里面有一个叛徒与一个隐士，这句话说得最妙：并不是我想援蔼理斯以自重，我希望在我的趣味之文里也还有叛徒活着。"[3] 实际情况是，周作人的闲适散文不是通篇闲适到底的，多半表现为"闲"而"不适"。比如《苋菜梗》一文中大都可以归于闲适内容，最末一段由"人常咬得菜根则百事可做"的格言，引出了一段中国青年缺乏吃苦精神的感慨之论，这就由闲适升华为正经之论了。这样看来，周作人散文艺术表现上是平和冲淡的，而其内质还寓有不满之气，不平之愤。这看似矛盾的两面，通过周作人式的"中庸"而统一了。正如有的研究者所指出的："他的审美理想和艺术风格是在平淡和不能平淡——或者说在正经和闲适之间，保持艺术的张力，其它种种变化都是围绕着这个中心派生出来的，其根本的审美法则就是节制。"[4] 这是切中肯綮的深刻之论。

周作人散文的第二个特点是幽默诙谐。

---

① 周作人：《金鱼》，钟叔河选编：《周作人文选》（1898—1929），广州：广州人民出版社，第8页。

② 周作人：《两个鬼的文章》，刘应争选编：《知堂小品》，西安：陕西人民出版社，1991年，第536页。

③ 周作人：《泽泻集·序》，《知堂书话》（下），南海：海南出版社，1997年，第1569页。

④ 黄开发：《知堂小品散文的文体研究》，《中国现代文学研究丛刊》1994年第4期。

郁达夫在《〈中国新文学大系〉散文二集导言》中说："鲁迅的辛辣干脆，全近讽刺，周作人的是湛然和蔼，出诸反语。"郁达夫是从鲁迅和周作人笔下所表露的两种不同色彩和特点的幽默味展开分析的。周作人早年针砭时弊的文章，虽不乏讽刺的笔墨，但更多的是以幽默味表现之，通过寓庄于谐，寓谐于庄，庄谐并出的艺术手腕表达自己的感情倾向。如《古书可读否的问题》一文阐述了对待古书不要一概排斥，而须"判分事理的曲直"、"辨别味道的清浊"，再加以吸收利用的道理。无疑，文章的主旨和立意是庄重严肃的，但作者对反对意见进行驳论时，不凭借理念式的分析，而是或出于反语，或以轻松的嘲谑代替说理，在庄重之中含有时隐时显的"幽默味"。如有人反对淫书，理由是"一见《金瓶梅》三字就要手淫"。作者是这样反驳的：

诚然，旧书或者会引起旧念，有如淫书之引起淫念，但是把这个责任推给无知的书本，未免如蔼理斯所说"把自己客观化了"，因跌倒则打石头吧？……禁书……总是最愚劣的办法，是小孩子，疯人，野蛮人所想的办法。

贴切的引用，生动的比喻，把道理说得深入浅出，令读者接受作者所说的道理的同时，还得到诙谐、幽默的艺术享受。

再看《前门遇马队记》一文。它是记叙1919年"六三事件"的。据作者的文章说，那一天几乎被马踏死，其愤激之情可以想见。但周作人在这篇散文中却轻描淡写，既没有关于爱国青年慷慨悲壮的演说，也没有对制造暴行警察的声讨。作者就仿佛是在与友人叙家常一样，心平气和，娓娓而谈："那马是无知的畜生，他自然直冲过来，不知道什么是共和，什么是法律。但我仿佛记得那马上似乎也骑着人，当然是个兵士或警察了。"从表面上看，马确实不知共和，不知法律，细一究，这乱冲的马还不是警察指使的！这就暗示了我们，警察就像马一样，是个无知的畜生。这就是周作人式的幽默诙谐。

周作人说："我很看重趣味，以为这是美，也是善，而没趣味乃是一件大坏事。这所谓趣味里含着好些东西，如雅、朴、涩、重厚、清朗、通达、中庸、有别择等，反是者都是没趣味。"① 周作人散文讲究趣味，同时更讲究"思想宽大，见识明达，趣味渊雅，懂得人情物理"② 式的机智。趣味与机智

---

① 周作人：《笠翁与随园》，刘应争选编：《知堂小品》，西安：陕西人民出版社，1991年，第336页。

② 周作人：《谈笔记》，刘应争选编：《知堂小品》，西安：陕西人民出版社，1991年。

两者结合，就形成了诙谐幽默。当然，必须指出，周作人幽默有时也流于玩弄和宿命。

周作人散文的第三个特点是含有苦涩的韵味。

应该说，周作人的一生是苦涩的一生。他貌似闲适平淡，其实内心并不能真正彻底做到这一点。那是不得已而为之的，他内心深处是寂寞的。他的散文可以说是他寂寞内心的情感符号。面对纷乱动荡的世界，周作人想走一条隐逸的道路，但是，正如中国历代隐士文人一样，这种隐逸却是非常苦涩的。现实往往逼着他或者往左走，或者往右走；要走一条中间道路，实在左右为难而且最终也是办不到的。这就是根本性的矛盾，也是他人生苦涩的根源。他的散文无时不折射出这种苦涩的情感。周作人在追求苦涩味的时候，又常常与“简单味”结合在一起加以提倡，可见这已作为其一种审美情趣并有意熔铸在他的散文创作之中。比如在他写的《故乡的野菜》《鸟声》《乌篷船》等各篇中，从淡淡的、缓缓的笔调中，我们总能体味到几丝清淡的苦味。他后期写的散文，我们从其隐隐忧郁之中所体味出的苦涩味更加浓厚也更加晦涩了。对此，周作人曾说过：“拙文貌似闲适，往往误人，唯一二旧友知其苦味。”① 周作人散文中的苦涩味，因其文化含量的丰厚，不仅耐读耐寻味有生命力，而且加深了散文表现的内涵，拓宽了散文审美领域，为散文创作开辟出一方新的领域。

我们若把周作人的散文创作作为一个整体来观照，那么，可以这样来概括：它既有古典风味，又有现代气韵，既有中国名士风，又有外国随笔风，规范与不规范，单纯与复杂，传统与现代杂糅互渗，创造了一个别具一格的散文艺术世界，周作人也因此成为现代散文史上引人注目的大家。

① 周作人：《药味集 · 序》，《知堂书话》，海口：海南出版社，1997 年，第 1631 页。

# 试论闲适派散文*

## ——兼及周作人、林语堂、梁实秋散文之比较

### 一、闲适派散文的发展嬗变

周氏兄弟不愧是现代散文的鼻祖，他们分别为现代散文开创了两条不同的重要的道路。如果说鲁迅散文小品是“匕首”，是“投枪”，“能和读者一同杀出一条生存的血路的东西”①，是讽刺派或载道派散文的宗匠，那么周作人，这个中国新文学史上最大的散文家②，则开创了闲适、冲淡的小品文体，成为闲适派散文的大师。可以说，这是现代文学最重要的两大散文流派。

所谓闲适派散文，就是在周作人的影响下，经林语堂、梁实秋的大力倡导和发扬，贯穿于整个现代文学进程的一种散文小品样式。该流派最早滥觞于20年代。周作人曾于1921年5月在一篇叫《美文》的散文中正式提出“美文”的概念，并呼吁“希望大家卷土重来，给新文学开辟出一块新的土地来”。之后，他自己也一直身体力行，孜孜于“美文”创作。《语丝》后期，周作人作为“叛徒”的浮躁凌厉之气渐渐消退，作为“绅士”的隐逸之风日渐抬头。虽然他仍一如既往，“用平淡的谈话”进行美文制作，但已削弱了前期“深刻的意味”。就是说，其美文从思想到形式正滑向闲然幽默的一面，与

---

* 本文系著者和研究生吴秀亮合作撰写，刊发于《聊城师范学院学报》（哲学社会科学版）1993年第2期。

① 鲁迅：《小品文的危机》，《鲁迅经典杂文集》，长春：吉林出版集团有限公司，2010年，第177页。

② 这是鲁迅关于现代散文家的评论，参阅舒芜：《周作人的散文艺术（上）》，《文艺研究》1988年第4期。

《语丝》的另一旗手鲁迅那种“辛辣干脆，全近讽刺”能以“寸铁杀人”[①] 的散文小品大异其趣，成为闲适派散文的雏形。

闲适派散文的真正发达时期是在30年代，其代表就是周作人和林语堂。在他们的影响下，陶亢德、废名、俞平伯、徐许、毕树棠、老向等围绕《骆驼草》《宇宙风》《人间世》等杂志，创作了“一大批平和冲淡、悠然闲适的散文小品”。由于他们“讲究生活的趣味，讲究个人的好恶，讲究身边的琐事”，故又有人称之为“言志派”[②]。与周作人一样，《语丝》时期的林语堂并不是严格意义上的闲适作家，但到《语丝》后期，其作品也染上了闲适的气度。30年代，周作人小品文的闲适风格已经成熟，并构成了与鲁迅战斗杂文双峰对峙的态势。这很快就被正在转换方向之中的林语堂看中，并把周作人小品奉为“性灵”派文学的典范。

不但创作上如此，林氏“性灵”文学的理论也受周作人启发。周氏曾多次指出现代小品与宋、明、清名士派文章很接近，只“加上了一点西洋的影响，使它有一种气息而已”[③]。林语堂受此启发，分外惊喜（“近来识得袁中郎，喜从中来乱狂呼”[④]）。由此，他才把袁中郎、克罗齐扭在一块，把中国的道家派与西方的表现派融为一体，且找到了西方幽默论在中国文学中的例证，既鼓吹幽默文学，又提倡“以自我为中心，以闲适为格调”的闲适小品。至此，闲适小品思潮一度高涨。有趣的是，被尊为小品文之王的周作人，在这股文艺思潮的推动下，从1933年开始到1937年为止的四年多时间里，出了七本文集，创造了小品文高产的新纪录。两人遥相呼应，把闲适派散文推向了高潮。

与此同时，闲适派散文的繁荣状态下也潜伏着严重的危机。在“风沙扑面、虎狼成群的时候，谁还有这样多闲工大，来赏玩琥珀扇坠、翡翠戒指呢?”[⑤] 国难当头的现实决定了它无法长久兴盛。随着林语堂赴美、周作人变

① 郁达夫：《〈中国新文学大系〉散文二集导言》，《郁达夫文集第六卷》。广州：花城出版社；香港：三联书店香港分店，1983年，第256页

② 朱自清：《论严肃》，《中学图书馆文库，标准与尺度》，北京：生活、读书、新知三联书店出版社2012年，第37页。

③ 这是周作人于1926年5月给俞平伯的信，参阅李景彬：《周作人评析》，西安：陕西人民出版社，1986年，第193页。

④ 林语堂：《四十自叙诗》，《论语》第49期。

⑤ 鲁迅：《小品文的危机》，《鲁迅经典杂文集》，长春：吉林出版集团有限责任公司，2010年，第176页。

节，闲适派散文事实上正飞速地走下坡路。然而，它并未绝迹，其遗风却被另一位同样享有赫赫声名的文人所承传，他就是梁实秋。

梁实秋于1939至1947年间创作的散文小品集《雅舍小品》曾风行一时，至今发行50余版，居中国现代散文发行之首位。之后，梁氏散文创作一发而不可收。朱光潜先生当时曾致信梁实秋："大作《雅舍小品》对于文学的贡献在翻译莎士比亚的工作之上。"① 其影响似可与当年周作人、林语堂相提并论，无愧为后期闲适派散文的代表。

## 二、闲适派散文的三种不同样式

闲适派散文几乎贯穿于整个现代文学史。周作人、林语堂（在鲁迅看来，林氏散文仅次于周作人②）和梁实秋无疑代表了该派的最高成就，而且也分别代表了该派三种不同特征的样式。从散文的美学理想及其审美意识来看，西方表现主义与中国佛道自然主义审美意识的契合、西方古典主义与中国儒家审美意识的契合，两者融合互补，构成了周作人式散文的主要美学特征，其中稍侧重于前者；周作人这种中西合璧、儒道释合流的审美意识在林氏、梁氏散文中都可找到，但林氏、梁氏散文的审美意识又倚重于其中的某一侧面。西方表现主义与中国道家审美意识相契合，构成了林语堂式散文的主要美学特征；西方古典主义与中国儒家审美意识相契合，构成了梁实秋式散文的主要美学特征。闲适派散文的这三种不同样式，具体说来又有如下之差异（此仅以周作人、林语堂、梁实秋为例，因为流派的主要审美特征及其嬗变很大程度上取决于其代表作家）。

**（一）不同的心路历程，不同的审美风格**

"风格即人"，散文犹是如此。对于一个作家来说，童年时的情感记忆、青少年时的文化教育、中年时的人生际遇，是决定其创作心态的最重要的三个转折点。闲适派散文大多是作家中年之后的产物，要辨析其作品审美风格，首先就得对其心路历程作一番比较考察。从童年生活来看，周氏降生于"从

---

① 梁实秋：《雅舍小品合订本》，正中书局，1966年。

② 这是鲁迅关于现代散文家的评论，参阅舒芜：《周作人的散文艺术（上）》，见《文艺研究》1988年第4期。

小康人家坠入困顿”之家，亲临世态的炎凉，因而心灵的创伤始终左右着其作品，使之带上苦寂、清冷的色调。相反，林氏却在“亲情似海”① 的基督教家庭度过，深受父亲“不可思议的理想主义”和“幽然成性”的“乐天派”言行的熏陶②，因此其作品携有一种“悠然”、“放逸”的情韵。梁氏自幼长于北平的“一个古老的家庭”③，深受传统伦理习俗与艺术趣味感染，其作品更趋古雅和端庄。从青少年时的教育来看，对他们影响最深的学说各不相同。周氏部分地接受日本文化中清疏有致、略带悲哀的闲适滑稽和宿命等思想，又特别喜爱英国性心理学家和文化评论家葛理斯的自然主义新性道德观，即微妙地混合取与舍、禁欲与纵欲、自由与节制二重原则等思想，这使其作品充满了艺术的辩证思想：既放又收、既隐又显、既腴又涩。而林氏梁氏对英语文学更为接近，一个信奉浪漫表现派如斯加平恩学说，一个推崇新人文主义和古典主义如白璧德学说；一个作品随意、畅快，一个作品节制、严肃。从中年人生遭际来看，周氏寓居学府深院，闲然博学而木讷，造成了作品的“闲”与“杂”。林氏翻译创作一直顺利，是新文坛上的经济“暴发户”，因而可以高枕无忧地大谈“闲适”、“幽默”，大讲“性灵”、“自我”，不愿涉足左右两翼文坛。梁氏自回国到抗战，其文艺观可以说连连碰壁。加之抗战爆发，一度与妻子儿女久别六年，倍尝人间酸辛，超然出世、独善其身的清静和无为亦侵入了其作品，显示出轻淡闲适的一面。

**（二）不同的闲适，不同的幽默**

闲适与幽默无疑是闲适派散文两个基本特征，但是作家心态及文艺美学观的差异又使他们散文呈现出不同的闲适和幽默。这是区别闲适派散文各种不同样式审美个性差异的又一个重要标志。周作人闲适的最大特征就是含有一种忧患的苦寂，清冷的涩味。身处乱世年头，避居于苦茶庵，周作人貌似平淡洒脱，其实内心苦不堪言。他说：“中国是我的本国，是我歌于斯、哭于斯的地方，可是眼见得那么不成样子，平淡的文情哪里会出来？手底下永远是没有，只在心目中尚存耳……”④ 他并未完全消泯伤时忧国之心。只是带着

---

① 林语堂，李辉主编：《八十自叙》，《林语堂自述》，郑州：大象出版社 2005 年，第 76 页。

② 林语堂，李辉主编：《八十自叙》，《林语堂自述》，郑州：大象出版社 2005 年，第 76 页。

③ 梁实秋：《清华八年》，《清华老讲座》，北京：当代世界出版社，2012 年，第 2 页。

④ 周作人：《自己的文章》，刘应争选编：《知堂小品》，西安：陕西人民出版社，1991 年，第 379、384 页。

几分对民族、历史和自我的宿命的失望与感伤，却又苦中作乐，携着“寂寞的不寂寞感”[①] 于冥冥苦思中闲然度日罢了。其幽默与此相关联。他说对人生现实“只以婉而趣的态度对付之，此所谓闲适亦既是大幽默也”[②]。这种幽默染上了几丝雍容、清涩、通达、高远的色彩，显得自然而和谐。而林语堂散文的“闲适”与“幽默”则更带有自觉追求的意味。向现代文坛输入“幽默”，疾呼“闲适”是林氏颇为得意的两件事，与其提倡“性灵”，强调“自我”表现的美学观一脉相通。林氏的“闲适”，既指内容上的闲适，即如“在人生途上小憩谈天，意本闲适，故亦容易读出人生味道来”[③]，反对“说者必须剥夺文学的闲情逸致，使文学成为政治附庸而后称快”[④]；又指表现上的“闲适”，即语出“性灵”，表现“自我”，“无拘无碍”，“化板重为轻松，变严谨为幽默”，“其幽默与闲适不可分离”，有时几乎可以互为置换。他认为，“真有性灵的文学，人人最深之吟咏诗文，都是归返自然，属于幽默派，超脱派，道家派的”[⑤]。可见，林氏“幽默”比周氏少些苦味和忧患，显得自如轻松、无拘无束，仿佛温厚超脱而略带油滑。与林氏不同，梁实秋散文的闲适与幽默与其古典主义文艺观密切相关。梁氏认为文学不在表现自我，亦不在乎宣传而在于表现普遍的人性；文学与道德紧密相连，情感要由理性驾驭，做到节制与适度。梁氏散文的闲适在内容上表现为对“人性”的特别关注，尤其是在道德、伦理方面，而舍弃文学对阶级压迫民族抗争等社会重大事件的表现。因此，其散文小品大多是《男人》《女人》《鸟》《狗》《下棋》《写字》《旅行》《运动》《理发》等凡人凡事。梁氏散文闲适还表现为自得其乐自我排解的雅趣，常以超功利审美态度观照人生的方方面面，无论何种处境，仿佛都能找出诗意，不怨天尤人，显示出一种达观从容的闲适，虽略带一丝凄清，却不会让人感受到人生的惨痛与悲哀。其幽默显得严肃而雅致、毫无油滑气息，常于彩笔间闪烁智慧、谐趣自然流出，行文自成幽默，显得巧妙而富韵味，人们读完之后不知不觉地又会领悟到其中的酸甜苦辣，亦庄亦谐，雅俗共赏，自成一格。

---

① 周作人：《文载道文钞序》。

② 周作人：《瓜豆集·自己的文章》，北京：北京十月文艺出版社，2012年。

③ 林语堂：《再与陶亢德书》，见《论语》第38期。

④ 林语堂：《说〈宇宙风〉》，《读书的艺术》，长春：吉林摄影出版社，2003年，第1198页。

⑤ 林语堂：《论幽默》，《林语堂选集》，福州：海峡文艺出版社，1988年，第146页。

**（三）不同的语言风貌，不同的文体笔调**

语言风貌和文体笔调也是闲适派散文的重要特征。其中，周作人、林语堂、梁实秋各有自己语言和文调特色，分别为现代散文艺术作出了自己独特的创造。

文体笔调与语言风貌是密不可分的，作家只有通过特定的语言组合和表现方式，才能把自己的全部才情与思想转化为一种特定的文体笔调。然而，两者又都与作者的艺术哲学思想和创作方法等紧密相关，是他们赖以与世界对话的特定的艺术形式。

周作人认为散文“必须有涩味和简单味这才耐读”，同时要“有知识与趣味的两重统制”①，并从葛理斯那里领悟了“自由”与“节制”统一的辩证规律，表现在文体笔调方面：既舒缓雍容又纯净简洁，既自由畅达又节制有度，既淡雅清冷又奇警丰腴，既质朴端庄又隽永豪华，既“说自己的话”② 又不忘是对读者说话……创造了隽永明净独特的闲谈文体笔调。在语言方面，他主张“采纳古语”、“采纳方言”、“采纳新名词”③。总之，他“以口语为基本”④ 杂糅调和古今中外一切书面和口头语言因素，造成了简洁明快、朴实自然又不失雅致诙谐、闲适平和的语言风格，使其情感气质及审美理想准确真实地得到了表现。比较而言，林语堂的文体笔调更追求自然而又娓娓而叙的“谈话风”，行于所当行，止于所不得不止；更注重饱满的气势，轻快、清新的笔调，一气呵成的节奏；会心可信的真诚；不为俗套所拘，不为章法所役，清顺自然，情调深远，近于幽默，达到“似俚俗而实漫长，似平凡而实闲适，似索然而实冲淡”的艺术效果。语言更为平实晓畅与浅近，更多地注重从口语中提炼生动自然的语言，更喜欢幽默亲切的风味，追求一种“如闻其声”、“如见其人”、“似连贯而未尝有痕迹，似散漫而未尝无伏线”⑤ 的自然节奏的语言，但也撷取文言中活的材料。

---

① 周作人：《〈燕之草〉跋》，刘应争选编：《知堂小品》，西安：陕西人民出版社，1991 年，第 219 页。

② 这是周作人对蒙田·兰姆随笔的概括，见周作人：《再谈俳文》。

③ 周作人：《艺术与生活·国语改造的意见》，北京：北京十月文艺出版社，2011 年，第 52 页。

④ 周作人：《〈燕之草〉跋》，刘应争选编：《知堂小品》，西安：陕西人民出版社，1991 年，第 219 页。

⑤ 林语堂：《小品文之遗绪》，《现当代名家作品精选·林语堂作品珍藏版》武汉：长江文艺出版社，2012 年，第 356～360 页。

与前两者又有不同，梁实秋的文体笔调与语言风貌深受古典文学观的影响。他强调“散文的美妙多端，然而最高的理想也不过是‘简单’二字而已”[①]。但这“简单”要经过“审慎选择”和“割爱”。因此，他的文体笔调更为古朴、简洁与劲健，温柔敦厚，风趣隽永，但又严肃畅达，井然有序。篇幅短小精悍，取材信手拈来，却能层层剥示，娓娓展露，适可而止。行文常旁征博引，无论古今，却又超然挺拔，风姿楚楚。文章语言更多是雅健古语，或婉丽，或机趣。句式整散错综，语气抑扬顿挫。他说：“现代人写不好文言文，文言文需要语体化，以求其明白晓畅，而语体文亦需要沿用若干文言的语法，以求其雅洁。”[②] 文言语体化使梁氏散文语韵丰润、文法缜密、格调优雅、表述洁净，显然比周氏林氏更古朴、更节制、更华丽、更简扼。

## 三、闲适派散文的共性特征

闲适派散文虽然存在着三种不同的样式，但是这三种样式又有一致的文艺美学思想、创作心态和文化意蕴，他们构成了闲适派散文的共性特征。

**（一）从创作主体的文艺美学思想来看，主宰该派作家的是超时代、超政治、近人生的文艺观点**

闲适派散文家大多是学贯中西的“五四”一代知识分子，深受资产阶级人文主义思想的熏陶，追求个性的独立自由和享乐，追求个性解放、个人的价值，对政治似有意回避。即使“风沙扑面，虎狼成群”，他们仍躲进“象牙之塔”，谈草木虫鱼、讲性灵幽默、观人性百态，以出世的精神做着入世的事。当动荡、激剧的时代现实逼着这些文艺家必须作出文艺政治化或文艺非政治化的选择时，他们显然选择了后者。作为中国资产阶级文艺理论的三位重要代表，他们的文艺主张曾在反封建文学方面具有一定积极的作用。但随着社会时代的变化，特别是“五四”退潮、大革命失败以后，他们都没有像鲁迅那样吸取俄苏文艺营养，进行方向转换，完成文艺观的改造，而是依然故我，文艺观还是固执地停留于“人的文学”的时代。尽管三者具体文艺见

① 梁实秋：《论散文》，俞之桂主编：《中国现代散文理论》，南宁：广西人民出版社，1984年，第35页。

② 引自季季：《访谈梁实秋先生》，见台湾《中国时报》，1986年11月20日。

解并不一致，但都主张文艺是超时代、超政治的。周作人曾说创作“是一种非意识的冲动，几乎是生理上的需要，仿佛是性欲一般”，把文艺的功利律斥之于艺术规律之外。林语堂则反复叫嚷文艺是“超政治”的，因而把超政治、超功利、超时代的克罗齐引为知音。梁实秋则持文艺“没有阶级性”、文艺不表现时代精神、无所谓“革命文学”等观点，把文学看作是固定的、普遍的人性的表现。另外，他们的文艺见解事实上还有一个共同之处，那就是把文学看作是切近人生的，或认为是“人的文学”（周作人语），或认为文学的使命“只叫人真切的认识人生而已”（林语堂语），或认为“文学的本质是人生”（梁实秋语），都信奉文学之美在人生。正是深信这种超政治超时代的近人生的文艺观点，才使他们一头扎进象牙之塔，孜孜于闲适小品的创作。

**（二）从创作主体的心态表现来看，闲适派散文是作家内心各种矛盾均衡后的复合物**

闲适派作家大都崇尚资产阶级的民主与自由，既不是左翼作家也不是右翼文人，处于革命与反革命势力之间，处于资产阶级共和制幻想及这个幻想不可能实现的现实之间；文艺上也处于左翼文学及法西斯汉奸文学之间，因此，常常受到两面夹击。这种复杂的政治文艺思想决定了他们内心势必存在种种矛盾和冲突：有为与无为的冲突；个人与民族的冲突；情感与理智的冲突；传统与现代的冲突；人与自然的冲突；中国文化与西方文化的冲突；“叛徒”与“隐士”的冲突等。如周作人这个“杂”家，常自称心中有两个“鬼”，其实何止于此，他的内心比谁都复杂。林语堂到晚年还自称是“一捆矛盾”，梁实秋从留学归国到抗战时期，其文艺观始终受到批判，生活漂泊，事业受挫，内心亦矛盾重重。这种种矛盾和冲突无时无刻不困扰着闲适派作家，迫使他们进行调节，进行均衡：既使传统现代化，又使现代传统化；既使理想现实化，又使现实理想化；既使西方影响中国化，又使中国影响西方化。他们都达到了一种中西合璧、儒道释合流的复合平和状态，只是其中各人各有侧重罢了。在这种均衡平和心态下创作的散文小品势必会免去浮躁凌厉、尖酸泼辣之气，而呈现出闲适、冲淡之味。但这里还不应忽视一个事实：闲适派散文作家的均衡心态大多是在现实的压迫下而进行的自我调节，带有无可奈何的特点，它不是无忧无虑的快乐闲适，而是一种苦中作乐带有自觉追求性质的苦寂的闲适。因此，无论周作人、林语堂还是梁实秋，其作品在闲适之中往往带有一丝无可奈何的叹息或焦虑，或时不时流露出一点愤激，他们虽然向往能彻底“闲适”，但事实上并未做到，也不可能做到。周作人曾有言：“我近来作文极慕平淡自然的境地”，但是看古代或外国文学才有此种作品，自己还梦想不到有能做的一天，因为这有气质境地与年龄的关系，不可勉强。”① 这确实说出了闲适派作家的衷曲，反映了闲适派散文的共性特征。

**（三）从文本角度看，闲适派散文显然吸收了中国传统文化与西方文化的双重营养**

闲适派散文作家博古通今、学贯中西的天时地利，使其作品富有极明显的独创性。从文本的深层结构即思想意识层面来看，优秀的闲适散文大多既吸收了西方人文主义、民主科学等异域思想，又融汇了传统文化的儒道释精神，是一个充满多重品格，甚至彼此矛盾的复杂思想结构体系。周作人曾多次指出，“中国新散文的源流”“是公安派与英国的小品文两者所合成”②，他自己小品的中西兼容的复杂思想是为人们公认的。“两脚踏中西文化，一心评宇宙文章”的林语堂，他所有作品都围绕一个中心，即立足于中西文化的比较、交流和阐述。这方面的成功，也使他的散文别有情趣。梁实秋也曾说：“我的散文在思想方面、形式方面受英文文学影响不少”③，白璧德新人文主义和古典主义人生观文学观（其中含儒家克己复礼的成分），始终影响着梁氏的生活道路和文学事业。他的散文，呈现出了理性、和谐与节制的独特风貌。

从闲适派散文的表层结构如文体特征、语言思维模式等方面来看，闲适派作家对中外小品和随笔艺术营养的汲取几乎同样不可忽视。由于谙熟西方文学，闲适派作家往往深得蒙田、兰姆、爱迭生等随笔小品三昧。关于这些外国随笔（主要是英国），厨川白村曾有描述：“如果是冬天，便坐在暖炉旁边的安乐椅子上，倘在夏天，则披浴衣啜苦茗，随随便便，和好友任心闲话，将这些话照样地移在纸上的东西，就是 essay（随笔）。”④ 这形象地说明了外国随笔悠闲活泼，雍容幽默的美学品格。周作人欣赏的“如在江村小屋里”

---

① 周作人：《雨天的书·自序二》，王永生编：《中国现代文论选第 2 册》，贵阳：贵州人民出版社，1984 年，第 345 页。

② 周作人：《〈中国新文学大系〉散文一集导言》，王永生编《中国现代文论选第 1 册》，贵阳：贵州人民出版社，1984 年，第 575 页。

③ 引自季季：《访谈梁实秋先生》，见台湾《中国时报》1986 年 11 月 20 日。

④ 选自鲁迅翻译的厨川白村《出了象牙之塔》。

"同友人谈闲话"的文章境界、林语堂喜爱的"如在风雨之夕围炉谈天""如与高僧谈禅，如与名人谈心"① 的散文笔调、梁实秋惯用的娓娓道来层层剥示的手法都明显受外国 essay 风的影响。比较而言，闲适派散文更多的还是吸取了中国传统散文尤为明清小品的营养。周作人认为："现代的小品文与宋明诸人之作在文学上固然有其不同，但风格实在是一致，或者又加上了一点西洋的影响，使它有一种气息而已。"② 多次指出明清名士派文章是现代小品散文的源流。虽然，我们不能据此断定周氏散文在多大程度上与明清小品相通，但从创作实践情况来看，两者至少存在着创作心态的某种契合，具体点说，就是一种悠闲文人特有的精神状态和创作冲动的某种暗合。就此而论，林语堂类似周作人，倒是梁实秋更多地承续了传统散文温厚、谨严、雅致的一面，讲究中国式正统的遣词造句，"反对欧化的写法"，但是不可否认，他也接受了明清小品的某些气韵。从语言角度来看，闲适派散文的贡献在于将古语、现代语、欧化语及方言融为一体，经适当的审美制作和调配，创造出了独特的"美文"语言，或明净，或流畅，或雅洁，为现代散文语言制作提供了典范。总之，闲适派散文由初创到成熟，是作家们对中外艺术营养双重吸收的结果。

## 四、闲适派散文产生原因及其评价

鲁迅曾在 1935 年对包括周作人、林语堂在内的闲适派散文作了如下论述："经过清朝检选的'性灵'，到得现在，却刚刚相宜，有明末的洒脱，无清初的所谓'悖谬'，有国时是高人，没国时还不失为逸士。逸士也得有资格，首先即在'超然'，'士'所以超庸奴，'逸'所以超责任；现在的特重明清小品，其实是大有理由，毫不足怪的。"③ 他一针见血地道破了闲适散文产生的深刻原因。

从社会历史发展来看，该派作家的中坚力量，多是受过正统西洋教育的

---

① 林语堂：《小品文之遗绪》，《现当代名家作品精选·林语堂作品珍藏版》，武汉：长江文艺出版社 2012 年，第 356 ~ 360 页。

② 这是周作人于 1926 年 5 月给俞平伯的信，参阅李景彬：《周作人评析》，陕西人民出版社 1986 年版，第 193 页。

③ 鲁迅：《杂谈小品文》，《鲁迅杂文集》，上海：复旦大学出版社，2001 年，第 420 页。

知识分子，西方资产阶级个性主义、人文主义等思想深深地渗入了他们的灵魂。无论周作人、林语堂还是梁实秋，他们都曾运用西方人文主义等思想武器，对封建旧文化及政府专制进行过抨击。但是，大革命失败后，他们却仍死抱住这一点不放，没有像鲁迅一样，在变化的社会现实中，始终保持彻底的革命精神，无情地解剖，重铸自我。于是他们渐渐地同中国人民求解放的革命主潮相背离，成为游离于革命与反革命斗争空前剧烈的社会历史现实之中的“高人”与“逸士”。这种政治上的“中间”状态在文学上势必要表现为超政治超时代的性质，这与他们原来早已接受的资产阶级文学观一拍即合。于是闲适派散文由此应运而生。从中国文学发展历史来看，大多数文人因某种原因不能介入社会参与现实时往往就会通过最能体现自己人格的闲适诗闲适文的创作而建构自己的精神家园，寻找与世界对话的独特文体语言方式，闲适派散文家显然承续了这一文人传统。另外，从作家个人来看，他们向往西方式的自由主义与享乐主义生活，既有西方的“绅士”风度，又有浓郁的中国传统士大夫的生活情趣，个人气质上也适宜于闲适散文创作。可见，闲适派散文那种脱离时代、脱离社会的思想倾向，与“风沙扑面，虎狼成群”的时代历史现实必然是有矛盾冲突的，因而是“不合时宜”的。但是不能因此而一笔抹杀其艺术审美成就。其实，“个性”、“闲适”、“幽默”、“娓语体”、“文言语体化”，从审美角度看都有一定合理的成分。譬如“幽默”，如果像林语堂那样，借“幽默”之名而欲超然物外，将它与其并不正确的政治观人生观捆在一起，把它与进行社会批评的讽刺相对立，实在令人难以苟同。但从文学表现的角度来说，幽默是一种必要的艺术审美品格。所以，当林语堂提倡的幽默文学大塌其台时，鲁迅先生就反对过把“一切罪恶，全归幽默”①。事实上，鲁迅杂文、老舍小说就因幽默而添异彩。因此，这种复杂现象还需我们进行历史和审美的双重透视，在对闲适派散文思想情感倾向进行清醒批判、分析的基础上，借鉴吸收其有益的散文审美艺术，这对当代散文创作无疑会有所裨益。

① 鲁迅：《小品文的生机》，《鲁迅作品集》，郑州：河南大学出版社，2004 年，第 1131 页。

# 《朝花夕拾》

## ——一种现代散文新体式*

1926年，鲁迅先生“想在纷扰中寻出一点闲静来”①，委实不容易，然而他还是涤除芜杂，心闲气静地写出了10篇回忆性叙事散文，陆续刊载于《莽原》半月刊，总题为《旧事重提》，1927年成书时才改名为《朝花夕拾》。带露折花固然令人陶醉，但朝花夕拾也一定别有趣味。

从整体来看，这一组散文叙述了作者自己的童年、少年和青年时代的生活片段，有的在如实地叙写中抒发了对亲朋师友的怀念；有的在真实生动的描绘里展现了家乡的风土人情、时代的众生相，表现了对美好人性、人情的赞美或对人间恶俗、封建迷信的切齿之恨。回忆之中也不乏对现实的针砭和思考，贯穿着其以人道主义和个性主义重塑国民性的文学主题。

《藤野先生》《范爱农》和《父亲的病》等可谓是怀人散文的名篇，它们大都精选所记人物的生活片段，通过对生活场景和细节的艺术描绘，抒情写意，塑造人物，创造了一个个魅力四射的艺术境界，藤野先生、范爱农、阿长、无常等艺术形象个性鲜明，如立眼前，让人难以忘怀。《藤野先生》以先抑后扬的艺术手法结构文章，首先让读者看到的是一位其貌不扬的黑瘦的先生，“八字须，戴着眼镜”，所讲解知识在“我”看来也不是那么新鲜，但后来的一件事却让“我”吃了一惊，原来先生主动要去的讲义“已经从头到末，都用红笔添改过了，不但增加了许多脱漏的地方，连文法错误，也都一一订正”。行文至此，情感的指向已发生了逆转，藤野先生那诚爱之心、敬业之德在平实的叙述中也获得了定格，也难怪作者情不自禁地直抒感激情怀。待到“我”无法按捺“愤激”之情，提出要离开仙台时，藤野先生又邀“我”到

---

* 本文原刊于《阅读》2002年第2辑。

① 鲁迅：《朝花夕拾·小引》，《鲁迅全集》第2卷，北京：人民文学出版社，1996年，第229页。

他家去，赠以照片一张，照片上写着两个字道："惜别。"本文情感的潜流随着"惜别"两字的出现，达到了高潮，藤野先生那正直、热情、俭朴、敬业的人格形象也立于纸上。《范爱农》一篇在结构模式、人物塑造手法等方面与《藤野先生》有许多一致之处，但其细节描写更见功力和异彩。"第二天打捞尸体，是在菱荡里找到的，直立着。""直立着"的是范爱农的尸体，这哪里是尸体，分明是他那正直的人格，分明是那疾风劲草、大漠孤烟、出污泥而不染的一朵莲花。类似的细节描写在《朝花夕拾》中俯拾即是。有的真是一个细节就让人物站立起来，一个细节就把境界撞开。

《朝花夕拾》虽然仅收文10篇，但其题材却包罗万象，逸闻神话、妖魔鬼怪、人世论争、海内风俗、扶桑风情等等在鲁迅的手里无不涉笔成趣。《五猖会》《二十四孝图》《无常》等所写都有关迷信传说或民间风俗，但它们可不同于当下地摊上的一些闲书中的篇章，通过展示宣扬封建迷信和奇风异俗来迎合某些人的阴暗心理或猎奇之趣。有人曾说，风俗是一个民族的抒情诗，其中涌动着人的欲求，表演着生命的姿态。通观鲁迅先生这一部分散文作品，其意旨恐怕就是，于封建迷信传说中说破生命的迷失，揭示人的悲剧性生存状态；于民间风俗中发掘自由的生命样态，揭示人的本质力量。酒不醉人，人自醉；迷信不迷，人自迷。无论是封建迷信传说还是民间风俗，其实都是人自身欲求的一种符号性表达，但在这一表达中，是迷失自我还是实现自我是需要辨析和区别对待的。鲁迅先生本着人道主义和个性主义，饱含着对生命的热爱，在《无常》等篇章中艺术地表达了自己的审美感受。《二十四孝图》以决绝的语气"诅咒一切反对白话，妨害白话者"开篇，巧妙地将讽刺、批判的锋芒指向了所谓的《二十四孝图》，在对《二十四孝图》不同版本的考证及其中"老莱娱亲"、"郭巨埋儿"等迷信故事的描述过程中，或批判，或反讽，或笑骂，或慨叹，将《二十四孝图》撕得粉碎，《二十四孝图》在作者的笔下简直变成了二十四把匕首，刺破了封建迷信的画皮。在《朝花夕拾》中，本文在风格上好像一个特例，与他的战斗的杂文一样，杀伤力不可小觑。而《无常》与其不同，更能随大流儿，诙谐、亲切的语气里，一个平民化的鬼——无常活灵活现地走到了大伙的眼前。人们之所以愿意在迎神赛会或"目连戏"中看到无常的表演，最主要的是鬼无常不但"活泼"，而且是众鬼当中最"有点人情"。正如作者在文中所言，人们"常喜欢以己之所欲，施之于人”，人们也都喜欢以己之所欲，施之于鬼，百姓认同、喜欢无常其实认同、喜欢的是人样的无常，是人自身。同时鲁迅借无常——变形的人也将一切厉鬼、恶鬼，滥施生杀之权的东岳大帝之类归聚到了照妖镜下，焚其凶残，裸其原形。

《朝花夕拾》不但有其思想价值、民俗学价值，还有其史料和美学的价值。《琐记》《从百草园到三味书屋》《藤野先生》等篇章连起来就好像是作家的一本自叙传，《朝花夕拾》在现代散文文体史上的突出价值，就在于其开创了一种“对话”体散文体式，一种新的审美范式。

这种“对话”体散文体式在读者与作者的关系上就是：作者与读者的关系是平等的，作者以平民的姿态通过文本与读者交谈。非常明显，它不同于散文诗集《野草》的“独白”体，也与其杂文的“传道”体有别。建立在这一关系之上的散文，其取材范围也基本符合常言的“题材多样，无所不包”。但细察之，其取材是有限制的，作者顾及到了平民百姓的视野，多谈众所周知之事，像迎神赛会、问病寻药等，多发众所能感之情，以求能与大多数人共鸣。其在语调上的表现也一改杂文的“冷峻”而变为亲切、平和，如亲朋雪天围炉夜话。至关重要的是作品中的叙事者放弃了无所不知的“上帝”身份，有关人物、事件多有存而不论之处，给读者留出了参与的“空白”，人物行迹、心理多片段，事件的勾连多“破绽”。

在散文的结构方面，《朝花夕拾》亦如一些行家所说的“形散而神聚”，但他们多是大而化之，少有具体说明。其实像《从百草园到三味书屋》这些“形散而神聚”的名文，其实现的关键是文中有一个“我”——叙事学所谓的“闯入叙述者”，“我”的视角如触须在文中自由转动，合“我”意者就拿来，不合“我”意者弃之如敝屣。其结果就如有人所说，散文“很像一条河流，它顺了壑谷，避了丘陵。凡可以流处它都流到，而流来流去却还是归入大海，就像一个人随意散步一样，散步完了，于是回到家里去”。[①]“我”在文中促成了“散”，同时作为一个流动的枢纽，“我”也起到了结构的功能，使“散”后有“聚”，聚散之间具有了张力，张弛恰当方可成就好文章。

《朝花夕拾》的上述特点其实也反映出了文境和作者心境上的一个特

① 李广田：《谈散文》，转引自《中国现代散文理论》，南宁：广西人民出版社，1984 年，第 148 页。

点——“闲静”。在自然、轻松、和谐的语境里，作者谈天说地，说古道今，任意而谈，抒情而不溺于情，叙事而不忘其神，偶尔的议论也往往是顺手牵羊，不阻文气，在无遮无掩地坦露胸怀，交代历史变故之原委的诉说中，喜怒哀乐之情疾徐有致的自然流转，真是一种“明月松间照，清泉石上流”的境界。

另外在语言方面，《朝花夕拾》这种“对话”体散文也有特色。它以口语为本色，追求语言的“原生味”，“采说书而去其油滑，听闲谈而去其散漫”，形成了“活的”白话，“活的缘故，就因为有些是从活的民众的口头取来，有些是要从此注入活的民众里面去”①。这无疑有助于其散文真诚、亲切、清新、自如、闲适风格的形成。

① 鲁迅：《关于翻译的通讯》，《鲁迅全集》第4卷，北京：人民文学出版社，1973年，第384页。

# 论梁实秋散文的独特品格*

梁实秋40年代正式开始散文创作，奇迹般地饮誉文坛。他的《雅舍小品》至今发行50余版，居中国现代散文发行之首位。之后一直笔耕不辍，又出版了《雅舍小品》的“续集”、“三集”、“四集”、“合集”及《清华八年》《秋室杂文》《槐园梦忆》《雅舍谈吃》等10多册，构建了一个恢宏辽阔的散文艺术世界，使梁实秋当之无愧地成为卓有成就的散文大家。梁实秋散文具有独特的艺术品格。

## 一、宁静超然，淡泊有为：独特的创作心态

毫无疑问，梁实秋属于深受传统文化浸润的一代，然而他似乎比同代人更为突出。他降生于20世纪北平的“一个古老的家庭”①。求学伊始便被领着向“至圣先师孔子的牌位”“行三跪九叩礼”②。传统的生活习俗、伦理方式、礼义道德、人生哲学、艺术趣味及思维方式无可回避地进入了梁实秋内心深层结构之中。梁实秋又是幸运的。他所处的是一个“西学东渐”、古今中西文化大碰撞大交融的时代。八年的清华学校教育奠定了他较扎实的国学基础，也使他初步接触了西洋文化，后又留美学习了六年，曾从师于哈佛大学著名文学批评家白璧德。关于白璧德，梁实秋曾有回忆：“他谈的是文学批评，实际牵涉到整个人生哲学，以我的了解，他的主张可以一言以蔽之，察人之别，严人禽之辨。他强调西哲理性自制的精神，孔氏克己复礼的教训，释氏内照反省的妙谛。我受他的影响不小、他使我踏上平实稳健的道路。”③ 应该说，

---

* 本文原刊于《山东师大学报》1993年第2期，系著者与研究生吴秀亮合作撰写。

① 梁实秋：《秋室杂忆·我在小学》，北京：中国工人出版社，2012年，第22页。

② 梁实秋：《秋室杂忆·我在小学》，北京：中国工人出版社，2012年，第4页。

③ 《〈梁实秋论文学〉序》，台湾时报文化出版公司。

白璧德的影响使梁实秋一生的文艺观和人生观发生了第一次转变。自1926年留学归国到他开始创作《雅舍小品》（1939）为止，是他人生观第二次转折并定型的关键时期。当他踌躇满志，在这块阶级、民族斗争尖锐的国土上，试图以古典主义和资产阶级文艺观来建设中国新文艺时，命运注定他只能连连碰壁。这是梁氏作为一个坚持英美某些传统资产阶级人生观和艺术观的中国现代知识分子的必然结局。如果说，英美等西方文化传统中的崇尚个性、追求个性自由和享乐的人文主义，重视文学的个性表现等思想观念在中国"五四"时期对冲破封建旧文化束缚，追求个性解放有积极作用的话，那么随着民族解放进程的日益紧迫，其积极性则愈来愈弱。如果不像鲁迅那样，把个性解放纳入民族解放的轨道之中，相反却固执地坚持西方资产阶级的人生观和艺术观，其结果势必会因与民族解放的历史必然要求发生冲突，而最终以失败而告终。抗战爆发后，梁实秋又一度辗转多地，曾与妻子儿女一别六年，亲尝了"白头搔更短，家书抵万金"的苦涩滋味。在"颠沛流离、贫病交加"[①] 中开始了自己的中年生活。至此，事业与生活的双重打击，使梁氏早年的书生意气渐渐消磨殆尽，隐藏于心中传统士大夫的隐逸思想渐渐抬头。激情与急躁慢慢转为理智与平静，积极参与的入世精神慢慢转为消极观望的出世心境。老庄哲学的清静无为、超然闲适的处世方式开始浸润了他的灵魂。入台以后，他更注重自己精神人格的追求，读经看史，讲儒悟禅，力图调和、平衡情与理、人与现实的关系，缓解内心的各种冲突，使灵魂宁静安息。但他到底没有达到彻底无为的境界，中西文化中的理性成分告诉他一切宿命与颓废都是自欺，人文主义使他从精神王国中走出来，面向世俗的社会现实。特别是扎根于他内心深处的传统儒家入世思想，使他终未忘情于人生历史现实。于是，中西合璧，儒道释合流，使梁实秋的内心呈现出一种独特的平衡状态：信儒而不激进，信道而不颓废，信佛而不虚妄，信人文主义而不纵情享乐，既没有狂妄和没落，也没有孤愤和悲怆；既没有飘飘然超凡脱俗，也没有躲进一隅掷笔徘徊。他始终宁静超然，淡泊有为。正是在这种独特心态的支配下，梁实秋才正式开始了他的散文创作。因此，其散文作品不可避免地呈现出与众不同的思想艺术风貌。

---

① 梁实秋：《槐园梦忆》，《现当代名家作品精选·梁实秋作品（珍藏版）》，武汉：长江文艺出版社，2012年，第233页。

## 二、理性、和谐、适度人生模式的追求：独特的思想意蕴

梁实秋始终将创作的笔触对准所谓的“普遍的人性”，其观念终身未变。其实，他艺术观中的抽象人性在散文创作中显得并不抽象，而是具体和现实的。确切地说，梁氏散文中的艺术生活大多是一些实际的人生图景，这是他独立不移的艺术选择。从中，我们也不难窥见梁氏散文的深层意蕴：对理性、和谐、适度人生模式的追求。它主要体现在如下几个方面：

### （一）伦理、道德、风俗观：新旧之间

梁实秋认为：“伦理乃是人性的本质”①，“文学成为道德的，这是无谓；不道德的文字就算文学，这简直是狂妄了”②。伦理、道德、风俗正是梁实秋观察人生的独特视角之一。例如他反对“父母之命，媒妁之言”③ 的婚姻，反对“因一时冲动而遂盲目地订下偕老之约”④ 的婚姻。但也不赞成徐志摩式的单纯求“爱”的婚姻观，认为这是一种“浪漫的爱”，是“可望而不可即的”“极神圣极高贵极漂渺的东西”⑤。他赞成“孝”的美德，但也反对过年时的各种磕头礼拜的仪式；提倡“勤俭”，也提倡“消费”，认为“消费未必就是浪费”，这是“现代的生活”⑥。在对待西方习俗方面，他认为“若把异国情调生吞活剥地搬到自己家里来，身体力行，则新奇往往变成桎梏，有趣往往变成肉麻。基于这个道理，很有些人至今喝茶并不加白糖与牛奶”⑦。但他并不一味排外，他认为对待外来的东西，“该诅咒的我们诅咒，该赞赏的我们不能不赞赏”⑧。可见，梁氏散文，在伦理道德风俗方面总是显得既不太保守，也不太激进，介乎新旧之间，体现出一种理性、和谐、适度的性质。

---

① 梁实秋：《文学的纪律·何瑞思之〈诗的艺术〉》，《梁实秋论文学》，时报文化出版事业有限公司，1979 年，第 137 页。

② 梁实秋：《文学的纪律·何瑞思之〈诗的艺术〉》，《梁实秋论文学》，时报文化出版事业有限公司，1979 年，第 139 页。

③ 梁实秋：《结婚典礼》，《梁实秋雅舍小品全集》，上海：上海人民出版社，1993 年，第 85 页。

④ 梁实秋：《结婚典礼》，《梁实秋雅舍小品全集》，上海：上海人民出版社，1993 年，第 85 页。

⑤ 梁实秋《谈徐志摩》，《梁实秋散文精选》，桂林：漓江出版社，2001 年，第 202 页到 220 页。

⑥ 梁实秋《谈徐志摩》，《梁实秋散文精选》，桂林：漓江出版社，2001 年，第 441 ~ 443 页。

⑦ 梁实秋：《详罪》，《梁实秋雅舍小品全集》，上海：上海人民出版社，1993 年，第 25 页。

⑧ 梁实秋：《详罪》，《梁实秋雅舍小品全集》，上海：上海人民出版社，1993 年，第 359 页。

这种对伦理道德风俗的审美评判构成了梁氏散文“有为”于世的一面。然而，他那种闲适超然的心态又使他的审美评判呈现出一种无可无不可的倾向，流露出“无为”于世的意绪。在涉及到道德与历史的关系时，梁氏散文的审美判断有时容易发生偏差：例如《第六伦》这篇小品，主人宽厚友待仆人，另一方面又要仆人多多忍让，仿佛只要主仆两者都有良好的道德修养，那么他们间的关系便会融洽，便能长久维持下去。显然，这种道德说教是不符合历史唯物主义观点的，它削弱了梁氏散文伦理道德风俗的现代性，呈现出某种传统保守的倾向，这不能不说是一种缺憾。

**（二）事业观：进退之间**

经过十几年社会人生风雨的洗礼，中年梁实秋一面冷静地观察着大千世界的芸芸众生，一面也默默地观察反省着自己的生活历程，并开始认识到：“中年的妙趣，在于相当的认识人生，认识自己，从而作自己所能作的事，享受自己所能享受的生活。”[①] 也懂得“人到中年像是攀跻到了最高峰。回头看看，一串串的小伙子正在‘头也不回汗也不揩’的往上爬。再仔细看看，路上有好多绊脚石，曾把自己磕碰得鼻青脸肿，有好多处陷阱，使自己做了若干年的井底蛙。回想从前，自己做过扑灯蛾，惹火焚身，自己做过撞窗户纸的苍蝇，一心想奔光明，结果落在粘苍蝇的胶纸上！这种种景象的观察，只能站在最高峰上才有可能。向前看，前面是下坡路，好走得多”[②]。从此，梁实秋真的作“自己所能作的事”，这就是教书与写作。对时局已“不轻发言”，他认为“在如今这个时代，沉默是最后的一项自由”，“有道之士，对于尘劳烦恼早已不放在心上，自然更能欣赏沉默的境界”[③]。即或对国民劣性与陋习偶有议论，大多也是不痛不痒的敦厚之词。于是他笔下尽是些“雅舍”、“孩子”、“男人”、“女人”、“下棋”、“手杖”、“牙签”、“滑杆”之类的凡俗生活小品。固然，写作这类作品与其文艺观有关，但更与其宁静超然淡泊平和的心态息息相通。他说：“人生如博奕，全副精神去应付，还未必能操胜算。如果沾染上书癖，势必呆头呆脑，变成书呆，这样的人在人生战场

① 梁实秋：《详罪》，《梁实秋雅舍小品全集》，上海：上海人民出版社，1993年，第68页。
② 梁实秋：《详罪》，《梁实秋雅舍小品全集》，上海：上海人民出版社，1993年，第69页。
③ 梁实秋：《详罪》，《梁实秋雅舍小品全集》，上海：上海人民出版社，1993年，第166页。

之上怎能不大败亏输？所以我们要钻书窟，也还要从书窟里钻出来。"① 这就是梁实秋的独白！他没有去做"兼济天下"的惊人事业，但又不是"独善其身"的彻底"无为"，在事业上，他没有"精进"，但也没有"消退"，只是介乎进退之间。当他以这样一种事业观去观察人生，势必使其散文中的艺术人生图景别具风貌：既在理性上肯定张自忠、胡适、余上沅等的敬业精神，但在情感上又常常是恬淡的。特别是忆及自己的事业人生时，又常常显示出无可奈何、模棱两可的情绪。显然，其间仍不忘儒家"有为"的事业观，但又确实显得平静、理智，有时又近乎冲淡超脱的境地。

**（三）生活观：雅俗之间**

不同于一般的散文作家，梁实秋似乎对世俗生活有特殊偏好，他所有小品散文包括杂记、亲文、表现的几乎全部是人的世俗生活，吃喝穿住行，油盐柴米酱油醋，无不囊括。可以说，梁氏散文是一部独特的有关中国世俗文化的散文。然而其高明之处正在于能从世俗生活的描写中显示出耐人寻味的精神意蕴。如《雅舍谈吃》，篇篇几乎全是北平或内地风物的实写，但浸润其间的思乡恋旧之情韵不亚于当年的季鹰，那既甜蜜又苦涩，既兴奋又惆怅的滋味历历可鉴，这是一个方面。另一个方面，在他描述的世俗生活的笔下，时时散发出一个清高文人的"乐知天命"和闲情逸趣，于喝酒品茶看戏游览中参悟人情物理、体验精神愉悦。他信奉孔子"随心所欲，不逾矩"的生活观，认为"上天虽然待人不薄，口腹之欲究竟有个限度"②。在散文中又对那些大喝大吃的权要及某些风情陋俗给予讽刺，表示不满。不仅如此，他那宁静淡泊的心态又决定了他追求更高的精神境界。他追求"佛"，目的是使自己"自觉"；他追求"忘"，认为"能主动的彻底的忘，需要上乘的功夫才办得到"③；他追求"快乐"，认为那是"一种心理状态，内心湛然，则无往而不乐"④；他追求自由，认为"自由，最高贵的莫过于内心的选择的意志自由。最普通的是免于束缚的生活上的自由"⑤。所有这些，无不显示出梁实秋对精

---

① 梁实秋：《详罪》，《梁实秋雅舍小品全集》，上海：上海人民出版社，1993年，第186页。

② 梁实秋：《由熊掌说起》，《梁实秋文集第4卷散文》，厦门：鹭江出版社，2002年，第180页。

③ 梁实秋：《健忘》，《梁实秋雅舍小品全集》，上海：上海人民出版社，1993年，第264页。

④ 梁实秋：《快乐》，《梁实秋雅舍小品全集》，上海：上海人民出版社，1993年，第388页。

⑤ 梁实秋：《谈徐志摩》，《梁实秋散文精选》，桂林：漓江出版社，2001年，第220页。

神人格追求的执着，并把它作为最高层次的生活享受。唯有如此，在梁氏散文中，徐志摩、闻一多等知识分子对精神生活的孜孜追求才使他油然而生敬意；而他们对世俗生活的忽略或为世俗生活所困扰，从而影响了精神生活的创造与享受，又使他深感叹惋。既面对世俗人生，又超越世俗人生，既追求适度的世俗之乐，也追求更高的精神之乐，亦俗亦雅，雅俗共“享”，这便是梁氏的生活观。

总之，梁氏散文对现实人生图景的审美判断表现出鲜明的价值取向，其伦理道德风俗观既“新”又“旧”，事业观既“进”又“退”，生活观既“雅”又“俗”，显示了对理性、和谐、适度人生模式的追求，它已构成了梁氏散文独特的思想意蕴。应该说，这是梁实秋复杂心绪相互作用趋于平衡的结果。在政治上，他内心深处存有欧美式资产阶级共和制的幻影，但又与现实相隔太远，于是只能在幻想与现实的夹缝中做他“所能作的事”。在文学事业上，曾受鲁迅和其他左翼作家的尖锐批评，但他一直耿耿于怀，执拗地坚持着自己的文学主张。《雅舍小品》等作品正是他人生观、文艺观的曲折袒露，这也未尝不是一种对左翼作家批评的“无言的抵抗”。这种孤傲不羁的偏执固然使其散文作品有自己的个性，但在日寇进犯、民族危亡的情况下，这种雅适、闲然的人生态度未免是不合时宜的。

## 三、节制、委婉、典雅：独特的艺术风貌

梁实秋独特的创作心态及文艺观决定了其散文独特的思想意蕴，也决定了散文节制、委婉、典雅等与众不同的艺术风貌。

### （一）情感：蕴藉节制

散文是一种真情性的流露。认为“写散文是抒发自己的感想。一息尚存，就不觉得有话一吐为快”[①] 的梁实秋，其散文亦如其人一般，情感极为恬淡，但蕴藉有味。这种情感特征，在中国现代散文史上似不多见。如他的《槐园梦忆》一文，细细回忆了他与亡妻程季椒共同生活的诸多往事，内心虽然痛苦哀伤，但文章绝不同于一般的挽悼散文的悲戚无余，他的情感始终被理智

① 徐林、诘君编：《梁实秋妙语录》，北京：中国广播电视出版社，1991年版，第116页。

的情感驾驭着。然而，这种有节制的情感并未减少文章的魅力。相反，它却真实地表露了作者淡然、凄清的心境。读之，别有一种缠绵动人的苦味。这种淡而有味的情感如涓涓细流注入其间，同时携带一股理智的力量，蕴藉舒适，启人索意。梁实秋深受古典主义文艺观的影响，认为“文学的力量，不在于开扩，而在于集中；不在于放纵，而在于节制。”“所谓节制的力量”，“就是以理性驾驭情感，以理性节制想象”①。梁氏散文情感节制有度，淡然有味，显然与其文艺观相关，与其心态相关。闲适宁静淡泊超然的心态制约着感情的波澜；闭门读书，修身养性的旷达聪慧使感情进一步理智化，于是梁氏散文，作为他独特的情感符号，便呈现出节制蕴藉的特色。

**（二）讽刺：委婉、幽默**

梁实秋认为：纯文学“牵涉到实际人生，也无法不关涉到道德价值的判断，所以文学作品很难作到十分纯的地步”②。因此，他对一些不合他道德观的诸多行为习性难免要进行批判，但大多不用尖厉之词，更不破口诅咒，而是幽默委婉的讽刺。

他认为，“讽刺文学的出发点是爱，不是恨。人性本有缺点，人生本有不如意事，文学家深解人性，热爱人生，看到不合理不公道的现象。则想加以指陈矫正，讽刺便是一种手段”③。这种善意的嘲讽，常常携着幽默，显得委婉、含蓄。请看这段文字：“谦让的仪式行久了之后，也许对人心有潜移默化之功，使人在争权夺利奋不顾身之际，不知不觉地举行起谦让的仪式。可惜我们人类的文明史尚短，潜移默化尚未能奏大效，露出原始人的狰狞面目的时候要比雍雍穆穆的举行谦让仪式的时候多些。我每次从公共汽车售票处杀进杀出，心里就想先王以礼治天下，实在有理。”④ 这是对国民陋习的一种讽刺，但作者似并不怨怒，仿佛尽力克制，力使人欣然接受。有时，梁氏散文的讽刺更为清淡，委婉得使人不易察觉，或被幽默所湮没，让人分不清是怨徘还是揶揄，简直做到了讽而不刺，既有点不经意的嘲弄意味，又有点似

① 梁实秋：《文学的纪律》，出自《梁实秋文集》《第1卷》，厦门：鹭江出版社，2002年版，第139页。

② 梁实秋：《纯文学》，袁鹰编《华夏二十世纪·散文精编文谈书话卷》，北京：华夏出版社，1995年版，第512页。

③ 徐林，诘君编：《梁实秋妙语录》，北京：中国广播电视出版社，1991年版，第70页。

④ 梁实秋：《谦让》，《梁实秋雅舍小品全集》，上海：上海人民出版社，1993年，第97页。

可不可的调侃语气或带有淡淡的幽怨和自嘲。这说明，梁实秋并非完全是一个躲进象牙之塔的文人。然而作为一位涉世颇深、幽雅淡远、静穆冲淡的知识分子，即便讽刺也是淡然处之。现代散文史上不乏讽刺大家，如鲁迅的讽刺幽默而辛辣，林语堂的讽刺幽默有时趋于油滑，钱锺书的讽刺幽默机智活泼，有时又近于尖刻，而梁实秋的讽刺幽默则显得委婉温厚，显然自成一格。

**（三）语言：典雅简洁**

只要打开梁氏散文，首先扑面而来的便是文言的气息。请看《雅舍》一文中的一段："'雅舍'非我所有，我仅是房客之一。但思'天地者万物之逆旅'，人生本来如寄，我住'雅舍'一日，'雅舍，即一日为我所有。即使此一日亦不能算是我有，至少此一日'雅舍'所能给予之苦辣酸甜我实躬受亲尝。刘克庄词：'客里似家家似寄。'我此时此刻卜居'雅舍'，'雅舍'即似我家。其实似家似寄，我亦分辨不清。"作者在白话文的基础上，大胆采用文言词藻，甚至直接引古诗入文，使文章以最少的文字表达尽可能多的意味。这种将文言文与白话文糅合一起，使之成为现代散文语言，也是梁氏散文的又一特色。固然，文言文是古代人思维模式、时代氛围、情绪意志的反映，但其深层结构之中却蕴含本民族的审美趣味、审美思想，且拥有词约意丰、音韵和谐等特点，与现代白话语言相辅相成而非互为排斥。特别是短小的散文小品，在有限篇幅里包含丰富的意味更需吸取两者之长。梁氏散文，既革除古文的晦涩及俗套语多的不足，吸收古文雄健、挺拔富于生命力的语言；又力避白话语容易拖沓稀松的毛病，利用白话语流畅明白的结构规律，造成了一种文言语体化的效果。这种语言一方面整齐、和谐、富于节奏性，另一方面又纯净、雅洁而奇警，颇富特色。这也与作者的文艺见解相关。他说："文学作品无不崇尚简练。简练乃一切古典艺术之美的极则。"① "散文的美妙多端，然而最高的理想也不过是'简单'二字而已。"② 正因为把"简练"、"简单"作为最高追求，梁氏散文语言才大胆引用文言语汇，使之语韵丰润，文法缜密，格调优雅，表述简洁，独具一格。这种典雅简洁的语言风格也与其淡泊、

① 梁实秋：《雅舍散文·语言·文字·文学》，北京：群众出版社1995年，第159页。

② 梁实秋：《论散文》，俞元桂主编：《中国现代散文理论》，南宁：广西人民出版社，1984年，第35页。

雅致、静穆的心态相互映衬，互为表里。

梁氏散文，是现代散文言志派的后期代表，其闲适的格调与该派前期代表作家周作人、林语堂一脉相承。但是，梁氏散文既具备自己的独特品格，又与周氏、林氏有区别。周氏散文曾由前期的浮躁凌厉转向了后期的平和冲淡。显然，梁氏散文与周氏后期散文风格更为相似。但是，梁氏虽有“避地晦曲”①、故地仅一江之隔却可望而不可即的痛感，但没有周氏变节前后寂寞的苦楚之甚，也没有周氏身上那种受日本文化影响的“东洋人的悲哀”，更没有周氏后来“活着就是一切”，宁愿出卖民族，以求个人安宁的活命哲学的颓废。在梁氏身上，人文主义、古典主义的浸染使他在美学追求上比周氏后期还更显蕴藉、古雅，更注重对“人性”、人生现实的关注。可以说，梁氏散文入世精神比周氏前期稍淡、比周氏后期稍浓，艺术上比周氏更注重节制和简洁，理性规范更显突出。梁氏散文也不同于林语堂散文。虽然两个人同受中西文化影响，但林氏似乎更为复杂，一生充满矛盾。其文章思想由充满革命意识的“土匪”气转向后来“幽默大师”的漠然冲淡，文风由“浮躁凌厉”转向后来的幽默含蓄，语言由平易晓畅转向后来的半文半白。显然，梁氏散文品格较林氏而言相对稳定，虽与林氏后期散文较为相似，但比林氏更多地关心所谓“普遍的人性”，而并非“以自我为中心”，更多地显出理性的色彩，而并非大发“性灵”，更显得敦厚雅致，而很少油滑气息。梁氏散文，正是以自己这种与众不同的独特品格而放异彩，赢得了读者的青睐。从审美意义上来说，梁氏散文的成功是值得深思的，也理应在现代散文史上占据一席之地。

但是，审美意义上的成就并不能掩饰其作品在当时时代历史功能价值之不足。因保持文学持久的审美功能而忽视其时代精神的作家，在中国现代散文史上并非只梁氏一人。假如我们把梁氏散文（含杂文）与鲁迅散文（含杂文）相比较，更可发现梁氏散文之不足。如果说鲁迅散文具有反封建的彻底性，带有浓郁的现代文化批判意识，能将个性解放与民族解放思想和谐统一起来，并在艺术上将现实主义、象征主义、意识流等手法完美结合运用，使作品达到极高的思想性和艺术性的话；那么梁氏散文则在思想上对旧文化的

---

① 《岂有文章惊海内——答丘彦明女士》，载台湾《联合文学》1987 年第 5 期

批判常常显得模棱两可，对无产阶级解放事业一直存有偏见，艺术上常常格守于古典主义、人文主义的美学规范，其思想艺术虽有一定深广度，但较鲁迅又显然相去甚远。所有这些，从根本上来说，是因为梁氏没有突破唯心主义及西方资产阶级世界观的局限。

当然，我们也不能因为梁氏散文当时历史价值功能的缺乏而否定其独特品格和较高的审美艺术价值。梁实秋散文，作为一种独特的文学现象，还有待于人们进一步进行历史的美学的综合透视。

# 论梁实秋美学理想及其散文的审美意蕴*

## 一

梁实秋散文的一个最引人瞩目的审美理想便是对古典艺术美的孜孜追求。何谓古典艺术美？梁实秋曾有一段话："那么，古典文学的精髓在什么地方呢？什么样的文学作品才可称为古典的呢？你试把五十年前，一百年前，五百年前，一千年前的作品拿来细心地虚心地读读。假如你能深切的浓烈的受感动，于掩卷之后仍低徊思索，其中情节风调仍盘桓于心头脑际而不即消灭——那必是一部古典作品。"①"古典文学有一种特质——其内容为人性的描写。因其所描写的为人性，故能'古'，故能虽'古'而不死，故能虽'古而常新'。其描写的手段是优美的，故能成为'典'，故能历久而不失其妙。"②

梁实秋把古今中外一切"顶好的文学"叫做古典文学，其中，"时间淘汰"而仍让人感到"精美"的特质，就是梁氏追求的古典艺术美。显然，在梁实秋看来，所谓"人性的描写"是古典艺术美的中心所在。但是，梁氏并非一开始便信奉这一美学理想。他早年曾与闻一多分工写作批评康白情、俞平伯新诗，其中盛赞郭沫若。其美学观颇近于崇天才、主情感，为艺术而艺术的创造社，基本上是一个浪漫主义者。当他留美三年"抱着一种挑战者的心情"选修白璧德是一个以"人性"论为中心的新人文主义者，其理论土壤是第一次世界大战前后的美国。在白氏看来，为拯救当时资本主义世界的社

---

* 本文原刊于《安徽教育学院学报》1993 年第 1 期，系著者与研究生吴秀亮合作撰写。

① 梁实秋著，杨迅文主编：《梁实秋文集》，编委会编《梁实秋文集第 1 卷 · 文学批评》，厦门：鹭江出版社，2002 年，第 460 页。

② 梁实秋著，杨迅文主编：《梁实秋文集》，编委会编《梁实秋文集第 1 卷 · 文集文学批评》，厦门：鹭江出版社，2002 年，第 461 页。

会危机和精神危机，只能向历史和传统寻求救世良方。于是，他把目光转移了亚里士多德和孔子等哲人身上，认为人性存在着善恶、情理的二元对立，只有用理性来克制欲望和冲动进行“内在的控制”，人才能完善，社会才能走向秩序。梁实秋后来回忆，正是接受了白氏的人生观文艺观后，他的思想才发生转变，“从极端的浪漫主义，我转到了多少接近于古典主义的立场”①。他认为“伟大的文学亦不在表现自我，而在表现一个普遍的人性”，强调文艺的“严肃”性，及“伦理与艺术”的结合，提倡重理性、守纪律，从心所欲不逾矩的古典艺术美，他认为情感表现要做到“质的纯正”和“量的有度”，极力反对浪漫主义，称“浪漫主义是不守纪律的情感主义”②。

从表面上看，梁氏美学观的这一转变，似乎有些突然，然而如果我们从历史文化个人等多角度加以考察，便可发现这里面存在着深刻的原因。与他的同代人一样，梁实秋首先是一个深受传统文化熏陶的知识分子，自幼熟读史传经书和唐宋古文，即使留学国外也不肯释手。其女梁文茜后来曾有回忆：“爸爸一生俭朴，勤俭持家是中国人的美德，爸爸妈妈很有中国人特色，生活上是不讲排场的”③。其实，何止是生活上如此，梁氏的文化思想、艺术审美思维方式无不烙上了中国传统文化的鲜明印记。然而，梁实秋又是幸运的，他所处的是一个东西方文化大撞击大交汇的时代，历史性的机遇使他有机会接触西洋文化。但与此同时，他也面临着文化抉择。所谓文化抉择，意味着对传统文化的批判和重建，它是与近现代中国的特殊历史状况紧紧相联的。当西方列强用大炮轰开了封闭已久的古老中国的大门，紧接而来的便是一次次政治经济文化的侵略。同时，中国封建经济文化也面临了一次次强有力的冲击。因此，如何摆脱民族危亡，实现民族独立和振兴，这是一个萦绕于五四一代知识分子心头的严峻课题，也是他们进行文化抉择的终极目标。因此，这种文化抉择很大程度上取决于知识分子对传统封建文化本身的认识。梁实秋认为，“中华民族本来是一个最重实践的民族，数千年来，表面上受了儒家的实践哲学的教导，而实际上吸收了老庄的清静无为的思想和柔以克刚的狡

---

① 梁实秋著，徐静波主编：《梁实秋批评文集》，珠海：珠海出版社，1998 年，第 221 页。

② 梁实秋：《浪漫的与古典的》。

③ 文茜、刘炎生编：《雅舍闲翁名人笔下的梁实秋·梁实秋笔下的名人》，上海：东方出版中心，1998 年，第 131 页。

猾伎俩，逐渐的变成了一个懒惰而没有出息的民族”[①]，基于这种认识，梁氏开始极力反对道家出世、逍遥、超脱的“消极”的浪漫人生观，而遵奉儒家入世、进取、有为等“积极”正统的人生哲学。这正是梁氏接受白璧德学说的契机。在文学上，梁实秋认为“西洋文学以古典主义为正统，以浪漫主义为一有力之敌对势力”。而中国文学，“儒家根本的就没有正统的有过文学思想”，“中国文学的主要情调乃是消极的、出世的、离开人生的极度浪漫的”[②]。他以为老庄哲学为中心的道家思想在传统文学观念中占重要的、甚至支配的地位，是中国文学不健康的症结所在。唯其如此，他才要选择正统的西洋古典主义文艺美学思想，以治中国文学的浪漫主义病根，使之走上“正统”的轨道。这种以亚里斯多德文学理论为基础的西洋古典主义美学观显然与中国传统的儒家思想有“颇多暗合之处”。因此，梁氏所追求的古典艺术美又不可避免地含有儒家中庸之道与中和之美的成分。

然而，古典艺术美是梁氏美学理想的主要部分，但不是全部。事实上，梁氏遵奉的古典艺术美是一种“不悖于数千年来儒家传统思想”[③] 的保守的审美理想，这显然与五四时期乃至整个现代中国的思想发展和时代审美趋向是不相吻合甚至是相互抵触的。因而不但遭到鲁迅的批判，甚至连自由资产阶级文艺思想代表林语堂对此也颇有异议。这种时代局限性决定了梁氏古典艺术美理想不可能再进一步发展。特别到了抗战时期，民族存亡生死搏斗的残酷现状使得任何超时代、超政治、追求永恒价值的文艺美学思想都要受到限制，甚至很难存在。当时，梁实秋曾在《中央日报》副刊《编者的话》中发展了那众所周知的短短的几句文艺主张，就立即引起了轩然大波，再一次遭致左翼文坛的严厉批判。梁氏古典艺术美的理想至此陷入了更深的困境。一方面，他不愿接受唯物辩证法思想，无法看清自己文艺美学观的缺陷，自然就不肯放弃自己多年来那深信不疑的文艺美学见解，但刀光剑影的时代事实又拒绝了它的公开存在，于是他只好转入地下，致力于散文小品的创作，以此作为“无言的抵抗”。另一方面，随着人生经历的日益复杂，人生观渐渐开始变化，其美学观实质上又在悄悄调整。已经进入中年的梁实秋，亲眼目

① 梁实秋：《偏见集·现代文学论》，上海：上海书店出版社，1988 年，151 页。

② 梁实秋：《偏见集·现代文学论》，上海：上海书店出版社，1988 年。

③ 梁实秋：《偏见集·现代文学论》，上海：上海书店出版社，1988 年。

睹了中国现代历史的动荡和磨难，亲身品尝了漂泊不安、四外颠簸的艰辛生活，更多地感受到了一个人身世的渺茫与困惑。于是士大夫的隐逸思想渐渐滋长，老庄哲学的清静、无为与闲适，终究得到了他的爱慕。入台之后，他更注重修身养性，读经看史，讲佛悟禅，力图调和内心各种冲突。他的人生观中因而融入了更多传统佛道思想的因子。他说："一个地道的中国人，大概就是儒道释合流的产品"①。这正是他自己的写照。其实，梁实秋也无法抵御儒道释共存互补为特征的中国传统文化的诱惑，在他最深层的心理结构中，传统文化像一个巨大的磁场，使他或迟或早地要向传统回归。伴随着向传统的回归，传统佛道自然主义美学观中的出世忘我，静观平和，天人合一等审美意识也构成了梁氏散文的另一审美追求。因此可以这样说，梁氏散文的审美理想是中西两种不同审美意识互化、互补的复合物，即以西方文化为背景，渗透了理性主义、古典主义又带有儒家中和色彩的古典艺术美与以中国佛道自然主义为基础，讲求闲适，讲求超脱，充满出世精神等传统审美意识互为渗透互为综合的结果。

## 二

梁实秋复杂的审美理想与追求使其散文呈现出独特审美意蕴。就其散文的审美选择和审美意趣而言，梁氏显然孜孜于描写"普遍的固定的人性"。与白璧德一样，梁氏所谓的"人性"也是一个情与理、善与恶二元对立的概念，它不是指普遍的自然人性，恰恰相反，他强调以理性制约情欲才是理想人性，而且，这"理性"就是做人的普遍伦理道德规范。他认为"伦理乃是人性的本质"②，"文学成为道德的，这是无谓；不道德的文字就算文学，这简直是狂妄了"③；"文学家处在森罗万象的宇宙中间，并不因获得一鳞半爪的材料便沾沾自喜，他要沉静的体会那普遍的固定的人性。这样的文学，不是'俯拾即是'的文学，乃是经过长时间磨炼的文学"。基于此，梁氏散文创作严格选择题材，即选择那些与"人性"密切相关，又经过自己深思熟虑过的人生

① 梁实秋：《杜甫与佛》。
② 梁实秋：《文学的纪律》。
③ 梁实秋：《文学的纪律》。

图景。因而，他的散文，以描摹世态人情、社会世相居多，如“男人”、“女人”、“诗人”抑或“谦让”、“握手”、“下棋”等，即使描写其他题材，往往也是缘风物而寓乡思，或借美景而发感慨，显示出人性的多样与深刻。如他的饮食文化小品集《雅舍谈吃》的五十多篇小品，虽然谈的是种种吃食吃法吃相，包括西施舌、八宝饭、烧羊肉等，然而在谈吃中有所寄寓。诚如作者在自序中所说：“偶因怀乡，谈美味乃寄兴”，这些篇目大多涉及作者在大陆故土乡里品尝过的饮食，借此以抒游子之情，从中也折射出海外游子多年不归的乡思乡愁与乡恋。

事实上，梁氏所谓描写“普遍的固定的人性”，不但在理论上是抽象的，而且在具体创作上也无从实现。而他经常引用阿诺德的那句话，即“沉静的观察人生，并观察人生的全体”，则可作为这一理论表述的一个很好的注脚。因而，梁氏散文一旦描写现实，其“人性”常常显示出具体的生动的一面。但它毕竟又与极力表现自我个性人生的一般散文不同，梁氏散文所描写的往往是普通人的一种类型，他对这类人的伦理、品德、生活习性、心态性格往往沉静观察，谙熟于心，在静观默察中，参悟人情物理，透视人生百态，讥贬丑的恶习，捕捉善的倩影，闪烁出独到的人生智慧，每每给人以哲理的启迪和美的享受。他写男人的“脏”、“懒”、“馋”，女人的“说谎”、“善变”、“多舌”，虽略有夸张之辞，却又不能不让人佩服其观世目光之犀利。

在梁实秋看来，文学的目的就使人以理性克制欲望，以善抑恶，使人性趋于健康。因此，他的散文，常常褒赞人的“勤劳”、“诚实”、“正义”、“谦恭”，贬抑人的“懒散”、“虚伪”、“狡诈”、“好斗”，呈现出扬善抑恶的鲜明的审美价值取向。如《脸谱》一文写道，人的脸分为两种，一种是令人愉快的脸，“这与老幼妍媸虽无关。丑一点、黑一点、下巴长一点，鼻梁塌一点，都没有关系”；另一种是令人不愉快的，如帘子脸，“外面摆着一副面孔，在适当的时候呱嗒一声如帘子一般卷起，另露出一副面孔”。“误入仕途的人往往养成这一套本领。对下司道貌岸然，或是面部无表情……脸拉得驴般长”，“但是他一旦见到上司，驴脸得立刻缩短，再往瘪里一缩，马上变成柿饼脸”。通过两种脸相的描写，不难看出作者讥评人性“恶”呼唤人性“善”的良苦用心。

如果以为梁实秋用明显的阶级性去看人生世相，那是不正确的。梁氏从

"人性"角度审视人性百态，无分男女老幼、官人百姓。由于梁氏的人性观推重理性，而在他看来，理性集中地由少数贤哲所代表，因此，他崇尚天才，承认人有贵贱之分，而对同情弱者与穷人的行为不以为然。他说："这种普遍的同情心，是建筑在人是平等的这一假设上的，平等观念的由来，不是理性的而是情感的"①。因而他的散文常常出现这种现象：既赞美平民的勤俭、质朴与坚韧，又劝诫他们甘于劳作，满于现状，甚至甘于做好仆人。如《第六伦》一文，其意在于处好主仆关系。一方面劝诫主人："驾驭仆人之道，是有秘诀的，那就是把他当做人，凡是人所不容易做到的，我们也就不苛责他，凡是人所容易犯的毛病，我们也可以曲宥"，另一方面又劝告仆人："在仆人方面更要忍。主人发脾气那是因为赌输了钱，或是受了上司的气而无处发泄。"显然，这种人伦说教明显受其人性论影响，若从阶级观点来看，这种描写是十分荒唐的。这里，还容易使人误会的是，以为把仆人"当人看"，体现了梁氏以卢梭式的人道主义思想作为观察人生世相的审美眼光。其实不然，若是他主张人人平等的人道主义为何还津津乐道于维护主仆关系呢？梁氏曾说过："吾人反对人道主义的唯一理由，那是因为人道主义不是经过理性选择"②。可见，梁氏的审美选择既不是从阶级性也不是从一般自然的人道论为出发点，而是从以理制欲的新人文主义人性论为出发点，其审美目的就是维护人类经过长久历史发展而积淀下来的做人的伦理准则，显示出保守、传统的审美倾向。梁氏认为"儒家的伦理学说，我以为至今仍是大致不错的"，其古典艺术美中明显含有儒家中庸中和的成分，这鲜明地体现于他的散文之中：既反对过分"浪漫的爱"，又反对封建包办婚姻；既主张尊老爱幼，又反对膜拜与溺爱；既不崇洋媚外，也不主张复古；在艺术上，既不放纵，也不过于严谨；既不铺张渲染，也不自然实录；既不平淡如水，也不晦涩难解；既不过于谐趣，也不过于庄重，措辞有度，行文有节，褒贬适中，期于至当。

然而，这只是一个方面。在梁氏散文中，还有一个特点，即其散文孜孜于描写人性之多变，人性之善恶，流露出明显的儒家伦理审美意识，但作者在观照这人生百态时常常显示出无可无不可的道家气息、追求"觉行圆满"的佛家情趣。他执著于生活，但又把生活当作一门艺术来享受，并且又常常

① 梁实秋：《浪漫的与古典的》，香港：丽明出版社，第44页。
② 梁实秋：《浪漫的与古典的》，香港：丽明出版社，第44页。

追求“佛”、追求自我内省和自觉，梁氏散文明显地体现了这种儒道释合流的审美内蕴。

坚持文学表现“普遍的固定的人性”为中心的古典艺术美的梁实秋一向反对文学具有阶级性，反对文学表现时代精神及其宣传功能，主张文学超政治、超时代、超阶级而存在。中年之后，他的文艺美学观中又融进了以佛道自然主义为基础的冲淡、隐逸、出世等传统美学因子。这一切使其散文创作又必然要走向闲适的一面。他创作于40年代的《雅舍小品》首集，虽然当时正值全民抗战烽火连天的峥嵘岁月，但作品却闻不出多少烟火气息，更多看到的是作者在“雅舍”中宁静超远谈“握手”、“理发”，论“下棋”、“写字”，在一篇篇小品中融注着自己的审美意趣：自我排解、自得其乐，不怨天尤人，不凌厉浮躁，显得雅趣，旷达而平和。梁氏散文这种闲适的审美风格有别于周作人散文“闲适”的清冷与苦寂，也有别于林语堂散文“闲适”的随意与轻松，它既带有梁实秋雅致温和的独特个性气质，又含有传统士大夫的清高与超脱，还有许多英国“绅士”气味。关于绅士，梁氏早年曾专门作过解释，认为绅士“和蔼”、“宽厚”、“有遥远的目光”，并且“永远是我们待人接物的最高的榜样”①。梁氏散文的“绅士”风味比周氏、林氏更为浓郁，成为其“闲适”美学风格的一种独特意蕴。

与闲适相应，幽默也是梁氏散文的美学风格之一。幽默在中国文学中虽然“古已有之”，但最早引进这个名词并大力提倡的却是林语堂。林氏幽默要求语出“性灵”，格调轻松，心境冲淡，无所挂碍，但常趋于油滑，或含有许多“为笑笑而笑笑”② 的成分。与林氏不同，梁氏散文的幽默更多地受其古典主义美学观的影响，很少有“为笑笑而笑笑”的成分，却往往寄托着一定的人生寓意，常于行文中涉笔成趣，彩笔间闪烁智慧，显得严肃雅致，巧妙机趣。他将幽默与讽刺结合在一起，往往用于对人性“恶”的讥评。不能否认，梁氏幽默又受其出世超然、闲适等传统佛道审美意识的影响，带有“游心于物外，不为世俗所累”的士大夫情调和绅士风度。这常常表现在对自己生活事业进行回顾和评判的时候，如《雅舍》《书》《快乐》《中年》等散文，

---

① 梁实秋：《偏见集·绅士》，上海：上海书店出版社，第85页。

② 鲁迅：《伪自由书·从讽刺到幽默》，《鲁迅选集（第三卷）》，北京：中国青年出版社，第252页。

作者以超功利的审美态度观照自己的人生历程，心境冲淡，笔调闲适，其间似乎暗藏一丝淡远的微笑或自嘲。

如果从作品的情感结构和形式结构考察，梁氏散文又具有别样的情韵美和简洁美。

梁氏古典艺术美理想要求文学作品有“节制”、“守纪律”，即“以理性驾驭情感，以理性节制想象”①。这种美学要求在理论上虽然不尽恰切，但它却使梁氏散文独具特色：想象的节制，使他的散文创作趋于较严格的写实，描写时往往能层层剥示，娓娓而叙，缜密而细腻，隽永而得体，不事铺张，天机自露。情感的理性驾驭，使梁氏散文绝少有无病呻吟的伤感及夸张虚饰的浪漫。其文情感往往恬淡自然，却别有况味。如散文《北平年景》中的一段：“过年时须要在家乡里才有味道。羁旅凄凉，到了年下只有长吁短叹的份儿，还能有半点欢乐的心情？而所谓家至少要有老小二代，若是上无双亲，下无儿女，只剩下伉俪一对，大眼瞪小眼，相敬如宾，还能制造什么过年的气氛？北平远在天边，徒萦梦想，童时过年风景，尚可回忆一二。”“避地晦曲”，又逢过年时节，剩下孤单的伉俪一对，可谓凄凉至极！但梁氏却哀而不伤，情感如涓涓细水，澄明平静，其间略带一丝海外游子久别故园的寂寞、酸辛和苦恋。梁氏散文大多如此，貌似情感平平淡淡，其间却暗含“人生的精髓”，虽三言两语，有时却能沦肌浃骨，韵味深远，构成了一种浓郁的情韵美。

与之相应，梁氏散文显得特别简洁。何谓简洁？用梁氏的话来说，就是把“不成熟的思想，不稳妥的意见，不切题的材料，不概要的描写，不恰当的词字，统统要大刀阔斧的加以削删”，“芟除枝蔓之后”，所达到“整洁而有精神，清楚而有姿态，简单而有力量”② 的美学效果。需要指出的是，梁氏散文的简洁不一定只表现为辞少意丰，有时，文章虽长，但其间却蕴含着丰富的思想容量，宽阔的气势及无穷的意味，也是简洁。他的大多数散文小品，如《雅舍》《男人》《女人》等，篇篇短小精悍，文字铿锵有力，风姿挺拔，意远味浓，是属于辞少意丰的一类；也有少数散文如《槐园梦忆》《谈徐志

① 梁实秋：《文学的纪律》，商务印书馆，1928 年，第 11 页。

② 梁实秋：《秋室杂文 · 作文的三个阶段》，《梁实秋杂文集》，北京：中国社会出版社，2004 年，第 103 页。

摩》《清华八年》等，文章虽长，但不拖沓，不散漫，且寄寓于深切的人生感慨及人间况味，这是另一种简洁。构成梁氏散文简洁美的因素是多方面的：对生活的沉静观察而致于熟稔的地步，因此能直接抓住最准确、最精彩的生活片断，因而行文严密，条理井然；文笔的劲健扼明，文风的缜密雅净，使其文趋于简洁。然而最重要的还是得力于其散文语言。梁实秋曾经说过："我的散文在思想方面、形式方面受英国文学影响不少，但是文字方面如何遣词造句等等是受中国文学影响的，我反对欧化的写法。"① 的确，梁氏散文语言更多地吸取了文言文的硬朗峭拔之气，力求精洁传神、点铁成金，没有欧化语的冗长艰涩，在文章衔接处，也不用过多虚字，不兜圈子，不说套话，用语经济，表述洁净，以求文言语体化，达到"绚烂之极趋于平淡"的境界。这种语言，音韵和谐，语意丰润，文调张弛有序，但又显得自然、明净而雅致，形成了独特的简洁美。

## 三

梁实秋与周作人、林语堂一样，是中国现代资产阶级文艺思潮的重要代表，也是中国现代闲适散文的宗师。但三者的审美理想及其闲适散文的审美意蕴并不相同。周作人的文艺美学观经过中西两大不同审美观念的整合，最后部分地吸取了西方面向现实、执着人生、表现自我等审美意识，而更多地趋向于传统佛道自然主义的平和、冲淡与闲适等审美追求。林语堂的文艺美学理想则主要是西方表现主义与中国道家超功利、超现实、出世忘我等审美意识相契合而形成的"表现——性灵论，幽默——闲适论"。其实质是一种以"自我"表现为中心的浪漫主义美学观。与周氏、林氏不同，梁实秋虽部分地吸收了以佛道自然主义为基础，闲适出世、超然物外等传统审美意识，但主要还是师法中西古典主义文艺美学传统。这种审美理想的不同最终导致了他们散文创作审美品格的差异。其中，周氏散文最为冲淡、最为宁静、最充满苦寂和宿命色彩，也最为复杂。林氏散文，最为放逸，最为轻松，最注重个人情趣，也最充满油滑气息。相对而言，梁氏散文最为古雅蕴藉，最为节制

① 季季：《论谈梁实秋先生》，载台湾《中国时报》，1986 年 11 月 20 日"人间版"。

严肃，最为中和平正，也最为缜密简扼。毋庸置疑，梁实秋的文艺美学观基本上没有超出古典主义的范畴。从西方文学发展史来看，从古典主义到浪漫主义是文学发展的一大进步。况且，古典主义和浪漫主义各有长短，一定要古典主义美学思想统治中国现代文坛，反对浪漫主义，显然是违背了文学发展的规律。从社会历史现实和审美风尚来看，这种超阶级、超政治、超时代的古典美学观显然又脱离了当时“风沙扑面，虎狼成群”的时代现实和人民大众的审美心理。这正是梁氏散文及其美学观的双重缺陷。

然而，由于梁氏后来曾不自觉地受到左翼文学和浪漫文学美学观的影响，也由于梁氏文艺美学观与其散文实践并非完全契合，在历史进入平稳发展的今天，梁氏散文必然会因其独特的审美个性而受更多读者和研究者的关注。因此，评析梁氏散文的审美品位就更为复杂、更有待于具体分析和历史地透视。但是，不能否认梁氏散文有许多审美因子会对当今散文创作有所裨益，值得人们的继承与革新，我们对其美学意蕴和思想情感倾向必须采取清醒的分析和批判的态度。

# 鲁迅杂文分析方法琐谈*

在中学语文教材中，鲁迅杂文的篇目较多。如何分析鲁迅杂文，是语文教学中值得探讨的一个问题。本文就此谈一点粗浅的体会，叫琐谈吧。

第一，掌握分析杂文的思想武器，明确分析杂文的指导思想。

毛泽东同志生前关于学习鲁迅和学习鲁迅杂文的教导，是我们分析杂文的指针。他在《新民主主义论》中对鲁迅的一生做了崇高的评价：对1927年到1937年新的革命时期两种反革命“围剿”和两种革命深入作了科学的分析。这些评价，从时代和历史高度上，帮助我们认识鲁迅杂文在中国革命史上的地位和作用。他在陕北公学鲁迅逝世周年纪念大会上的演说，全面地、科学地阐发了鲁迅的革命精神和战斗风格。他在《在中国共产党全国宣传工作会议上的讲话》中关于鲁迅后期杂文的论述，从思想方法上，明确指出了鲁迅后期杂文辩证的逻辑力量。

毛泽东同志的著作中，还有一些具体引用和阐发鲁迅杂文的精彩论述和中肯分析，比如在《反对党八股》中引用《辱骂和恐吓决不是战斗》，来批判党八股的罪状；称《答北斗杂志社问》中所举八条为“写文章的规则”，并对其中一、二、四、六条加以阐述，作为反对党八股的锐利武器，建立无产阶级文风的指南。《在延安文艺座谈会上的讲话》，引了《对于左翼作家联盟的意见》的最后一节，来批判文艺界的宗派主义，对我们正确分析和深刻理解鲁迅的杂文也都有着重要的指导意义。

第二，了解鲁迅写作杂文的背景，是分析鲁迅杂文的重要前提，也是分析鲁迅杂文的重要组成部分之一。

鲁迅是在黑暗势力包围下用杂文作为主要武器进行战斗的。我们若对当时的情况，或鲁迅写作某一篇杂文的起因和经过不熟悉或不太熟悉，就难正

---

* 本文原刊于《语文教学》1981年第5期。

确理解鲁迅的创作意图。因此，分析鲁迅的杂文，首先接触到的问题，就是了解时代背景。

背景材料的组织，一定要恰到好处，该详的就详，该略的就略，以帮助理解课文为限。

大的背景材料（即当时阶级斗争和民族斗争的情况等），要学习毛泽东同志在各个时期的重要著作，要翻阅、参考一定的党史和现代史的资料。文化领域内的两方斗争的材料，如果条件允许的话，尽可能地翻查一些当时刊行的左、中、右的报章杂志。还有一点不可忽视的，是参阅鲁迅同时期、同类型的文章和有关书信、日记。鲁迅说："从作家的日记或尺牍上，往往能得到比看他的作品更其明晰的意见，也就是他自己的简洁的注释。"①

总的看来，背景介绍部分，大体包括：大的背景，具体的背景或事件，文章在当时或当前的意义，鲁迅当时的处境和态度等。

第三，鲁迅杂文的题目往往是经过精心推敲的，有很强的战斗性，很鲜明的倾向性。有些题目立意很巧，含意很新；有些题目，使人感到睿智和滑稽；有些题目就是作品的主旨所在，体现了作品的精神实质。因此，在鲁迅的某些杂文的分析中，把题目解释好，也是不可忽视的环节。

比如，鲁迅在晚年写的著名杂文《答托洛斯基派的信》，单从这个题目看，就具有准确、鲜明、尖锐的特点。当托派匪徒反革命面目在社会上尚未完全公开暴露之际，鲁迅就觉察到，陈仲山不是一个人，而是"代表着某一群"；不是别的什么派，而是反革命的"托洛斯基派"。文章题目不写答陈仲山的信，而写《答托洛斯基派的信》，显示了鲁迅敏锐的洞察力，鲜明的爱憎和卓越的识别能力。

一般地说，解释题目要注意两点：一是把题目的字意、含意讲明白；二是把抓问题的角度、特点讲清楚。

第四，如何具体分析一篇杂文？用一个固定的程式去硬套是不行的。但这不是说就没有什么规律可遵循的。一般说来，采用因文制宜，不同文章不同处理的方法。鲁迅的杂文在表现形式上是灵活多样的。鲁迅善于选择最恰当的表现形式来为内容服务。他的文章达到了"嬉笑怒骂，皆成文章"的境

① 《孔另境编〈当代文人尺牍钞〉序》，刘运峰编：《鲁迅序跋集下》，济南：山东画报出版社，2004年，第495页。

界。我们在分析时，就应该根据对具体情况作具体分析的原则，从每篇杂文的表现形式和风格特点出发，去探求和发掘课文的思想性和艺术性。

1. 以问题作纲要，进行重点归纳。

在鲁迅的演讲和一些书信体杂文中，这个特点表现得比较充分。比如《对于左翼作家联盟的意见》，适合采用这样的分析方法。这篇文章结构清晰，问题提得明确、尖锐。作者开门见山地提出了一个引人深省的问题："左翼"作家是很容易成为"右翼"作家的？接着就列举了三个方面的原因。文章第二部分有针对性地提出"今后应注意的几点"。全文两大部分，均先明确地提出问题（即文章的论点），然后分别从理论和事实上加以论证。对于这种类型的文章，分析的重点，一是放在作者是如何论证和回答所提出的问题上，要从思想内容及其内在联系上讲透彻；二是从表现特点上看它是如何用丰富多样的论据和形象化的语言论证抽象化的道理的。这样分析后，鲁迅杂文的特点就使人有了具体感受，它不同于一般的论文，而是一种文艺性的评论。

2. 按结构找思路，逐层挖掘核心。

论战性的杂文，一般可以采用这样的分析方法。

如何写作论战性的文章，鲁迅有很深刻的体会。他说："历举对手之语，从头至尾，逐一驳去，虽然犀利而不沉重"，必须"正对论敌之要害，仅以一击给以致命的重伤"。因此，在分析这类文章时，应注意鲁迅是如何抓住战机，揭出"论敌之要害"，以进行层层剖析、驳斥的。

3. 通过感性形象，展开联想、推理。

在以悼念人物为主的文章中，一般可运用这种分析方法。比如《为了忘却的记念》，表现方法是以作者和被杀害的青年作家的关系为线索，以记叙和描写人物为中心，而描写人物，则主要是用画眼睛的艺术。这篇文章重点写了白莽和柔石。鲁迅以浓重的感情，集中而细致写了自己同白莽三次见面的生动情景。这三次相见，都以匈牙利诗人裴多菲为媒介，由表及里，深入到他的精神世界。这就把一个谦逊、坦率，对革命忠诚的青年革命者生动展现在读者面前。

鲁迅写柔石则是从多方面着笔，特别是从他的思想发展方面加以表现。比方说，写了他的"迂"的变化，写了他对官场看法的改变。在加入"左联"和共产党后，他的革命活动和思想发展虽不便明写，但仍然让我们感觉出来。比如他决定地改变作品的内容和形式；“他向衣袋里一塞，匆匆地走了”；在监狱中“他的心情并未改变，想学德文，更加努力”。所有这些，含蓄地暗示他入党后，革命工作频繁、紧张，革命对他创作的影响，以及他革命的坚定性和乐观主义精神。

鲁迅怀着极其崇敬的心情，为烈士立传，一再表示对他们的悼念和铭记，而对秘密杀害烈士的“灭亡中的黑暗动物”，则给予无情地揭露。因此，鲁迅描写的青年作家形象具有很深刻的思想性，很强烈的感染力，从而使我们受到教育和启示。

分析这类文章，一般说来要认识形象的内涵，发挥形象的感染力，揭示形象的深刻意义以及对表达主题的作用。

4．围绕一个总题（论点），多方剖析、印证。

有些杂文的题目，往往给我们深刻的启示，就是分析这篇杂文的纲。比如《论“费厄泼赖”应该缓行》，全文八小节，第一节，揭示了写作本文的缘由，提出本文的中心论点，反对提倡“费厄泼赖”，主张痛打落水狗。第二节到第七节围绕中心论点，多方剖析，反复论证，生动的例证和透彻的议论结合在一起，使文章破得彻底，立得有力，具有无懈可击的逻辑力量。第八节，有力结束全文，从改革的高度上，强调指出“费厄泼赖”应当缓行的意义，落水狗必须打到底的无比重要性。

除上举的几种外，还可以有多种多样的分析方法，比如通过分析语言的特点，去把握文章的思想内容；通过反复诵读，领会文章的内在思想感情等，总之，在多读多想，反复体味的基础上，去寻找最恰当的分析文章的方法。

# “海派”散文与文化市场*

## 一

对于“海派”文学的研究，学术界最为关注的无疑是小说。自古以来，人们提起小说往往与闲书相连在一起，因它具有娱乐本性，这恰好与注重娱乐的“海派”文艺相契合，因而也成为“海派”文学的重镇。而散文，从来是以“正宗”文学的姿态，严肃的面孔出现，自然与“海派”文化不相协调。但偏偏又恰逢“海派”文化——这现代社会必然派生物的崛起，因而在文体的固有本性与文化的必然性展开之间的冲突、对流与调和过程，也构成了“海派”散文作为散文现代品貌建构的途径与特色之一。

研究者对“海派”文学概念的界定仁者见仁，智者见智。或许，把它看作新式文人走向商品化写作之途的一些作品则较为明了简洁。如此界说，自然不能将“鸳鸯蝴蝶派”等通俗作家圈入其内，也不能将寄居于商气十足的上海的所有作家全都囊括，鲁迅、茅盾等作家无论如何也谈不上“海派”。但是，把“海派”文人全视为“上海新文学界的一些败类”① 却是苛刻。如果这样，那么“海派”就成为商品化文学倾向中媚俗者的代称，显然失去了“海派”特定的宽泛内涵。事实上，当我们将“海派”文学与浓郁的商品化倾向相联系时，不仅针对其根本特征——即鲁迅所说的“没海者近商”，是“商的帮忙”②，也着眼于其历史源流。“海派”是由开放社会与商品文化市场的发展促成的。没有近代上海的开埠，没有工商业的快速发达，不可能有文

* 本文原刊于《东岳论丛》1998 年第 1 期，后被“人大复印资料”《中国现代、当代文学研究》1998 年第 4 期全文转载。

① 毅君：《怎样清除“海派”》，1934 年 2 月 10 日《申报·自由谈》。

② 鲁迅：《花边文学·“京派”与“海派”》，《为了忘却的纪念·鲁迅杂文四》，北京：线装书局，2009 年，第 159 页。

化上的“海派”。清末民初时期，正是海派文化的萌芽与初创期。从“海派”散文角度看，它究竟是梁启超时代“报章文体”的延续。表面上，当时梁启超等人的“报章文体”散文，较多的是鼓吹“改良”与“革命”的严肃一面，但因报纸作为大众化传播媒介的特点，它的文体特征势必更多考虑大众读者的阅读与接受。当然，此处的“大众”读者，与向来所谓的“民众”有所区别，主要是指城市居民，他们卷入都市工商业化的历史进程与生活节奏之中，既须面对日新月异的信息刺激，承受新旧文化变迁的心理调节压力，也须在紧张的工业化节奏之余消闲娱乐，松弛紧张工作与生活引起的身心疲惫与劳顿。随着工商业进程的加快，这种单纯适应“大众读者”的报纸杂志与鼓吹“革命”旨在“启蒙”的文化刊物日益分道扬镳，不但专门造就了一批通俗作家，更吸引部分严肃写作者下“海”，“海派”文人至此才异军突起。不过，这已是五四文化运动后期的事了。其中，“语丝社”成员章依萍写作《情书一束》、“创造社”成员张资平等写作俗化文章，堪称典型例子。

## 二

自“五四”后期开始发达的“海派”散文，是中国现代散文史上一道耀眼的都市风景线。尽管这一“风景”“开放”到40年代末，但其景观却具有独特的现代意味。它是典型的文学商品化环境中的散文创作。在20世纪的中国，再也没有像那时的散文创作一样，将生产、流通与消费紧密相连，首尾一贯。作家可以为自己的写作专门“开发”一块阵地，自创刊物，自办出版社，自办发行，自我推销。只要所写能为大众接受，所出的杂志与刊物，能立足文化市场。这种空前绝后的机遇造就“海派”散文与众不同的发展历程与形态风貌。严格地说，“海派”散文只是一种文学写作倾向，既非“思潮”，也非“社团”，更非“流派”，甚至也难称得上是一个作家圈子的创作，因而，只能以“现象”名之。大体而言，这一现象经历了三个不同时期。

其一，转型期。这是由原来的“五四”式坚持严肃雅致的作家散文写作分化的结果。“五四”文化启蒙的退潮，文化阵营的分裂，使散文创作也趋向分流。有的开始“方向转换”，日益“左”转，散文创作的文体作风严肃而激烈；有的滞流着“五四”余风，作品虽较雅致，但因常失去文化启蒙时代的“锋芒”，而走进散文领域的“象牙之塔”；还有的既无意激烈鼓动，也无意精致把玩，却以哗众取宠的新奇文风，迎合文化市场追新趋时的行情，既为自己谋利，也娱乐他人。章依萍的《情书一束》，有意迎合市民的奇、俗、趣的阅读需求，颇得少男少女们的欢心[①]；章克标的《风凉话》，以半冷半热的反讽口吻调笑人生与社会，那介于幽默与讽刺之间的奇异作用同样吸引好奇的读者；而张资平、周全平、潘汉年、叶灵凤等“创造社”的“遗老遗少”则发表大胆“激进”的恋爱与性学文字，也不乏惊世骇俗的引诱力[②]。他们的文字常见于《幻洲》《真善美》《良友（画报）》等杂志上，并初露“海派”锋芒。这已为时人所证实。“五四”后期的周作人就曾以敏锐的嗅觉，察觉到了这一对“京派”散文构成潜在威胁的另一类散文风气，并猛烈加以抨击：“我很喜欢闲话，但是不喜欢上海气的闲话，因为那都是过了度的，也就是俗恶的了……”[③] 当时“京派”与“海派”之争的战火尚未燃起。周作人把“海派”散文的特征称之为“过了度”的“上海气”。可谓一针见血之论。

其二，追新期。“海派”散文的发达当在30年代的追新期。谈到“海派”文学的追新期，自然不能不提及施蛰存等主编的《现代》杂志。但这个杂志重在小说和诗歌，散文成就就相形见绌。与小说不同，“海派”散文的追新表现，却主要集中于《论语》《人间世》《宇宙风》《逸经》《谈风》等杂志上。林语堂曾说：“论语地盘向来完全公开，所谓‘社’者，全、潘、李、邵、章诸先生共同发起赞助之谓也。”[④] 邵洵美、章克标及徐訏等“海派”文人的参与发起、编辑及经常撰稿，使“海派”散文创作一时乘“论语”之风也显得别致新颖。如果说林语堂从《语丝》到《论语》的文风转变，一定程度上不能说没有“京派”“海派”化的趋向，那么，“海派”文人加盟《论语》等杂志，则也有“海派”“京派”化的追求。还是鲁迅观察锐利：“当初的京海之争，看作‘龙虎斗’固然是错误，就是认为有一条官商之界也不免欠明白。

---

① 章依萍在《情书一束三版序》中直言其写作缘起：“居古庙而想女人，虽理所不容，亦情所难禁。‘女人，女人，女人’想着，想着，写着，写着，这样所以有〈情书一束〉的印行。”原载《语丝》1927年1月8日第113期。

② 如潘汉年在《新流氓主义》中提出：“自己认为不满意的就奋起反抗”，即属惊世骇俗之论。

③ 周作人：《上海气》，《语丝》1927年1月1日第112期。

④ 语堂：《与陶亢德书》，《论语》第28期。

因为现在已经清清楚楚，到底搬出一碗不过黄鳝田鸡，炒在一起的苏式菜——‘京海杂烩’来了。实例，自然是琐屑的，而且自然也不会有重大的例子。举一点罢。一，是选印明人小品的大权，分给海派来了……二，是有些新出的刊物，真正老京派打头，真正小海派煞尾了；以前固然也有京派开路的期刊，但那是半京半海派所主持的东西，和纯粹海派自说是自掏腰包来办的出产品颇有区别的。要而言之：今儿和前儿已不一样，京海两派中的一路，做成一碗了。”[①] 不过，老京派的名声常常先声夺人，并左右写作风气，因此，《论语》等杂志上的散文小品总被视为“老京派”作风之延续，其中的“小海派”意味却常被人忽略。《论语》上的“幽默风”与《人间世》上的“小品文”风气，多少改变了早期“海派”散文“过了度”的“上海气”，变偏激为适度，变消闲为闲适，变逗趣为幽默。

其三，当“海派”散文家面对破碎的山河，终于幽默不出来的时候，他们的创作又转换了风格。即到了第三阶段的由俗写雅期，以张爱玲、苏青、丁谛、予且等作家为代表，他们在《杂志》《万象》《天地》《大众》《春秋》等刊物上，不仅写小说，也写散文。其中，张爱玲的《流言》、苏青的《浣锦集》，还流行一时。与追新期“海派”不同，他们的写作开始转向实实在在的大众生活。如果说追新期“海派”散文，注重个人笔调，注重自己的闲言碎思，那么此时的“海派”散文写作却注重大众的阅读嗜好，倾向于“生活流”。不过，与老“鸳鸯蝴蝶派”文人的文章作风也并不相同，除了“生活流”写实以外，他们还常谈出一点生活见智，不乏新颖与大胆，偶尔颇能参悟到人生荒凉。苏青在《〈浣锦集〉后记》云：“我写文章的动机往往是为了发泄；在某一时期，则是为了穷。穷了的时候当然常会受到闲气，于是一愤而写文章，文章写出来后气恼就减去其大半了。其他的时候虽不很穷，但却有闲，有闲的时候便常有所谓感触之类，因此也思发而为文。除了上述两原因以外，出风头的意思当然也有，其中有两篇走偏锋的文章，即此之故。”这真率的表白大致反映了当时“海派”散文面貌之一斑。

---

① 鲁迅：《且介亭杂文二集·“京派”与“海派”》，《鲁迅文集·第五卷》，长春：吉林文史出版社，2006年，第58页。

## 三

“海派”散文的变迁，集中体现了“海派”散文家面对商品化文化市场的介入冲击，创作态度发生由迷茫到挣扎再到顺应的变化发展过程。严格地说，文学的商品化对新文学的冲击，几乎自新文学诞生之日起就已初露端倪。据经济史资料表明，“五四”时期正是城市资本商业文明的较迅速的发展期，许多大型报纸刊物，在此期间纷纷积聚资本，并开设各种通俗文化窗口，以消费型文化吸引读者。资本商业文明的崛起与发展，成了“五四”新文化运动进程中人文主义等思想产生流传的有力背景与基础。也正因如此，新文学先驱们为发展新式的文化，有感于通俗文化的包围，才对通俗文化予以最先最激烈的批评。但是，商品化文化市场毕竟是现代社会文化发展的基本特征之一，彻底超越它，谈何容易。在文化启蒙高涨过后，难免会有新文学作者自觉不自觉地走向商业化写作之途。只是这种写作方式，自古以来并不多见，尤其作为“正宗”诗文，一般总以“言志”、“载道”、“缘情”为写作动机，因此，自然需要一个探索过程。

转型期“海派”散文写作者在这方面的经验教训表现得淋漓尽致。曾因经济苦恼并竭力抨击出版业商业化倾向的周全平等“创造社”成员们，在脱离“创造社”出版部之后，自己开始独立经营刊物与书店，终于无法拒绝商品化巨大压力的冲击，在写作态度上，染上浓郁的“上海气”。男女问题、性问题成为创作中心。很难说，他们这样的散文趋向是有意为小市民阶层而写的。比如，市民阶层喜欢看含而不露的、认同于一般道德倾向的男女故事，但他们所写，却是“过了度”的，专谈女人野鸡化、性是一切趣味的焦点之类。比如醉心于官能刺激的邵洵美直接宣称：“我们这世界是要求肉的。”①这种偏激反映了他们在商品文化市场写作中自我的迷失与茫然。在一时无法超越商品文化市场的铁律之时，他们有意无意地反而以夸张的形式投合了文化市场，其结果，一时虽暂能立足文坛，却迎来了媚俗的批评。如郑伯奇对叶灵凤某些半遮半露具有官能诱惑创作倾向的作品就进行了明确的批评②。其

① 邵洵美：《近代艺术中的宝贝》，《金屋月刊》第1卷第3期。

② 见郑伯奇：《中国新文学大系小说三集·导言》。

实在迎合文化市场这一点上，他们本身缺乏地道的通俗作家善于把握市民趣味的能力，因而写作时难免会走火，加上他们那偏激的年轻盛气更容易走极端。恰巧的是，这种新鲜的超前意识与写作，一时也为文化市场追新猎奇的逻辑所容纳。

承续转型期“海派”散文的追新努力，但又去其猎奇效果的是稍后追新期“海派”散文创作。比起转型期“海派”散文，这时期“海派”散文也因物以稀为贵的文化市场逻辑而得以生存延续，不过，更注意艺术的创新与纯正而已。这是中国现代散文史上颇有趣的现象。它使我们看到，即使在商品化倾向较为严重的环境中，也可存在较纯艺术性的散文现象。发表于《论语》《人间世》《宇宙风》等杂志上的不少散文，乍看颇有纯艺术性倾向。他们谈“幽默”、道“闲适”、抒“性灵”、讲“自我”，直承“五四”“个性化”散文创作之风。不同于“五四”散文的是，它失却了“五四”散文的文化思想冲击力，走向了远离历史现实的纯形式追求之路。因此，追新期的“海派”散文，其根本特征就是，以翻新的形式花样博得文化市场的接纳。事实上，《论语》与《现代》杂志具有类似的性质，只不过前者注重散文，后者注重小说和诗歌。两者都是在淞沪战役以后不久诞生，且都以追新为特色，政治上标榜中立，艺术上鼓吹纯粹。它们的生存正是与当时特殊的文化语境相联系着的。正如张静庐所回忆的那样：当时“上海方面也没有比较像样的文艺刊物。‘这是我们应该做的工作；在业务上着想，也应该立刻出版一种纯文艺刊物。’这一建议，很快就得到干部同人的同意”①。其中的动机确乎具有明显的商业性，但杂志的性质却有颇多的艺术性。这双重性质显然一定程度上规约着其中刊载作品的性质。如果再联系 30 年代初期中外文化与文学交流相当频繁的事实，那么我们就不难理解，这种向外追新，以求艺术纯粹的创作倾向。就小说而言，这种“追新”主要表现为新感觉主义与弗罗伊德式心理分析等现代派手法的运用；就散文而言，则表现为对外国现代散文作风的某种承续。所谓“幽默”、“性灵”、“小品文”之类，往往是乔叟、绥夫特、爱迭生等人散文的触动，并融汇古已有之的中国风而成的中西结合的产品。即如发表于《宇宙风》上的施蛰存的《绕室旅行记》，有人认为，“既有外国哲

① 张静庐：《在出版界二十年·再度脱离现代》，南京：江苏教育出版社，2005 年，第 102 页。

思散文（essay）的色彩，又有《浮生六记》的味道，在30年代来说是极为特殊的。”但施蛰存本人却当即予以否定：“并不特殊，它是其来有自。……我的《绕室旅行记》也是‘偷’来的。法国有位哲学家写了一本书叫《哲学的散步》，我从中得到一些启发”①。其实，这一点也是当时“追新期”“海派”散文的共同特征，只不过，对于一些根基不深的作家来说，其散文作品常表现出较多的“西崽相”，而对另一些作家来说，则“名士风”与“西崽相”融为一体，如此而已。

“海派”散文的追新努力，无疑也显示出对文化市场从挣扎到超越性的适应趋向。比起早期“海派”散文哗众取宠式的媚俗来说，它显然更为聪明。它及时地吸取了中外散文的新鲜艺术因子，迎合了当时文化市场的“追新”本性。不过，这当然掩饰不住其趋俗的特点，其追新不过是为了更能适俗。上海沦陷之后，大批知识分子纷纷离散迁移，读者文化层次下降，文化市场需求更多地驱使着作家重新为以市民为中心的读者层而写作。张爱玲、苏青等的散文正是在这种文化市场的调节推动下应运而生。不同于以往的“海派”作家，张爱玲与苏青相当坦率地直诉其适俗型写作：“我们自己也喜欢看张恨水的小说，也喜欢听明皇的秘史。将自己归入读者群中去，自然知道他们所要的是什么。要什么就给他们什么，此外再多给他们一点别的。”②

不过，这种适俗追求不等于媚俗。他们一方面不会如追新的“海派”散文家大谈“幽默”与“性灵”，另一方面也不会如转型期“海派”散文家专注于“灵”与“肉”问题愤世嫉俗的大胆宣泄。他们的创作相当注意分寸的把握。正如张爱玲所说：“那么，说人家所要听的罢。大家愿意听些什么呢？越软性越好——换言之，越秽亵越好么？这是一个很普通的错误观念。……但看今日销路广的小说，家传户诵的也不是‘香艳热情’的，而是那温婉感伤，小市民道德的爱情故事。”③

如果说他（她）们的散文写作仅仅停留于这种“小市民道德”生活的描写，那么这与一般的通俗作家创作区别并不太大。他（她）们的可贵之处在

① 施蛰存：《沙上的脚迹·中国现代主义的曙光》，长春：辽宁教育出版社，1995年，第169页。

② 《张爱玲散文全编·论写作》，杭州：浙江文艺出版社，1992年，第92页。

③ 《张爱玲散文全编·论写作》，杭州：浙江文艺出版社，1992年，第91页。

于，其散文既能写“俗”，但又能“俗”中见雅。在平凡生活的描写中，时时流出一些人生的独到体验与苍凉的生命感受。他们的写作及时地顺应了文化市场的规约，取得了立足生存的资格，且一度流行；但他（她）们又不甘心于此，时时想能写出自己的独到生活与见识。这造成了他们在雅俗之间徘徊游移的独特散文现象。

## 四

文化市场的规范决定着“海派”散文的美学内蕴与风貌。

转型期“海派”散文，面对文化市场的冲击，显示出了惶惑与迷茫的创作色调。反映在审美选择方面，表现出焦灼、激愤、夸张的风格。其作品往往有颓废与反抗双重因素，颇有“现代”艺术色彩，但又容易染上“俗”的趣味。如在描写男女恋爱问题上，他们的创作往往不在“情”上下工夫，而是在“欲”上下工夫，充分体现出急切、浮躁、不安、苦闷的审美心态。

与此稍稍不同，追新期“海派”散文与文化市场的联系相当隐秘。尽管《论语》《宇宙风》等杂志曾为创办者带来一定的收入，但人们常常不愿意将它与文化市场的商品化联系在一起。显然，这也与其散文内蕴的审美追求相关。在远离政治、贴近艺术口号的标榜下，追新期散文专注于写人生趣味，并搬来一套相关的中外理论，在文本形式技巧方面令人耳目一新。但形式之美并不能掩饰其内容的空虚。作品的思想冲力明显比“鲁迅风”散文冲淡薄弱。对现实与时代的若即若离，正昭示了其审美追求最终仍受文化市场趋新即俗逻辑的规范。冲淡也好，闲适也罢，那精致而可把玩的“翡翠”，在获得大众一声惊叹的同时，也证明了它仍有为大众闲适时消遣的意味。

如果说，追新期散文虽不失其受文化市场规范的意味，但多少表现出脱俗求雅的艺术追求，那么，张爱玲、苏青等后期“海派”散文家更多地表现为由俗写雅的审美特质。他们的散文作品首先是写“俗”——诸如“公寓生活记”、“谈女人”、“更衣记”、“谈性”、“生男与育女”、“夏天的吃”、“谈婚姻及其他”之类。相当生活流，相当琐屑化，名副其实是“散文”，而且是“俗众”的散文。它既是大众化的，话题一般是俗众所感兴味的，但也是个性化的——生活的体验却是个人所独有的。因此，它是写俗的，也是写雅的。

以雅的眼光写俗，从俗众生活中见雅。这就使得其作品获得了广大的读者圈，时而大俗大雅，为上层文人雅士所称道，时而俗中见雅，为一般文人所品尝，时而俗不伤雅，为普通民众所消遣。

总的看来，“海派”散文的审美倾向具有一以贯之的本性。它的一切创作特征、文化内涵、主题取向及审美特色均与商品经济相连：首先，趋俗逐利是其生存之本。“海派”作家的散文写作，纵然不乏成名成家的动机，但“商的帮忙”这一点是无可置疑的。另外，他们的写作也常为了生存或生活的缘故，屈就于文化市场的规范。这一点，几乎为时人所共识。但在相当长的时间内，这类与市场相联系的作品常被视为不健康而一笔抹杀或视而不见，这显然是欠公平的。其次，消闲娱乐是其主要功能。“海派”散文向来不乏为自己有趣而写作的成分，但根本的却是写别人觉得有趣的文章。显然，这是受文化市场吸引读者本性的影响所致。再次，远离政治是其基本趋向。一般而论，自20年代后期开始文学创作可分为三种形态：文化艺术型写作、政治社会型写作及商品市场化写作。对政治社会重大问题的有意回避及消极反应，常常也是“海派”作家走向商品化写作的原因之一。转型期“海派”散文写作就是与日益“左”转的文学主流分道扬镳的结果。追新期“海派”散文创作更是对文化高压空气的躲避，而后期“海派”散文，如张爱玲等人的写作，则是在沦陷区危险空气下，有时不得不淡化政治意识。另外，从作品本身来看，“海派”散文还具有写身边琐事的主题取向、花样翻新的艺术追求、新旧调和的审美取向等特点。应着大众之需，“海派”散文从“五四”时写人生的严肃，走向写生活及食色男女的通俗，主题取向发生了由雅向俗的变迁；艺术上，应着文化市场趋俗追新的本性，也不断变化其手法，以新颖与奇异招徕吸引读者；审美风貌方面，则躲避崇高与严肃，躲避刚毅与悲壮，追求戏谑化、喜剧化、琐屑化，有时尚不乏轻浮与松弛。这一切，构成了散文现代化历程中的特殊“风景线”。其成败得失并存，值得我们借鉴并进行史的研究与总结。

# 文化散文发展的轮廓*

## 一

文化散文在中国真正称得上“古已有之”，而且“由来已久”。先秦的诸子散文，堪称中国古代散文中“文化”意味最深的大散文。其体系之全，思辨之深，论证之细，成为文化散文的“传统”之一。后来的“古文运动”，不仅是要追寻先秦文化散文之“道统”，也颇具先秦文化散文之“文统”。韩愈散文中若干精品，如《原毁》《师说》等，其说理辩驳及自创新词的方式，就与先秦文化散文“文统”一脉相承。这么说，并非意味着文化散文就是“载道”派散文。事实上，即使堪称“大文化散文”即文化“大”品的诸子散文，其中显然多有“言志”成分。到后来，“独抒性灵”的明末散文从其“名士风”的文化创造来说，亦可称文化散文，但这显然更多偏于“言志”了。因此，粗略地分，文化散文确实存在两种不同的路数：其一，以凝重厚实的风格、缜密细致的论理、强劲深刻的文化冲击力见长，它往往是以散文笔法撰写的论文，或以论文的形式撰写的散文，介于散文与论文之间；其二，以闲适幽默的风格、独抒性灵的随意、诗化的感悟赢得读者，它以诗意的心境写散文，以散文的形式写诗，介于诗与散文之间。这两者之间的分别，与其用“载道”和“言志”分之，显然不如用“文化大品”与“文化小品”称之更为确切。不管哪一种，它们本质上都是“文化”的散文，是文化人以文化的眼光和心态写文化的人、事、物，注重于文化审美、文化发现、文化创造、文化批判和建设，着眼于民族灵魂的深处，旨在修筑民族、心灵的“长城”。它显然并不仅关照此时此刻，而且还沉思彼时彼刻，烛照来时来刻，这

* 本文原刊于《山东师大学报》（社会科学版）1999 年第 2 期。

就与一般描写性的自我散文、政论性的议论文、回忆性的抒情文、介绍性的叙事文和说明文区别开来。

一言以蔽之，文化散文是真正的文化人思考文化的散文，它一般具有文人化、学院化、高雅化的倾向。

## 二

一个思想解放的时代，往往是文化散文发达的时代。这个时候，往往又有若干文化巨匠，站在时代文化巅峰，吸收各种思潮精华，以笔为旗，推进时代及文化的转型与再生。古典时期有先秦，现代时期有“五四”。先秦时代有诸子领衔，五四时期有“新文化运动”诸先驱扛旗。虽然，五四时期的“新文化”与先秦时代的“旧文化”在内容上大相径庭，但在推进时代前行这点上，却如出一辙。在文化艺术领域，往往是叛逆即主流。没有合乎时代的超越，便往往只成为旧时代文化的附庸。“五四”文化之“新”，正是顺应“现代”时期对古典文化进行历史超越的需要和期待。表现在散文领域，即是对“现代”精神的呼唤，对“古典”时期的告别。这正是“五四”文化散文的追求。有趣的是，正如先秦时代一样，文化散文在“五四”又扮演了推进历史转型的急先锋角色。在《新青年》《新潮》《每周评论》等“五四”早期的著名杂志中，文化散文无疑是其中的重头戏之一。它借散文文体无处不及的随意及无时不可写的灵便，散发声声呐喊的文化冲击。在中国现代散文史上，议论性文化散文捷足先登，叙事性、抒情性小品文接踵而至，正是合乎时代变化的节拍，也是时代的期待和需要。查阅“五四”原始期刊，文化话题触目可见，文艺话题其实只是其中的一部分。文化期刊居大多数，纯文艺期刊少而又少。这种语境下的文化散文，合着历史前行节拍，自觉地担负起了它的三大使命：文化转型、文化复兴和文化启蒙。如果说，先秦时期的诸子文化散文，我们无论如何也无法因其篇幅的大小而将之作“文化大品”与“文化小品”之分，即使在短短的几百字内，它们所具有的文化能量，也足以称得上大品；那么，“五四”文化散文也是如此。从其所承担的文化使命来看，就与后来的拘束于自我感伤天地里的小品文章大相径庭。“五四”文化散文是文化精英，在充分宽松的文化空气中扮演历史主体角色的产物，他们占据了文化中心的地位，握有了历史与时代代言者的主动权。居高声自远，即使是一节“双簧”，也能声播渺远处，具有强大的文化辐射力。

## 三

“五四”之后，文化散文“大”“小”品之间的分野才日趋明显。当时，随着文化高潮的式微，新文化阵营出现分裂，有的高升，有的隐退，有的转向，有的坚守，有的走向十字街头，有的走进象牙之塔。有的一如既往地坚持文化大品的写作，有的另辟蹊径，开始文化小品的营造。典型的如“语丝”三大主将（鲁迅、周作人、林语堂）的分化。本来，“语丝”成员在“五四”新旧对垒的情势下，站在同一战壕，发出旧文化叛逆者之声，尽管有激烈与温和之别，但仍有同仇敌忾的强大气势。但作为一个自由主义倾向的松散群体，其思想、文风实质上都缺乏明显的一致性，一旦共同目标趋于瓦解，其各奔前程、各趋所好即成事实。于是，鲁迅、周作人、林语堂在“五四”之后，随即各自举起自己的文化散文旗帜。鲁迅以其坚韧的战斗精神及敏锐深邃的洞察力，思考历史文化的兴衰荣辱，叙说民族和国家未来走向的深深忧虑与希望；周作人则退守“苦雨斋”，在象牙塔中把玩精致的文化小品；林语堂则是一副闳中肆外的洒脱，在“海派”文化市场中也能如鱼得水，他的“幽默”与“闲适”，架起了“京派”与“海派”沟通的桥梁。三驾马车并驾齐驱，加上稍后的丰子恺、梁实秋、钱锺书等人的加盟，构成了30年代前后文化散文的歧异与丰富。这些文章，从审美角度看，都达到了炉火纯青的地步。但如果从文化散文的内蕴来看，其中尚仍有“大”“小”之别。虽然鲁迅是最激烈反对古典“道统”的一人，但正是他最具先秦诸子古文化散文的风范与气度；而周作人、林语堂则徘徊于西洋的随笔风与明末的小品风之间，更似文化小品的那一路数。现代文化散文的两大类型至此泾渭分明。

## 四

近几年来，学术界、创作界对文化小品话题谈得不少，但对文化“大品”——大文化散文又似乎谈得不多。或许，这是人们往往将文化“大”品与“载道”这个在过去一段时间曾使人厌烦的文艺观相联系的缘故。其实，正如前面所述，这是两回事。而从历史需要来看，生活固然不能缺乏“小品”，但历史也少不了“大品”。从这个角度看，鲁迅散文多别具意义。在他的散文中，有不少属于文化散文，他的许多优秀散文篇章，就因其深刻的文化韵味而愈久弥香。他往往是以文化人的深沉目光，凝视历史、现实和将来，如《论睁了眼看》《春末闲谈》《灯下漫笔》《我们应该怎样做父亲》《论雷峰塔的倒掉》《习惯与改革》等，那贯穿其间的透彻的文化沉思，显示出力透纸背的苍凉和严肃。有时虽不经意，但文化味却已然渗出。这是《无声的中国》中的一段：

中国虽然有文字，现在却已经和大家不相干，用的是难懂的古文，讲的是陈旧的古意思，所有的声音，都是过去的，都就是只等于零的。所以，大家不能互相了解，正像一大盘散沙。

寥寥几行，却从“文字”里发现“沙聚之邦”的成因；由此，而发现产生“奴隶”的温床。正是这样，他从历史中看穿时代，从传统中看穿现实，从文化中看穿国民性格。以至时过半个多世纪，读来仍宛如昨日的文字，一针见血。把世事看穿，正是文化散文的主要魅力所在。但要做到这一点，却显然非轻易而奏效。鲁迅的做法有两点尤值深思。一是从生活中发现背后的“文化”。他的文化散文，一般并非就事论事，而是从现实生活的一点因由，即生发开去，直至掘到“文化”这条老“根”上，寻出历史与现实、文化与生活的因果链，既读通历史，也读懂现实，既看透历史，更看穿世事。如果说，这只是鲁迅非常人所能及的功力所在，那么，他的另一手法，则表现了他作为学者训练有素的文章笔法。他往往以做论文的思维与眼光做散文。以“现代”的理性及科学精神，做社会科学论文，在20世纪的中国，鲁迅是较早的一个。早在晚清时期的1907年，鲁迅就为《河南》月刊撰写《人之历史》《摩罗诗力说》《科学史教篇》《文化偏至论》等论文。这些论文的观点至今仍然散发现代理性的光辉，其中提出的“立人”、“科学”、“个性”、“精神”等思想，是他明显高于同时期一般人的深刻之处。更值得注意的是，这是他以严密的科学论证而写成的具有现代逻辑性和体系化的社科论文。较之当时以短评、随想式为主的一般议论文章，显然具有更高一筹的说服力与理性化。正是这方面的素养，为他写作文化散文提供了思维深入和文笔驾驭的厚实基础。如在《灯下漫笔》中，作者从现实生活漫笔写来，谈东道西，由此及彼，其实却围绕“文明的筵席”这个中心，正反论证，环环相扣，层层推进，结论深刻而令人信服。

## 五

鲁迅式的文化散文在现代文坛追随者不少，但能得其神髓者却不多。后来的“鲁迅风”杂文家群体，更多地注意鲁迅杂感中针对时事的一面，缺乏对时事背后“文化”内蕴的沉潜挖掘，往往只把鲁迅杂文作为“匕首”、“投枪”效仿，而忽略了其中“文化散文”的长效魅力与功能。再后来，连作为“匕首”与“投枪”功能的杂文也甚少提起，改为善意的劝解或激情浪漫的“礼赞”式纪实与速写。稍稍能略加注意“文化”的是秦牧，他借“文化”而说理议论，虽然少的是沉思，多的是委婉的证明，但毕竟比直白的借“花”抒情要来得含蓄，因而至今看来，在当时的散文界中他算是比较优秀的一个。或许，“文化散文”的匮乏在普遍歉收和荒芜文苑毕竟是可以想象的。但在继之而来的繁荣的80年代文坛中，对鲁迅式文化大散文的普遍忽视却是有点使人遗憾。

当然，80年代文坛事实上不乏文化散文。且不说周作人、林语堂、梁实秋等人的作品不断重印，不少当代作家学者也陆续有作品出现。较著名的就有巴金的《随想录》、杨绛的《干校六记》及大批新作家及学者们的随笔小品。但是，这些作品有两个特点，一是沉浸于笔伐“文革”的普遍激愤之中，较少用力于“文化”的深层思索，只是巴金、杨绛等有所涉及，启人深思，但其笔锋，仍重在反思“文革”。当然，这与当时的环境和写作者心态有关；二是将文化散文更多地等同于文化小品这一路数，在相对发达的现代小品的影响下，文坛的随笔与小品创作骤然升温，造成热闹。这种现象，直到社会文化发生深刻转型的90年代，在文化市场的潜在作用下，仍有持续，但已有少数人开始发生“叛逆”。他们在发现历史转型的艰难之后，将笔触从现实逼视移向文化沉思，因而在散文领域，开始注入一股严肃认真的文化反思之风，追寻牵制现实改革的历史之手与文化之根，并企图由此更大程度地契入世俗社会，以改变那些纯学院化论文与民众不相往来的僵局。这其中典型的一个，就是余秋雨。

## 六

90年代的随笔小品热，自然不乏文化气息，其中的作者，也不乏文化功底深厚者。但总的来说，仍如当年的周作人、林语堂、梁实秋一样的路数，性灵所至，放笔为文，轻松幽默，闲适趣味，是属专业外的涉笔。但余秋雨却不一样，他几乎以专业作家的严肃与用功，写作文化散文。

我们这些人，为什么稍稍做点学问就变得如此单调窘迫了呢？……我在这种困惑中迟迟疑疑地站起身来，离开案头，换上一身远行的装束，推开了书房的门。(《〈文化苦旅〉自序》)

看似轻松的一走，其实又进了另一个不轻松的领域。可以这样说，他的大多优秀文化散文比写类似的一篇论文要做更多的细察与准备，内行人一看便能了然。不过，与写论文不同的是，他摆脱了纯学者的“窘迫”，在文化散文领地同样收获了相似的文化探索成果，却发挥了更大的文化功效。由此，也不难理解，他的文化散文与论文的内在关联。即使在写作上，也是如此。他的一些优秀的篇章，仍具做论文的神韵。从“选题”，到收集资料，从资料到观点，从观点到论证，旁征博引，由史及论，因而获得了论文式的深刻和严密，充盈着学者风范的厚实与冥思气度，具备了观照历史文化的“大品”气息。如在《一个王朝的背影》中，他翻开中国历史的各个朝代，比较各位开明的帝王，回忆个个历史的悲剧，并落笔于“避暑山庄”这一客观载体上，由此忆及清代的历史风云、皇权变更、文化变迁、百姓苦乐、民族兴亡、学人沉浮，酣畅淋漓之中，极尽几百年苍凉。在如此纷繁浩大的历史空间，即使记叙中有一、二闪失，也难掩其“大品”魅力。

余秋雨文化散文中的上乘之作，正是这种用“功”的结晶。但他也并非篇篇如此，也有平平之作。有时，或许诗情触发，他信笔所至，发而为文，但因缺乏上述的长久酝酿和思考，相对来说，与时下一般文化随笔区别就不大。或许，这跟其“选题”有关，或许，这是不得已而又必须为之之故。不过，不管怎样，在这里也就露出了他散文写作的长处与短处。其长处在于，能像鲁迅那样，把散文做得耐读耐嚼，有意味有文化有启发有生命力；其短处在于不能像鲁迅那样，在不经意间，由生活而随意发现文化之根，而往往刻意追踪文化之根，这就难以达到挥洒之间浑然天成的圆熟境地。自然，这是有点苛刻的批评，因为，他那套追踪文化之根的文化散文写作方式，毕竟具有独创的意味。

## 七

余秋雨散文写作的尝试，在某种程度上，接通了被人们忽视的文化散文中的“大”品传统，而在形式上，他又多少有了超越。在小品随笔热的格局中，其文学史意义是显然的。不过，其背后也仍然潜存着隐忧。作为一种文化现象，它事实上折射出学术研究领域的尴尬。且不说，走出“学院”的学人们，并非都能做到绕过“俗化”陷阱的纠缠，在文化散文或其它文化领域仍然能发挥高雅文化的功效，单说像余秋雨这样，“转向”前后付出同样的艰辛，却获得完全不同的“结果”，就足以说明文化界中的某种不平衡。长此以往，文化散文所赖以支撑的文化理论高度，又由谁去深究，这又如何使文化散文在质的方面超越前辈作家的作品？而在文化艺术领域，没有超越就没有地位，由此而言，我们的文化散文，虽然趋于中兴，但无法掩饰其内在的危机。

# 中编

# 中国现代作家作品研究

# 在斗争中成长的工人形象*

翻开中国现代文学史，我们看到一个明显的事实：同描写农民和知识分子的小说比较，写工人的小说数量少，成就小。早在1921年《小说月报》第12卷第8号上，郎损（茅盾）的《评四五六月的创作》一文有这样的论述：这一年三个月中发表的小说，计有120余篇，其中描写农村生活的是8篇；描写城市劳动者生活的只有3篇。茅盾认为，这时期“竟可以说描写男女恋爱的小说占了全数百分之九十八”；由于“智识界人不但没有自身经历劳动者的生活，连见闻也有限，接触也很少”，所以在为数极少的描写城市劳动者生活的作品中，也不免“观念化的厉害”。茅盾所做的这个分析虽然是指五四时期的小说创作，但在一定程度上也预示出中国现代小说发展的趋势。描写农民的小说之所以比描写工人的小说多，虽然原因是多方面的，但主要是由我国半封建半殖民地社会的经济形态和阶级结构以及作家队伍的特点决定的。对此，周扬曾指出：“中国是一个落后的农业国，绝大多数的作家都和土地与农民保持着密切的联系。……作家目击了农村中的封建剥削的关系，农民所受的肉体上和精神上的迫害：精神上的迫害更是作家自己所痛感的，被新思潮所激荡了的他们，首先写了自己从封建压迫下解放出来的斗争和命运……视野较广，不以个人主题为满足，而力求捉住有社会意义的题材的作家，就摘写了一般农民的生活和痛苦。……但是由于中国工人数量的稀少，年龄的幼稚，作家和工厂接触的不多，虽然前进的作家对这个新的社会力量极其憧憬，在思想上力图接近，但是要把这些新的人物描上艺术的画布，对于他们

---

* 本文原刊于《中国现代小说史》，山东文艺出版社1984年4月版。

的面目，还不够十分地熟悉。这就造成了描写工人作品的缺少”[①]。特别是我国新民主主义革命所走的武装夺取政权的道路并不像苏联十月革命那样首先从城市武装工人，我们是先在反革命势力统治薄弱的农村建立革命武装，由农村包围城市，最后夺取城市。这就越发要求小说更多地表现农民。

然而，我们不能因为写工人的作品少，成就小，在中国新文学史上就对其不作论述或不屑论述。中国新文学是新民主主义性质的文学，是无产阶级领导的、以工农联盟为基础的、人民大众的文学。中国新文学的性质，规定了中国工人形象必然要在文学作品中有所表现。这种表现就中国现代小说创作来说是有其发展的过程和特点的。应特别指出的是工人阶级的队伍是在反抗斗争中成长的，是随着时间前进，随着革命的发展，在数量上，在力量上，逐渐增多和增强起来的，和这相应的，在文学中的形象也就逐渐增多了。

## 一、神圣的劳工

1917年，俄国工人阶级在列宁领导下取得了十月革命的伟大胜利，1919年，北京爆发了五四运动，6月3日以后中国工人阶级登上了政治舞台。在时代风雷的鼓舞下，“劳工神圣”（蔡元培，1918年7月20日《北京大学日刊》）、“劳工可贵”（华林，1919年7月20日《民国日报·社会百话》）、“劳动神圣”（枕梅，1921年6月21日《双周评论》）等响亮的口号相继出现，在进步知识界广为传播，并在初期的创作中有所表现。初期小说中的劳工形象，主要是生活在城市最低层的劳动者，比如学徒和人力车工人。

写学徒生活的小说，主要有利民的《三天劳工底自述》[②]，潘训的《乡心》[③]，何道生的《学徒》[④]，许志行的《师弟》[⑤] 等。这几篇小说，以朴素的写实手法，真切地描写了主人公定儿、阿贵、福寿和杨大官学徒生活的悲惨遭遇（政治上连人身自由都没有，无异于“牛马”、“机械”、“奴隶”；经济

① 周扬：《从民族解放运动中来看新文学的发展》，《文艺战线》1939年3月16日第1卷第2期。

② 《小说月报》1922年6月10日，第13卷6号。

③ 《小说月报》1922年7月10日，第13卷7号。

④ 《创造日汇刊》，第215~228页。

⑤ 朗损：《评四五六月的创作》，《小说月报》十三卷八号。

上被榨取的一贫如洗，文化上被剥夺了识字的权利），控诉了带有封建性的学徒制度的野蛮和残酷，从而唤起人们憎恶的那个不人道的吃人社会。在艺术表现上，都或多或少地克服了当时流行的一种在作品里大发议论的风气。作品主题的揭示和人物形象的刻画，或通过作品中的第一人称“我”的见闻和感受，写出主人公的性格和命运（《三天劳工底自述》《乡心》），或通过对比和生活细节，表现主人公的悲惨遭遇（《师弟》），或通过主人公内心世界的剖析，揭示主题的悲剧性（《学徒》）。这在当时确实是难能可贵的。当时“大多数创作家对于农村和城市劳动者的生活很疏远，对于全般的社会现象不注意，他们最感兴味的还是恋爱，而且个人主义的享乐倾向也很自然。”①《三天劳工底自述》等无疑是当时文坛上出现的“奇货”，作者们“用‘再现’的手法，给我们看一看真切的活的人生图画”②。作品多用道地的口语，对话很切合人物的身份和性格。可惜的是这一组反映现实人生的作品当时未能引起评论者足够的注意。直到30年代，茅盾和郑伯奇分别为《中国新文学大系》小说一集和三集撰写导言时，才以相当的篇幅高度评价了这些作品。

写人力车工人的小说，有鲁迅的《一件小事》③。人力车工人，当时占都市苦力工人的大多数，并且作为一种有影响的社会力量存在于现实生活中。鲁迅于1919年发表《一件小事》的前后，报刊上刊载了不少介绍人力车工人的生活和斗争的文章：如善根的《人力车夫问题》（1919年2月《每周评论》8号）、署名植的《上海人力车夫罢工》（1919年3月《每周评论》13号）、朱天的《人力车问题》（1919年10月11日至17《民国日报·觉悟》）等等。当时不少作家相继以人力车工人为题材以不同文学形式进行创作，如胡适的《人力车夫》，沈尹默的《人力车夫》，顾颉刚的《春雨之夜》，陈南士的《走路》，刘半农的《车毯》（以上都是诗歌）；陈绵的《人力车夫》（短剧）等。但在这一类作品中，《一件小事》是写得最有深度的。小说以素描的手法写了人力车夫的艺术形象。作者以简洁的笔触，描绘了车夫正直无私的性格和勇于负责的思想品质。那个老妇人因为从马路上“突然向前横截过来，棉背心兜着车把，所以被带倒了”。车夫这面呢，“已经让开道”，“早有点停步”，

① 茅盾：《〈中国新文学大系·小说一集〉导言》，上海良友图书印刷公司出版，1935年。

② 茅盾：《〈中国新文学大系·小说一集〉导言》，上海良友图书印刷公司出版，1935年。

③ 《晨报周年纪念增刊》1919年12月1日。

说明他早有防备，因而老妇人才能“慢慢地倒了”。这说明老妇人跌倒的责任不在车夫，而在她自己。但车夫却依然承担了全部责任。车夫“毫不理会”作品中的“我”的自私心理，即刻立住脚，迅速“放下车子，扶那老女人慢慢起来，搀着臂膊立定”，同时关切地询问老妇人“你怎么啦?”通过车夫的细心扶老妇人的动作和询问，从正面表现出车夫对头发花白、衣着破烂的老妇人的无比关心和深厚感情。通过车夫的行动和“我”的自私心理的对比，有力地突出了车夫这一艺术形象。

车夫形象的出现，在现代小说中有重要的意义。首先，它是新文学史上第一次正面歌颂劳动人民的作品。为了说明这个问题，可同胡适的诗《人力车夫》和沈尹默的诗《人力车夫》（均发表于1918年1月15日《新青年》第4卷第1号）作一番比较。

胡适诗如下：

“车子！车子！”

车来如飞。

客看车夫，忽然心中酸悲。

客问车夫：“你今年几岁？拉车拉了多少时?”

车夫答客：“今年十六，拉过三年车了，你老别多疑。”

客告车夫：“你年纪太小，我不坐你车。我坐你车，心中凄惨。”

车夫告客：“我半日没有生意，又寒又饥。你老的好心肠，饱不了我的饿肚皮。我年纪小拉车，警察还不管，你老又是谁?”

客人点头上车，说：“拉到内务部西！”

沈尹默的诗如下：

日光淡淡，白云悠悠，风吹薄冰，河水不流。

出门去，雇人力车。街上行人，往来很多；车马纷纷，不知干些什么?

人力车上人，个个穿棉衣，个个袖手坐，还觉风吹来，身上冷不过。

车夫单衣已破，他却汗珠儿颗颗往下堕。

胡适的诗，写出车夫的辛酸，表现了人道同情。而《一件小事》则集中揭示了人力车夫的崇高思想境界。

沈尹默的诗，通过对比，写出了车夫和“车上人”两种不同的生活境况，对车夫寄予很大的同情，但没有写车上人的自我反省和向劳动人民学习，这正是《一件小事》所着力表现的重点。

《一件小事》之所以写得如此深刻，水平高于同时代作家同类题材的作品，是由于作者受到十月革命和五四运动的影响，真正看到“劳工”的力量，是作者清醒的现实主义的表现。

其次，它以新的人物形象革新了文艺。鲁迅后来说过：“北京有一班文人，顶看不起描写社会的文学家，他们想，小说里面连车夫的生活都可以写进去，岂不把小说应该写才子佳人一生爱情的定律都打破了吗？”[①] 鲁迅敢于打破艺术之宫的清规戒律，把新的人物和具有社会意义的题材写进小说里，同时在人物塑造、情节提炼、环境描写、结构布局等方面，都打破了传统的桎梏，这无疑是一次革命，并且产生了影响。我们从稍后出现的郁达夫的《薄奠》和刘一梦的《沉醉的一夜》等小说中都可以看到这种影响。

1923 年前后，工人运动有了新的发展。1922 年香港海员大罢工和 1923 年“二七”京汉铁路工人大罢工，是这种新发展的主要标志。工人运动的发展和进步文艺思想的传播，对一些作家产生了影响。以擅长写青年男女苦闷而闻名于文坛的郁达夫，1922 年留日回国后，由于受了当时革命形势的影响，由于自身受失业的威胁，对城市劳动者有所了解和接触，因而他的笔触转而描写劳动人民，并取得了一定的成就。他在 1923 年 7 月写的《春风沉醉的晚上》和 1924 年 8 月写的《薄奠》被认为是五四新文学的优秀短篇小说。

《春风沉醉的晚上》[②] 较为真实地刻画了一个中国女工的形象。主人公陈二妹是 N 烟公司的一个包纸烟的女工，她诚实、善良，残酷的阶级压迫和剥削，使她懂得了爱和恨。她关心那些同她具有相同命运的人们（即作品中的“我”）。作品中通过两个具体的事例（“我”接到来历不明的“挂号信”和春风沉醉的夜间外出散步），具体地描绘了她对“我”从发生误解到消除误解后思想感情的变化，从而表现出她对“我”至诚的爱。她痛恨那些剥削她的工厂资本家和调戏、凌弱她的管理人员。她把那吮人血汗的工厂视为仇敌，劝人不要吸 N 烟厂生产的香烟，表现她切齿痛恨和意欲破坏工厂的心情。这种自发的反抗方式，是符合当时的时代真实和主人公的性格特点的。这篇小说

---

① 鲁迅：《集外集·文艺与政治的歧途》。

② 《创造》（季刊），1924 年 2 月第 2 卷第 2 期。

较五四初期描写工人的题材有所突破，它不仅初步表现了产业工人的悲苦生活以及她们对资本家的愤恨，而且反映了工人同下层知识分子的真诚而纯洁的友谊。

《薄奠》[①] 具体描写了一个人力车夫的悲剧故事。作品中的人力车工人是一个纯朴、厚道、坚韧、勤劳的劳动者。旧社会旧制度无情地榨取他，使他肉体和精神蒙受着双重的痛苦。尽管如此，他并没有屈服下来，他内心有一个微弱希望——用自己挣出的血汗钱买一辆旧车，摆脱车主的压迫和剥削。“他一天到晚拉车，拉来的几个钱还不够供洋车租主的绞榨”。无情的现实，使他连最起码的生活也难以维持下去，那挣钱买车的愿望更是无法实现。他是带着这种可怜的愿望结束了自己的生命。主人公的悲剧包含着何等强烈的控诉力量。这篇小说的独到之处在于，它不只赞颂了人力车工人拾金不昧的高尚品质，而且从更深的社会背景上真实地揭示了他悲剧的必然性，并艺术地暗示出只靠人道主义的怜悯和施舍不能从根本上解决人力车工人的苦难命运。如果说《春风沉醉的晚上》写工人与知识分子的友谊，女工处于主动地位的话，那么《薄奠》表现的知识分子同工人的友谊，知识分子更主动一些，友谊更深挚一些。

郁达夫后来为自选集写的序言说：“《春风沉醉的晚上》《薄奠》，多少也带一点社会主义的色彩……”在《达夫代表作·改版自序》中说：“觉得可以传世行远，遗给子孙的作品，由我自家无论如何自夸自负的说来，最多也不过一篇两篇而已”。这中间就有《春风沉醉的晚上》在内。这里，我们抛开个别用语不论，作者的自述是有一定的道理的。第一，这两篇作品，揭示了阶级压迫和阶级对立是劳动人民受苦难的根源，控诉了半殖民地半封建社会的黑暗和罪恶。像这样简洁而深刻地表现革命民主主义思想的作品在当时确实是少见的。第二，尤其可贵的是，这两篇作品不仅赞颂工人的高贵品质和美好心灵，而且在很大程度上反映出知识分子与工人阶级建立真诚的友情有着现实的可能性和历史的必然性。第三，这两篇作品在艺术表现上比较典型地显示了郁达夫短篇小说的特色。郁达夫在《五六年来创作生活的回顾》一文中说：“‘我觉得‘文学作品’，都是作家的自叙传，这一句话都是千真万

① 郁达夫：《郁达夫全集》第 1 卷，上海：上海北新书局初版，1927 年。

确的。”又说：“作家的个性，是无论如何，总须在他的作品里保留着的。”郁达夫的小说往往以第一人称“我”和作品中人物的相互关系构成故事情节，作品中“我”的经历、感受，鲜明地体现着作者自己的观点和经历。这种写法的好处是，增强了故事情节的真实感，增强了作品主观抒情性，避开了观念化的毛病。郁达夫后来说过：“自传是己身的经验尤其是本人内心的起伏变革的记录。”[①] 这是深得创作要领的经验之谈。当时反映城市劳动者的作品较为普遍存在的问题是：虽然“同情于第四阶级（即无产阶级），爱‘被损害者与被侮辱者’”，但由于作者“对于第四阶级的生活状况素不熟悉”，因而“总要露出不真实的马脚来”，不仅小说的对话描写“容易招起不真实之感”，即使描叙第四阶级的心理也“往往掺杂许多作者主观的心理”，弄成非驴非马。[②] 在这种情况下，郁达夫的小说在艺术上刻意求真、求新的精神，是值得称道的。

“五卅”运动是一场显示我国工人阶级力量的轰轰烈烈的反帝爱国运动。“五卅”以后，工人运动蓬勃发展，工人团体纷纷成立，工人阶级已经由经济斗争转到政治斗争，显示了中国工人阶级力量的日益壮大和自觉阶级意识的提高。帝国主义及其走狗封建军阀目睹工人阶级日益觉悟，就用种种手段摧残、镇压工人运动，引起了工人阶级更加激烈的反抗运动。

这时作家队伍也发生了新的变化，有的直接参加工人运动的斗争实践，有的积极探讨革命文学的理论问题，并在创作上进行尝试，因此有些作家以各种样式的作品反映“五卅”以及“五卅”后工人阶级反帝反军阀的斗争。而在小说创作中迅速地反映这个斗争的则是蒋光慈。写于1925年的《少年漂泊者》[③]，从侧面反映了京汉铁路“二七”大罢工威武雄壮的斗争情景，生动地描绘了工人的英雄群像。作品通过主人公汪中亲眼目睹，描写工人面对敌人屠刀的宰割毫无惧色，仍英勇不屈的反抗精神。敌人逼他们“上工”，他们忍着被刀砍的剧痛高呼：“……我们的头可断，工是不可上的！不上工！不上……工”这个惊天地而泣鬼神的场面，突出地展现了工人崇高的革命气节。主人公汪中在他走向革命的途程中，正是从这儿接受了教育而奋勇前进的。

---

① 郁达夫：《什么是传记文学?》，《食色与欲》，第205页。

② 茅盾：《自然主义与中国现代小说》，《小说月报》1922年7月第13卷第7号。

③ 蒋光慈：《少年漂泊者》，北京：人民出版社，1998年。

写于1927年的《短裤党》则是从正面反映工人斗争的中篇小说。1927年4月初，在上海工人第三次武装起义不到半个月，蒋光慈写成了《短裤党》[1]，记录了“中国革命史上的一个证据”。作品除了具体描绘武装起义的领导者杨直夫、史兆炎坚定、乐观的革命品格和身患重病而忘我工作以及充满革命预见的精神外，还描写了工人李金贵的形象。李金贵是S纱厂的党支部书记。他出身贫苦，家庭和自己身受的压迫，铸成他对旧社会的强烈的仇恨，对革命对党的事业的无比忠诚。作品选取了武装起义最关键最危险的地方——攻打警察署的情节，突出他勇往直前，不怕牺牲的英勇气概。李金贵的形象具有一定的典型意义，反映了中国工人阶级在党的教育下迅速走向觉醒的过程。

蒋光慈作品中出现的工人领袖、党的领导者和普通工人的形象在现代小说发展上具有开创的历史意义。《少年漂泊者》和《短裤党》是蒋光慈在第一个十年中所写的两部中篇小说，也是在没有形成一种无产阶级革命文学运动之前的直接表现重大的革命题材仅有的两部小说。尽管这些作品写得粗糙，但结合当时的背景看，作品是完成了它的“革命时代的前茅”（郭沫若语）的使命。这两篇小说较之五四时期描写工人的小说，不论是主题的开掘，或者是人物的塑造，或者是艺术手法上，都有所突破：第一次以广阔的社会画面再现了党领导的工人阶级的自觉的罢工斗争和武装夺取政权并建立政权的斗争，第一次在激烈的阶级斗争中，塑造了具有共产主义觉悟的工人阶级的英雄形象，第一次描写了有组织有领导的工人阶级的集体力量，使工人阶级的形象真正以领导者的姿态和决定中国历史命运的主角出现在中、长篇小说中，第一次为知识青年摆脱苦闷彷徨的自我奋斗的困境投身工人阶级为主体的革命时代激流初步展示了明确方向。正因为这样，所以他的作品问世后，一再翻印，在读者中，特别是在青年读者中产生了巨大的影响，不少彷徨苦闷的青年就是读了蒋光慈的作品，背叛了剥削阶级而投身到革命队伍中来。钱杏邨指出：“《少年飘泊者》给予了当时的读者以不少的影响，和他的诗歌一样，打破了文坛的‘唯美的空气’；同时，也反映了‘五四’运动和‘二七’惨案的事件；从封建社会里解放下来的青年，通过了布尔乔亚的意识时代，是慢慢的接近了普洛革命了。”[2] 蒋光慈的作品在当时所以产生这样大的

---

① 1927年11月泰东书局初版。

② 钱杏邨：《现代中国文学论》，合众书店，1933年。

影响，究其原因是："光慈那种富有热情的，浪漫的，虽然技巧上比较粗糙的作品，总不失为一九二五——一九二七年间中国大事变的一个反映吧。他不仅是这一大事变的歌咏者，而且还是她的参加者。所以阅读他的小说，你可以感触到大时代飞跃的脉搏，可以想见到群众动乱的真相，还可以鼓吹你心中反抗的勇气。"[①] 但毋庸讳言，蒋光慈的小说多半是急就章，艺术的表现是幼稚的，粗糙的，往往是主观的解说多于或代替对客观生活的具体而细致的描写，在人物形象的塑造上，由于忽视对人物个性的刻画，往往是概念化多于形象化，脸谱化多于个性化。他的作品中有些人物，穿的服装是工人的，而思想感情却是小资产阶级的。正像当时的一篇评论文章所指出的那样。"我们不妨说蒋光慈的人物描写是'脸谱主义'。因为他的作品中的革命者只是一个面目——这就是他的革命人物的'脸谱'；又他的作品中的反革命者也只是一个面目——这就是他的反革命人物的'脸谱'……我们认为这样'脸谱式'地去描写革命者与反革命者，未免单纯，又这样'脸谱式'地使读者去认识何者为革命，何者为反革命，也未免流弊滋多。作品中人物的转变，在蒋光慈笔下每每好像睡在床上翻一个身，又好像凭空掉下一个'革命'来到人物的身上，于是那人物就由不革命而革命。"[②] 这评论虽然含有肯定不足，否定过重之嫌，但也不能不承认它在很大程度上尖锐地指出了蒋光慈初期文学作品在人物描写上的要害之处，对当时的普洛文学创作有鲜明的针对性。

## 二、斗争的先锋

1927 年，蒋介石发动了"四一二"反革命政变，建立了法西斯专政以后，国内的阶级关系发生了变化："中国大资产阶级转到了帝国主义和封建势力的反革命营垒，民族资产阶级也附和了大资产阶级，革命营垒中原有的四个阶级，这时剩下了三个，剩下了无产阶级、农民阶级和其他小资产阶级（包括革命知识分子）。"[③] 无产阶级单独领导中国革命深入发展。为了配合革命的深入，1928 年到 1929 年间上海的革命文艺界发生了一次无产阶级革命文

① 吴似鸿：《短裤党・重版赘言》。
② 朱璟：《关于"创作"》，《北斗》，1931 年 9 月。
③ 毛泽东：《新民主主义论》，1940 年。

学的倡导和论争，明确地主张革命文学必须以工农为主要描写对象，必须表现无产阶级意识。无产阶级革命文学的倡导者们，通过《创造月刊》《太阳月刊》等刊物，发表了一系列理论文章，同时发表了一些在其理论指导下所写的文学作品，其中描写工人生活和斗争的小说为数不少，影响较大的有：郭沫若的《一只手》[①]，龚冰卢的《炭坑里的炸弹》[②]、《炭矿夫》[③]、《矿山祭》[④]，华汉的《趸船上的一夜》[⑤]，刘一梦的《失业以后》[⑥]、《沉醉的一夜》[⑦]、《车厂内》[⑧]，平万的《小丰》[⑨] 等等。这些小说同前一个时期描写工人的小说相比，具有新的特色，即描写了重大的题材（工人罢工、暴动），展现了大革命失败后，革命者、工人阶级掩埋好同伴的尸体，在艰难曲折中继续前进的历程，明显地记录着时代脉搏的跳动，为小说创作增添了新的内容。这些小说，在人物形象描写方面也取得了一定的成就。华汉的《趸船上的一夜》，较真实地描绘了一个革命码头工人的形象。他原是D城工会的积极分子，一心扑在革命事业上；形势逆转后，他避过反动派的通缉，来到E港继续当码头工人。他有确信，依然保持着革命乐观主义。革命的曲折经历，形成他非凡的识别能力，他从车夫的穿着和神态中，就一眼判断这是一个革命流亡者，主动给予阶级的帮助和同情，并设法解脱了车夫的危境。作品末尾，通过车夫的具体感受，写出码头工人给他带来了鼓舞和力量："独立在趸船上的车夫，想想这一幅可怕的幻想出来的血影，他又联想到适才那码头工人一席话，他浑身的血流，突然热烈烈的沸腾起来了，曾经一度侵袭过他的饥寒，疲乏，虚疑……这时都消逝了它们的魔力，他这时仿佛浑身含蓄得有个千钧的力量，把他平日的英勇都复活转来了。"这个工人形象，写得既符合人物的真实，又符合时代的真实，在时代气氛的供托和人物心理描写的细致方面，取得了一定的成就。刘一梦的《失业以后》描绘了S纱厂一个罢工斗争的组

---

① 初发表于1928年2月1日《创造月刊》第9期，1928年3月1日《创造月刊》第10期。
② 初发表于1927年3月16日《洪水》（半月刊）第29期。
③ 初发表于1928年9月10日，10月10日，11月10日《创造月刊》第2卷第2、3、4期。
④ 初发表于1929年1月10日《创造月刊》第2卷第6期。
⑤ 初发表于1928年11月10日《创造月刊》第2卷第4期。
⑥ 初发表于1928年《太阳月刊》5月号。
⑦ 初发表于1928年《太阳月刊》1月号。
⑧ 初发表于1928年《太阳月刊》2月号。
⑨ 初发表于1928年《太阳月刊》5月号。

织者朱阿顺的形象。他勇敢、机智，始终站在斗争的前列，依靠工人，识别和顶住了敌人软硬兼施的阴谋；在罢工斗争碰到困难的时刻，他号召工人团结、齐心，把斗争坚持到底！“工人们所有的那一线希望也只有走这条路”。他被开除后，把仅剩的四个铜元，分出一半救济自己的难友，并秘密地除掉了那个工头——张国范。以后他乍办呢？思想不免茫然了。当他整理自己的衣物打算离开自己的工厂和爱妻时，发现了一张珍藏的列宁照片，凝视着这张照片，他的精神顿然焕发，获得了新的力量：“他此刻拿着象片低头默想着，他心里就随着触起了一种莫名的惭悔来，他对于家庭，淑真……一切的怀念，立刻冰化了。他决然的想：这算得了什么呢？……”

严格说来，以上的两个工人形象的个性是不甚鲜明生动的，并且存在着概念化的毛病：议论多于叙述，作者的主观介绍取代了人物性格的刻画，但其可贵处在于反映了时代的特点和气氛，并能在革命的逆流里注意写出工人性格的某些本质真实。不过这个时期的小说存在带倾向性的问题，就是只写了工人阶级的群像，漠视刻画具有鲜明个性的人物形象。探究其原因是十分必要的。当时有的无产阶级文学倡导者主张以集体主义的群众为作品的主人公，反对个人为作品的主人公的理论，对文学创作是有影响的。蒋光慈就是这种理论的鼓吹者，他说：“现代革命的潮流，很显然地指示了我们，就是群众已登了政治的舞台，集体的生活已经将个人的生活送到不重要的地位上了。……革命文学应当是反个人主义的文学，它的主人翁应当是群众，而不是个人，它的倾向应当是集体主义，而不是个人主义。”① 当时一个评论者指出《短裤党》的缺点是“没有特别侧重的人物”，这本是一种正确的意见，钱杏邨则著文反驳说：“这个时代既然是被压迫阶级的革命时代，我们的主人翁当然是被压迫阶级的群众，像《短裤党》这样以群众为主体的小说，就是我们所祈求而难以得到的小说。……在这样狂风暴雨的群众即将起的大革命时代，什么是创作家的人物，什么是创作家的小说里的行动呢？老实说，只有群众，只有群众的行动！”② 这种理论虽然有它的合理因素，强调了群众的集体力量，但是它在解释群众与个人、一般与个别的关系上却陷入了机械论

① 蒋光慈：《关于革命文学》，1928 年《太阳月刊》2 月号。

② 钱杏邨：《关于“评短裤党”——读王任叔〈评短裤党〉以后》，1928 年《太阳月刊》2 月号。

的泥潭，特别是违背了文学的典型原则。被当时文坛称作少有“自信的力作”① 的《炭矿夫》就受到这种理论的影响。作品以一家三代工人为线索，描写了煤矿工人苦难不堪的生活，揭示了他们受压迫受剥削的根源，歌颂他们为改变自己的命运而奋起反复斗争的革命精神。但这个篇幅较大的作品却没有刻画一个贯穿到底的主要人物形象，那些罢工的组织者只是一些面影模糊的人物。作品写得较成功的，是那些“群众的行动”、群众斗争的场面以及群众斗争的气氛。没有着力写好写活人物形象正是《炭矿夫》的主要缺陷所在。这个时期的小说，所以未写好人物个性，还有作家自身的原因，他们缺乏或没有这方面的生活实感和体验，凭间接得到的材料，甚至凭想象进行创作，结果只能是从概念出发，虚构人物；或从臆造的故事入手，安排人物，形成故事和人物脱节，失去内在逻辑性，似乎人物是概念的化身，而不是从复杂的社会关系总和中提炼出的活人，苍白无力，面目相似，自然谈不上什么描写人物个性了。

无产阶级文学口号的提出，不等于是无产阶级文艺建立的标志。这些被称作普洛文学的作品，不止是内容欠真实，艺术较粗糙，还包含了一些不尽正确的倾向，比如革命的罗曼谛克等。“革命的罗曼谛克的特征，是不能深刻地去反映社会生活中的唯物辩证法的发展过程，只主观的把现实的惨案斗争，理想化，神秘化，高尚化，以至于罗曼谛克化。这种化的结果，我们每每只能从那些作品中，看见一些幻化出来的英雄的个性，在做着‘时代精神的号筒’，却不能从严重的社会变革过程中，求得许多的经验和教训”②。但作为一个发展过程来看，这些幼稚的甚至具有不良倾向的作品，自有它们产生和存在的理由，它们“在当时是曾经扮演过大的角色，曾经建立过大的影响。这些作品是确立了中国普洛文学运动的基础，我们是路过这条在道路工程学上最落后的道路走过来的。我们不能忘记它”。③ 这评价是符合历史主义的。

1928 年无产阶级革命文学论争促进了革命文学运动的深入。1930 年 3 月 2 日成立了中国左翼作家联盟。在它存在的六年中，无产阶级文学逐渐克服了初期的一些不良倾向，在敌人压迫和污蔑中向着坚实的方向发展。“左联”十

---

① 《创造月刊·编辑后记》，1928 年 9 月 10 日，第 2 卷第 2 期。

② 华汉：《谈谈我的创作经验》，《创作的经验》，上海：上海天马书店，1932 年。

③ 钱杏邨：《地泉·序》。

分重视作家的工农化，鼓励作家深入工农，积极创作反映工农生活和斗争的作品。“左联”机关刊物的编辑方针和指导思想是很明确的。周扬在他主编的《文学月报》的《编辑后记》中说：“《文学月报》一开始的时候，就准备多登创作，尽量的发掘新作家，以后我们要更坚决的执行这个任务，对于青年作家的来稿，只要有可取的地方，即使技巧上比较未成熟一点，也必须设法使它发表出来，以鼓励创作者的兴趣。”① 不仅如此，《文学月报》还大力宣传和号召新老作家一起努力写作反映崭新的生活和重大题材的作品，“我们是要鼓励青年作家加紧学习，在作品上反映成名作家所不曾体验过的群众生活和战斗情绪；同时更希望成名作家不要再继续脱离群众的现象，而毅然顺着这些青年群众作家的推动，创造出更出色的作品来。”② 丁玲主编的《北斗》更加明确地指出：“要产生新的作品，除了等待将来的大众而外，能最好请这些人（指知识分子作家——引者注）决心放弃了眼前的，苟安的，委琐的优越环境，一面穿起粗布衣，到广大的工人，农人，士兵的队伍里去，为他们，同时就是为自己，大的自己的利益而作艰苦的斗争。……不要凭空想一个英雄似的工人，或农人，因为不合社会的事实……不要发议论，把你的思想，你要说的话，从行动上具体地表现出来。”③ 这里把写工农兵和如何写工农兵的问题，说得再明白不过了。“左联”还具体要求“组织工农兵通信员运动，壁报运动，及其他工人农民的文化组织，并由此促进无产阶级出身的作家与指导者的产生，扩大无产阶级革命文学在工农大众间的影响。”④ 尽管由于白色恐怖环境的限制，加之作家对工农的生活不熟悉，或艺术的感动力不足等原因，“左联”提出的上述要求和号召没有完全付诸实现，也没有产生什么可以长期深印人心的杰作，然而却存在着一个明显的事实：已有成就的作家和新涌现的作家在驾驭他们所熟悉的题材的同时，几乎都试图用革命现实主义的笔墨，艺术地反映工人的生活和斗争，新创小说的数量和质量远远超过了第一个十年，有了一个大的发展。

第一，涌现了一批几乎分布在各个行业的工人形象，为左翼文学的人物

① 《文学月报》，1932 年 10 月 15 日第 1 卷第 3 期。

② 《编辑后记》，《文学月报》1932 年 11 月第 1 卷第 4 期。

③ 《北斗》，1932 年 1 月，第 2 卷第 1 期。

④ 《中国无产阶级革命文学的新任务》，《文学导报》1931 年 11 月 15 日第 1 卷第 8 期。

画廊增添了一系列色彩斑斓的工人形象。有被资本主义制度逼迫得走投无路的锑矿矿工郑大有、宜晓山、金钱豹等的形象（蒋牧良的《锑矿上》[①]）；有在非人条件下，通过自己的拼命挣扎仍得不到起码的生活，肉体和精神交织着双重痛苦的肥皂厂女工王彩云的形象（夏衍的《泡》[②]），有在一定程度上概括了城市苦力工人的苦难和觉醒的清道伕老莫和郭志钦的形象（欧阳山的《水棚里的清道伕》[③]）；有以心理活动进行刻画的铁路工人李林的形象，他忠厚、老实、忠于职守，但旧势力竟不容这样的人存在于世，旧势力的代表人物不仅剥夺了他的饭碗，同时也剥夺了他藏于内心深处的爱情（罗烽的《岔道夫李林》）[④]；有通过捞纸工人老杆子的思想转变，真实地反映了捞纸工人在无可忍受的压迫下，萌发了内心深藏的仇恨，进而奋起反抗阶级的统治（刘白羽的《草纸厂》[⑤]）；有日本帝国主义在上海办的工厂（纺织厂，造纸厂、造船厂）中种种类型的工人（金小妹、任老三）的形象。通过他们各自的遭遇，生动地概括了中国工人阶级不甘于受压迫受剥削，纷纷起来反抗的精神（王西彦的《曙》），有以无限同情的笔墨，通过描写一个失业工人的家庭令人颤栗的悲剧故事，深刻地暴露了造成这个悲剧的社会环境。对作品中的人物，人物生活的环境，人物的心理活动，人物的命运及他们之间的关系等的描写，都严格地遵循了现实主义的创作原则。这个发生在普通工人家庭中的“一件寻常事”，却远远超过了家庭的范围，带有不寻常的性质。因此，作品具有一定的典型意义（张天翼的《一件寻常事》[⑥]）。这个时期小说中涌现的工人形象远远不止这些，但是，我们从这些较有代表性的作品中，看到了整个中国工人阶级从苦难到觉醒的斗争历程。他们所受的非人凌辱、压迫不仅来自国内阶级敌人，也来自外族法西斯侵略，他们不仅肉体备受痛苦，而且心灵遭到重创，他们的觉悟经过不同的道路，他们的反抗方式或是自发的或是自觉的。这样的复杂历程，一般说来，不是通过理念思维方式的图解，而是通过形象本身艺术地表现出来的。这些作品中的人物形象多半不再是作

---

① 《文学季刊》1934 年 12 月 16 日，第 1 卷第 4 期。

② 《文学》1936 年 2 月，第 6 卷第 2 期。

③ 《文艺》1933 年 10 月。

④ 《作家》1936 年 4 月 15 日。

⑤ 《文学》1936 年第 7 卷第 1 号。

⑥ 《文艺》1933 年创刊号。

品的游离部分，而是同故事情节、生活细节、人物环境等有机地结合在一起了。总之，这些人物形象比第一个十年出现的要厚实得多，比 1928 年，1929 年出现的要真切得多。

第二，出现了以描写工人形象而闻名于文坛的作家和以多样的风格、手法刻画工人形象的优秀作品。

草明是现代小说史上以写工人面获得重要成就的可数的作家之一。她的写作生涯开始于 1932 年。她说："我的故乡顺德是个产蚕丝的地方，但自从日本争夺了世界市场，中国丝业一落千丈以后，那儿的资本家便加紧剥削，任意开除女工。流离失所的女工历尽了各种痛苦生活。我在青年时期写了不少关于这方面的短篇。"[①] 《倾跌》和《万胜》就是这方面有代表性的作品。《倾跌》[②] 通过苏七、屈群英和作品中的"我"流落到城市的悲惨的遭遇，揭示了她们不堪言状的痛苦生活和内心充满愤恨的反抗情绪，"我们愿意用双手劳动，却没有人给我们饭吃！谁抢了我们的饭？"矛头指向了万恶的旧制度。作者极力写这三个女工的善良的品性和最低微的求生要求，而现实却无情地毁灭了她们的美好的人性和求生的路。苏七和屈群英走投无路，被逼沦为暗娼，作品中的"我"，"有幸"当了女佣人，整天像牛马一样劳作不息。是谁使她们走向毁灭呢？作者以三个不同性格的女工的遭遇作了有力的回答。《万胜》以凝练的笔墨，描画了一幅人物速写。主人公万胜是一个"又柔媚、又活泼、还具备了一种坚忍的气概的姑娘"。她 13 岁进厂学缫丝，由于厂主的压榨和赌鬼哥哥的折磨，使她变得判若两人，"温柔完全消失了……灵活的眼睛也凝滞起来，不是嘴里喃喃地咒着；便是阴郁地沉思"。作者通过万胜肖像和性格的急剧变化，表现了人物悲剧的社会意义。

如果说，《倾跌》《万胜》等篇，着重写女工离乡背井，流落城市，遭受资本家剥削种种痛苦，画面的色彩比较昏暗，那么，《绝处逢生》则是从侧面写了工人的罢工和反抗。《绝处逢生》[③]，原名《绝地》，是草明 1937 年四月写成的一个中篇小说。"那时由于法西斯专政，不可能正面写罢工斗争。只能通过一个丈夫投奔苏区的工人的家属——卖粥的妇人真嫂来反映工厂的工人

① 草明：《草明选集》，北京：人民出版社，1959 年。
② 《文艺》，1933 年第 1 卷第 2 号。
③ 草明：《草明选集》，北京：人民出版社，1959 年。

们的罢工斗争。”[①] 作品通过真嫂的悲惨身世以及她同周围工人们生死与共关系的生动描写，侧面表现了华兴制胶厂工人罢工斗争，揭露了旧世界的黑暗和残酷，歌颂了工人在斗争中互相帮助、不畏困难和艰苦斗争的精神，同时，也含蓄地表现了令人向往的苏区幸福美好的生活。

作品开头写主人公怀念自己投奔到苏区去的丈夫，结尾写主人公决然投奔到苏区。这样的开头和结尾，使文章前后呼应，并且使作品的政治倾向性十分鲜明。作品暗示人们，主人公不管碰到多大的困难都是能够克服的，因为她心中有着毫不动摇的生活信念。这是30年代描写工人题材小说在主题思想上的新突破。

真嫂是一个30多岁的工人家属，饱经风霜的经历，铸成她沉着、乐观的性格。“两个眼睛老是幼稚而愉快地睐着——在那儿找不到一点卑怯和畏缩”，她自觉地把自己的爱憎、命运和前途同工人的斗争紧紧结合在一起。工人们举行了全厂性的罢工，她赖以为生的粥暂时卖不出去了，面临着饥饿的威胁，她毫无怨言，而是更关心工人的命运，罢工胜利后，工人们帮助她恢复了卖粥，紧接着是反动社会局强行霸占她的粥房。在这近乎毁灭性的打击下，她经历了复杂而细微的思想斗争，带着仇恨，怀抱希望，奔向苏区。她是那么乐观地对她儿子说：“找你爸爸去，你跟你爸爸学，将来长大了也当个神兵，杀那些欺负我们的人！”

真嫂的形象写得如此亲切动人，是由于作者在刻画主人公的性格上下工夫。作者善于精细入微地描绘主人公的心理活动，把人物在特定环境下的感受同景物描写交融在一起，使景物描写带上了人格化的感情色彩。主人公尽管挣扎在饥饿线上，生活已到了“绝地”的边缘，但她的内心不悲观，充满希望，因而仍给人以力量。

《绝处逢生》中出现的各种类型的工人形象较多，但未能充分展开写，因而只留下一些影子，人物对话缺乏个性特点，这是草明早期作品中的不足之处。

以写知识女性的精神苦闷而震惊于文坛的女作家丁玲，于“左联”成立后所创作的小说有了较明显的进展。她在1932年1月20日写的《对于创作

---

① 《草明致赵家壁的信》，赵家壁：《三十年代的革命新苗》，1980年《新文学史料》第1期。

上的几条具体意见》一文中说："不要太喜欢写一个动摇的小资产阶级的知识分子。这些又追求又幻灭的无用的人，我们可以跨过前去，而不必关心他们，因为这是值不得在他们身上卖力的。"必须"用大众作主人"，"记着自己就是大众中的一个，是在替大众说话，替自己说话"。1933年2月出版的短篇集《水》，1933年6月出版的短篇集《夜会》的大多数描写工人、农民生活和斗争的短篇就是这种实践的初步成果，当即得到左翼理论家的好评。冯雪峰认为《水》的出现，标志着"新的小说的一点萌芽"。"在现在，新的小说家，是一个能够正确地理解阶级斗争，站在工农大众的利益上，特别是看到工农劳苦大众的力量及其出路，具有唯物辩证的方法的作家！这样的作家所写的小说，才算是新的小说。"[①] 冯雪峰的这个评价，也适用于丁玲这个时期创作的工人题材的小说。

作者的成就之一，是着力描写了工人身受的种种苦难及对美好生活的憧憬。《法网》[②] 围绕铁匠顾美泉和阿翠夫妻同铜匠于阿小和小玉子夫妻之间所展开的曲折的悲剧故事，揭露了兵祸、水灾、维护厂主利益的反动法网，是工人破产、失业、走向极端贫困化的祸根，展示了时代的潮流和工人们付出血泪的重大代价，终于使他（她）们觉醒过来，从而说明工人的团结和斗争对完成历史使命的无比重要性。作者写工人们悲惨身世等情节时，使人感到较浓的生活气息，写人物的性格，状人物的心理，也让人感觉到比较真实，但当作者写工人的觉醒过程时，则显得有点苍白了。《消息》[③] 是一篇取材新颖、描写细腻的小说，它从一个独特的角落歌颂了工人阶级的觉醒和斗争。作品比较生动地刻画了工人阿福的母亲这一形象。这个平日为儿子看不起的老太婆，不甘受冷落，不顾蚊叮和烟呛，甚至忘了吃晚饭，好奇的从常来家开会的工人积极分子那里探听秘密，渐渐地成为自觉的习惯了。当她得知儿子们的斗争同苏区有联系，苏区支持穷人的斗争消息后，不仅自己深受感动，而且喜不自禁地传达并串连了14个老太婆，凑了所有的几个铜板，买了红布，做了一件礼物，托"那个穿灰短衫，肋里夹着一件卷着的长袍的人"，带到她们心目中所向往的苏区去，还集体报名参加了儿子们的秘密组织。小说

① 冯雪峰：《冯雪峰论文集》上，北京：人民文学出版社，1981年。
② 《文学月报》1932年6月创刊号。
③ 《文学月报》1932年7月第1卷第2期。

围绕故事情节描写人物的性格，托物抒写人物的理想，通过描摹人物的心理变化极力写人物的由衷喜悦和思想觉悟。因此，这个人物使人感到可敬可亲，有一定的感人力量。整个作品的风格是，‘于写实主义中带有革命的罗曼蒂克的气氛”[①]。

作者的成就之二，是较早地接触到小资产阶级知识分子在同工人结合的过程中，如何汲取营养来改造自己思想这个主题，这比早期郁达夫表现工人与知识分子友谊的主题大大跨进一步。《一天》[②] 通过一个刚离开大学的知识分子陆洋，在沪西工人住宅区一天的工作和见闻，表现了工人的贫困生活，各种各样的思想状态及潜在的斗争力最，着重表现了知识分子在宣传和组织群众过程中，克服小资产阶级思想意识，发扬“在困难之中所应有的，不退缩、不幻灭的精神”。小说描写环境气氛比较真实，同主人公的心理活动是吻合的。但人物的对话充满了骂詈，是这个作品明显的缺点。

30 年代，当一般知识分子出身的作家，还存在着轻视工农群众的倾向时，丁玲就有意识的表现工人的生活和斗争，相信工人可以改变自己的贫穷地位，完成自己的历史使命，肯定知识分子深入工农的必要，所有这些，理应在小说史上占一席地位，同时应当指出，这些作品往往以过多的叙述和议论代替了真实生动的描写和带血带肉的人物形象的塑造。

耶林是在“左联”直接培养下成长起来的一个文学新人。周扬在《现阶段的文学》一文中说：“以沈阳事变，上海战争中士兵工农和小市民的生活和斗争为题材，当时辈出的新人……都送出了他们有意义的新鲜作品。”（《光明》第 1 卷第 2 号）耶林就是这“辈出的新人”中写工人生活写得有特色的一个作家。他于 1932 年写的《开辟》[③] 是一篇以上海“一·二八”事变为背景，表现党领导失业工人团进行反帝爱国斗争的作品。由于日本帝国主义的侵略，上海的不少工厂倒闭，大批工人失业。上海总工会，上海反帝大同盟，在党的领导下派出了大批党员干部，深入到失业工人当中宣传抗日救亡，组织工人防奸反特，支持十九路军抗战。《开辟》具体反映了这个斗争的一个侧面。它通过工人失业团热火朝天的生活和斗争的描写，歌颂了工人阶级的优

---

① 杨邨人：《丁玲的〈夜会〉》，见张白云选辑的《丁玲评传》。

② 《小说月报》1931 年 9 月第 22 卷第 9 号。

③ 《文学月报》1932 年第 1 卷第 5、6 期。

秀品质，表现了工人阶级在反帝反汉奸斗争中团结战斗的精神。作品以简洁的笔墨，勾勒了一群有组织，有觉悟，有斗争经验的工人形象。老高是他们中的优秀代表，是作品中写得感人的形象。作者通过生动的场面，具体的事件，有典型意义的细节，表现他善于思考和诱导，团结和组织工人弟兄进行有效地斗争，突出他有较高的思想和政策水平。在开展对敌斗争的同时，他十分注意改造工人内部的非无产阶级思想和行动，使工人心悦诚服地看到自己的弱点，认识到自己的历史使命。老高的形象，渗透着作者的思想感情。因为作者亲自从事工人运动，生活上熟悉工人，思想上热爱工人，作者身体力行“左联”的纲领，倡导文艺同工人相结合，又有马克思主义的文艺理论修养，所以作者笔下的工人形象具有较高的真实感、时代感和美学价值。正因为如此，沙汀认为：“耶林同志是三十年代初写工人写得较好的一位作家”①。

万迪鹤于1933年写的《达生篇》②，是一篇具有特色的反映工人生活的小说。它以幽默的笔调，真实生动地表现了多个工人的思想转变过程。主人公长一是一个本分、老实的工人，他受压迫被欺凌，安于现状，忍辱求生，精神麻木。他觉得自己的屁股生来应当被人家用脚踢，同时又觉得他自己的拳头生来应当打自己的老婆，可是当他有了孩子以后，他居然有了奇异的幻想，幻想他的孩子长成一个同他的地位完全两样的人物，幻想他的孩子成为上等人，为表示自己的尊严，用自己的脚去踢在另一种蠢人的屁股上。他为了这可怜而又可笑的幻想，那么认真、执着地奋斗着。他经过一系列的近于自我牺牲的努力（昧着良心说假话，拒绝参加工人组织的改善待遇的活动，忍心打掉将要生育的第二个孩子，即所谓缩食运动等等），奇异的幻想被无情的现实击倒了，孩子不仅未能成为上等人，反而夭折早亡了。儿子死了，他的希望也跟着毁灭了。他朦胧地认识到自己的所行是错误的，于是忏悔、转变过来，同他过去邀他参加工运的人作好朋友，参加了这个队伍，心中萌发了另一种新的希望。

通过主人公的思想转变，作品的主题自然地揭示出来，工人要改变自己受压迫受剥削的命运，必须同“命运论”、“向上爬”等非工人阶级的思想决

---

① 转引自《耶林同志的生平》，《新文学史料》1980年第2期。

② 《文学》1933年第1卷第6号。

裂；工人只有经过斗争才能达到自己的目的。这个主题没有一点强加于人的说教，在故事情节的自然发展中，刻画了人物的个性，表现了作品特有的幽默、含蓄的风格。

陈荒煤是1936年开始小说创作的。“作者对于长江水手的生活，了解很深，他熟悉他们的生活习惯和用语，他们的梦想和他们的关系，从这些上面，他发现了创作的丰富的源泉。”[①] 作者取材于或涉及到水手生活的作品，有《抛包》《刘麻木》《长江上》等《长江上》[②] 是他的代表作，被选为1936年最佳小说。当《长江上》在《作家》创刊号上发表后，就得到了文艺界的好评，被誉为“一幅成功的艺术品”。

……你唱我也唱
都唱长江好荒凉
你唱一条神龙像长江
我唱它满身都是窟窿疮
你唱我也唱
长江年年泪汪汪……

主人公独眼龙所咏唱的这首充满着荒凉、忧郁气氛的歌，就是这篇小说的主题歌。

小说以长江轮船上一段航程为线索，真实而形象地描写了几个水手在兵祸灾荒的年代里辛酸苦难的生活遭遇及郁结于他们心中的闷闷不平。

独眼龙是作者着力描写的人物形象。他精明、要强，原本是一个“硬朗的汉子”，20多岁时，是码头工人中有名的两条扁担，“二肩上很可以担得些分量的”，他有自己的家、妻和儿，后来他入伍当了兵，经过多年的飘泊，多年的行伍的生活，当再回到码头上时，他的家没有了，妻和儿不见了，身上又添了病，他变得软弱了。可是，他毕竟是要强的，他没有困顿委琐下去，心底里仍闪着亮光。主人公的悲剧命运，连结着当时的社会，深深地罩上了那个阴郁悲凄时代的阴影。

独眼龙凄凉命运是这样深印人心，这同作者在刻画人物性格上用力气是分不开的。作者通过对人物的心理活动，特别是梦境的描写，写出人物性格

① 《光明》1936年第2卷第2号。

② 《作家》1936年创刊号。

的变化。小说中的环境和景物描写，同人物的性格交融在一起，透露着作者强烈的感情色彩，是那么真实感人。人们读后，犹如置身在这段航程中，倾听着主人公诉说自己的身世和遭遇，并同主人公一块向那吃人的世界发出诅咒。

伴着独眼龙凄凉命运的展开，作品还写了另外两种性格的水手：一是像老张（茶房头）那样的人，早先是一个硬汉子，现在却变得委琐了，他甘于向现实妥协，昼夜不分地混日子，而且感到习惯和满足；二是像杜胖子那样的人，他为了养家糊口，单靠火舱底伙食老板的收入，显然是无法维持嗷嗷待哺的妻儿的，因此，只能沿线干起走私的买卖来。这两种水手，尽管是这样的变了，但善良的人性仍旧未变，这里作者是做了有分寸地描写的。

陈荒煤把长江以及生活在长江上的水手工人的生活引进了小说创作的领域，取得了较大的成功。“关于反映水手生活的作品，在中国现代文学作品中也是很少的，陈创作了这篇成决的作品，为中国现代小说题材的扩展又创立了一种新的题材。这在当时是十分珍贵的。”①

葛琴于1932年春开始写作，她的第一篇小说《总退却》在《北斗》上发表后，冯雪峰、夏衍就著文推荐。短篇集《总退却》出版时，鲁迅亲自为该书作序，指出她的作品是“这一时代的出产品，显示着分明的蜕变，人物并非英雄，风光也不旖旎，然而将中国的眼睛点出来了”。她的创作路子广，写工人，写农民，写士兵，她写工人的代表作品是《药》。小说具体描写一个失业在家的开山工人双林，穷得无饭可吃，偏偏他老婆在产后害了严重的奶毒症，急迫需要医药治疗，但是他没有钱为自己的老婆买药吃。作品围绕着这个矛盾展开了故事情节：第一部分，写求医取药。医生开完方子后说：“煎药不能不吃，凶在她是产后的奶毒，服四贴看吧！”可是家中值钱之物仅剩下一顶帐子，只换来两帖药！老婆的病仍不见好。第二部分，写双林设法搞第三帖药。双林求借无门后，只好设骗局从老七子那里骗得三块钱换来第三帖药。第三部分，骗局的真相弄清后，双林陷入更深的痛苦中。那第四帖药终于成为泡影。“唉，药！双林只是想着老七子给他买的那一帖药，和那帖始终没有吃成的第四帖药，像有一百个铁凿，同时在他心里凿着，凿着——药！

① 尚今：《中国新文学大系续编（四）小说三集·导言》，香港文学研究社。

药！药！”

小说的三个部分，都围绕着“药”这个中心，结构紧凑，错落有致，一构成一篇完整的艺术品。“药”，是工人受穷的见证者，是剥削制度的控告者；“药”，又是揭示双林的思想和性格的重要艺术手段。双林的性格是鲜明的，粗暴而善良，在他性格发展中看似矛盾而实是统一的，前者只是性格的表象，后者才是性格的核心。总之，双林的性格牢牢地打下了旧制度的烙印。这个人物形象的典型意义就在这里。

上举的这些作家作品，不仅说明“左联”时期描写工人形象的作品有了较大的发展，即：不仅取材领域广，反映了工人阶级多方面的生活剪影，而且主题开掘得比较深，既写出工人的悲剧根源，又写出了30年代党领导的苏区革命斗争为国统区工人阶级争取解放照亮了前进方向，不仅从现实生活出发，比较真实地刻画了在火热的阶级斗争和民族斗争中觉醒起来的工人形象，而且也深刻地揭示出工人阶级在变革客观现实的同时必须改造自己的主现世界；在艺术表现上重视在典型环境中再现人物的个性特征，尤其注意了心理刻画和灵魂的解剖以及典型艺术细节的描写。这些方面较前有了新的突破。

左联时期描写工人形象取得了较大的成功，还表现在一些擅长写知识分子形象和农民形象，并已取得了成功的作家身上。他们顺应时代的潮流，献出了这方面的“出色的作品”。小说方面有巴金的中篇《砂丁》《雪》，老舍的长篇《骆驼祥子》。

《砂丁》[①] 出版于1933年。“砂丁”，是统治阶级对矿工污辱性的称呼，而作者一反其道，站在矿工的立场上，以充满爱憎感情的笔墨，描写一群怀着各自希望到锡矿干活，结果却全都惨死于矿山的悲剧故事。

升义是贯穿作品的主人公。他为了使自己的恋人银姐脱离虎口，被骗卖身（受招工的骗，卖身的钱也被招工的拿去，可他自己不知道）到矿上做工，他热烈地希望通过出卖苦力挣得钱财从地主家赎回银姐，过上幸福的生活。按理说，升义所怀抱的只是一种个人的、低微的，而且近于可怜的希望。但无情的现实不容他这种希望实现。作品着力揭示了升义从希望到绝望的挣扎过程，把一个善良的灵魂如何被毁灭的悲剧呈现在读者面前，从而揭露了旧

① 《中国小说大辞典》，上海：上海辞书出版社，2010年，第705页。

世界旧制度的野蛮及其吃人的反动本质。

作者对升义和其他矿工注入了很深的感情。作者说。“我依旧爱这篇小说……里面也含了我的同情，我的眼泪，我的悲哀，我的愤怒，我的绝望。”① 作品在故事情节的叙述中，尽情地率真地展露了作者的爱憎感情，洋溢着作者的灵魂的独白，反复着，强调着，使读者和他同样地陷在热烈感情的世界里，体现了巴金小说创作一贯的风格特点。

但升义和其他矿工所怀的希望只停留在个人的欲望上，人物性格的发展处于被动的状态，这样写不仅是缺乏真实感，而且有损于人物形象的典型意义。

巴金的《雪》，无论就思想和艺术来说都超过了《砂丁》。《雪》原名是《萌芽》，写于1933年，最初在上海《大中国周报》按期发表，经校改后，于1933年8月出单行本，由现代书局发行，为现代创作丛刊第八种。初版两千册，设有卖完就被禁止了。1934年，作者重写了结尾，并将几个重要的人名更换，改书名为《煤》，交给开明书店出版，排完后打好纸型，刚刚登出预告，伪中央图书杂志审查委员会便通告书店停印，预告的《煤》因此没有问世。作者当时为了同“检查老爷”作斗争，买下纸型，改书名为《雪》，自费印了一版，委托生活书店秘密发行。1936年11月，《雪》由文化生活出版社公开出版，列为“现代长篇小说丛书之一”。作者在《雪·序》中说：“这回的校改算是第二次了，删改的地方较多一点。改完重读，觉得这还是我自己比较喜欢的一部作品。”从该书的出版经历可以看出这是一部为反动派所恨，具有进步倾向的小说。

《雪》是以作者访问长兴煤窑的经历和体验为基础而构思和创作的小说。作品开头，写两种类型的人乘火车到大煤山的情景，由他们的不同的打扮和谈吐，初步展示了阶级的对立和必然的斗争。作者运用对比的写法，有意识地激化了这一斗争，揭露了矿长、科长、监工、包工等剥削者榨取工人的种种罪行。工人们在非人的条件下，有的因年迈病弱而被踢出，有的死于煤气的爆炸中，有的被逼走向自杀，像矿工冯阿大所咏唱的那样：“我们埋在窑里，四面尽是黑暗……汗和血湿透了短衫，汗和血浸透了煤山。”

① 巴金：《砂丁·序》。

为了改变自己被奴役的命运，工人奋起抗争。他们面临着无法忍受的压迫，在周春晖不屈斗争精神的鼓舞下，组织了自己的工会，展开了罢工斗争。斗争虽然暂时遭到失败，但革命的种子已埋在地下了。“这里好像是一座雪下的火山……雪已经在溶化。”如果说，《砂丁》中工人对于残酷的现实所表现的精神状态是被动的、消极的话，那么，《雪》中的工人已经觉悟到自己的使命，以战斗的姿态出现了。这在巴金的创作上是一个进展。

《雪》中出现的众多工人形象中，刻画得较有光彩的是小刘。小刘刚出场时是一个既幼稚又粗暴的工人，但他对旧制度有一种自发的仇恨和反抗，阶级意识还没有真正的觉醒，渐渐地，由于周春晖创作的革命歌子和周英勇斗争的事迹的影响，由于赵科员的教育，由于赵宝根惨死的刺激，他逐渐的由自发的阶级意识过渡到自觉的阶级意识，而开始认识到群众的力量，逐渐地成长为一个领导工人阶级向敌人斗争的战士。小刘从一个普通的幼稚的工人在斗争中成长为一个革命战士，这个转变的过程基本上是真实可信的，因而这个形象具有一定的典型意义和教育作用。同以前某些作家笔下出现的主观化理想化的工人形象，或使书中的人物按自己的意识来行动的工人形象相比，无疑是一个相当大的进步。

作者对小刘形象的刻画也有明显的弱点。作品中第八章，穿插了他一个人到山坡后的坟地上同小朱的遗孀调情的情节，这不能不说是多余的笔墨，它破坏了作品严肃庄重的气氛，损害了小刘这个人物形象。这说明，作家要正确地表现工人阶级，改造小资产阶级思想感情和艺术趣味是何等的重要。

《骆驼祥子》是老舍的代表作，也是现代小说史上塑造人力车工人形象最成功的作品。老舍的独特成就在于以严峻的现实主义笔触在比较深广的背景上真实地描写了人力车工人的性格悲剧和社会悲剧。

老舍出身在一个平民的家庭中，家境贫苦，他周围的邻居都是穷苦人，有拉车的，有卖苦力的……老舍自己没有拉过车，但他同拉车的是朋友，和他们一起长大成人。这为老舍创作《骆驼祥子》提供了坚实的生活基础。老舍写作《骆驼祥子》直接的缘由，则是在1936年春。当时，山东大学的一位朋友同他闲谈时，“随便地谈到他在北平时曾用过一个车夫。这个车夫自己买了车，又卖掉，如此三起三落，到末了还是受穷”，紧跟着朋友又说：“有一个车夫被军队抓了去，那知道，转祸为福，他趁着军队移动之际，偷偷地牵回三匹骆驼回来。”朋友无意闲谈中提到的这个故事，铭记在老舍的心里。于是产生了创作的冲动，“从春到夏，我心里老在盘算，怎样把那一点简单的故事扩大，成为一篇十多万字的小说”①。老舍以这个故事中的“车夫和骆驼”、“三起三落”为基本骨架，联想到他过去“接触过不少车夫，知道不少车夫的故事”，遵循现实主义的创作原则，“一定要依据人物的需要来安排事件，事随着人走，不要叫事件控制着人物”②。确定以祥子为中心展开故事，其他的人物和事件则围绕主人公祥子的命运和出路。从这个创作过程，看出生活积累、艺术修养、思想水平在艺术构思中所起的作用，看出一部优秀的现实主义作品凝聚着作者多少心血劳动！

《骆驼祥子》写于1936年春，于同年9月16日在《宇宙风》第25期开始连载，至1937年10月第48期续完。1939年上海人间书屋初次印行单行本。

《骆驼祥子》通过车夫祥子的悲惨遭遇，控诉了半殖民地半封建的旧中国的黑暗和罪恶，鞭挞了吃人的统治阶级，揭示了它们是劳动人民受苦受难的根源，有力地提出了城市个体劳动者摆脱悲苦的命运和出路问题。

作品塑造了祥子“这一个”真实、生动的人力车工人的典型形象。祥子是一个失掉父母和几亩薄田的农民，18岁便跑到城市来，选择了拉车为自己的职业。他具有农民的气质，勤劳、健壮、体面、要强，他的生活目标很单纯，凭自己的力量买辆车，做一个自食其力的不受他人剥削的车夫。“从风里雨里的咬牙，从饭里茶里的自苦”，奋斗三年，终于买上了一辆崭新的车，可是，只拉了半年，车就被军阀的大兵抢去了。他丢掉了自己的车，但他买车的信念没有丢，他重新鼓起勇气，又赁了车，为再次买车而挣扎而苦斗，“即使今天买上，明天就丢了，他也得去买。这是他的志愿，希望，甚至是宗教”，他不吸烟，不喝茶，他不顾同行的骂声，拼命抢座，一元一元的积钱，当这个希望接近实现的时候，他积起的血汗钱又被孙侦探勒索一空。这次打击比前次更甚，他陷入极度痛苦之中，而车厂老板刘四的女儿虎妞又死死纠缠着他，使他想摆脱而不得。尽管虎妞逼迫他改变生活道路，但祥子坚决不答应，依然坚持拉车，他第三次买车是用虎妞的私房钱买了一辆车，又振作

① 老舍：《我怎样写〈骆驼祥子〉》，《收获》1979年第1期。
② 老舍：《人物，语言及其它》，《解放军文艺》1959年第6期。

了生活下去的勇气。结果虎妞死于难产，为料理丧事，车子不得不卖掉。他那微弱可怜的希望像泡影一样破灭了。这时，他以小福子为自己的精神依托。小福子的惨死断绝了他内心的最后一线希望。从此，他变成了截然不同的另一个人，“他吃，他喝，他嫖，他赌，他懒，他狡猾”，他掏坏，打架，占便宜，为了几个钱出卖人命。他走上了堕落的道路，成为一具没有灵魂的躯壳。

作品以祥子的拉车，奋斗，买车“三起三落”为中心线索，揭示了祥子命运和性格的变化，展现了祥子悲剧的社会根源，引起人们的严肃思考。祥子“这一个”性格的变化，美好的思想、品质、情操和理想的毁灭，概括了丰富的社会内容，具有深刻的批判力量，因而使祥子“这一个”典型有着较大的思想深度。

从祥子奋斗到失败的过程中，我们看到造成祥子悲剧的，首先是以军阀、孙侦探、人和车主刘四、杨先生和太太、夏先生和太太为代表的种种反动势力，榨干了祥子的血汗，使伟大、体面、要强、健壮的祥子变成一个个人主义的末路鬼；其次，虎妞和祥子的结合，也从客观上阻挠了祥子实现自己的希望，加强了祥子的悲剧色彩，更重要的是，祥子悲剧告诉我们，个人奋斗无济于事，个人奋斗的方式无法摆脱城市个体劳动者悲剧的命运。要改变反抗的方式，另找一条新的斗争道路，这就是作者在祥子这个人物身上，所寄寓着的社会理想和美学理想。

祥子成为一个真实、生动、血肉丰满的典型形象，同作者善于塑造人物是分不开的。

老舍在《我怎样写〈骆驼祥子〉》中说：“我的眼一时一刻也不离开祥子，写别的人正所以烘托。”作品中出现的人物有名字的，没有名字的近20个，甚至在第二、三节中出现的骆驼，都同祥子有直接或间接的关系。作者以写祥子的性格和命运为中心，充分放开，写了样子生活的环境，写出样子同周围人物的关系，揭示了祥子悲剧根源。放得开，也收得拢，其他人物的出场和离开，都从刻画祥子的性格特征出发。书中的其他人物形象，因篇幅所限，有的只有寥寥几笔，但由于作者理会了他们的心态，仍写得生动传神，富有个性特征，显示了作者善于精细地刻画人物的高超本领。

具体入微地描绘人的心理，以呈露其性格和精神状态是《骆驼祥子》常用的刻画人物的艺术方法。作者有时用叙述的文字，有时用精辟的议论，有时用辩解或批判的笔墨，有时借助于景物的描写，有时采用拟人的手法，对祥子的心理活动作了细腻剖析，不仅表现了作者的爱憎，而且丰富了主人公的精神世界，从某种意义上说，祥子“受苦受难，徒劳挣扎的‘血汗史’”①，同时也就是祥子的心路历程的变化发展史。

另外，茅盾于长篇《子夜》最后几章集中笔力描写了上海工厂工人们的生活和斗争外，还在短篇《右第二章》中，用粗线条勾勒了“一·二八”上海战争中，主动参加战争，不怕牺牲的印刷工人阿祥的形象。这个类似报告文学式的短篇，在反映工人阶级在民族斗争中的英勇事迹方面，恐是最早出现的作品。王统照在《山雨》的后半部展现了30年代北方城市的生活画面，描写了杜烈、杜英这两个具有初步革命意识的工人形象。王统照擅长描绘北方农村破产的图画，使读者感到真实而新鲜，但当笔一接触到他不甚熟悉的工人时，理念化的缺点就很自然的有所表现。

第二个十年中描写工人形象的小说不论是短篇中篇或是长篇巨制，都显示了新的特色，较前十年有了大的发展，其主要原因有三点：

一是时代。“九一八”以后，帝国主义经济入侵，农村加速破产，农民流入城市。工厂（包括帝国主义在中国开设的工厂）和工人有了急剧的增加。中国工人阶级在帝国主义、封建主义、官僚资本主义高压下，受剥削最深，受压迫最烈。但是压迫愈甚，反抗愈甚。党领导和组织的工人运动遍及各个城市。革命的进步的文艺家，目睹工人的苦难和斗争，有的直接参加到他们的行列中去，有的参加了工会工作，更多的则是用笔描绘他们的苦痛和反抗。因此，写工人的作品增多了，而且真实感，时代感和美感力也增强了。

二是理论。1928年革命文学论争，特别是“左联”成立后，马克思主义的文艺理论，特别是现实主义的理论，有计划地介绍过来，这项被鲁迅称为普洛米修斯盗火种给人间的工作，对作家的世界观和创作产生了很大的影响。新作家自觉地按“左联”的纲领去写工人、农人、士兵，写出一批优秀的作品，在写其他题材方面取得成就的作家也开始重视反映工农的生活。比如老舍，他在1929年夏回国后，正是中国无产阶级文学运动走向蓬勃发展的时候，他“受了革命文学理论的影响”②。这对他酝酿《骆驼祥子》的创作是有

① 《宇宙风》，1936年第24期。

② 老舍：《老舍选集·自序》，《老舍选集》，上海：开明书店，1951年。

着重要的影响的。正像老舍夫人胡絜青所说的："他的小说《骆驼祥子》无疑是受了'五四'运动的影响，受了30年代为工农大众的'普洛文学'的影响而创作的"①。再如龚冰卢、巴金写反映煤矿工人生活的小说，倘无进煤窑的生活体验和为矿工代言的思想、感情，是难于下笔的。正是无产阶级文学理论和生活实践，使他们的创作思想发生变化因而写出像《炭矿夫》《雪》这样的作品。

三是翻译。30年代，翻译风气盛行。一些重要杂志，每期刊有翻译作品及其评介，还出了不少翻译专号，并出版了专登译文的杂志。一些世界著名文学巨匠的作品，特别是高尔基、日本左翼作家一些反映工人生活和斗争的作品陆续地介绍到中国来。翻译的盛行，使小说创作不仅有了可资借鉴的样品，而且也助长了小说创作的发展。

总的说来，30年代不少的小说家"用别样的精神，凝视许多新的现象和新的问题"，"罢工问题，工厂的日常生活等，都是惹起作者和读者注目的主题"，"他们的确是给与了文学一种新的精神，替后来的努力者，开辟了一种新的途径"②。但由于他们思想和生活的限制（如不熟悉工人），也由于艺术表现的粗疏，这个时期不仅没有出现堪称典型的工人形象和作品，而且有的形象和作品写得不够真实，像鲁迅对当时有些歪曲工人的画所作的批评那样："我以为画普罗列塔利亚应该是写实的，照工人原来的面貌，并不须画那拳头比脑袋还要大。"③ 有些作品还存在着一种不良倾向，即："往往并非必要而偏在对话里写上许多骂语去，好像以为非此便不是无产者作品，骂詈愈多，就愈是无产者作品似的。"④ 这对当时的作家以革命的立场，正确地观察、体验，真实地写和刻画工人形象是有重要的指导意义的。

## 三、革命的主人

1937年七七事变和八一三事变以后，全国开始了抗日战争。在中国共产

① 胡絜青：《党的阳光温暖着文艺界》，《文艺报》1978年第1期。

② 周立波：《中国新文学的一个发展》，《光明》1936年6月第1卷第1号。

③ 鲁迅：《二心集·上海文艺之一瞥》。

④ 鲁迅：《南腔北调集·辱骂和恐吓决不是战斗》。

党领导下，中国人民经过八年艰难困苦，错综复杂的浴血奋战，终于取得了抗日战争的伟大胜利。

抗日战争犹如一座熔炉。在这座熔炉中，新的人物和性格受到了锻炼，逐步成长起来，同时那些借抗日以营私的渣滓也分明地暴露出来。

抗战初期，由于形势的急迫需要，作家们创作了一批热情的煽动式的作品。一般说来，这些作品较多地重视了宣传价值，对艺术技巧，却比较漠视，作品的内容几乎都是表现反侵略战争，因此有人称这些作品是“战争文学”或是“军事文学”。作品样式以诗歌、报告文学、戏剧等比较活跃，而小说创作则比较少，“小说的主题只局限于反侵略、锄奸、团结几个概念上，且多半从意念到故事，从故事到人物，人物只是为了概念的说教而出场，所以只见模糊的侧影，不明朗的造型”①。战争进入相持阶段以后，情况有了很大的变化。小说的题材渐次有了扩展，人物的造型渐次明朗。其中反映工业生产运动和描绘工人形象的作品，较有影响的有速写《第十三号分厂》《火焰下的一天》，寒波的小说《炸毁》，雷加的小说《水塔》②，草明的小说《受辱者》等。

这些作品所描写的事件和人物同30年代类似题材相比具有哪些特点呢？

第一，热情地歌颂了工人阶级的集体劳动的英勇和坚定，生动地描绘了工厂气氛。《第十三号分厂》等几篇速写描写了大后方工厂的突击运动，被评论家称为“是可以比美苏联社会主义建设报告的优秀作品”③。工人阶级自觉进行生产建设运动，不仅增强抗战的物质力最，而且奠定了建立新的中国的基础。从某种意义上说，抗战与建国是战胜敌人互为表里的有效武器。然而这个具有深远意义的新事物在当时没有被更多的作家所重视，并熔铸到作品中去。因此，这几篇速写的出现，就引起了人们较多的注目，并得到文艺界的好评。

第二，新的人物形象已经在作家笔下出现。“在这时代——民族革命战争的时代，对新人的发掘尤为重要。因为，在那广大而残酷的战争底漩涡中，许多旧的人物在蜕化，而众多的新的人物在成长，这样蜕化和成长底速率，

① 秦牧：《论小说创作》，1942年9月，《文学批评》创刊号。

② 雷加：《水塔》，上海市：光华书店，1948年。

③ 适夷：《文艺阵地的一年》，《抗战文艺》1940年1月第5卷4、5期合刊。

往往为一般人所不能相信。”[①] 草明的《屈辱者》描绘了一个被日寇凌弱的女工梁阿开，她以顽强的求生意志等待着报仇雪恨的日子，终于达到了自己的目的，表现了中国人民不甘屈服的反对日本侵略者斗争精神。雷加的《水塔》描绘了沦陷区铁路工人小袁的形象。他原是一个幼稚的孩子，后来在游击队那里生活了几天，思想有了提高，回来时从团长那里接受了旨在配合游击队的战斗重要任务——爆炸水塔。作者通过他完成任务过程中的心理活动的刻画，把一个严肃执行任务但又不脱孩子气的小袁写得比较真实动人。这个形象在一定程度上表现了中国人民在伟大的民族解放战争中迅速走向觉醒的过程。寒波的《炸毁》[②]，表现了武汉撤退前的一个铁工厂内的斗争。作品开头说：“命令：敌人突从侧面进攻，限该厂于黎明六时前迅速自动炸毁。”狡黠的厂长接到命令后，只顾自己身家性命和工厂机器的安全，把全体工人的死活置之度外。在这个节骨眼上，被厂长视为“坏蛋”的青年工人蔡强勇敢地站出来，向厂长面对面展开说理斗争，他站在维护国家利益和工人利益的立场上，挫败了厂长软硬兼施的阴谋，教育说服了落后的工人，逼着厂长签字画押，带着工人和机器迁到四川内地。铁工厂按时炸毁了。作品的结尾写道：“好，炸得好……换个新的。”这个作品有一定的深度，较好地塑造了一个有觉悟、有智慧和斗争精神的工人形象，在民族矛盾上升为主要矛盾的情况下，较早地注意描写工厂内部的斗争。

总的看来，这个时期出现的有思想深度的工人形象是不多的。不少作家在描写人物时，往往从一个狭隘的角度来看问题，将人物的描写，略去了社会关系，脱离社会的矛盾，作孤立地描写。这原因，不仅同当时艰苦的环境有关系。而且同作家自身的思想、艺术修养有关系。

这里着重论述一下路翎的描写工人形象的作品。

路翎的创作生活开始于1940年。他“是这几年来在大后方被人誉为有灿烂前途的小说家”[③]。他创作了一系列的人物形象，没落的封建贵族，纯真的青年，小军官，兵士，小地主，农村恶棍等等，但写得有特色的却是生活在底层的矿工的形象。他描写矿工生活的小说（据说作者曾当过矿工，受着穷

① 以群：《关于小说中的人物描写》，《抗战文艺》1941年3月第7卷第2、3期。

② 《文学月报》1940年第1卷第3期。

③ 冯亦代：《闪烁和黯淡的生命》，上海：潮锋出版社，1949年。

苦生活的折磨）有《家》[1]《何绍德被捕了》[2]《祖父的职业》[3]《卸煤台下》[4]《黑色的子孙之一》[5] 等。1945 年，作者把上述小说收集在短篇集《青春的祝福》一书中。

路翎用他多彩的画笔，善描人生社会，为我们刻画了各种类型的矿工形象：

一种是先进矿工的形象。《家》通过小地主型的家和工人型的家的对比描写，鞭挞了狡猾、贪婪的小地主刘耀庭，歌颂了勇敢、正直的锅炉工人金仁高。作者不以曲折的故事，而以生动的生活场景，用白描的手法塑造了金仁高的形象。请看：

防空警报响了，电机股主人在惊慌忙乱中把锅炉房子的电灯也一并关熄了。严守工作岗位的金仁高着急的不得了，二话不说，就向电表房跑去。

"然而里面没有声音。他冲进去了，在黑暗里摸索，心里咒骂：'这些鬼东西全溜光了！'——挨着插壁数着，他记得所有机械房底室内电灯是第二个表，用力地一搬，他重新又跑出来。

他愣住了，在山坎上灿烂着另串电灯，'不好，错了！'他想，急急又跑进房子里去了；等他改正了再出来时，他遇着了惊慌跑出来的电机股主人。

'你是谁？'

'金仁高：你熄了锅炉房的室内电灯！'

'放屁，你乱开电表，在紧急警报以后，你……汉奸！'

'不许骂人，咱们可以在解除后到办事处见矿长，现在我有事！'金仁高愤怒地向锅炉房走去。

……"

就在同一时刻，他女人出现了，拉着他的上衣，拖着他回家：

"……他一下也没有犹豫，抖动着强壮的手臂挣脱了女人，他向锅炉

---

① 《七月》，1941 年第 6 集第 3 期。
② 《七月》，1941 年第 6 集第 4 期。
③《七月》1941 年第 7 集第 1、2 期合刊。
④ 《抗战文艺》1944 年第 9 卷第 5、6 期
⑤《七月》1941 年第 7 集第 1、2 期合刊。

房跑去。

‘爹在家里呀，死冤家，爹顶怕飞机呀！’

‘我有事！’他把笨重的门推了一个缝说：‘不准下班，炸死了也不准下班，’想了想又添上一句：‘做一班算两班。’于是挤到房子里去了。

……

炸弹在不远的地方爆炸。巨大的震响激烈地摇撼着地面。锅炉房底窗玻璃颤抖着，突然一声巨响仿佛就在人们的脑门上爆裂！一个爱笑的女人惊叫起来，而金仁高在恐怖中屹立着。他在紧张地调整气表……”

作者把金仁高置身于敌机狂轰滥炸的紧急关头，以他对工作，对家庭所表现的决然不同的态度的逼真地描绘，以他的行动、心理、对话的生动地刻画，把这个忠于职守，爱厂如家的人物形象写活了。这个画面，生动地显示了主人公行为的动机，他不怕电机主任加在他身上的所谓“汉奸”的罪名，也不顾老婆的充满人情的劝阻，为了民族解放的斗争，甚至连自己的生命都可以抛弃。

一种是具有农民气质的矿工形象。《卸煤台下》重点描写了一个煤矿上的斗车工人许小东的形象。他善良而胆小的做工，懦弱而糊涂的生活。为了改变自己贫苦不堪的命运，过上一种起码的生活，而进行不屈的挣扎。他渴求着治好老婆的病，一同回乡，他幻想着跟矿工孙其银去打游击……但旧势力的代表包工头严成武，把他一个又一个的幻想击得粉碎，末了，他腿断残废，他老婆被逼跟着人走了。

作者细致地描写了主人公不屈于命运的挣扎，在同周围环境及其人物关系的描写中，揭示了这个悲剧的社会根源；以富有典型意义的细节（比如许小东为生活所迫乘暴风狂雨之夜“偷”了公家的一口锅，因这锅而引起的内心矛盾，因这锅而毁灭了返乡的愿望，甚至铸成悲剧），真实地展现了主人公内心深处的痛苦矛盾。作品虽暗示了工人团结意识的重要，但表现得太微弱了，作品中对主人公的自发性的歌颂和某些自然主义的描写，损害、歪曲了主人公的性格。这些都是这部作品的不足之处。

一种是具有流浪汉气质的矿工形象。《何绍德被捕了》中的何绍德是一个经历过多种生活的人。他曾经当过矿工，然后当兵，又从伤兵医院逃到另一矿山做工。他聪敏、阴郁。他不满于眼前的可怜而卑微的生活，追求着，期望着一种新的生活。“我们每一个人总有自己的生活。”他同连金的恋爱，也是在执着地追求这种严肃的生活。“我觉得我爱上了你，这也是严肃的事……”然而，他心中的恋人不理解他内心表白的那些语言，不仅蔑视他，还在她父亲——地主杨承伦的唆使下出卖了他，最后他终于被捕了。

可以看出，作者力图描写主人公，特别是主人公和连金之间微妙复杂的思想感情和心理活动，但作品中所描写的还有不少的虚饰和太多的做作。与其说是一个“矿工”的思想感情和内心活动的写照，倒不如说是作者的小资产阶级的思想感想和内心生活的写照。

描写矿工形象的作品，不是始于路翎，在前的龚冰卢、巴金等人都写过。然而，路翎在前人开拓的基础上，又前进了一步。他不光向新文学的人物画廊中提供了多种类型的矿工形象，而且他在创作实践中力求有所突破。他不满足于人物的外部形象和动作的直接描写（在他的作品中，我们很难看到一幅完整的人物肖像画），不满足于虚幻的热闹的故事的叙述，他要“透过社会结构底表皮去发掘人物性格的根苗”①。他追求的是人物内心的分析，他在人物的心理描写上用了更大的力气。他的这种努力使他笔下出现了个性鲜明的令读者难以忘怀的矿工形象，使读者随时都记得他是怎么样的一个人，这是他的成功之处。但由于作者的刻意追求，他笔下有些矿工则是作者“原始的强力”的产物，不止是人物形象失真，并且是严重被歪曲了。这是他的不足之处。

解放战争时期，国民党统治区的文艺运动在革命文艺路线影响下，总的趋向是同人民结合的，是同解放区文艺运动相配合的，发挥了良好的战斗作用。“小说创作大致反映了重要的现实，写了在各种场合里的人民的苦难、战斗和新生。”② 但描写工人的生活和斗争的作品比较少。艾芜的长篇小说《山野》弥补了这个不足。一九四八年出版的《山野》，以高度的艺术概括力和异常缜密的构思，把抗日战争时期一个阶段抗击日寇的故事，压缩在“一个小小的山村一天小小的战斗生活中”，较真实地表现了中国人民反抗侵略，为保家卫国而战的英勇精神，创造了各种不同阶级的人物形象，说明只有工人和农民才是抗战中的骨干力量。

① 胡风：《饥饿的郭素娥》，太原：希望出版社，1946 年，第 1 页。

② 适夷：《一九四八年小说创作鸟瞰》，《小说》1949 年第 2 卷第 2 期。

小说在重笔刻画阿劲、阿岩、阿龙等贫苦农民形象和徐华峰、韦美珍等革命知识分子形象的同时，较好地描写了煤矿工人韦长松的形象。十多年挖煤生活，磨练了他的坚强意志。日寇霸占了煤山后，长松等奋起炸了煤山，领着工人兄弟，带着从敌人手中缴获的武器，回到吉丁村，配合农民一起抗击日寇。他勇敢，精细，大公无私，不怕牺牲。在新四军的帮助下，学会了打游击战。在日寇围困村子的危急关头，他挺身而出，在击败日寇的战斗中起了重要的作用。由于作者采用的是略写的方法，所以长松这个形象写得是比较单薄的。但这个形象表现了作者对抗日战争深刻的理解，整个作品说明人民是抗战力量的主体，主体的核心是工农联盟，而工人阶级在工农联盟中则是处于领导地位。

解放战争时期，解放区的文艺运动，在文艺为工农兵服务方向的指导下，取得了进一步的发展。文艺创作表现了全新的主题，塑造了一大批新人的形象。由于战争的环境，文艺创作主要写的是与现实密切结合的战争和土改的题材，专写工人生活和斗争的作品还是不多。随着解放战争的节节胜利，东北地区的一些大中城市的解放，工人文艺活动提到重要的日程上，“多到工人中去，多多写工人”，“工人——人民文艺的重要主题”等作为一种口号被提出来了。一九四九年出版的马加的长篇小说《江山村十日》，写了江山村平分土地开头十天翻天覆地的生活。作品写了一个名叫邓守桂的工人形象。“他在‘九一八’事变后给抗日联军做过工作，以后到苏联做过钟表匠和鞋匠，‘八·一五’才回家，做过红军的翻译，领导着小组会，当过村长，经验多，见识广，办事认真，大家都信得着”。他当选贫雇农委员会组织委员，和贫雇农一起动手划阶级成份，成立贫雇农大会，研究情况，抓地主，起浮产，过堂，开斗争会，分浮产，组织生产小组，丈量土地，参军，支援前线，坚决贯彻中国土地法大纲，挫败了地主的阴谋，显示了工人阶级的智慧和才能。这是一个以主人公的战斗姿态出现在现代小说中的工人形象。

1949 年，草明的长篇小说《原动力》[①] 问世。《原动力》在描写解放区工业建设方面具有开拓和示范的意义。小说出版不久，评论家就热情地指出：“按其时间和题材来讲，《原动力》都不失为第一部描写工人的作品。这是一

① 草明：《原动力》，济南：山东新华书店，1949 年。

个新的开始，这个新的开始的成绩是出乎意料之外的好的，是超过初期描写工人的作品所可能达到的水准的，是成功的。”①

草明于1947年春到东北镜泊湖水力发电厂学习和生活了三个月。在那里，她不光了解工人们“怎样恢复工厂的故事”，更重要的是“了解工人们的思想感情”②。作者在熟悉工厂和熟悉工人的基础上，以镜泊湖水力发电厂为背景，同时概括了作者从其他工厂了解到的人物和故事，进行了艺术的创造，写成了《原动力》。

小说以东北解放初期遭受日寇和国民党反动派严重破坏的玉带湖水电站修建、运转为主要情节，歌颂了中国工人阶级掌握自己的命运后，在中国共产党和民主政府领导下，以忘我的劳动热情和工厂主人的姿态克服重重困难，奋勇前进的英雄气概，展示了新中国未来的光明前景。作品以艺术地描绘，说明了工人阶级以及工人阶级的政党是破坏旧世界，建设新中国的真正的原动力。

在《原动力》中，作者满怀激情地塑造了孙怀德这个具有典型意义的老一代工人的形象。孙怀德，大家亲热地称他为老孙头。他小时为地主扛了五年活，当过三年的木匠，学会了一身好手艺。但碰到大旱之年，一家妻儿三口就无法活下去。于是，他打定主意，离开山东，“跑关外”。“康德”五年，父子俩被日本人招工在荒沟里修玉带湖水电厂。“康德”九年，水电厂修成了。这几年，他身上挨尽了日本工头的皮鞭，他儿子被日本鬼子活活害死。冲洗不了的深仇大恨，使他学会了以磨洋工的方式进行反抗。后来，国民党大员脱逃的时候，妄图把机器毁坏掉。他用自己的机智骗过了敌人，保护了机器。现在，眼看这个厂就要归八路国家了，他扬眉吐气地说：“咱厂总算是中国人的了。好歹得想个办法，机器像个机器，厂子像个厂子。”因此，他倡导和组织工人起来刨冰、捞油，准备民主政府来接受。作品令人信服地展示了老孙头这些行动的思想基础。血泪生活的磨练，把他的命运同工厂天然地联系起来，产生了爱厂如家的感情。作者激情满怀地赞颂道：“他只知道厂子离不了工人，工人离不了厂子和机器。不管谁来经营，假如机器坏了，对工人都是不利的。因此他才有胆量和聪明哄骗大员，救了机器，现在，又有耐

---

① 王燎荧：《读〈原动力〉》，《华北文艺》1950年10月第5期。

② 草明：《写〈原动力〉的经过》，《人民文学》1950年10月第2卷第6期。

心来引导大家刨冰，保护机器。”老孙头是一个怀有信念的人，但旧社会残酷的现实，把他原有的信念捣碎了，如今，“新时代带来的一线光明却在鼓舞他，引导他。……这就燃起了他新的希望，给他以力量，机智和勇气。”作者通过具体情节的生动描绘和人物性格合乎逻辑的发展，在人与人的关系的生动展现中，突出了老孙头勤劳、朴素、正直、公而忘私、自我牺牲的优秀品质。

作者塑造老孙头这个形象，充分揭示了他性格中朴素的美，同时也揭示了他性格中的弱点，使这个形象有真实感，而且比较丰满。从老孙头和吴祥泰彻夜倾心的交谈中，我们看到了他的疑虑。这疑虑，主要是由于王经理一来厂没走群众路线所致，同时，也表现了他的保守和迟钝。我们从王经理找老孙头谈话了解情况那段描写中可以看到他欲吐又止，由高兴到稍稍叹气的心理变化。这细微的心理变化不是也暴露了他的弱点吗？当王经理转变了作风后，老孙头就出自肺腑地检查了自己。他对王经理说：“不怪你，只怪我们，怪我这老顽固……已往，咱们和你们之间有一堵板幛——也好，火把机器烧了，也把咱这堵板幛烧了！”作者准确地把握了这个长年在旧社会受尽折磨和迫害的老工人的特点，善于写他内心深处的感情活动，同时又写了他的变化，这样写是真实而感人的。

由于有了共产党的正确领导，老孙头一心扑在工人阶级的事业上，在工作和斗争中走向成熟。在处理旧社会留下的技术人员杨氏兄弟的问题上，表现了他的政策观念和思想水平。在处理张大嫂汇报的特务暴动的机密问题上，表现了他的精细作风和高度的警觉性。《老孙头在屯子里》一章，以对比的写法，生动地表现了他同农民息息相通的思想感情。他从阶级教育入手，从农民切身利益入手，启发农民群众自觉地献出工厂急需用的马口铁，解决了陈祖庭所不能解决的难题。王经理高兴地对他说：“你不仅和工人弟兄团结得好，还能和农民结合，难怪，你原是庄稼人出身里！”作者通过这些典型的情节，反映了老孙头的言行、思想感情、理想，同工人阶级的事业息息相通，说明了老孙头已经成长为真正的“新世界的主人”，成为真正的“原动力”。

老孙头的成长过程，是有一定的典型意义的，它概括地表现了中国工人阶级在党的教育下迅速成长的道路。

草明在《写〈原动力〉的经过》一文中说，她创造人物是“集合了工业上的好些劳动英雄和模范的形象来写的”。这就是说，她是用杂取种种人，合成一个的方法来塑造老孙头这个形象的。她熟悉老孙头的现在和过去，他的失败和成功，因而在具体刻画时，就不是停留在一个方面，而是从多方面去写，既揭示了他喜怒哀乐的思想感情，又表现了他走向新世界的精神状态和具体走过来的道路，使老孙头成为一个可爱、可亲、可敬的形象。他是一个具有立体感的工人形象，身上透射出社会生活多方面的光照，又不是多方面光线的等量凑合，而在复杂性格内容中突出了他的主人翁的高度责任感这一本质特征。

《原动力》中老孙头等工人形象的出现，比之过去描写工人形象的作品有哪些突破和发展呢？

第一，它是新文学史上第一部以较大篇幅描写解放区工业建设的作品，也是实践工农兵方向的一部代表作。作品出版时，正是全国解放的前夕，建设城市，发展工业，学会管理，已迫切地摆在全党面前。但是在一部分干部中，对此尚缺乏足够的认识。作品中有一个干部说：“一个县哪能要得起一个发电厂？什么电不电，老子抗战八年还不是点的煤油灯？况且，现在是集中力量打土匪，打老蒋的时候。”这个干部的认识在当时是有代表性的。《原动力》用艺术的形象正确而及时地回答了这个问题，必将引起人们对工业生产的兴趣，学会管理工业生产的方法，它的出版是很有现实意义的。

第二，它赋予人物形象以崭新的内涵，老孙头这个人物形象，不再是以被剥削被压迫的身份出现在作品里，而是以无产阶级事业的主人的英姿出现在作品里。

第三，在艺术表现上，作者着力描写人物在新社会建立初期如何掌握自己的命运的过程，即着力于典型环境中人物之成长过程的描写，这是《原动力》获得成功的主要原因。因为是写工厂中生活和战斗的人，就必然同机器发生联系。作品中有不少段落出色地写了机器，但它写机器都是服从人物形象的描写和刻画的。机器的修理和运转无不是牵动着人物的命运和喜怒哀乐的感情。因此，与其说是在写机器，不如说是在写人物。或者说机器的描写成为塑造人物形象的重要手段之一。如何写好机器和人物的关系？一般被认为是工业题材中较难处理的课题。草明在这方面所取得的成功就特别为人所注目。作品出版后，郭沫若在致作者的信中提到机器描写时说："以女性的纤细和婉，把材料所具有的硬性中和了。"① 在以前的作品中，我们常常看到，或者是把较多的笔墨消耗在机器结构的冗长叙述中，或者是对机器和人物只作静止地、孤立地描写，它们之间不发生什么关系。而草明的《原动力》和这些作品严格地区别开来，因而获得读者的喜爱。

正是基于上述的看法，我们可以说，《原动力》的问世不仅是有开拓的意义，而且对建国后描写工业题材的作品有重要的借鉴的意义。

从上述30多年小说创作中的工人形象的发展轮廓里，我们看到中国工人阶级生活的一些特点：

1. 写工人形象的小说，往往悲剧性格刻画得真实动人，而且在工人形象的总量中比重也大。这主要由中国工人阶级比社会上的任何阶级受压迫深，饱尝人间的辛酸，所以在现实人生中的悲惨遭遇比比皆是，悲剧人物也多，这就为作者提供了大量的感人的素材，加之致力于工人题材小说创作的作家本身也遭受三座大山的压迫，程度不同地与工人发生着同感和共鸣，特别大部分作家又是出身小资产阶级，革命民主主义和人道主义常常是他们观察生活，反映人生的思想武器。因此工人的不幸遭遇凝聚于他们的笔端，往往激起强烈的愤怒感和同情感。30年代左翼作家获得阶级意识后，对工人悲惨生活的体验和反映提到了更自觉的程度。

2. 在工人形象的系列中，相对来说人力车工人的形象写得最有特色，而且有的则达到了典型化的高度。这主要因为：一是在旧中国人力车工人大量存在于城市中，分散地进行单体劳动，与社会各阶层有着广泛的接触，生活条件尤为艰苦，遭遇尤为凄惨；二是人力车工人大部分是破产的贫苦农民流入城市变成的，他们身上带着浓重的农民阶级的烙印，同大企业产业工人相比有着明显不同；三是从事工人题材小说创作的作家大都生活在社会下层，整日在社会为生计奔波，常常同人力车工人接触甚至和他们生活在一起，加上这些作家大部分是从农村来的，因而不仅对他们的生活熟悉，而且在思想感情也有相同的地方。这就为较好塑造人力车工人的形象提供了主、客观条件。

---

① 草明：《写〈原动力〉的经过》，《人民文学》1950年10月第2卷第6期。

3. 从工人形象的发展来看，静止的定型的形象比较少，转变人物或发展人物比较多，而且写出了他们在中国大变革时代两种思想在心灵中的激烈交战，无产阶级思想如何战胜了残留的非无产阶级意识，最终成为中国历史命运的主宰者和革命运动的领导者。这正是由中国革命艰苦历程中工人阶级由幼稚到成熟、由小到大的客观规律决定的，也是由作家的世界观和文学观从小资产阶级到无产阶级、从人道主义到阶级论决定的。

但是也必须承认，在整个现代文学史的人物画廊里，工人形象并不分外耀眼出色，大多缺乏鲜明的个性，达到典型环境中的典型性格高度的工人典型形象更少，其主要的教训是：

1. 作家没有深入到工人生活的深处，更没有深入到工人思想感情的深处。瞿秋白早就指出："普洛作家要写工人民众和一切题材，都要从无产阶级观点去反映现实的人生，社会关系，社会斗争"。他还号召文学青年"到群众中间去学习"，"观察、了解、体验那工人和贫民的生活和斗争，真正能够同着他们一块儿感觉到另外一个天地"①。但在创作实践上，并没有真正做到，多数作家只是按间接得来的材料进行创作，有的作家在乡下生活或几天，或一个月，最多三个月，就急就章地动笔创作，自然不能产生长久深印人心的巨大画卷。

2. 艺术的修养不足，艺术的功底不深。现代工人小说中没有能出现具有高度典型化的工人形象和作品，与作家未能得心应手的掌握艺术表现力，发挥艺术感动力有密切的关系。有的作家，看到一点未经消化和思考的材料，就匆匆地进行创作，结果，只写了工人或工厂的一些外部特征，而未能把这些材料摄取到自己的心灵中来，把它作为一个单独的形象，加以孕育，从而创造出典型来；有的作家，虽有一定的工人生活实感，"但亦因为本来不从事于文学，所以文学技巧不足，结果便是把他们的'革命生活实感'来单纯地论文化了。他们的作品的最拙劣者，简直等于一篇宣传大纲"②。

3. 缺乏必要的借鉴和有益的营养。关于塑造农民形象和各种妇女、知识分子形象，我国古代优秀文学遗产中留下了一批堪称艺术典型的杰作；同时，在翻译世界文学巨匠的伟大作品中，我们也有一批值得学习和借鉴的范本。

---

① 瞿秋白：《普洛大众文艺的现实问题》，《文学》1932 年半月刊第 1 卷第 1 期。

② 朱璟：《关于"创作"》，《北斗》1931 年 9 月创刊号。

但在塑造工人形象方面保留下来的中外作品却寥寥无几的。无可否认，文学有个发展过程，自身也有着一脉相承的关系，但文学的根源乃在创新。我们除了努力挖掘可资借鉴的作品外，应拿出文艺家的胆识和魄力来，在总结经验、教训的基础上，为创造更多的无愧于社会主义时代的工人阶级的典型形象而不懈的努力。

# 《再别康桥》与中国诗歌传统*

对徐志摩的诗歌研究，以往多半认定诗人是在西方诗尤其是英美浪漫诗人影响下创作的。我们说，不能否认英美诗人给予他的影响，但这种影响是形而不是实。这里我们以《再别康桥》为例，分析这首名诗与中国诗歌传统的关系，就足以说明，徐诗与中国诗歌传统关系之深远。

## 一、题材与诗歌传统

如果我们首先从这首诗的大处着眼，考察它的题材，就会非常有意味的发现，这是一首写别情的诗。陈梦家曾说:《再别康桥》是“写别情的诗”。

用诗歌来写离情别绪，这正是中国文学尤其是诗歌的一个悠久的传统。袁行霈先生按题材和内容把中国文学分为宫廷文学、士林文学、市井文学和乡村文学、市井文学和乡村文学，其中“寄赠酬答、留别送别”就是士林文学的一个传统题材，诗歌创作尤为丰富，传诸后世的名篇比比皆是，尤其是王勃的诗句：“与君离别意，同是宦游人。海内存知己，天涯若比邻”成为千古绝唱。

由此不难看出《再别康桥》一诗首先在题材上就承袭了中国古典诗歌的传统，写离愁别绪，这就把整首诗的感情基调给定了下来。中国古代诗歌中写别情的诗主要有这么几种：与朋友别、与故乡别、与亲人别、与妻子别等。徐志摩这首诗则有所不同，是写与诗人短暂生活过的地方康桥作别，但是，在诗人的心目中，康桥有着不可替代的地位，它不是故乡胜似故乡，更重要的是，多年来，诗人一直把康桥作为自己政治理想的象征，不懈地追求着。但现实的发展却有违他的初衷。因此，当他重游故地时，昔日所见的一切又

* 本文系著者和研究生李诚希合作撰写，原刊于《语文学刊》1994 年第 4 期。

再现他的眼前，可他却连“一片云彩”都无法带走，怎能不惆怅万分，因此这首诗表面上是写人与物别，实际上是与诗人执着而长期追求的理想作别。与朋友分别是痛苦的，但还可以期待再度相逢。而与自己无法实现的理想告别，这就是一去不复返了，是何等的无奈与痛苦！尤其是诗人在理想已经破灭之后，重又来到激发他产生理想的地方，这更能勾起他痛苦的回忆，今昔之变，令人不堪回首。

别离的痛苦或许是先天的本能，或许是后天习得的，它积淀在人们深层意识之中，很容易被唤醒。读《再别康桥》诗，首先就会被别离的痛苦情绪所打动，从而与读者产生感情上的共鸣，这是此首诗读之所以动人的一个极为重要的原因。

## 二、意象与诗歌传统

意象是诗歌的一个重要的构成因素。中国古典诗歌中有许多意象由于代代相习，反复使用而被赋予了特定的内涵。如“浮云”、“落日”，这意象，就常用来比喻游子行止的漂泊不定和故人送别时依依不舍的情怀。古典诗歌中有“浮云游子意，落日故人情”的名句，把无边游子的孤寂与漂泊和亲人的思念之情充分地表达出来，给人几分凄清与寂寥的感觉。

《再别康桥》之所以能深深地打动人，有一个重要原因是诗人自觉或不自觉运用了古典诗歌中常用的意象，仅就赠别而言，诗中就有西天、云彩、柳、夕阳、波、梦、笙箫等。这些意象在古典诗歌中由于反复使用，已在人们记忆中留下了深刻的印象，其中所蕴含的情感为常人所能体验，因而就特别容易感动人心。人们一看到“西天”、“云彩”、“夕阳”等的意象，就会想到古人折柳送别的情景；而悠悠的箫声，则最易使人想起月夜下孤独的吹箫人，更增加了几分怅惘。

《再别康桥》中这些传统意象的运用正是此诗能深深动人的原因之一。不是吗？唐人有折柳送别的习俗。徐志摩把康桥之畔的柳，幻化作美丽的新娘，然而，他却正要在这美景之下与此作别，这不能不使人想起“昔我往矣，杨柳依依”的诗句，其中妙处就在于“以乐景写哀”，因而倍增哀怨。

由于传统诗歌意象具有极度的稳定性，只要看到它其中蕴含的情感就会和读者自觉或不自觉地产生共鸣，从而感染人。这就是《再别康桥》诗感人的又一奥秘所在。

## 三、章法与诗歌传统

中国古典诗歌的结构章法自觉或不自觉地遵循着起、承、转、合的原则。起即开始，它很重要，往往奠定诗歌情感基调，甚至决定整首诗的情感氛围；承是承接；转是转折；合即收合，起承转合共同构成一个完整的结构系统，这种结构在近体诗的创作中表现尤为明显，这种结构具有重要的审美意义，四个要素不可或缺。

《再别康桥》虽是新诗，但在章法结构上与起、承、转、合的古典诗歌结构原则相同。

全诗共有七节，第一节是“起”，诗人连用几句“轻轻的”，把整首诗要表达的别离情绪作了渲染，它奠定了这首诗的基调是舒缓的、轻柔的；第二节至第五节是“承”，继续写诗人要与之作别的一切；第六节则是“转”，一反前面的抒写，把那种欲得而不能的痛苦心情给表达了出来，从而与前面的情绪构成对比，产生强烈的反差；最后一节是“合”，再一次渲染别离的心境，升华情感，与首段“起”相呼应，从而把诗人的别情完美地表达了出来。

起、承、转、合这一章法如同诗的题材和意象一样，由于在古典诗歌中长久地运用，已形成了一种稳定的结构原则，并成为人们在阅读、欣赏诗歌时的一种审美需要。

因此，《再别康桥》诗之所以能动人的又一个原因在于它章法结构上与古典诗歌暗合，这种“一波三折”的结构方法能产生特有的审美效果。

## 四、语言句式与诗歌传统

《再别康桥》当然是徐志摩的独创，换成其他任何人都不可想象。因此，人们对这首诗的首尾两节常赞叹不已。可是，只要我们放眼古典诗歌传统，就会发现这种句式并不奇特，它在《诗经》中运用非常普遍。

《诗经》中有许多诗为反复咏唱某件事，常采用叠章重唱的方法，为增强感情的力度，整首诗无论有几节，常只改动少数字句，这样能充分表达感情，给人留下深刻印象。

《再别康桥》的首节和末节，也只是改动几个字，句式基本相同，如果把它单独抽出来看，与《诗经》中的叠章形式完全相同，这一首一尾的重叠，我们不妨把它称作“远叠”，其艺术效果与《诗经》中叠章重唱是无二致的，能产生一种流荡回旋的音乐感和节奏感。

同时，这首诗中还经常使同叠字、双声、叠韵的修辞方法，这些修辞方法自《诗经》以来一直为诗人们乐于运用，它能充分发挥汉字声音的特点，起到良好的艺术效果。

《再别康桥》中叠字如“轻轻”、“油油”、“悄悄”。叠字能起到摹状的修辞效果，这几个叠字的用法，把诗人告别时的情态和行为的力度以及客观景物的色彩给展示了出来，让人产生如临其境，如目睹其人其物一般的视觉审美效果。

双声如“艳影”、“榆荫”、“清泉”等；叠韵如“荡漾”、“招摇”、“斑斓”等。双声与叠韵的运用，使诗句更富于节奏感，能增强诗歌的音乐性，加强抒情的效果。

因此，传统诗歌语言句式的运用，是《再别康桥》审美又一重要因素。这些修辞方法是人们长期锤炼的结果，能发挥独到的艺术效果。

## 五、风格与诗歌传统

徐志摩的诗歌创作，受到19世纪英国浪漫诗人的影响，诗风呈现出浪漫主义情调和个性。但他的这种浪漫与西方浪漫派诗风并不相同。朱光潜先生在比较中、西诗歌的情趣时说：“中国诗自身已有刚柔的分别，但如果拿它比较西方诗，则以西诗偏于刚，而中诗偏于柔。”在刚柔这一点上，徐的诗处处表现出轻柔的美感。

《再别康桥》，风格清丽柔婉，情感的表达“怨而不怒”、“哀而不伤”。这与中国诗歌传统是非常合拍的。正因为这样，诗中所表达的情绪不是上扬而是下沉，不是散发而是收敛，郁而不怒，让人在低徊的情绪中去体验诗中的情感。这又是《再别康桥》诗产生美感的重要原因。

因此，我们把《再别康桥》诗放回到古典诗歌传统中作审美观照时，就会发现，这首诗之所以能产生如此强烈的审美效果，正是因为它与传统密不可分的联系。

新诗受西方的影响，使他的形体发生了巨大的变化，与古典诗歌迥然不同，自胡适以来即实现了“诗体大解放”，但这一新的形式下所包藏的传统却是新诗的“质”，它是新诗的根基。因此，当我们在大谈新诗如何受西方影响的同时，不妨仔细看一看传统是如何左右诗歌前进方向的，这样才能真正认识新诗，从而为诗的发展找到合适的方向和道路。

# 评蒋光慈的小说创作*

## 一

蒋光慈是一个比较早的提倡革命文学，并用心用力地创作革命文学的作家。用阿英的话来说，他是一个“在发展的浪潮中生长，在发展的浪潮中死亡”的作家。他从1921年开始创作，他的最后一部作品写于1930年11月，这近十年间的创作道路，大体可用一个“之”字形来作概括。

他创作的第一个时期，即五四时期到大革命高潮中，是创作的爆发期。这个时期的特点是多产，涉及的范围广，充满了青春的活力；他“高歌狂啸——为社会、为人类、为我的兄弟姐妹!”① 过去的文学史家说，他的作品“尤为留心这个‘大时代’转变的青年男女所爱读”②，就是指的这个时期而言的。他在“新造之邦”——苏维埃写的诗歌，后结集为《新梦》出版，这是我国诗歌领域内第一部为十月革命和社会主义苏联的新生活放声歌唱的诗集，是继《女神》革命浪漫主义之后一部有影响的革命诗歌集。钱杏邨认为《新梦》的诞生，“不啻是一颗爆裂弹”，它震醒了许多左倾进步的青年，迈上了革命的第一步。他1925年回国后写的第二个诗集《哀中国》，与《新梦》相比，有着更为坚实的社会基础，但它的影响不如《新梦》那样广泛。这个时期，他还创作了一个短篇小说集《鸭绿江上》和两个中篇小说《少年飘泊者》和《短裤党》，因为适应了时代发展的要求，同样产生了广泛的影响。这些作品是没有形成无产阶级革命文学运动以前直接反映重大的革命题材的为数寥寥的创新作品，它们被人们誉为“革命时代的前茅”，是很有道

* 本文原刊于《青岛师专学报》1986年第3期。

① 蒋光慈：《新梦·西来意》，《蒋光慈文集》第3卷，上海：上海文艺出版社，1985年，第293页。

② 陈炳堃：《最近三十年中国文学史》，上海：太平洋出版社，1930年。

理的。

他创作的第二个时期，即大革命处于低潮时期，是他创作的回潮期。这个时期写的中篇《野祭》《菊芬》，长篇《最后的微笑》等，虽然以反革命政变为背景，表现了革命者严酷而艰苦的斗争生活，但字里行间流露着较多的小资产阶级苦闷、彷徨的思想感情。特别是长篇《丽莎的哀怨》，作者意在描写白俄贵族妇人丽莎所代表的反动阶级对十月革命的恐惧心理状态，从而显示无产阶级的胜利；但作者在表现丽莎的没落过程中，较明显地流露了对她的同情，因而受到左翼文坛的批评。在艺术表现上《丽莎的哀怨》着重刻画人物的性格，偏重于人物心理方面的描写，同前期小说相比，是一个明显的进展。

他创作的第三个时期，即 1930 年前后，是他创作趋向成熟的时期。在革命形势有了变化和发展的情况下，他克服了消沉，度过了创作上的回潮期。如果说，长篇《冲出云围的月亮》是他趋向转变的标志，那么，长篇《田野的风》则是他走向成熟的标志。

## 二

蒋光慈在大革命高潮中写作的两部中篇小说《少年飘泊者》和《短裤党》一出版，就在青年中产生了广泛而强烈的影响，蒋光慈的爱人吴似鸿为我们校订《蒋光慈小传》时，于 1979 年 2 月 8 日在信中说："过去我遇到好多同志，他们对我说：'我们学生时代，读了蒋光慈的《少年飘泊者》，才参加革命，加入共产党的组织。'"这是当时实实在在的情况，我们一些党的领导人和文艺界的老干部，在他们的讲话和文章中已不止一次的回忆了蒋光慈作品给予他们的影响。现在，我们要研究的是，这两部作品为什么有如此大的影响？

第一，蒋光慈的作品，以澎湃的革命热情，鲜明的阶级意识，迅速地及时地反映了革命斗争，表现了为人们所关切的尖锐的重大的时代问题。我们知道，当时的文坛压倒一切的题材是小资产阶级知识分子的恋爱、婚姻、家庭方面无意义的纠葛，还有就是青年人的种种苦闷和悲哀。在这样的情况下，蒋光慈首先把革命引进了文学领域。他作品中所写的是"社会上最重大，最主要，最关多数人的利害，而又最使人感激的事件”[①]，不仅能吸引进步青年人，而且引起他们强烈的思想共鸣。如《少年漂泊者》，具体展示了主人公汪中的生活道路——父母被地主杀害后，成为一个孤儿，过着流浪漂泊的生活。在漂泊途程中，经过了种种折磨：川馆先生的侮辱，乞讨生活的饥饿，学徒生活的劳累，精神生活的痛苦等，最后终于走向革命的道路。总之，这是一个经过一段艰苦曲折的历程而成长起来的革命战士的形象。作品通过汪中的眼见、耳闻、身受，反映了“五四”到“五卅”这一时期的社会矛盾和斗争，诸如京汉铁路“二七”大罢工的群众斗争场面，爱国学生们联合起来反对资本家和奸商的斗争等。《短裤党》是中国现代文学史上第一次直接反映上海工人阶级三次武装起义的小说，1927 年 3 月 21 日第三次武装起义过去仅半个月的时间，作者以抑止不住的激情，用文学记载了“中国革命史上的一个证据”[②]。可以说，这是蒋光慈最早奉献给新文坛的两部创新和突破之作。蒋光慈说：“革命的作家幸福啊！革命给予他们多少材料，革命给予他们多少罗曼谛克！”[③] 同样，青年们读了这样的小说，那激动，那兴奋，那要求投入革命行动的心情，是可想而知的。

第二，蒋光慈的作品，通过激烈的阶级搏斗，塑造了工人领袖、党的领导者的形象，在新文学史上具有开创的历史意义。《少年飘泊者》从侧面描写了林祥谦烈士的形象，他面对屠刀，毫无惧色，英勇不屈，敌人逼他下“上工”的命令，他忍着被刀砍的剧痛，高呼：“头可断，工是不可上的……”；《短裤党》着力描写了站在武装起义第一线的领导者杨直夫、史兆炎坚定、忘我的革命品格以及革命的敏锐性和预见性。这里，不妨简单回顾一下，五四时期描写工人形象的作品，不仅数量很少，而且多是学徒和人力车夫。蒋光慈的这两部作品都有所突破，第一次以广阔的社会画面再现了党领导下的工人阶级的自觉的罢工斗争和武装夺取政权并建立政权的斗争；第一次为知识青年摆脱苦闷、彷徨的自我奋斗困境，投身工人阶级为主体的革命时代激流，初步展示了明确的方向和道路。

---

① 陈炳堃：《最近三十年中国文学史》，上海：太平洋出版社，1930 年。

② 蒋光慈：《短裤党·写在本书的前面》，方铭编：《蒋光慈研究资料》，银川：宁夏人民出版社，1983 年，第 32 页。

③ 蒋光慈：《十月革命与俄罗斯文学》，《蒋光慈文集》第 4 卷，上海：上海文艺出版社，1988 年，第 65 页。

第三，直抒胸臆的艺术表现方法，即作者在《少年飘泊者·自序》中所说的“粗暴的叫喊”的风格。这种风格，便于抒发作者的爱憎感情，可以直接拨动青年人的心弦，《少年飘泊者》运用书信体的形式，由主人公自叙、自述、自悲、自叹，既真实，又感人。《短裤党》也倾注着作者的政治热情。作者说：“当此社会斗争最剧烈的时候，我且把我的一枝秃笔当做我的武器，在后边跟着短裤党一道儿前进。”① 我们在肯定这种战斗风格在当时产生的积极作用的同时，也应看到，蒋光慈的作品思想大于艺术。他的作品多是急就章，艺术表现是幼稚的，粗疏的，往往是主观叙述多于对客观现实的具体、细致的描绘；人物形象的塑造，忽视对人物个性的刻画，往往是脸谱化多于个性化，人物的转变过于简单，缺乏可信的现实性。

我们认为，正因为具有上述几个方面的特色，蒋光慈的作品在当时才引导着一批进步的或苦闷的青年人走上了革命的道路。吴似鸿说得好：“光慈那种富有热情的、浪漫的、虽然技巧上比较粗糙的作品，总不失为一九二五——一九二七年间中国大事变的一个反映吧。他不仅是这一大事变的歌咏者，而且还是她的参加者。所以阅读他的小说，你可以感触到大时代飞跃的脉搏，可以想见到群众动乱的真象，还可以鼓吹你心胸中反抗的勇气。”②

## 三

《田野的风》是蒋光慈留给我们的最后一部作品，是显示作者思想和艺术走向成熟的代表作，是蒋光慈创作的高峰。这部作品最初发表于1930年出版的《拓荒者》上，题名是《咆哮了的土地》，小说未刊完，刊物即遭国民党查禁，后来改题为《田野的风》，出了单行本。这部作品主要特点是什么？较之作者以往的作品，有哪些主要的进步呢？

首先，作者以正确的思想意识为指导，第一次以长篇小说的形式描写了党领导下的农民武装暴动的重大题材。小说以1927年大革命失败前后湖南农民运动为背景，描写某一个“旧日的乡间”，受压迫的、甚至受迷信、命运等

① 蒋光慈：《短裤党·写在本书的前面》，方铭编：《蒋光慈研究资料》，银川：宁夏人民出版社，1983年，第32页。

② 吴似鸿：《短裤党·重版赘言》。

观念左右的农民，经矿工张进德和革命知识分子李杰点燃革命火种后，很短时期内，建立农民协会，开展土地革命，大地沸腾起来了。但是，由于国民党右派势力出卖革命事业，“马日事变”发生后，他们又因势利导，组织农民武装，击败敌人阴谋，集体奔向百里外的邻县山区——金刚山（井冈山）“入伙”的故事。小说为我们正确地描绘了一幅农民和地主之间阶级斗争的图画，说明了农村是改造人、考验人、锻炼人的大熔炉；说明农民只有在党的领导下，走武装斗争的道路，才能取得翻身和解放。

蒋光慈当时并没有看到毛泽东同志的《中国的红色政权为什么能够存在?》《井冈山的斗争》《星星之火，可以燎原》等党内文件，但他从现实生活出发，以无产阶级的革命热情，写出这样有思想意义的作品，确实是难能可贵的。

其次，在人物形象的描写上，基本克服了“脸谱主义”，注意在特定的环境制约下，在人与人特定的关系中，刻画人物的性格特征。全书数十个人物中，并不给人性格雷同之感。其中刻画得较好的是张进德、李杰这两个人物形象。

张进德，矿山工人，引导农民运动走向胜利之路的“指导者”。他在工人运动中，培养了一副“观看世界的眼睛”，他善于思索，深知农民的甘苦，想农民之所想，急农民之所急。他聪明果断，有较高的政策水平，对农民亲如兄弟，情同手足，常常用不同的钥匙启开不同情况农民的心灵，引导他们在改造客观世界的同时改造自己的主观世界。比如，李木匠因为偷过一次女人，大家都把他冷落在一边。而张进德则看到他本质的方面，晓之以理，动之以情，调动了他斗争的积极性，因而被李木匠视为“一个了不起的人物”；张进德交给他串连农民的重任，他感动地说：“进德哥！以后无论你有什么事情叫我做，我没有不做的。”在张进德的启发、帮助下，农民兄弟同他之间的“嫌隙”终于消除了，手携手同心合力地做好工作。再如，张进德对刘二麻子因为醉酒后调戏何月琴的粗暴、野蛮的行动，那态度是严厉的，那谴责是无情的，甚至动用了打、骂。当刘二麻子酒醒后，羞愧得跪在张进德的面前认错、哭泣。而张进德对他的感情则由厌恨到怜悯，到友爱。刘二麻子意味深长地说：“此后好好地做事要紧。”由此可见，张进德既是农民的严师，又是农民的挚友。敌人惧怕他，闻之丧胆，农民却自然而然地团结在他的身边。他不仅有务实的工作作风，而且有丰富的内心世界。他回乡不久，五六个青年人听到革命军进城的消息，无比的狂喜，找到张进德，急切地让他拿出“怎么办”的方法来，张进德向青年们镇静地说：“我打算明天到城里去看看情形，回来之后，我才能告诉你们怎么办。”这是一种坦率的务实！他在梦中吟唱国际歌，他在三仙庙所展开的浮想联翩，是十分感人的，这是一种指导他工作和斗争的崇高理想！作者在刻画这个人物形象时，往往同李杰相对比，显示他高人一等。李杰提议赶走关帝庙的和尚，众人都附和，惟张进德懂得农民的心理，懂得政策，考虑得深细些。同时，作者并没有回避他领导农民运动过程中，思想上产生的矛盾以至苦闷，但他的可贵之处是能很快自觉地作自我批评。作者这样写是忠实人物性格的，是真实可信的。

李杰，是一个背叛地主阶级的革命知识分子。作者从他不断取得农民信任的角度，写他改造思想的自觉性，写他在领导农民运动过程中自我取得飞跃。是否同意农民们提出的烧掉自家大院（作品是作为象征地主阶级的威风来写的），是刻画他性格的一个典型情节。作者更多的用内心独白、心理剖析和艺术对比的方法，揭示他的思想发展，矛盾斗争和性格特征。以往的新文学作品对知识分子的描写，一般说来是置于被动的地位，《田野的风》对李杰的描写，具有新的开拓的内容，作者突出了他的主动性，较正确地表现了知识分子在革命斗争中的作用和地位。

再次，在艺术表现方法上，作者不再采用“粗暴的叫喊”，而是代之以现实主义的描写，注意写客观环境中人物的所思所想所言所语，并从人与人的关系和命运的纠葛中展开情节，刻画人物。蒋光慈前期作品中的工人形象，往往以盲动牺牲为结局，知识分子形象的转变往往是突变式的。张进德和李杰的形象在很大的程度上克服了早期作品中的弱点。《田野的风》对其他农民形象的描写，比如李木匠、刘二麻子、王贵才、王荣发等，也都能从各自的经历、遭遇和性格出发，虽然笔墨不多，大多给读者留下了鲜明的印象。因而作品有一定的生活气息，也有一定的感染力。

这个作品的不足之处也是比较明显的，一是人称有时不统一，即第三人称和第一人称相混；二是偶有败笔，如在描写李杰、何月素等知识分子形象时，作者自觉不自觉地把他（她）们的有知有识同老百姓的无知无识对立起来，实是作者小资产阶级思想感情不自觉的流露。

# 漫话叶紫的小说创作*

叶紫（1912—1939），原名余鹤林，湖南省益阳县人，出生在一个小康家庭里。1926 年湖南农民运动兴起时，其父任县农民协会秘书，叔父任副会长兼自卫大队的大队长，姐姐参加县妇女运动的领导工作。北伐军进占武汉后，叶紫离开了中学，被叔父送入武汉军事学校第三分校学习。1927 年大革命失败后，叶紫的父亲和姐姐遭反动派杀害，叶紫被迫逃离家乡，从此过着颠沛流离的生活。1928 年秋，叶紫流浪到南京，靠给报纸写稿维持生活。1929 年到上海，先后作过学徒、小学教员、报馆编辑，并开始阅读各种各样的文学作品。他在《我怎样与文学发生关系》中说："我便由传统的旧诗，旧文，旧小说，鸳鸯蝴蝶派的东西，一直读到文学研究会，创造社，太阳社，以及新近由世界各国翻译过来的文学作品。"① 1933 年叶紫参加中国共产党。同年，叶紫第一篇小说《丰收》问世，引起了当时文坛的重视。此后，他还以"四一二"政变后的事件和自己的亲身经历为题材，写了不少小说和散文，发表在《文学》《现代》《文艺新地》等杂志上。1935 年出版了短篇集《丰收》，以后还出版了中篇《星》及短篇集《山村一夜》。1939 年，正当他开始动笔写长篇《太阳从西边出来》时，不幸在贫病中逝世。

由于叶紫全家经历过 1927 年的大革命，由于叶紫本人"集人世之惨痛于一身"② 的遭遇，因而使他的全部爱憎和被压迫的农民紧紧联系在一起。鲁迅曾经指出："作者还是一个青年，但他的经历，却抵得太平天下的顺民的一世纪的经历。"③

叶紫的小说，不仅深刻地揭露了帝国主义同封建势力相勾结，残酷地压

* 本文原刊于 1993 年南海出版公司出版的《中国现代小说的历史沉思》一书。

① 见《我与文学》1934 年生活书店版。

② 胡从经：《叶紫年谱》，《中国现代文学研究丛刊》1979 年第一辑。

③ 鲁迅：《且介亭杂文二集·叶紫作〈丰收〉序》。

榨中国农民的状况，而且表现了农民觉悟起来，进行反抗斗争的情景，反映出土地革命时期农村革命的深入。他的第一篇小说《丰收》及其续篇《火》，描绘了1927年大革命失败后，农民们在党的影响和教育下，进行抗租斗争的故事。云普叔是老一代的农民形象，他勤劳、俭朴、倔强，但思想保守落后，在封建势力压榨下，他把希望寄托在粮食丰收和地主阶级的“慈悲”上。经过同旱、涝拼命搏斗，甚至含泪卖掉了自己的亲生女儿，付出血汗代价，终于取得了丰收。然而三倍的丰收抵不住六倍的跌价，善良温厚挡不住地主官家的巧取豪夺，磕头酒菜换不来官绅的宽恕和恩典，残酷的现实粉碎了他的幻想，他所收获的粮食被抢掠一空，粮仓里最后“只剩下几块仓板子”。作品也描绘了青年一代农民立秋，如何受到党的启示与教育，阶级意识逐渐觉醒，为了革命利益而不辞劳苦，宁肯放弃个人家庭劳动，不管父亲的反对，从早到晚为大家的事情奔波着。到《火》中，云普叔经过现实的教训，已经开始明白“世界整个儿都是吃人的!”也不再软弱，不再对统治阶级存在着任何幻想，而是挺起腰来，投身到武装斗争的行列，并且跑在最前面，高呼：“我们冲进去同何八这狗日的去拼命!”立秋也已经在斗争中锻炼成长起来，机警而老练，成为革命领导者癞大哥的左右手，耐心地教育群众，沉着地领导农民进行抗租斗争。从云普叔身上，我们看到了30年代中国农村尖锐的阶级矛盾以及农民运动的蓬勃发展，即使是农民中落后保守的一部分，在现实的教育和激发下，也已经转变、觉悟了。老一代农民的觉醒虽然是曲折的，但这个觉醒最能反映农村革命的深入。从立秋身上，我们看到了30年代革命农民的成长。这个人物尽管也存在着概念化的不足之处，但他像信号一样，预示着中国农村即将掀起的革命高潮。在《火》的结尾，农民的反抗队伍，“像疯狂了的大海，像爆发了的火山”，“潮水似的”向地主庄园冲去，最后直上雪峰山，投奔了红军。这种情景，真实地显示了“中国是全国都布满了干柴，很快就会燃成烈火”的“星火燎原”①之势。从叶紫的作品中我们感受到农民革命的力量，并把希望寄托于无限光明的未来。

《电网外》（初名《王伯伯》）从另一角度写了农民的觉醒。开始，王伯

① 毛泽东：《星星之火，可以燎原》。

伯同云普叔一样相信命运，舍不得自己的几间草屋和眼看就要收获的庄稼，不愿同大伙一起逃难。反动军队到了村子，他把辛苦积蓄的20元钱送给反动军队，哀求他们不要拆毁自己的房子。结果，残酷的现实教训了他，他陷于痛苦之中，以至想寻死。这时，红军游击队的影子浮现在他眼前，他想到红军的存在，想到自己还有儿子，于是他从“上吊的小凳子上跳下来，背起个小小的包袱，离开了他的小茅棚子，放开着大步，朝着有太阳的那边走去了”。通过王伯伯这一形象，表现了人民群众顽强不屈的斗争精神。使王伯伯从死亡边缘上猛醒过来的力量，是共产党领导的红军游击队。这是人民群众斗争的力量源泉，也是人民群众斗争取得胜利的根本保证。

《向导》写50多岁的刘翁妈，眼看着自己的三个儿子跟300多个革命同志，被反动派疯狂残杀了。强烈的阶级仇恨，使她的“眼睛里差不多要冒出血来”，恨不得把敌人的“心肝全挖出来给孩子们报仇”。为了惩罚敌人，她机智、勇敢地利用“向导”身份，把白匪引进了红军包围圈，使匪徒们伤亡严重。刘翁妈虽然为此献出生命，但她临死不惧，怒斥这些杀人放火的强盗，最后含着微笑死去。作品中写的虽是革命牺牲，但没有丝毫感伤低沉的情绪，作者赋予刘翁妈这个人物以悲壮的调子，浓烈的色彩，使小说中洋溢着革命浪漫主义精神。这是30年代文学创作中具有重要地位的一篇作品。

中篇小说《星》，提出了妇女解放的问题，这在当时是有教育意义的。作者以细腻的笔触，描写了主人公梅春姐的生活和思想的曲折发展过程，揭示了革命在农村的深远影响，令人信服的表明，是革命使梅春姐摆脱种种封建思想和旧习惯势力的束缚，勇敢地重新走上革命道路。同叶紫的短篇小说的表现方法不同，这篇着眼于描写人物的命运，人与人之间的感情关系，极力剖析人物的内心世界，用笔精细，有一定的感人力量，但同时也给作品带来不足，这就是对梅春姐家庭生活作了不必要的过多的渲染，影响从更广阔的斗争画面上揭示主题。

鲁迅对《丰收》等一组小说给予很高的评价。他说，这些小说“都是太平世界的奇闻，而现在却是极平常的事情。因为极平常，所以和我们更密切，更有大关系”。叶紫的作品“不但为一大群中国青年读者所支持，当《电网外》在《文学新地》上以《王伯伯》的题目发表后，就得到世界的读者了。

这就是作者已经尽了当前的任务，也是对于压迫者的答复，文学是战斗的！”①

总的看来，叶紫的主要作品都是以自己所经历的革命斗争为中心题材，由于他有坚实的生活基础，有抑制不住的革命激情，再加上作家所掌握的艺术技巧，使得他那些反映农村变动的作品闪烁着独有的异彩。他的作品明朗、健康、朴素、厚实，洋溢着战斗激情，读后令人奋发向上。他善于从事件的发展过程中描写人物性格的成长，显得真实可信。他的作品没有回避斗争的艰巨性，没有净化人物内心的复杂因素，相反，在细节的勾勒和气氛的渲染中却作了浓笔描绘。他的作品苦难中交织着战叫，黑暗中闪耀着光明，充沛的热情和热烈的愤怒交融在一起，使整个作品浸透着浓厚的战斗气息。

① 鲁迅：《且介亭杂文二集·叶紫作〈丰收〉序》。

# 略谈耶林的短篇小说及其主要特色*

30年代初，耶林在致丁玲的信中说："我告诉你一个好消息，我看到很多青年（自然是好青年）在很努力地写文章，在尝试一些新的技术……回头看一下，我们觉得只有白莽好些，可惜牺牲了！"[①] 白莽就是大家熟知的"左联"五烈士中的殷夫，一位从事工人运动的革命者，为了宣传群众和组织群众，以写红色鼓动诗而载入中国现代文学史册。

革命经历和文学成就同殷夫大体相似的耶林，在"左联"成立前后，主要是一个党的地下秘密工作者，在党的工作和工人运动之余，喜欢写作小说。他在"左联"时期发表的小说为数不多，但有一个鲜明的特点，即自觉地、坚定地按照"左联"的斗争纲领进行创作，同殷夫的红色鼓动诗一样，发挥了很好的战斗作用。可是解放以来出版的几十种现代文学史著作中，对于这位青年作家，除了个别版本简单一提之外，其他无一字论及。这是不公正的。

耶林的短篇小说，大体可分为"左联"成立前后的两个阶段。"左联"成立之前，他的小说作品主要有《白骨塔》（有手稿，未发表）、《晚潮》（当时未发表[②]）、《白沫》[③]。这些小说多以恋爱、婚姻、家庭为题材，就其思想倾向来说，均属于革命民主主义范畴。

其中，《白骨塔》具有较浓厚的哲理气味。小说通过沈潜齐、哲民和白菡的感情纠葛，批判了视妇女为私有品的传统观念和唯爱哲学的虚伪性，肯定了女主人公白菡追求绝对自由和真正美的人生观的合理性、必要性。但通篇看来，作者所同情的人物，不仅形象比较飘浮，而且所探求的"美的人生观"的内容也未免空泛和抽象，理想主义色彩较为浓重。

---

* 本文原刊于《齐鲁学刊》1984年第4期。

① 《耶林写给丁玲的信》，《新文学史料》1980年第1期。

② 《晚潮》，《海鸥》1980年第7期。

③ 《白沫》，《新女性》1929年第4卷第2号。

《晚潮》描写的是生活中常见的爱情悲剧，主人公静如钟情于献身学术研究的独身主义者陈梦耕，并在陈的一番“学理”的启示下，猛然认识到父母为她包办的婚事——嫁给品格卑污低下的砚田表兄，同她的自由和幸福是相悖的，因而决定学习易卜生剧中的娜拉，为争得自己的真正爱情而进行斗争。然而，她孤单得很，有心无力，最终冲破不了家庭的藩篱，在走投无路的绝望中投海自杀了。批判旧式婚姻，争得人格和爱情自由，这是“五四”以来作家们笔下经常出现的主题。《晚潮》在表现这一主题时由于把批判的锋芒同时指向抽象“学理主义”最终必然被现实所击碎，因而使其反封建的主题获得了更丰富的内容，具有一种时代新鲜感。

《白沫》从一个新的角度，提出了在自由恋爱基础上组成的家庭如何处理新生活的矛盾问题。小说中的男主人公吴敬堂是一个经济收入“并不算充裕，但是吃穿了去，还有零钱听戏”，抱着“人要自己找幸福，幸福不会来找人的”处世哲学的知识分子。他同一民结婚不久，有一个不满三月的孩子。作品通过吴敬堂归家路上浪漫蒂克的幻想和到家以后实际生活琐碎平淡的对比描写，形象而有力地批评了那种只图个人情趣满足而不尽家庭义务的小知识分子的浪漫主义婚姻观，并在字里行间充满了对置身家务、孩子和挣工度日的已婚妇女的同情，因而表现了作者较为积极的婚姻妇女观。小说取名“白沫”，意在讽刺灵魂不洁须加洗涤的那种不承担责任、把妻子当享受的男性中心主义。

耶林这组以婚姻、家庭为题材的小说，明白地表现了作者的爱情观：“在旧的社会之下，很难发生满意的爱情，只有在未来的社会之下，才有爱情可言。”① 作者的这一认识是深刻的，这一类小说的客观意义就在这里。

“左联”成立以后，耶林发表的小说有《村中》②、《开辟》③、《月台上》④。这些以新面貌出现于文坛的小说，表现了作者思想和艺术的发展，显示了无产阶级革命文学的实绩。正如《北斗》的编者在发表《村中》等小说时所写的《编后》中指出的，小说题材“都非常有可取的地方，比较一般的

① 《耶林写给丁玲的信》，《新文学史料》1980 年第 1 期。

② 《北斗》1931 年第 1 卷第 4 期。

③ 《文学月报》1932 年第 1 卷第 5、6 期合刊。

④ 《文学月报》1932 年第 1 卷第 4 期。

只知在自身周围打圈寻取恋爱的悲喜剧作材料的是已经显得不枯窘得多，而且新鲜。在意识上，也确有很好的倾向。虽然形式、技术还不能很好……可是在现在的文坛，在作者的阶段（似乎都还是大学生），我们只好不要过于苛求了"①。

《村中》只是一个三千字左右的短篇，可是它所写的却是一个十分尖锐的重大现实题材。在一个"平静的，古旧的，而且多少还有几点快乐的"村中，突然出现一种像蚊子的声音，渐渐地由远而近，由小而大起来，村民们猜疑，不安，甚或惶恐，但当他们知道和发现是飞机时，询问声，欢笑声，议论声不绝于耳，不同年龄和性别的人们的神情和心理活现于纸上。当欢快的气氛升向顶点时，令人震惊的灾难降到了人间。飞机向善良、天真和无辜的村民进行狂轰滥炸，"人们全然昏迷在臭气的烟气当中，大声的叫，飞去了一些肢体"。这惨相使人目不忍睹！但是第二天国民党的报纸上写着："匪徒数百，白昼散布在××河上，我军用飞机追击，掷弹数枚，幸能命中，毙匪无数，不久可以完全肃清……"这极为含蓄有力地揭露了国民党所谓"剿匪"的真相！

钱杏邨在回顾1931年的文坛时，特地提到这个短篇，认为它是"不能忽略的"收获。他说："'三次围剿'是1931年的中国一件最重大的事件，特别是左翼作家应该抓取的主题之一，这是阶级斗争更尖锐的表现，可是他们都是忽略了这一主题，只有耶林的这一篇展开了'一场小景'。"② 确实，《村中》虽是一个"小景"，但意义重大，它实是一篇揭露国民党政权反人民反革命的本质，配合苏区军事反"围剿"斗争的力作。

当《开辟》等小说在《文学月报》发表时，《编后记》指出："我们是要鼓励青年作家加紧学习，在作品上反映出成名作家所不曾体验过的群众斗争和战斗情绪。"《开辟》是一篇很好反映"群众斗争和战斗情绪"的作品。它以上海"一·二八"事变为背景，从一个侧面反映和歌颂党领导的失业工人团所进行的反帝反内奸的爱国活动。作品以简洁的笔墨，勾勒了一群有组织、有觉悟、有斗争经验、有自我批评精神的工人群像。老高是他们中的优秀代表，是作品中写得比较丰满的形象。作者通过生动的场面、具体的事件、有

① 《北斗》1931年，第1卷第4期。

② 阿英：《阿英全集》，安徽：安徽教育出版社，2006年。

典型意义的细节，表现他善于思考和引导，团结和组织工人弟兄进行有效的斗争；突出他有较高的思想和政策水平。在开展对敌斗争的同时，他十分注意改造工人内部的非无产阶级思想和行动，使工人心悦诚服地看到自己的弱点，认识到自己的历史使命。老高的形象，渗透着作者深厚的思想感情。因为作者亲自从事工人运动，生活上熟悉工人，思想上热爱工人，身体力行“左联”的纲领，倡导文艺同工人相结合。所以他笔下的工人形象，跟当时不少作者只凭间接材料甚至只凭想象和虚构所创作的人物和作品就大不一样，具有较高的真实感、时代感和艺术价值。正因如此，沙汀认为：“耶林同志是三十年代初写工人写得较好的一位作家。”①

《月台上》是着力表现东北人民在日本帝国主义和中国买办势力统治下所遭受的苦难和无言的反抗的小说。作者以饱蘸血泪的文字描写了一个没有名字的老人的悲惨故事。这个原住在森林边靠打猎为生的老人，在一次偶然的打猎途中，结识了一个日本洋行的老板。老人为生计所迫，接受了日本老板的“恩赐”，到长春当了一名管仓库的职员。作品围绕老人三次到长春去谋职的痛苦遭遇，辛酸淋漓地描写了中国人民在日本帝国主义的政治压迫、经济剥削下所遭受的深重灾难。特别是最后一次，老人虽已家破妻亡，穷困到连乘车的路费都拿不出的绝境，但听说中国的买办已病死，因而老人再度当管仓库职员的心又强烈地燃烧起来。当老人搭乘着“我”的雪车来到车站的月台上，等乘往长春的火车时，大祸突然从天而降：先是被占领东北的日本兵当作小偷抓起来，继而遭到日本兵、日本妓女、中国绅士的嘲笑、奚落，甚至人格污辱，老人再三哀告无效。末了，是日本兵的棍子“落在老人的脑壳上”。这悲惨的故事，具有强烈的控诉力量和战斗意义。

耶林留给我们的小说，为数虽然不多，却具有鲜明的创作特色。一是耶林的小说题材和主题，不仅具有战斗性和现实性，尤其可贵的是具有尖锐性和深刻性。作品的取材是每一个作家都予以考虑并渗透着自己观点的。耶林曾说过：“‘取材当不当不成问题；成问题者只在观点正确不正确’的话自然是对的；但同时也该考虑到，这样的题材能不能给读者一种宣传熏染的力量。如若没有，则这篇文字根本就要不得，因为文艺这东西，没有‘组织的感情

① 《新文学史料》1980年第2期。

而使之向上'以外的意义。"① 这种题材观是辩证的，符合文艺创作规律的。首先，耶林遵循"左联"执委会决议，在自己的作品中描写"反帝国主义的题材"，"描写白色军队剿共的，杀人放火，飞机轰炸，毒瓦斯，到处不留一鸡一犬的大屠杀"，"描写工人对于资本家的斗争，描写广大的失业，描写广大的贫民生活，等等。只有这样才是大众的，现代中国无产阶级革命文学所必须取用的题材。"② 更重要的是，他用艺术的方法去提炼题材，能"给读者一种宣传熏染的力量"，引起读者深刻的思索和强烈的爱憎。比如上海事变以后，反对日本帝国主义的作品增多了，但同时也出现了两种倾向：一是"消极的怀古"，唱的是"吁嗟呼"调；一是"积极的呐喊"，唱的是"起来调"，其共同的问题是"既不认清这次事件的本质，更不能抓着解决此事件的方法……对于社会既无推动，对于抗日上亦是毫无补益!"③ 耶林的作品中是找不到这些倾向的。他较好地注意了民族意识和阶级意识、民族立场和阶级立场的一致性。比如《月台上》着重揭露日本帝国主义的暴行和中国买办绅士的无耻行径的同时，还穿插了中国穷苦百姓的反抗。在写到日本兵、日本妓女和中国绅士对老人进行污辱时，有这样一段描写："全月台上的绅士们，像要笑死的样子，一齐笑起来，日本妓女弯着腰，要兵士们扶住他，有的人们，以至于笑到打起喷嚏来。""但是在月台的一边，那一些从山东逃难来的难民们，好像是并没有那么高兴，而且是忿怒，他们像诅咒一样骂起来，但是老成的父亲们，马上制止了他们。"这种对比描写充分显示出作者明确的政治倾向。再如《开辟》更明确地指出，党领导的工人兄弟是反帝反汉奸的领导者和组织者，但同时又指出工人阶级在斗争中逐步认识和克服自身缺点、改造非无产阶级思想的重要性，把两者联系起来描写，就给人以深刻的启示，使主题具有较深刻的思想性和逻辑力量。

二是耶林的小说初步形成了朴实、明快的风格。他从事小说创作的基础是比较深厚的。他喜爱并写作古典诗词；他专攻绘画和木刻；他研读了鲁迅所翻译的卢那卡尔斯基、普列汉诺夫、弗里契等的大量文艺理论。这对他的

---

① 《新文学史料》1980 年第 1 期。

② 《中国无产阶级革命文学的新任务——一九三一年十一月中国左翼作家联盟执行委员会的决议》。

③ 沈起予：《抗日声中的文学》，《北斗》第 1 卷第 4 期。

小说创作及风格特点都有直接的影响。

首先，在小说结构上，他善于运用悬念、倒叙，巧于安排伏笔细节，组织故事情节，刻画人物性格，以引起读者的兴味和思考。《晚潮》从陈梦耕突然接到静如写给他的遗书入手，自然而然地提出了"这是何等的一个可怕的消息啊！怎么一回事呢?"接着向人们描绘了一个爱情悲剧故事。《月台上》一开始展现在读者面前的是大风雪，大寒冷的情景，一个老人突然出现在"我"的房间里，与此同时，浓笔详写了老人的肖像和动作，"我"和车夫的不同心理反应，然后才介绍了老人的来意，引出老人三次去长春谋职的辛酸经过。这种结构显然继承了中国古代小说善于讲故事的传统特点，又摒弃了它故作曲折而芜蔓拉杂的毛病，因而具有单纯、集中、干净和明朗的特色。

其次，善于以简洁的讽刺手法为自己的人物画相，勾出他们的心态。这表现在两方面：一是以漫画式的夸张，来勾勒人物的肖像。小说《白沫》对吴敬堂肖像的描写，采取极俭省的夸张手法，几笔就把他乔装打扮的油头光面的外相活灵活现地勾勒出来，给人一种滑稽感。结尾对洗脸的描写尤为传神。先是肥皂沫滚到腮上，继而"悬在下领滴到胸膛上"，他感到"有些发痒，在腮上抓了一把留下四个指印"。那忙乱的动作和滑稽的形态中显示出的正是这个人物华而不实、追求表面光滑的虚伪灵魂。二是抓住人物身上的矛盾，加以集中夸张，对比地写出人物本相。《白沫》中的吴敬堂归前和到家的两种截然不同表现，充分揭示出他自私虚假的本性已如上述。《白骨塔》中写沈潜齐、哲民的性格矛盾也极有力。他们开始对白菡忠贞不贰的爱情表白和最后骂她矢志不渝为爱情奋斗的行为是"疯了"，形成鲜明对照，从而在对比中把他们"唯我独有"的爱情私有观显露无遗。

再次，耶林小说中的心理描写也有其特点。一是通过幻想来揭示人物内心活动，如吴敬堂在车上的一系列心理活动，都是借助幻想加以披露的，因而很好地表现了他对爱情婚姻所抱的不切实际的浪漫主义空想。二是通过书信的穿插来展示人物的心理隐情，如《晚潮》中静如写给梦耕的信，表明自己"唱着胜利之歌"实践了梦耕的"哲学"，并对吃人的罪恶世界进行了控诉；而梦耕留给静如的信，既表现了他的空头哲学家特点，又说明他是个语言的巨人，行动的矮子，不值得静如的钟爱。三是运用大段的内心独白来揭示人物心理波动，像静如在投海之前，作者几乎完全以内心独白的方式，让女主人公向封建包办婚姻制度、向猛兽毒蛇横行的旧世界，进行血泪控诉。

此外，作者在运用比喻、语言的群众化等方面也都有足可称道者，限于篇幅便不一一论列了。而总的说，作为一个工人运动的业余作家，他在这方面的努力和成就，在现代文学史上是应该记上一笔的。

# 丁玲的小说创作*

丁玲（1904—1986 年），原名蒋冰之，又名蒋伟、丁冰之。1904 年 10 月生于湖南省临澧县农村一个名门望族的家庭中。她幼年丧父，4 岁便跟着寡母辗转漂流。其母是一位刚强、坚毅、自强，富有精神追求的知识女性，亲自教女儿读《古文观止》《论语》《孟子》及古代诗词。在母亲的影响下，丁玲很小就能背诵唐诗。1919 年，丁玲在湖南桃源县省立第二女子师范学校预科读书时，迎来了五四运动，“要科学、要民主、要自由、要解放的奋斗精神哺育着我。”① 丁玲和好友王剑虹，在五四新思潮的影响下，毅然剪去长辫子，上街游行、演讲，以极大的热情参加各种社会活动，并萌生了爱国主义思想。同年暑假后，丁玲转到长沙周南女子中学，在国文教员、新民学会会员陈启民的影响和启发下，她阅读了《新青年》、胡适的《尝试集》等进步的文艺书刊。陈先生着意培养她，鼓励她多读多写。丁玲在第一学期就写了三本作文，五薄本日记，有两首白话诗在当时长沙的报纸上发表出来。这时她对文学发生了浓厚的兴趣。后来，她曾回忆说，正是这个时期“培养了我的文学兴趣，使后来我在社会上四处碰壁无路可走的时候，我会想起用一支笔来写出我的不平，和对于中国社会的反抗，揭露统治阶级的黑暗”②。1922 年，丁玲应王剑虹之约，到了上海，先后在党创办的上海平民女校和上海大学学习。在学习期间，丁玲不仅在文学上进一步吸取了丰富的营养，而且在世界观上也受到共产党人向警予、瞿秋白等所给予的深刻影响。1924 年后，丁玲来到北京，同胡也频相识，不久就在一起生活了。他俩一起讨论中外名作家的作品；丁玲对《茶花女》《包法利夫人》等世界名著非常喜欢，这对她以后擅

---

* 本文原刊于 1993 年南海出版公司出版的《中国现代小说的历史沉思》一书。

① 丁玲：《丁玲短篇小说选·后记》，袁良骏编：《丁玲研究资料》，天津：天津人民出版社，1982 年，第 168 页。

② 丁玲：《我怎样飞向了自由的天地》，《时代青年》1946 年第 5 期。

长写女性形象无疑是有影响的。1927 年“四一二”、“马日事变”以后，丁玲在精神极端痛苦的状态中开始用“丁玲”这个笔名创作和发表小说了。“我那时为什么写小说，我以为是因为寂寞。对社会的不满，自己生活无出路，有许多话须要说出来，却找不到人听，很想做些事，又找不到机会，于是为了方便，便提起了笔，要代替自己来给这社会一个分析，因为我那时是一个很会牢骚的人，所以《在黑暗中》，不觉的也染上一层感伤。因为我只预备来分析，所以社会的一面是写出了，却看不到应有的出路”。①

丁玲的创作从 1927 年秋写第一篇小说《梦珂》起到 1948 年出版《太阳照在桑乾河上》止，大体上可以分为三个阶段。

第一个阶段，即 1927 年到 1929 年约两年左右的时间，这是一个革命的转折时代，也是无产阶级革命文学萌发和倡导的时代。丁玲在这段时间内，约写了十四五篇小说，分别收入《在黑暗中》《一个女人》和《自杀日记》三个短篇集里。从思想内容看，这些小说集中反映着五四退潮以后具有叛逆思想的女性的身世和命运，主要以都市知识青年女性，在混杂着封建毒汁和半殖民地“文明”的畸形社会中精神抑郁症为题材，作品“充满了对社会的卑视和个人的孤独的灵魂的倔强”②。主人公具有蔑视封建礼教，追求个性解放的思想和性格特征；但由于远离时代和群众，她们的思想是感伤的，反抗是软弱的，结果并没有找到正确的道路。从艺术表现看，这些小说同中国古典小说的表现手法绝然不同，大多采用日记体和内心独白的形式。作者以浓厚的感情率真地、细腻地描写和剖析女性心理活动和心理发展过程，令人耳目一新。《莎菲女士的日记》是丁玲早期具有代表性的作品。小说淋漓尽致地描写了一个在五四退潮期不甘沉沦堕落，而又找不到出路的青年知识女性——莎菲女士全部的心灵痛苦和迷乱，塑造了一个“‘五四’以后解放的青年女子在性爱上的矛盾心理的代表者”，“心灵上负着时代苦闷的创伤的青年女性的叛逆的绝叫者”③ 的艺术典型，揭示了形成莎菲女士复杂而矛盾的性格的社会内容和根源。莎菲式女性形象及其精神苦闷，是五四退潮后中国社会

① 丁玲：《我的创作生活》，《丁玲文集》第 5 卷，长沙：湖南人民出版社，1984 年，第 381 页。

② 丁玲：《一个真实人的一生——记胡也频》，《人民文学》1950 年第 2 期。

③ 茅盾：《女作家丁玲》，《茅盾论中国现代作家作品》，北京：北京大学出版社，1980 年，第 102 页。

的特殊产物，是对既成的封建秩序、封建礼教和封建道德的挑战，同时，也说明以个人为中心的莎菲式的反抗是极其软弱的。作品因题材的新颖和表现格式的特别，震惊了当时的文艺界和学生界。沈从文在《论中国创作小说》一文中说："丁玲女士的作品，给人的趣味，给人的感动，把前一时几个女作家（指冰心、庐隐、淦女士、凌淑华——笔者）所有的爱好者兴味与方向皆扭转了……丁玲女士的作品恰恰给了读者们一些新的兴奋。"

第二个阶段，即1930年以后，随着"左联"的成立和无产阶级文学革命的深入，丁玲的思想和创作有了较大的进展。首先，在理论上对自己的创作进行初步清算的同时，大力提倡文艺的大众化。丁玲在自己主编的《北斗》上发表的《对于创作上的几条具体意见》一文，除对包括自己在内的作品做了严格的批评外，尤其重要的，丁玲还提出了一些关于作家和作品如何大众化的具体意见："用大众作主人"，知识分子作家"要产生新的作品"就请"穿起粗布衣，到广大的工人、农人、士兵的队伍里去，为他们，同时就是为自己，大的自己的利益而作艰苦的斗争"，"不要凭空想写一个英雄似的工人，或农人，因为不合社会的事实"，"不要发议论，把你的思想，你要说的话，从行动上具体的表现出来"。当时"左"的思潮比较流行，丁玲提出的这些理论观点是十分可贵的。其次，丁玲的创作比前期也有新的进展，她力图跟上时代潮流，有意注重写实。一是她创作了一组革命与恋爱的小说，像中篇《韦护》和《一九三〇年春上海》（之一）（之二）。这些小说中的知识女性形象虽不及前丰满，甚至显得观念化，"但有一点不同：就是已经有一条朦胧的出路了，仿佛已在社会中看见新的东西了"①。她描写了小资产阶级知识分子在革命与恋爱冲突中的动摇和转变，同情和赞美了革命者献身工作的热诚。正如作者后来所说，这两篇小说尽管"还没跳出恋爱啊、革命啊的范围，但它已是通向革命的东西了"②。二是她创作了一组反映工农劳动人民的生活、痛苦及其对美好生活的憧憬的小说，比如《法网》《消息》《一天》《水》等，其中有影响的是《水》。这篇小说以1931年16省的水灾为背景，描写了旧中国的农民在水灾中的觉醒和抗争。作品因为写了现实斗争的重大题材和采用

---

① 冯雪峰：《关于新的小说的诞生》，《冯雪峰论文集》（上）北京：人民文学出版社，1981年，第72页。

② 冬晓：《走访丁玲》，《丁玲研究资料》，天津：天津人民出版社，1982年，第191页。

了写实主义的手法，被誉为“这是我们所应当有的新的小说”[①]。30年代，当一般知识分子作家还存在着轻视工农群众的倾向时，丁玲就有意识地表现工农的生活和斗争，相信工农大众可以改变自己的地位，肯定小资产阶级知识分子深入工农的必要性和重要性。当时的评论者十分重视丁玲的这种新的创作倾向，称丁玲为“新的小说家”[②]。当然，这些小说也存在着明显的欠缺，往往有时以概念化的叙述和空发议论代替了真实生动的描写和带血带肉的人物形象的塑造。

第三个阶段，延安文艺座谈会前后，丁玲的创作进入一个新的阶段。1936年11月丁玲来到陕北苏区首府的延安，受到毛泽东、周恩来同志的欢迎，“洞中开宴会，招待出牢人”，“昨日文小姐，今日武将军”[③]。从此，她生活在红军队伍中，一边战斗，一边写作。抗战爆发以后，丁玲到了延安，主持了“西北战地服务团”的工作。1941年，担任《解放日报》文艺副刊的主编。在这段时间内，她写的小说，有的反映根据地人民、尤其是妇女在抗日民族战争中被侮辱被损害的命运及其奋起抗争的精神。像《我在霞村的时候》，写一个曾经落入日本侵略者之手，受到蹂躏，后来又受到抗日民主政府派遣，到沦陷区去收集情报的年青妇女贞贞的故事。小说着重描写贞贞回村后，村里不同思想的人物对她不同的评论，以及她明朗坚毅的性格特征。冯雪峰精辟地分析了贞贞形象的意义：“这灵魂遭受着破坏和极大的损伤，但就在被破坏和损伤中展开她的像反射于沙漠上面似的那种光，清水似的清，刚刚被暴风刮过了以后的沙地似的那般广；而从她身内又不断地在生长出新的东西来，那可是更非庸庸俗俗和温温暾暾的人们所再能挨近去的新的力量和新的生命。”[④]《在医院中》提出了在根据地新的环境中进一步改造中国小生产者愚昧、冷漠、落后等旧的精神状态和习惯势力的严肃课题。表现了一个艺术家正视现实的勇气和敏锐的洞察力。1942年丁玲参加了延安文艺座谈会。

---

① 冯雪峰：《关于新的小说的诞生》，《冯雪峰论文集》（上），北京：人民文学出版社，1981年，第69页。

② 冯雪峰：《关于新的小说的诞生》，《冯雪峰论文集》（上），北京：人民文学出版社，1981年，第69页。

③ 毛泽东：《临江仙》，转引自朱正明：《关于〈长征记〉和毛主席赠丁玲词的情况》，《新文学史料》1982年第1期。

④ 冯雪峰：《从〈梦珂〉到〈夜〉》，《冯雪峰论文集》（中），北京：人民文学出版社，1981年，第72页。

她努力实践毛泽东同志提出的文艺新方向，对自己30年代就倡导的写工农兵的零星想法，有了真正的理解，并有了广阔的用武天地。1944年6月30日，丁玲在《解放日报》上发表了报告文学《田保霖》（同一天还登了欧阳山的人物特写《活在记忆里》），7月1日早晨毛泽东同志在读了丁玲和欧阳山的文章后，写信给他们说：

快要天亮了。你们的文章引得我洗澡后、睡觉前一口气读完。我替中国人民庆祝，替你们二位新的写作作风庆祝。合作会议要我讲一次话，毫无材料，不知从何讲起。除了讲你们的文章之外，我还想多知道一点，如果可以的话，今天下午或傍晚，拟请你们来我处一叙。[①]

毛泽东同志的信给了丁玲极大的鼓舞。从此，丁玲更加坚定地实践毛泽东同志所提出的文艺方针和路线。长篇小说《太阳照在桑乾河上》是这方面的一个重要成果。

《太阳照在桑乾河上》是我国现代文学史上出现最早的反映土地改革运动的长篇小说，也是经过历史检验在反映同类题材的作品中具有历史深度的“史诗”型的杰出作品。正像冯雪峰所评价的那样，这是一部“艺术上具有创造性的作品，是一部相当辉煌地反映了土地改革的、带来了一定高度的真实性的、史诗似的作品”[②]。

小说以1946年中共中央颁布关于土改的“五四指示”为背景，描写华北地区一个叫暖水屯的村子土改运动初期农村阶级斗争的历史画卷，热情地歌颂了党所领导的农民群众争取翻身解放的胜利斗争，艺术地概括了一个旧时代的结束，一个新时代的开始的历史进程。

事实证明，《太阳照在桑乾河上》比起为数众多的描写土改斗争的作品来，无论就思想表现的深度和艺术表现的力度方面，至今仍是反映土地改革的革命现实主义的代表作。

作者站在革命的阶级斗争的立场上，严格遵循文学忠实现实生活的原则，按照现实矛盾的本来面貌，从错综复杂的现实诸关系中真实地、历史地、具体地表现了伟大的土改运动的复杂性和艰巨性。

---

① 转引自白夜的《丁玲的微笑》一文，《芙蓉》1980年第4期。

② 冯雪峰：《〈太阳照在桑乾河上〉在我们文学发展上的意义》，《冯雪峰论文集》（中），北京：人民文学出版社，1981年，第468页。

小说以广大的贫雇农和恶霸地主钱文贵的矛盾冲突作为贯穿全书的主要线索；同时围绕这一主要矛盾冲突，巧妙地穿插了不同性质的矛盾冲突，从地主、农民、干部、战争风云和历史根源诸方面的交错变化中揭示了生活中固有矛盾的复杂性。阴险毒辣的恶霸地主钱文贵，他的反革命嗅觉特别灵敏，反革命淫威几乎渗透到书中各个人物及其关系之中。就在暖水屯解放不久，他就采取了一系列适应新环境的应变措施和反动手段，妄图挽救本阶级的灭亡，阻止农民群众的翻身解放。他利用假分家把自己的经济地位降到贫农的位置上；他利用岳婿关系，让治安员张正典在党内、干部内充当他的代言人，他指派小儿去参军，自己捞到一个“抗属”的美名；他还利用自己的侄女黑妮和农会主任程仁的爱恋关系，企图瓦解农民队伍。他更暗中煽动斗争富裕中农顾涌，转移斗争视线。土改工作队进村前后，他暗中指使任国忠在胆小的农民中散布变天言论，用以威胁群众，抵制土改运动。这个“谋财害命不用刀”的恶霸地主，正是利用这些微妙的关系，并通过一系列活动，一则保护自己，再则干扰和破坏土改运动的正常进行，使原来就很复杂的矛盾更加复杂化了。

小说不仅写出了土改斗争的复杂性，而且通过确定主要斗争对象问题的回环往复，表现了土改斗争的曲折性和艰巨性。在斗争钱文贵的问题上贫雇农的基本态度和利益是一致的，他们对土改有迫切要求，对钱文贵有刻骨仇恨。但由于钱文贵的兴妖作怪，也由于农民自身的弱点及认识水平的差异，因而在干部和群众中，围绕着斗争钱文贵问题，有的顾虑重重，畏缩不前，有的一时为他的假象所迷住，甚至被他的淫威所压住。作者不回避土改斗争的曲折，令人信服地写出了广大农民，在同地主反复较量中，逐步认识到自己眼前的利益和长远的利益，逐步识破了恶霸地主钱文贵杀人不见血的真面目。在斗争的关键时刻，县宣传部长章品到村以后，统一了党员和干部的思想，把钱文贵押上了历史审判台，成了老百姓的“俘虏、囚犯”。

作品正是通过同一阶级以及不同阶级之间的阶级关系和社会关系的生动描写，揭示了农民起来推翻压在他们头上的顽固地主势力的曲折过程。这样写，是符合生活和斗争的辩证法的。这就是《太阳照在桑乾河上》所显示出的革命现实主义的思想深度。

尤其可贵的，比起同类题材的作品，《太阳照在桑乾河上》深入到农民和干部的思想深处，把农民政治上、经济上的翻身解放和思想上摆脱封建传统的纠缠结合起来，充分描写了农民在推翻封建势力的同时，克服自身的种种精神矛盾的艰难历程。这就比一般描写农民在土改中翻身解放的作品前进了一大步。这也是《太阳照在桑乾河上》思想深刻的特性所在。

丁玲在谈到作品中的主要人物形象时曾说过："我不愿把张裕民写成一无缺点的英雄，也不愿把程仁写成了不起的农会主席。他们可以逐渐成为了不起的人，他们不可能一眨眼就成为英雄。……但从丰富的现实生活来看，在斗争初期，走在最前边的常常也不全是崇高、完美无缺的人；但他们可以从这里前进，成为崇高、完美无缺的人。"① 这话说得很深刻，因为符合土改初期历史发展的本质真实，也符合一切事物发展的客观规律。《太阳照在桑乾河上》无论在干部还是农民形象的塑造上，都较好地体现了这样的创作思想。冯雪峰的评论文章说得好："作者的中心意图是写农民，但更正确地说，是写农民怎样在斗争中克服自己思想中的弱点而发展成长起来。在这里，作者在社会的深广基础上写了农民因自觉而发展的力量。"② 对程仁的塑造，作者没有任意拔高他，更没有主观粉饰他，而是让他在两个阶级的"决战"中，特别是两种思想、两种心理的"决战"中，逐步成长为一个英雄人物。程仁，原是钱文贵的长工，后来又成了佃户，他深深知道钱文贵的狠毒阴险，恨透了这个恶霸地主，不同意划其为"中农"，他当了农会主任后，却遇到了新的矛盾，像张裕民说的，他"啥事也能走在前头里，就是这桩事装胡涂。……他总忘不了别人侄女给他的那个情分"。黑妮名为钱文贵的侄女，实是钱的婢女。作品写了他理智和感情的矛盾，他见到黑妮，有意疏远她，心里又爱着她，他想积极投入斗争，又生怕斗了钱文贵，牵连上他心上人黑妮。党员大会上，"好些人看着他，要他说话"，当有人提出第二天的农会开会要选举主席，"凡是与钱文贵有亲属关系的都不能担当"，他受到震动，在开完会回来的路上，作品集中笔力描绘了他的思想活动，既透露了他斗钱文贵不够坚决的原因，又暗示了他思想转变的可能性。后来，当钱文贵派老婆以答应黑妮给他，再加上十八亩土地为条件来收买他，他受到更大的震惊，擦亮了眼睛，

① 丁玲：《〈太阳照在桑乾河上〉重印前言》，袁良骏编：《丁玲研究资料》，天津：天津人民出版社，1982 年，第 165 页。

② 冯雪峰：《〈太阳照在桑干河上〉在我们文学发展上的意义》，《冯雪峰论文集》中，北京：人民文学出版社，1981 年，第 461 页。

终于抛弃了“私情”和小生产者的动摇性，挺身而出，站到斗倒钱文贵的前列。程仁在怒不可遏地向钱文贵“算总账”的同时，作了严肃的自我批评。他说：“咱是农会主任，咱头几天斗争也不积极……咱忘了本啦！咱对不起全村的父老们。……咱如今想清了，咱要同他算账。”农会主任程仁的形象，揭示了一个真理，农民在铲除封建势力的斗争中，要随时清除自己的旧思想旧意识，这样才能跟上时代的步伐，完成阶级赋予自己的使命。

侯忠全从宿命论到精神上的解放，在更完整的意义上提供了农民摆脱“传统”纠缠的逼真图画。侯忠全的转变，是通过他独特的道路来实现的。长期的残酷的封建欺压和精神毒害，形成了他宿命论的思想。在解放之初的清算运动中，他曾分到地主侯殿魁的一亩半地，又偷偷地退了回去。小说对他听到钱文贵被扣压的消息时惊喜交加的微妙心理和跑到人群中探听的行动，写得十分切合他的思想和性格。这说明，他暗暗地期待着自己命运的变化，但当侯殿魁有一天终于像乞丐一样跪下来的时候，他则“给吓住了，连忙拉他，也拉不起来……好容易那老头才起来，怎么也不肯坐炕，蹲在地下，侯忠全也就陪他蹲着，两个人都老了，都蹲不稳，都坐在地下了”。等到侯殿魁登门交出了两张地契以后，侯忠全的心更不平静了，“这是他没有，也不敢有的，他应该快乐，他的确快乐，不过这快乐已经不是他经受得住的，他的眼泪因快乐而流出来。”到这时，侯忠全老两口才“笑了，笑到两个都伤心了”。相信“这世道真的变了呀”！侯忠全这个形象是独特的，也是十分深刻的。这里看出，妨碍侯忠全走向翻身解放的，与其说是地主阶级的压迫和剥削，倒不如说是农民小生产者那种“不相信穷人能当家”的愚昧和怯懦。作品通过这个形象的描写及其转变，充分说明了土改斗争真正得到了胜利。

阿·托尔斯泰说：“艺术中的现实主义，这就是从内部来叙述人在其周围物质环境中所进行的斗争……从内部来揭示那与周围环境有着联系的人的内心世界。”① 作者深深懂得这一点。丁玲的现实主义，具有心理现实主义的特征。他善于在叙述事件的过程中，交织着心理过程的描写，写现实世界与写内心世界结合，两者互相渗透，互相促进。心理描写在丁玲作品中，不光表现为一种艺术手段，有时就是作品情节和结构的支点。如果说，丁玲早期小

---

① 转引自《在社会现实关系中表现具体的人性》，《光明日报》1981年1月16日。

说中的心理描写，主要是直接披露人物的内心世界，那么，到了《太阳照在桑乾河上》，揭示人物精神面貌的方式，不再是单一的，而是丰富多样的；如果说，丁玲的早期小说在刻画小资产阶级知识女性的精神苦闷和矛盾方面取得了独特的成功，那么，《太阳照在桑乾河上》则把书中各个阶级人物的内心情态写活了（当然在程度上是有所不同的）。在长篇小说中，丁玲有意识的“进入书中人物的内心，为写他们而走进各种各样的生活。”[①] 丁玲还说：“最重要的就是要写出人来，就是要钻到人心里面去，你要不写出那个人的心理状态，不写出那个人灵魂里的东西，光有故事，我总觉得这个东西没有兴趣。”[②] 因而，使长篇小说的心理描写达到了一个新的高度。

土地改革是农民和地主两个阶级之间的“决战”，同时也是两个阶级之间精神上的“决战”。丁玲着重从后一方面写了各阶级之间、各种人物之间心理上的冲突，感情上的搏斗，从而，使长篇小说所反映的生活，具有了独特的历史和思想深度。可以说，《太阳照在桑乾河上》中那些刻画得有血有肉的，个性较为鲜明突出的正面人物形象或反面人物形象，都得力于作者娴熟的心理描写。有人称丁玲为“探索心灵的奥秘”的作家不是没有道理的。作品在描绘人物心理方面的特点是：首先，作者以明确的阶级爱憎，生动细致地剖析了特定环境中不同阶级的人物内心活动和独特感受，他们思维的内容和方式，腔调和口吻，十分符合人物的性格、身份，既打上了阶级的烙印，又显示了鲜明的个性特征。其次，运用多种剖析人物心理的方法，或直接描写，或通过梦境，或借助人物在特定的环境和场合中的感受和认识，或完整纤细地展现人物心理变化的全过程，等等，这一切无不服务于主题的需要，并且同人物自身的特点和情节发展的必然趋势结合在一起。再次，作者描写人物的内心活动时，不只重视观察，更重视体验。由于作者对人物性格和内心活动的规律有深入地观察和体验，所以对人物的心理描写达到了真实、准确的境地。因为具有这些特点，作品中的多数人物形象不仅写活了，而且颇有思想深度。因此，我们说《太阳照在桑乾河上》是丁玲创作道路上一部里程碑式的作品，是一部革命现实主义的精品佳作。

---

① 丁玲：《〈太阳照在桑乾河上〉重印前言》，袁良骏编：《丁玲研究资料》，天津：天津人民出版社，1982 年，第 165 页。

② 转引自白夜的《丁玲的微笑》一文，《芙蓉》1980 年第 4 期。

# 试论赵树理的小说创作*

## 一

赵树理（1906—1970）是中国现代文学史上在描写农民题材的小说方面获得了独特成功的一位作家。周扬在《论赵树理的创作》一文中说：“赵树理，他是一个新人，他是一个在创作、思想、生活各方面都有准备的作者，一位在成名之前已经相当成熟了的作家。”赵树理自己也说过：“我是从二十多岁起就爱好文艺，而且也练习过，但认真地写还是三十八岁以后的事。”① 也就是说，他创作的黄金时期是在毛泽东同志的《在延安文艺座谈会上的讲话》发表以后。他的成名作、代表作《小二黑结婚》《李有才板话》等发表以后，被誉为解放区第一个在实践毛泽东文艺方向方面取得卓越成就的作家。1947 年 7、8 月间，晋冀鲁豫边区文联召开的文艺工作座谈会上，文艺工作者高度评价了赵树理及其作品，“大家都同意提出赵树理方向，作为边区文艺界开展创作运动的一个号召！”② 那么，赵树理成功的奥妙何在呢？

第一，太行山区是赵树理成才的摇篮，是哺育作家成才的肥沃土壤。

赵树理于 1906 年 9 月 24 日生于山西省沁水县一个贫苦农民的家里。他的青少年时代是在农村度过的，约有 19 个年头（1906—1925），这段生活经历，为他以后的文学创作提供了像他自己所说的“自以为幸的先天条件”③；一是他深刻地体味到农民整年缺衣少食的痛苦生活。他 16 岁那年以后，一家受着高利贷的残酷剥削，有时穷到不能揭锅盖，年三十随着父亲离家躲债的情景

* 本文原刊于 1993 年南海出版公司出版的《中国现代小说的历史沉思》一书。

① 赵树理：《愿你决心做一个劳动者》，《三复集》，北京：作家出版社，1960 年，第 111 页。

② 陈荒煤：《向赵树理方向迈进》，《人民日报》1947 年 8 月 10 日。

③ 赵树理：《决心到群众中去》，《人民日报》1952 年 5 月 22 日。

以及由于生活困难，父母忍痛把自己的妹妹送给人的辛酸，铭刻在他的心头。他深有感触地说："我是被债务挤过十几年的，经我手写给债主的借约（有自己的，也有代人写的），在当时，每年平均总有百余张，其中滋味，有非今日青年所能理会者。"① 他真正懂得旧中国农民所受的剥削和压迫，所经历的灾难和精神上的痛苦，也真正懂得启发农民的觉醒，使其从封建思想的桎梏下解放出来的无比重要和急迫。可以说，他是一个农民化了的作家。二是他熟悉农村各方面的风俗、习惯、人情、世态。像《小二黑结婚》中的二诸葛（刘修德）所摆弄的阴阳八卦，《李有才板话》中写的阴历五月二十五日过添仓节，吃黍米糕等，都是他所了解的，有的就是来自他的父亲。这对于形成他创作的地方色彩是必不可少的。三是他通晓民间艺术，特别是懂得农民的艺术。赵树理的父亲是当地农民自乐班"八音会"的全把式，吹、拉、打、弹，无所不会。他从父亲那里学会了这些本领。"他能一个人打动鼓、钹、锣、镟四样乐器，而且舌头打梆子，口带胡琴还不误唱。"② 这对他新颖独创的大众化风格的形成有着直接的影响。他的同学、战友王春说，上述三个方面，是赵树理的"三件宝"，是"他后来创造作品的不尽源泉"③。

第二、立志当"文摊文学家"，毫不动摇地致力于通俗文艺的创作，使他荣获了"农民作家"，描写农村生活的"铁笔"、"圣手"的称号。

赵树理说："我不想上文坛，不想做文坛文学家。我只想上'文摊'，写些小本子夹在卖小唱本的摊子里去赶庙会，三两个铜板可以买一本，这样一步步地去夺取那些封建小唱本的阵地。"④ 早在1925年，赵树理就树立了为农民而写作的志愿。他感到曾经为之激动和影响的五四新文学主要在知识分子和学生中流传，与劳动人民没有多大的缘分；而农民群众所喜欢的还是那些旧的传统文艺，像《笑林广记》《七侠五义》《五女兴唐传》等。这些东西，好的很少，宣扬封建迷信以至淫秽的东西比较多。作家的革命责任感，迫使他用通俗的文艺形式，写作有革命内容的作品，以夺取封建文艺阵地。他说到做到。在大众化的园地里，他辛苦耕耘，在不为大多数的人们所理解的情

① 赵树理：《挤三十》，《人民日报》1962年2月4日。

② 王春：《赵树理是怎样成为作家的》，《中国青年》1949年第1期。

③ 王春：《赵树理是怎样成为作家的》，《中国青年》1949年第1期。

④ 李普：《赵树理印象记》，《长江文艺》1949年6月创刊号。

况下，做了大量的工作：一是著文鼓吹、提倡。他说：“艺术必然的是社会的、民众的，才有发展的前途，才被称为艺术品。”他提出作家要实地参加大众的生活，“使文学变成社会的东西，变成为大众、由大众的东西。”[①] 二是编辑报纸副刊。他先后编辑的有：《黄河日报》的副刊《山地》，《人民报》的副刊以及《中国人》的副刊《大家看》。这些副刊，突出地显示了大众化、通俗化的风格，受到群众的欢迎。杨献珍曾回忆说：“群众看见报社的同志来贴报纸，尤其贴有副刊《山地》的那一期，都蜂拥而上，挤在那里看得津津有味。”[②] 三是身体力行地写作通俗文艺作品。从1931年开始，他就用各种文体写作通俗化的作品，据他自己讲，约有二三十万字的样子。可惜这些作品没能全部保存下来。1943年10月赵树理出版的著名的短篇小说《小二黑结婚》就是以“从群众调查研究中写出来的通俗故事”（彭德怀）的面目出现的。《小二黑结婚》发表后，很快在解放区产生了强烈反响，并传入国统区。这篇小说发表不久，赵树理读到毛泽东同志的《在延安文艺座谈会上的讲话》，更加坚定了走通俗化路子的信心，激发了为农民而创作的激情。他满怀深情地说：“毛主席的《讲话》传到太行山区之后，我像翻了身的农民一样感到高兴。我那时虽然还没有见过毛主席，可是我觉得毛主席是那么了解我，说出了我心里想要说的话。十几年来，我和爱好文艺的熟人们争论的，但是始终没有得到人们同意的问题，在《讲话》中成了提倡的、合法的东西了。我心里有一种说不出的高兴，因为这是关系到中国几亿读者的大问题。要满足这样广大的读者的要求，不是一两个、几十个、几百个作家能包下来的事，这是必须动员全体文艺界起来干的伟大的革命事业。毛主席在《讲话》中给文艺工作者指出了革命文艺的发展方向，给了我很大的鼓舞。”[③] 他自觉地实践《讲话》规定的文艺为工农兵的方向，陆续出版了《李有才板话》《李家庄的变迁》和短篇集《福贵》等。1947年，中共冀鲁豫中央局召开土地会议，在会议期间出版的《人民日报》上，授给赵树理以“农民作家”的称号。

---

① 赵树理：《欧化与大众语》，《赵树理文集4》，北京：中国工人出版社，2000年，第1477页。

② 杨献珍：《从太行文化人座谈会到赵树理的〈小二黑结婚〉出版》，《新文学史料》1982年第3期。

③ 赵树理：《回忆历史，认识自己》，《赵树理文集4》，北京：中国工人出版社，2000年，第2108页。

## 二

《小二黑结婚》是作者的成名作，也是显示作者风格的代表作之一。

1943年春，作者在辽县（现今左权县）搞农村调查，了解到一桩农村干部迫害争取婚姻自由的青年农民岳冬至致死的案件[①]，《小二黑结婚》就是以此为素材进行构思的。作者改变了故事的性质，把主人公的悲剧结局，改为令人鼓舞的喜剧结局。

主人公小二黑和小芹是作者倾注感情歌颂的新一代农民。他们的爱情，既不同于"才子佳人"式的爱情，也不同于"个人奋斗"式的爱情。他们的个人命运和时代命运是息息相关的。民族斗争和反霸运动把他们紧紧结合在一起。他们爱憎分明，对整个新社会、共产党和民主政府充满了由衷的热爱，对破坏自由爱情的封建恶势力和阻碍自由爱情的封建包办婚姻进行了理直气壮的斗争。是什么力量使他们有如此大的勇气，如此坚强不屈呢？又是什么力量使他们最终取得胜利呢？作品明确地描写了新的时代、新的政权是他们赖以取得胜利的有力支柱。因此，《小二黑结婚》不只是一支爱情的颂歌，同时也是一支对新时代、新政权的颂歌！作品从头到尾都是以小二黑和小芹的爱情为线索展开矛盾冲突的。作品通过他们和二诸葛、三仙姑的矛盾冲突，表现了开明、进步的思想意识战胜了落后、迷信的思想意识；通过他们和金旺、兴旺的矛盾冲突，歌颂了有觉悟的新一代农民以大无畏的精神战胜了封建恶势力。作品正是在这样复杂的人与人的关系中，从多方面刻画了小二黑、小芹的性格，使其成为散发着时代气息的新人形象。

二诸葛和三仙姑是作品中塑造得最有特色的形象。作者运用了带有喜剧因素的幽默讽刺和夸张的手法描写了这两个人物形象。表面看来，这两个"神仙"在愚昧、落后和迷信上是相同的，在对他们自己子女的婚姻问题上所采取的态度和行动也是相同的。其实，这是两个个性极为鲜明的形象。作品通过"不宜栽种"和"恩典恩典"两个生动的富有特征的艺术细节，揭示了二诸葛之所以虔诚地信奉阴阳八卦那一套货色，之所以在金旺、兴旺弟兄面

① 董均伦：《赵树理怎样处理〈小二黑结婚〉的材料的》，《文艺报》1949年第10期。

前不分是非的哀求，是因为这个在旧社会生活了数十年辛苦而麻木的贫苦农民，既不明白自己受苦受穷的根源，又无力量改变自己的生活地位，于是养成了软弱、屈从、逆来顺受的思想性格，只好在阴阳八卦中寻求精神安慰。对他来说，这样做完全来自诚意，出于好心。作者通过这个形象，深刻地揭露了封建迷信思想和封建道德观念对群众的毒害。三仙姑与二诸葛不同。她之所以30多年来装神扮鬼糊弄人，主要是那不合理的婚姻制度造成的，她既无力改变自己的不幸命运，又不甘心过那寂寞的感情生活，因而逐渐形成一种变态性的心理。这是一个被扭曲了的人物。她的不合时宜、不合年龄近于妖艳的穿戴打扮，她对小二黑和小芹所表现的那种极不正常的心理和感情，都是从此产生的。作家用幽默、讽刺的笔触，写了她的所思所想、所作所为和新的环境之间的格格不入，把这个人物刻画得活灵活现。作家有时用“廓大”的方法，勾画了人物的外貌，以表现她的特殊心理和畸形性格。有时在故事情节的进行中巧妙地安排了一个插曲，夸张地描写了她惊人的打扮：“区长正伏在桌上写字，见她低着头跪在地下，头上戴了满头银首饰，还以为是前两天跟婆婆生了气的那个年轻媳妇，便说道：‘你婆婆不是有保人吗？为什么不找保人?’三仙姑莫名其妙，抬头看了看区长的脸。区长见是个擦着粉的老太婆，才知道是认错了人。”这段插曲，把人物置于浓厚的喜剧气氛里，收到了很好的讽刺效果。作者有时干脆通过作品中人物的眼光和评论，通过三仙姑的举止在别人身上产生的反应来直接嘲笑：“邻近的女人们都跑来看，挤了半院，唧唧哝哝说：‘看看！四十五了！’‘看那裤腿！’‘看那花鞋！’三仙姑半辈没有脸红过，偏这会撑不住气了，一道道热汗在脸上流。”作者一而再，再而三地把三仙姑放在新的时代环境下，放在新的人物面前加以刻画，使其性格分外显眼。

总之，作家写二诸葛也好，写三仙姑也好，都用了亦庄亦谐的笔调，在讽刺的分寸上虽然不同，但作家的态度是善意的，他们终究是新时代中的落后人物；作家除了以怜惜的感情加以嘲笑外，还写出了他们在新的环境下必将转变的因素，从而反映了新时代的真实本质。

如果说《小二黑结婚》主要是通过男女自由恋爱的故事，歌颂了农民对封建势力斗争的胜利，那么，《李有才板话》则是正面描写了农民和地主之间的阶级斗争。这是赵树理创作中又一光辉的篇章，被誉为“反映农村斗争最杰出的作品"[1]。作品以阎家山农民诗人李有才编唱快板的遭遇为线索，围绕着改选村政权和减租减息两个中心事件，真实地展开了抗日战争时期农民和地主两个阶级之间尖锐而复杂的斗争，揭开了阴险、狠毒、狡猾的地主阎恒元所统治的"模范村"的秘密。作者敏锐地觉察到民族斗争和阶级斗争的关系，选取减租减息和改选村政权这两个事件来深入开掘是有典型意义的。由于当时实行的抗日统一战线，包括地主阶级在内（汉奸卖国贼除外）；因此对待地主的政策，在经济上实行减租减息，在政治上有选举权和被选举权，可以参加抗日民主政府工作。在这种特定的历史情况下，农民和地主之间的阶级斗争就显得微妙而复杂。地主利用抗日统一战线政策，采取种种欺上瞒下的卑劣手段，篡夺领导权，反对和破坏减租减息，妄图继续保持其统治地位，而农民为了经济上、政治上的解放，则坚决要求实行减租减息，取得真正的民主权力。这是根据地建设初期农村阶级斗争的新特点。作品紧紧围绕改组乡村政权和减租减息这两个问题来写，正抓住了时代的特征。

《李有才板话》描写了各种类型的农民形象，真实地反映了农村新旧力量的消长，新一代农民（小字辈）在党的领导下觉醒成长的过程。这些"小字辈"的人物个性特征虽不十分鲜明，但他们却是新的农民的集体群像。作者通过这群人物的描绘，热情歌颂了新一代农民的聪明才智和斗争精神。作品着重刻画了李有才的形象。他是一个乐观、机智，幽默，富有斗争经验和艺术才能的人。雇农的生活地位决定了他具有明确的阶级爱憎和热烈的反抗精神；丰富的生活阅历和长期的阶级斗争锻炼了他非凡的识别能力。他成了阎家山劳动人民的眼睛，地主的阴谋诡计都逃不过他的眼睛。他的出口成章的诗才，他的锋利无比的快板，是劳动人民的思想和智慧的结晶，也是揭露敌人阴谋的有力武器。他是老槐树底下人们的"眼睛和喉舌"。李有才的形象在很大程度上概括了深受苦难的老一代农民那种坚强不屈的斗争品质和富有机智的乐观主义精神。

作品还从对比中生动地描绘了党的农村干部老杨的形象。作者从表到里刻画了老杨性格的朴素美，从他的打扮、言语到举动都体现了这个特点。老杨刚到阎家山村公所时，广聚从他朴素的衣着上，误认他是"那村派来的送

---

① 周扬：《新的人民的文艺》，《文学运动史料选》第5册，上海：上海教育出版社，1979年，第683页。

信的”，这就传神地写了他的外表。到了老秦家里，他很快就发现了一连串的问题，开始接触到这个“模范村”的秘密了。于是他深入群众，同群众同吃、同劳动，从小顺等人的口中把阎家山的真相摸得一清二楚。接着，他便发动群众，依靠贫农，坚决执行政策，集中力量打击敌人，把群众斗争的锋芒引导到恶霸地主阎恒元身上，使地主一手遮天的阎家山变成“全村人，很得意，再也不受冤枉气”的阎家山了。在整个的斗争过程中，老杨对村里的情况的调查、分析、判断和处理，都是建立在对贫苦农民充分信任、坚决依靠、无限热爱的思想感情基础上的，真正反映并代表了群众的根本利益；同时表现了老杨大胆沉着和果断的性格特点。老杨对各种人物所采取的不同态度，表现了他鲜明的爱憎和高度的政策水平。正因为这样，他才能团结和组织“小字辈”的农民，斗倒了恶霸地主，改造了村政权，实行了减租减息，巩固和加强了党在农村中的领导。作家通过老杨形象的描绘，有力地说明了党的正确领导，是农民群众翻身解放的根本保证。正如周扬所说，他是农村实现无产阶级领导的骨干，没有这样的骨干，农民的翻身是不可能的。

在艺术表现上，《李有才板话》别具一格，它把快板引进小说，使快板和小说融为一体。快板在这里不是外加的东西，它对作品的结构、情节和人物性格刻画都是不可缺少的。快板是结构的支柱，是情节的有机组成部分，它起着展开情节，推动故事发展的作用，最后“板人作总结”，又起了干净利落的煞尾作用。快板在更多的场合下，则是作为表现人物性格的重要手段。快板和散文的叙述是一而二、二而一地结合在一起的，而且有着画龙点睛的艺术功能。这是继承和学习了中国民间说唱文学和章回小说中的“有诗为证”的方法，但是比起一般说唱形式中简单的散韵相重，或机械地散文叙事、韵文抒情的方法，比起章回小说中的那些游离于情节之外的陈腐诗词铺陈的写法，有着本质的区别。这样一种独特的新颖的形式，无疑是赵树理的一种新的创造。

1945 年写毕的《李家庄的变迁》在更大的规模上，在广阔的背景上表现了农民和地主之间残酷的阶级斗争。小说以主人公铁锁逐步觉醒的过程为线索，概括地描写了民国十七八年到抗日战争胜利这十多年间山西省一个小小的村庄——李家庄的巨大变化，反映出山西那个特定社会的政治面貌和历史事件，揭露了国民党反动派、地方军阀、日本帝国主义和土豪劣绅凶残狠毒的反动本质，歌颂了八路军和劳动人民忠贞不屈的革命品质和斗争精神。作品中所展现的血淋淋的斗争，“是长期的，多变化的，艰苦的，有挫折，有牺牲，然而人民的解放者是善于总结经验教训的，最后是人民得到了胜利。”[①]可以说，李家庄是封建势力最强大的中国北方广大农村的缩影。

作品中的主公铁锁是一个善良、朴实、愚昧的贫苦农民，虽有反抗意识，但找不到出路，在不倒翁式的反动地主李如珍的残酷剥削和欺诈下，遭到破产，无以为生。后来在共产党员小常的教育和启发下，他内心萌生了一种前所未有的信念，而且开始了执着的追求，终于在残酷的抗日反汉奸的斗争中，走上了自觉的革命道路，成为农民进行翻身斗争的带头人。从一个普通的农民，成长为一名农村革命斗争的基层领导者；从自发的反抗，走向自觉的斗争，这就是铁锁的道路。这条道路在一定程度上概括了中国广大农民所走过的历史之路，铁锁这个人物形象的典型意义就在这里。

作品描写小常的笔墨虽不多，却给读者留下了较深的印象。通过作品中不同阶级人物的眼光、感受和评价，更通过他永不疲倦的忘我工作和不怕牺牲的崇高品质，刻画了一个忠诚于革命、忠诚于人民的共产党员的形象。他犹如一盆火，走到哪里，就给劳动群众带来信念和力量，指明方向和道路。他虽死犹生，他的精神鼓舞着人民继续同反动派斗争。通过这一形象，显示了党的领导对农民取得革命斗争胜利的决定意义，显示了以无产阶级思想武装农民，启发农民觉悟的无比重要性。作品中人物的安排，事件的进行，语言的运用，既真实又自然，既明快又干净，符合农民的欣赏趣味，具有一种朴素的风格，但作品的后半部，情节发展过于匆促，未能对主要人物的性格作深入描写，因而在完整性方面不及《小二黑结婚》和《李有才板话》。

## 三

伟大的俄罗斯文学家列夫·托尔斯泰曾经说过：“实际上，当我们阅读或欣赏一个新作家的艺术作品的时候，在我们心里所发生的一个基本问题，常常是这样的一个问题：‘哦，你是什么人？你跟所有我所知道的人有什么分别

① 茅盾：《谈〈李家庄的变迁〉》，《文萃》1946年10月号。

呢？关于我们人生的看法，你有什么新的见解可以告诉我呢？'"[①] 这里，托尔斯泰提出了一个有意义的问题，即如何评价一个新出现的作家。那么，赵树理比起他的前辈作家有些什么不同呢？他的“新的见解”又表现在哪里呢？

第一，新的时代，新的人物，新的思想感情。

五四以来的新文学在反映农民生活方面是取得了很大的成绩的，但作家们笔下的农民所生活的时代，往往是一个压得农民喘不过气来的黑暗，沉滞的时代。30 年代初，党领导的农民运动有了蓬勃的发展，农民开始从自发的斗争走向自觉的斗争，这在叶紫、蒋光慈等的作品中有所反映，但这种反映仅是初步的，囿于局部的环境里，而且由于敌人的“围剿”，政治局面还很不稳定。但是，赵树理的作品反映的则是一个全新的时代，他把党领导下的根据地农村翻天覆地的巨大历史变革，广大农民（包括落后的农民）迅速觉醒和走向斗争的空前积极性，人民政权下农民生活的新面貌列为重要主题，这在以往描写农民的小说中是很少见到的。

五四以来的新文学作品中，鲁迅是第一个描写普通农民的生活和命运的伟大作家，在鲁迅的影响下，五四后不少作家描写农民的生活和命运，但都没有超过鲁迅的成就。到了 30 年代，在“农村革命深入”推动下，左翼作家笔下出现了一些开始觉醒，走向斗争的农民形象，但写得有个性特点的还是一些老年农民形象，而新一代的农民形象，不仅数量少，而且显得单薄、概念化。抗战以后，赵树理在农民形象的塑造上有了一个新的进展，他描写了党领导下的翻身农民的形象，特别是他较成功地塑造了农村基层领导干部的形象，极准确而鲜明地概括了解放区新的农民的特点，可以说这是赵树理一个开拓性的贡献。从这以后，描写解放区广大农民形象的作品，像潮水一样涌现出来，使文艺创作的面貌发生了根本性的变化。

过去描写农民形象和生活的作品，除少数优秀者外，有的写得不像农民，有的糅杂着小资产阶级的思想感情。而赵树理描写的农民（包括落后的农民），完全是站在人民的立场上，“他不讳饰农民的落后性，然而他和小资产阶级意识极浓厚的知识分子所不同者，即不因农民之落后性而否定了农民之坚强的民族意识和其恩仇分明的斗争精神。在斗争中，农民不但能够克服落

① ［苏］安东诺夫：《作者立场，作者音调》，岳麟译：《论短篇小说的写作》，上海：新文艺出版社，1953 年，第 73 页。

后性，而且能发挥出创造的才能。这一真理，许多作家可以在理智上承受，但很少作家能够从作品中赋以形象，最大的原因还是在于他们不曾投身于这样斗争的实生活，而赵树理先生则不但投身于这样的斗争，而且是抱了向民众学习的诚心的”①。

第二，新颖独创的大众化、民族化的风格。

五四以来的新文艺，就是沿着大众化、民族化的方向发展的。但严格说来，新文艺的读者对象主要是小资产阶级知识分子。真正消除人民大众特别工农兵和文艺之间的隔阂，形成为群众所喜闻乐见的民族化、大众化风格，赵树理的小说是做出了独特贡献的。

在结构上，他继承了中国古典章回体小说和民间说唱文艺的优良传统，即情节的故事性和结构的完整性。作者说：“在写法上对传统的那一套照顾得多一些”；同时又说，我“什么也继承了，但也可以说什么也没有继承，而只是和他们一道儿在这种自在的文艺生活中活惯了，知道他们的嗜好，也知道这种自在文艺的优缺点，然后根据这种了解，造成一种什么形式的成分对我也有点感染、但什么传统也不是的写法来给他们写东西”②。这里明白地告诉我们，作者是既吸取了传统里的精华，又剔除了其中的糟粕，既继承了传统，但这种继承又是创造性的。比如《小二黑结婚》就是由一个大故事其中套着很多小故事组成的。这些小故事是大故事的有机组成部分，紧紧服从于主题的需要，若把它们一个一个分开来，也无损它的完整性。作品环环相扣，使结构紧凑、连贯，富有动作性，悬念一个接着一个，产生了吸引人的艺术力量。这种写法显然是吸收了我国古典文学和民间文艺的长处，但又明显地摆脱了章回小说和说唱文艺某些啰嗦、松散以致卖弄的不良倾向，从而创造了一种符合劳动人民美学趣味和欣赏习惯的新文体。

在人物形象的塑造上，“他总是将他的人物安置在一定斗争的环境中，放在这斗争中的一定地位上，这样来展开人物的性格和发展。每个人物的心理变化都决定于他在斗争中所处的地位的变化，以及他与其他人物相互之间的关系的变化。他没有在静止的状态上消极地来描写他的人物。……他总是通过人物自己的行动和语言来显示他们的性格，表现他们的思想情绪。关于人

① 茅盾：《谈〈李家庄的变迁〉》，《文萃》1946 年 10 月号。

② 赵树理：《〈三里湾〉写作前后》，《文艺报》1955 年 10 月号。

物也没有作多少添枝加叶的描写。他还每个人物以本来面目”[①]。这评价是抓住了赵树理刻画人物的特点的。这和我国古典小说中描写人物方面的传统，即重视“传神”胜于“状貌”的方法是一脉相承的。像《李有才板话》中的老杨形象的塑造，《李家庄的变迁》中的铁锁形象的塑造，都不作冗长的叙述，静止的心理剖析，而是把他们置于一定的矛盾冲突和人物复杂的关系中，通过具体的言语行动或其他人物的眼光来表现人物各自的个性特征的。

赵树理作品的语言成就也是较高的。他十分熟知北方农村人民的语言，并对人民口头语言作了艺术加工，同时也吸收了说唱语言的精华，使他的小说语言显得丰富多彩，贴切传神，能上口、易记诵。赵树理十分注重语言的锤炼。他主张作品中的语言“要照着原话写，写出来把不必要的字、词、句尽量删去，不连贯的地方补起来。以说话为基础，把它修理得比说话更准确、鲜明、生动”[②]。赵树理的文学语言是经过这样的加工提炼，艺术化了的群众语言。他作品中人物的语言和叙述的语言都达到了口语化程度。周扬曾说过：“我们的文艺作家一般地都只在描写人物的对话中，采用了民间口语，但却没有学会在作叙述描写时也运用群众语言，自然是经过提炼了的群众语言；或者甚至没有感觉到这样做的必要。于是人物对话中的土语方言，在大堆的欧化语的叙述描写中，成了不过一个耀目的点缀罢了。”[③] 当时解放区的新文艺作品中较为普遍存在的这个问题，赵树理的作品则较好地解决了，这是难能可贵的。

上述几个方面，就形成了赵树理小说的新颖独创的大众化、民族化的风格。

---

① 周扬：《论赵树理的创作》，《解放日报》（延安）1946 年 8 月 26 日。

② 韩玉峰、杨宗：《浅谈赵树理小说的语言艺术》，《汾水》1978 年第 11 期。

③ 周扬：《〈马克思主义与文艺〉序言》，王永生编：《中国现代文论选》第 3 册，贵阳：贵州人民出版社，1984 年，第 323 页。

# 一部卓越的讽刺喜剧

## ——谈陈白尘的《升官图》*

在抗日战争后期和解放战争时期，讽刺喜剧的创作在国统区形成了高潮。当时创作讽刺喜剧的作家有陈白尘、丁西林、老舍、吴祖光、宋之的等人，但就讽刺喜剧的尖锐性和讽刺喜剧的独特审美特征而言，无疑，陈白尘的《升官图》是国统区讽刺喜剧中最有代表性的作品。

《升官图》写于1945年10月，是作者对国统区黑暗现实经过较长时间的观察和理性思考之后写成的一部“打中敌人痛处”的“怒书”①。

《升官图》是三幕剧，另加序幕和尾声。序幕写两个强盗为着躲避追捕，逃到一个古老的住宅睡觉，做了一个升官的梦，尾声写梦醒被捕，中间三幕就是梦境的主要内容。

《升官图》所反映的是当时国民党统治的现实社会中谁也否认不了的一个普遍存在的现实。但是，为了避免反动派的审查，作者把剧本中故事发生的时间放在民国初年，并假托两个强盗的梦境来表现。“这样，他一方面为自己的思想的进攻阵地找到了一个很巧妙的掩蔽体；另一方面，他可以无顾忌地采用夸张的手法（这种手法，如果不是出现在梦里，也许别人是难于置信的），把自己的全部宗旨和故事自由地表现了出来。”② 聪明的读者或观众一看就明白，“戏里不过只写了小小的县衙门的故事，但充满其中的那些贪污、腐化，黑暗、无聊、贪婪、倾轧，却不折不扣地让我们看到了一整个国民党腐败统治机构的缩影”③。所以，《升官图》实际上是一部40年代末期的国民

---

* 本文原刊于《高校自学考试》1989年第10期。

① 陈白尘著，董健编：《陈白尘论剧》，北京：中国戏剧出版社，1987年，第157页。

② 中国人民大学中国语言学系、中国现代文学史教研室编：《中国现代文学作家作品评论文选》，1983年，第377页。

③ 中国人民大学中国语言学系、中国现代文学史教研室编：《中国现代文学作家作品评论文选》，1983年，第377页。

党政府的“官场现形记”。

剧本前半部写两个强盗在梦中摇身一变，冒名顶替，一个做了知县，另一个做了知县的秘书长，从此官运亨通，飞黄腾达，他们同各局局长勾结在一起，巧立名目，假借“前秘书长的丧葬费”同“知县大人的养伤费”为名，向人民敲诈勒索。县务分赃会议上，他们争吵不休，活像一群疯狗抢着骨头，谁都想多啃几口。尤其可恨的是，老百姓得了传染病，一个礼拜已经死了一百多人，财政局长竟高兴得了不得，打算拨一笔款子，囤积五百口棺材，大发横财。作者通过典型化的情节，把国民党反动集团的贪污、腐化、倾轧的丑恶内幕揭露无疑。剧本后半部写省长到县里来视察，这个自命为“平生讲究廉洁，最恨的就是贪污”的省长，其实是一个巧取豪夺，搜刮成性的大骗子、大强盗。他患一种头痛病，必须用金条熏烟做“药”，“左边头痛，一根金条就够；右边痛，要两根；前脑痛，三根；后脑痛，四根；最厉害的是左右前后都痛，那要五根才行”，而且“要五十两一根足赤金子”，“第二次如果再痛起来可要换新的才行”。省长“视察”的结果，是把真知县枪毙掉，把假知县升为道尹，把财政局长升为知县，并宣布本县“太平无事”，他自己呢，不仅捞到大批的金条和财物，而且捞到一个女人。这里，最清楚不过地揭示了国民党统治集团“官即是匪”、“匪即是官”的反动本质。

陈白尘在《〈乱世男女〉自序》一文中说：“只有强烈地倾向着光明的人，才会对黑暗加以无情的揭露。”《升官图》不仅在破坏和否定旧社会方面具有无情的揭露意义，而且在“必须使读者体会到讽刺的创造者赖以出发的理想”[①] 方面具有深刻的审美内涵。作者把故事安排在接近黎明的“凄风苦雨之夜”的一所古老住宅中进行，作品结束时通过老头儿说“鸡叫了，天快亮了”加以呼应，无疑是有着深刻的用意的。作品开头，作者通过卖唱的歌声和老头儿带有双关意味的独白，表达了人民对旧世道无法抑制的诅咒和仇恨的心情。作者在剧本中让人民群众直接出场捕捉和审判一群贪官的情节，把推翻反动统治者的希望寄托在人民身上。

从上面的分析，我们看到，《升官图》，不仅深刻地揭露了国民党政权的官僚机构的黑暗、腐朽，而且预示了国民党反动政权不得人心又必然被送入

① 谢德林语，转引自李诃：《关于讽刺喜剧的几个问题》，《人民文学》1957 年第 1 期。

坟墓的结局。作品的讽刺和暴露对象，已不限于一群贪官污吏，不限于一个县衙门，而是触及到国民党全部机构和统治人民的基本法则。毛泽东指出：官吏即商人，贪污成风，廉耻扫地，这是国民党区域的特色之一。"[①]《升官图》从一个特定角度，有力地揭露了国民党统治区的这一"特色"。

《升官图》在上海、重庆等地演出效果极好，因为"这个戏一吐积压在人民群众心头的怨恨，受到了观众的热烈欢迎"[②]。著名导演黄佐临在导演这个戏时，充分施展了他的喜剧才能。"为了刻画这幅官场群丑图，他同该剧的布景和服装设计、著名画家丁聪商定，以夸张放大了的钞票作为整个舞台的台框；台上唯一的景片，是经过夸张的、铸有'太平通宝'字样的、硕大无比的铜钱，那中间的铜钱眼便是连接内外室的门。演出时，丑态百出的大小官员便在这铜钱眼里钻进钻出，具有极强的讽刺意味。在人物造型上，他们特意将剧中的最高官僚——省长（蓝马扮演）处理成像蒋介石一样的光头"。因而，上海伪社会局长吴开先传上海剧艺社负责人"问话"，导演黄佐临去了，吴开先问："你们为什么要把那个最大的官处理成光头？"黄回答："这很简单，戏说的是军阀时代的事，那时省长也是军人；而军人剃光头是很正常的事！"[③] 这说明，导演是深刻领会剧作的要旨的，演出效果是击中了敌人的要害的。

《升官图》作为一部卓越的讽刺喜剧具有很高的典范性。中外讽刺喜剧大师认为，讽刺喜剧的基本特征是笑。果戈理认为："它（即指笑）能够使事物深化，使可能被人疏忽的东西鲜明地表现出来，没有笑的源泉的渗透力，生活的无聊和空虚便不能发聋振聩。"[④] 显然，这里的"笑"是指对事物的一种本质认识；它是反对一切腐朽事物的有力武器，是反对一切阻碍新事物生长的有力武器。《升官图》中的喜剧性的必不可少的重要因素——笑，渗透在作品中的思想和艺术的方方面面，渗透在作品的字里行间。

首先，在喜剧性的情节构思方面，《升官图》借两个强盗的升官梦展开剧

---

① 毛泽东：《论联合政府》，北京：人民出版社 1953 年。

② 卜仲康：《中国当代文学研究资料·陈白尘专集》，南京：江苏人民出版社 1983 年，第 376 ~ 377 页。

③ 卜仲康：《中国当代文学研究资料·陈白尘专集》，南京：江苏人民出版社 1983 年，第 376 ~ 377 页。

④ 果戈理：《剧场门口》，《春风》（文艺丛刊）1979 年第 3 期。

情，这是独特巧妙的艺术构思。梦，既是现实的，又是离奇的。在梦中人的思维可以大幅度的跳跃，可以天马行空的驰骋，剧中的事件可以突破常规，罩上荒诞和变形的色彩。《升官图》以梦为主干，构成了一系列看似极其偶然的甚至离奇的情节，然而这种情节在陡然的转折、意外的变局中却更能显示生活的本质真实。比如，剧本的开头，两个躲避追捕的强盗，惶恐不安地逃到一所古老的住宅中，其中的一个强盗的相貌因为同在群众暴动中被打伤了的知县的相貌有相似之处，能以假当真，冒名做起知县来。这个情节看来是很偶然的，但经过作者巧妙的安排，却发挥了很特殊的作用，深刻的揭露了匪能做官，官匪一家的客观真实。这正如强盗甲对强盗乙所说的："做官的有什么了不起？跟你还不是一样的人？连相貌都一样。"作品正是从这官匪相貌相似出发，通过生动而紧张的喜剧情节——描写各局局长从权衡自己的利害着眼，都把假知县认作了自己的主子，知县太太经过一番讨价还价的现金交易之后，也承认假知县为自己的丈夫；尤其充满讽刺意味的是，财政局艾局长怀着鬼胎把那个真知县带到省长和各局局长面前来拆穿骗局，知县太太却矢口否认了原来的丈夫，紧接着各局长纷纷抢着表白否认了眼前的事实，"卑职不认得他！""卑职不认得这个人！""那我也……不认得。"艾局长见大势已去，态度骤变，说："他自己说是知县，小的也只好带他进来了。其实小的也分辨不出来。"结果，省长下令把真的知县推出去枪毙了，而假知县的官不仅做稳了，省长还升他做了道尹。剧本就是一步深入一步，从看似离奇的情节中，写出了必然性的规律，深刻地揭示了维系他们之间的关系，并不是客观事实，而是比事实更为重要的地位和金钱，假知县在官场上之所以得心应手，并被加官晋爵，并不完全是靠相貌相似，而更重要的是靠他们共同赖以生存的金钱关系。总的看来，作者在构思喜剧情节方面，梦境和现实，荒诞和真实，得到了较好的统一，表现并深化了剧作的思想内容。

其次，在被嘲笑的喜剧性格的刻画方面，作者充分把握这群丑角形象的"内在矛盾"，出其不意地暴露他们假充完善的滑稽可笑，把他们假、丑、恶的本来面目在光天化日下曝光。为此，作者或通过"廓大"的手法，或通过自我表露和相互揭发，或通过表里不一的鲜明对比，赤裸裸地把他们最鲜明最突出的性格特征展现出来。

比如警察局马局长是一个典型的吹捧谄媚者的形象。他是一个"身材奇短，但耀武扬威地全副武装着”的家伙。他在人民面前作威作福，残忍到了极点，宛如一只凶兽；在上司面前，则逢迎吹拍，无所不至，宛如一只绵羊。工务局肖局长对其说：“你是四条腿的马呀，——一拍就跑，当然快！”这可说是马局长的贯穿动作。他对上司出口就是“拥护”，投其所好，达到肉麻透顶、不择手段的地步，为了升官发财，他把亲妹妹送给假知县，肉麻吹捧假秘书长是“重生父母”。在省长面前吹牛拍马，自我表功，以换取上司的宠爱和信任：“今儿送迎大人的盛典，差不多都是卑职一手经办的，在车站领导民众高呼口号的，也是卑职，刚才大人下车，替大人拭去皮鞋上灰尘的，也是卑职。”他还领头高呼：“省长大人万岁，万岁，万万岁！”“卑职来生来世，结草衔环，都不忘大人恩德！”经作者浓笔夸张描绘，马局长吹捧谄媚的性格特征，达到呼之欲出的程度，从而产生出强烈的讽刺效果。

省长的喜剧性格主要是通过强烈的对比进行勾画的。他外表上一副正人君子面孔，内里却满藏着男盗女娼行径；他嘴里唱的是廉洁奉公之调，实际干的却是贪赃枉法的勾当。作者抓住表与里、言与行的矛盾，时时让省长自我暴露出丑。比如，他口头上说：“我们为官为政的；应该俭以养廉，一切以简朴为是”，而行动上则非豪华客厅不住；口里自炫“我生平讲究廉德，最恨的就是贪污”，行动上则是以58元“买”下价值58万元的华贵地毯。……以金条治病，表面看来近乎荒唐，但却最典型地揭示了省长贪得无厌、巧取豪夺的本性。

作品中的其他人物，如假知县的粗俗、愚蠢，假秘书长的狡诈、取巧，财政局长的阴险等，大都写得鲜明可信。

总之，作者巧妙地运用漫画化的笔调和夸张的手法，通过放大镜的显示，既写出了一群贪官污吏的共同性，又写出了他们的差别性。由于作者在总体上抓住喜剧人物的内在矛盾，因而剧作在刻画群丑方面是成功的。

第三，在喜剧语言的运用上，《升官图》具有尖锐、辛辣、凝练、浅白的特点。剧本中最重要的也是最难写的是对话。《升官图》从离奇而真实的剧情和刻画讽刺性人物形象需要出发，群丑之间的对话，不但大量使用夸张的语言，以达到强烈的讽刺效果，而且善用俏皮话，以加强喜剧人物的形象性和各种不同的性格特征。比如，假秘书长指派卫生局长挂起12个卫生院的招牌，警察局长提议从县监狱提出120个囚犯来装扮病人；假秘书长提出问题，

“犯人要逃走呢”？警察局长立即答道：“那还不容易？用铁链子拴在床上！”这是一句俏皮话，在观众想象中活现了马局长以镇压为其天性的职业习惯和性格特征。反语和幽然的成功运用，在《升官图》中随处可见。假秘书长鼓吹“政治家应该力行王道”“省长提倡廉洁”等都是含有深意的反语。剧本结尾财政局长朗诵的一篇欢送词，句句都是反语，既深化了剧情，又揭示了性格，实在令人捧腹，具有震魂摄魄的讽刺力量。

另外，为了造成喜剧性的效果，剧本还运用了一些闹剧的手法。剧本插入不少生动活泼的插科打诨的细节或场面，比如假知县在县衙办公会上，乘人不备偷起一只花瓶，当听说省长来视察的消息时，一惊失落打了个粉碎；再如知县太太经过谈判做成了买卖之后的那番表演等，这类细节有力地渲染了喜剧气氛。有些场面的描绘十分精彩，有利于表现剧本的主题。例如强盗甲向各局局长信口开河地编造、吹嘘他如何抢救知县的情景，一边是他学说群众咒骂贪官污吏的话，另一边是各局局长互相指派，或自我招认；再如准备欢迎省长的仪式，把囚犯拉来做病号，把乞丐抢来充警察等，这些丑行怪状，不仅令人忍俊不禁，而且促人深思，其有很强的讽刺意味。

我国五四以来的戏剧园地中，讽刺喜剧是一个不甚发达的品种，形成风格的优秀著作更是寥寥。如果说丁西林的喜剧以轻松的幽默见长，那么，陈白尘的喜剧则以强烈的政治讽刺取胜。《升官图》就是显示这种风格的一部卓越的讽刺喜剧。

下

# 散文赏析及其他

# 中国现当代散文名篇51篇赏析

## 小　记

下面51篇中国现当代散文名篇赏析，分别发表于《胜利教育》1997年第5期、1998年第1~6期，《高教自学考试》1997年第2期、1998年第8期，《山东电大学报》1997年第3期等刊物。在编入自选集时发现少数篇目有重复，且部分体例也不完全一样。为此，我又进行了统一编排，删掉了重复的篇目，并以"作者简介"和"艺术赏析"示之。

## 雪

### 作者简介

鲁迅（1881—1936），浙江绍兴人，现代文学家、思想家。在现代小说、杂文、散文与诗等新文体方面都有重大的开拓与创造。著有小说集《呐喊》《彷徨》，散文诗集《野草》，散文集《朝花夕拾》等。该文见《散文选》第1册，上海教育出版社1979年版。

### 艺术赏析

这篇散文借景抒情，情景相生，托物言志，不论是对江南的雪景，还是对天真烂漫的孩子们，也不论对明艳剔透的雪罗汉，还是对朔方如粉、如沙的雪花，作者都是以饱蘸感情的笔触，予以形象的描绘，借雪景来抒发自己的内心的感情，托形象来寄寓自己深刻思想。正因为它不是一幅单纯的雪景图，而是以思想感情作灵魂，洋溢着奋进抗争的精神，所以才写出神韵妙境，别具风姿神采，富有强烈的艺术魅力。读着它，就觉得有一股强大的精神力量在鼓舞着我们，使人们好像也要冲风冒雪“升腾”起来，同作者一起战胜“凛烈的天宇”，去倾听那“青春的消息”，显示了撼人心魄的艺术感染力量。

## 小品六章

### 作者简介

郭沫若（1892—1978），四川乐山人。现代文学家、历史学家和古文字学家。新诗奠基人之一。代表作有诗集《女神》、历史剧《屈原》等。该文见《橄榄》，创造社1928年版。

### 艺术赏析

《小品六章》是一篇新颖别致，贮满诗意的优美散文。弥漫全文的是作者淡淡的哀愁和孤寂。但在清愁之中，作者又时时以流畅的笔调坦露出内心的欢愉，既同情爱抚那被遗弃者，也赞颂美好的大自然，同时还不乏对欢乐人生的追求和对青春的眷恋。这种缠绵清淳交织一起的感情，寄寓在文章诗意的描绘之中。一朵蔷薇、一个镜头、一幅山水画、一枝山茶花、一个“坟墓”、一根白发；这些平凡事物是许多人见惯不惊，习以为常的。然而作者却从平淡之中挖掘出诗的真趣，通过诗化的联想，捕捉住这些诗的意象，创造了诗化的意境，给人以诗样的美感，使文章充满诗意。且看《夕暮》这一镜头：残阳如血，新月微露；孩子在嬉戏，牛儿在鸣叫，母鸡带着鸡雏从墓地跑回家，“咯咯咯”愉快地争食着。作者由远及近，由大及小；以色彩、音响把乡居生活写得层层有致，趣味盎然。结句：“欢愉的音波，在金色暮霭中游泳”，以虚衬实，使人与物，情与景和谐交融，唤起读者的遐想，令人心旷神怡，怡然自乐，陶醉于一派田园牧歌式的风俗画之中。

## 叩　门

### 作者简介

茅盾（1896—1981），浙江桐乡人。现代作家。“文学研究会”创始人之一。代表作有小说《子夜》《林家铺子》《腐蚀》等。该文见《茅盾全集》第11卷，人民文学出版社1986年版。

### 艺术赏析

《叩门》是一篇情景交融、寓意于实的散文。全文以三次“叩门”声为线索，通过对视听的实感与似梦非梦幻觉的交错描写，层层深入地表达了作者寂寞迷惘焦躁而又充满希冀追求和奋飞的意绪心态。作者通过选取梦中醒来这一特定的富于生发性的顷刻，既渲染了一种由淡黄的灯光、闪烁的寒星、冷冷的月色、蜷缩的黑狗所构成的静静的凄厉凝重的夜的气氛；并把自己的思绪拉到昔日轰轰烈烈的大革命时代，回忆那风怒吼、血沸腾、声嘈杂、雷轰鸣的壮烈场面，写实与写意、客观外在景物与主观情绪意念交互错杂、动静交织的艺术境界。它透露了作者在大革命失败后流亡日本时复杂、郁闷的心境，同时也显现出作者苦心探求、摸索前进的身影。作者描摹客观景物精细真切，开合自如，又与内心世界的复杂感受融为一体，创造了物我同构的审美空间，使文章别显艺术魅力。

## “月朦胧，鸟朦胧，帘卷海棠红”

### 作者简介

朱自清（1898—1948），江苏扬州人。现代散文家、诗人。著有诗文集《踪迹》，散文集《背影》《你我》等。该文见《朱自清名著欣赏》，中国和平出版社1993年版。

### 艺术赏析

该文（《温州的踪迹》的首篇）是一篇论画散文，由写画、析画、评画三部分组成。作者紧抓画的神韵，先直接向读者介绍画图，即“写画”。通过景物方位的描写介绍了画的整体布局与结构，但不仅仅停留在对画中的每一景物色彩与形状的表述上，而是将笔墨深入深处，点出景物的“神似”之态。如写帘钩的丝缕是“若小曳于轻风中”；写月色的恬淡是“纯净，柔软与平和，如一张睡美人的脸”；写海棠的嫩叶是“仿佛掐得出水似的”；写花的盛开是“红艳欲流”等等，动静交织，形神兼备，画中的朦胧月夜仿佛在眼前。

接着作者又用一连串激发想象的问句对画面作了分析，如："枝头的好鸟为什么却双栖而各梦呢?""那高踞着的一只八哥儿，又为何尽撑着眼皮儿不肯睡去呢?"等等，探幽索隐，层层深入，引读者于画境之中，让读者自己去品味去咀嚼。最后评画，作者运笔自成妙趣："虽是区区尺幅，而情韵之厚，已是沦肌浃髓而有余。"以神韵之笔对神韵之画，画之妙文之趣全出矣！纵观全文，虽有形似之妙，但更以神似取胜。文境与画境相得益彰，评文与画幅相映成趣。这是篇评画妙辞，也是篇自成一体的美散文。

## 笑

### 作者简介

冰心（1990—1999）女，福建长乐人。现代作家。主要著作有诗集《繁星》《春水》，散文集《寄小读者》，《关于女人》及小说《斯人独憔悴》《超人》等。该文见《散文选》第1册，上海教育出版社1979年版。

### 艺术赏析

《笑》是一篇体现了冰心早期思想的散文名篇。作者以饱含深情的笔触，展现了几幅不同的画面：由心境的柔细、宁静带出了窗外清美的风景图，又从屋外到屋内，引出了一幅画中之画："这白衣的安琪儿，抱着花儿，扬着翅儿，向着我微微的笑。"接着，文章又展现了五年前，十年前的两幅记忆之画："抱着花心，赤着脚儿"的孩子，"倚着门儿，抱着花儿"的老妇，他们与画中的安琪儿一样"向着我微微的笑"。这些画面在"笑"这一欢乐点的统帅下，现实和记忆合二为一，美丽如画；物情与我情融为一体，温馨如诗。尤其作者赋予每幅画以跃动的生命，涂上明丽的色彩：闪闪烁烁地动着、抱着花儿笑着、驴儿走着、水儿流着、月儿挂着、烟儿飘着、人儿笑着……这一切已不是一幅单纯的画，而是一阙有声的音乐了。作者将这些虚想的画面与现实的美景融合一起，构筑了那"爱"与"美"的和谐王国。全文文字典雅、思想纯净、境界柔和，处处流贯着清丽恬美宁静的气韵。

## 故乡的野菜

### 作者简介

周作人（1885—1967），浙江绍兴人，现代文学家，著有《自己的园地》《雨天的书》《谈龙集》《谈虎集》等。该文见《周作人早期散文选》，江苏文艺出版社1984年版。

### 艺术赏析

《故乡的野菜》是一篇清淡有趣的小品散文。作者以闲适的心境，信笔拈来，不厌其烦地介绍了习见于故乡的荠菜、马兰头、黄花麦果、紫云英，它们的形状、颜色、用途。仿佛不加任何修饰，而见其自然野趣。又不时地插入民俗、谚语，如“荠菜马兰头，姊姊嫁在后门头”，“三春戴荠花，桃李羞繁华”等，以古论今，从文化史的层次把古今融成一片，更增添了文章的古俗风韵，给人以新鲜的趣味。文中景物描写也颇别致，写紫云英：“花紫红色，数十亩连接不断，一片锦绣，如铺着华美的地毯，非常好看，而且花朵状若蝴蝶，又如鸡雏，尤为小孩所喜……”短短几句，绘得如此美丽且又流露出自然的真趣。全文初看舒徐散漫，实则文字简洁明净，旨趣淡远轻妙。作者学识渊博，又以长者之心忆及少年童趣之事，从京城回盼乡间，情绪冲淡平和，侃侃而谈，如诉絮语，将深处情愫寄寓于乡间野趣之中，读之如品清泉绿茶，淡淡然却蕴含幽渺隽永的余味。

## 没有秋虫的地方

### 作者简介

叶绍钧（1894—1988），又名叶圣陶，江苏扬州人。现代作家、教育家、出版家。文学研究会发起人之一。代表作有长篇小说《倪焕之》、短篇小说《潘先生在难中》。散文集有《未厌居习作》《小记十篇》等。该文见《散文选》第11册，上海教育出版社1979年版。

## 艺术赏析

这是一篇状物抒情散文，作于1923年。全文写乡间秋虫乐声的隽永，都市没有秋虫鸣叫的淡漠无味，表现了作者对充满“生之力”的乡间生活的向往，对都市枯燥庭院生活的厌倦，曲折地表露了五四落潮时期的时代气息。文章以饱蘸郁闷之情的笔墨，先正面叙写“没有秋虫的地方”，从视听两方面勾勒了一幅死寂的都市生活画面。然后作者笔锋一转，着力描写乡间秋虫乐声的神奇动人，以此反衬没有秋虫地方的沉寂死静，前后形成鲜明对照，富有强烈的艺术效果。最后，文章又回到“没有秋虫的地方”的严酷的现实中来，再一次和乡间秋虫的鸣奏作对比，更深一层地表露自己对现实的愤懑。文章结尾说：“想到‘井底’与‘铅色’，觉得象征的意味丰富极了”，可谓画龙点睛之笔，意味深长地揭示了现实生活的死寂和沉闷，进一步表达了作者愈加寂寞和悲凉的心境。

# 春底林野

## 作者简介

许地山（1893—1941），原籍福建龙溪，生于台湾。现代小说家、散文家。文学研究会发起人之一。著有《缀网劳蛛》《危巢坠简》《空山灵雨》等。该文见《散文选》第1册，上海教育出版社1979年版。

## 艺术赏析

《春底林野》是一篇风格独特的散文，它描绘的是一幅灿烂的春色图。作者运用拟人化手法，写薄云“飞”时“保护”着地面的花草，写轻风“挤”出了声音，桃花“听得入神”，小草也“听得大醉”，把春花写得有声有色。同时文章由景及人，描绘了一群天真的小儿女们的喧闹嬉戏：阿桐在众孩子的怂恿下走上前要邕邕做他的妻子，邕邕狠看了阿桐一眼，回头用手推开了他，揭示了小儿女们春心的荡漾，使人感到春的气息不仅弥漫林野，而且也已沁入人心。文章作于1924年，作者当时既受“五四”时期那种扫荡一切的社会新思潮的冲击，又受佛教哲学经义的影响，心绪不宁，思想驳杂，但却能静观默察。面对明媚春光，郁闷仿佛已得解脱，欣欣然似陶醉状，并把这种心绪移情于外物，创造了这个和谐奇谲而充满欢乐与爱的世界。

## 想北平

### 作者简介

老舍（1899—1966），北京人。现代作家。曾获“人民艺术家”的光荣称号。著有小说《骆驼祥子》《四世同堂》及话剧《茶馆》《龙须沟》等。该文见《散文选》第2册，上海教育出版社1979年版。

### 艺术赏析

《想北平》是一篇怀乡抒情散文，作于1936年，即卢沟桥事变的前一年。作者以特定的时代环境，从自己特有的经历及对北平的特有感受与理解出发，抒发了自己对北平特别挚爱的感情。作者以“我真爱北平”起笔，把这种爱与母亲的爱相提并论，并以杜鹃啼鸣的比喻进一步表达了自己对北平发自内心的思念之声。继而，作者拿欧洲四大名城与北平作比较，尽情地赞美北平美好的一切，从而说这只是从大处鸟瞰，那么下文则是从小处落笔，赞颂北平的好处了。你看：“青菜摊上的红红绿绿几乎有诗似的美丽”，北平带霜儿的玉李会“愧杀”美国包纸的橘子。北平城处处有空儿，可以使人自由地喘气，每一个城楼，每一个牌楼，都可以从老远就看见，也可以随时看见西山或北山，使人感到更接近了自然。这些描写使北平那古朴迷人的风物情调与气氛溢于纸上。同时，在这纡缓曲折的描述中，作者也层层深入地坦露了自己的深情挚意，使我们仿佛听到了作者想念北平时怦然而动的心声，具有很强的艺术感染力。

## 废园外

### 作者简介

巴金（1904—2005），四川成都人。现代作家。著有长篇小说《家》《春》《秋》及散文集《随想录》等。该文见《巴金选集》（下），山东文艺出版社1997年版。

## 艺术赏析

《废园外》是一篇感情灼热、玲珑精巧的散文。全文写一个花园楼房中的深闺少女被炸死的事情。作者胸中满怀一腔怒怨之情，以花写人，移情入景，把自己的感情与“花树”融合为一，把内心世界与自然景物化为一体，赋予花树以灵性和生命，从“花树”身上揭示了丰富的内涵。你看，文中的“红花”仿佛能够讲话，它不但“生命旺盛”，而且还会“感到寂寞而悲戚”。在这里，“红花”已成了“我”的主观情绪的“客观对应物”，它那形貌情姿及生命振动，形象地昭示了“我”那悲愤、沉痛的心态。同时被染上了生命色彩的“红花”本身又是一个独立的象征形象，象征着美好的自然、蓬勃的青春和旺盛的生命。如果说毁坏花园楼房、毁坏少女青春生命的反动势力使作者充满愤慨激情，那么这象征美好的“红花”则使作者产生喜悦之情。两者对比鲜明，更深一层地显示了作者强烈的爱憎心态。

# 翡冷翠山居闲话

## 作者简介

徐志摩（1896—1931），浙江海宁人。“新月派”代表诗人之一。著有《志摩的诗》《猛虎集》《云游集》《落叶》等。该文见《中国现代文学名作选》（下），南京大学出版社1994年版。

## 艺术赏析

《翡冷翠山居闲话》是作者1925年在风景优美的意大利名城翡冷翠（今译佛罗伦萨）时写下的脍炙人口的抒情名篇。全文通过写景，热情地歌颂自由的生命、礼赞美好的青春，字里行间传达出作者情绪的律动，对自由的呼喊，对山居闲适生活某种程度的满足。在作者笔下，翡冷翠的一草一木、一山一水、一缕阳光、一丝微风，都足使人性灵迷醉，那里一切自由自在，无拘无束，任步履踩踏，任想象驰骋。翡冷翠在作者心中几乎成了一个桃花源。显然，这是作者向往自由、向往爱、向往美这种思想的自然流露。在那个动荡的历史年代，极其复杂多变的现实，经常冲击着作者单纯的信念，使作者的美、自由、爱的理想王国在现实中很快便幻灭了。因此透过漂亮的文字，我们又分明发现作者对现实生活的不满与厌倦，看到作者对现实生活的厌恶以及不能摆脱尘世的种种烦恼的心态，表现了作者对翡冷翠山居那种惬意悠闲生活的眷恋和神往。

## 说避暑之益

### 作者简介

林语堂（1896—1976），福建省龙溪人。现代作家、学者。曾创办《论语》半月刊，提倡“幽默文学”。主要著作有《大荒集》《剪佛集》《吾国吾民》《八十自叙》《金圣叹之生理学》及长篇小说《京华烟云》等。该文见《林语堂散文》（三），河北人民出版社 1991 年版。

### 艺术赏析

《说避暑之益》是一篇自然幽默、耐人寻味的散文。作者信笔拈来，由搬家谈及避暑，由避暑的益处引出社会各色人等、各种趣事，写得极其自然，又处处体现出幽默的情趣。你看：作者搬家还需“郑重地宣告”，发现宅内有小青蛇，便猛觉已成为“归去来兮的高士”；那些富贾、要人借避暑标榜风雅，貌似手不释卷地看流行小说福尔摩斯探案，实际是在安乐椅上打盹，还说“我好久没有看过书了”等等。这些描写不矫饰、不夸张、合情合理又妙趣横生。作者善于在平凡之极的生活中发现俏皮的一面，并用冲淡轻快的笔调加以表现，使作品产生一种幽默的效果。这种幽默，恬淡轻松，宁静超远，能使人在畅抒胸怀中得以心灵的启悟，于不知不觉中获得忍俊不禁的趣味。

## 雅　舍

### 作者简介

梁实秋（1902—1988），原籍浙江杭县。现代散文家、理论批评家、翻译家。新月社主要成员之一。著有散文集《雅舍小品》，译有《莎士比亚戏剧全集》等。该文见《中国现代文学名作选》（下），南京大学出版社 1994 年版。

艺术赏析

《雅舍》是一篇雅致又幽默的散文精品。文章以典雅别致的语言，生动地描绘了“雅舍”的形貌、特点及好处，从容自如，下笔成趣，时时流露出作者那种闲适悠远、怡然自得而又不无“孤愤”的内心情绪。且看文中的“雅舍”：“有窗而无玻璃，风来则洞若凉亭，有瓦而空隙不少，雨来则渗如滴漏。纵然不能蔽风雨，‘雅合’还是自有它的个性。有个性就可爱”。一个极其简陋的土屋子，但因融之景，注入情，就显得有几分优美风雅。于是作者居于此，似乎并未觉其若，倒是津津有味地谈起它的“好处”：依山傍水，屋内起伏，可与邻人互通声息；可与鼠蚊相伴度日；可以赏月，可以赏雨；陈设简朴明净，常可翻新布置……作者从多方面描写雅舍“个性”，从室外到室内，从月夜到雨天，从篱墙门窗到陈设起居，且又时而引证中西习俗，时而评议嘲弄自慰，把雅舍“个性”刻画得淋漓尽致，富有有诗情画意。然而细加品味，这些“个性”，与其说是雅舍的“可爱”，倒不如说是雅舍的“清苦”。因而文章于幽默之中带上了几分自嘲，于悠闲之中又染上了几分苦笑。

## 青纱帐

作者简介

王统照（1897—1957），山东诸城人。现代小说家、诗人。著有长篇小说《山雨》《一叶》《黄昏》，诗集《童心》《这时代》《横吹集》等。该文见《散文选》第1册。上海教育出版社1979年版。

艺术赏析

《青纱帐》是一篇既有精美隽永的文字，又有深刻见解的散文。文章不单抒发了作者对青纱帐的赞美之情，也勾画了“孕育着爆炸巨变”的农村社会图景。作者先以柔婉清丽的笔调描绘出对青纱帐的美好意念：它是北方农村遍野的高粱，高高挺立，周身碧绿，布满着新鲜的生机，微风拂过，秆叶摇拂“雄伟壮丽的姿态”，幽幽地、沉沉地有“如烟如雾的趣味”，它又可用作燃料，酿白干酒，真是“粒粒珊瑚珠，节节琅玕玉”。然而这本是清幽的青纱帐，如今却成了“魔帐”，特别的为人所憎恶畏惧！一提起它，人们便会联想到土匪便利的藏身所。青纱帐成了乡间恐怖的“魔帐”，农村已被蛀成贫困异常的“空壳”。这种丑恶现实与前面作者对青纱帐美好的意念构成了强烈的对比，给人以触目惊心的效果。接着，作者痛心疾首地指出造成这恐怖现象的诸多原因：外来压迫，连年内战，捐税重重，官吏地主的剥削，并提出了社会将要彻底改变的重大问题。全文将遐想与现实糅合一起，坦然地吐露了作者自己深沉的思考，叙议交织，意蕴颇深。

## 给我的孩子们

### 作者简介

丰子恺（1898—1957），浙江崇德县人。现代作家、画家，翻译家。有文史、美术、音乐等著作一百种。主要著作有《如何生活》《缘缘堂随笔》《车厢社会》《绘画与文学》等。该文见《散文选》第 1 册，上海教育出版社 1979 年版。

### 艺术赏析

这是作者为他的漫画集所写的“代序”，也是一篇讴歌儿童，又富于生活哲理的散文，作于 1926 年。全文盛赞了儿童的直率、自然与热情，盛赞他们自由活泼和充满创造力，盛赞他们纯洁善良的“真生活”。在这个儿童生活的天地里，人与人之间“出肺肝相示”、“彻底地真实而纯洁”，没有大人们的“退缩、顺从、妥协、屈服”，没有大人们“不自然、病的、伪的”，“所谓‘沉默’、‘含蓄’、‘深刻’”；“大人们的呼号‘归自然！’‘生活艺术化！’‘劳动艺术化！’”在它面前“真是出丑得很”，大人们的一些行为在它面前显得“何等杀风景而野蛮”。作者将孩子与成人对比着描写，将人间隔膜和儿童纯真加以对照，深情颂扬孩子们的同时，又很自然地流露出许多生活的哲理，促人思索，处处体现了一位艺术家那颗直率、清纯与挚爱的心。

## 西山的月

### 作者简介

沈从文（1902—1988），湖南凤凰县人。现代作家、学者。代表作有小说《边城》《长河》，散文集有《从文自传》《湘行散记》等。该文见《中国现代散文选》第2卷，人民文学出版社1982年版。

### 艺术赏析

《西山的月》是一篇技巧纯熟的写景散文。读之，我们仿佛看到一个行吟诗人在月华流泻的山间，正对着心爱的人娓娓独语；也仿佛听到了一首自西山飘出的忧郁朦胧而美丽的小夜曲。在作者的笔下，青玉色的中天，星群闪烁，花香飘洒，露珠清凉，白云飘忽，溪水潺潺，歌声回响，散发着舒适而迷人的醇香，沁人心脾。美妙的景色，简直犹如梦幻。它拂去了现实一切恶之光环，透露出不无理想和浪漫的眷恋。然而，神游想象的月的世界终究盖没不了作者忧郁的灵魂，独处那凉月冷光之中，“有个人的心会结成冰。”作者在此把话说得越是委婉含蓄，他那凄凉的心境便越幽清透明。在这种圆熟通脱的艺术手笔下，那“西山的月”便成了剔透晶莹而隽妙的“第二自然”。

## 说　笑

### 作者简介

钱锺书（1910—1998），江苏无锡人。现代学者、作家。著有《宋诗选注》《管锥编》《谈艺录》《围城》《写在人生边上》《人兽鬼》等。该文见《写在人生边上》，开明书店1941年版。

### 艺术赏析

《说笑》是一篇别有风味、独具风格的散文小品。作者将笑与幽默融化于独特的人生体验与睿智之中，叙说时旁征博引，比喻联篇，如珠的妙语，纵横的佳句，若不可遏，纷至沓来，令人拍掌叫绝。你看文章对笑与幽默的描叙："笑是最流动最迅速的表情，从眼睛里泛到口角边。"无形的笑被描绘得神采飞扬，活灵活现。"一个真有幽默的人别有会心，欣然独笑，冷然微笑，替沉闷的人生透一口气。也许要在几百年后、几万里外，才有另一个人和他隔着时间空间的河岸莫逆于心，相视而笑。"这种对幽默的刻画，不但"对于人生是幽默的看法"，"对于幽默本身也是幽默的看法"，这才是真正的幽默！文章每一句话仿佛信笔拈来，但却几乎都有弦外之音，话里有话，以致容易让你流连于犹如泉涌、宛如神助的串串妙语而淡忘作者的用语之意，待你猛然间醒悟，才发现里面大有深意，不但有艺术，有学识，有幽默，而且还有人生，还有讽刺。

## 雪晚归船

### 作者简介

俞平伯（1900—1990），原籍浙江德清县，出生于苏州。现代诗人，散文家，《红楼梦》研究家，主要作品有诗集《冬夜》《西还》《忆》及散文集《燕知草》《杂拌儿》等。该文见《俞平伯散文选集》，上海文艺出版社 1983 年版。

### 艺术赏析

《雪晚归船》是一篇兼有记事、写景、抒怀三方面内容的短文，在写作手法上颇具特色，作者采用由远及近，由淡到浓，由模糊到清晰的叙事方法，将重点写的"雪晚归船"放至最后，而先记别的事情。如与 H 君"从'杭州城内'翦湖水而西"的游玩；与人的掷雪相戏等。文章写其它事情似无意为雪晚归船作铺设，但又非闲笔。作者从层次、清晰度上对几个并列的事件进行处理，把"雪晚归船"放在最清楚的醒目处，细细描述，用心渲染，叙事写景之中贯穿着朦胧空灵，温煦浓郁的怀乡之趣。相对而言，其它事情则被换位推置在稍远层次上，粗笔勾勒，"淡淡的说，疏疏的说"，造成一种时间间隔，记忆模糊的远距离感觉。如此，文章看似如行云流水，真切而自然，但其间轻重缓急别致有序，仿佛如一幅远景近景历历分明的摄影艺术，富于较强的立体感，给人以清晰鲜明的印象。

## 异国秋思

### 作者简介

庐隐（1898—1934），女，福建闽侯人。现代作家。著有小说《海滨故人》《灵海潮汐》《象牙戒指》等。该文见《散文选》第1册，上海教育出版社1979年版。

### 艺术赏析

《异国秋思》是一篇抒写心灵的精妙散文，作于1937年。作者浓重的秋思愁意围绕着日本的“井之头恩赐公园”的描写而展开。恩赐公园是作者欢乐和痛苦的见证。文章由它树木葱茏、绿荫匝地，意趣幽妙的景色入笔，回忆九年前带着玫瑰色希望及爱娇青春的浪漫和快活，抒发“走的是崎岖的山路”尝着刺心痛苦的九年后今天的凄凉心情。同时，作者还由此联想起北京的北海风光、倾吐自己的愁苦情怀，为破碎紊乱的祖国、穷苦的同胞而眷怀思恋。因而，个人的“闲愁”，秋风引起的“秋愁”，作客他乡引起的“乡愁”，身世浮沉、时光消磨着“人生之愁”以及为凄风冷雨中的国家而痛心思念的“国愁”叠合一起，使作品句句含着情，字字浸着泪，处处回旋着哀怨、忧郁的情调。全篇写“愁”却如同影子，甩之不掉，脱之不能，可见“愁”之重，愁之深，真是“问君能有几多愁，恰似一江春水向东流”。读之，心灵为之震动。

## 再游北戴河

### 作者简介

陈衡哲（1893—1976），女，湖南衡山人。现代作家。新文学史上最早的女小说家。著有短篇小说集《小雨点》、散文集《衡哲散文集》等。该文见《衡哲散文集》，上海开明书店1938年初版。

### 艺术赏析

《再游北戴河》是一篇绘景写人、情景相生的散文，它通过北戴河人物风景的描写，透露出作者淡而超逸的人生意绪。作者写景，辞藻华美、意境清丽。你看，她笔下的北戴河：傍晚，夕阳西下，霞光水色相映，水天浑然一体；夜色中，冷月偶出，傲视天室，沧波万里，银光如泻。北戴河的暮景、夜景、日落、月出，被渲染得空灵而朦胧，清澈而苍茫。作者写人，轻笔勾画，生动幽默。文中有三种人：一是“知识也不太新，也不太旧，也不太高，也不太低，以家庭为中心的教会派”；二是“今朝有酒今朝醉”的情感狂放、尽情享受的德俄商人；三是“中国的富翁与休养林泉的贵人”。这些居住北戴河的人们的嘴脸和浑噩的人生世相与前面北戴河的美景及作者淡泊超然的人生态度构成了鲜明的对比，不着一字，却喜恶自现，显示了高超的艺术技巧。

## 忆平乐

### 作者简介

冯至（1905—1995），河北省涿州县人。现代诗人，文学翻译家。曾被鲁迅称为“中国最为杰出的抒情诗人”。著有诗集《昨日之歌》《十四行诗》，散文集《山水》《东欧散记》，论文集《诗友遗乡》等。该文见《山水》，河北教育出版社1994年版。

### 艺术赏析

《忆平乐》是一篇兼有写景叙事和抒情议论的精致散文，抒发的是个人零碎的片断的经历，但在零碎之中见出统一，充分体现了散文形散神不散的特点。文章开篇展现的是漓江寂静而美丽的风光及人民镇定的情绪，在赞美祖国的山河的同时，也反衬了侵略者的可憎和妥协者的可鄙。继而写到平乐，记叙了作者所经历的一个关于按时价做工，恪守信用的裁缝的故事。最后由漓江平乐的沦陷引起对那里美好山水人物更为痛切的爱恋，进而赞颂维持人类生存的默默百姓，鞭挞“不成人形”的衣冠人士。文章结尾说：“我坐在屋里，只苦苦地思念漓江上的寂静和平乐的那个认真而守时的裁缝，前者使人深思，后者使人警省。”作者以充满深情而富于哲理的议论，把漓江的美景与裁缝的故事和谐地贯穿一气，并由往事指向现实，由平凡之事见出崇高，由朴素的文笔见出诗的神韵。全文至此戛然而止，看似漫笔挥洒，实则散而不乱，浑然有致。

## 五月的北平

### 作者简介

张恨水（1895—1967），安徽省潜山县人。现代作家。共写了 120 余部长篇小说，代表作有《春明外史》《金粉世家》《啼笑姻缘》《夜深沉》《八十一梦》等，另有游记散文及改写历史故事多种。该文见《中国散文鉴赏文库》（现代卷），百花文艺出版社 1990 年版。

### 艺术赏析

这是一篇平实自然的写景散文。作者善于抓住事物的特征，清晰地描绘了北平城的外貌特色及情趣风韵。文章抓住北平一年中的黄金时代——即美丽的五月，准确地点染了北平的整体风貌。写到北平的建筑时，作者抓住最具代表性的四合院。这些院子，除了一个大院，总还有一两个小院子相配合。院子里，花果扶疏，树木繁多。文章通过解剖一个中产之家的住宅，鲜明地把北平的建筑特征展示在读者面前。写到北平的树木，作者抓住最多，最能代表北平特色的槐树。“在古庙门口，红色的墙，半圆的门，几株大槐树在庙外拥立，把低矮的庙整个罩在绿荫下，那情调是肃穆典雅的。”别有风姿的槐树，点缀着整个五月的北平，使五月的北平成为“碧槐的城市”。作者抓住北平城的特征，层层写来，以小见大，由一树一家，画出北平城的整体风貌，给人以深刻的印象。最后笔锋一转，点出眼前的时代“是临近炮火边沿”、“绿荫”“不是幽丽，乃是凄惨惨的象征”，发出“谁实为之？孰令致之？”给人以警醒。

## 太湖游记

### 作者简介

钟敬文（1903—2002），广东省海丰县人。现代散文家、民俗家。著有散文集《荔枝小品》《西湖漫拾》《湖上散记》及文学论文《一宗重大的民族文化遗产》等。该文见《中国现代散文选》第 3 卷，人民文学出版社 1982 年版。

### 艺术赏析

《太湖游记》是一篇游记散文。全文以游踪为线索，以时间为顺序，一一勾勒了太湖的风景名胜：惠山、天下第二泉、锡山、梅园、桃园、鼋头渚等，既可使人细细欣赏其间每一风景，又可使人回味咀嚼太湖整体风貌。作者描景绘物，简洁传神，往往三言两语，便把景物的形状态势色彩描摹得栩栩如生。如写鼋头渚桃花："桃花方盛开，远近数百步，红丽如铺霞缀锦。春意中人欲醉。"寥寥四句，桃花那生态气势、秀丽色彩、迷人风韵便跃然纸上。读来仿佛觉得此处的桃花之美是可与霞锦相提并论。再如写渚上石头："渚上多奇石，突兀俯偃，形态千般。"先指出这里不是常见的石头，才叫奇石，奇石的状态，有突出的，有平面的，有趴着的，有仰着的，不能一一描绘。所以"形态千般"四个字外延就极为广阔了。作者语言功力深湛，深得古诗文之精华，凝炼精粹，灵活自如，从而把太湖之美描写得淋漓尽致，简直无懈可击。综观全文，作者的情致始终扣住景物描绘，在描景画物中活现着游者的种种心绪、心态。

## 白马湖之冬

### 作者简介

夏丏尊（1886—1946），浙江上虞人。现代文学家、语文教育家。著有《文学论 ABC》《生活与文学》，散文集《平屋杂文》，译有《社会主义与进化论》等。该文见《散文选》第 1 册，上海教育出版社 1979 年版。

## 艺术赏析

这篇文章对整个白马湖冬景的描绘，是围绕着作者在这里所尝到的“冬的情味”而展开的。而作者在白马湖所领略的冬的情味，“几乎都从风来”。所以作者着重写的是白马湖冬天的风。全文是以风为描写的主体。从“风”上来反映和展现白马湖冬景的特有韵致的：“那里的风”，几乎天天都有，呼呼作响，渗缝入隙，分外尖厉；在太阳很好的日子，寒风也会突然刮起，叫人往室内躲避不及，“至于大寒风”，更是“整日夜狂吼”，连日不止。作者抓住白马湖这种特有的地方特征，从不同的角度，不同的层面，描写了白马湖风声之大、风力之足、风来之快，从而揭示了白马湖“冬之情味”和冬景特色。同时，作者在描写过程中，从自己的切身感受出发，融情入景，互为烘染。写全家人“吃毕夜饭即睡入被窝里，静听寒风的怒吼，湖水的澎湃”；深夜里，“松涛如吼，霜月当空，饥鼠吱吱在承尘上奔窜”，这时作者“深感到萧瑟的诗趣”，久久不睡，独坐遐想。这些描写，把气氛环境与自己的特定感受融为一体，使情景相生，互为映托，从而拓出了白马湖冬景的神韵佳境，取得了引人入胜的艺术表现效果。

# 雨　前

## 作者简介

何其芳（1912—1977），四川万县人。现代诗人，散文家，评论家。散文集《画梦录》曾获1936年度《大公报》散文文艺奖。著有诗集《预言》《夜歌和白天的歌》等。该文见《中国现代散文欣赏辞典》，汉语大词典出版社1990年版。

## 艺术赏析

《雨前》是一篇富有“诗样的意境，诗样的语言”的精美散文。这篇散文以细致凝练的彩笔，不仅在广阔的空间上大笔勾勒了天空灰暗、大地干裂的特有风貌，而且从不同的视角和侧面，细细刻画了嫩柳、鸽群、白鸭、鹰隼等自然界的各种生物在大雨来临前的不同表现和特点，活脱脱地展现了雨前各种生物特有的风姿情态，渲染了雨前浑沉、烦闷而浓郁的自然氛围。作者在景物描写中插入对于故乡热烈清新、充满生气的雷声和雨声的想象及自己轻雾梦幻般柔和朦胧的微妙心理，与雨前的烦闷浑沉形成鲜明对照，强烈表达了作者对于“雨”的向往和祈望。同时，作者还由北方白色的鸭，联想起故乡鹅黄色的雏鸭群，写这里是不洁的都市的河沟，那里却是“清浅的水”、“青青的草”，这里是烦躁和懒散，那里却是欢欣和舒适。这些景物的对照，都饱含着作者对于当时现实的强烈不满及对美好生活的憧憬和向往。

## 画　廊

### 作者简介

李广田（1906—1968），山东邹平人。现代散文家、诗人。著有散文集《画廊集》《银狐集》《雀蓑记》等。还与何其芳、卞之琳著诗集《汉园集》，曾有“汉园三诗人”之称。该文见《李广田散文选集》，百花文艺出版社2004年版。

### 艺术赏析

《画廊》是一篇朴实腴厚又不乏诗意的散文。文章以真挚的思想感情，朴实自然而有致的笔法揭示了农民的生活底蕴与文化心态。全文紧扣题目“画廊”，不枝不蔓，娓娓而述，不仅叙述了买画的因由，“画廊”的真面目及形状历史和庙会的盛况，而且还绘出了一幅乡间浓郁的风俗人情图。这里既有供奉诸神、人死烧纸、腊月敲钟、年前清扫房屋、新年集市买画“补墙”等习俗，又有大蛇饮水，仙人对棋的传说。更引人的是看画买画的场面：有带着微笑拿着年画去的赶集人，有“仰着脸看得出神”的小孩，有“指着壁上的画叹息着”的老年人，有“哼哼着唱起剧文来”的痴迷者。在此，赶集人的喜悦，小孩的专注天真、老年人的善良淳朴、痴迷者的忘我神态……跃然纸上，使我们看到了北方农村文化集市的风情，农民积极乐观的生活态度以及淳朴的审美情趣。文章通篇散发了朴实真切、浓郁淳美的生活气息，富于独特的魅力。

## 竹　刀

### 作者简介

陆蠡（1908—1942），浙江天台人。现代散文家、文学翻译家。著有散文集《海星》《竹刀》《囚绿记》，译有《罗亭》《鲁滨逊漂流记》等。该文见《散文选》第2册，上海教育出版社1979年版。

### 艺术赏析

《竹刀》是一篇文笔奇妙，摇撼人心的叙事散文。文章先交代了处于崇山峻岭怀抱中的家乡的趣闻和传说，如上了高山砍柴，若遇“左缠藤”将寻不到去路的传说；一位漂亮的山村少女上山砍柴一去不回，乡亲们认定她已被山灵或河伯娶去做媳妇的趣闻。最后，文章才叙述了“有一个悲惨的收场”的“实际的故事”：即一个青年山民“用竹刀削成一把尺来长的小刀”刺杀欺行霸市的木材商的“竹刀”的故事。作者通过这个实写的故事，不仅赞颂了青年山民勇敢的反抗精神，而且也为当时的人民暗示了一条走出黑暗，争取新生活的道路。文章前面虚设的种种趣闻传说实际上又是这个“竹刀”故事的铺垫，它们介绍了社会背景，即展示了黑暗势力统治下，山民艰辛的生活和艰难的生存境况。正是在趣闻传说的烘托和陪衬下，青年山民反抗的行为才显得那么悲壮而有意义，使全文深刻的思想一下子突现于读者眼前，拓深了文章的艺术境界。

## 吻　火

### 作者简介

梁遇春（1904—1932），福建福州人。现代散文家。著有散文集《春醪集》《泪与笑》以及翻译作品《小品文选》《英国诗歌选》等。该文见《梁遇春散文》，中国广播电视出版社1993年版。

### 艺术赏析

《吻火》是一篇回忆诗人徐志摩的散文。文章以精妙的构思、诗的语句传神地描绘了徐志摩独特的人生。作者深谙徐志摩的为人为文，但他没有细细回忆诸多往事，而是抓住徐志摩的一双眼睛一句话，深深地挖掘了徐志摩与众不同的诗人灵魂。那是一双银灰色的眸子，充满惊奇的眼神，好像在猜人生的谜，又好像在揭开宇宙的神秘。“眼睛是心灵的窗户”，作者以独到的观察，生动地揭示了一个时刻在咏叹人生、在探索宇宙的诗人的神态；那又是一句极平常的话，“KISSING THE FIRE”（吻火），是徐志摩拿着一根纸烟向一位朋友点燃着的纸烟取火时说的话。而作者却从中发现了徐志摩亲吻生活的烈火，化腐朽为神奇的那颗奇特的诗心。这种诗化的构思与语句把徐志摩的诗人形象刻画得惟妙惟肖，达到了以诗心写诗人、以诗韵写诗魂的隽永的艺术效果。

## 拿波里漫游短札

### 作者简介

李健吾（1906—1982），笔名刘西渭。山西安邑人。现代作家、著名翻译家。著有散文集《意大利游简》、文论集《咀华集》《咀华续集》《李健吾戏剧评论集》等。该文见《中国现代散文选》第4卷，人民文学出版社1982年版。

### 艺术赏析

《拿波里漫游短札》是作者1933年漫游意大利时，写给未婚妻的一组书信。全文以时间为顺序坦露了作者对拿波里（今译那不拉斯）自然风光的迷醉、对古罗马文化的惊叹、对拿波里现状的遗憾及不满，同时饱含了对自己祖国的眷恋和惆怅之情。由于本文特定的读者对象是作者的未婚妻，因此文章作法颇有异于其他游记。作者下笔不藏褒贬，好处说好，坏处说坏，不加任何掩饰，随意率真，自然可信。写拿波里城，“喧哗，热闹，龌龊，起人反感”，“好像从海市蜃楼坠出，重新返回人间”。写拿波里人，“哓哓不休”易“纠缠”，儿童“一个脏似一个，遍街赤着脚跑，瞪着两只饿眼，窥伺各自财运的来临”。而写维苏维火山则是烟焰喷空，山色紫红，海水澄蓝，树木碧绿，互相掩映，一派壮丽奇观！写古罗马文化，镂刻工细，布局精巧，辉煌卓绝，“方知今人未必样样胜过古人”。如此行文，随游踪所至，目力所及，信手拈来，如诉家常，直抒胸臆，毫无保留，以至自己作为中国人在他人心目中的位置也直露纸上不加回避，可谓笔到意到，不留毫末，富有以真感人的魅力。

## 我们的太平洋

### 作者简介

鲁彦（1901—1943），浙江镇海人。现代小说家。著有长篇小说《愤怒的乡村》，短篇小说集《柚子》《黄金》等。该文见《中国散文鉴赏文库》（现代卷），百花文艺出版社1990年版。

### 艺术赏析

这是一篇写景抒情的优美散文。作者以谈话的方式抒写了对南京玄武湖（后湖）特别钟爱与留恋的感情。经过十年辗转与奔波，更饱尝了生活艰涩滋味的作者，一旦回忆起那雄壮而富有人生真谛的后湖，眷恋之情便油然而生，要倾诉的太多了，于是作者仅举了与同伴同游后湖的几件往事：一群活泼而快乐的青年，自由地泛舟飘荡，精力充沛，可以尽情探险，尽情消耗，仿佛置身太平洋；又可以静听波声，梦想未来，洋溢着无比美妙的青春气息。作者借后湖之景叙写游历后湖之事，自然地抒发了对后湖的一片深情，情景交织，由事忆人，感人至深。这种深情的抒写又得力于文章对比手法的运用。作者将风光并不那么秀丽的后湖拿来与堪称天堂的杭州西湖相比，还道出自己更喜欢后湖的理由，竟使人信服，由此可见情之浓烈，爱之深沉。同时这种对比又寓含了一层哲理：人人都有喜好，人的世界本身就这么丰富多彩。于是全文在写景抒情的末尾又添了一层理趣，使读者既有美的享受、情的陶冶，又有理的启迪。

## 快阁的紫藤花

### 作者简介

徐蔚南（1899—1953），江苏吴县人。现代作家。著有小说集《奔波》《都市的男女》、散文集《乍浦游简》等。该文见《中国现代散文选》第2卷，人民文学出版社 1982 年版。

## 艺术赏析

《快阁紫藤花》是写景游记散文，不但文笔轻灵流畅，而且结构完整清晰，灵活自如。作者巧妙地以夹在书中的一朵紫藤花为引线，由花而联想起前周畅游快阁时的情景，继而交代快阁的概况及外景。然后转入后花园中的两架紫藤花的描写。作者由视线所及，先描绘白花盛开的一架的繁茂景象，再以无数野蜂在花朵上下左右叫着飞着为衬托，给这幅画面涂上了一层热闹的色彩，同时，以花和蜂如一群少男少女恋爱的想象，使之更具盎然的生气。次写青莲色紫藤花的凄清景色。它青春已逝，落花缤纷，仿佛求人爱怜似的，使人感到“和平”、“柔婉”，如饮美酒，如入梦境。这梦境又突然被啄木鸟的“怪响”惊破，更反衬出紫藤花的冷清及气氛的幽静。最后作者以拾叶一朵，夹于书中收束全文，与开头遥相呼应，显得颇有情致。纵观全文，描写层次井然，笔锋宛然流转，波澜层层叠出，有远景鸟瞰，也有近景特写，详细得当，对比分明，给人以十分清晰的印象。

# 织席记

## 作者简介

孙犁（1913—2002），河北平安人。现代小说家、散文家、文学评论家，著有短篇小说《荷花淀》《嘱咐》《光荣》等，长篇小说《风云初记》，散文集《津门小集》《晚华集》《秀露集》等，文论集《文学短论》等。该文见《散文选》第 3 册，上海教育出版社 1979 年版。

## 艺术赏析

《织席记》是一篇清新而富有浓郁生活气息的散文。作者以白描的手法，近似谈话风格的语言，为我们描绘了一幅如诗一般的白洋淀妇女织席卖席的劳动图。“在这里，几乎每个妇女都参加了劳动”，有老太太，也有十二三岁的小姑娘。这些妇女“在劳动里旋转着”，清晨夜间也从不休息，解苇、轧眉子、推石砘子，匆匆忙忙；她们俊秀干净又充满热情，赶集时，头上漂染上霜雪，回来时才被太阳融化，她们的生活紧张忙碌，充满着欢快的节奏和情趣。透过这幅劳作图，我们看到了白洋淀那美丽勤劳而坚韧的妇女，以及她们美好幸福的生活。同时，也不由自主的惊叹作者善于发掘平凡生活中的诗意美的这种独特的艺术才能。作者对美好生活的描写还借助了对比的手法：白洋淀人民一谈起过去的日子，哪有织席的乐趣；现在的生活才是“幸福的日子”。文章围绕织席进行对比，既舒展了思想，又显现了作者的爱憎。

## 狮和龙

### 作者简介

林默涵（1913—2008），福建武平人。现代作家、编辑家。著有杂文集《狮和龙》，论文集《在激变中》等。该文见《狮和龙》《人间书屋》，1949 年版。

### 艺术赏析

《狮和龙》作于 1947 年。它不但烙有鲜明的时代印记，而且文笔曲折有致，说理层层深入，形象生动，引人入胜。文章由弟弟从家乡来起笔，引出作者对社会的感叹及对乡土风情的思念。于是又自然转入对作者家乡元宵节耍龙灯耍狮子情景的描绘。然而文章对龙灯轻描淡写，对狮子却浓墨重彩地加以刻画。如果说耍龙灯既无歌唱又无武艺，乡下人都“觉得不够味道”，那么耍狮子则锣鼓喧天，四周都是观众。作者对狮子遭戏弄以后的反抗，更是突出描绘，并援引裴多菲的诗句加以赞颂，为下文说理设下伏笔。紧接着，作者从乡俗的回忆回到了现实的思考，阐发了狮子与龙的象征意味：“龙是高贵的，它象征的是权势，是威严，是‘唯我独尊的神气’。”狮子“象征的是一种雄厚的力量，一种不屈的精神”。前者象征反动统治阶级缥缈的威严，后者象征人民巨大的威力。两者决斗，孰胜孰败便一目了然了。作者站在时代历史的高度，感应着时代的气息，通过乡俗画面的细腻的描写，自然而形象地引申出狮与龙独到的抽象寓意，既有现实针对性又不落窠臼，给人以耳目一新的感觉。

## 桐庐行

### 作者简介

柯灵（1909—2000），浙江绍兴人。现代作家、电影剧作家。主要著作有《望春草》《晦明》《市楼独唱》等。该文见《中国现代散文欣赏辞典》，汉语大词典出版社 1990 年版。

## 艺术赏析

《桐庐行》是一篇游记散文。作者书写了桐庐一日行程的具体过程，描绘了充满生气和活力的江南水乡景色。作者笔下的桐庐，山清水秀，树翠城富，历历如画，美不胜收。层云飘忽的高空下，江水粼粼，澄明透澈，与天相连。悬崖峭壁，夹岸对峙；翠嶂青峰，巍然矗立。桐君山背临深谷，山脉绵延，前面极目无垠，原野如秀。偶见一株石榴，绚烂耀眼，如火如荼。若临江投宿，入夜倚窗，则山间明月，江上渔灯，情趣无穷。这般秀美佳景着实令人神往。然而作者徘徊其间却未忘现实，你看，桐庐城在抗战期间几度沦陷，“劫灰犹在春意乍生”，这使他向往起“丰乐和平，日长如年”的岁月。作者每每于不经意处点染自己对现实的忧郁情愁，“想起我们民族的困厄”。于是读者在欣赏丰姿绝妙的桐庐美景时，又常聆听到作者对现世的议论，并于无意间受到了作者那种热爱祖国山川，忧愁民族现实双重交织的真挚感情的陶冶。

# 曼哈顿街头夜景

## 作者简介

丁玲（1904—1986），女，湖南临澧人。现代作家。主要著作有小说《莎菲女士的日记》《太阳照在桑干河上》等。该文见《丁玲散文选集》，百花文艺出版社 1991 年版。

## 艺术赏析

《曼哈顿街头夜景》是丁玲 1981 年应邀访美后写的一篇文艺随笔。文章先从整体上勾勒了一幅曼哈顿的全景图：这里高楼林立，彩灯闪烁，车辆飞驰；金银餐具铿铿发亮，玛瑙、碧玉耀眼诱人，服装形形色色，人们来去匆匆……好一派繁花似锦的景象。接着，作者移转镜头，推出了一幅大特写：街角上坐着一个老人，闭着眼睛，佝偻着腰，行人如流水在他身边淌过，没有人看他一眼，他也不看任何人，他仿佛只是纽约繁华街头的一个点缀，比不上一盏街灯，比不上橱窗里的一个仿古花瓶，更比不上牵在女士们手中的那条小狗。他是多么冷静，多么凄凉啊！于是，这个特定镜头与前面的曼哈顿全景图形成了极为鲜明的对比，一个是极其冷漠灰暗的人的处境，一个是表面黄金铺地、繁华无比的物质世界。通过对比，文章深刻地揭示了曼哈顿的本质："曼哈顿是大亨们的天下"，"更多的人逃不脱穷愁的命运"。

## 樱花雨

### 作者简介

杨朔（1913—1968），山东蓬莱人。当代作家、散文家。著有长篇小说《三千里江山》，短篇小说选集《大旗》，散文集《亚洲日出》《东风第一枝》《生命泉》等。该文见《杨朔文集》（上），山东文艺出版社。

### 艺术赏析

这是一篇写国际题材的散文。作者抓住出访日本时的一个生活片断，通过对一个普通日本姑娘形象的诗意描写，反映了日本人民的时代精神和愿望。文章刻画君子姑娘，并非浓墨重彩，而是于不经意处，抓住她情态语言的变化，轻笔勾勒，轻轻点染，抓住人物的神态反复描写：时而"文文静静"，"轻轻叹口气"，时而"迟疑起来"，"支支吾吾"，时而"脸色忽然一变，显得凄凉"，时而"眼直瞪窗外，默不作声"，"露出一丝淡淡的哀愁"，时而柔和的眼睛里"有两点火花跳出来"。这些描写，准确、传神、富于变幻，活脱脱地写出了一个胆怯、柔弱、素雅、美丽，心中埋存着火种的日本侍女形象。同时，文章还通过景物描绘来刻画人物形象，如以樱花受雨后的萎谢写君子姑娘的零落青春，写日本人民的痛苦历史，以樱花受寒后的盛开写君子姑娘及日本人民"火一样的愿望"。这样，由人及景，由景及人，交相辉映，构成一个诗意盎然的境界，把读者领进一个优美动人的艺术天地。

## 虾　趣

### 作者简介

秦牧（1919—1992）广东海澄人。当代散文家。著有《长河浪花集》《花城》

《潮汐和船》《艺海拾贝》等。该文见《中国现代散文欣赏辞典》，汉语大词典出版社 1990 年版。

## 艺术赏析

《虾趣》是一篇叙议交织、结构精巧的散文小品。文章以虾为中心展开笔墨，忽而是农妇对齐白石水墨虾画的赞叹着迷；忽而是对齐氏虾画的描叙评论，其间又引用齐氏趣味盎然的题画诗及随笔；忽而又陈述自己独到的观察所得，描绘虾鲜为人知的斑斓生活。这里的每一种材料在文中都被运用得恰切自如，各有其目的，如写齐氏画中之虾的栩栩如生，为的是说明“在生活中深入观察的重要”；写画中几只虾的神态各异、多姿多彩，为的是阐明一个观点：“无论是如何‘单纯’的东西，里面都必须富有‘深厚’才行”。因此，文章乍看似材料散乱，实质上它们都被一根思想之线贯穿着。即如何使一件小小的艺术品具有较高的思想性和艺术性这一思想贯穿着。纷繁的材料被组织得相当紧凑，一个重要的文艺见解被阐述得生动而深刻。

# “天　涯”

## 作者简介

吴伯箫（1906—1982），山东莱芜人。当代散文家。著有《细尘集》《北极星》等散文集。该文见《吴伯箫散文选》，人民文学出版社。

## 艺术赏析

《“天涯”》是一篇“访古览胜”之作。作者于“八十年代第一春”带着兴奋的心情游览“天涯海角”，以酣畅之笔既勾勒“天涯海角”壮阔的奇景，又时时抒发爱恋祖国、眷恋生活的豪情。你看，当作者“屹立在天地间水陆紧连的地方”，一边是“辽阔的山河大陆”，一边是“无边的碧海汪洋”；一念突兀，激情奔涌：“感谢时代的伟大，作人的骄傲”；当作者面对“青黝黝、圆滚滚、熊蹲虎踞、恣态万千”的磊磊奇石，面对独支苍穹的“南天一柱”，不禁赞叹其“气势雄伟”，而追慕起原始巨人开天辟地的宏伟业绩，想象奇特，感情充沛，字里行间流露出对神州中国的挚爱之情，最为精彩的是沙滩手书“天涯”字的热闹情景。面对那海天的气势，带着飘逸的神采，作者以手为笔，奋力疾书“天涯”字，其气势酷似那“老夫聊发少年狂”的苏轼，那种豪情不但真的“刻在心里”，而且也跃然纸上。同时，作者还以“王棕”作笔，盆景为画，讴歌祖国，赞美“天涯”，把他一腔鼎沸的热情挥洒得翻腾起伏，四处流溢，使人心与之一起颤动，豪情与之一起奔涌。

## 筏　子

### 作者简介

袁鹰（1924—），江苏淮安人。散文家、诗人、儿童文学家。主要作品有散文集《风帆》《秋水》及诗集《寄到汤姆斯河去的诗》等。该文见《中国现代散文欣赏辞典》，汉语大辞典出版社 1990 年 1 月版。

### 艺术赏析

《筏子》是一篇意味深远的写景抒情散文。文章开始描写了一只羊皮筏子。它“在汹涌的激流里鼓浪前进”，“如在湍急的黄河上贴着水面漂浮”，具有一往无前的气势。继而，文章便着力刻画筏子上的那位艄公。他“目不转睛地撑着篙”，“小心地注视着水势”，“大胆地破浪前行”，显得“比较沉着”。他凭“勇敢”、“智慧”、“镇静”战胜了惊涛骇浪，使筏子“在滚滚黄河上如履平地”，“成为黄河的主人”。文章通过“筏子”及“艄公”形象的刻画，赞美了既要激流勇进、无畏向前，又要小心、沉稳、不蛮干以更好地掌握自然、征服自然的奋斗精神。文章作于 1961 年，它强调的是“小心”和“大胆”的结合。这种社会人生哲理的阐述在那个光强调“冲天干劲”，不按科学规律办事的狂热时代，无疑是独具慧眼的。

## 听听那冷雨

### 作者简介

余光中（1928—），台湾当代诗人，散文家，祖籍福建永春，后迁居台港。曾被誉为“以现代文学运动为轴心的扛鼎诗人”。出版过多种诗集、散文集。该文见《听听那冷雨》，山东文艺出版社 1994 年版。

## 艺术赏析

《听听那冷雨》是一篇将现代艺术技巧引入溶化在散文创作中的成功佳篇。在这篇散文中，作者艺术地运用通感技法，用光声色味绘出了一幅多彩的雨景图。你看，对“雨”的描写：“雨是女性”，“最有感性”。“雨气空濛而迷幻，细细嗅嗅，清清爽爽新新”，富有“薄荷的香味”。浓的时候竟发出“特有的土腥气”，也许古中国层层叠叠的记忆皆蠢蠢而蠕，也许是植物的潜意识和梦。在这里，作者从嗅觉和味觉上写出了雨的清爽、雨的香味、雨的腥气。显然，这是嗅觉和味觉的通感。这种通感描写，使我们如淋其“雨”，如尝其味，如嗅其气，栩栩欲活地呈现了“雨”的情韵美、灵性美和朦胧美，给人以丰富的艺术享受。

# 山乡的渡船老人

## 作者简介

何为（1922—），浙江定海人。散文家。著有散文集《第二次考试》《织锦集》《闽居纪程》等。该文见《中国现代散文欣赏辞典》，汉语大词典出版社1990年版。

## 艺术赏析

这是一篇情真意切的叙事散文。作者于十年动乱时期，曾被下放到福建的一个山乡，那里的一切给他留下了深刻的印象。溯着已逝岁月的足迹，追忆那山那水那人，作者抑制不住心中情感的波澜，写下了这篇感人至深的文章。全文描写的是一个山乡的渡船老人，他看去“面色严峻”、“阴郁”、“古怪”，摆渡时总是“载满一船的沉默”。然而，就是这么一个似乎“不近人情”的老头，却在溪水高涨的时候，把“我”毅然背过河去，这种情谊令作者感动得无话可说。那么他究竟为何如此抑郁？原来，老汉的唯一亲人——一个健壮聪明的儿子在动乱中失踪了，至今存亡不明。老汉年复一年，日复一日地等待着儿子归来。作者饱含着深情娓娓地叙述，细腻地刻画了老汉忧郁、善良、倔强、可敬的复杂个性，表达了关切普通人命运的诚挚感情。也正是这种诚挚感情，摇荡着读者的心灵，使这篇散文具有感人的魅力。

## 黄山小记

### 作者简介

菡子（1921—），江苏溧阳人。当代女作家。主要作品有散文集《和平博物馆》《幼雏集》，短篇小说集《群像》《纠纷》等。该文见《中国现代散文欣赏辞典》，汉语大辞典出版社1990年版。

### 艺术赏析

《黄山小记》是一篇颇有新意的写景散文。作者描绘黄山，紧紧抓住黄山的真谛——“富有生命”这一点，尽情抒写。你看，山径路旁每一棵嫩芽和幼苗都在生长，山中的奇花开在高高的树上，沸水烫过三遍的幼草还能复活，“蒲团松”可围坐七人对饮，这是一个多么富有生气的植物世界，到处洋溢着生命的气息。再看那神奇的动物世界，高山上有鸟儿像银燕似的自由飞翔，舒展难以捉摸的舞姿，啼唱最亲切的晨歌，“乌鸦”能为主人通风报信，猴子会抬担架，也会寻觅草药医治病痛，小溪中的娃娃鱼头上有圆髻，一身古装打扮……这是些多么欢乐而自由的动物，被赋予了人的灵性。漫游黄山，还可看见瀑布飘舞如白缎，听见淙淙溪流如乐曲，一览雄浑壮丽的云海奇景及童话般美丽的奇峰古刹。作者展开联想的翅膀，浓墨重彩，以生花的妙笔把花草树木写得生趣盎然，飞禽走兽写得灵性十足，日出彩云写得奇幻瑰丽，各种景物的情态被渲染得惟妙惟肖，满贮着生命的诗意。在作者的笔下，黄山，再也不是影片和山水画中的静静的仙境，而是一个充满生命活力的人间现实。从中，我们可以清晰地感受到时代脉搏的跳动。

## 月　迹

### 作者简介

贾平凹（1953—），陕西丹凤人。小说家。著有散文集《月迹》《爱的踪迹》《商州散记》，中篇小说《腊月·正月》，长篇小说《浮躁》等。该文见《中国现代散文欣赏辞典》，汉语大词典出版社1990年版。

## 艺术赏析

《月迹》是一篇较为典型的叙事性故事，描绘了一个生趣盎然的儿童寻月场面：在一个中秋节的夜晚，几个天真好奇的孩子们欢聚在一起，在奶奶的指点下，兴致勃勃地找起月亮来了。他们找呀找，找到了窗帘儿上，那月亮先是一个道儿，再是半圆，渐渐地圆就满盈了。然而，月亮慢慢地又全没了踪迹。于是他们又找呀找，找到了院子里，那月亮玉玉的、银银的、清清晰晰；他们还找到了酒杯里，找到了河水里，找到了人的眼睛里。他们人人都找到了月亮。在这里，作者把“月亮”作为一种美的事物的象征，把儿童寻找月亮的过程比作追求美的事物的过程，从而说明了一个生活哲理：只要人们不懈地追求，美的事物一定能找到。全文将哲理蕴含于形象的画面之中，富有耐人寻味的艺术效果。

# 拣麦穗

## 作者简介

张洁（1937—），女，辽宁人。小说家。著有长篇小说《沉重的翅膀》，小说散文合集《爱，是不能忘记的》，散文集《在那绿草地上》等。该文见《中国现代散文欣赏辞典》，汉语大词典出版社 1990 年版。

## 艺术赏析

《拣麦穗》虽是一篇回忆童年生活的散文，但却具有浓郁的人生哲理意蕴。文章叙述的是一个老汉与一个小女孩的故事。一个生长在农村的小女孩，由于生活的贫困，自小便开始拣麦穗，以换来的钱攒嫁妆。然而，女孩实在太小，根本不知嫁人是怎么回事。当人家问她嫁谁时，她竟回答嫁给卖灶糖的老汉。这是多么天真可笑而又真实自然的念头啊！这个念头对于一个四处飘走、寂寞艰辛的老汉来说又是一个多么开心、多么温馨的趣事。岁月日渐流逝，一老一少之间竟开始了纯洁动人而又没有任何希求的真诚交往。老汉真心疼爱小女孩，小女孩对老人越来越依恋。可是，终于有那么一天，女孩再也没有等到卖灶糖的老汉，老汉离开了人世。故事就这么简单，但它却扣动着人的心扉，使我们禁不住为失去这样一位慈爱老汉而惋惜，为失去这种无私真诚的关心和爱护而长叹。文章以传神的艺术描写，表达了作者企盼沟通人心、渴想纯洁的友谊和温情的真诚愿望。

## 那　树

### 作者简介

王鼎钧（1927—），台湾当代散文家，原籍山东临沂。主要散文集有《人生三书》《人生观察》《长短调》等。该文见《中国散文鉴赏文库》（当代卷），百花文艺出版社 1993 年版。

### 艺术赏析

《那树》是一篇借物抒情的散文。在作者饱蘸感情的艺术画笔下，“那树”是美的象征，是作者热爱自然情绪的形象反映。但是，就是这样一棵树，也同样惨遭疯狂的现代社会的野蛮伤害。因为发生车祸，交通专家宣判了那树的死刑。在文章中，作者采取拟人化的艺术手法，痛心地描述了屠杀这棵树的情景：“电锯从树的踝骨咬下去，嚼碎，撒了一圈白森森的骨粉，那树仅仅在倒地时呻吟了一声。”这是多么残酷的事情啊！作者把自己内心的痛惜情绪寄托于老树，借老树发“叹气”之声，对破坏自然环境与生态平衡的恶劣行径，进行了痛斥和呐喊。这种“物我与也”的境界，可以使我们清醒地感悟到：可悲的现代人啊！不能再摧残美好的大自然，摧残它们无异于自杀，把自身送上末路！

## 珍珠鸟

### 作者简介

冯骥才（1942—），北京人，原籍浙江慈溪。当代作家。著有散文集《雾里看伦敦》《珍珠鸟》，中篇小说《啊!》《神鞭》《三寸金莲》《阴阳八卦》等。该文见《中国现代散文欣赏辞典》，汉语大词典出版社 1990 年版。

## 艺术赏析

《珍珠鸟》是一篇叙事抒情浑然一体的精美散文。全文故事简单，但写得层层深入、引人入胜，且富有独到的社会人生哲理，即：“信赖，往往创造出美好的境界。”人与物是如此，人与人，社会与社会，国家与国家莫不如此。文章开头以“真好”两字直接拉开故事的序幕；同时亮出作者的喜悦之情，并交代珍珠鸟的由来及珍珠鸟的特性——“怕人”等。这看似顺理成章，是非常自然的几句开场白，其实却有为后来人鸟友好的结局作反衬的用心，造成前后对比的效果。可见，文章的“头”开得不同一般，醒目、简洁、明快。接着，作者顺水推舟，一次一次讲述“我”对珍珠鸟的悉心照料，使鸟觉得“安全”、“亲近”、“可靠”；同时又一次次地交代鸟对“我”的反应：它起初还有些敌意，不敢出笼，离“我”较远；后来胆子渐渐大了，离“我”越来越近；最后竟落到“我”的肩头上睡着。全文写的就是人鸟交往这一趣味盎然的过程。鸟对人由陌生变熟悉，由敌意变亲近，终于消除了顾忌，彼此互相信赖。于是作者水到渠成地得出了“信赖，往往创造出美好的境界”的结论，阐明了自己深刻的感受，干净利落，促人思索，耐人寻味。

# 春天的梦

## 作者简介

苏叔阳（1938—），河北保定人。小说家、剧作家。著有话剧剧本《丹心谱》《左邻右舍》《家庭大事》，长篇小说《故土》等。该文见《中国现代散文欣赏辞典》，汉语大词典出版社 1990 年版。

## 艺术赏析

《春天的梦》是一篇忆春惜春咏春颂春的心灵之歌。面对雪花飘飞、黎明静寂的窗外景色，作者触景生情，神游于春的梦幻世界。于是一支咏春之曲首先飞入读者的心灵之窗：小草萌生了，枯枝吐芽了，绿色与鲜红又诞生了，生命与世界又蓬勃起来了……作者深情赞颂这大自然的春天。同时，梦幻的思绪由此又飘回到往昔峥嵘的岁月，飘回到了 1949 年前那“人生如梦”的时代，飘回到那 20 年后“我”受“脱胎换骨”教育的时代，飘回到那“一个巨人的长睡”的当年，那时“我”在梦中是如何焦渴地呼喊着春天啊！三个回忆使人们更清晰地看到作者当年是如何做着“春天的梦”，心里是如何向往着美好的明天。在这里，大自然的春天被赋予了“社会历史人生”的内容，一语双关，含义无穷，既给人们希望和鼓舞，又促人沉思和默想。“然而春天毕竟来了”，春天的梦毕竟没有辜负人们对它的期盼。文章又回到了现实的春天，通过现实与回忆的对比，作者热爱春天的激动心情得到了强化，热爱美好社会、憧憬隽妙人生的愿望得到了升华，淋漓尽致地表现了作者心中那个春天的梦。

## 春　风

### 作者简介

林斤澜（1923—），浙江温州人。小说家。主要作品有剧本集《布谷》，短篇小说集《春雪》，小说散文集《飞筐》和《山里红》等。该文见《中国现代散文欣赏辞典》，汉语大词典出版社 1990 年版。

### 艺术赏析

《春风》是一篇别具风采的散文佳作，作者写春风，不仅以比较的手法活脱脱地描摹出北国春风的情状，勾勒出南国春风的特色，而且善于抓住南北春风的明显特征及它们的细微差别，用简洁、形象、传神的笔墨把本来无形无情的春风描绘得形神毕肖，情采飞扬。你看，南方的春风“抚摸大地，像柳丝的飘拂，体贴万物，像细雨的滋润。”作者恰当运用了拟人、比喻的艺术手法，使南方春风轻柔绵密的特点跃然纸上。再看北国的春风，作者从多种感觉加以描写。先写听觉：“呜呜吹号、哄哄呼啸”、“轰的一声”、“撒拉撒拉”；再写触觉：“扑在人脸上，如无数的针扎”；也写视觉：“飞沙走石”，麦苗“返青”，山桃“鼓苞”等。这样，北国春风神威及“粗暴”的性格使人感同身受，仿佛有如临其境的感觉，印象颇为深刻。作者在对照中来描写南北春风，从而把两者鲜明的特点刻画得淋漓尽致。最后，文章以“怎不怀念北国的春风”作结，化用白居易的名诗句“能不忆江南”，显得自然妥帖，有力烘托了作者对北国春风的喜爱之情。

## 埃菲尔铁塔沉思

### 作者简介

张抗抗（1950—），女，浙江人。当代作家。著有小说《红罂粟》《塔》《隐形伴侣》及散文集《橄榄》《地球人对话》等。该文见《张抗抗散文》，人民文学出版社2009年版。

### 艺术赏析

《埃菲尔铁塔沉思》是一篇文笔细腻、风格别致的散文，描写的是作为欧洲工业革命的丰碑、作为巴黎象征的埃菲尔铁塔。文章将作者登塔过程那丰富细致独特的情绪感觉与多变的观察视角、奇幻的想象和比喻糅合在一起，详尽地描绘了塔的高大形象。你看，作者登电梯便感到地面迅疾地脱离脚跟，“向一个无底的深渊坠落”，“巴黎城也在庄严地降落”，它疯狂地钻入地底。作者以生花的妙笔，细述登塔过程每一瞬间的感受，或实写内心情绪，或虚写真实的幻像，时而感到眩晕，时而感到惧怕，时而感到透不过气，时而感到悬浮空中，无可呼救，把登塔过程渲染得如同梦幻一般，简直使人瞠目结舌，以致不得不相信塔之雄伟奇峻了。作者还以沉思的笔调把登塔过程的独特体验上升为一种深邃的人生哲理，如作者写道：“人到达过那样的高处，对地面便有了淡漠；人有过那样的恐惧，对安全便有了蔑视；人走近过那蓝色的梦想，又不得不回到原处，便尝到探险的悲哀。”这种描写，使人津津有味地瞻仰高大铁塔的同时，又享受到了耐人寻味的哲理启示。文章的境界由此得以升华。

## 山

### 作者简介

林非（1931—），江苏海门人。当代评论家，学者、散文家。著有《鲁迅传》《访美归来》《治学沉思录》《读书心态录》《林非散文选》《鲁迅与中国文化》等。该文见《林非散文选》山东文艺出版社。

## 艺术赏析

《山》是一篇情理兼备的优美散文。这篇散文描述的是作者童稚时一次爬山的经历以及母亲的叮咛对“我”一生的教益。文章以“山”为象征，把“山”作为人生追求的一个崇高目标和人生奋斗所要克服的一个个困难，把母亲对“我”爬山的鼓励喻为鞭策“我”拼搏人生，攀登事业高峰的教诲，催促着“我”几十年来无时无刻地不断前行，从而，既缅怀了母亲对“我”深深的抚爱、热切的期盼和永远的鼓舞，又抒发了“我”对母亲刻骨铭心的思念之情。“我”对母亲情深似海，母亲对“我”恩重如“山”，使文章中的“山”蕴含了多层象征含义。纵观全文，作者将母子之情与人生拼搏的哲理交融于一体，扣人心扉，催人奋进，具有较强的艺术魅力。

# 夜之歌

## 作者简介

郭保林（1946—），山东冠县人。当代散文家。著有散文集《青春的橄榄树》《五彩树》《绿色的童话》《郭保林抒情散文选》《一半是蓝，一半是绿》《郭保林游记选》以及小说集《远山的雾》，长篇报告文学《高原雪魂——孔繁森》等。

## 艺术赏析

《夜之歌》是一篇情理兼备的优美散文。全文以满含抒情的语句，讴歌了神秘静谧的夜色，表露了作者特定情境中的一种特有的人生体验。作者写“夜”，始终从自己独特的心灵感受出发，时而把它涂上一层纯净、无瑕、优雅的色调，时而把它赋予温柔、可爱、俏皮的生命色彩，时而把它比作圣洁、崇高、舒展灵魂的精灵。在作者笔下，“夜色”是作者心灵情绪艺术外化的图景，也是作者人格的投影，人生追求的见证和象征。透过这曲夜之歌，我们可以窥见作者曾饱受生活的艰辛但仍孜孜追求的坚毅倔强的心灵，那种不与混沌和庸俗为伍的纯洁的人格，那种敢于跨越生活的栅栏、勇于开拓的顽强的人生境界的精神。纵观全文，作者将夜景描绘和人生哲理融合一起描写，尽情讴歌“夜景”的同时，抒发自己的肺腑之情，使情景理韵交相辉映，耐人寻味。

# 朱自清《房东太太》赏析*

《房东太太》是《伦敦杂记》中以写人为特点的散文佳作。《伦敦杂记》主要是记叙英国的文化、人情、风物的；写人物的性格，写人物命运的变化，《房东太太》也许是仅有的一篇了。文章头一句就把主人公歇卜士太太性格的主导面呈现在我们面前。她“没有来过中国，也并不怎样喜欢中国，可是我们看，她有中国那老味儿。她说人家笑她母女是维多利亚时代的人，那是老古板的意思；但她承认她们是的，她不在乎这个。”文章第四自然段开头说：“道地的贤妻良母，她是；这里可以看见中国那老味儿”。可以说，全篇围绕“中国那老味儿”多侧面的对房东太太的性格进行了具体而生动的描画。她饭厅的摆设，她滔滔不绝的谈吐，她带规律性的近于封闭式的生活方式，她待人接物竟有那么多的繁文缛礼，她的守旧的婚姻观，她对子女的严格约束，以至在细小问题上她的敏感和多心，等等，这些方面写尽了，写活了她的迂腐气，古板味；但她性格中还有另一面，她面临家庭巨大的变故（丧夫失子）和经济急速破败，她内心充满了痛苦，但不绝望，她在挣扎中坚忍地支撑着这个家。“押房子，卖家具等等，都会告诉你。但是只高高兴兴地告诉你，至少也平平淡淡地告诉你，决不垂头丧气，决不唉声叹气。”这是何等的坦诚，岂止于坦诚，坦诚中包含着带有苦味的生活信念！她唯一心爱的儿子死于大战快完的时候，无疑是她“最伤心的”。她先是“迷迷糊糊过了好些日子”，后是全家逛意大利旨在“解闷儿去”，特别令人震动的是“该领的恤金，无心也不忍去领”！她对于儿子的死所表现的刻骨钻心的悲痛，是如此不露声色，如此深入内心！歇卜士太太的古板中还蕴含着丰厚的人情味。圣诞节晚上，照例该吃火鸡。她手头颇窘，却卖了几件旧家具，买了一只二十二磅重的大火鸡来过节。晚餐桌上“听见厨房里尖叫了一声，她忙去看了，回来说，火

---

* 本文原刊于《朱自清名作欣赏》，北京：中国和平出版社，2007 年。

鸡烤枯了一点，可惜……她可惜的是火鸡，倒不是家具；但我们一点没吃着那烤枯了的地方。”这里，她想的是圣诞之夜让客人吃烤枯了的火鸡多不好！这段充满风趣的描写，活现出她为人的真诚，一点马虎不得。作品以更多的篇幅叙写她同女儿相依为命的种种情景。丈夫和儿子死后，“小姐现在是她唯一的亲人；她就为这个女孩子活着”，她把全部的爱给了自己的女儿。先生死后，她的学生爱利斯很爱她，几次想与她结婚。可她执意不嫁，这固然是他们之间的兴趣爱好不一样，但还有一个重要原因是为了女儿，她有充分的思想准备，无论怎么穷也不嫁了。她对女儿婚恋的“提心”，也是从这种爱心派生出来的。

朱自清在1943年3月回忆《伦敦杂记》的写作时提到：歇卜士太太是他的“忘年朋友”，她的风趣增加了作者在异国旅居的意味。由于作者了解她，喜欢她，对她保持着鲜活的记忆，因此一个有人情味的有性格的房东太太的形象被逼真地刻画出来。

我们初读《房东太太》可能会感到它写得不集中，有些散了。但是只要您细读两遍以后，就体味到作者作为散文大家的功力了。全文十一自然段，直接写房东太太的篇幅与间接写她丈夫、儿子、女儿，写她的女仆，写她的形形色色的房客的篇幅相比，后者多得多，但绝不是可有可无的笔墨。这就是常说的形散神不散。作者在《房东太太》中既放得开，又收得拢，间接所写，都是为了刻画主人公的性格，或从侧面丰富主人公的精神世界。

《房东太大》成为散文佳作，同作者的有意追求“谈话风”的艺术表现是分不开的。

我们读《房东太太》，如同听他说话一样感到自然、活泼、质朴、亲切，富有现代口语的韵味。

# 郭保林散文艺术论*

郭保林是新时期散文作家队伍中实绩丰硕且有特色的一位，已连续在人民文学出版社，作家出版社等推出近十部散文集，以其执着的探索勇气和创新精神颇受评论界及读者的青睐与关注。在此，我们立足于新时期散文创作的背景，针对他作品中具有独创性意味及普遍性意义的散文艺术个性进行剖析和评价，在透视“这一个”的同时，兼及对新时期散文艺术发展的某一侧面作些思考。

同新时期许多作家一样，80 年代思想文化的开放与活跃，使郭保林直接受到了中西古今文化的浸润，获得了丰赡的文化修养和开阔的文化视野。他亲身体悟到传统文化对生活潜移默化的制约和规范及现代科学、现代哲学对生活的渗透和影响。正是通过力图恰切表达这种复杂的现代生活的大量散文创作实践，郭保林才相应地对现代散文艺术逐渐取得了自己独特的理解。他将散文置于现代化的思想文化背景下，从本体论的高度探索其艺术特征，不再仅仅把散文艺术视为结构、语言、修辞等写作技巧层面的东西，更把它作为一种独特的掌握世界的方式和审美表现精神。在他看来，散文可以“多主题，多层次，多侧面地反映生活”（《文学评论家》1992 年第 5 期：《散文的文体创新》），散文作为一种与韵文相对应的散行文字，其形式结构决定了散文的最大优势在于可以最大限度地描述出生活的本真状态及最为自由地传达出生活中无限延伸的散化结构。他追求的是散文对社会人生的全方位展示和深层次表现，以拓展散文的审美艺术观念，他的散文因此很快就能摆脱过去“武器文化”、“工具论”及表现“时代侧影”说等散文旧观念的束缚，在表现空间与表现形式上取得了新的开拓。不仅有重大题材的描写，更有日常生活世态人情的表现；不仅立足于齐鲁大地、蒙山沂水，骋目于草原、海洋、

* 本文系著者和研究生吴秀亮合作撰写，原刊于《郭保林游记选·附录》，北京：中国文联出版公司出版，1995 年。

森林、长江、大漠等，而且也沉静地观察人生百态，思索人情物理及宇宙历史社会的奥秘。生命、自然、人，这些曾一度被忽略的主题在他的散文中不仅占据沉甸甸的分量，而且还得到了新的挖掘和表现。他也不再像过去那样仅仅以政治嗅觉描写这些艺术对象，而是畅通一切审美感官，从文化、心理、历史、伦理等多角度多层次加以透视。生命意识与宇宙意识、宏观世界与微观世界，历史嬗变与现实思考复线交叉共进，于共历时空的表现中拓宽散文的思维空间。于是，审美创造的自由与超越感在他笔下升腾而出。他的散文也因而较快地冲出了过去封闭式文化氛围及思维机制带来的种种框框和格套，不再拘泥于“借景抒情”或“托物言志”的叙述模式，不再着意于“起承转合”、“首尾照应”的惨淡经营，也不再套用物（景）—人（情）—理（意）的三段式构架方法，而是按照自己审美个性及审美表现的需要，拆碎它、点化它，把它纳入自己独特的审美艺术结构之中。正是这拆碎了再重建的艺术气度与眼光，我们发现郭保林正向古典式散文艺术观念告别。他的企图，是使散文的审美触角穿过时代理性的屏障，触及理性世界下面的诸多混沌的生命感性形式，捕捉瞬息万变的生活氛围与意绪飞流，恰切表达社会深层的潜在生活形态及广阔的时代历史图画。郭保林的创作潜能至此得到解放，并与日俱增，终于开辟了一块“自己的园地”。

思维空间的拓展，散文艺术观念的更新使郭保林散文的审美追求与审美风格走向开放和多样化。如果说，美是关于生命存在形态及其如何超越的沉思，那么我们从郭保林散文关于生命存在的意义与形态的描写中可以领悟其深层审美追求。在那里，有如《风也清清，月也清清》一文中的凄清的初恋故事，忧伤而美丽，苦涩而透明；也有如《远山的倾诉》一文中深沉而执着的乡情描写，充满期待、忧患和苍茫的酸楚滋味；还有如《海之梦》一文中关于人生追求的展露与抒发，显得豪放、旷达与壮阔。优美与壮美、静谧与辉煌、雄浑与空灵、崇高与潇洒、粗犷与细腻、执着与超脱多种美学色调就这样复合于其散文创作之中，形成了斑斓而和谐的艺术境界。最能体现这一复杂美学追求的莫过于其散文集《有一抹蓝色属于我》（作家出版社 1991 年）中关于蓝色的描写。蓝色意象的反复呈现实际上折射出了作家自觉不自觉的人格追求审美理想。他说：“我追求那片蓝色，蓝色的纯净，蓝色的高雅，蓝色的热烈，蓝色的旷达……”（《海之歌》）作家对蓝色有着近乎本能的喜爱，所以，在他笔下，天空、大海、山林、原野是蓝色的，青春，爱情、人生、理想也是蓝色的。郭保林对蓝色如此偏爱，原因自然是多方面的：作家自幼生性酷爱幻想，常常独自沉浸于自然之中做着蓝色的梦；多愁善感的青春时节，又适逢那个荒唐的时代，一颗需要爱的寂寞心灵，常常受到刺激因而产生了蓝色的忧郁；走向社会后，因未洞明人情世故而常使心灵受到世俗偏见的袭击，产生了蓝色的孤寂与苍茫等等。显然，蓝色是作家复杂心态的折射之光，它已融化在作家的感觉、记忆、想象与情绪之中。如果从色彩学的角度看，蓝色是一种清淡的寒色调，带有淡淡的忧郁和悲哀的情感意味。作家喜欢写蓝色，正是他对凄清、忧怨、悲戚等阴柔美学风格的自觉不自觉认同。但是，蓝色唤起他心灵共鸣的又远非其色彩学象征内涵所致。从蓝色的表现空间与存在形态角度看，天蓝与海蓝无疑是两种最基本的形式。作家喜欢蓝色，更多地与这两种形态相关。面对海蓝的空旷，他感到刚毅与豪壮的美；面对天蓝的苍茫，他感到宏阔博大的美。这种以怆然为主调的阳刚之美也正是作者所追求的。至此，我们可以明白郭保林散文世界中神秘复杂的蓝色意蕴了：这既是他生命理想形态的追求，又是他审美理想风格的追求。他一面认同于清淡、宁静与悲戚的生命存在形态及美学倾向；一面又向往旷达、奔放、怆然的人生存在方式及美学格调。如果说前者更多地表现为阴柔之美，那么后者更多地呈现出阳刚之气。悲戚之美与怆然之美在郭保林散文中互为渗透，两者共融复合为悲怆美。悲怆美的追求，使他的散文充满了悲剧意识，并成为其作品的一种突出的艺术个性。

在描写青春与爱情的散文中，如《幽幽小巷，郁郁小巷》《紫罗兰，我的紫罗兰》，体现的是爱的悲剧意识。作家书写的往往是美好的爱情追求不能实现的苦涩，无法实现的爱又无法忘却的痛苦以及追求永恒之爱的艰难，从中显示出人生无可回避的悖论与冲突。但是作家的思考并没有仅仅停留于这种古典式悲剧意识的层面，而是把它上升为现代式悲剧意识的高度，不但不回避由爱而产生的痛苦，而且还咀嚼它，回味它，从咀嚼中吸取战胜痛苦的力量，因而获得对痛苦的超越，并得到了自由的审美快感，强化了生存的意志，走向更高的生命形态。悲剧意识由此得以升华，散文的内涵也由此更富有力度。

在自我抒怀的散文中，又表现为人格分裂的生命悲剧意识。作品中的

"我"把自己关闭在艺术世界中，恰有回避世俗世界的意味。他说，"我喜欢一个人呆着，喜欢心无束缚，我常常在寂寞里度过自己的日子"（《自己的太阳》）。他的生活就这样，是属于两重世界的：世俗世界与艺术世界。在世俗世界中，率直的秉性常换来心灵的创伤，为保护自我，不得不掩饰点真情，不得不加以设防，压抑"自我"。只有在艺术世界中，自我才得以恢复原貌，可以自由而真实地坦露自我，抛却尘世的烦恼。这种人格分裂的悲剧意识触及了对生活中不正常生存状态的思考，暗含对人性全面发展的价值的肯定和追求。把司空见惯的几乎是无事的悲剧引入散文创作领域，这无疑拓展了散文的审美艺术空间，增强了散文对社会生活的审美感应力。

在回忆与表现乡土生活的散文中，则表现为社会历史的悲剧意识。《散落的音符》一文，作者描写了两起生命的悲剧：一位桃李满天下的教师，被打成牛鬼蛇神，终于在一个大雪纷飞的黎明吊死；一位被村干部污辱过的少女，在风雨交加的夜晚投水自尽。作品展示了有价值的东西的毁灭及美好正直的个性及"文革"时不正常社会生活氛围的冲突，但又不止于这一悲剧意识层次。作品还触及到了历史上"恶"对"善"进行践踏的存在可能，并显示出以理性的态度正视历史前进中的牺牲和痛苦的果敢和坚毅。散文因此而具有强劲的思想冲力。

在新近撰写的草原系列和长江系列散文中，悲剧意识及悲怆之美得到了更为自觉的追求。它们被视为一种大美、大境界，一座值得无尽探索的艺术高峰。在《草原无标题》《我在草原上追赶落日》（分别被《散文·海外版》转载）等文中，苍凉壮阔的自然描写、遥远古朴的历史风韵、悲怆曲折的生命历程无不一一显示出人类背负苦难缓缓前行的沉重与壮观。诚如冯牧先生的评论所指出的："对于自然美和生活美他还有着自己更深一层的思考和探索，他寄深情于乡土、山川、草原与大漠，同时也寄深情于历史；他时时追求着一种苍茫浩渺的历史感，豪迈、激越、高昂乃至于悲壮的感情，流溢在他许多作品的字里行间，成为他作品的主调"（冯牧：《读郭保林的散文新作》《文艺报》1994 年 5 月 28 日）。这从一个侧面肯定了郭保林散文创作悲剧意识和悲怆美追求的成功。

中国传统文学向来讲究和谐之美，缺乏自觉的悲剧意识。作品中即使有悲剧的描写，也往往是合乎"礼仪"、"哀而不伤"的"大团圆"式结局。这种现象直到五四时期才有所改变。五四时期从理论和文学实践中两方面确立了悲剧的审美价值。然而一个不可否认的现象是，悲剧创作主要集中于小说戏剧领域。在散文创作中，除鲁迅等个别作家外，当时人们对悲剧意识创作自觉追求的似不多见。到了“十七年”文学时期，整个文学界悲剧意识曾昙花一现，随即几乎销声匿迹。唯其如此，人们至今对散文的悲剧意识缺乏足够的重视。其实，生活本身就存在悲剧，以切近生活见长的散文对此就无可回避和漠视。相反，散文讲真话、抒真情，就必须有直面生活悲剧的勇气。“十七年”时期的散文之所以在情感上显得浮夸，从审美角度看，无疑与剔除悲剧意识相关。所以，当今散文要向纵深跃进，就须强化散文的悲剧意识，使散文发挥净化心灵，促人自醒的审美功效。这种审美功效绝不是消极与悲观的，而是深刻悲壮与积极的。郭保林把悲剧意识作为一种超越技巧层面的散文艺术，使他的抒情散文一定程度上揭示出了蕴含于生活背后的深沉内涵，获得了一定的思想深度的审美境界。

与艺术思维的解放及散文审美风貌的多样化相应，郭保林散文的艺术表现方法也呈多色调，表现为：“泛化”与“诗化”手法的交互作用与统一。

所谓“泛化”手法，归根结底是一种实现散文本体追求的基本表现方法。它以发散性思维及灵动朴素的表达手段最大限度地发挥散文审美创造力为目的，自由与自然地描写是它的两个根本特性。在郭保林散文中，这种“泛化”手法是作家自由心态的流露，它首先表现为对生活氛围及情绪感觉逼真而细腻的描写。作家调动一切感官并运用比喻、拟人、通感、意识流、梦幻、内心独白、意象选取等文学表达方法，精微逼真地表现“最瑰丽的杂乱无章”的生活体验和情绪波动。他的散文往往能表达出心灵深处最精微的轨迹，把模糊得连自己也说不清道不明的心灵呓语活脱脱地呈现在读者面前。且看他写大海时的情绪：

> 我常常迎着积蓄了一夜的海风，踏着湿漉漉、软绵绵、刚刚退潮的海滩，走近海，走近视野开阔的蓝色原野，走进自然，给我坦荡与旷达，赋予我深远与苍茫，敞开心扉，接受海风庄严的洗礼，接受海蓝和天蓝宗教般圣洁的净化，用心体味一个人在自由天地奔驰的想象和豪情（《海之梦》）。

茫茫海涛使他视野顿时开阔，一种回归自然的坦荡与深远感油然而生；

海天相接的苍茫极目处又使他感到心灵接受宗教般圣洁的净化，并产生在自由天地驰骋的洒脱与旷达；借黛蓝色起伏的波涛又使他心中燃起激情的火焰及壮阔雄沉的生命律动，产生藐视生命中一切猥琐与狡诈的超脱的圣洁感。混沌无序的心灵烟波就这样得以层层剥示，充满丰富而生动的感性艺术魅力。歌德曾说过，“艺术的最大难关即在于对特殊的具体的掌握”，郭保林散文能自如地表现某一瞬间某一情境丰富而微妙的内涵，正得力于其“泛化”的散文艺术手法。其次，“泛化”手法还表现为且行且述且思且议及融汇其它艺术门类种种艺术手段的开放性表现方法。这是作家对散文本体“自由”精神的实践性弘扬，其结果使散文叙述功能直接获得了“解放”。阅读郭保林散文，时时可见自由自在、无拘无束的描写，自由地感受、自由地抒情、自由地叙述、自由地议论及自由地创新在这里并非神话。从叙事角度看，他的散文往往以心灵独白或以抒情主人公“我”与抒情对象“你”对话的方式直接坦露内心，或追忆或倾吐或感叹，将“我”见“我”闻“我”思“我”感娓娓道来，行于所当行，止于所当止。不仅如此，为加强散文审美表达能力，郭保林还汲取了音乐、绘画、电影等其它门类艺术的表达手段。在他的作品中，时有音乐旋律般的情绪流动与节奏感。一个个生活意象及情感符号犹如错落有致的音符，依情绪波动而组合为张弛有序的旋律，成为一个纯净透明的散文片段。多个片段集合交叠，则组成一篇集合式散文，犹如一部多声部合唱。就此而言，郭保林散文是用文字表达的音乐。这与他对散文音乐美自觉不自觉的追求是分不开的。在《远山的倾诉》中作者写道：“如果生活是音乐，那么它就是音钟。在人生的道路上，迈动的两腿就是音锤，它每一次敲击都是感情的共鸣”。他把生活视为音乐，把人生每次变化的结果视为感情的音符，于是生命的每一段旅程便是一曲旋律，记成文字即为散文。正因为音乐化的思维渗透其中，所以其作品善于敏锐地发现潜藏于生活背后的情感因素，流溢出浓郁的抒情音乐美。与此相应，“诗如画”境界同样受到作者重视。“诗中有画”、“画中有诗”曾是中国文学美学的一古老命题。郭保林将之融入自己的散文创作，使作品呈现出层次分明的质感。且看《我在草原上追赶落日》中的一个片断：

塞外草原初降的黄昏，很浪漫，很诗，也很古典。西天边随意地拖着几缕桔黄、瑰红、绛紫，其他地方依然很蓝，蓝得纯真，蓝得寂寞，也很苦，那色彩尚未浸淫草原，草原依然苍绿。草梢上细风的脚步踝蹬，草丛间虫蝶扑翅浅浅，天地间万籁无声，偶有牧笛和牧歌轻轻滑落草丛，又被无边无际的静湮没。

作者抓住景物的个性，先从大处着眼，以浓烈的色彩泼墨挥毫，棱角分明地展示塞外草原黄昏的主要特征；再从小处勾勒，以微风草屑的蠕动反衬草原的巨大空旷和静谧。有声有色，有静有动，有远有近。郭保林散文借用绘画表现方法，更多的是吸取其中的调色和布局之法，以求达到“状难写之景如在目前”的视觉效果，栩栩如生地展示事物近乎本真的原生状态。这也是其作品“泛化”艺术手法的有机组成部分。

与“泛化”的散文手法相对，郭保林散文也运用了“诗化”的表现方法。这是作家开放的艺术胸襟和探索勇气的鲜明体现。散文的诗化问题近些年在散文界似乎有回避谈论的趋向。人们提起诗化，往往会联想到散文艺术表现中借景抒情的一套固定模式。特别是“十七年”时期的抒情散文，“诗化”手法被捆绑于沉重的“载道精神”之下，个体意识淡化，更造成了“诗化”手法模式化公式化倾向。基于此，新时期散文界对散文的“诗化”艺术讳莫如深。无疑，这是一种因噎废食的偏见。如果辩证地去看，“十七年”时期散文的“诗化”运动还促使了散文由通讯式客观记叙体向主观抒情体制的转变，并取得了一批较为优秀的抒情散文佳作。当时散文“诗化”手法之所以会走向模式化公式化，其原因并不在于“诗化”本身，而是由于当时特定封闭性功利性的文化思想艺术氛围的束缚所致。一旦这样的文化氛围消退，“诗化”艺术在抒情散文园地里势必会显示其本身应有的魅力。想当年，现代优秀散文家鲁迅、朱自清、郁达夫、徐志摩、何其芳等人散文创作都无不借助于“诗化”艺术。只要拥有开放的文化心态和开阔的思维眼光，把“诗化”艺术融化于自己独特的审美个性之中，汲取其精髓，那么“诗化”艺术则永远有益于抒情散文的发展。郭保林的散文创作即是如此。他并未把“诗化”艺术仅仅作为技巧层面的模式化的唯一抒情方式，也没有拘守于过去散文“诗化”手法的一套严密格式，而是站在当代新的哲学文化思想的高度，随自己内心意绪的变化及散文表达的需要，适当地点化运用它，汲取其基本精神。因此，在他的散文创作中，“诗化”艺术更多地着眼于整体艺术氛围的追求而不是拘泥于情景交融、托物言志等抒情模式。这首先表现为散文的超越精神。超越精神是诗化的本质之一。郭保林散文追求这种诗意的境界，在切近现实生活氛围的描写中又升腾出超越现实的诗性折光。他一遍遍地写初恋的真诚圣洁和痛楚忧郁，但处处又显示出经过时间理性过滤后的淡雅超脱，于是，一种美丽的超越于一切现实存在的诗意油然而生，其神奇的力量鼓舞人们对美的王国进行执着地寻觅。他写乡情，沉思沂蒙山老八路血火烧铸的故事，回味沂蒙山父老用硬如山石的大手挣扎着生存及愚昧腐败的封建沉渣不时泛起的现实，可谓本真而纯朴。但其间却内蕴着一股诗意的激情，暗含着对愚昧的拷问，对文明的呼唤，对故乡美好未来的期待及对栖息灵魂的精神故乡的苦苦追寻。一个诗性的乡梦显得幽邈苍茫而深远。在这里，作品既正视现实人生，又希冀超越现实人生，希望人们诗意地栖居于这片大地。其次，“诗化”艺术还表现为对散文情韵美的追求。所谓情韵美，即是指散文于情感的抒发中又蕴含一层别有况味耐人咀嚼的韵味，它犹如陈年老酒一般，让人觉得有醇醇绵长的微醉之意。郭保林散文往往有许多怀旧与回忆的成分，它表现的是久藏于作家心灵中的生命体验，其情感事实上是经过重新复合后的产物，既有过去的情绪记忆，又有经过时间理性过滤后的现实情感的投影，因而作品脱离了单纯与浮泛，常显得深沉多味，富有浓郁的情韵美。如上所说的乡土散文，既有童年身处其间温馨而酸楚的家园记忆，又有如今离开家园后以城市人眼光返顾家园的幸福、不安和焦灼，还有寻求理想精神家园以安息飘泊灵魂的茫然与执着，更暗含着对城市现代文明的历史肯定及城市文明另一面——即异化人性一面的批判与谴责，于多重情绪的交织中蕴含着令人深思的内涵，其作品流溢出浓郁的情韵美。再次，“诗化”艺术还表现为对生命诗境的敏锐把握。郭保林散文常有一个个充满禅意的生命瞬间和场面，它们以直觉式的顿悟方式折射人生的意义和生命的本质，或是青春刻骨铭心的瞬间记忆，或是大自然中震撼心灵的一刹那。如《生命与爱的五个横断面》中的一声呼唤、一个微笑、一双眼睛等；《月浴》中天地大美、美而无言的场面。在这特定的生命诗境中，散文浓缩了丰富深邃的文化哲学内涵，它有时是只可意会不可言传的，让人们无法说透。从艺术思维角度来看，这种对生命诗境把握的“诗化”方式其实是对物物间多重关系的解悟，它突破了单一写实抒情等线性思维的局限，以象征、暗示等方式通向人与自然、生命与宇宙等的主体观照。吟咏自然、参悟生命是郭保林散文一个重要主题。作者在与自然的体悟交流中，追寻生命的无尽奥秘及人与自然关系的永恒命题。正如他自己所说："人有时会以某种心境，去向大自然寻求共处的默契。"他从中寻到的是人性变异的原因、大自然神秘的生命力及一种原始复苏的本能和本领等等。其深层则处处显示出对现代人生存方式的思考：既要走出自然、沐浴现代文明；又须回归自然，重新寻求人与自然的平衡，使变异的人性得以复归。这种对生命诗境敏锐把握的诗化艺术手法给作品带来了妙悟空灵的哲学内涵，有别于一般纯粹的写景文章。

"泛化"与"诗化"艺术在郭保林散文中交互运用，互为渗透，整体综合为一种多样化开放性的表现方法：既有意识流、心理变形等现代派技巧，又有写真实录、意象营造等传统文学手法。作家以之或表达对当代现实生活的思考或展示人丰富的内心世界，有时甚至深入人的潜意识深处，显得灵活自如而又自出机杼。看得出，郭保林散文充溢着强劲的现代意识，但是他现在思索更多的却是如何艺术地传达现代意识。他写现代人的心态及改革生活，并不用通讯特写体制急于去摹写，而是将它纳入自己的思维与感觉中来，通过"诗化"与"泛化"交互作用的艺术手段进行审美传达。如何艺术地表现当代生活及现代意识是散文界的一个令人困惑的问题。特别是如何用抒情散文来揭示时代的矛盾及某些落后阴暗的社会现象，这在五四以来的抒情散文（或称艺术散文）中确是不曾多见的。郭保林直面人生、直面现实，结合自己对生活的真切感受和深入思索，以深沉的忧患意识和博爱胸怀淋漓尽致地控诉了一些不良的时代弊病和人性缺陷。如《孟良崮的回声》《岱崮山之梦》《远山的倾诉》《沂河的期待》等文，作者沉思于历史与现实之间，满怀激愤地鞭挞了生活中的腐朽与阴暗面，既以"泛化"手法叙说历史与现实的客观生活情景，又以"诗化"的描写急切呼唤对历史与现实生存方式的超越。这不但已介入了人们很少涉足的散文题材领域，而且能较好地对之加以艺术处理，显示出作者对抒情散文艺术的大胆实践和探索，其追求当别有启示意义。

当一个作家在艺术思维、审美观念及艺术表现等方面获得一种与自己个性非常默契的状态时，那么他的作品就有可能走出传统的规范而呈现出独具个性的特色。郭保林散文即是如此，这在他的散文文体方面得到集中的表现。文体，即是作品的形式，但又不仅仅只是形式。它沉淀着作家独特的思想情感方式及艺术观和审美观，而且，还深受文体历史传统结构的制约。从思想情感角度看，郭保林散文既抒写“自我”之心理曲衷，又沉思“大我”的历史内涵。他的爱情系列散文以精细的笔墨几乎触及到爱情过程中各种复杂微细的心灵波动。初恋的欣喜与羞涩、朦胧与忧愁，热恋的兴奋与激动、浪漫与深沉，失恋的痛楚与忧郁、孤寂与超脱，淋漓尽致地得以展示。他的大山系列散文则大笔如椽，气魄恢宏，在对雄壮伟岸大自然的描写中引发出蕴含于大山背后的悲怆的历史内容和凝重的生活现实。他的草原系列散文，则在天马行空般的想象中对社会、历史、人生、自然作激情洋溢又带悲怆的沉思，展露的是“路漫漫其修远兮，吾将上下而求索”的人格追求。因此他的散文既有潺潺幽幽的情绪细流，又有峻急宽阔的感情大波，这双重情感的复合构成了单纯与复杂相统一的散文情感特征。反映在文体上，即具有诗化精致美与泛化恢宏美对立统一的特征。郭保林散文文体，就每一个单篇或一个大的段落而言更多地表现出诗化的精致美。其抒情方式颇讲究艺术性，有时把情感浓缩为几个突出的意象，借助意象的反复呈现表达自我情绪，或虚实相间，或意象境浑。如《紫罗兰，我的紫罗兰》一文，作者借助紫罗兰这个意象的反复呈现，引出一次次的回忆，并且情感层层深入地得以流露，回环往复，一唱三叹，收到了诗化的艺术效果。由于作者常采用“以我观物”的视角，因此，所写景物常带上作者的情绪律动，跃动着千姿百态的灵性。在这里，一种化腐朽为神奇的艺术想象显得格外引人注目，作品处处可见灵感突发式的奔放的想象：由自然到人生，由现实到梦幻，由回忆到预言，腾挪跌宕、开阖自如，展现的是诗一般广阔而跳跃的艺术空间。就此而言，郭保林散文就单篇或某一段落来看，多半具有散文诗的性质。从总体风貌上看，郭保林散文文体又是以散文诗式的单篇为基本单位复合而成的恢宏壮丽的艺术大厦。这座大厦首先呈现出“集合式”、“系列化”的特征。迄今为止，郭保林已创作了爱情、人生、大山、大海、故乡、草原、森林、长江等八个系列的散文。每一个系列又由许多散文诗或片断构成的集合的散文。在新时期散文界，很少有像郭保林这样对集合式、系列式散文作不懈探索的，这种文体成了他散文独特个性的明显表征之一。从结构上看，这种文体是对我国古典诗词和电影蒙太奇手法的深层借鉴。许多古典诗词，如马致远的《天净沙·秋思》，讲究意象的自然并置，不借助媒介手段，任凭意象按一定的情绪、认知方式连续出现，形成瞬间的空白、跳跃与张力，产生“迷离性”、“游移性”的多义而测不准的艺术魅力。其效果，犹如艾森斯坦发现的电影蒙太奇，两个蒙太奇镜头的对列不是二数之和而更像二数之积，即整体功能大于部分之和。所以，这些系列式集合式散文，就其中的每一单篇看是一首精致的散文诗，但当他按生活流动方式、人物心态情绪等组合于一起时，各单篇之间就有了时空的切断、空白的跳跃，整体上就构成了一曲张弛有序的旋律，反映出更深厚更阔大的生活内涵。一般认为，散文由于受其形式的限制，往往不能像长篇多卷体小说那样气魄宏伟，博大精深地表现时代人生和宇宙人类的存在状态。但是，郭保林却不这样看，他的雄心，是想通过集合式系列式散文创作来冲破散文表现生活的狭小格局，以解决散文文体日益尖锐的形式与内容之间的矛盾。他的散文创作实践证明这一探索是可取的、成功的。如他已发表和出版的八个系列散文，就单个看，抒写的是生活的某一侧面：爱情系列展示了悲欢离合的爱的千种滋味和心理；大海系列抒发的是关于生命内涵的启悟；大山系列表现的是对历史与现实生活的深层思考；草原系列则于神话传说及异域情调中参悟诗、宗教、历史和哲学；故乡系列表现的是作者的怀乡情绪与人类生存的根意识；森林系列则描绘的是童话般的奇妙世界及对美丽自然风情的赞叹……这些系列组合起来，则近于一部关于时代社会心态的散文式史诗，充分体现了郭保林散文文体泛化的恢宏美。如果说诗化的精致美集中体现了郭保林对传统散文文体艺术精华的深层延续，那么泛化的恢宏美则更多地体现了其作品顺应时代呼唤，进行文体艺术探索创新的勇气和胆识。

文体，在某种意义上，是作家准确生动地传达自己生命感悟而必然采取的与之相应的话语结构方式。在共时性层面上，某一作家的文体与其他作家文体既相联系又相区别；在历时性层面上，某一作家文体又是传统文体的延续与变异。郭保林散文文体除了在共时性层面上显示出独特风貌之外，在历时性层面上也富有创造性的意味。半个多世纪以来，新散文的文体创新意识最为薄弱。这一方面是由于作为文学正宗的中国散文源远流长，拥有几千年文明历史的文化传统影响巨大，常常在思想和形式等方面制约着散文家的创新和超越意识。另一方面也由于“十七年”时期特殊的封闭式文化氛围束缚了散文家的手脚，散文文体越来越走向平面化、单一化和模式化：主题单一，技巧和形式单一、神韵和语言单一。“五四”作家开创的新散文至此几乎成为病态的“美文”。郭保林对此有清醒的认识，他说：“也许散文这种传统文体太古老了，有着沉重的因袭，改造起来太艰难，但我相信，随着时代的发展会出现新的文体来取代今天观念中的散文。"① 正因为有这样自觉的文体创新意识，所以才有自觉的创作实践，他一方面吸取了新散文的"美文"传统，使自己的散文文体具有散文诗式的精致美，另一方面又突破新散文文体一向过于零碎和狭窄表现生活的弊端，以系列集合式散文文体广泛触及现代社会的生活氛围，从自己的心灵律动折射出社会深层的诸多文化现象。这正是对传统散文文体进行的创造性转化。

作为文体重要组成部分的语言，它本身独立的美也已成为郭保林散文自觉的追求。他的散文语言大致表现为二种形态：其一，自然而朴素的"泛化"语言，这往往是散文中的叙述语言部分。它能自如地写出散文漫无秩序的生活现象，较为接近生活中的真语言，表现出开放性原初性特征。其二，是精致而富有弹性的诗化语言，也是郭保林散文语言的优势和个性所在。郭保林散文大多是艺术性的抒情散文，其语言浸润着浓郁的情感色彩，充满着灵动飞扬的弹性美。如《海之歌》一文，几乎把大海写绝了，这与作者对语言的操纵和运作密不可分。他赋予大海以生命，把静止的风景化为动态的灵性之物，于是物我交感、想象喷发，且看描写大波这一片断：

> 你那青春永生的大波，常动不息地拍打着海岸，鞭打着大陆，像母亲催促贪睡的孩子，催促它们，从蒙昧混沌中觉醒，从荒凉和枯萎中复苏。借着你的润泽，野蛮在你身边消逝；仰仗你的光波，文明的船只，从一座岛屿走向另一座岛屿。

作者睹物思远，以跳跃式的想象和比喻把大波的描写与人类文明的起源和发展联在一起，激情流注其间，哲理融入形象语言之中。于是作品语言即随作者心灵的波动而自由跳动，染上了精神智慧与生命情感，幻化出多姿的色泽，荡开了人们艺术想象的空间，且富有流动性、节奏感和文势美的特征。这与作者的气质及情绪抒发方式相关。作者是个多血质的人，多思善感又好为激动，时而于孤独与寂寞中沉静地参悟人情物理观察人生百态，时而于兴奋或愤怒中激情喷发，想象飞溅，心潮跌宕起伏，气韵错落有致。发而为文，积蕴的情感势能使文笔如行云流水般汩汩流转，势壮雄强而又富有节律。

---

① 郭保林：《散文的文体创新》，《文学评论家》1992 年第 5 期。

语言弹性效果的获得也体现了作者善于将世俗语言转化为艺术语言的文学功力。首先，作家能突破常规的日常语言的表达文法，将纯粹表现概念的语词经奇异的组合后，创造出富有多重意味和弹性空间的诗美语言境界。如《孟良崮的回声》中开头一段：

太静了。

丘丘荒冢，萋萋青草。野花开放着永恒的寂寞，苍松矗立着无尽的哀思。风在这儿收敛了翅膀，鸟儿在这儿关闭了喉咙，连小溪也不愿敞开嗓门大声喧哗……

作者突破日常生活中的正常句式，将“野花”与“寂寞”、“苍松”与“哀思”对接在一个句子之中，营造出一种凄清悲怆的氛围，并扩大了人们对这一氛围的心理反应空间，富有象征性、暗喻性的朦胧艺术效果。文笔活泼但又不太迷离，突破文法而又不致晦涩，达到了以少量的语汇表达尽可能丰富内涵的语言弹性效果。

其次，语言表达的感觉化与情绪化。过去封闭型文化氛围直接导致散文语言的沉闷与单一。沉重的“载道”压力束缚了作家情感的翅膀，语言也受理性的支配，缺乏鲜明的个体感性色彩，只满足于对所描写对象及其过程的语言复制。因而，散文语言在意蕴方面显得明晰而单一。在语言结构方面显得富有情节性和逻辑性。郭保林散文摆脱旧散文观念的束缚后，在语言方面作了较大的调整和超越。他淡化理性对语言的控制，强化语言的情绪性和感觉化，使之按情感型逻辑运行。在他的散文中，语言随情绪感觉的变化而变幻，纷呈的意象呈现出不规则的跳跃性和多变性，但在深层，却统一于情感的逻辑，其效果，往往能沟通物理时空与心理时空，现实存在与情绪意识互为渗透。散文语言因此脱离了灰色的理性羁绊而跃动着鲜活的气息，诗意盎然，灵动曲折，富有弹性的美感效应。

如果把郭保林散文作为一个整体，放在整个散文传统的艺术链中观察，我们会发现他的散文个性是沿着两个方向的展开中获得的。其一，力图改造传统散文艺术的自觉超越意识。作者以宏阔的开放精神汲取崭新的时代思想文化艺术观念，强化自己的当代意识，因而，能较快摆脱传统文化心理的束缚，并带来了艺术思维的活跃和形式的创新。不但以系列式集合式散文扩大散文的艺术容量，拓宽散文艺术表现的审美空间，而且以悲怆的审美风格，

“泛化”的散文表现手段，多侧面多层次地达到对现代生活的深层次透视。在文体语言方面，又突破了单一精致美的格局，取得了宏阔美与精致美相统一的复杂而和谐的美学风貌。其二，在改造传统散文艺术的同时，又局部沟通继承传统散文艺术的优秀精华，体现出一种深层次的回归意识。散文，作为一种古老的文体，拥有几千年的艺术经验积累，达到了极高的艺术成就，这无疑为后人提供了一份足以借鉴的遗产。这份遗产是无法拒绝的，问题在于如何“拿来”。郭保林的创作经验是，在不断寻求对传统散文艺术的超越中，又深层次地接通传统散文艺术的精髓；在回归的同时，又寻求更大的超越。当他以壮阔、雄浑、怆然的动态散文审美风貌力图超越散文艺术的审美传统时，他的散文却并未弃绝传统审美思想中和谐、戚怨、宁静的一面，而是在怆然的动态美追求中融合了悲戚的静态美，化为动静交织的更高层次的和谐美——悲怆。当他以“泛化”的艺术表现法力图打破传统散文拘谨狭小的格局时，他并未摈弃散文传统的“诗化”表现手法，而是将“诗化”手法与“泛化”手法交互并用，形成一套既能表现传统思想意识又能表达现代意识的开放性的独特的艺术表现手法，彻底打破了表现手法的单一格局。

唯其具有超越散文传统艺术的眼光勇气和实践，才有更深层次回归传统艺术精华的可能。只有深层次的回归，才有更大的超越。在这个双向循环的过程中，郭保林散文艺术稳步地走向成熟。他的散文，既显示出玲珑剔透的精致美，又显示出开放自然的宏阔美；既有古典风味，又有现代气韵；单纯与复杂、规范与不规范、传统与现代杂糅互渗，创出别具一格的独特散文世界。郭保林也因此成为新时期散文界引人注目的“这一个”。

# 从一个窗口看田仲济先生

## ——评《田仲济序跋集》*

知其人，再读其书；知其书，再观其序跋，真是别有益趣。

在经过田先生近40年的频频教诲之后，在读了他的主要论著之后，我于最近一个时期重新展读他的这本序跋集，仿佛又聆听了田先生一次熟悉而又陌生的长谈，既倍感亲切，又获益良多。

记得鲁迅曾说："倘要论文，最好是顾及全篇，并且顾及作者的全人，以及他所处的社会状态，这才较为确凿。"[①] 若论田先生的全人全文，那么这本序跋集恐怕是一定要看的。田先生在此不但记录了大部分论著的撰述经过和理论建树，而且，也自然地最集中地流露出了他自己真切的心声。

这个集子基本上是田先生建国以后写的，有自序（或跋），也有他序（或跋）。虽然不是全部，但"雪泥鸿爪"，的确可以"窥其迹象"。这里，仅就这本序跋集，从一个窗口谈谈作为作家、文学史家、文学评论家的田仲济先生的文学观、文学史观和评论特色。

### 一

文学史上的任何一位作家、理论家常常根据自己独特的人生经验、文化熏陶和世界观而对文学有一种特殊的独到的认识和理解，更信奉和倾向于文学的其中的某一种或几种本质和功能，仁者见仁，智者见智，这是文学史所证明了的一个事实。田先生亦是如此。他从旧社会走过来，目睹旧时代的种种黑暗，身感受压迫的种种酸辛苦辣。正是这种处境，于二三十年代，他就

---

* 本文原刊于《中国现代文学研究丛刊》1993年第4期。

① 鲁迅：《"题未定"草（七）》，《鲁迅全集》第6卷，北京：人民文学出版社，2005年，第444页。

同情并“喜欢无产阶级革命文学”（《田仲济杂文集·后序》，以下凡未加注的引文，均见本书——笔者），追求平等、民主和解放。而在新社会，他又时时感到“从旧时代过来的”“思想、习惯、生活、作风……猜忌、怀疑……都难以从人间消失”，还存在种种丑和恶的遗毒，因此，对于这些精神旧垃圾历来深恶痛绝的田先生就容易喜欢“战斗性强的文学”。

尽管他对文学的理解是宽容的，但是，他的倾向性也是鲜明的。他认为，文学是“时代的产物”，“是教育人民、鼓舞人民、使人民前进的”，是“反映生活改造生活的”，“是塑造、改造人类的精神面貌的”。因此，他主张文学应当看了“使人神旺”有劲。在注重文学的艺术性和审美功能的同时，十分强调文学的思想冲力，反对形式华丽、内容贫乏或看了使人精神消沉的作品。他自己的杂文，就常于幽默的文字、广博的知识、生动的形象、典型的手法中闪现出哲理的光芒，读后使人振作、激扬，且寓教于乐，真善美三位一体，这种创作倾向与其文学观一脉相通。

显然，田先生的这种文学观是深受鲁迅影响的，尤其是鲁迅杂文的影响。是的，鲁迅杂文的思想和艺术曾影响了一代甚至几代杂文家，多少年来，“中国的杂文主要的是鲁迅风格的延续”，唐弢、聂绀弩、冯雪峰、秦似莫不如此。鲁迅杂文的思想艺术，对田先生来说，不只研究，更有实践；不只继承，更有捍卫，其影响不是一时，而是终生。在《田仲济杂文集·后序》中，田先生曾这样说：“现在有不少的人说鲁迅的杂文过时了，如今时代不同是全新的不同于他的杂文了。当然应当允许每个人有自己的看法，其他人不应干预，但过时不过时，超越不超越，历史会作结论的，一个或几个人的意见是无法改变历史的。”田先生一直认为鲁迅杂文成就是极高的，是永远值得继承的。他多次讲过，鲁迅杂文比小说占更重要的地位，至今仍然无人能与之相比，而且至今仍然闪烁着灿烂的光辉。正是这种对鲁迅思想和精神的深刻领悟和承继，才使田先生也一直把文艺视为“国民精神所发的火光，同时也是引导国民精神的前途的灯火”①。

田先生的文学观也得力于其地域文化与传统文学的影响，这是自觉不自觉的，潜移默化的。田先生出生于山东潍县，在那里，他度过了自己的童年

① 鲁迅：《论睁了眼看》，《鲁迅全集》第1卷，北京：人民文学出版社，2005年，第254页。

和青少年时期。历经长长的飘泊之后，于建国初他又执拗地回到了山东这块生他养他的热土。他说：“对故乡的忆念并不见得轻于他人。一些人和事常常浮在脑际”，还说：“这书（指《潍坊古今诗文选》——笔者）只选了几十位诗人、作家的诗文，其意义绝不仅限于熟识这些人和这些诗文，其影响所及，会使我们更熟识寄托我们的这片土地的历史、文化和其他一切……”尽管田先生对孔孟儒学持清醒的现代意识的审视态度，清醒地认识到孔子“是封建社会的代言人”，但是，他对整个齐鲁大地及文化氛围从根本上来说还是认同、亲近的，其血液中流淌的对母性土地及文化的依恋是不容违拗的。特别是齐鲁文化中那种坚韧、顽强、质朴的正面文化积淀，那种关心民生疾苦、邦国兴亡的责任感和使命感，那种积极入世、务实进取的民族理性精神，对田先生来说，更是深有感染、时刻浸润的。

与文化相应，齐鲁文学历来有自己一脉相承的传统特色。孔子说的“诗可以兴，可以观，可以群，可以怨”[①]，曹丕说的文章“经国之大业，不朽之盛事”[②]，韩愈说的“文道合一”，正是这种特色的集中阐说和反映。或许自觉不自觉地受此影响吧，整个现代文学史上的山东作家基本上体现了切近现实、关注现实的现实主义创作倾向，风格凝重、深沉而苦涩。他们力图参与社会，而常常有意无意地淡忘自我，常常揭示人间的假丑恶，反映人民的苦难和痛楚，瞩望未来的美好和幸福，视文学为惩恶扬善、去旧图新的武器。有的干脆弃笔从戎，或集战士作家于一身。于是，现代山东作家没有空灵飘逸的徐志摩式的诗人，也没有平淡闲适超然的周作人式或林语堂式的散文小品家，甚至也没有自我色彩颇为浓厚的郁达夫式的小说家，有的是王统照式的小说家、臧克家式的诗人，田仲济式的杂文家。也由于这种传统文化与文学氛围的深刻熏陶和浸染吧，田先生才更喜欢正视现实直面人生潜移人心的文学。

当然，在考察田先生的文学观时，我们自然不能忽视“历史环境”和“时代精神”这两个因素。应该说，田先生的文学观最初是在建国之前建立的（他的四本杂文集有三本就写在三四十年代）。在那“风沙扑面，虎狼成群”

---

① 孔子：《论语》，陈国庆注评：《论语》，西安：陕西人民出版社，2006年，第316页。

② 曹丕：《典论论文》，李凯著：《魏晋南北朝散文选讲》，武汉：湖北人民出版社，1981年，第2页。

（鲁迅）的时代，“在不是胜利就是死亡的斗争中，自然很少考虑到也可写点与抗战无关的东西”。因此，那时每一个积极入世、富有强烈责任感和使命感的文学家将文学作为参与现实改造生活的媒介是自然而然的事。而这一文学观念，常常会使每一个亲身从那个时代走过来的人终生难忘，从而在他们以后的文学观中占据了一个坚实的位置。田先生亦然。因此，他于强调文学作品必须具有高度艺术性的同时，自然更倾向于对文学作如是观：文学应尽量切近时代、改造现实、激扬人生，改善人们的精神面貌，培养崇高、正直、向上的心灵。

在我看来，这种文学观于今天仍然是颇有教益的。我们的新时期文学，作为对“十七年”文学的反拨，恢复了审美和娱乐功能，从而卸下了过于沉重的负担，轻装而快速前进。但是，最近一段时间来，整个文坛似乎又有些倾斜了，富有激情、“使人神旺”、让人奋然向上的作品并不见得与日俱增，文学似乎被玩得过于轻浮，这对于作为塑造人类灵魂、重建人类精神家园的文学来说，不能不说是一个缺憾。因此，诚如田先生这般，强调文学的思想冲力，强调文学负起“塑造、改造人类精神面貌”的职责，至今仍然不能不说是十分必要的。

## 二

长期以来，田先生曾一直致力于中国新文学史的研究，撰写或主编了《中国抗战文艺史》《中国现代文学史》《中国现代小说史》等专著，除个别外，这些专著在当时几乎全是首次出现的，具有填补空白意义的。由此，田先生也成了我们所尊重的、熟知的文学史家。

一般而论，文学史研究主要涉及对文学现象、作家作品的分析综合、阐述判断，从而探讨文学发展的状况、经验和规律。在这个探讨过程中，文学史家常常会显示出自己的特色和倾向，以及独到的方法和原则。田先生一贯的最明显的倾向是：尊重历史、力求真实。应该说，这是文学史研究的根本的原则，但也是最高原则，说说容易，做起来是颇为艰难的。

田先生曾于40年代初写的《〈夜间相〉后记》一文中说：“尊重历史的现实，这就是尊重历史的真实。是不能以现在的面貌来窜改过去的。”时过四五十年，近半个世纪，田先生仍然反复强调这一点：“文学史要有公允地恰如其分地对于文学运动、重大事件、风格流派等等的记述、分析……”“至于我，我是不主张以今天的思想改过去的思想的，那实际是对历史的窜改”。多年来，田先生始终以此为准绳，来指导他的文学史研究工作，力求科学、准确，常在清醒、冷静、理智的分析中，显示自己个人的独到见解，不为流行观点所左右。同时，他也提倡“百花齐放，百家争鸣”，开展学术讨论，但主张这种讨论要建立在自己切实独到研究的基础上，而反对人云亦云，敷衍成篇，更反对哗众取宠、危言耸听。他每写一篇文章，总是扎扎实实地完全从掌握材料着手，一切实地认真地分析和研究材料，事事有据，处处有源，力图史论结合，真有所见。当重读这本序跋集中《文学研究会的现实主义思想——(文学研究会论文选) 序》一文时，我就感到这篇序言至今看来仍然不失为一篇好论文。其中，田先生提出了许多观点。他认为，“争做一个人，是‘五四’时期响亮的口号之一，也是文学研究会作家们重要的创作主题之一，这是所谓‘个人主义的人间本位主义’的主要内容”；“在文艺主张方面，所谓‘全民’立场是现实主义的主要标志，所以有‘全人类’、‘人性’、‘人类爱’等的论点。文学研究会的理论家们基本上也都具有这些论点”；“其次，超社会超政治的观点，也是欧洲现实主义重要的标志，在文学研究会作家中也或多或少地具备着”；文学研究会曾提倡自然主义，“目的并不是将西方的自然主义照样搬来，而是想借西方自然主义的方法，实地观察和客观描写的方法，来救正当时中国的记账式的叙述和向壁虚造的作风”；关于“无产阶级革命文学的倡导”问题，一般认为最早提出无产阶级革命文学的是创造社和太阳社。田先生最早发现在《文学周报》1925 年 5 月 17 日第 173 期就刊载沈雁冰的一万多字的重要文章《论无产阶级文学艺术》，及其前后有关文章。这是一个重要的发现。根据这点可确定文学研究会也曾同样倡导革命文学。听说于 50 年代末，田先生同研究生访问茅盾时曾将这事问过他。但茅盾忘记了，他不记得他曾写过那篇文章，他说，可能是沈泽民写的。直到他《我走过的道路》写作时，他经过深思熟虑，并翻阅了许多报刊，茅盾作为他个人文学思想的发展才写入了他的回忆录中。应该说这是文学研究会文学思想的发展中的一个重要问题。文学研究会提倡无产阶级革命文学的时间至少不比创造社、太阳社晚许多这一看法，至今才被文学史家所重视，并写入文学史著作中。这是由尊重历史，论从史出这种科学文学史观决定的。

田先生认为，文学史研究的最大目的在于“寻出创作的规律”，“这也是我们现代文学史应该做的事情而迄今并未能令人满意的”。文学规律“不是仅仅写上一个标题，而是使文学发展的本身显示出来”。为此，考察任何一种文体都必须把它放在当时的历史现实环境中，不能就文学而谈文学。因为文学“经常是极为敏感地反映社会的发展和变化”。基于此，他认为：“没有第一次世界大战使中国工商业在被帝国主义侵略的压力下减缓，中国工商业得以暂时地较迅速的发展，影响到整个社会的变化，五四新文学运动是很难发生的。同样的，没有抗日战争，抗战文艺的发展，五四新文学成为广大人民群众的文学是不可能的。”在将报告文学与社会历史发展进行仔细考察后，他又说，报告文学应该是“同五四新文学的诞生同时诞生的。虽然‘报告’或‘报告文学’这一名称的确定是30年代的事情”。除新闻性、文学性外，报告文学“若另外还有什么特征的话，就是它的进步性了”。这些论述是发人之所未发的。比如说，以往人们多认为中国报告文学是诞生于1931年“九一八”事变之后。田先生在1962年就提出“中国现代文学的发生期的前后已有了萌芽期的报告或类似报告的作品”。田先生的这一研究成果，现已为文学史研究者所认同了。这些理论建树，实在体现了田先生作为一个第一代文学史家扎实研究、坚持己见、独立探索的可贵的学术品格。

我记得，田先生在文章和讲课中多次提出，鲁迅的《汉文学史纲要》《中国小说史略》至今还是我们文学史研究的楷模；撰写文学史，既要勾勒文学历史发展的全貌、揭示其主潮，又要反映出每个历史时期的特点、揭示其丰富性和多样性；既要突出有代表性的作家作品，又要兼顾每一历史时期具有不同特点或影响的作家作品，拓展研究领域。同时，还要反映出各个流派及形式的多样化，不能把文学史写成作家史或作品论。他还指出，现代文学史研究特别要注意拨乱反正，扭转“左”倾思潮的影响，对一些几乎被人忘却或估计不足、颇有争议的作家作品作历史与审美、思想与艺术、成就与局限的恰如其分、有理有据的分析，不粉饰，不掩盖，不夸大，不缩小，让历史自己来说话，还要警惕，在反对一种不良倾向时又必须防止另一种倾向，不能走极端或“矫枉过正”。基于此，针对现代文学史的一些基本问题，田先生在1979年《中国现代文学史·后记》一文中，就明确表示，不能将本来是新民主主义革命时期的文学史渐渐写为社会主义文学史；不能将萌芽的东西写为主体的东西；也不能有意强调或突出某些作家作品或某些问题而无视或竟压倒另外一些作家作品或问题，加强倾向性，不能有违于实事求是的优良传统。他也反对“越是远离革命远离政治作品就越有生命力”的说法，认为《水浒传》《红楼梦》《战争与和平》《人间喜剧》就不是远离政治的，但却取得了世界一流文学的地位。他说：“对一个作家如何评价，文学史作者当然完全有自己的自由。但对于任何事物的评价都有个客观的标准。历史证明，别林斯基那句名言是无法否定的真理：‘读者群是文学的最高法庭，最高裁判’。无论有多么高的权威的人是无法强制读者群长期去喜爱去赞誉他们并不喜爱的作品的。”可见，读者群的历史的反应和检验，在田先生看来是应当作为现代文学作家作品评价的一个较高标准的。

或许是由于田先生所研究的这段现代文学史正是他当年亲身经历、亲身参与或切身感受的缘故，因此他是坚决主张研究文学的这段历史应与当时广阔的社会生活和文化世界联系在一起的，并应切实从当时的历史氛围中引发出一系列命题。而不是概念先行，仅仅从某个不需论证的政治意识形态论断出发剪裁文学史，以适应宣传教育的需要。

田先生还多次主张并强调深化现代文学史的研究。他不仅仅停留在这种通史性质的《中国现代文学史》的撰写和著述上，而且率先撰写了现代文学断代史之一的《中国抗战文艺史》，率先主编了现代文学专史之一的《中国现代小说史》。他不仅把研究的眼光紧紧盯在现代文学这块园地上，而且，还主张把现代文学放在整个中外文学史的链条上加以透视，既发现现代文学与古代文学、外国文学的千丝万缕的联系，又发掘现代文学与当代文学及社会现实之间的内在的历史因果关系，他常常以作家的眼光审视研究对象，力图把文学放在一个当时历史、时代、生活、文化等多种因子组合的立体世界中加以研究。充分体现了田先生一以贯之的独特的“史识”、“史德”和“史学”。

近年来，现代文学的不少研究者站在今天的理论高度，以崭新的哲学、文化意识和方法论，对文学史作了重新观照。研究者的主体意识和首创精神也逐渐强化。特别是更为年轻的一代，常常能以独特的文学史观念重新检视诸多已成定论的文学史结论，重新评估新文学的一些重要作家作品和文学思潮现象，的确纠正和弥补了以往的一些缺漏和疏忽，从而逐渐把文学史研究推向深入。但是，或许是不可避免地，在研究过程中也出现了一些问题，如研究方法与研究对象之间有时缺乏有机的统一，在运用西方新理论审视中国新文学的过程中，有时会显得削足适履，有的文章对文学历史的本来面目及某种现象缺乏仔细的考究。正是在这个意义上，我们今天重温田先生的文学史观或许会另有启示。

## 三

在田先生这本序跋集中，自序（或跋）与他序（或跋）几乎各占一半。自序（或跋），常能流露作者写作的意向和心声；他序（或跋），常能反映作者评论的方法和风格。两者结合，更有助于我们了解作为评论家的田先生。诚然，文学理论、文学史与文学评论是相通的，密切相关的。离开文学理论与文学史是无法进行文学评论的。但是，三者毕竟有不同之处。文学评论更侧重于对同时代作家作品的分析评判，更具有实践性、针对性，与创作结合得更为紧密，有时，更能显示一个人的个性。

与其文学观、文学史观相通，“史的批评”是田先生文学评论的一个明显特征。他常常把评论对象放在当时的历史环境中，考察其创作的真实原因和变化，并与同时代的某些作家作品进行比较分析。这种批评，视野开阔，便于从当时历史的时代精神，民族精神和文学精神等多角度透视作家作品的个性所在。田先生于80年代初写的《〈王统照文集〉序言》一文堪称他的典型的“史的批评”，也是一篇坚实的、富有个人独特见解的作家作品论。他在清晰地勾勒出王统照整个创作面貌的同时，又详细地论述了王统照创作思想和文学风格的嬗变及其原因，并将王统照置于整个新文学运动的时代历史背景和文学背景上，确定其独特的位置，读来令人信服。谈到王统照早期创作思想时，田先生在通读他早期大量论文杂感和作品的基础上，认为在《微笑》《沉思》等作品中，王统照的确把“爱”和“美”作为他探讨人生问题的答案，但是，不能说这是他该时期思想的全部。事实上，他同时期写的许多论文和杂感更直接地反映了他对社会改革、妇女解放、婚姻自主及其他种种社会问题的思考和理想，“王统照的观点和理想并不完全像那两篇作品所反映的那末天真和单纯”。这种看法，确实是符合历史的，也是辩证的，科学的。

田先生评论的另一特色便是“知人论世”、“文质并重”。应该说，这是一种传统的批评方法。孟子曾说：“颂其诗，读其书，不知其人可乎？是以论其世也。”① 刘熙载也讲，“颂其诗贵知其人”。而关于作品的内容与形式，刘勰明确指出要“文附质”“质待文”，“文不逮意”或“为文而造情”的作品向来被认为是低劣之作。但是，这种批评也是具有经典性的。它不会因西方新批评派及结构主义等批评理论的传人与应用而丧失其生命力。事实上，任何一种批评方法都无法完全取代其他批评方法，它们是互补的而不是互斥的。至于论者选择或使用哪一种批评方法，那只能视评论对象和论者自身的知识修养而定。“知人论世”、“文质并重”，对于具有深厚的传统文学修养，又有丰富的人生阅历，更有自己独到创作经验的田先生来说，是自然而然的。他多次提起瞿秋白写的《〈鲁迅杂感选集〉序言》，认为，该文不但论述了鲁迅杂文的时代意义，指出了它“创造性的艺术价值”，而且，还描绘了复杂而深刻的灵魂，“迄今论杂文的文章也很难指出哪一篇优于瞿秋白的那一篇”。可以说，田先生论文，也是以此为榜样的。

田先生最反对“捧杀”和“骂杀”，他的序跋文，从不肯轻易判断，而是力图了解评论对象的“全人”、“全篇”及“全旨”，然后，好处说好，坏处说坏，非常慎重。在《〈宋遂良文学评论选〉序》一文中，田先生这样说：宋遂良同志“视野广阔，感觉灵敏，难能的是他具有一颗善良的心，又有一个能周详、细致深沉思维的脑海”；“他运用他的评论艺术，绝不隐瞒其优点，当然也绝不将缺点或不足略而不谈，只是在分寸上他更注意了。可他讲的还是他要讲的话。我觉得这就是他的可贵处”。熟悉宋遂良其人其文的人都会明白，这段话真是知人之论！

在我们的评论工作中，有时会有这样的现象：说某一作家作品属于某一风格、某一特色或某一流派，而就否认或无视该作家作品存在其他风格、其他特色或其他流派。这种单一、静止、片面的结论在田先生的评论中是几乎没有的。田先生的评论显示出辩证、科学、扎实的风格。

在文体文风语言方面，田先生的序跋集也颇有特色。

首先，这些序跋大都是田先生创作或阅读之后的感受，很少有艰涩、深

① 孟子：《孟子·万章下》，万丽华、蓝旭译注：《孟子》，北京：中华书局，2006 年版，第 236 页。

奥、抽象的理论引证，更多的是坦诚的剖白，真挚的议论。由于他知识的渊博，行文中又常常插入形象的比喻，或生动的例子，从容不迫地告诉读者关于所序（或跋）之书的内容、风格、特色、价值等，从而避免了冗长、单调、呆板的叙述和分析。如在谈到中年作家郭慎娟的文章风格时，田先生这样说："她知识面广，素养好，文笔不追求华丽，也不像有些作家好求纤细，而是任其自然轻巧，可说像一个农村的姑娘，壮健美好而自然。看不出什么人工的修饰，毫无脂粉气息。"这样清新生动而恰切的比喻比起静止的分析来，读起来实在要畅快和悦愉得多。

其次，在语言上，田先生从不惨淡经营，也不刻意追求华丽与绚美，而是追求流畅、准确、明白，追求语言对思想的恰切表达。特别是80年代，他的序跋读来更使人感到思路清晰，文气饱满，且充盈着淡淡的情韵，似有绚烂之极归于平淡的境界。如果说，田先生于建国前所作的序跋更多地带有杂文意味——论时事不留面子，对丑恶作无情抨击，更多地具有愤怒和激昂，那么，越到后期，他的序跋则越趋于学者的静谧和淡然，往往能于平静的叙说中透露出丝丝缕缕的、橄榄般的意味，虽然比以前散淡了、恬适了、澄清了，但却更耐人寻味。如果说，前期语言更多地具有一种瞩望未来的冲力，那么，他后期语言则更多地染有顾盼人生的韵味。这么说，并不意味着两者没有相似之处。其实，亲切地谈心，诚恳地交流，朴实地倾诉，畅达的语调，流动的气势，是田先生序跋集语言（或许也是其所有作品的语言）的一贯的特色。

文如其人，田先生常常作如是说。从他的序跋中，我们常感受到一阵阵沁人心脾的情感律动，一股股耐人咀嚼的气韵沉浮，文中坦露的鲜明个性历历在目。田先生在《〈田仲济杂文集〉序言》中说："这是大时代一个小人物走过来的足印，实际上也是千千万万人们走过来的足印！又有谁不是走了这么一条由痛苦到欢乐，由奴隶到主人的道路呢。"这是田先生内心深处的肺腑之言！这不仅仅是简单的对过去苦难的咀嚼，更有炽热的对未来幸福美好的祈求。当我读到这些话时，进而读到他的序跋文，我的眼前又仿佛出现了一位沉思于过去与未来之间，历经种种人生和文字的磨难之后，却始终跳动着一颗滚烫的青春之心的长者。

这，就是田仲济先生。

# 田仲济先生的散文观*

1996 年《中国新文艺大系·1937—1949 散文杂文集》出版。这是主编田仲济先生用了近四个年头编选完成的。我有幸参加了该书的编辑过程，聆听到田老师许多精辟的散文见解，感受到田老的学者风范和人格魅力。至今想起，田老的音容笑貌仍然清晰地活现在眼前。

令我终生难忘的是田老作为老一代学者严之又严的工作态度和一丝不苟的工作作风。该书最后审定的作品为 506 篇，但这 506 篇是我们费时几年从近万篇作品中筛选出来的。经过初选、二选和最后审定，田老勤奋、严谨的工作作风贯穿始终，万分感人。1937—1949 年这 10 多年，正是伟大而艰巨的战争年代，当时出版的不少书籍和报刊一般都是土纸印刷，字迹模糊难辨，田老拿着放大镜，多次校对，改正错字、漏字。初选、初校工作，我做得比较多，自以为是够认真的，但经他审定还是发现一些差错。这时，他就语重心长地说："事在人为。"我们不敢保证一个错字也没有，但应以"尽善尽美"的高标准来完成它。田老还把有些作品寄给他熟识的作家，询问用哪个版本为好。总之，大到作品入选标准，小到对错漏的订正，都在他殚精竭虑的关注中。该书出版时田老已 90 岁高龄了。责编潘光武先生多次来信赞扬这本书凝聚着田老晚年全部智慧和心血，是一本符合编辑要求的好书。潘信还提及，他尽力向前赶，努力克服经费不足的困难，让田老亲眼看到这本 120 万字的大书。

该书在编选过程中，我每周向田老汇报一次。每次，他或长或短地谈到关于散文方方面面的见解，形成他系统的散文观：第一，时代的色彩自然会反射到散文之中，若是看不出时代的影子，就不是好文章。但不能"硬"联系，更不要显得不自然。特别是不要简单地泛政治化。第二，不要向文词的

* 本文原刊于《济南日报·趵突》2003 年 2 月 22 日。

华美用力，反之，洗尽铅华见真情。自然美是追求的上乘。具体说，不刻意追求华丽与绚美，而是追求流畅、准确、明白，追求语言对思想的恰当表达。好散文，让人读后感到思路清晰，文气饱满，且充盈着淡淡的情韵，似有绚烂之极归于平淡的境界。第三，散文是各种文学形式中最能表现作者内心世界的一种形式，无论写人、状物、论事，都是直接发自作者的自我等等。

在我看来，田老的散文观于今天仍然是颇有教益的。当今文坛，呈轻装而快速前进之势，但并不平衡。就散文创作而言，还不时流露出轻浮之气、小家子气。重温田老的散文观，至今仍是有必要的。

至于整个编辑过程给予我的惠益更是多多。我确确实实把它看作一次极好的学习机会。田老教我边读边写读书笔记；田老鼓励我从流派视角研究散文；田老多次通过赠书题词，写信，写序，引发我写散文的兴趣。总之，从上个世纪 90 年代中期以后，我的研究方向逐步转向散文。那原因，可以说是田老谆谆教导的结果，是田老散文观影响的结果，尽管我在这些方面成果甚少，且微不足道。

# 完美人格的典范*

## ——痛悼恩师田仲济教授

田仲济教授走完了他的95个春秋，尽管他走得平静，犹如安然入睡的慈祥老人，然而，对于师从先生48年的我来说，仍然万分悲痛，心里翻腾起绵绵不断的思念。

1954年，我从南方来到山师读书，有幸聆听先生主讲的文学概论课。他系统传授的理论知识始终体现着一种执著现实、关注人生的精神，这种精神对我潜移默化的影响直至如今。1958年我毕业留校任教，有幸成为先生主持的研究室的成员，先生上的第一课便是如何做人，他让我们学习高尔基、鲁迅等伟人，在任何情况下，都要做一个诚实的人，做一个表里一致的好人。先生就是我心目中这样的人：真诚、坦荡、严谨，刚正不阿、嫉恶如仇。数十年来，时代风云几经变幻，可先生“竖起脊梁做人”的态度一直没变，堪称完美人格的典范。

先生贯通古今，心胸宽阔，以其敏锐深刻的洞察力，能从某一类人的过去，看到现在，从其历史，预言未来。“文革”后期，康生、张春桥等人红得发紫、颐指气使、飞扬跋扈之际，我记得先生悄悄对我说，康生是坏人，张春桥是政治流氓，并预言这类人将有最悲惨的下场。后来的事实，完全应验了先生洞穿历史的判断。想想当时，正值“四人帮”追查所谓政治谣言最猖獗的日子，至今我仍为先生这种不顾危及身家性命的预言所惊诧。我由此又想到先生40年代所写的一些杂文名篇，如今读来所以仍有启示，就是因为先生能博古通今，既读通历史，也读懂现实，即看穿历史，也看穿世事。

先生对我们治学要求甚严，真正称得上是一种严厉的爱。先生多次启发我们，要尽快掌握做学问的正确而有效的方法，读书和研究要循序渐进；博

---

* 本文原刊于《齐鲁晚报·青未了》2002年1月18日。

览和精读相结合；读和写同时并用。只要方法得当，持之不懈，积累必多，钻研必深，是没有什么攻不下的科学堡垒的。

先生正是以此指导我们编写“文革”以后国内出版的第一部并取得史学界好评的《中国现代文学史》和《中国现代小说史》等学术著作的。令我特别感动的是先生将珍藏数十年的《抗战文艺》（计 78 期）借我阅读，让我接触原始资料，感受历史氛围，从而理清抗战文艺的发展线索。我翻阅着抗战时期艰难出版现已发黄变脆甚至发霉的杂志的每一页，真是感慨万千，受益终生。这就是严厉的爱的内涵，这就是实事求是研究学问的有效方法。

先生 1987 年退休后，虽身体多病，仍坚持读书和写作，关心中青年教师的进步。1996 年 3 月，他赠我一本《傻瓜相册》，扉页上写着：“心焕同志，送你一本书，想引发你写散文研究的速度，俾早日成册问世。”1997 年春节期间，先生语重心长地对我说：“最好能一年到省外一二次，不然，信息隔绝，不利于研究”，并再次催促我写些散文流派研究方面的文章。与晚年仍然笔耕不辍的先生相比，我于愧疚中受到莫大鞭策。这以后，我稍有懈怠，就首先想到先生的多次劝导，心中顿然涌起一股力量。

我记得先生常说的一句话是，人活着要有一种精神。人就是靠精神活着，人死后留下的也是精神。先生一生活得有滋味，有光彩，有精神。这种精神现已转化为一笔无价的财富，将永远激励我们前行！

# 田仲济在最后的日子里*

田仲济先生2000年8月26日因心脏病突发住进千佛山医院抢救，至2002年1月14日晨仙逝，约一年四个月时光。这期间，先生虽然时好时坏，时清醒时昏睡，但有一点则是始终如一的，即先生的头脑清晰，思维敏锐，先生离世前一天也不例外。14日晨，先生鼻孔吸着氧气，两脚挂着吊瓶，五脏和四肢都处于衰竭状态，惟其大脑神经异常清楚。我站在先生床头，与其女轻言细语先生的病情。慢慢地，他似乎听清了说话的是谁，几乎用尽了全身最后一股力量，似顶着千钧之重，吃力地睁开眼睛，旋即就紧紧闭上了。我深知，此时此刻的先生，多想睁开眼看看我们，希冀再次回归到和自己的生命相交融的一切情景中。面对着这无言的一切，我感到这似乎是先生漫长而有为、艰难而执着人生的最后驿站了，是先生要告别他熟悉而牵挂着的世界、并要彻底地掩上自己的人生帷幕、到另一个同样真实的世界的时刻了。念此我不禁潸然泪下。

设身处地想一想，这一年多漫长的日子，对于日夜卧床的先生来说，无疑是痛苦不堪，寂寞难熬，可先生在我们面前总是极力控制，不外露。我每次去看先生，他多半面带笑容地说："我好多了"，"不要挂心"，"别影响你们的工作和休息"等。其实，从先生的笑和说话的表情来看，他是在忍受着病痛的折磨，只是缘于先生的一贯的风格，从不愿意把自己的病痛向他人絮语罢了，这不管是来自肉体上的还是来自灵魂上的。

我记得有一个下午，我去看先生，他刚睡醒，卧坐在床上凝视着窗外千佛山景致发了一通感慨："有人雾中看千佛山是灰蒙蒙的，有人朝阳中看千佛山则是郁郁葱葱的。我呢，喜欢朝阳中的千佛山。"先生这里不仅是指喜爱大自然的明朗，同时也在暗示了一种人生的精神的状态。在生命碾过的95个春

* 本文刊发于《新文学史料》2003年第1期。

秋之后，一般人往往是进入到大彻大悟的境界了，自然等外物尽管不一定如浮云，但那入世的热力是在衰减了，但先生却没有做到这一点。他的那种现实人文关怀的情怀，似乎总是在与时俱增。比如，烈日炎炎，他会问，趵突泉的水还喷涌吗？天旱无雨，他会问农民种的地有水浇灌吗？接着，他陷于回忆中，心情沉重地叙说三年困难时期抗灾保命的情景，边说边喃喃低语，中国人多，不能没有粮食呵！有一次，我和张蕾教授去看先生，当话题触及到社会上的种种腐败现象时，先生对那些巧取豪夺之徒充满激愤之情。他思索良久，张口背诵了隋朝王通的两句警语："不辱于人谓之贵，不取于人谓之富。"我想，这也是先生一生人格的写照，先生爱什么，憎什么，了了分明。即便是进入生命的最后驿站的先生，人生的态度依然是乐观的，甚至在充满朝气的同时还有着战士的姿势。但身体极度虚弱的先生，尽管思想依然活跃，并且还常将他的心声、他的"发现"或委婉或焦灼地传示给我们，但躺在病床上，眼不能看书、手无法写字，已经使先生无法再像以前那样，在敢爱敢恨敢说敢为中纵横驰骋自我的人生了。

进入生命的最后的日子里的先生，在回首往昔的时候，不仅没有为自己的过去表白着什么或解释着什么，反而倒是对自己有着近乎苛刻的反省与自责。2000年9月28日，我们来到先生身边。他比前消瘦不少，神态虚弱，但一见到我们，就情不自禁地侃侃而谈。大意是说：他在山师工作近半个世纪，先后在教务处和学校领导岗位上干了30余年，分管教学和科研工作。如今想想，上个世纪50年代前、中期同余修院长、王大彤教务长合作的那段时光，心情好，效率高，令人神往！但随即话题一转，说自己工作也有失误，一是当时看准了的有培养前途的一些人才未能坚持把他们留下或调进来。二是著名藏书家瞿光熙的新文学藏书未敢坚持全部购买下来。谈话间，看出先生的负疚之情挥之不去。其实，据我所知，这两项工作恰恰是先生对山师和中国新文学学科建设最重要的贡献。先生因为主管的教学和科研成果突出，于60年代初出席了全国文教群英会。"文革"后期，正在被"审查"的先生以出色的智慧为山师买下了瞿光熙私人的珍藏，工宣队圈出不准买的少部分书刊，先生暗中让聊城师院图书馆留下，因而使瞿光熙全部藏书没有流出外省（详情见笔者另文《田仲济先生与中国现代文学》）。这次谈话，因先生特别认真、专注，所以给我留下了十分深刻的印象。

病中的先生对于现代文学依然有着难解难分的浓郁情结。2001 年 8 月 17 日，吕惠鹃、张蕾、侯明君、吕家乡、韩之友和我手捧花篮和蛋糕到病房为先生贺 95 岁生日。这天先生情绪颇佳，脸颊红红的，眼睛放光，与我们握手，并合影留念。乘先生高兴之际，我告知他与孙昌熙教授主编的《中国现代小说史》，韩国学者赵承焕先生已译成韩文，拟于近期出书。赵先生来信恳请先生写一个两三千字的译本序言。先生十分感激赵先生为中韩学术交流和学者友谊所付出的艰辛的劳作，惊喜连连地说："此事应视为中韩文化交流的一部分，我们务必将这件有意义的工作做好。……不要忘了时代对我们的厚爱，是时代给予它出版的良机，是时代为它提供了走向世界的机遇。"停顿片刻，先生语气有些黯然地说："可惜我心长力短，这样的好事，不能参加了。"一周后，我带着立群代笔写的译本序言一字一字读给他听，他欣慰地笑了，并作了有深度的理性分析：此书所以还为人们记住，是因为它打破传统的编年记史的体例而代以人物形象系列发展轨迹及其历史风貌的整体考察与论述。看到体例的新，更要看到问题和局限性：能否有针对性地作些较大的修订，使它成为一本有用的可信的书？他亲切的声音中略含悲哀，我听着听着，泪水在眼眶里闪动。我意识到，这是数十年来先生指导我们写书的最后一席肺腑之言，更令人难过的是，如今，先生再也看不到这个凝聚他心血结晶的译本了。

先生对人的关心、体贴和尊重，贯穿其一生，直到生命的尽头。早在 1986 年，他于病愈之后就立下遗嘱，明示自己的丧事从简，不送花圈，不开追悼会，骨灰撒向大海或大地，其立意乃在让活着的人不要无端受累。先生住院期间与先后服侍他的两位女性平等相处所体现出的融融亲情是十分感人的。开初一段时间照料先生起居的是年轻未婚的打工妹小赵。她说话甜甜的，未开口就先笑，体惜先生的喜怒哀乐，短时间内，先生就容纳并喜欢她了，我当时有一则日记记录此事："只要田老精神好点，就常同小赵谈心，督她每天读报，让她抓紧时间学习各种知识，建议她通过自学考试途径成为一个有一技之长的人。"有一次小赵悄悄告诉我，她是瞒着母亲来到先生身旁的，因为母亲只同意她为女性病人服务。我问为什么来照顾田老呢？小赵说，田老人品好，再说在田老身边还可以学到很多东西呢。而先生对小赵不怕苦不怕脏为其做的每一件事，都看在眼里，记在心里，充满着无比感激之情！后期服侍先生的重任落在孔师傅肩上。孔师傅和蔼可亲，敬重老人。先生寂寞时，她讲笑话为之解闷，先生病痛时，她为之推拿，先生大小便失禁，她及时为之换洗。总之，她想着法子尽可能地减少先生的不快和苦痛。孔师傅所做的这些令田先生的孩子们感激不尽。田林、田桦多次说，她父亲住院期间遇到了两个好人，一个是负责为其父亲治疗的高大夫，一个就是孔师傅了。其实，先生已经自觉不自觉地把小赵和孔师傅这样的普通人视为自己的朋友了，而绝无半点的轻视！我想，这是和先生一生所追求的新文学中“人”的文化意蕴相统一的。

先生尽管已经离我们远去了，但他住院期间的点点滴滴，总是在我的脑海里挥之不去，一切似乎是在昨天。以至于时不时地自心底泛出再到医院去看看先生的念头来。但当我从积习中恢复过来的时候，我知道，先生已经永远地走了。但先生在他最后的日子里的种种情景，却依然地昭示着我，先生没有走，他以自己的行动，为自己一生所追求的文化事业，作了一个最好的诠释。我想，作为先生的学生，应该是用自己的行动承传着先生的精神，才是对先生一种最好的纪念。

# 回忆恩师田仲济*

## 一

田仲济先生是久负盛名、驰誉中外的作家、文学理论家、现代文学史研究学者。他的一生是生命不息、笔耕不止的一生；他的文学活动与“五四”以来的新文学结下了挥之不去的情结。

田老，1907年8月生于山东潍县一个没落的封建家庭里。他从旧社会走过来，目睹旧时代的种种黑暗，深感受压迫的种种辛酸。正是这种处境，他于上世纪二三十年代就喜爱无产阶级革命文学，追求平等、民主和解放。当时他几乎读遍了蒋光慈的小说和阿英的文艺评论，为新鲜还不免幼稚的无产阶级文学理论和创作所倾倒。1929年，他办了第一个刊物，取名为《野光》。上世纪80年代他回忆此事时说过，《野光》的刊名是受到蒋光慈创办《太阳月刊》的启示。30年代，他相继办了《处女地》文学周刊（附《青岛民报》）、《青年文化》月刊（从第4卷第4期起改为半月刊，并由济南改在上海出版）。40年代，与姚雪垠、陈纪滢组织“微波”社，创办《微波》文学月刊。田老以办杂志开始了他的文学活动，这些在血与火中诞生的杂志，其影响虽有大小之别，但都同革命思潮相联系，与革命文学深入发展相联系，表现了他执着追求、不畏艰险的个性特征。他发表于这些刊物和其他报刊的理论和作品，明确地阐明了他对文学的基本看法。应该说，他的文学观最初是在建国前建立的。在那“风沙扑面，虎狼成群”的时代，在不是胜利就是死亡的斗争中，他自然很少考虑到写与现实无关的东西。那时，每一个富有强烈责任感和使命感的作家将文学作为参与现实、改造生活的媒介是自然而

* 本文原刊于《人物春秋》2009第1期。

然的事情。因此，他在强调文学作品必须具有高度艺术性的同时，自然更倾向于对文学作如是观：文学应尽量贴近时代、改造现实，激扬人生，改善人们的精神面貌，培养崇高、正直向上的心灵。

听田老多次谈话和讲课，我认识到，田老的文学观深受鲁迅的影响，尤其是鲁迅杂文的影响；同时也得力于其地域文化与传统文学潜移默化的影响。齐鲁文化中那种坚韧、顽强、质朴的文化积淀，那种关心民生疾苦、邦国兴亡的使命感，那种务实进取的精神，对田老来说更是深有感染，时刻浸润的。

在我看来，这种文学观对于今天仍然是颇有益的。强调文学的思想冲力，强调文学负担“塑造、改造人类精神面貌”的职责，至今仍然是有现实意义的。

## 二

田老自青年时代时就爱读杂文。上世纪 20 年代末 30 年代初，在上海读书时就试笔散文，40 年代是他杂文创作的极盛时期，先后出版了《情虚集》《发微集》和《夜间相》等杂文集。田老自觉师承鲁迅杂文传统，40 年代初，他就出版了《杂文的艺术与修养》的理论专著以及一系列研究鲁迅杂文的论文。我记得，田老不止一次地说过，鲁迅杂文的思想和艺术曾经影响了一代甚至几代杂文家。多少年来，“中国杂文主要的是鲁迅风格的延续”，唐弢、聂绀弩、冯雪峰、秦似等莫不如此。鲁迅杂文的思想艺术，对田老来说，不只研究，更有实践；不只继承，更有捍卫；其影响不是一时，而是终生。田先生说：“现在有不少人说鲁迅的杂文过时了，如今时代不同，是全新的，不同于他的杂文了。当然应当允许每个人有自己的看法，其他人不应干预，但过时不过时，超越不超越，历史会做出结论的，一个或几个人的意见是无法改变历史的。”他一直认为，鲁迅杂文成就是极高的，是永远值得继承发扬的。田老的杂文，从各个角度直接地反映了抗战时期国统区的现实，画出了当时中国的社会百态，产生过较大的影响。文学史家有这样一种看法，上世纪 40 年代杂文名家中，上海有唐弢，延安有徐懋庸，桂林有聂绀弩，重庆就是田仲济了。

杂文给田老带来了丰收和喜悦，同时也给他招来了麻烦。50 年代中期、

60 年代初期两度使他蒙受“左”倾思潮的批判，但他并未因此消沉，对社会主义，对新时代的杂文，仍然满怀希望。面对不公平的批判，他问心无愧地说：“不愉快自然是不愉快，但我的性格是只要我行我是，没做见不得人的事，一切我就不去管它。”这就是作为杂文家田老的个性和品格。

## 三

田老是中国现代文学史学的开创者之一。1946 年抗战胜利后，他从重庆回到上海，翌年便以蓝海为笔名出版了我国第一部《中国抗战文学史》。不久，由日本波多野太郎教授译为日文，于 1949 年由日本评论社出版，“这书在日本，在香港，都是销行较好的书”。建国后，特别是新时期以来，田老在高等学校专心致志、殚精竭虑于中国现代文学史的教学和研究。1979 年他与孙昌熙教授主编的《中国现代文学史》，是十一届三中全会以后我国出版的最早的教科书之一。田老带领编写人员认真总结了建国以来文学史编写中的“左”的和形而上学的倾向，提出解放思想、实事求是、恢复历史本来面目的要求。这本书出版后，香港《文汇报》《大公报》，日本《野草》杂志以及国内《文学评论》等报刊相继发表推荐、评介文章，肯定了这本书较早地恢复了文学史本来的面貌，是一本可信之书。

田老在亲自起草的《编写提纲》中说，鲁迅的《汉文学史纲要》《中国小说史略》至今还是我们文学史研究的楷模；撰写文学史，既要勾勒文学历史发展的全貌，揭示其主潮，又要反映出每个历史时期的特点，揭示其丰富性和多样性；既要突出有代表性的作家作品，又要兼顾每一历史时期具有不同特点或影响的作家作品，拓展研究领域。同时，还要反映出各个流派及形式风格的多样化，不能把文学史写成作家史或作品论。他还指出，现代文学史研究特别要注意拨乱反正，扭转“左”倾思潮的影响，对一些几乎被人忘却或估计不足、颇有争议的作家作品，做历史与审美、思想与艺术、成就与局限的恰如其分、有理有据的分析，不粉饰、不掩盖、不夸大、不缩小，让历史自己来说话。还要警惕，在反对一种不良倾向时又必须防止另一种倾向，不能走极端或“矫枉过正”。所有这些，充分体现了田老一以贯之的独特的“史识”、“史才”和“史德”。这种治史的原则和方法，不仅体现在他的文学史、分类史的著述上，而且充分地反映在他个人的研究上，他的理论成果多半集中在《五四新文学运动精神》《文学评论集》《田仲济序跋集》等著作中。他坚持“史的批评”、“知人论世”、“文质并重”，不因人废文，不为贤者讳。因此，在许多课题上都有自己的“发现”和突破，在学术界产生过有力的影响。比如，田老在将“五四”以来报告文学与社会历史发展进行仔细考察、梳理以后说，报告文学应该是“同五四新文学的诞生同时诞生的。虽然‘报告’或‘报告文学’这一名称的确定是30年代的事情”。除新闻性、文学性外，报告文学“若另外还有什么特征的话，就是它的进步性了”。这些论述是发人之所未发的。以往人们多认为中国报告文学是诞生于1931年“九一八”事变之后。田老在1962年就提出“中国现代文学的发生期的前后已有了萌芽期的报告或类似报告的作品”。他的这一研究成果，现已为文学史研究者所认同了。再有，田老经过原始资料的挖掘以及对茅盾的访问、考证，得出文学研究会倡导无产阶级文学的时间不比创造社、太阳社晚许多这一看法，至今才被文学史家所重视，并写入教材之中。这些理论建树，实在体现了田老作为一个第一代文学史家扎实研究、坚持己见、独立探索的可贵学术创新勇气和精神。

在现代文学史研究业已全面推向深入的今天，我们重温田老的文学史观，既感亲切，又富启迪。

## 四

田老1986年退休，他的行政领导职务虽然没有了，但对现代文学的研究不仅未放松，反而抓得更紧了。他谈得最多的是学科的建设和人才的培养。他多次对教研室的同志说，资料的搜集、积累和整理是我们的传统，要不断补充、添置新的资料。他认为，资料是研究的基础和前提，只有从第一手资料出发进行的研究，才能经受住实践和历史的考验，成为有学术生命的著作。由此，我不由得联想到从上世纪50年代到80年代，他利用各种机会充实、丰富新文学藏书的感人情景。特别在“文革”后期，他获悉著名的现代文学藏书家瞿光熙的家属要处理其在苏州的全部藏书，田老冒着风险亲自联系，建议购买瞿的藏书。当时主持工作的工宣队长见有胡适、周作人、胡风等人的著译，大为恼火，勒令退回。田老于无奈之中只好暗中转到聊城师院图书馆，从而保存了这批孤本资料。国内一些学者写的著作，如陆耀东教授的新诗流派论，田本相教授的曹禺作品论，他们写的后记或书信中，都不约而同地提到山师有关藏书给予的帮助。

教研室老中青三代人，有一个共识，山师大现代文学研究以及培养研究生工作是由田老开创的，它的成长、发展无不蕴含着先生的心血。他重视教书，更重视育人，他认为学生入门须正，立志须高，治学为人，不可偏废。这是他数十年培养人才的经验结晶。新时期以来，教研室已培养了上百名研究生，在数量和素质方面均有很大进步。当我们总结成绩时，无不想到先生的开拓之功！而田老呢？他对不同时期培养的学生，其厚爱之心，湛然可感，难以尽述。当时，他看到中年学者朱德发迅速成长，由衷喜悦，多次催我打报告给社联领导，建议由德发接他的班，担任省现代文学学会会长。他常通过写信或赠书题辞的方法，促我在科研上做出成绩。1996 年 3 月，他特让其孙女送我杜文远的《傻瓜相册》，扉页上写着："心焕同志，送你一本书，想引发你写散文研究的速度，俾早日成册面世。"我于愧疚中受到莫大鞭策，这之后一有懈疏，就首先想到先生的题辞和期待。田老对他的女婿杨洪承则是另一种方式，即"慈父加严师"。我平时几乎听不到田老对小杨一句表扬的话，有的只是严厉的爱。在我们这里青年读博还未形成热度时，他就不止一次地鼓励小杨去考博。小杨是我们教研室第一个考上博士的，在全系带了个好头。如今取得学位的小杨已成为教学和科研的骨干了。

田老对学会工作也是全身心地投入，他始终把加强学术研究、培养人才放在首位。他担任省现代文学学会会长 15 载，其贡献有口皆碑。我记得有两件事特别受到总会领导人的赞赏。一是田老于 1981 年至 1987 年连续主持了三次山东籍作家作品研讨会（第一次是面上的，第二、三次分别以臧克家与王统照和李广田为重点）。现代文学史上对山东籍作家有些没有给予应有的评价和地位，有的则一字未提，如参加"左联"领导工作的耶林，参加太阳社的刘一梦等。田老说："这是文学史研究者该做的工作，可是建国以来 30 多年了，我们没有做，现在开始做了，无论怎么说，这是一件好事。"先生用心于此不言自明。二是 1991 年 10 月举办的文研会成立 70 周年研讨会。当时学术界纪念创造社的学术活动已有多次，而有关文研会的则没有一次。到会的京沪学者认为山东学会首开风气，办了一件很有意义的事情。特别是文研会会员、九一老人许杰专程赴会，濡墨挥毫留字："文学是为人生的；文学是人学，文学即人学；文学事业是人生事业，也是毕生事业"；"灵魂工程师人格铸灵魂，成品出次品该当打屁豚"。上世纪20年代中期，参加文研会的蹇先艾专函祝贺，希望大会"认真进行学术讨论，肯定这个会社的成就，指出不足，看看是否某些优秀成果今天尚可借鉴，予以出色的历史评价"。这些语重心长、言短意深的话，是对学术会议最好的评价。

往事如烟。田老虽已辞世多年，但他的形象与境界将长存在我们心里。

# 《郭沫若：一个复杂的存在》序*

魏建是1985年暑后考进山东师范大学攻读中国现当代文学专业硕士研究生的。据我了解，他曾当过工人，粉碎“四人帮”以后首批考入大学。毕业后在泰安师专讲授“中国现代文学史”。后来，他到山东大学从孙昌熙教授学习一年。这一年他系统地进修了哲学、美学和中外文学理论。这为他日后对中国现代文学进行深入的理性探索和特有的创新精神的建立，打下了坚定而稳固的基础。

在研究生学习的三年中，他勤奋努力，既注重理论的学习，又注重史料的积累，扎扎实实地完成了学业。

1988年他研究生毕业后留在山东师范大学中文系现代文学教研室任教。他的老人和爱人都在泰安。几年来，他既要工作又要照顾家庭，只好频繁地往来于泰安和济南之间。这几年，他肩上社会工作的担子也越来越多，越来越重。他在纷繁的工作和杂务中，挤出时间进行学术研究。他坚韧而执着地一步步攀登着、著述着，发表了一批体现自己研究方向的优异成果。

魏建读研究生期间便选择郭沫若研究和创造社研究作为自己的主攻方向。由于他研究视角和研究方法的新颖和多样，他的论文陆续被全国有影响的学术杂志刊用，并得到了不少知名专家的肯定和赞扬。如他的《郭沫若历史剧研究述评》一文发表在《郭沫若研究》杂志，后收入中国现代文学研究会编选的《中国现代文学研究：历史与现状》一书（中国社会科学出版社出版）。多篇论文刊载于《中国现代文学研究丛刊》杂志。有的论文获山东省社会科学优秀成果二等奖，有的论文获华东地区“田汉戏剧奖”。他曾两次在国际学术研讨会上作学术发言。

---

* 魏建著，南海出版公司，1993年8月出版。

研究郭沫若的学术专著已出版了几十本了。但我读完了魏建的这本书，感到它是一部充满新意、有较高价值的学术专著。相信它将在众多的郭沫若研究著作中占有一席之地。

我作为魏建的研究生导师，希望他再接再厉、取得更大的成绩。

1993 年 4 月 5 日夜

# 《汪曾祺新论》序*

我记得春节前夕，学民专门打电话告诉我，清华主编的文论丛书中，约他写一部有关汪曾祺研究的书稿，嘱我为之写几句话，我欣然答允下来。半年之后一个晚上，学民带着一叠清晰整齐的铅印稿送到我家中，向我叙说完成这部书稿的过程，兴奋中带着几丝遗憾，再三叮嘱我，以“审查”的眼光来读他的这部著作。我作为第一个读者，自然沉浸在阅读的快感之中，同时也不由地萌生了一些联想和思考。

学民是一位博学多思的研究工作者。他的博学表现在他对中外古今的文学理论和经典作品的广泛阅读和吸收；他的多思则表现在他善于集中某一领域向深处挖掘，其特点是既融会贯通，又以我为主。十多年前，学民在读研期间，对京派的研究就给予很大的关注，积累了不少资料，做过专题分类梳理工作。他的毕业论文写的是沈从文小说的生命意识，在选课的新颖、论证的深度等方面，为当时的答辩老师所赞赏。在撰写毕业论文的前后，学民还写过几篇研究京派流派理论和沈从文小说观的论文。这些积累和成果，使其自然关注和深入研究京派另一大家——汪曾祺及其作品了。

我对汪曾祺所知甚少，更谈不上什么研究。读了学民的著作以后，我顿然明白这是一项旨在总结过去、启迪未来的有研究价值的课题，思想中原有的那些朦胧的零星的片断，则为这部充满创新精神的著作所激活了。

近几年来，汪曾祺研究成果表明，汪曾祺的意义正在越来越多地被人们所重新认识，因为当代文学发展的历史趋势越来越显示出他的意义。70年代后期，中国社会的转机把文学也带入了新时期，“伤痕”、“反思”很快改变了文学万马齐喑的局面，文学成了推动当代社会变革进步的重要舆论力量。但是，这种进步还并没有给文学自身带来根本的变化，也就是说，文学还没

* 杨学民著，中国文联出版社，1999年12月出版。

有真正回到它自己的“家”，成为民族文化血脉的自然延伸，成为有独立的审美品格的艺术。文学依然是载道的工具——只是载的道与原先不同罢了，它的艺术表现力仍然是粗糙和空泛的。在这样的背景上，汪曾祺出现了，带着他的《受戒》《大淖记事》，悄悄地，不是像雷霆闪电，而是像细细春雨，趁夜而来，润物无声。人们一下子意识到，原来还有这样的文学，小说原来还可以这样写！它似乎很空，但又很实；它好像什么也没有说，但又说出了很多；它好像很浅，但又很深刻；它好像虚远缥缈，但又在每个人的心中、梦里……

更重要的是，汪曾祺通过他的小说，“修复”了当代文学与中国传统文化与审美方式之间的血脉联系，这一点并不是一下子被人们认识到的，这应该是他对当代中国文学最重要的贡献。五四以来，新文学的小说审美观念与叙事方式基本上是按西方和苏俄的模式建立起来的，中国传统小说注重神韵性灵与世情风俗的种种特点都不见了，中国传统文化的风神智慧与精神气韵也消失殆尽了，所谓“中国气派”也只是偏向于农民或“工农兵”的气派，传统知识分子的智慧情怀则被阉割。汪曾祺的小说不见痕迹地续接了这一传统。

汪曾祺还通过他的小说创作，继承了五四以来新文学的传统，在某些方面又超越了这个传统。正像不少研究者所指出的，汪曾祺有意于现代散文化抒情小说创作，继承了废名（冯文炳）、沈从文等的精华，但又有自己的建树和追求。他的小说，把诗歌、散文和小说文体的内在特质一而二、二而一的“化”在一起，汪曾祺也因此成为新时期众多小说家中具有独创个性的“这一个”，并且这种带着自身印记的小说文体已在当代一些作家中广为实践了。

众所周知，小说创作的核心是文学语言。汪曾祺特别重视文学语言在小说中的位置。他明确指出：“语言是小说的本体”，把“气韵生动”的语言境界作为其一生不懈的追求。学民在书中概括得好，汪曾祺“在更高的层次上实现了‘言文一致’，创造了一种诗化的小说语言”。

我认为，学民的《站在边缘处对话——汪曾祺新论》一书就是在上述起点上进行研究的，这无疑是一个较高的起点。看得出，作者不追求面面俱到的研究格局和理论框架，有意舍去了当代文学教材或一些论文里大家都知道的文学“常识”，书中的15个专题，可以说，都是有感而发，都多少有作者经过反复思考后的“发现”，这无疑使学民的研究成果在现有的基础上有所前进了，这样的著作才是名实相符的学术性著述，并使之与一般的教材编写区别开来。

学民的研究方法也是科学而辩证的。文学理论、文学史和作品解读融为一体；从反复论证、比较之中获得自己的结论。总之，这是一本史论结合、学术性和当代实践性结合、宏观把握和微观剖析结合的创新性学术著作。我相信它的出版，定会在学界占有一席之地的。

# 《写作理论与实践》序*

李宗刚的《写作理论与实践》一书即将付梓，嘱我写个序。我不善写序，也无力写好序，但一想到我们之间近20年始终如一的师生之情、朋友之谊时，就毫不犹豫答允下来。写什么呢？写几句缘情而生、有感而发的题外话，权作一个序吧。

20世纪80年代前期，宗刚在山东师大读本科时，曾选了我讲授的《中国现代小说史》课，我们开始了初步接触。通过课堂讨论、课外辅导，我对其刻苦好学、勤于思考的学风，留下了颇深的印象。也许缘于此，1988年毕业前夕，他郑重找我提出要报考研究生深造之事，我欣然接受并鼓励他心想事成。在他攻读硕研的三年期间，我对他有了更多的了解和认识。这是一个把人品和文品、做人和做学问两者相融作为自己追求的有思想有作为的青年。同我前后带的研究生相比较，宗刚身上有两点比较突出。其一，兴趣比较广泛，渴求多方面的知识。他除阅读本专业所要求的中外古今各方面的理论书和作品外，自己还选取中外名家的文化著作和哲学著作，并且把自己研读所得运用于自己的专业中。其二，他信书本，又不惟书本，立足学术，又着眼于实践，逐渐形成了一种以理性观照的顿悟式的思维特点，使其较为熟练地掌握了一种观察和评价人物和事件的全新文化眼光和视角，掌握了一种逻辑严密的思维方法和文章笔法。表现在论文的写作上，既不是纯感悟式的，而是力求做到史的学术研究与现实的当代性意义相互融合。我认为，这是一种富有朝气和学术生命力的有效研究方法。应该说，宗刚在读硕士期间为治学所打的基础是扎实的，是终生受益的。

正是基于上述治学特点，1991年他完成的硕士毕业论文《论中国小说由传统向现代的转换》在实践中取得成功则是在情理之中的。宗刚以文化视角

* 李宗刚著，天马图书有限公司2002年12月出版。

来研究中国近代文学，特别是小说从近代到现代的诸多转换实是有一定的难度的。“转换说”在当时学术界还是一个全新的有待开掘的宏观研究课题。宗刚迎难而上，从搜集资料入手，做了上千张卡片，在不断进行辨别和梳理的基础上，提炼了自己“有所发现”的观点，论点和论据有机的结合，论文在学术的广度和深度方面均有所突破。论文受到答辩组专家的好评。以后，论文在《中国现代文学研究丛刊》发表，在学界产生了一定的影响。

宗刚研究生毕业后，服从教学工作的需要，留校从事写作教学和研究。山东师大的写作课，经老一代教授冯中一、张蕾等多年培育，写作教学和研究硕果累累，在全国名气很大。宗刚一方面向老教授虚心求教，一方面在自己的教学实践中不断进行探索。通过近十年的辛苦劳动，他的写作课已初步形成一个系统，强调写作的主体性、实践性、现实性和自发性等原则。他的这个改革成果在教学实践中，取得了较为显著的成绩，很多同学在他的指导下发表了自己的处女作，为他们走向写作实践奠定了较为坚实的基础。

宗刚认为，教写作课者最好自己也是个写家。他是这样说的，也是这样做的。多年来，他从事写作理论研究的同时，在省内外报刊上发表了大量的文章。就文体来说，有随笔、杂感、言论、访谈录、书评等。其中，在他的散文写作中，刻意于生命感悟上哲理层面的发掘，且又用极平淡的语言表达着最真切的思想，读来使人产生一种极为悠远的情愫。其精巧的表达、自如的结构和平实的文笔，使我感到这样的一种美学追求有着自己的特点的，尽管这特点并没有引起人们特别的关注。

现在摆在我们面前的这个集子，是作者从发表过的文章中精选出来的，写作的时间基本上从90年代中期开始，由此也可以说显示了作者成长的另一足迹。在这些短小的文章中，作者把自己的一些关于文化的思考用了小随笔的形式表达了出来。他曾经对我说过，对于其中的有些问题想作进一步的思考，当然，那模样恐怕就只能是论文的形式了。

这个集子，在一些人看来可能会觉得有些杂。是的，当杂家是不易的，在某种意义上说，没有杂家哪有真正的专家呢！可贵的是，宗刚不满足于此，他和我多次交谈中，早已表示这些思考只是代表过去，也就是说，他已经酝酿着新的追求了。记得他不止一次地慨叹说，历史上是有不少人的人生价值是在40岁到50岁实现的。读博，就是他迈出的重要一步，是实现他人生价值的新起点。记得2001年谈及此事时，我建议他报考山东师大的朱德发教授。朱老师在培养研究生方面，训练有素，经验丰富，方法对路，治学严谨。这预示着宗刚的一个新的发展时期将要到来，我期待着通过朱老师的悉心指导和自己的顽强努力，宗刚能以崭新的面目活跃于学术界。

2002年12月5日

# 《创作成功学》序*

宗刚最近告诉我，要我为他写的《创作成功学》写一篇序。说实在的，在这之前，我还没有听宗刚说起过此事。当他把书稿送给我，要我根据自己的阅读印象写点文字时，我才感到，宗刚的《创作成功学》还是有许多令人眼前一亮的新意的，是值得向读者推荐的。

宗刚是我的硕士研究生，说起来那已经成了上一个世纪的事情了，尽管这期间的间隔才有十几年的时间。他是我所带的研究生中较早的一届，我那时也恰是思维活跃的时期，我和我的学生们，经常就一些问题展开一些讨论，记得那时宗刚就曾经向我发问过："老师，你说我们中国现代文学史上的那些文学大家是怎样成功的?"当时的学术界选择研究的热门课题相当多，对此似乎并不是十分在意。我对此也很有兴趣，感到这是一个不应被忽略、但又常常被忽略了的问题。尽管我没有对此展开专门的探讨，但想法和思考还是不少的。至于当时我是怎样回答宗刚的问题，随着岁月的流逝，早已记不清楚了。然而，没想到的是，宗刚这十几年前的发问，却在他心中形成了一个挥之不去的情结，这也算是他在随后的日子里对此课题展开专门探讨的重要缘由。

其实，如果细细地想想，就会发现，我们的中国现代文学研究还没有就作家的成功进行过专门的探讨。我们的一些文学研究热衷于一些大问题的探讨，诸如作家的思想、作家的艺术风格等问题的发问，但就是没有提出过，在历史的长河中，为什么就是这些相貌常常的平凡人，却成长为中国文学史上令后人仰视的一代文化巨人，他们以自己的文学实践活动，为我们的文学发展涂染上了他们的个性底色；而一些和他们当时曾经不相上下的学人，却没有和他们一样，成长为文学史上的文化巨人，甚至最后默默无闻于乡间，

---

* 李宗刚著，中国戏剧出版社，2004年7月出版。

郁郁寡欢于世间，在历史的文化之河中没有留下自己的一点痕迹。如此想来，我们的文学研究对这样的一些现象，实在是缺乏必要的说明，这带来的弊端，一方面体现在，我们对那些有线索可探可寻的成功规律缺少认知；另一方面，我们在通向成功的道路上，也走了一些弯路，多了一些盲目性，没有从实际的文学成功的规律的积极导引下，以最快的速度切入到成功的行列中，从而为时代和后人留下自己的华文彩章。

在看到了宗刚对创作成功规律的阐释后，我感到了他在撰写本书时所隐含的意义。在宗刚看来，那些彪炳于文学史册的文学大家，他们之所以能够获得了这样的荣耀，并不是无缘无故的，而是有规律可循的，这规律在宗刚那里已经有了独到的阐释。我感到这其中的一些阐释是很有道理的，对读者也是很有启发的。这样说，并不是我们就可以把宗刚的思考当成了最终的规律阐释——与其是这样认为，倒不如说宗刚的思索开启了创作成功学的泉源，这随之汩汩涌出的清澈的甘泉，不但应该为宗刚所拥有，而且也为所有对这一课题感兴趣的学人所拥有。也就是说，我感到宗刚从事这一工作的积极意义，并不在于他的言说达到了一个怎样值得肯定的境界，而在于他的言说为学人的进一步言说提供了一个平台，在这个平台上，创作成功学从其他学科的从属地位中挣脱了出来，开始以一门独立的学科，呈现在人们的学术视野里。

实际上，这正如宗刚和我在交流中所诉说的那样，他的这本书还不能称之为严格意义上的创作成功学。在他的美妙的设想里，他期望把创作成功学当作一个独立的学科，专门地就文学创作中的成功规律进行厘定——这自然就不是当下的这个模样了。当下的这个模样，听他说主要是受制于选修课的缘故，才不得不以这还显得有些纷杂的面貌献之于世。在他的选修课中，他本想对专门对创作成功学进行独立的阐释，但学生还期望从这门选修课中获取他们在未来的就业中所需要的本领，还需要获取他们在未来的考研中所需要的能力，还需要获取他们毕业时撰写毕业论文的基本技能，所以，为了兼顾这一切，他也就只能忍痛割爱了。尽管如此，我依然感到，他在撰写的过程中，还是注意到了成功学这个中心议题的，这实际上也缘于他的这一基本理念，他认为在所有的看似不经意的成功中，都隐含着成功的规律，这不仅体现在文学创作上，也体现在文学研究上。这思路在我看来是正确的。不管是从事文学创作，还是从事文学研究，抑或从事其他学科研究，除了因其学科所具有的独特性之外，其之所以成功的，还是有一些共同规律的。这一点，在宗刚的阐释中，已经有了一些回答。

据宗刚和我讲，他之所以对这一课题有了兴趣，主要是得力于美国成功学创立者拿破仑·希尔的影响。希尔在调查走访大量成功人士的基础上，总结了成功学的十七条基本法则，他们尽管获得成功的领域不同，尽管获得成功的大小不同，但这十七条基本法则，他们是都具有的。在这样的阅读过程中，宗刚蓦然感到，成功学所涵盖的领域，岂止是经济界和政治界等行当中，在那些文学大师所建构的文本世界中，又何尝不是蕴涵着这样的一些成功的规律呢？于是，他由此进行了嫁接，开始了对创作成功学的思考。

在听了宗刚的话语之后，我接触了拿破仑－希尔的成功学，感到在实际的例证基础上建构起来的成功学理论，是容易让人接受的，这和那种面壁虚构出来的理论，有着不同的建构路径，这在我，也是非常服膺的。尤其是当我们这一代人，经过了一些复杂的世事之后，就更为确切地感受到，像那些终于获得了成功的文学大师级的人物，他们的确是在很多方面显现出来的与众不同之处——其实，这也难怪，如果他们处处和众人没有了不同之处，他们岂不就是众人中的一个了吗；他们岂不就是没有获得成功的平凡人了吗！也许，他们那些和众人不同之处，恰恰是他们的不同凡响之处，是他们得以走向成功的根本之点。这在其他行当中如此，在文学创作中和文学研究中又何尝不是如此呢！

在宗刚的字里行间，我读出了宗刚对成功所怀有的独特情愫。渴望成功并在成功中确立自己在历史中的位置，本就是一切有志于未来、不甘于平庸的人的重要文化品格。我们没有必要讳言自己对成功的渴望，就像没有必要讳言自己应该具有与众不同之处一样。这恰如宗刚自己所说，传统曾经赋予了自己以坚忍不拔的精神，这使自己每处于逆境而不甘沉沦的原动力；但传统也抑制了自己超然不俗的品格，这使自己本可以自由创造精神，在向众人的认同中几乎消解殆尽。我想，这样的自我反思是很深刻的。宗刚是一个在骨子里不甘于平庸、也不甘于循规蹈矩的人，他渴望自我的人生能够舞出属于自己的姿势，以定格在属于自己的时空里，我觉得这样的一种精神向往，是可赞的，同时也是可以实现的。当然，这里的前提是，只要自己没有放弃对成功的追求——这恰如宗刚在他的创作成功学中所阐释的成功学规律那样。

其实，如果从拓荒的角度来看，宗刚的创作成功学是值得肯定的，作为他的硕士生导师，我希望这一为我们所忽略了的文学研究领地，能够在众多学者的耕耘中，于蔚然成风中成长出参天的理论之树。

我退休之后，对学术界问题疏于思索，现在所写的点滴感受，完全出于对宗刚的了解、对这一课题早出丰硕成果的期待。姑且把这些当作序吧。

2004 年 5 月 24 日于山东师大寓所

# 《篱下走笔》序*

在位于黄河三角洲的胜利油田，有一位署名为东方晖的同志，其散文、随笔以及人物传记时常见诸报端，多次在一些较大的评奖中获得殊荣，偶尔还会见到一些评价性的文章。于是，在我的印象中，知道在油田有这么一位在写作上堪称是多面手的同志了。后来，由于一个偶然的机会到东营胜利油田开会，方知东方晖乃师专从事写作理论研究和教学实践的李同旭同志。在我，和同旭同志是有着师生和朋友双重情感的。

## 一

同旭是我从事中国现代文学教学生涯的第一届学生，当时他任副班长，学习抓得十分紧，思维也极其活跃，所以，他给我留下的印象便格外的深。每当我上辅导课，他是常常光临的学生之一。60 年代初政治氛围很浓烈，评价文学作品的标准主要是政治，可同旭提的则多是一些有关文学欣赏和艺术表现方面的问题，说明他当时就非常关注文学的艺术性。我记得那时的学生中舞文弄墨的不是很多，主要是怕挨“不务正业”的批评，即是写也多半处于地下状态。他便是当时挚爱着文学的青年人中典型的一个。他当时有一篇评价蒋光慈作品的短文，尽管事过几十年了，我仍然记得。他那种努力用自己的眼睛来观察对象，在深思熟虑之后写出自己的独特发现，这在把自己的思想当作他人的跑马场的年代里，显得非常的可贵，如果用历史的发展的眼光来审视的话，也许那时初现的端倪便是他后来终有成就的内在根据了。

接着不久，就是十年“文革”，在那个人人自危的特殊年代里，我们之间的联系也就中止了很长的一段时间。80 年代中期，我们由于一次会议，终得

---

* 李同旭著，作家出版社 2001 年 4 月出版。

相见。他那时具体负责编辑《胜利教育》，已经是步入人生的中年的同旭，尽管身历岁月和世俗的浊蚀，但他的身上那股子大学时就有的“劲”，依然清晰地自心底闪烁着。于是我们一见如故，师生之谊加上心心相通的朋友之情，洞穿了岁月之墙的阻隔，一筐一筐的话儿说也说不完。他告诉我，他对油田有着浓郁的情结，自我的人生可谓是和油田共艰难、同欢喜的。是的，读着同旭的散文，我感到他自身的生活积累和文化积淀，犹如地层埋藏的油矿，显得特别的富有，只要是有了那么一个喷发口，就会自心底汩汩流淌出来的。从此，我们又开始了书信和稿件来往。其间，我印象最深的一点是，他正在寻觅、搜集中外有关幽默的理论著作和资料，并就此或书信、或口头进行过多次交流。对幽默闲适之文，我只是一般性的了解，而他则有心研究和实践了多年。这次读了他的散文集，我顿然明白，他早就迎难而进，寻找散文创作的突破口，追求和表现属于自己的散文风格和艺术个性了。

## 二

同旭这次结集出版的散文随笔集《篱下走笔》，由品吃、思游、怀旧、觅乐、闲聊和论文六个系列组成。这虽是按题材内容加以区分的，但其间还是有一条感情线索贯注始终的，即作者所说的“总想把生活中自认为美的东西经过自己心灵感悟出来，也使别人觉得美”（2000 年11 月 11 日致笔者的信）。

“品吃”系列收19 篇散文。我姑且把它称之为饮食文化散文。作者自称没有不敢吃的东西，对中国的美食特别偏爱，既有研究，又有实践，故放笔为文时心领神会，成竹在胸；笔法也是多种多样的：或侃侃而谈，或涉笔成趣，或运用白描，或引经据典，力求抒写出各种美食的特色和神韵。特别是那些与大众生活离不开的食品，诸如萝卜、茄子、香椿、饺子、油条、猪血等，作者尤其用心抒写，“品”出其色香味形，也“品”出其内在质感。作者的高明之处在于从看似世俗生活的描写中，显示出一种耐人寻味的精神意蕴。比如《吃茄子》《吃饺子》《吃蛏子》《吃麻雀》等篇，作者在抒写吃的过程中，彩笔间总是在隐现着鲁北城乡的民情风俗，寄寓着作者的乡情乡恋的同时，还曲折委婉地折射出丰富的社会内涵，这样看来，其意义已经在

“品吃”以上了。

“思游”精选了7篇。游记散文在中国一向比较发达，这种文体大致可以分为两类：一类是采风访俗，了解社会的旅行记；另一类是写景抒怀，摹写自然的山水游记。同旭所写，总体上看来，应归于后者。他的散文，不仅立足于齐鲁大地、蒙山沂水，而且还驰目于长江大海、湖泊名泉，且做到了“登山则情满于山，观海则意溢于海”，通过抒怀，作者“思”索着人情文化及宇宙历史的奥秘。《漫游之快》一文，时空交错，看似漫不经心，但无不落笔在“快”上。作者于篇末升华出一段精彩之论：“漫游之快……主要在过程本身改变了你的生活秩序。……你的生存结构完全变了样，你等于重新生活了一次。……你实际是进行了一次‘精神换血’，得到了巨大的心理能量。”显然，作者在这里刻意挖掘的是，通过漫游而获得的新的文化启迪。类似的佳作还有《石门访叶记》等。

“怀旧”由17篇组成。“怀旧”，是文学作品、特别是散文写不尽的题材。同旭写的多半是人物记。作者调动了自己的感情记忆和生活储蓄，抒写和歌颂了医生、教师、科研工作者，为油田的先进人物立传。作者笔下的人物记，往往运用了小说、报告文学的手法，就人物的主要闪光之处，作详尽生动的描绘，以揭示人物的真实面貌和特定环境中人物的性格特征，行文洋溢着强烈的感情。《难忘山云》是其中的佼佼者。在“怀旧”栏中，我对《吃的故事》《哼老歌》情有独钟，因为它是苦难岁月的历史见证，同时也是美好精神的历史存留，是我曾经经历过、感受过的。文中表现的健康情愫、苦涩幽默和文献意义都给我留下了深刻的印象。

“觅乐”中所收作品，我把它归于闲适小品。即作者所说的“是些兴趣之笔，没有刻意去指陈什么，批判什么”（出处同上）。读这组散文小品，是一种艺术享受。作者性灵所至，发而为文，轻松中有幽默，时于行文处闪烁智慧，有乡情，有文化味。《独补之趣》《听蛙》《秋夜闻虫》《抱孙子》《感受新居》等就是这方面的代表作。《感受新居》是他的近作。该文“文眼”，旨在“感受”。作者从多个角度感受之、赞叹之，并自然而然联想到郑板桥的“感受”，在相互比较中向深处发掘，文笔幽默耐人咀嚼，显得雅致机趣。

“闲聊”和“论文”两个栏目所收文章，我把它们归于杂感评论。如果说，“觅乐”栏中有些作品表现散文的精美，那么，这两个栏目中的代表作则包孕着杂文犀利的因子。具体说来，《闲聊》中的的《晏子之御》《畏尾，何不畏首?》《两位和尚的“思想工作”》等，类似于“故事新编”式的杂文，而《何谓时论杂文》《形象说理三法》等，可归入论说的杂文，其中的上品，融知识性、趣味性、思想性于一炉，写法上也颇有变化和新意。

## 三

从同旭所营造的不失为精美的散文世界里走出来，令我感到印象最为深刻的是在其散文创作实践中，所蕴涵的那种指导其写作活动的散文新理念。我觉得，这在当前散文理论研究相对薄弱、滞后的状况下，散文创作实践的积极探索，对于理论的提升该是有一定的作用的。就同旭的散文创作实践而言，我觉得在以下几个方面对于散文的理论研究会有一定的启发：

**(一) 关于散文的根本特征问题**

当代从事散文创作的同人，已经不再是传统意义上的“纯”作家了，诸多从事文学研究和文化研究的学者型散文作者，构成了当代散文创作的一大文化景观。他们从表现自己的文化理念出发，在创作实践中早已不再拘泥于散文理论界提出的那些常见之说，什么“借景抒情”、“托物言志”啦，什么“起承转合”、“首尾呼应”啦等等，而是按照自己审美个性及审美表现的需要，对于写作的对象进行重新组合和解构，使之纳入到了自己独特的艺术结构中。同旭在师专主要从事文学理论等方面的研究，具有较强的理论思维能力，形成了自己独特的美学世界。这在他以品吃、思游、怀旧、觅乐、闲聊、论文（着重点为笔者所加）来编自己的集子，突出了散文创作者主体的主观性、情感性特征。由此，我想到随着散文创作观念的变化，对散文的本质特征重新给予科学定位是十分必要的。我以为散文既不是有人说的是一种与韵文相对的散行文字，也不是在于形散神不散。散文特征恐怕就在于自然而然地无限广泛地对生活及其潜在形态地最真切地表现和描绘。它应该没有任何艺术地框框和规范，是一种没有任何既定形式的最高形式，散文实在是最本色的文学艺术。这一点，在同旭的散文中是清晰可见的。

**(二) 关于散文文体问题**

五四以来，新散文的文体创新意识相对说来比较薄弱。文体，既是作品的形式，但又不仅仅只是形式。它积淀着作家独特的思想情感方式及艺术观、审美观，而且还深受文体历史传统结构的制约。当然，至于作为文体重要组成部分的语言，它本身独立的美也早已成为当代散文家的自觉追求。我觉得在同旭的散文中，除了已经具有了这样的一种自觉的文体追求之外，其文体笔调方面，有意追求散文在幽默方面的开掘和表现，便是一种有意识的美学追求，这给我在阅读其散文时所带来的冲击力是格外强烈的了。

幽默，应该是一种较高的艺术境界，它所包蕴的似乎是在较高的人生层次上超然于世事的洞明与人情的练达，并把这样的一种感悟以艺术的形式外化出来。显然，单纯的为幽默而幽默是缺少丰厚的文化底蕴的。值得可喜的是，这在同旭的散文创作中，他以自己的切实的创作实践，努力地向生活的深层掘进的同时，在文体上追求着具有深层意蕴的幽默，使其散文世界寄寓着人生的寓意、人性的向上和人情的美好。在语言的组合和表现上，他追求一种真诚、平实的风格，显得严肃，没有为了单纯的幽默而失之于油滑。同时，在把世俗语言化成艺术语言的过程中，谐趣自然流出，行文自然，于幽默之中，倾诉着对于人生的独到感悟。

当然，幽默作为一种较高的艺术境界，有时是常人所难以企及的。它需要有一种大智慧、大胸怀、大气势、大魄力。我们的创作也许最终难以完成这样的一个艰难的跋涉历程，但是，心中的美学追求始终锁定于此，我们就没有理由不对其创作保有更高的期望。从这样的角度来审视同旭的散文创作，显然是还有一段艰难的道路需要他去亲历的。我期盼着同旭在散文创作上，有更大的突破和成绩。

是为序。

2000 年 12 月

# 《邱恩鸿文集》读后*

2013年8月下旬，恩鸿带着一叠整齐清晰的文集打印稿送到我手中。他在简介文集编选过程中，再三嘱我用“批评”的眼光读他的书稿。我作为首批读者之一，用了半月左右的时间边读边记，并萌发了一些思考。

我与恩鸿相识相知近半个世纪，可谓情同手足的兄弟。这次较为集中、系统地阅读了文集中他精选的30余篇作品，我对他博学多思的品格和不断创作，以创新为乐趣的精神有了更多更深的理解。恩鸿的博学表现在他对中外古今广义的文学、艺术理论、历史和各种流派的经典著作广泛的阅读和汲取；他的多思则表现在善于发现现实中不断涌现的新人新事和学术、艺术上的热点、难点，并向深层挖掘。在融会贯通的基础上，形成自己的真知灼见，从而创作成论文或散文。

文集由“欧洲篇”、“科普篇”、“人物篇”、“追思篇”四个系列组成，按题材内容加以分类，读完文集，不难发现其间是有一条感情线索贯注始终的，即歌颂美，批判与美相背的丑，从美与丑对照、对比中总结出一些带规律性的东西来。

“欧洲篇”是作者以“中国赴欧文化艺术团”、“中国·知识摇篮展团”的成员身份，游览、参观欧洲各国和日本的所见、所闻和所感的艺术速写。我把这组访问记归入游记体文化散文。但它区别于一般意义上的摹写自然的山水游记，具有明确的目的性即文化交流的使命感。如作者所云：“笔者去过前苏联，三次去欧洲……执行任务或开展文化交流，不是游山观水，而是看、听、记、思考。……他山之石，可以攻玉。”（见《辉煌的历史篇章》）作者通过宏大叙事和具体描写，让人们读后感到新鲜、受益，仿佛置身于文章所描绘的情境中。这类游记体散文，不仅具有文学性的特点，而且具有文献性

---

* 本文写于2013年9月。

的价值。如《走进梵蒂冈》《中国绘画艺术的魅力》《我们的洋房东》等，均可列入结构新颖、文气流畅、感人至深的文化散文中。

“科普篇”收宏文八篇，是文集中的精华部分。作者以“激情燃烧”的感情，以强烈的对比，宏观地描写改革开放所取得的方方面面的巨大成就，充分表达了作者的爱国亲民与忧国忧民的人文情怀。

该篇中写得亲切感人、令人鼓舞的是《总书记三问科技馆》。文章通过“三问”，生动地刻画了胡耀邦总书记以科技事业为重的至诚精神品格。写得结实厚重、有力度的是《周总理保护泰山——回忆四十年前“文革”中有关泰山的一段往事》。据我所知，作者在“文革”中为了保护泰山文物，以自己的勇气和智慧，与破坏文物的种种恶行进行斗争，有心搜集和保存了很多铁证性的第一手资料。

作者酝酿此文已有多年。恩鸿于2004年写给我的信中说：“命运不让平静时，我就面对现实，挺而战斗，战斗就有效果。总能让违法违德，骄横贪奢的邪恶势力，睡不安宁。”正是这种不怕担风险的一身正气，催逼作者以殚精竭虑的精气神，愤而为文，在周总理及时有力的批示和亲切过问下，为成功保护泰山文物作出了重要贡献。这是一篇集思想性、新闻性、史料性和文学性于一体的真实的长篇回忆录。该文发表后社会反响极好。因此它无疑地成为文集的亮点和代表作之一。

“人物篇”具体记录了几位露出新苗的农家子弟，经作者发现并培养成才的故事。其中有的成为“从泰山走向世界”的商标艺术设计之星；有的融古今养生精髓，为多位疑难病人研究、开具有针对性的自然妙方让病人康复的医者；有的经过言传身教，在反复实践中成为书法界的佼佼者。作者谦逊地说：“仅仅给他们提供一个条件、一个机会、一个落脚点而已，一切全靠他们自己的努力。”又说：“人与人之间差别最小的是智商，差别最大的是用心和坚持。……正是‘凿之不止，必有清泉’。”这组人物速写，写得精致到位，是有人生启迪意义的美文。

“追思篇”是一组悼念性散文。在这组散文中，有的是追思作者所敬爱的党的领导干部形象以及对作者影响甚深的老师们；有的是运用诗歌的形式追思已经逝去的学生们的“哀歌”。其中《深深怀念国画大师于希宁先生》最具代表性，是情深意长的散文佳作。

读恩鸿“文集”中形态各异的散文，我联想到以往学术界常有争议的问题，即散文文体的根本特征。散文创作实践证明，随着时代的发展，散文创作时时在创新的状态中，它自然而然又无限广泛地对生活及其潜在形态作最为真切的表现和描绘。它应当没有任何艺术的框框和规范，是一种没有任何既定形式的最高形式。散文实在是最本色的文学艺术。这一点在恩鸿的上述散文名篇中是可以找到清晰印记的。他的散文与时俱进，顺应时代呼唤。创新意识和诗学传统在他的散文中结为一体，既有雄浑、壮阔的大气美，又有和谐、宁静的传统美，既有冲击力，又有感染力，因而他的散文，既继承了传统，又超越了传统。

语言是形成风格的主要标记。恩鸿的散文在语言的组合上，明显体现为真诚、平实的风格，但作为一位在画坛上有成就的作家，他将世俗语言化为艺术语言的过程中，可以看出，他的散文又时时流露出自然、典雅的特色。

当然，文集中的散文不可能篇篇都是佳作。他的散文中，明显贯穿着“反思”这条线索，作者有意地联系现实进行反思。这完全可以作为一种风格特点来追求，但应有一个“度”，以含蓄点到为宜。不然，会给人一种削弱文章整体结构美的感觉。恩鸿文集中有些散文，篇与篇之间，有时重复，有时反思的篇幅过长，我想可能与此有关。

# 评王泽惠《济南名泉咏》

## ——致王泽惠老师的一封信

王泽惠老师：

您好。

我以崇敬的心情，拜读了您用十年左右的汗水和心血及惊人的精力创作成的《济南名泉咏》[①] 一书，感到万分亲切。我是全身心地投入阅读的。读后，收益良多。感谢您送给我们一份宝贵的精神财富。

我有几点感受向您汇报，算我的读后感吧。

其一，文艺创作的大忌是雷同化。此书收了百首以上的咏泉诗，但每篇都不雷同，这在创作上是最为难得的。您攻克了难关，殚精竭虑于每首诗的创作和创新，从不同的视角活现了每个名泉的特点。我觉得这成功的后面包含着诗人稀有的精神和人格力量，也表现了诗人精通诗歌创作的内部规律和丰厚的学养与中国文化的铢积寸累。

其二，诗歌创作贵于真情的抒写。诗集的字里行间蕴蓄着诗人怀念亲人的深厚感情；同时也表现了诗人从爱泉进而爱泉城并升华为爱华夏的豪情。诗人在《玉环泉》首句中说得好，说得深："几度寻源几度研"。一点不夸张地说，您全神贯注，以自己的精气神投入了这一艺术创作工程。我认为，您心间怀有大爱和强烈而忘我的责任感是《济南名泉咏》取得成功的动力。

其三，诗人在83岁高龄开始写名泉诗，且一发而不可收，并创作出堪称精品的诗集，这绝对是个奇迹，以您的生命入诗难见难得啊！这是《济南名泉咏》获得成功的保证。

其四，从文化史上说，咏泉诗已形成一个诗学题材的传统，研究咏泉诗已构成一个史学传统。济南文化名人徐北文赞您的诗集为"'泉史'——

① 王泽惠：《济南名泉咏》，北京：中国文学出版社，2006年。

‘名泉之史诗’”见该书序言真是恰当之论。我认为，您的诗集，无疑在咏泉的诗学和史学上定会占一席无可取代的重要地位，它的独创性、经典性和文学史的意义是不言自明的。

我好久不提笔了，信写得不好，字也写得不好，请谅解。

您最近托人捎来的两册书已收到，我代表全家人感谢您。

最后，我和老伴衷心祝福您健康长寿，平安快乐。

2009 年 12 月 4 日

# 鸿雁评书*

刘锬老同学：

您好！

最近拜读了你的近作《望塔楼文稿》，收益多多，不禁提起笔来想写几句话。近几年来，人们交流的方式多种多样，方便快捷，但我认可传统意义上的书信，因为它显得更亲切些，更有人情味些，更有古典意味些。

从2000年以后，特别是生了一场突如其来的心脏病以后，我不再有意写什么了。生活中有感受，有发现，就写几句杂记之类，只留给自己看了。比如3月1日我在杂记本上写了这样几句："近几天用睡前时间读了老同学刘锬寄赠的《望塔楼文稿》中，有关写家乡的城、人、事的散文，颇感愉悦。刘锬的散文，以叙事的多元性，以描写的文艺性，以较多的史料性为特点，这对一个时时梦中思乡的人，对一个久久没有返乡的人，对一个于家乡的历史和当下的发展一知半解的人，无疑是及时雨，是一种精神的养料！这是一本有历史价值的书，一本写地方史志不可或缺的书。我十分感谢刘锬用心用力的创作。我想，他年归故里，定访刘知音。"

我老伴也读了书中一些佳作，她有亲戚在新疆，故而对书中所写的有关新疆的游记，很感兴趣，手不释卷，直说刘锬写得好。

打开散文集，我先看作者序及作品分类和细目，大体能看出和分析作者的散文创作观念。你爱好文学，且不是一般的爱好，文学已潜入你的生命，不写不行，不吐不快。你有一颗寻幽探胜之心，这就让你发现生活中常人见不到的一些精华，一些细节等，再加上你长期积累和思考，因此写作成为一乐事。从分类上看，履痕、风情、印象、剪影、情思、雅趣、百味等突出了散文创作者主体的主观性、情感性特征。由此，我看到了作者开放、自由而

---

* 此信以《鸿雁评书》刊于《江海晚报》2010年3月18日。

自在的散文创作观念，看出了散文创作在作者那里完全没有任何艺术的框框和规范。散文实在是最本色的文学艺术。所有这些在《望塔楼文稿》中是清晰可见的！

散文创作贵于真实情感的抒发。现在的散文中，不少是滥情、矫情之作，还有一些伪散文，令人厌恶。读你的散文，有一种亲切、清新之感。我读了你写的怀念严迪昌、羌以任、周溶泉等的散文，心中引起较为强烈的共鸣。《久远的书香》《播散金子钏子的人》等更是这类作品中的佼佼者。即使像《濠河风流》以叙写为主的文字，字里行间蕴蓄着作者的豪情。整个集子洋溢着爱自然、爱家人、爱故乡进而升华为爱华夏的感情。总之，心间怀有爱才会产生感人的散文。

散文的成功还取决于语言的表现，它既是文体的重要组成部分，又是形成作者风格特征的必备条件。读你的散文，我有两点感受：一是你善于把世俗语言化为艺术语言，行文自然亲切，倾诉着对人生独到的感悟。二是在语言的组合表现上，你追求一种真诚、平实的风格，这在一些佳作中时有表现。

艺无止境。写散文的人很多，成家的人比较少，成名家的人更少。你的散文已取得了成功，已有较大范围的影响。我期盼着老同学在散文创作上有更大更多的突破。以后再聊吧！

2009 年 12 月 4 日

# 陈醅新酿香愈醇

## ——漫说闵宜的教学楹联*

新时期以来，不少地方利用传统文化中一些富有生命力的艺术形式进行精神文明建设宣传，取得了良好的效果，如广东的《新三字经》等。悠久的历史与新的生活在人们熟悉喜爱的传统形式中广泛传播，传统艺术形式在新的历史条件下重新展示了它的魅力。

如今，在沂蒙老区又出现了利用楹联这一古老而又常新的形式，不仅进行社会主义建设新成就的宣传，且把这一形式引入了课堂教学。“在教学中进行美育渗透，从而形成其情感教学、寓教于乐的独特风格。”[①] 临沂一中特级教师闵宜的这一积极尝试，不失为一个大胆而又有效的创举。

楹联作为传统文化中的艺术形式之一，是名副其实的家喻户晓、老少皆知。传统文化经“五四”新文化运动之后，有的艺术样式已成为历史，有的从正统走向民间。然而，作为韵文形式之一的楹联，不仅没有失去其生命力。反而随着现代生活的发展而不断发展，在保留传统的同时，以它具有极大包容力的形式不断融入新的生活。尽管现代生活气息十分浓厚，各种满足现代人精神生活需要的媒体不断出现，但楹联的传统功能似乎被原原本本地保留下来，并且有所发展。每逢节日喜庆之时，即有楹联为之增添喜庆气氛；新建的亭台楼榭依然用楹联来点睛；新辟的旅游景点少不了楹联来增添人文气息。现代生活同样离不开楹联，如重大工程的奠基竣工，重大活动如各种交易会等，都有楹联点题以示吉庆。而如今外出的人们更不难发现，在重要交通道路的区域交界处几乎都会有楹联来表达一方人民的思想情感……细心一想，楹联真是无处不在，无时不有，古老的形式随现代生活的发展获得了无限的生机。

* 本文原刊于《临沂师范学院学报》2000 年第 1 期。

① 李宗福主编：《沂蒙当代楹联诗词选》，北京：中国戏剧出版，1999 年。

这并不奇怪，楹联因其言简意深而耐人寻味，因形式对仗而让人观奇，因用语出人意表而让人称妙。同时，因其音韵和谐让人喜闻乐见且记忆尤深，因其形式古老而透出浓重的历史感与文化气息。而更为重要的是，小小的楹联竟能在一定层面上满足人们的审美需要。楹联往往让人有窥牖知天，窥斑知豹的观微知著的审美效果，在有限的形式中领略无比的奇妙，而这种对“奇”“妙”的追求正是中国传统审美趣味的重要表现。

正是这些原因，楹联赢得了上至君王，下至百姓的喜爱。它从不占据文化的中心却又似乎常在中心。一有大事人们就会想起它；它似乎是生活的点缀却往往又成为焦点，重大场合人们常常首先聚而议之的就是它；它非正统亦非民间从而具有极大的亲和力。楹联在中国传统文化中可说是最具“民主”性的艺术样式，即使不识字的农夫，只要心有灵犀就能与楹联结缘。不仅如此，在长久的发展历程中所产生的楹联精品足以同历代优秀的诗词媲美，它的奇妙展示了民族特有的智慧。自古及今，可以说，没有哪一种艺术样式具有楹联这样长久的生命活力，它自产生之日起就不断得到丰富发展，至今不衰，这确实可说是人类文化史上独有的奇观。楹联自身就是一种极为奇妙的文化现象。它把中华民族远古的文化心态一直保存到了今天，并将延续下去。

闵宜把楹联引入课堂教学，也许就是发现了它这种经久不衰又能深入人心的魅力。在历史教学中，阂宜将古今中外重要史实和对史实的评价浓缩在楹联中，让人在历史背景中品味楹联的妙处。又在楹联中展开对历史的认识与记忆。她的这类楹联浓缩了人类从远古直到今天的历史发展。既有历史的宏观描述，又有重要史实的细写与对历史人物功过的品评。

如中国史，闵宜从西安半坡村、余姚河姆渡文化一直讲到了现代，“陕西西安半坡村老祖种粟前无古人/浙江余姚河姆渡先考植稻后飨来者”[①]，把中华民族的祖先对人类的贡献准确表达出来。历史发展的各个重要环节也在楹联中得到确切的艺术表达。“秦嬴政扫灭六国建立中央集权/汉刘彻通好八表促进亚欧联系”，把两代帝王的功过、朝代的兴衰交替揭示出来，让人对中国历史发展进程的关节点有所了解。近现代史的转折与变革同样在她的楹联中得到了准确表达，“谭嗣同戊戌变法血染菜市口/孙中山辛亥革命功建武昌城”，

① 李宗福主编：《沂蒙当代楹联诗词选》，北京：中国戏剧出版社，1999 年。

“周恩来南昌起义创建人民军/毛泽东湘赣暴动开辟根据地”[1] ……历史人物、事件、结果清晰形象地展示了出来。

国外历史同样广泛地展现在闵宜的楹联之中。从古希腊一直到现代，内容涉及亚、非、欧的政治、经济、文化、宗教、历史事件、历史人物等，楹联浓缩了历史发展的概貌。“汉谟拉比统一两河颁布成文法典/伯利克里振兴雅典当选首席将军”，这是对古代亚、欧一段历史的描述。“《权利法案》废英伦君主专制旧政统/《独立宣言》开北美合众共和新纪元”，短短两句把西方历史进程中对人类发展具有重大影响的事件联系在一起，而“倡众生平等释迦牟尼创佛教/敬万民一神穆罕默德奉清真”，则把世界两大宗教的创始人、核心内容简洁地概括了出来。“《地心论》替腐朽神学张目/《日心说》为近代科研奠基”[2]，揭示了中世纪科学与神学的尖锐斗争。

而更为突出的一点是。闵宜把中外历史融入一联，让人从比较中看到历史发展的异同，既宏观，又重点突出。“侠秋瑾昂首挺胸喋血轩亭口/烈贞德跃乌挥戈解围奥尔良”，把历史上不同时期、不同国度的两位著名女性放在一起，让人感到新奇。这类楹联实质上是在进行历史比较，在比较之中，人们可以见出其中的异同，并留下深深的记忆。

闵宜的这些楹联在传统艺术的基础上又有新的时代追求，在对仗、用语等方面都有自己的新奇之处，而新的语汇的运用更使古老的艺术表现出鲜明的时代感。就好比陈醅新酿，其香更加浓醇。

闵宜作为沂蒙当代楹联众多创作者中的代表，对中华优秀传统文化情有独钟。她创作的楹联的内容当然不仅仅止于教学，在“擂三通战鼓，倡文明，秉天地灵气/辟一方净土，毓清淳，炼日月精髓”[3] 的写作宗旨之下，她的楹联内容广泛涉及到历史文化与现实生活的各个方面，有对优秀传统文化的缅怀，有对祖国秀丽山川的咏叹，有对当今国家大事的积极关注，更有对当今经济建设尤其是当地经济建设成就的由衷喜悦与赞美。这是她将楹联引入课堂教学这一创举之外的成就，其中确有许多精品值得人们去仔细品味，欣赏其中的妙处，而这应当有更深入的叙说才行。

---

① 李宗福主编：《沂蒙当代楹联诗词选》，北京：中国戏剧出版社，1999 年。

② 李宗福主编：《沂蒙当代楹联诗词选》，北京：中国戏剧出版社，1999 年。

③ 李宗福主编：《沂蒙当代楹联诗词选》，北京：中国戏剧出版社，1999 年。

# 文学史研究的春天

## ——20年瞬间与记忆*

打开像册，一幅十余寸的开始发黄的黑白照片映入眼帘，照片下方两行字还很醒目："北京大学、南京大学等院校《现代文学史》教材协作会议留影，1978. 6，厦门鼓浪屿。"我一下就打开了记忆的闸门，20年前来自全国各地的现代文学界同行在鼓浪屿欢庆现代文学史研究春天的到来。也许人们经历了太长太长的严寒岁月，在阳光的沐浴下感觉到特别的温暖。照片上前排中间坐着老一辈的田仲济、钱谷融、陈瘦作等知名学者，还有一批走向成熟的中年学者、一大批青年研究工作者、约有100余人。名为讨论教材，实际上是对被"四人帮"亲自插手搞乱的文学史研究这个"重灾区"拨乱反正、正本清源。与会者在充满平等、自由的氛围下畅所欲言。大家不分白天黑夜地讨论着、争鸣着、构想着……人们一致认同，最重要的收益是获得了一种重新观照新文学史的开放眼光，一种多元互补的研究方法，为研究者拓宽了治史的新天地。

山东几所高等院校都有代表参加这次会议。我记得在返程的火车上，由山大的韩长经老师提议，一个新的计划在我们心间逐渐形成了。

田仲济、孙昌熙两位教授带领我们，一边学习经典文论，一边重读重评文学史，坚持从原始史料出发，扩大研究的范围。两位前辈特别强调，要以历史唯物主义的观点，论述每个人物，每件史实，每个作品，事事有据，处处有源，力求史论结合，真有所见：对一些几乎被人忘记或估计不足、颇有争议的作家作品作历史与审美、思想与艺术、成就与局限的恰如其分的分析，让历史自己来说话；还要注意，在反对一种不良倾向时又必须防止另一种倾向。1979年8月山东本《中国现代文学史》以崭新的面貌问世了。这是党的

---

* 本文原刊于《齐鲁晚报》1998年11月27日。

十一届三中全会之后我国出版的第一部新文学史教材。该书出版后，好评如潮，香港《大公报》以“实事求是！实事求是！实事求是！”的大字广告推荐此书，它广泛得到了内地、香港、台湾以及日本的学术界的重视和好评。

正是参加了这次会议，编写了这本教材，我的思想观念、学术观念发生了重大的变化。可以说，1978 年是我教学和研究生涯的重要转折点。比较两个 20 年（我 1958 年毕业留校），前 20 年，学术观念趋于保守、平和，单纯从政治思想意义层面上阐述文学作品的功能观，虽努力地干，辛辛苦苦，但成绩极小；后 20 年，学术观念发生质变，研究对象有所拓展，有所“发现”，力图把文学史放在一个当时历史、时代、生活和文化等多种因子组合的立体世界中加以考察，努力做到“史识”、“史德”和“史学”的尽可能的统一。

从此以后，我坚定地沿着这条路走下去，开始了一个又一个课题的学术研究。

# 林语堂与“幽默”*

林语堂是幽默闲适小品的倡导者之一，“幽默”（Humour）这一译名的首倡者。1924年5月23日，他在北京《晨报副刊》上发表《征译散文并提倡幽默》是其有意提倡幽默之始，接着他相继发表了《幽默杂话》《答青崖论幽默译名》等文，从中西文化比较的角度，探讨幽默的内涵及其美学意义。由于林语堂理论上的大力倡导和创作实践，30年代初，幽默这一译名已为文坛所认同，并逐步推广开来。

林语堂的散文，大体分为议论性的杂文和抒情性小品两种类型。前者大多写于大革命失败之前，后者写于大革命失败之后，尽管它们的思想倾向不同，但都贯穿着幽默的特色。比如写于1925年12月的《祝土匪》，运用对比手法，揭示所谓“学者”死要面皮，不要真理的虚伪作假，赞扬敢讲真话，坚持真理的“土匪傻子精神”，全文洋溢着一种嬉笑怒骂的幽默味。大革命失败后，他思想右滑。30年代初，他另立门户，先后创办和编辑《论语》《人世间》《宇宙风》，极力提倡闲适格调的小品文，提倡“有性灵，有骨气，有见解，有闲适气味”（林语堂《与陶亢德书》）的幽默文字，成为林语堂散文创作的主导倾向和自觉性追求。我们认为，林语堂的“闲适”既指内容上的闲适，即如“在人生途上小憩谈天，意本闲适，故亦容易读出人生味道来”（林语堂《再与陶亢德书》），反对“说者必须剥夺文学的闲情逸致，使文学成为政治附庸而后称快”（林语堂《说〈宇宙风〉》）；又指表现上的“闲适”，即语出“性灵”，表现“自我”，“无拘无碍”，“化沉重为轻松，变严谨为幽默”。其幽默和闲适不可分离，有时几乎可以互相置换。林语堂认为，“真有性灵的文学，人人最深之吟咏诗文，都是归返自然，属于幽默派，超脱派，道家派的”（林语堂：《论幽默》）。

---

* 本文原刊于《山东工人报》1995年7月29日。

林语堂散文中独特性的幽默表现在哪里呢？这里不妨同对林语堂产生明显影响的周作人作一点比较。如果说，周作人染上的是雍容、苦涩、略带几丝忧患，那么，林语堂的幽默，则显得轻松自如，无拘无束，仿佛温厚超脱而略带油滑。

林语堂接受并提倡幽默，除与他政治上追求所谓中间道路有关外，还与他出身的“亲情似海”牧师家庭和教会学校的熏陶有密切的关系，更与他在文艺观上有意接受公安派的“性灵”说和西方的表现主义文学理论有直接的关系。

如何评价林语堂标举的幽默呢？

从林语堂自身的创作看，总的精神是因文而异，作具体分析。有些作品，是有思想，给人新意，启人思考的。比如《论政治病》《如何救国示威》《诵经却倭寇》《等因抵抗歌》《论西装》《春日游杭记》等文，貌似幽默，笔调闲适，但在骨子里关注现实，嘲讽色彩颇浓；但有些作品，谈的是个人微不足道的喜怒哀乐，与时代精神格格不入，近于高雅之士玩味的“小摆设”了。鲁迅等左翼作家尖锐批评的正是这一类作品，比如《论裸体》《婚嫁与女子职业》等，说其是无聊作品也不过头的。

再从30年代文化大背景看。林语堂是受过正统西洋教育的知识分子，曾运用西方个性主义、人文主义等思想武器，对封建文化及政府专制进行过抨击。但大革命失败后，他个性解放思想淡化，成为游离于激烈的社会斗争之外的“高人”与“逸士”，于是适应超政治、超时代、标榜闲适、幽默的小品文字应运而生。另，林语堂长期生活和工作在国外，向往西方式的自由主义与享乐主义，既有西方式的“绅士”风度，又有浓郁的中国传统士大夫的生活情趣。因此说，同30年代“风沙扑面，虎狼成群”的时代现实必然发生冲突，因而是不合时宜的。但从文学表现的角度来说，幽默绝不是可有可无的，它是一种必要的艺术审美品格。鲁迅在《小品文的生机》中反对把“一切罪恶，全归幽默”。鲁迅还说过：“只要并不是靠这来解决国政，布置战争，在朋友之间，说几句幽默，彼此莞尔而笑，我看是无关大体的。就是革命专家，有时也要负手散步……小品文大约在将来也可以存在于文坛，之士以‘闲适’为主，却稍嫌不够。”（《一思而行》）鲁迅是主张战斗的小品文的，但他没有全部推倒“闲适”和“幽默”。事实上，鲁迅的杂文，老舍的小说等等，就因幽默而倍添光彩。因此，我们对林语堂的散文小品也必须取辩证分析的方法，这才合乎科学的态度。

# 没有元宵的元宵夜

## ——回忆刘绶松师片段*

一个人在其一生的情感记忆中，有不少是令人难忘的，因为它已形成一种情结，深入骨髓了。1962 年那个元宵夜，尽管距今已 38 个年头了，但它在我心中却是愈益清晰……

60 年代初，正直三年困难时期，我们几个 20 多岁的青年带着渴望和崇敬的心情，从全国各地先后投奔武汉大学著名学者刘绶松门下攻读现代文学。新的学习生活开始不久，先生就接到教育部通知，赴京参加高校文科教材会议，会后留京参加并负责现代文学史教材的编写。先生在出色完成编著工作的同时，还经常在深夜或凌晨，以书信形式对我们进行答疑解惑，做切实具体的指导。可他在信中则多次提及对我们“帮助实在太不够”、“每想起来总难免心中不安”。也许先生带着这种“不安”于 1962 年春节回武汉短期休假期间，力约我们来自山东、福建、河南的几个学生到他家欢度元宵节。

一提起那个元宵夜，我内心总是激动不已，当时的情景仍历历在目：下午 5 时，我们如约来到先生的住处——一座坐落在珞珈山腰、四周花木扶疏的小楼前。绶松师早已在门前等候了。他笑脸盈盈张开双臂向我们走来，像迎接一群久别重逢的孩子一样。我们簇拥在先生的身边，心中顿然升腾起一种幸福感。先生取出了相机，一张小小的二寸黑白照片留下了那个元宵夜永久的情景和回味。

进屋之后，见那张红漆方桌油光铮亮，桌旁那盘青蒜放出淡香，诱人食欲。师母安排我们一一落座后开始上菜：一盘鸡蛋葱花饼，一盘红藕炖豆腐，一盘萝卜丸子，一盘桃酥。这桃酥是绶松师从北京特地为我们买的高价点心。另外，还有一大海碗油汪汪的肉片烧青菜头。在今天，鸡鱼肉蛋人们都吃腻

* 本文原刊于《济南日报》2000 年 2 月 15 日。

了。海产早已摆上普通家庭的餐桌。因此，元宵节请客吃饭，豆腐之类是绝不登大雅之堂的。但在那个物质匮乏、人们普遍处于饥馑状态的年代里，师母为我们准备那样一桌菜肴，可谓丰盛之极了！那时，每户每月供应半斤豆腐，半斤食油，每人二两猪肉。先生除正常供应外，每月再加半斤猪肉、半斤食油。可以想见，这桌菜肴，几乎用尽先生一家数口人一个月的副食供应！这一切，使我们万分激动，感到先生一家人对我们的情之切、意之深。但我们却不忍动筷，当初的食欲也荡然无存了。先生似乎看出了我们的心思，他微笑着把菜一一夹到我们碗里……平时谈吐幽默的先生含蓄地说，这是一餐没有元宵的元宵家宴。先生接着说，正月十五称元宵，这是常识了。有些古书上又称元夕、元夜、上元等，不管称什么，都离不开一个“元”字。他从“元”巧妙引申开来，从元宵联想到月圆，又联想到圆满。渐渐地，我们领悟到先生所说的“圆”的含义了，即一个是做人要“圆”，一个是做学问要“圆”。先生进而又做了发挥：为人要坦诚、自信、坚忍，内外一致，在生活中保持一种明朗、健康的情绪和格调，不断追求高品质，愉悦身心。我们想，这些是做人要“圆”的题中之义了。至于做学问要“圆”，先生谈得很多，主要精神则是学无止境。他说，一个人能力、智力不一样，但只要把自己的潜质充分展现出来就符合“圆”了。如何展现呢？先生启发我们要尽快掌握自学的正确而有效的方法：（一）不急不躁，循序渐进；（二）博览与精读相结合；（三）手脑并用（即读和写同时并进）。只要找这样做下去，涉猎愈广，积累愈富，钻研愈深，是没有什么攻不下的科学堡垒的。先生这一番有关“圆”之论，给我们很大的启迪：人生的最佳境界是对圆满的不懈追求，这是我们一生为之奋斗的目标，只要一步一个脚印向此目标前进，我们的人生就是充盈的，就是问心无愧的！

时代在前进，观念在更新，物质生活在不断丰富，那个特殊年代里吃不到元宵的元宵节已成为历史，但绥松师对学生的亲情之爱和关于“圆”的议论却成为我终生受益的精神财富，永久定格在我心中。

# 微言如闪首传真

## ——谈李大钊的杂感*

今年10月29日，是伟大的革命先烈李大钊同志诞生90周年纪念日。“四人帮”出于险恶的用心，疯狂污蔑、攻击李大钊同志，但是，这些丑类枉费心机，李大钊同志的历史功勋永放光辉，无产阶级和人民群众深深崇敬和怀念他。

李大钊是我国最早接受和传播马克思主义的先驱，是中国共产党的创始人之一。在五四新文化运动中，他不仅是文化新军的领导者，而且以自己泼辣有力的杂感展现了文学革命的战斗风貌。他的杂感发表在《新青年》《每周评论》《晨报》《新生活》等报刊上，多至数百字，少至几十字，却以深刻的思想、敏锐的观察、形象的语言，讴歌革命，针砭时弊，发挥着教育人民、打击敌人的作用。林伯渠在《题李大钊选集》一诗中写道：“大智若愚能解惑，微言如闪首传真。”

十月革命开辟了人类历史的新纪元，使中国人民看到了中华民族解放的希望。多年孜孜探求革命真理的李大钊同志，热情洋溢地讴歌着这伟大胜利。他在1919年元旦所写的《新纪元》中，欣喜地呼喊“新纪元的曙光”的来临，指出他将横扫旧社会的一切不平和污泥浊水；他欢呼十月革命的胜利“是世界革命的新纪元，是人类觉醒的新纪元”；他看到十月革命的胜利，使沉沉黑夜般的中国“也仿佛分得那曙光一线”，因而他号召人们“趁着这一线的光明……作出一点有益人类工作”，激励人们争取中国新纪元的早日到来。

中国反动派为了阻遏这股革命潮流，则尾随帝国主义污蔑苏联为“过激政府”、“过激派”，污蔑布尔什维克党和马克思主义为“过激党”、“过激主

* 本文原刊于《大众日报》1979年11月5日。

义”。面对着敌人的诽谤和攻击，李大钊发表了《过激乎？过惰乎?》《过激派的引线》等文，指出由于社会上的一种“惰性”在“作怪”，所以“有了进步的举动，人就说是过激?”；“过激主义”的根子，是因为“社会上不满意的事太多，才产生的”；那些“怕过激主义的人”，何尝知道什么是“过激主义”。为此，倒不可不译几本被他们认为是“过激主义”的书来开通他们一下，“这种书果然译出，看得见的，可就不止那几位怕过激主义的人”了，这样，马克思主义的真理就将被更多人所接受。

“五四”运动前夕，各派军阀纷纷与帝国主义相互勾结，出卖民族利益，残酷镇压人民。当时，段祺瑞掌握实权的北洋军阀政府，以出卖国家主权向日本帝国主义大借其款，来编练军队，扩充自己的实力，并于1918年5月与日本帝国主义签订了所谓的“中日共同防敌军事协定”，对外矛头直指社会主义苏联，对内则变本加厉地鱼肉人民。李大钊同志目睹时弊，内心激愤，连续发表了《大亚细亚主义与新亚西亚主义》《放弃特殊地位》《强国主义》等杂感刺向敌人。他在《大亚西亚主义与新亚西亚主义》中，一针见血地指出日本的所谓大亚细亚主义，并不是为了亚细亚人的解放，而是为了让亚细亚人民任凭日本人的宰割，是让日本人做亚细亚人的盟主。李大钊同志在揭露帝国主义侵略中国的同时，也无情地抨击了中国的军阀政客相互勾结，在政治经济上残酷奴役压榨人民的罪行。他在《乡愿与大盗》一文中指出：“大盗不结合乡愿，作不成皇帝；乡愿不结合大盗，做不成圣人。”所以，“皇帝是大盗的代表，圣人是乡愿的代表。到了现在，那些皇帝与圣人的灵魂，捣复辟尊孔的鬼，自不用提，就是这些跋扈的武人，无聊的政客，那个不是大盗与乡愿的化身呢!”这里，作者把对现实的批判和对历史的批判结合起来，说明现代的反动统治者比历史上的反动统治者更加凶狠，更加残暴!

李大钊同志对帝国主义和反动军阀的恨，是建立在对人民群众的爱的基础上的。他的杂感对劳动人民的痛苦生活，寄予了深切的同情，唤醒人民奋起斗争。《唐山煤厂工人生活》一文，描述唐山煤矿工人，在“地狱”一般的炭坑里为资本家“无昼无夜的像牛马一般劳动”，甚至于连“人世间的空气阳光，他们都不能十分享受”的非人生活；“工人的生活，尚不如骡马的生活；工人的生命，尚不如骡马的生命”。作者站在工人的立场上，对剥削制度提出了愤怒的控诉。压迫越甚，反抗越烈。李大钊坚信这个真理。因此，他明确指出：劳动人民“真正的解放，不是央求人家‘网开三面’，把我们解放出来”，而是要靠自己的力量，“把头上的铁锁解开”，“从那黑暗的牢狱中，打出一道光明来。”

李大钊的杂感，在艺术表现上也有它的独特之处。他的杂感，以短小的篇幅，精炼、朴素、晓畅的语言，凝结着博大精深的思想内容。通过准确、形象的比喻，生动、强烈的对比，以及严整的论辩和逻辑的推理等多样表现方法，正确地宣传了革命思想，增添了作品的艺术感染力和战斗锋芒。

“铁肩担道义，妙手著文章”。李大钊同志虽然离开我们 52 年了，但他的“道义”和“文章”是永存的，永远写在中国人民的历史上，刻在中国人民的心头上，鼓舞中国人民为实现四个现代化的宏伟目标而奋勇前进！

# 老年“校园情结”*

“校园情结”作为一种心理状态，似乎是年轻人的专利。因为它总是和青春的涌动、炽热的爱情……连接在一起的。人到老年，青春和爱情已经远去，工作的磨难，生活的曲折，人际关系的变化莫测，这些往往使他们觉得绚丽之后一切归于平淡。那颗激情澎湃热血奔腾的心似断流的河，失去了当年的涛声。果真如此？细细想来，心底深处仍然时时激起层层浪花。

当我们毕业42周年，满头飞霜之时，恰逢新千年之际。初夏，学兄兆熊来济参加全国性的学术会议，他一踏上泉城这片热土，就急切地电话告知留济工作的诸同窗：我想见见你们。我想看看母校。只此两句，我们就深深感受到他对母校的思念、向往。

山师校门前，我们迎来了兆熊。虽说分别40多年，虽说岁月的沧桑在他脸上刻下了屡屡印痕，但他那嘹亮的苏南乡音未改，他那八字步依旧。母校一幢幢现代化的教学楼、田家炳教育书院、图书馆楼、实验楼、体育馆，青翠油亮的塔松、群芳吐艳的花园、绿树成荫的道路及林荫下朗读外语的学子们，无不磁石般吸引着他。他感慨万千：真是42年弹指一挥间呵！母校变化太大了。改革开放的浪涛将母校推向又一个发展的新高峰，大批高素质的现代化建设人才又将在这座熔炉中锻造出来。

在校园大型建筑群体之间，50年代兴建的文化楼、教学楼仍坚实地矗立着，这是我们大学时代学习、生活的地方！我们以极大的兴味重温青年时代的梦！走进教学二楼，兆熊在走廊里寻寻觅觅，找到了2214教室，往北墙窗下一个座位上一坐，就兴奋得叫了起来：当年我的座位就在这里！我手中的相机亮起来，摄下了他那颗至今不老的心。兆熊兴奋的叫声将我们带回50年代的课堂。那时田仲济先生为我们班讲授文学概论课，他那慈祥而严肃的目

---

* 本文原刊于《齐鲁晚报》2000年6月29日。

光，浓浓的潍坊乡音，至今还保留在我们记忆深处。理论性极强的课，一经田先生讲授，即引起我们的学习兴趣，教室里静静的，我们专心地听着……在兴奋的谈笑声中，我们一一指点着当年自己的座位。这情景感染了一位正在教室里学习的学生，我们的笑声交融在一起，这笑声是感慨，是祝福，是对未来的畅想！

路过大操场，这里正进行一场球赛。年轻学子们热情的呼喊，使我们忆起当年的节日篝火。就是在这里，1954 年的除夕之夜，篝火通明，歌声四起，欢笑声伴随着圆舞曲和轻快的舞步，酣畅淋漓地抒发着我们那一代学子们奋发、友爱、团结的心怀。

山师最早的两幢建筑之一——五排房，是我们大学四年的住所。五排房南面的杨树林蔽日洒阴，是恋人们常常光顾的地方。兆熊留连在这片深藏着他玫瑰梦的杨树林中久久不忍离去。是啊！他怎能忘记呢？他与同窗式宏的爱情是经历了政治风暴考验的。那是 1957 年深秋，“反右”运动深入开展之际，兆熊处在清理自己“右倾”思想接受“帮助”的困难时期，式宏依然与他痴心相爱，几乎每天晚饭后他俩都来林中散步，倾吐着相互支持、忠贞不渝的心声，这需要多大的勇气啊！毕业后，他们双双分配到一所乡村中学，后来调回南方。兆熊被评为江苏省特级教师。是的，真爱是无价的，她不贪图虚荣、名利，她不惧怕曲折、压力。他们相随到永远……

时针快指向两点了。兆熊匆匆登车而去。我们目送着他乘坐的车汇入车流，不禁思索和品味着德国大诗人歌德的名言：老年是人生的“第二届青年期”！

# 热爱绿色生命*

城市里的绿色太少太少。

如果一座城市没有绿色，即便它烟囱林立、机器轰鸣，人们的心灵也是死寂空漠的。

所以，那么多人在创造着绿色。街心小小花园里冬青、木槿、美人蕉，高高楼房底层小院里丁香、葡萄、石榴树，老式四合院影壁前的两丛月季，城市园林中迎面而来的树木……

绿色，饱含生机，给人以祥和、温馨的愉悦，启示人无穷无尽的想象。

沐浴黎明时分清凉的风，伴着几颗尚未隐去的星星，走进一片绿色的大地，你顿觉爽心悦目。白杨那黄绿色花穗刚从淡淡紫色花托里抽出。茵茵草坪，葱葱灌木，连结着山坡上苍苍的柏树。山顶吹来了绿色的风。霜，把火炬树碧绿的叶子染得血红，在风中摇曳着像燃烧的火把，火焰腾空升起，传来乡村晚秋中丰收的喜讯。白雪覆盖的山林坡地，岩土在浸润、百子在萌生，来年又是满山遍野小草青青野菊香。

怎能忘记我的那位朋友呢？他从那场风暴过后的20年坎坷生活中走来。当他又一次落脚于这座城市的第一件事便是去寻觅当年他们在山边栽植的杏花树、小柏树。他吃力地翻越山头来到山的那一边。没有寻到杏花树，却欣喜地看见了已经成林的柏树。无需任何论证，他当即判定那靠近山腰的柏树林就是当年他们那个团支部一群年轻大学生栽种的。他，在沉思，在遐想，耳畔响起了青春的絮语、欢快的歌声。20年过去了，这片绿色生命吸吮着大地的营养，接受了阳光的普照，将它的一片绿色献给我们。它还将生长到很久很久的未来，把无垠的浓绿献给我们的后代子孙们。想到这里，热血在他脉管里涌动，他决心尽力去保护好人们用劳动和智慧创造的一切绿色生命。

---

* 本文原刊于《济南日报》1994年1月17日。

于是，他每次出门总带把钳子，拔掉行道树上的铁钉，解下系于行道树上晒被褥的尼龙绳。这一美好的行动有时受到讥讽甚至斥责。他去请求有关部门的支持，终于得到了一张印有林业部门公章的诸如林业保护人员之类的身份证明。他兴冲冲地告诉我："那一纸证明很有用哩!"

世界上的一切事物无不处在矛盾对立之中。那么多人在创造、爱护着绿色生命，又有那么多人用各种方式、有意无意地毁坏着连他自己生活在其中也觉得怡然自得的优美的绿色环境。不知你是否逛过夜市？办夜市本是活跃市场经济利国利民之举。但，有些夜市区的行道树上绳索网织，五彩斑斓的商品高悬于网织的绳索之上。不知我朋友的那把钳子还钳得动这树上的铁钉吗？谁都知道公园是人们消夏的好去处。一个三口之家躲进那绿色宫殿享受半日清凉；美事一桩。但尼龙绳软床系于两棵树上，随着"小皇上"身躯的摇摆，那树在剧烈地前俯后仰着，周围的青青岩石、绿绿草坪上西瓜皮、健力宝空罐……一片狼藉。我的朋友啊，你那一纸证明的"护身符"还起作用吗?

大自然中的绿色生命是一本伟大的书，每个人都在读它。但它的每一页每一个字句所蕴涵着的深奥道理并不是每个人都能读得懂的。读懂了，将自己和它融为一体，把自己的生命融化在大自然的绿色生命之中；读懂了，又将自己从大自然的绿色生命中剥离出来，并从它那里吸取知识，获得无穷无尽的启示与思考。当带上人的印记的绿色生命愈多、愈旺盛，就从一个侧面透视出人们的文化生活升华到了一个新的境界——寻到了精神生活中的绿色源泉。

# 阳台上那盆太阳花*

前年秋天，罗素老师送给我一大把太阳花秧。我将它埋在阳台的花盆里。经过一冬的风霜冰雪，它枯萎的枝叶全消融在盆土里了。去年春节过后，几乎每一个清晨我总要站在阳台上凝视一会儿那花盆，祈盼着春的信息。终于在一个绵绵夜雨之后的清晨，如丝的绒毛芽芽窜出了盆土。不久，那绒芽分作两半长成了绿莹莹的肉质叶梗。自此，我每天起床后的第一件事就是给我的太阳花浇上一瓢水。她一旦得到水分的滋养便疯狂长起来，那肉质叶梗像一块绿色丝绒，覆盖着盆面并向盆的四周流溢，为我的阳台染上了一片浓浓的新绿。感谢大自然神奇的创造力，她在我那块丝绒上绣出了一朵桃红色的小花哦！两朵、三朵……密密匝匝的一层粉红、鹅黄、雪白色。

济南的夏季，骄阳似火，酷热难耐。我家居室又位于楼的顶层。阳台，全部跳出建筑物的主体之外，承受着烈日的炙烤、热浪的冲击。每当这时，阳台上的珊瑚豆绿叶下垂，栀子花也放进室内阴凉处，唯有我那太阳花却在烈日下朵朵绽放，枝枝挺拔，沐浴着炙热的光焰，于她那奋然生长的碧叶彩花之间呈现出一派昂扬勃发的生机。待到烈日西沉，晚风乍起，栀子花又在飘散着阵阵幽香，珊瑚豆也已绿叶昂起之时，我那如虹的太阳花却悄然隐去，凋谢了，她用自己生命的光华孕育出无数待放的花苞，明朝如炙的骄阳下，又将浓色重彩再织新锦……

在我的老家，人们把太阳花叫“死不了”，可见其生命力之顽强。她无需特殊的养料和照应，只需有沙砾、阳光和些许水分便长得特别旺盛。即便她的一段残枝已经干枯，一场雨水淋过之后，便可扎根、迅速地繁衍。我发现她的几粒细细密密的种子飘落在我家阳台的裂缝中，也居然生根发芽，艰难的生长着。虽曾几次为坠落的什物折断，可还是一次次复苏，依然向上挺伸

---

* 本文原刊于《济南日报》1993 年 11 月 1 日。

着她的枝叶，最后竟开出了两朵红色小花。是坚忍顽强的生命之力，育出了这纯美朴实的太阳之花。从初夏直至重阳，她在自身生命里的转化和更替的过程中，总是日复一日地流光溢彩于灿阳之下。

今年，在我居住的这片楼群的阳台上，已非我家太阳花独放了。在我目光所及的左邻右舍、三层两层的阳台，都被太阳花镶嵌着。这时，我油然想起整个市区每座阳台的主人若都能植上三五盆太阳花，这泉城幢幢楼房将飘起条条彩虹，与湖中荷花，泉边垂柳交相辉映岂不更美！

# 枣树的思念*

老家庭院里有棵枣树，是母亲栽植的。

仲秋时分，紫红的大枣在绿叶下闪烁。母亲拿起竹竿举向枣树轻轻打几下，枣儿噗噗落地。我和兄妹们嬉笑吵闹拣枣吃。母亲笑眯眯地拉起围裙擦擦手，忙她的活计去了。

我的兄妹伴着枣树在成长。大哥大姐已踏上人生旅途远去他乡，把枣树下的亲情铭刻心底并不时回味的时候，弟妹们仍留在老家和母亲一起享受枣树的春华秋实。

那是“全国山河一片红”的岁月，又是大枣飘香的季节，我两过家门而不入，怀着一颗惶惑不安的心，坐在长途汽车里，凭窗凝视故乡的小村。小村从眼前一闪即逝，心中只留下空荡荡的一片，眼前雾似的迷茫。在迷茫中期盼的日子终于到了。那是一个付出了多少人血泪和生命代价才换来的万民欢腾的艳阳之秋啊！父母声声催我回老家共度中秋的佳音传来，我夜不能寐。我独自在大操场上踱步，一遍遍心诵着那封信的内容。是两过家门而不入的悔恨，还是获悉父亲终于度过那场劫难重又取得生的权利的惊喜？我第一次因想家而落泪。

枣树下焦急等待着的母亲见我归来，高兴得紧紧攥住我的双手，把我拉到她的跟着，继而失声痛哭。是啊，那些年月里，母亲朝朝暮暮思儿之苦啃噬着她的心，一旦相逢，怎不喜极而悲？我仔细端详母亲，阵阵酸楚袭上心头。母亲那满头乌发呢？母亲爱在冬日的炉旁啃青萝卜听自己口中声声脆响的牙齿呢？十多年的岁月啊，竟在母亲身心留下那么深的霜迹剑痕！

母亲给我打了一竿子枣并告诉我，1966 年深秋，父亲吃着她送去的大枣，在县中那座“文化殿堂”的囚室里度过了非人生活的日日夜夜。母亲告诉我

---

* 本文原刊于《贵州日报》1994 年 10 月 9 日。

五妹从她手里接过一兜大枣，趁夜色，告别了亲人，拒绝“反动学术权威的女儿也反动”的批判，奔向祖国的大西北，在建设边疆的劳动中寻找自己的人格尊严。母亲还告诉我那年秋禾如潮，她和家里的几个弟妹却一碗井水一把枣度过了几个无炊烟的傍晚……母亲啊，大枣的丝丝甘甜抚慰着五妹只身漂泊异乡的内心伤痛，大枣的丝丝甘甜是弟妹们饥馑岁月里充饥的佳肴。而你呢？母亲，你心中却盛满了苦涩。

仁慈的上帝竟然如此不公，他赋予母亲惊人的毅力熬过了难耐的严冬，却又让她在一个冰化雪消花红草绿的早晨，安详地睡去，再也没有醒来。我惋惜母亲享受酷寒之后的阳春岁月太少太少！我痛心母亲心底深处饱含着的苦涩比之应享受的甘甜更多更多。母亲啊，你的一生不应该是这样的！

庭院里那颗枣树经历了岁月沧桑之后，更加枝繁叶茂了，它的果实更为甜美。

我每次回乡留恋于枣树之下，总能深深感受到母子亲情的激荡，尽管已是天上人间！

# 《高原雪魂》小议*

凡是读过长篇报告文学《高原血魂孔繁森》（以下简称《高》）的人，每每留下了真诚的眼泪，由衷地感叹：一个好人，孔繁森是个好人！也许这朴素的情感认同和价值判断真正说明了作品占据了读者，牵动了人们的心弦。

一部报告文学，何以这样影响社会的知觉、情绪乃至公众的心理，形成强大的社会效应，以致作品一次次加印，报刊转载刊发，电台配乐广播？这固然得之于传主人物孔繁森的人格魅力的感召，更归因于作者对人物恰当的把握和作品本身的美学价值。

作者郭保林以一个作家的艺术良知完成了对一个当下出现的英雄的发现和塑造，这是一个真正立足于身边的平凡的伟大的英雄。在当今不乏神性黯然，榜样乏力，无私奉献的价值观崩坏的社会时尚中，作者试图通过孔繁森追寻一种失落了的精神！追寻一段灿烂的人生！不仅如此，追寻的也是一种民意、民心、民魂……这是以为人们在心中呼唤的真正的共产党员、人民公仆形象，他唤醒了人们对一切美好信念的向往，也使人们进入了关于人生价值观的思考之中。也就是说，《高》真正契合了现实人们的社会心理。

作者十分注意视点的调试，谨慎于人物的定位，没有使人物拔高夸大，作品中既突出孔繁森崇高的思想境界，也不回避其常人心态。作品力求忠实于生活的原始形态的开掘，结构人情人性的朴实美，这说明作者真正理解了孔繁森，这是真实的人物的还原和再现。这样与读者不致产生间离，很容易达成精神上的认同和情感上的共鸣。在美学上，曾有人把“距离”作为审美原则，认为它可以超越狭隘的功利范围。报告文学的艺术实践却向我们提供了另一种事实：对生活、人物无间隔的艺术处理，却以它的贴近感和原真性获得了令人惊异的审美强势。而且读者从作品中获得的美感常常和他对生活

---

* 本文原刊于《济南日报》1995年8月25日。

的具体体验连接在一起。

在写法上，作者没有把作品降格为“好人好事”的新闻式“抄写”和通讯式“报道”，它不是“复制”，而是艺术化的审美表达。作者有意于多侧面、全方位的塑造孔繁森这一形象，使之丰满化、立体化，作品有意识地移植、借鉴其他文学样式的表现手法，达到多样化的艺术融合，如吸收小说的艺术手法，很多地方以描写替代叙述，以刻画替代交代，选择一些典型细节或性格化的语言来表现人物思想性格；同时切入人物内心，写出“感情的海洋”，开拓表现空间，像第七章《他心里真的那样平静吗?》、第九章《帐篷一夜》就是，孔繁森的热爱生命的本体精神，兼济天下、体恤民隐的旷世情怀在这里裸示无余。《高》以开放的视角拓宽了表现的路子，使孔繁森成为一个圆满自足的形象站立在读者面前，可触可感，可亲可爱。

《高》之所以打动人心，还在于它是激情和诗意的产物，整个作品就是包含浓烈诗情的散文长制。作者充分发挥其散文家和诗人的气质与个性，克服新闻客观性对生活的超然，把主观情感体验和情感态度渗注其中，并且调动想象和联想的功能，根据恰当的语境给以适宜的虚拟，这样，作品就从单纯的纪实迈向了艺术表现，显示出了浓厚的审美特质，因之作品中出现了诗歌的激情和气势，散文的意蕴和情致，政论的思辨和穿透力。多种艺术情愫的完美融合，增加了报告文学的文学含量，在生活真实的基础上实现了诗意的超越。

激情与想象体现在语言上，使作品语言浸润着浓郁的感情色彩，充满着灵动飞扬的弹性美，物我交感，想象喷发。语言在《高》中绝不单单是内容的承载物，更是一种感情的符码，意象的营构。作者笔下反复出现的高原、雪野……既是自然的景观，又是诗化的意象。这种意象的选取与主人公的高山仰止取得了最高境界的一致性。意象的暗含内容激活了读者的联想，引导他去搜寻、捕捉隐藏在意象里的意蕴，于是大大丰富了作品。就其本质而言，它是诗性的。

另外，作品在宏大的构思、材料的选取与运作上都有突出之处。《高》的成功与作者的艺术探索分不开，无疑，它在报告文学史上将占据一席之地。

# 布谷声声*

布谷鸟又叫了。在离我家不远的那排白杨树上，从午夜直叫到天明。我爱听这叫声，它唤醒了我心中久远的但又时时向往的乡情。

马塘村，是我童年生活过的地方。每当麦穗儿由青变黄的季节，你就会听到一两声布谷鸟的啼叫。听老人说：这布谷鸟又叫子规。传说古代蜀国国王杜宇死后仍惦念着农时，化为子规，飞过田野和村庄，昼夜啼叫，催促人们“赶快播谷”。在布谷鸟的叫声中，乡亲们喜气洋洋地赶大集，买回汗巾、镰刀、杈耙扫帚扬场锨，准备收麦。孩童们更高兴，跟着布谷鸟的叫声从村东疯跑到村西。布谷鸟叫一声“赶快播谷”，孩子们就应和一声“我吃偻食”。因为此时家家都要采些青麦穗，除去麦芒和中间的梗，然后放到石磨里去磨，磨的周围便挂上一条条流苏般碧绿的偻食了。孩子们抓一把填进嘴里，那筋道和清香是城里人难以品尝到的美食。老人抓一把放碗里，用滚开的水一冲，随即庭院飘香。

端午节前后田野里一片金黄。布谷声声时远时近，在麦田上空飘荡着。开镰割麦了！俗话说：“蚕老一时，麦熟一晌”，必须在三五天内“净湖”，否则，麦穗一揪头，子粒一落地，农民的血汗将付诸东流。所以家家户户男女老少都极度忙碌。鸡叫头遍，嫂子大娘们就起来烙面饼、煮咸蛋、烧茶汤，为全家准备一天的伙食。天蒙蒙亮，你就能听到左邻右舍的大门被开启时吱吱呀呀的响动。大人腰别镰刀，孩子紧跟其后，奔向田野。直到几十年后的今天，我仍能感受到麦收时的劳苦。麦芒刺着手臂又痒又疼，腰酸得直不起来，太阳炙烤着麦地，热气从脚下直往头顶蹿，汗水顺着脖子往下流。此时若能在树荫下歇歇，那感觉比今天的三伏天走进空调室还惬意。但是，在农村“抢场夺麦”妇孺皆知，麦子不归仓谁也享受不到歇息。

---

* 本文原刊于《齐鲁晚报》2001 年 6 月 4 日。

整个麦季，农民最怕的是下雨。碰到这种鬼天气，没割完的麦子被风吹倒，雨水打落的麦粒掉在田里。这样，口粮将化为乌有。有时老天爷阴沉着脸，空气闷燥，预示风雨降临。那些麦子还没上场的户，心里焦恐万分，满村子求人。这是麦收时节的关口，大家不能瞧着不管。于是前宅后院的长者闻声赶来，指派自己的孩子出工。霎时，大半个班的抢麦队伍来了。他们七手八脚割倒麦子，就地捆好、垛好。垛顶盖上芦席，坠上绳网、砖头。抢收完毕，他们拖着疲惫的身子各自回家，可心里却感到极度的满足。被帮的户，心怀感激，含着泪挨家挨户致谢，而家长们近于一致地回答：别当回事，谁家都会遇到难处，到时候你再帮助咱就是了。美好的话语、善良的人性，令人油然而生敬意。他们淡淡的交往，没有浓茶酽，没有香槟醇，却像一杯清澈见底的水，纯净而厚道。他们用行动为自己为后世子孙的生存空间创造着一种非金钱和权利所能营造的人文环境。这，就是马塘村的人情、乡情！

# 那片家槐林呢*

在我家附近有一座公园，公园的附近有一片家槐林。

炎炎夏日，我曾无数次驻足于这片郁郁葱葱的家槐林中。家槐褐色的树皮上已隆起了一条条的筋，它墨绿的枝叶，串串娇黄的花朵，织成一片浓荫，微风在林间穿行，游人进得林子，只觉槐香扑鼻，彻骨清凉。夏日里难得有这么一片让人神清气爽的好去处。十多位养鸟人也汇聚于此，鸟笼高低错落地悬挂于林间，百灵、黄莺、画眉……歌声四起。一群群灰喜鹊飞来，落在树梢上。我留恋于林中，听鸟儿愉悦歌唱，听养鸟人互相传递着天南海北令人激励或悲愤的新闻。这里真是一片人与自然和谐而亮丽的景观。艳秋，家槐枝叶间坠着一嘟噜一嘟噜晶莹如玉的槐角儿，显出秋的壮美。林中野菊散发着一丝带中药味的香气。那斜阳入槐林，野菊分外黄的景致至今仍定格在我心中。飞雪啦！槐树的枝枝丫丫染上一层洁白，融化的雪水浸润着、滋养着大地。可以想象，来年的家槐林又将满树新芽春意浓！

每天清晨起个早儿，到公园的家槐林去溜一圈儿，已成为近十年来我生活中不可缺少的功课。若因故不能成行，则终日心向往之。

但谁能预料到呢？1998 年夏季，有一批园林工人来到了林子，高高地举起了铁镐，家槐倒下了，一棵、两棵、三棵……紧接着，发出隆隆声响的掘土机也开进了槐林，将深深扎进土里的树根挖了出来，游人惊问司机：想在这里干什么？司机茫然不知所答，只好无奈的摇头。

不久，曾带给人们无数清凉与惬意的家槐林消失了，大片大片的黄土裸露在阳光下，喜鹊不再到这里嬉闹觅食；百灵、画眉也另寻佳境去了。

后来，林间的黄土地铺上了石子、柏油，建成了一个外面一大圈，内含一小圈的跑道，渐渐地，一个颇具规模的跑车场呈现在游人面前。人们摇头

---

* 本文原刊于《烟台晚报》2000 年 4 月 16 日。

叹息，感慨多多。一位赵姓山友告诉我：这片家槐林是50年代团市委机关的共青团员们栽植的“青年林”。这种树生长特别慢。40年了，它一点点伸展自己的根，一点点扩展自己的冠。默默地奉献给游人一片绿荫；到头来却落了这么个下场。赵姓山友说我们不反对在公园里建跑车场，但这跑车场应择地而建，而不能以蓬勃生长的绿色为代价。

对赵姓山友的话，我深以为然。是啊，我们人类的任何活动都不能以绿色的消失为代价，因为绿色是生命和希望的象征，毁了绿色，便是毁了我们自己。

# 守真守朴的魅力*

朱寿桐　平进

蒋心焕教授将现代文学研究作为他终身的事业，视治学为求真求朴、寻求人生理想境界的过程。读了他的《中国现代小说的历史沉思》，感慨系之正在此处。

蒋教授是江苏南通人，先后师从著名文学史家刘绶松、田仲济先生，40年来一直从事现代文学的教学与研究，谙熟于现代作家作品、思潮运动以及文化背景，是第一本《中国现代小说史》的主要撰写人之一。多年的学术研究经验，使他具有足够的才识从现代小说历史发展的角度发现出真正带有规律性的东西。这种"发现"，是他熟悉历史、对历史进行独特思考后得出的，因而具有贴近历史、有胆有识地揭示历史真实的品格。这种品格的价值在于可以指示我们在纷繁复杂的学术研究格局中不致迷失了自己。例如关于以梁启超为代表的"小说界革命"的评价，就属于这种有价值的"发现"。

学术界几乎一致地认定，梁启超等人的小说理论，作为中国新小说的理论前驱，为"五四"新文学的繁荣奠定了基础。但是，作者通过对大量近现代小说创作与理论资料的阅读思考与研究，发现"这样的看法缺乏必要的分析，也不符合小说演变的实际"。他认为，梁启超等人所提倡的"小说界革命"及其理论，多半是为了"新民"的政治需要，是资产阶级改良主义政治运动的一个重要组成部分；梁启超等人把小说作用夸大到可以扭转乾坤的地步，颠倒了社会存在和思想意识的关系。他们的小说观与"五四"时期现代化、科学化的小说理论明显存在质的区别。在揭示了这样的历史事实之后，对梁启超等"小说革命"家的重新评价也就势在必然的了。应该说，这种重新评价不仅仅是对一种重要的小说史观点的修正，而且更是对已蒙上了烟垢

---

* 本文为南京大学教授、博士生导师朱寿桐先生和平进同志合作撰写，刊发于《书与人》1995年第3期。

尘土的文学历史的重新指拭和体认。事实上，学术界对梁启超等人的“小说界革命”评价确有过甚其词。早在1895年，洋人傅兰雅就已在《万国公报》上倡导所谓“时新小说”，以此鼓吹社会改革。可见梁启超等人的“小说界革命”，实不过是特定历史情形下的一种普遍共识。历史是严肃的，它需要人们以科学的态度和严谨的治学作风从事研究。作者忠于史实，论从史出，正体现了这种守真的治学精神。在渐趋浮躁的学术风气下，得出这样严实的学术结论固然十分可喜，体现这种守真的学术精神更是难能可贵。

求真应当是一切历史科学研究的最本质要求，它需要的不仅仅是一种态度，还需要一种眼光、一种方法。仅凭某种哲学或美学理论去演绎历史，往往会疏离历史，大而无当；仅仅拘泥于史实，在堆积的历史材料中爬行，又往往会遗漏历史的精髓，失之于肤浅。本书作者在求真的研究中力戒此类弊端，他所运用的是一种体悟历史，然后接近历史的方法，即尽可能多地占有研究对象的材料，然后想方设法体察特定研究对象当时的思想情感和心态处境，以便更准确地理解历史史料和历史情境，并常与有关的其它现象作纵横比较与分析，在回到历史中去的同时，又跳出历史，从而获得更高的历史真实。如本书中颇有分量的一组关于现代历史小说的研究文章，就采用了这种研究方法。

这组文章提出了一系列独到的见解，如认为：鲁迅的《故事新编》向历史投射了新的思想光照，采用了崭新的表现于法，开创了新的艺术风格，因而是中国现代历史小说的开拓者、成功者；施蛰存较早地将现代派的象征主义，精神分析学和神秘主义等重人物内心感受的特点融入到历史小说创作中，在艺术上有独树一帜的贡献；等等。这些观点在当时的学术界带有拓荒的性质，此前涉足现代历史小说研究课题的人较少。著者曾“用了半年左右的时间，有空就泡在图书馆和资料室一一翻阅原始报刊资料，在尽可能多地占有材料的基础上形成自己的看法”。从该著作中完全可以看出，作者确实已把现代历史小说全面梳理了一遍，真正认识了现代历史小说的全貌和它所产生时真实的历史情境。不仅如此，作者还把小说中所描写的历史事件与历史上的真实事件加以对照，从中体悟小说作者创作的真实意图，领会小说原旨。这组文章虽写得较早，但因为贴近历史，从历史的真实情境中去“发现”问题，所以许多观点经受住了时间的考验。比如，关于鲁迅《故事新编》中众说纷纭的“油滑”问题，作者认为，这是鲁迅“止不住”的战斗激情的生动体现，在审美效果上，它使人感到睿智、滑稽，令人产生会心的微笑，反映了鲁迅历史小说独特的艺术风格。同时，作者又分析指出，这种创作方法是鲁迅在特殊环境下特殊运用的产物，至于今天的历史小说创作，则不必有意模仿。作者根据研究对象特定的历史情境，既钻进历史史料之中，又跳出历史史料之外，其观点虽非至善至美，但却显示出作者敢于从复杂的历史研究对象中探索真理的勇气、方法和态度。其治学的守真品格由此可见一斑。

与守真的学术品格相应，本书还显示出作者守朴的学术个性。80 年代中期，各种新思潮新学说蜂拥而至，在文学史和文学理论研究园地里，常常可以看到借用新观念新方法取得的新成果。这些成果以其新颖的视角、敏锐的感觉和开拓的精神拓宽了人们的思维空间，但毋庸讳言，其中也存在着严重的消化不良。与此同时，本书作者却以较为审慎的态度对待新思潮新方法，默默地然而执着地向学界奉献自己长期的研究成果。这些成果虽不能产生很大的轰动效应，但却拥有陈年老酒般的魅力，耐人品尝，让人回味。

在文学史观方面，本书力图朴素地反映历史，持论力求平正稳妥。它以良好的学术教养、洞察的历史识见以及体系化、条理化的阅读为基础，在开阔的视野中，与所论对象保持着一定的距离，尽可能少地介入主观推断，很少意气用事，更不作哗众取宠的炫耀，因此，往往能见人之所未见，道人之所未道、切中肯綮、烛幽洞微。

在新理论新方法的借鉴方面，作者虽然较为慎重，但也不一概摒弃不取，而是以“朴”为原则，强调理论与研究对象的契合，不作牵强附会的死搬硬套。作者认为，文学史研究不同于文学批评，文学批评可以较快地尝试运用新理论新方法；而文学史研究则不然，它作为一项综合的整体历史观照，往往无法轻易尝试新理论新方法，而是需要经过文学批评尝试实践的总结后才能适当借鉴化用。因此，本书各章虽有对新理论新方法的适度吸取，但很少见到对新名词新概念的直接照搬，作者的观点始终融合于他独有的朴素的理论表述之中。

求真的学术品格与求朴的学术个性，使本书别具魅力。它首先表现为一种学术的可信感与亲切感。在这里，学术作为一项严肃的事业，具有相对独立的价值和地位，是不容亵渎的心路历程和精神追求。但它又不是古板得不近人情，而是在与读者进行亲和的交流和探讨，于循序渐进的“谈话”中，引出耐人深思的历史规律。其次，它又表现为一种超越时尚的学术生命力。由于作者坚持论从史出，论从己出，占有材料，独立思考，不浅尝辄止，不旁骛他求，因此，本书的写作时间跨度虽大，但思想观点却存在着可贵与严密的一贯性和连续性，并且很少因时间的流逝及文学时尚的改变而失去其学术之“真”的价值。这种现象在如今一般的学术著作中恐非多见。

学术研究能到达这种境界，这本身就是一种魅力，还要求什么呢？

1994 年 5 月写于南京大学

# 淡泊有为　宁静致远

## ——记蒋心焕先生的文化求索之路*

李宗刚

在中国现代文学界，提及中国近现代文学中的转换研究和散文研究，有一个名字是同行较为熟悉的，那就是山东师大的蒋心焕先生。他依恃着自己淡泊的性情、宁静的心志，在学海中不断求索，走出了一条独属于自己的路。

蒋先生的文化底色是在既有浓郁的传统文化韵味、又有崭新的现代文化观念的江苏南通奠定的，其文化定型是在具有厚重的儒学文化色彩的济南形成的。因此，在先生的思想深处，我们可以清晰地感知到这两种文化在整合之后，是如此和谐的统一在他的身上：面对世俗的功利，以一颗淡泊的心坦然处之；面对自己孜孜以求的人生理念，又以儒家所提倡的入世精神，用宁静之志以求致远。

蒋先生于1954年从山清水秀、人杰地灵的南方城镇考入山东师大的前身山东师院中文系。大学四年，先生深受中国现代文学研究著名学者田仲济先生的影响，并且先生的文学研究的个性也为田老所识，于是，大学一毕业，先生便被田老留在了身边，从事中国现代文学的教学和研究工作。及至今天，先生每提及这段历史，都会充满深情地说，田老是在我的人生紧要处对我影响最大的人。是的，不管是做人还是做学问，蒋先生既有意追寻田老的足迹，又具有自己的鲜明的风格。

谈及对蒋先生的学术研究的影响，另一位不能不说的是刘绶松老前辈了。在60年代初，先生又一次负笈远行，求学于武汉大学，师从于刘老，专治中国现代文学。在充分地吸纳现代文学界前辈的文化营养之后，蒋先生的学术研究在一个较高的水准上开始了。然而，不幸的是，那时的运动一个接着一个，尤其是“史无前例”的“文革”，使得蒋先生的学术研究还未来不及全

* 本文以笔名刊发于2000年1月4日《联合日报》。

面展开就受到了冲击。在那个科学的春天翩然而至时，蒋先生的学术的春天也紧随其后了。其早期有关鲁迅的《故事新编》的研究，是这一方面的拓荒性研究，这为我们全面的把握鲁迅的精神品格，具有积极的帮助作用。其后有关近代文学向现代文学的转换研究（见《论中国近代文学向现代文学的转换》《论梁启超的小说观》等文），更是较早地摆脱了静态的文学研究方式，代之以动态的文学发展规律的探讨，使近代文学的研究的层次向前推进了一大步。即便是在今天，其理论的描述亦显示出学术的光芒。这显然是与其深厚的文学理论的功底分不开的。与近代文学向现代文学的转换研究紧密相联的是蒋先生的小说史研究。其《五四新小说理论和近代小说理论关系琐议》一文，便是这一关注的结果。该文从小说理论的视角，疏峻了中国现代小说的源头。自此以后，蒋先生自觉地把学术重点聚焦于现代小说发展史的探讨。其成果见国内出版的第一部《中国现代小说史》中（田仲济、孙昌熙主编，1984 年出版）。

在艰难的学术实践中，蒋先生逐渐地铸就了属于自己的学术品格：那就是一种不饰外在的华丽炫耀、尽可能地追求内在精神上的守真守朴。南京大学的博导朱寿桐先生，在评价其《中国现代小说的历史沉思》一书时，感慨系之的是，“蒋心焕教授将现代文学研究作为他终生的事业，视治学为求真求朴、寻求人生理想境界的过程”。可以说，进行现代文学研究工作，蒋先生已经超越了一般性的爱好或仅为稻粱谋的功利范畴，把文学研究视作自己的人生价值实现的一种方式：借助于现代文学的研究，把自己的人生理念灌铸到对象中，努力地凸现出研究者自身的主体价值，以求得在这个文化多元的发展时期，传达出自我的文化理念，进而达到专题研究的学术性和当代实践性的紧密结合。这一点在蒋先生近年来从事的散文研究中尤为显著。如蒋先生最近发表的《海派散文与文化市场》（《东岳论丛》1998 年第 1 期）和《文化散文发展的轮廓》（见《山东师大学报》1999 年第 2 期）等文，既有自己历经多年的积累和思考以后的“发现”，又在方法论上给当代学术研究以一定的启示。先生立足于古今文化发展的背景上纵向、横向地论述了海派散文和文化散文发展的概况、思想内涵和审美风貌等，因而文章发表后在学术界发生了较大的影响。这样的为文方向，显然不是那种纯学院的研究模式所能涵盖的，而应隶属于由文化的使命感而衍生出来的与文化发展方向关系密切的人世范畴的。

淡泊的性情，宁静的心志，使得蒋先生越来越注重文学的内在规律的洞察与学理上的表达。因此，周作人这位既是成功的现代散文大家、又是失败的人生的典型，引起了蒋先生的极大的学术兴趣。他努力从文化的、文学的、历史的、现实的等视角对周作人的成败得失作出了极为中肯的评价。先生的关于周作人研究成果见《中国现代文学史实用教程》下编第七章（朱德发主编，齐鲁书社，1999 年出版）。

先生在授课中，常阐明这样一个观点，当代学者区别于皓首穷经的传统学者的根本特点是现代性，现代性的重要标志就是，现代学者应把自己的学术活动自觉地汇入到社会文化发展的主潮中，这可谓是“五四”新文化运动以来，一条极其重要的文化传统。蒋先生是如此说的，也是如此实践的。

蒋先生不仅是一名在学术上具有研究特色的学者，而且还是一位在教育艺苑中辛勤耕耘且收获颇丰的教授，他亲自指导的研究生便多达成 20 余人，其中有些在其工作岗位上已成绩斐然，蒋先生每每听闻学生的进步，总会视为人生的一大快事。

蒋先生取得的成绩有目共睹。然而每当谈及此事，先生总是由衷地表白，这一切都是时代慷慨馈赠与赋予的结果。是的，山东儒家文化的丰富底蕴和江南文化的有机结合，以及在此基础上自觉地用现代文化理念加以整合，铸就了先生淡泊有为、宁静致远的文化品格，从而使先生在中国现代文学研究领域成就了不平凡的学术成就。

# 后 记

我从事中国现当代文学教学和科研工作，屈指数来，已经56个年头了。在过去的岁月里，缘于教学和科研的需要，我断断续续地写了一些有关中国现代文学方面的研究文章。今天再把这些经过岁月淘洗后的论文翻拣出来，便有了一种似曾相识燕归来的感觉。一方面，这些文章的确寄寓了我对学术和人生的理性思考；另一方面，这些文章也确实融汇了我对学术和人生的感性体验。如果说，这些文章对其他人仅仅是一些文字的话，那么，这些文章对我来说，则因为它从一个侧面反映了我们那一代人在学术道路上是如何艰难前行的，便显得弥足珍贵了。

从学术的发展来看，学术往往是通过代际传承来完成自我的更新换代的。我作为一个在中国现代文学艺苑中耕耘了多年的教师，每每看到我身边那些成长起来的学术新人，总是无限欣慰的，这也许是古人所说的“雏凤清于老凤声”。我想，有更加年轻的一代传承着中国的学术，我们这一代的心愿也就足矣。但是，我的研究生魏建和李宗刚，却不断地说服我，希望我把过去的那些文章，也集纳起来，作为学科学术史的鲜活佐证。最初我婉拒了他们的好意，唯恐耽误了他们的学术研究。但没有想到的是，他们已经开始动手查找我的文章，然后亲自帮助我编排。看到他们如此真心地要去做这事，我也就认真地查找自己那些久违了的文章，并一一翻拣出来加以审视和整理。这就是读者诸君所看到的这本小册子了。

我们这一代学者相对来说，经历的运动较多，因此，在我们的文章中，也就难免会有那个时代的烙印。我在编选的过程中，一方面注重保留原作的历史原貌，除了注释等格式上根据现代学术规范要求进行了必要的调整补充之外，其他都尽量地保持历史的原貌，这算是对历史起到一份“存史”的作用吧；另一方面，我在尊重历史的前提下又注重对原作的取舍。历史要大浪淘沙，我感到得尽可能地先从自我“淘洗”做起，我便把那些具有“左”倾思想的影响意义不大的文章，置于文集之外，这算是“帮助”历史加速了“淘洗”的进程吧。

为了方便读者诸君的阅读，我把其中的文章，分成了三大部分。第一部分是中国现代文学研究，第二部分是中国现代文学作家作品研究，第三部分是散文赏析及其他。这样的编排，对我来说，算是基本上把我从事中国现代文学研究和教学几十年的主要思考一并呈现出来了。

在本书的出版过程中，国家重点学科山东师范大学中国现当代文学专业给予了支持和资助，山东人民出版社的李怀德先生为此付出了辛勤的劳动，宗刚关注并参加了该书的全部编辑工作，魏建教授的研究生马媛、徐厚猛、邓磊，宗刚教授的研究生关珊、战明、郭晓露参与了书稿的校对工作，在此一并表示感谢。

**蒋心焕**

2014 年 10 月 22 日

**图书在版编目(CIP)数据**

蒋心焕自选集/蒋心焕著.—济南:山东人民出版社,2015.5

ISBN 978-7-209-08964-7

Ⅰ.①蒋… Ⅱ.①蒋… Ⅲ.①中国文学-文学评论-文集 Ⅳ.①I206-53

中国版本图书馆 CIP 数据核字(2015)第 087072 号

责任编辑:李怀德

**蒋心焕自选集**

蒋心焕 著

---

山东出版传媒股份有限公司

山东人民出版社出版发行

社 址:济南市经九路胜利大街 39 号 邮 编:250001

网 址:http:// www.sd-book.com.cn

市场部:(0531)82098027 82098028

新华书店经销

山东省东营市新华印刷厂印装

规 格 16 开(169mm×239mm)

印 张 31

字 数 570 千字

版 次 2015 年 5 月第 1 版

印 次 2015 年 5 月第 1 次

ISBN 978-7-209-08964-7

定 价 68.00 元

---

**如有质量问题,请与印刷厂调换。电话:**(0546)6441693